Reader's Digest
Auswahlbücher

Reader's Digest Auswahlbücher

Verlag DAS BESTE

Stuttgart · Zürich · Wien

Die Kurzfassungen in diesem Buch erscheinen
mit Genehmigung der Autoren und Verleger
© 1977 by Verlag DAS BESTE GmbH, Stuttgart
Alle Rechte, insbesondere das der Übersetzung,
Verfilmung und Funkbearbeitung, im In- und
Ausland vorbehalten
277
PRINTED IN GERMANY
ISBN 3 87070 106 4

Inhalt

DER ADLER IST GELANDET

Eine Kurzfassung des Buches von

Jack Higgins

Ins Deutsche übertragen von Otto Bayer
Illustrationen von Brian Sanders
Deutsche Buchausgabe: »Der Adler ist gelandet«
(The Eagle has Landed)
Scherz Verlag, Bern und München
© 1975 by Jack Higgins

Die Nachricht knisterte durch die Novembernacht –
„Der Adler ist gelandet." Gesendet wurde sie von der
Küste Norfolks durch den Geheimagenten Liam
Devlin.

Ihr Empfänger im verdunkelten Berlin ist der
Chef der Gestapo, Heinrich Himmler. Sie bedeutet,
daß in dieser Nacht des Jahres 1943 ein Unternehmen
von unglaublicher Kühnheit angelaufen ist. Ein
Sonderkommando deutscher Fallschirmjäger nähert
sich seinem Ziel: Winston Churchill.

Im nahen Studley Constable schliefen die Dorf-
bewohner. Sie wußten noch nichts von den Schrecken
und dem Blutvergießen, deren Zeugen sie werden
sollten. Pfarrer Philip Vereker ahnte nicht, daß seine
liebste Partnerin beim Kartenspiel eine Spionin war.
Molly Prior konnte noch nicht wissen, daß die Erinne-
rung an einen gewissen draufgängerischen Iren ihr
für immer nachgehen sollte. Und kein Engländer
hätte gedacht, daß er je Mitleid mit einem deutschen
Soldaten haben würde.

Eine fesselnde Geschichte, teils auf Wahrheit be-
ruhend, teils Erfindung – aber so überzeugend, daß
sie sich genauso hätte abspielen können.

Erstes Kapitel

JEMAND grub in einer Ecke des Friedhofs ein neues Grab, als ich durch das überdachte Tor trat. Ich erinnere mich daran ganz genau, weil es war, als würde das Bühnenbild für alle folgenden Ereignisse gebaut.

Ein halbes Dutzend schwarzer Krähen flog von den Buchen am Westwerk der Kirche auf und begleitete mit wütendem Gekrächze meinen Weg zwischen den Grabsteinen hindurch auf das frische Grab zu. Es regnete in Strömen, und ich schlug den Kragen meines Regenmantels hoch.

Neben der aufgeworfenen Erde blieb ich stehen. Ich wich einem Spatenvoll aus und sah ins Loch. „Schlechter Tag für so was."

Ein alter, sehr alter Mann mit einer Tuchmütze und schäbiger, lehmverschmierter Kleidung, einen Getreidesack um die Schultern gelegt, sah zu mir auf und stützte sich auf die Schaufel. Seine Augen waren wäßrig, sein Blick völlig leer.

Ich versuchte es noch einmal: „Bei dem Regen können Sie doch kaum arbeiten."

In seinem Blick dämmerte so etwas wie Verstehen. Er sah zu dem finsteren Himmel empor und kratzte sich am Kinn. „Wird eher schlimmer als besser."

„Sie können mir vielleicht helfen", sagte ich. „Ich suche ein Grab. Gascoigne – Charles Gascoigne. Ein Kapitän."

„Nie gehört", sagte er. „Und ich bin hier schon einundvierzig Jahre Totengräber. Wann ist er denn begraben worden?"

„Um 1685."

Seine Miene veränderte sich nicht. „Ach so. Dann war das vor meiner Zeit. Pfarrer Vereker – vielleicht weiß der was."

„Ist er da drinnen?"

„Da oder im Pfarrhaus. Hinter den Bäumen."

In diesem Augenblick wurde der Krähenschwarm in den Buchen lebendig. Zu Dutzenden erfüllten sie die Luft mit ihrem Gezeter.

Der Alte sah auf. „Radaubrüder!" rief er. „Schert euch zurück nach Leningrad."

„Leningrad?" fragte ich. „Wie kommen Sie denn darauf?"

„Da kommen die her. Sie sind in Leningrad beringt worden, und im Oktober kommen sie hierher. Zu kalt für sie da drüben im Winter." Er kam in Fahrt; jetzt nahm er eine halbe Zigarette hinterm Ohr hervor und steckte sie in den Mund. „Viele Deutsche sind im Krieg bei Leningrad erfroren."

„Wer hat Ihnen das alles erzählt?" fragte ich.

Sein Gesicht bekam plötzlich einen verschlagenen Ausdruck. „Nun ja, Werner hat mir das erzählt. Er wußte alles über Vögel."

„Und wer ist Werner?"

„Werner?" Wieder wurde seine Miene leer und ausdruckslos. „Werner war ein feiner Kerl. Die hätten das nicht mit ihm machen sollen." Er fing wieder an zu graben und ließ mich völlig links liegen. Ich drehte mich um und ging auf die Kirche zu.

Im Vorraum hing ein Anschlagbrett an der Wand. Die verblaßten goldenen Lettern darauf lauteten: Kirche St. Mariä und aller Heiligen, Studley Constable. Und unter den Zeiten für Messen und Beichtgelegenheit stand: Pfarrer Philip Vereker, SJ.

Die Eichentür war mit Stahlbändern und Bolzen beschlagen. Ich drehte an dem großen Ring im Maul eines bronzenen Löwen, und die Tür ging knarrend auf. Ich hatte Dunkelheit erwartet, statt dessen blickte ich in eine lichtdurchflutete mittelalterliche Kathedrale im Kleinformat. Hohe normannische Säulen reckten sich zur reichverzierten Decke empor. Das Licht kam größtenteils durch die runden Oberlichter beiderseits in Dachhöhe. Neben einem schönen steinernen Taufbecken waren auf einer gemalten Tafel die Pfarrer aufgeführt, die im Laufe der Zeit hier ihren Dienst versehen hatten, beginnend 1132 und endend mit Vereker, der die Pfarrei 1943 übernommen hatte.

Etwas weiter befand sich eine kleine dunkle Kapelle, in der Kerzen vor einem Bildnis der Jungfrau Maria flackerten. Ich ging daran vorbei und trat in den Mittelgang zwischen den Bänken. Es war ganz still.

Hinter mir sagte eine trockene, feste Stimme: „Kann ich Ihnen behilflich sein?"

Ein großer Mann im abgetragenen schwarzen Priesterrock stand am Eingang zu der Marienkapelle. Er hatte kurzgeschnittenes, eisengraues Haar und tiefliegende Augen, und über seinen Wangenknochen war die Haut straff gespannt. Es war das Gesicht eines Menschen, der mit Schmerzen lebte. Er kam, auf einen Schlehdornstock gestützt, auf mich zu, wobei er das rechte Bein nachzog.

„Pfarrer Vereker?"

„Ganz recht."

„Ich habe eben mit dem alten Mann da draußen gesprochen, dem Totengräber."

„Ach ja. Laker Armsby."

„Er hat gemeint, Sie könnten mir vielleicht weiterhelfen." Ich reichte ihm die Hand. „Mein Name ist Jack Higgins. Ich bin Schriftsteller."

Er zögerte ganz kurz, bevor er meine Hand nahm, aber nur, weil er den Stock von der rechten in die linke Hand übergeben mußte. „Und wie kann ich Ihnen helfen, Mr. Higgins?"

„Ich schreibe eine Artikelserie für eine amerikanische Zeitschrift", sagte ich. „Historische Themen. Jetzt suche ich das Grab eines Kapitäns namens Charles Gascoigne, der 1683 gestorben ist. Es scheint, daß er zum Begräbnis nach Cley gebracht wurde."

„Aha", sagte er höflich, aber mit einem Anflug von Ungeduld.

„Ich war gestern in Cley", sagte ich. „Dort war keine Spur von ihm. Da fiel mir ein, daß er ja Katholik war, und darum bin ich zur nächsten katholischen Kirche gekommen, eben hier in Studley Constable."

„Und leider umsonst." Er wandte sich zum Gehen. „Ich bin seit achtundzwanzig Jahren hier und kann Ihnen versichern, daß mir der Name Charles Gascoigne noch nie begegnet ist."

„Und die Kirchenbücher?" hakte ich nach.

„Es gibt in Verbindung mit dieser Kirche kein Dokument, das ich nicht genau kenne", sagte er mit einer gewissen Schärfe. „Und jetzt entschuldigen Sie mich bitte. Mein Essen wartet."

Als er sich in Bewegung setzte, glitt er mit dem Schlehdornstock aus und verlor das Gleichgewicht. Ich fing ihn am Ellbogen auf, aber dabei trat ich ihm prompt auf den rechten Fuß.

„Entschuldigung", sagte ich. „Wie ungeschickt von mir!"

Er lächelte. „Da kann mir zufällig niemand was anhaben." Er klopfte mit dem Stock gegen den Fuß. „Ziemlich lästig, aber ich habe gelernt, damit zu leben."

Wir gingen zusammen durch den Gang hinunter, langsam, wegen seines Fußes, und ich sagte: „Eine bemerkenswert schöne Kirche."

„Ja, darauf sind wir auch ziemlich stolz." Er öffnete mir die Tür. „Tut mir leid, daß ich Ihnen nicht besser helfen konnte."

„Macht nichts. Darf ich mich wohl ein wenig auf dem Friedhof umsehen?"

„Ich sehe, Sie sind schwer zu überzeugen." Er sagte es jedoch nicht böse. „Warum nicht?" Er gab mir die Hand. „Guten Tag, Mr. Higgins."

Er schloß die Tür. Der Totengräber war nicht mehr da, und bis auf die Krähen aus Leningrad hatte ich den Friedhof für mich allein. Nach einer Stunde zwanzig Minuten hatte ich ihn vollständig abgesucht. Von Charles Gascoigne keine Spur.

Ich stand neben dem frischen Grab, als ich mir endlich meine Niederlage eingestand. Der alte Totengräber hatte die Grube mit einer Plane abgedeckt, deren eines Ende hineingerutscht war. Ich bückte mich, um es wieder herauszuziehen, und da fiel mir etwas Merkwürdiges auf. Ein, zwei Meter von mir, dicht an der Kirchenmauer, war ein flacher Grabstein in einen Grashügel eingelassen. Frühes achtzehntes Jahrhundert, mit einem prächtigen Totenschädel und gekreuzten Knochen am Kopfende. Er war einem Tuchhändler namens Jeremiah Fuller mit Frau und zwei Kindern gewidmet. Doch in meiner gebückten Stellung sah ich, daß sich darunter eine zweite Steinplatte befand.

Ich ging auf die Knie und versuchte die Finger unter den Grabstein zu bringen, was nicht einfach war. Plötzlich aber gab der Stein nach.

„Komm raus, Gascoigne", sagte ich leise. „Laß mich dich mal ansehen."

Der Stein glitt zur Seite und blieb schräg auf dem Grashügel liegen. Darunter erschien eine schlichte Grabplatte mit einem Eisernen Kreuz am Kopfende und einer Inschrift, für die meine mäßigen Deutschkenntnisse gerade reichten: *Hier ruhen Oberstleutnant Kurt Steiner und 13 deutsche Fallschirmjäger, gefallen am 6. November 1943.*

Da stand ich nun geduckt im Regen und wunderte mich über diese völlig absurde Inschrift. Irgend jemand mußte sich da einen dummen Scherz erlaubt haben.

Jedes weitere Nachdenken über diese Frage verhinderte ein plötzlicher Empörungsschrei. „Was erlauben Sie sich da?"

Pfarrer Vereker kam zwischen den Grabsteinen auf mich zugehumpelt. Über den Kopf hielt er einen großen schwarzen Schirm.

Ich rief gut gelaunt: „Ich habe eben etwas Erstaunliches entdeckt."

Als er näher kam, sah ich, daß sein Gesicht ganz weiß war und er vor Wut am ganzen Körper bebte. „Was fällt Ihnen ein, diesen Stein wegzunehmen? Ein Sakrileg ist das!"

„Verzeihung. Aber sehen Sie doch mal, was ich darunter gefunden habe."

„Es ist mir egal, was Sie darunter gefunden haben. Tun Sie den Stein zurück!"

Allmählich wurde ich selbst ärgerlich. „Sehen Sie denn nicht, was da draufsteht? ‚Hier ruhen Oberstleutnant Kurt Steiner und dreizehn deutsche Fallschirmjäger, gefallen am 6. November 1943.' Haben Sie das schon einmal gesehen?"

„Natürlich nicht."

Ich glaubte ihm nicht. „Wer war Steiner?" fragte ich.

„Ich habe nicht die geringste Ahnung", sagte er. „Würden Sie jetzt bitte den Stein wieder an seinen Platz tun?"

Da fiel mir etwas ein. „Sie haben doch die Pfarrei 1943 übernommen, nicht wahr? So steht es in der Kirche."

Er explodierte. „Zum letzten Mal, legen Sie den Stein an seinen Platz, und dann tun Sie mir den Gefallen und verschwinden Sie, sofort!"

Streiten hatte wohl nicht viel Sinn. Als ich den Weg erreichte, rief er. „Wenn Sie wiederkommen, rufe ich die Polizei."

Seine Drohungen beeindruckten mich nicht. Dazu war ich viel zu aufgeregt. Ich ging zum Tor hinaus und stieg in meinen Peugeot.

Studley Constable ist eines jener Dörfer im Norden Norfolks, auf die man eines Tages zufällig stößt, um sie dann nie mehr wiederzufinden, so daß man bald zu zweifeln beginnt, ob es sie überhaupt gibt. Viel ist nicht daran – die Kirche, das Pfarrhaus mit seinem ummauerten Garten, fünfzehn, sechzehn Häuser, die alte Mühle mit ihrem wuchtigen Wasserrad und die Dorfschenke.

Zu dieser Schenke, Studley Arms mit Namen, fuhr ich und stieg aus. Nach dem Schild über dem Eingang war der Schankwirt ein gewisser George Henry Wilde. Drinnen erwartete mich ein großer, gemütlicher Raum mit offenem Kaminfeuer, mehreren hochlehnigen Bänken und ein paar Tischen. Ein halbes Dutzend Gäste war da, durchschnittlich so um die sechzig Jahre herum. Es waren Landleute von echtem Schrot und Korn – wettergegerbte Gesichter, Tweed-mützen und Gummistiefel. Beim Feuer saß ein alter Mann und spielte Mundharmonika. Zwei oder drei von ihnen nickten mir freundlich zu, während einer, ein massig gebauter Typ mit schwarzem, grauge-flecktem Bart nicht allzu gutmütig dreinblickte.

Dann sah ich Laker Armsby, den Totengräber, allein vor einem Glas Bier sitzen. Ich setzte mich neben ihn. „Tag auch. Trinken Sie noch eins?"

„Da sag ich nicht nein." Er leerte mit ein paar großen Schlucken sein Glas. „Georgy!"

Als ich mich umdrehte, stand vor mir ein kurzer, untersetzter Mann in Hemdsärmeln, vermutlich George Wilde, der Wirt. Er hatte nichts Ungewöhnliches an sich, bis auf eins: Ich hatte schon genug Schuß-wunden gesehen, um mit Sicherheit sagen zu können, daß dieser Mann irgendwann in seinem Leben einen Schuß aus nächster Nähe ins Ge-sicht bekommen hatte. Die Kugel hatte eine Furche in seine linke Wange gegraben.

Er lächelte gutmütig. „Und Sie, Sir?"

Ich bestellte einen großen Wodka mit Tonic, was mir von den übrigen Gästen belustigte Blicke eintrug. Die Getränke kamen, und ich schob Laker Armsby sein Bier hin. „Erzählen Sie mir von Stei-ner", sagte ich.

Die Mundharmonika brach mitten im Ton ab, und alle Unterhal-tung verstummte. Der alte Laker Armsby starrte mich über sein Glas hinweg an, und sein Gesicht hatte wieder diesen verschlagenen Aus-druck. „Steiner? Also, Steiner war –"

George Wilde mischte sich dazwischen. „Trinken Sie bitte aus, Sir. Ich muß jetzt schließen."

Ich sah auf meine Armbanduhr. Halb drei. Ich sagte: „Sie müssen sich irren. Es ist noch eine halbe Stunde, bis geschlossen wird."

Er hob mein Glas hoch und reichte es mir. „Sir, dies ist ein freies Haus, und ich sage, daß um halb drei zugemacht wird."

Alle sahen mich an – harte Gesichter, Augen wie Steine, und der Hüne mit dem schwarzen Bart trat ans Tischende und stützte sich darauf. Seine Augen funkelten mich an. „Hast du gehört?" fragte er.

Studley Constable

„Jetzt trink schön aus, und geh brav wieder dahin, wo du hergekommen bist."

Ich trank mein Glas leer, ließ mir aber ausgiebig Zeit damit. Die Spannung, die im Raum lag, war mit dem Messer zu schneiden.

Mittlerweile steckte ich natürlich schon viel zu tief in der ganzen Geschichte, um noch die Finger davon zu lassen.

Ich fuhr über eine Brücke und bog ein paar hundert Meter hinter der Kirche in einen Feldweg ein. Dort ließ ich den Peugeot stehen und ging zu Fuß zurück. Die kleine Kamera aus dem Handschuhfach nahm ich mit. Ich fand den Grabstein noch genauso, wie ich ihn zurückgelassen hatte. Ich machte mehrere Fotos, dann eilte ich zur Kirche und ging hinein.

Vor den Aufgang zum Turm war ein Vorhang gezogen. Ich ging hindurch. Chorbubenhemden hingen ordentlich auf einem Ständer; aus der Finsternis über mir baumelten ein paar Glockenseile herunter, und eine Inschrift an der Wand verkündete der Welt, daß hier am 22. Juli 1936 fünftausendfünfundachtzig Wechsel mit sechs Glocken geläutet worden waren. Interessanter aber war eine Reihe von Löchern quer über diese Schrifttafel, die irgendwann einmal zugegipst worden und dann vergilbt waren. Die Reihe reichte weiter bis ins Mauerwerk, und das Ganze sah sehr nach einer Maschinengewehrgarbe aus.

Worauf ich es abgesehen hatte, war das alte Bestattungsregister. Ich trat wieder vor den Vorhang und entdeckte fast im selben Moment eine kleine Tür in der Wand hinter dem Taufbecken. Sie ließ sich leicht öffnen, und ich trat in einen kleinen, eichengetäfelten Raum, offenbar die Sakristei, in der sich ein Schrank und ein großer, altmodischer Schreibtisch befanden. Ich nahm mir zuerst den Schrank vor und traf auf Anhieb ins Schwarze.

Zwei Sterbefälle waren im November 1943 verzeichnet, beides Frauen. Maßlos enttäuscht legte ich das Register wieder in den Schrank zurück. Wenn Steiner und seine Männer hier begraben worden waren, mußten sie doch in dieses Register eingetragen worden sein! Das war in England unumstößliche gesetzliche Vorschrift.

Ich öffnete die Tür und verließ die Sakristei. Als ich die Tür wieder schloß, standen zwei aus der Schenke vor mir – George Wilde und der Hüne mit dem schwarzen Bart, der, wie ich zu meinem Verdruß feststellte, eine doppelläufige Schrotflinte unterm Arm trug. Wilde sagte freundlich: „Ich habe Ihnen doch gesagt, Sie sollen weiterfahren, Sir. Warum haben Sie nur nicht hören wollen?"

Der Hüne sagte: „Bringen wir's hinter uns." Er bewegte sich erstaunlich schnell für einen Mann von seiner Größe, als er mich an den Mantelaufschlägen packte. In diesem Augenblick ging die Sakristeitür wieder auf, und zu meiner Überraschung kam Pfarrer Vereker heraus. „Was geht hier vor?" wollte er wissen.

Der Schwarzbärtige antwortete: „Das erledigen wir schon, Herr Pfarrer."

„Du erledigst gar nichts, Arthur Seymour", sagte Vereker, und seine Stimme klang wie Stahl. „Jetzt laß ihn los."

Seymour ließ langsam los, und Vereker sagte: „Kommen Sie nicht noch einmal hierher, Mr. Higgins. Mittlerweile sollte Ihnen doch klar sein, daß es nicht zu Ihrem Besten wäre."

Mir erschien nicht ratsam, mich länger hier aufzuhalten, und ich erreichte meinen Wagen im Dauerlauf. Neben dem Peugeot stand Laker Armsby.

„Ah, da sind Sie ja", sagte er. „Sind Sie ihnen entwischt?"

Ich nahm meine Zigaretten heraus und bot ihm eine an. Sekunden später paffte er eine dicke Rauchwolke in den Regen. „Wieviel ist es Ihnen wert, über Steiner Bescheid zu wissen?"

Ich zückte meine Brieftasche und entnahm ihr eine Fünfpfundnote. Seine Augen glühten, als er danach griff. Ich zog meine Hand zurück. „O nein. Zuerst will ich ein paar Antworten hören. Dieser Kurt Steiner – wer war das?"

„Ganz einfach", sagte er. „Das war ein Deutscher, der mit seinen Leuten gekommen war, um Mr. Churchill zu erschießen."

Ich war so verdutzt, daß ich einfach nur dastehen und ihn anstarren konnte. Er schnappte sich den Schein, machte kehrt und verduftete.

Was Armsby da gesagt hatte, war so ungeheuerlich, daß mein Verstand sich im ersten Moment sperrte, die Bedeutung zu erfassen. Ich fuhr zu meinem Hotel in Blakeney zurück, packte, zahlte die Rechnung und machte mich auf den Heimweg. Es war die erste Station auf einer Reise, die, was ich damals allerdings nicht ahnte, ein Jahr meines Lebens in Anspruch nehmen sollte – ein Jahr, ausgefüllt mit Hunderten von Dokumenten, Dutzenden von Interviews und Reisen um die halbe Welt, nur um die Wahrheit über Kurt Steiner zu erfahren.

ZWEITES KAPITEL

IN GEWISSEM Sinne hatte ein Mann namens Otto Skorzeny das Ganze an einem Sonntag, dem 12. September 1943, in Gang gesetzt, indem er das brillanteste und frechste Kommandounternehmen des Zweiten Weltkriegs vollbrachte.

Hitler persönlich hatte einmal aus heiterem Himmel gefragt, warum die deutsche Wehrmacht keine Kommandoeinheiten habe wie die englischen, die mit so großem Erfolg operierten, und das Oberkommando hatte daraufhin die Bildung einer solchen Einheit beschlossen. Ein junger SS-Oberleutnant namens Skorzeny wurde zum Hauptmann befördert und als Chef der deutschen Sondereinheiten eingesetzt, was beides nicht viel bedeutete, genau wie das Oberkommando es beabsichtigt hatte.

Am 3. September 1943 jedoch kapitulierte Italien. Marschall Badoglio ließ Mussolini verhaften. Hitler erteilte Skorzeny den undurchführbar erscheinenden Auftrag, seinen ehemaligen Verbündeten zu befreien.

Skorzeny erfuhr, daß Mussolini in einem Berghotel hoch droben im Gran Sasso in den italienischen Abruzzen festgehalten wurde, bewacht von zweihundertfünfzig Mann. Per Lastensegler landete er mit fünfzig Fallschirmjägern, stürmte das Hotel und befreite Mussolini, der in Hitlers ostpreußisches Hauptquartier bei Rastenburg geflogen wurde.

Der Führer war außer sich vor Freude und tanzte, wie er seit dem Fall von Paris nicht mehr getanzt hatte. In dieser Stimmung befand er sich immer noch, als er drei Tage nach Mussolinis Ankunft eine Besprechung zu den Vorgängen in Italien und der künftigen Rolle des Duce abhielt.

Zu der kleinen Gruppe von Männern, die an dem langen Kartentisch im Konferenzsaal stand, gehörten Mussolini persönlich, Reichspropagandaminister Joseph Goebbels, Reichsführer SS und Gestapochef Heinrich Himmler und Admiral Canaris, Chef der Abwehr. Als Hitler den Raum betrat, nahmen alle Habachtstellung ein.

Hitler ging auf Mussolini zu und schüttelte ihm herzlich die Hand. „Sie sehen heute abend besser aus, Duce. Ganz entschieden besser."

Der italienische Diktator brachte ein schwaches Lächeln zustande, und der Führer klatschte in die Hände. „Nun, meine Herren, und welche Schritte sollen wir als nächstes in Italien unternehmen? Ihre Ansicht, Herr Reichsführer?"

Himmler nahm seinen silbernen Kneifer ab und putzte bedächtig die Linsen. „Totaler Sieg, mein Führer. Was sonst?"

Hitler nickte und wandte sich an Goebbels. „Und Sie?"

Goebbels' dunkle Augen blitzten. „Desgleichen, mein Führer. Einen moralischen Sieg haben wir schon errungen, dank Ihrer genialen Führung."

„Und das ist kein Verdienst meiner Generale." Hitler wandte sich an Canaris. „Und Sie, Herr Admiral? Ich will ja nicht zu hart mit Ihnen ins Gericht gehen, aber was haben die Brandenburger denn bisher schon vollbracht?"

Canaris wurde bleich. Hitler sprach von der Division Brandenburg, einer einzigartigen Abwehreinheit, die zu Kriegsbeginn zur Durchführung von Sonderaufträgen gebildet worden war. „Ich erinnere mich, gehört zu haben, diese Einheit sei imstande, den Teufel aus der Hölle zu holen. Das ist doch Ironie, Herr Admiral; soweit ich mich erinnere, konnte sie mir nicht einmal den Duce bringen. Das habe ich selbst besorgen müssen."

Hitlers Stimme war immer lauter geworden, seine Augen sprühten Feuer, auf seiner Stirn stand Schweiß. „Nichts!" brüllte er. „Nichts haben Sie mir gebracht, und bei den Mitteln, die Sie zur Verfügung haben, hätten Sie mir Churchill aus England holen können!"

Er blickte von einem Gesicht zum andern. „Ist es nicht so?"

Mussolinis Augen blickten gehetzt; Goebbels nickte eifrig. Himmler war es schließlich, der Öl ins Feuer goß, indem er gelassen meinte: „Warum nicht, mein Führer? Man könnte zumindest einmal die Durchführbarkeit untersuchen – dazu ist doch die Abwehr sicher imstande?" Er lächelte dem Admiral milde zu.

„Ganz recht." Hitler hatte sich inzwischen wieder beruhigt.

Canaris leckte sich über die trockenen Lippen. „Wie Sie befehlen, mein Führer."

Hitler legte ihm einen Arm um die Schultern. „Gut. Ich habe ja gewußt, daß ich mich wie immer auf Sie verlassen kann." Dann ging er an den Tisch und beugte sich über die Karten. „Und nun, meine Herren – die Lage in Italien."

Es WAR schon fast Morgen, als Canaris nach Berlin zurückkam. Der Fahrer, der ihn vom Flugplatz Tempelhof abholte, brachte ihn ins Abwehr-Hauptamt am Tirpitzufer 74–76. Canaris ging geradewegs in sein Dienstzimmer. Im Gehen knöpfte er seinen Marinemantel auf und gab ihn der Ordonnanz, die ihm die Tür öffnete. „Kaffee", befahl der Admiral. „Viel Kaffee. Ist Oberstleutnant Radl im Haus?"

„Ich glaube, er hat heute nacht im Amt geschlafen, Herr Admiral."

„Gut. Sagen Sie ihm, ich möchte ihn sprechen."

Die Tür ging zu. Canaris ließ sich auf den Stuhl hinterm Schreibtisch fallen. Die Ordonnanz brachte ein Tablett mit Kaffee und zog sich zurück. Als Canaris sich eine Tasse einschenkte, klopfte es. Der Mann, der eintrat, trug die Uniform der Gebirgstruppen mit Ostmedaille, Verwundetenabzeichen und Ritterkreuz. Sogar die Binde über dem rechten Auge und der schwarze Lederhandschuh über der linken Hand wirkten wie zur Uniform gehörig.

Max Radl war dreißig, sah aber zehn bis fünfzehn Jahre älter aus. Er hatte das rechte Auge und die linke Hand im Winterkrieg 1941 verloren und arbeitete, seit er als nicht mehr wehrfähig entlassen worden war, für Canaris. Zur Zeit war er Chef der Sektion drei, einer Einheit, die für besonders schwierige Aufträge zuständig war.

„Ach, da sind Sie ja", sagte Canaris. „Trinken Sie eine Tasse Kaffee mit mir, und bringen Sie mich wieder auf vernünftige Gedanken. Jedesmal, wenn ich aus Rastenburg komme, habe ich das Gefühl, ich brauche einen Irrenwärter, oder jemand anders braucht ihn."

Radl zuckte zusammen. Wenn der Admiral so sprach, fühlte er sich immer ausgesprochen unwohl.

Canaris ging ans Fenster und schaute durch die Verdunkelungsvorhänge in den grauen Morgen. „Wissen Sie, was der Führer von uns will, Radl? Wir sollen ihm Churchill bringen."

Radl erschrak heftig. „Mein Gott! Das kann doch nicht sein Ernst sein."

„Natürlich nicht." Canaris setzte sich auf ein Feldbett in der Zimmerecke und band seine Schuhe auf. „Er hat es wahrscheinlich schon vergessen." Dann legte er sich hin und deckte sich zu. „Nein, ich würde sagen, es ist Himmler, der uns Sorgen macht. Er hat den Führer die ganze Zeit noch bestärkt. Die Durchführbarkeit prüfen sei das mindeste, was wir tun könnten, hat er gemeint. Himmler hat es auf meinen Kopf abgesehen. Er wird den Führer an die Geschichte erinnern, und sei es nur, damit es so aussieht, als ob ich nicht täte, was ich befohlen bekomme."

„Und was wünschen Sie jetzt von mir?"

„Genau was Himmler vorgeschlagen hat. Eine Durchführbarkeitsstudie. Eine schöne lange Ausarbeitung, die den Anschein erweckt, als hätten wir's tatsächlich versucht. Sagen Sie Krogel, er soll mich in anderthalb Stunden wecken."

Radl schaltete das Licht aus und ging. Er war bekümmert. Nicht wegen dieses lächerlichen Auftrags – so etwas war an der Tagesordnung –, aber die Art, wie Canaris geredet hatte, machte ihm Sorgen. Radl dachte an seine Familie. Theoretisch hatte die Gestapo keinerlei Macht über Wehrmachtsangehörige, aber er hatte schon zu viele Bekannte einfach verschwinden sehen.

Als Radl in sein Dienstzimmer kam, sah Feldwebel Hofer, sein Assistent, gerade die eben eingetroffene Post durch. Er war ein stiller, dunkelhaariger Mann, achtundvierzig Jahre alt, ein Gastwirt aus dem Harz und ein hervorragender Skiläufer, der unter Radl in Rußland gekämpft hatte.

Radl starrte trübsinnig das Foto auf seinem Schreibtisch an. Es zeigte seine Frau und seine drei Töchter, die in den bayerischen Alpen wohlaufgehoben waren. Hofer kannte die Anzeichen und bot ihm eine Zigarette an. „So schlimm, Herr Oberstleutnant?"

„Noch viel schlimmer." Dann erzählte Radl ihm, was los war.

UND dabei hätte es bleiben können, wäre nicht ein kaum glaublicher Zufall dazwischengekommen. Am Morgen des zweiundzwanzigsten, fast eine Woche später, saß Radl hinter seinem Schreibtisch, als Hofer eintrat.

„Verzeihen Sie die Störung, Herr Oberstleutnant, aber ich nahm an, das würde Sie vielleicht interessieren." Er legte eine Akte vor Radl auf den Tisch und schlug sie ihm auf. „Das ist der Bericht eines unserer Agenten in England, einer Mrs. Joanna Grey. Deckname Stärling. Sie sitzt an der Nordküste von Norfolk in einem Dorf namens Studley Constable."

Radl war mit einemmal ganz Ohr. „Ist das nicht die Frau, die uns die Einzelheiten über Oboe geliefert hat?" Er drehte die erste Seite um.

„Ich habe den interessantesten Teil rot unterstrichen, Herr Oberstleutnant."

Der Bericht war sehr ordentlich zusammengestellt – eine allgemeine Beschreibung der Gegebenheiten im fraglichen Gebiet, die Stationierung zweier neuer amerikanischer B-17-Geschwader südlich des Wash, einer seichten Nordseebucht zwischen Lincolnshire und Norfolk; alles recht nett und brauchbar, nur nicht weiter aufregend. Doch dann kam der kurze, rot unterstrichene Absatz, und vor Erregung krampfte sich Radl der Magen zusammen.

Winston Churchill sollte am Samstag, dem 6. November, einem Bomberkommando der Royal Air Force am Wash einen Besuch abstatten. Später für diesen Tag war noch eine Fabrikbesichtigung bei King's Lynn und eine kurze Rede vor den Arbeitern vorgesehen. Das eigentlich Aufregende aber war, daß er, statt nach London zurückzukehren, übers Wochenende in Studley Grange, dem Haus eines Sir Henry Willoughby, acht Kilometer außerhalb von Studley Constable, bleiben wollte. Es war ein rein privater Besuch unter vermeintlicher Geheimhaltung; aber Sir Henry, ein pensionierter Marineoffizier, hatte es sich anscheinend nicht verkneifen können, sich Joanna Grey anzuvertrauen, mit der er offenbar persönlich befreundet war.

Radl nahm das Meßtischblatt der Gegend, das Hofer mitgebracht hatte. Hofer zeigte mit dem Finger auf den Wash und fuhr dann südlich davon an der Küste entlang. „Studley Constable, und hier sind Blakeney und Cley an der Küste, das Ganze im Dreieck angeordnet. Die Küste ist einsam und hat endlose Strände und Außenmarschen."

Radl starrte eine Weile stumm auf die Karte, dann kam er zu einem Entschluß. „Schicken Sie mir den hiesigen Verbindungsmann von Star. Ich möchte mich mit ihm unterhalten, aber kein Sterbenswörtchen, worum es geht!"

„Klar, Herr Oberstleutnant. Das ist Hauptmann Meyer."

Der Mann, der wenige Minuten später in Radls Dienstzimmer trat, war mittelgroß und trug einen Tweedanzug. Sein graues Haar war unordentlich, und hinter der Hornbrille sah er nichtssagend aus. Hans Meyer war jetzt achtundfünfzig, und im Ersten Weltkrieg war er U-Boot-Kommandant gewesen. Seit 1922 arbeitete er voll beim Geheimdienst, und er war erheblich schlauer, als er aussah.

„Setzen Sie sich, Meyer, setzen Sie sich." Radl wies auf einen

Stuhl. „Ich habe eben den jüngsten Bericht Ihrer Agentin Stärling gelesen. Erzählen Sie mir etwas von ihr."

„Was möchten Sie hören, Herr Oberstleutnant?"

„Alles!" sagte Radl.

JOANNA GREY wurde als Joanna van Oosten im März 1875 im Oranje-Freistaat in der Republik Südafrika geboren. Ihr Vater war Farmer und Pastor der holländischen reformierten Kirche. Mit zwanzig Jahren hatte sie einen Farmer namens Dirk Jansen geheiratet. Sie hatte ein Kind, eine Tochter, geboren 1898, ein Jahr vor Ausbruch der Feindseligkeiten mit den Briten, die als Burenkrieg bekannt wurden.

Ihr Vater stellte ein berittenes Kommando zusammen und kam im Mai 1900 ums Leben. Von diesem Monat an war der Krieg praktisch vorüber, doch Dirk Jansen kämpfte, wie viele seiner Landsleute, in einem erbitterten Guerillakrieg weiter.

Am 11. Juni 1901 ritt eine britische Patrouille auf den Hof der Jansens. Sie suchte Dirk Jansen, der, was seine Frau jedoch nicht wußte, schon in einem Berglager an einer Verwundung gestorben war. Nur Joanna, ihre Mutter und das Kind waren zu Hause. Joanna, die sich weigerte, Fragen zu beantworten, wurde in die Scheune zum Verhör gebracht und in dessen Verlauf zweimal vergewaltigt.

Die Briten versuchten zu dieser Zeit, der Guerillas Herr zu werden, indem sie Höfe in Brand steckten und die Bevölkerung in Konzentrationslager sperrten.

Die Lager wurden schlecht geführt. Krankheiten brachen aus, und in vierzehn Monaten starben über zwanzigtausend Menschen, darunter Joannas Mutter und Tochter. Auch Joanna selbst wäre gestorben, hätte ein englischer Arzt, Charles Grey, sie nicht so gut gepflegt.

Ihr Haß gegen die Briten war mittlerweile schon krankhaft in seiner Intensität. Trotzdem – vielleicht weil sie achtundzwanzig war, vom Leben gebrochen und ohne einen Pfennig in der Tasche – heiratete sie Grey, als er ihr einen Antrag machte. Daß Grey sie liebte, kann nicht bezweifelt werden. Er war fünfzehn Jahre älter als sie, stellte wenig Ansprüche und war freundlich und zuvorkommend. Im Laufe der Jahre entwickelte sie eine gewisse Zuneigung zu ihm.

Dann, im März 1925, starb er am Schlaganfall, und sie blieb als Fünfzigjährige mit kaum mehr als hundertfünfzig Pfund allein zurück.

Aber sie gab nicht auf und nahm bei einer englischen Beamtenfamilie in Kapstadt einen Posten als Gouvernante an.

Während dieser Zeit erwachte ihr Interesse am Nationalismus der Buren. Auf einer der Versammlungen, die sie besuchte, lernte sie den deutschen Bauingenieur Hans Meyer kennen. Obwohl er zehn Jahre jünger war als sie, kam es zu einer kurzen Romanze.

Meyer war in Wirklichkeit ein Agent der deutschen Marine-Abwehr. Zufällig hatte Joannas Arbeitgeber einen Posten bei der Admiralität, und sie konnte ohne großes Risiko gewisse Dokumente aus seinem Safe entleihen, die Meyer dann kopierte. Sie tat es gern, zum einen, weil sie eine echte Leidenschaft für den Deutschen hegte, zum andern aber auch, weil sie zum erstenmal in ihrem Leben einen Schlag gegen England führen konnte.

Meyer ging nach Deutschland zurück, blieb aber mit Joanna in Briefverbindung. Als dann 1929 Europa in die Depression stürzte, hatte Joanna Grey einmal wirklich Glück. Eine Tante ihres verstorbenen Mannes starb und hinterließ ihr ein Cottage in Studley Constable, einem Dörfchen an der Küste von Norfolk, nebst einem Jahreseinkommen von viertausend Pfund. Einen Haken hatte die Sache. Die alte Dame hatte sehr an dem Häuschen gehangen und in ihrem Testament die Bedingung gestellt, daß Joanna darin wohnen müsse.

In England zu leben! Schon der Gedanke machte ihr eine Gänsehaut. Park Cottage war jedoch ein bezauberndes Häuschen mit fünf Zimmern und einem dreiviertel Morgen großen, von einer Mauer umgebenen Garten drumherum. Im ländlichen Norfolk hatte sich seit dem neunzehnten Jahrhundert kaum etwas verändert, und so wurde sie in dem kleinen Dorf als wohlhabende Frau von einiger Bedeutung angesehen. Und noch etwas viel Merkwürdigeres geschah: Sie verliebte sich in das Dörfchen.

In diesem Herbst kam Meyer nach England. Sie zeigte ihm die endlosen Strände und die salzigen Marschen. 1935 dann besuchte sie ihn in Berlin. Meyer zeigte ihr, was der Nationalsozialismus vollbrachte. Sie war hingerissen von den gewaltigen Aufmärschen, den Uniformen, den hübschen Jungen, lachenden Frauen und Kindern. Sie akzeptierte diese neue Ordnung vollständig.

Eines Abends, als sie nach der Oper Unter den Linden spazierengingen, sagte Meyer ihr, daß er jetzt bei der Abwehr sei, und fragte, ob sie Lust habe, in England für ihn zu arbeiten.

Sie sagte augenblicklich ja. Und so wurde die freundliche, weißhaarige Dame, die in Pullover und Tweedjacke mit Patch, ihrem schwarzen Retriever, übers Land zu spazieren pflegte, mit ihren sechzig Jahren eine Spionin mit einem versteckten Funkgerät und einem Kontaktmann in der spanischen Botschaft in London, der ihre schriftlichen Berichte per Diplomatenpost weiterschickte.

Ihre Leistungen waren durchgehend gut. Ihre Pflichten als Angehörige des Weiblichen Freiwilligenkorps führten sie in viele militärische Anlagen. Ihren größten Coup landete sie 1943, als die Royal Air Force eine neue Einrichtung für Nachtbombardierungen, Oboe genannt, einführte. Man konnte sich nur wundern, was das Luftwaffenpersonal von der Oboe-Anlage Cromer dieser freundlichen Dame, die ihnen Leihbücher und Tee aushändigte, aus freien Stücken alles erzählte.

ALS Hans Meyer geendet hatte, legte Radl den Federhalter hin, mit dem er sich Notizen gemacht hatte. „Eine ungewöhnliche Frau", sagte er. „Sagen Sie – wieviel Ausbildung hat sie erhalten?"

„Reichlich, Herr Oberstleutnant", antwortete Meyer. „Sie hat das Reich 1936 und 1937 besucht und Verschlüsseln, Funken und dergleichen gelernt."

„Wie steht's mit Waffengebrauch?"

„Sie ist in der Savanne aufgewachsen. Mit zehn Jahren konnte sie einer Antilope auf hundert Meter ein Auge ausschießen." Radl blickte stirnrunzelnd ins Leere, und Meyer fragte zögernd: „Liegt irgend etwas Besonderes an, Herr Oberstleutnant? Kann ich vielleicht behilflich sein?"

„Für den Augenblick genügt es, wenn Sie mir alle Unterlagen über diese Frau rübergeben; und bis auf weiteren Befehl keinen Funkkontakt mehr."

Meyer war entsetzt. „Bitte, wenn sie in Gefahr ist –"

„Nicht im mindesten", sagte Radl. „Ich verstehe Ihre Besorgnis, aber mehr kann ich in diesem Augenblick nicht sagen."

„Verzeihung, Herr Oberstleutnant, aber als alter Freund von Frau Grey . . ." Er ging. Sekunden später kam Hofer herein.

„Ich habe Meyer gesagt, er soll Ihnen alles geben, was er über Stärling hat. Sie übernehmen von jetzt an die Funkverbindung", sagte Radl.

Er griff nach seinen russischen Zigaretten. Sie waren viel zu stark, so daß er husten mußte. Das war ihm gleichgültig; die Ärzte hatten ihm schon gesagt, er habe aufgrund seiner schweren Verwundungen sowieso eine stark verkürzte Lebenserwartung. Hofer hielt ihm ein Feuerzeug hin. „Ziehen wir die Sache demnach durch, Herr Oberstleutnant?"

Radl blies eine Rauchwolke von sich. „Es sieht so aus, als ob das Schicksal eingegriffen hätte. Wann ist der nächste Funkkontakt mit Stärling?"

„Heute abend, Herr Oberstleutnant."

„Senden Sie folgendes." Radl starrte an die Decke und versuchte seine Gedanken zusammenzufassen. „Sind an Ihrem Besucher vom 6. November interessiert. Möchten ein paar Freunde schicken, die ihn zum Mitkommen überreden. Erwarten Ihre Stellungnahme."

PFARRER Philip Vereker kam durchs Friedhofstor der Kirche St. Mariä und aller Heiligen gehumpelt und ging aufs Dorf Studley Constable zu. Die Sonne schien, und es war ein wunderschöner Herbstmorgen.

Zu dieser Zeit war Philip Vereker dreißig Jahre alt. Er war 1940 als Militärgeistlicher in die Armee eingetreten und einem Fallschirmjägerregiment zugeteilt worden. Den Krieg hatte er nur einmal gesehen, und zwar im November 1942, als er mit seiner Einheit abgesprungen war, um den Flugplatz von Oudna, fünfzehn Kilometer vor Tunis, einzunehmen. Hundertachtzig waren zurückgekehrt. Zweihundertsechzig waren geblieben. Vereker gehörte zu denen, die Glück gehabt hatten, obwohl ihm eine Kugel den rechten Fußknöchel zerschmettert hatte. Bis er ins Feldlazarett kam, hatte die Wundsepsis eingesetzt. Der Fuß wurde amputiert und Vereker schließlich als Invalide nach Hause geschickt.

Auch jetzt, vier Monate nach seiner Entlassung aus dem Militärhospital, hatte er noch ständig Schmerzen. Dennoch brachte er ein Lächeln zuwege, als Joanna Grey, ihr Fahrrad schiebend, aus ihrem Park Cottage kam, Patch auf den Fersen.

„Wie geht's Ihnen, Philip?" fragte sie. Sie trug einen gelben Ölmantel und hatte einen Seidenschal um ihr weißes Haar gebunden. Mit der südafrikanischen Bräune, die sie nie ganz verloren hatte, sah sie bezaubernd aus.

„Mir geht's ganz gut", sagte Vereker. „Ich sterbe höchstens nach und nach an Langeweile. Etwas Neues ist immerhin passiert, seit wir uns zuletzt gesehen haben. Meine Schwester Pamela, die als Luftwaffenhelferin dient, ist zu einem Bombergeschwader versetzt worden, nur fünfundzwanzig Kilometer von hier. Da werde ich sie also manchmal sehen. Ich stelle sie Ihnen dann mal vor."

„Darauf freue ich mich." Joanna stieg auf ihr Fahrrad.

„Schach heut abend?" fragte er hoffnungsvoll.

„Warum nicht? Kommen Sie doch gleich auch zum Abendbrot. Aber jetzt muß ich weiter."

Sie radelte am Bach entlang, Patch in großen Sprüngen hinterher. Der Funkspruch von gestern abend hatte ihr einen gewaltigen Schrecken eingejagt. Sie hatte wach gelegen und dem Dröhnen der Lancaster-Bomber gelauscht, die über die See in Richtung Kontinent davonflogen und wenige Stunden später zurückkehrten.

Während sie jetzt den Hügel hinunterrollte, erklang plötzlich eine Hupe, und eine kleine Limousine überholte sie und zog an den Straßenrand. Der Fahrer hatte einen großen weißen Schnurrbart und einen rosigen Teint. Er trug die Uniform eines Oberstleutnants der Heimwehr.

„Guten Morgen, Joanna", rief er leutselig.

Die Begegnung ersparte ihr einen Besuch in Studley Grange. „Guten Morgen, Henry", sagte sie und stieg vom Fahrrad.

Er kletterte aus dem Wagen. „Wir haben Samstag ein paar Leute zum Abendessen. Jean meint, Sie würden vielleicht auch gern kommen."

„Das ist sehr nett von ihr. Ich käme wirklich gern. Sie muß ja im Moment furchtbar viel um die Ohren haben mit den Vorbereitungen für das große Ereignis."

Sir Henry sah ein wenig gequält drein und senkte die Stimme. „Hören Sie, Sie haben doch mit niemandem darüber gesprochen?"

Joanna Grey machte ein entrüstetes Gesicht, wie sich's gehörte. „Aber natürlich nicht!"

„Ich hätte eigentlich gar nichts davon sagen dürfen." Er legte ihr einen Arm um die Taille. „Also, kein Sterbenswörtchen am Samstag, klar?" Er ließ sie los und stieg wieder ins Auto. „Ich muß zu einer Kommandeursbesprechung in Holt. Und was haben Sie vor?"

Genau auf diese Frage hatte Joanna gewartet. „Ein bißchen Vögel beobachten, wie gewöhnlich. Vielleicht fahre ich bis nach Cley oder in die Marschen."

Seine Miene war ernst. „Sie denken daran, was ich Ihnen gesagt habe?"

Als Kommandeur der hiesigen Heimwehr hatte er sämtliche Pläne der Küstenverteidigung, einschließlich der wirklich und der nur angeblich verminten Strände. Einmal hatte er ihr aus lauter Fürsorglichkeit genau gezeigt, wohin sie auf ihren vogelkundlichen Exkursionen auf keinen Fall gehen dürfe.

„Ich weiß, das ändert sich dauernd", sagte sie. „Vielleicht kommen Sie mal wieder mit Ihren Karten zu mir und geben mir Nachhilfe. Wie wär's mit heute nachmittag?"

„Nach dem Lunch", sagte er. „Gegen zwei bin ich da", und damit löste er die Handbremse und fuhr schnell davon.

Joanna Grey stieg wieder auf ihr Fahrrad und fuhr weiter den Hügel hinunter, Patch hinterdrein. Armer Henry. Sie hatte ihn wirklich recht gern. Ein großes Kind, und so leicht wie ein Kind zu lenken.

Eine halbe Stunde später verließ sie die Küstenstraße und fuhr auf einem Deich in der Marschlandschaft am Hobs End entlang. Es war eine sonderbare Welt hier, aus Wasserläufen und Morastflächen und übermannshohem Schilfrohr, wo nur Vögel wohnten – Brachhühner, Rotschenkel und Wildgänse. Etwa in der Mitte des Deiches. hinter einer zerbröckelnden Steinmauer, lag die halbverfallene Hütte des Flurhüters mit ihrer großen Scheune. Die Fensterläden waren zu. Es gab seit 1940 keinen Flurhüter mehr.

Sie fuhr weiter bis auf eine hohe, mit Kiefern bewachsene Bodenwelle, stieg ab und lehnte das Fahrrad an einen Baumstumpf. Vor ihr lagen Dünen und ein breiter, flacher Strand, der sich einen halben Kilometer weit zum Meer hin erstreckte. Jenseits der Flußmündung sah sie die Landzunge, die wie ein großer, gekrümmter Zeigefinger eine Welt von Kanälen und Sandbänken umfaßte. Bei Flut war dieser Küstenabschnitt wahrscheinlich ebenso gefährlich wie überall in Norfolk. Links von ihr befanden sich ein Betonbunker und ein MG-Nest, beide im Verfall begriffen, und ein Panzergraben zwischen den Kiefern war mit Sand gefüllt. Nach Dünkirchen waren hier Soldaten postiert gewesen, vor einem Jahr sogar noch Heimwehr; jetzt nichts mehr.

Joanna bückte sich und kraulte ihren Hund hinter den Ohren.

„Weißt du, was das heißt, Patch? Die Engländer rechnen einfach nicht mehr mit einer Invasion."

Sie hob einen Stock auf und warf ihn über den Stacheldrahtzaun, der den Zugang zum Strand sperrte, und Patch jagte ihm nach, geradewegs an dem Schild mit der Warnung MINEN – LEBENSGEFAHR! vorbei. Dank Henry Willoughby wußte sie genau, daß dort keine einzige Mine lag. Dann nahm sie ihre Kamera und fing an zu knipsen.

Es WAR am darauffolgenden Dienstag, als Joanna Greys Fotos und ihr Bericht bei der Abwehr in Berlin eintrafen. Radl las schweigend. Dann sagte er zu Hofer: „Geben Sie mir noch einmal diese Seekarte und die Meßtischblätter."

Hofer breitete die Karten auf dem Tisch aus, und Radl fand Hobs End und verglich es mit den Fotos. „Was könnten wir uns noch mehr wünschen? Das ideale Gebiet für einen Nachtabsprung, und an dem bewußten Wochenende kommt die Flut im Morgengrauen und verwischt alle Spuren."

„Aber könnten Sie sich vorstellen, daß sich eine Transportmaschine von uns längere Zeit über der Küste von Norfolk aufhalten kann?" fragte Hofer.

„Das dürfte kein unüberwindliches Problem sein", sagte Radl. „Wie ich höre, hat einer unserer Nachtjäger kürzlich eine englische Dakota heruntergeholt, die Nachschub für den holländischen Widerstand abgeworfen hat. Nur leichter Maschinenschaden, so daß der Pilot auf einem Acker landen konnte. Zu seinem Pech war das gleich neben einer SS-Kaserne. Die Maschine ist für uns wieder einsatzbereit gemacht worden." Radl überlegte. „Und nach den Zielkarten der Luftwaffe für dieses Gebiet können tieffliegende Maschinen an diesem Küstenabschnitt nicht von Radar erfaßt werden."

„Aber wie holen wir unser Jagdkommando da wieder heraus, Herr Oberstleutnant?"

Radl betrachtete einen Augenblick die Seekarte. „Vielleicht ein Schnellboot. Auf den Küstenschiffahrtsstraßen in diesem Gebiet treiben sich jede Menge Schnellboote herum. Ich sehe nicht ein, warum nicht eines mit der Flut zwischen Landzunge und Strand hineinschlüpfen können sollte. Nach den Angaben von Stärling ist dieser Kanal nicht vermint."

„Aber sie spricht von gefährlichen Gewässern."

„Genau dafür hat man gute Seeleute. Haben Sie sonst noch Bedenken?"

„Verzeihung, Herr Oberstleutnant, aber mir scheint, hier spielt der Zeitfaktor mit, und der bleibt ein Problem." Hofer zeigte auf Studley Grange auf dem Meßtischblatt. „Hier ist das Ziel, rund dreizehn Kilometer vom Absprungplatz entfernt. Ich würde sagen, das Kommando braucht zwei Stunden hin und zwei zurück. Nach meiner Schätzung dürfte die Gesamteinsatzdauer sechs Stunden betragen. Wenn der Absprung aus Sicherheitsgründen gegen Mitternacht erfolgt, kann demnach das Rendezvous mit dem Schnellboot erst nach Beginn der Morgendämmerung stattfinden, und das ist völlig unannehmbar."

Radl hatte sich zurückgelehnt und hielt die Augen geschlossen. „Sie haben völlig recht." Er richtete sich auf. „Der Absprung muß in der Nacht davor erfolgen."

„Herr Oberstleutnant?" In Hofers Gesicht stand Verblüffung.

„Ganz einfach. Churchill trifft am Samstag, dem 6. November, bei Studley Grange ein. Unsere Leute springen in der Nacht zuvor, am 5. November, ab. Dann können sie am sechsten noch vor Mitternacht herausgeholt werden."

„Damit stellt sich die große Frage, wie wir sie den Samstag über verstecken", wandte Hofer ein.

„Richtig." Radl stand auf und ging im Zimmer auf und ab. „Aber wenn Sie einen Baum verstecken wollen, wo tun Sie das am zweckmäßigsten?"

„Im Wald, würde ich sagen."

„Genau. In so einer abgelegenen Gegend, vor allem im Krieg, würde ein Fremder auffallen wie ein bunter Hund. Aber laut Stärlings Bericht kommen Woche für Woche Fremde durchs Dorf und werden ohne jede Frage akzeptiert." Hofer machte ein verständnisloses Gesicht, und Radl fuhr fort. „Soldaten beim Kriegspielen." Er setzte sich wieder und griff nach dem Bericht. „Hier spricht sie von diesem Ort namens Meltham House, zwölf Kilometer von Studley Constable. Im vergangenen Jahr als Ausbildungslager benutzt – zweimal von britischen Kommandos, einmal von einer ähnlichen Einheit aus Polen und Tschechen unter britischen Offizieren und einmal von amerikanischen Rangern. Eine polnische Einheit wäre ideal."

„Damit wäre jedenfalls das Sprachproblem gelöst", sagte Hofer.

Er sah auf die Uhr. „Wenn ich Herrn Oberstleutnant daran erinnern darf – die Abteilungsleiterbesprechung beginnt in genau zehn Minuten."

„Danke, Hofer." Radl zog sein Koppel fester und stand auf. „Somit dürfte also unsere Durchführbarkeitsstudie praktisch komplett sein."

„Bis auf den wichtigsten Punkt, Herr Oberstleutnant. Der Führer eines solchen Unternehmens müßte ein Mann mit außergewöhnlichen Fähigkeiten sein."

„Ein zweiter Otto Skorzeny", meinte Radl.

„Genau", sagte Hofer. „Nur daß er in diesem Falle noch eines mehr braucht. Diese polnische Einheit, die Stärling erwähnt, hatte englische Offiziere. Unser Mann muß sich als Engländer ausgeben können."

Radl lächelte liebenswürdig. „Suchen Sie mir den Mann, Hofer. Ich gebe Ihnen achtundvierzig Stunden." Er öffnete rasch die Tür und ging hinaus.

Am Donnerstag nach dem Mittagessen legte Hofer einen frischen grünen Hefter auf Radls Schreibtisch. „Nähere Angaben über den Offizier, der als Engländer gelten könnte, Herr Oberstleutnant. Ich habe lange graben müssen. Und es existiert da noch eine Akte über einen Kriegsgerichtsprozeß, die ich angefordert habe."

„Kriegsgericht?" fragte Radl. „Das klingt aber gar nicht gut." Er schlug den Hefter auf. „Und wer ist dieser Mann?"

„Ein gewisser Steiner. Oberstleutnant Kurt Steiner."

K<small>URT</small> S<small>TEINER</small>, geboren 1916, war der einzige Sohn des General-majors Karl Steiner, des derzeitigen Abschnittskommandeurs in der Bretagne. Seine Mutter war Amerikanerin, Tochter eines Bostoner Tuchhändlers, der aus geschäftlichen Gründen mit seiner Familie nach London übergesiedelt war.

Der Junge hatte in London fünf Jahre die St.-Paul's-Schule besucht, während sein Vater Militärattaché an der deutschen Botschaft war, und er sprach fließend Englisch. Nach dem Tod seiner Mutter bei einem Verkehrsunfall im Jahre 1931 war er mit seinem Vater nach Deutschland zurückgekehrt, besuchte aber bis 1938 weiter seine Verwandten in England.

Er trat in die Wehrmacht ein und meldete sich freiwillig zu den Fallschirmjägern. Er kämpfte in Polen und war beim Norwegenfeldzug dabei. Als nächstes kamen Belgien und Griechenland. Im Mai 1941 wurde er, inzwischen zum Hauptmann avanciert, beim Absprung über Kreta schwer verwundet.

Dann der Winterkrieg. Als Major führte Steiner ein Stoßtruppunternehmen, das während der Schlacht um Leningrad zwei eingeschlossene Divisionen befreite. Dieses Unternehmen brachte ihm eine Kugel im rechten Bein ein, wodurch er leicht humpelte, sowie das Ritterkreuz und eine gewisse Berühmtheit für diese Art von Sonderkommandos.

Er wurde zum Oberstleutnant befördert und nach Stalingrad geschickt, wo er die Hälfte seiner Leute verlor. Im Januar 1943 wurden er und die hundertsiebenundsechzig Überlebenden seiner ursprünglichen Truppe bei Kiew abgesetzt, wieder einmal zur Befreiung eingeschlossener Infanteriedivisionen. Es kam zu einem Rückzugsgefecht über fünfhundert blutige Kilometer, und Ende April erreichte Steiner mit seinen letzten dreißig Mann die deutschen Linien.

Er bekam auf der Stelle das Eichenlaub zum Ritterkreuz, dann wurden er und seine Soldaten in einen Zug nach Deutschland verfrachtet. Am 1. Mai kamen sie durch Warschau. Als er mit seinen Leuten die polnische Hauptstadt wieder verließ, stand er auf Befehl des SS-Brigadeführers und Generalmajors der Polizei, Jürgen Stroop, unter Arrest.

In der Woche darauf gab es einen Kriegsgerichtsprozeß. In den Akten stand nur das Urteil. Steiner und seine Soldaten sollten als Strafeinheit die Operation Schwertfisch auf Alderney durchführen, einer der von Deutschland besetzten britischen Kanalinseln.

RADL schloß die Akte. „Was ist in Warschau passiert?"

„Ich weiß es nicht sicher, Herr Oberstleutnant, aber es hatte ursprünglich anscheinend etwas mit der SS zu tun."

„Na schön", sagte Radl. „Was macht diese Einheit auf Alderney?"

„Scheint ein Selbstmordkommando zu sein. Sie greifen alliierte Schiffe im Kanal an, indem sie auf einem blinden Torpedo reiten, unter dem ein scharfer Torpedo befestigt ist. Im letzten Moment lösen sie den scharfen Torpedo und drehen selbst ab."

„Allmächtiger!" rief Radl entsetzt.

Hofer fragte zögernd: „Meinen Sie, er käme in Frage?"

„Ich wüßte nicht, was dagegen spricht. Gegenüber dem, was er zur Zeit tut, kann er sich nur verbessern. Besorgen Sie mir für heute nachmittag eine Unterredung mit dem Admiral. Wird Zeit, daß wir ihm zeigen, wie weit wir sind."

CANARIS war in einer Besprechung mit Ribbentrop und Goebbels, und es wurde sechs Uhr, bis er Radl empfangen konnte. Er nahm den maschinengeschriebenen Entwurf in die Hand, den Radl ihm auf den Tisch legte, und begann zu lesen. Nach einer Weile sah er auf. „Sehr gut, Radl. Das Ganze ist natürlich völliger Unsinn, aber so auf dem Papier hat es eine Art Wahnsinnslogik. Halten Sie das Ding griffbereit, falls Himmler den Führer daran erinnert, danach zu fragen."

„Sie meinen, das ist alles, Herr Admiral?" Radl konnte es nicht fassen. „Ich habe sogar schon den richtigen Mann dafür."

Canaris lächelte und schob den Entwurf über den Tisch. „Ich sehe, Sie haben das Ganze zu ernst genommen. Es gibt genug wirklich Wichtiges, womit Sie sich jetzt wieder beschäftigen können."

Er nickte zum Zeichen, daß Radl entlassen war. Der aber sagte eigensinnig: „Aber Herr Admiral, wenn es der Führer doch wünscht –"

Canaris warf den Federhalter hin, den er eben in die Hand genommen hatte. „Gott im Himmel, Mann, wozu denn Churchill umbringen, wo wir den Krieg schon verloren haben?" Er errötete, als er gewahr wurde, wie sehr seine Worte Verrat bedeuteten. Plötzlich sah er sehr alt aus. „Vertrauen Sie mir, Radl. Ich weiß, was ich tue."

„Sehr wohl, Herr Admiral." Radl knallte die Hacken zusammen und ging.

RADL hatte für heute genug von der Abwehr. Als er wieder in seinem Dienstzimmer war, stopfte er Joanna Greys Bericht und das Meßtischblatt in seine Aktentasche und zog den Mantel an. Beim Verlassen des Gebäudes erwiderte er knapp den Gruß des Postens am Eingang.

Als er unter die abgedunkelte Straßenlaterne am Fuß der Treppe trat, fuhr ein Wagen vor. Es war ein schwarzer Mercedes-Benz, so schwarz wie die Uniformen der beiden Männer, die ausstiegen und wartend stehenblieben. Als Radl ihre Abzeichen sah, blieb ihm fast das Herz stehen. RFSS. Reichsführer SS. Himmlers persönlicher Stab.

Der junge Mann, der hinten im Wagen gesessen hatte, trug einen

Schlapphut zum schwarzen Ledermantel. Sein Lächeln hatte den
Charme des wahrhaft Skrupellosen. „Oberstleutnant Radl? Der
Reichsführer läßt Sie grüßen. Er würde sich freuen, wenn Sie einen
Augenblick Zeit für ihn hätten." Er nahm Radl geschickt die Akten-
tasche aus der Hand. „Das darf ich für Sie tragen."

Radl konnte sich zu einem Lächeln zwingen. „Aber natürlich", sagte
er und stieg in den Wagen. Als der Fahrer anfuhr, sah Radl, daß der
andere Wächter eine Maschinenpistole auf dem Schoß liegen hatte.

DRITTES KAPITEL

ALS Radl in das Zimmer im zweiten Stock in der Prinz-Albrecht-
Straße geführt wurde, sah er Himmler hinter einem wuchtigen
Schreibtisch sitzen, vor sich einen hohen Aktenstapel. Er trug die
volle Uniform des Reichsführers SS, ein Teufel in Schwarz im abge-
dunkelten Licht. Das Gesicht hinter der silbrigen Brille war kalt und
unpersönlich.

Der junge Mann im schwarzen Ledermantel, der Radl gebracht
hatte, hob die Hand zum deutschen Gruß und stellte die Aktentasche
auf den Tisch.

„Danke, Roßmann", sagte Himmler.

Roßmann ging hinaus, und Radl wartete, während Himmler ganz
bedächtig ein paar Ordner auf dem Schreibtisch zur Seite schob und
die Aktentasche zu sich zog. „Es geschieht heutzutage nicht viel am
Tirpitzufer, wovon ich nichts weiß, Herr Oberstleutnant. Zum Beispiel weiß ich, daß Ihnen am zweiundzwanzigsten dieses Monats der
Bericht einer Abwehragentin in England gezeigt wurde, einer Frau
Joanna Grey, und daß darin der Name Winston Churchill vorkam."

„Herr Reichsführer, ich weiß nicht, was ich sagen soll", sagte Radl.

„Was noch interessanter ist, Sie haben sich alle Akten über Frau
Grey bringen lassen und Hauptmann Meyer, ihren langjährigen Kontaktmann, von seiner Aufgabe entlastet." Himmler legte eine Hand
auf die Aktentasche. „Nun los, Herr Oberstleutnant, was haben Sie
mir zu erzählen?"

Max Radl war Realist. Er sagte: „In dieser Aktentasche werden
Herr Reichsführer alles finden, was es zu wissen gibt, bis auf eines."

„Die Kriegsgerichtsakten über Oberstleutnant Kurt Steiner?"

Himmler nahm die oberste Akte von dem Stapel auf dem Tisch und reichte sie hinüber. „Ein ehrlicher Tausch. Ich schlage vor, Sie lesen das draußen." Er öffnete die Aktentasche. „Ich lasse Sie rufen, wenn ich Sie brauche."

Radl ging ins Vorzimmer, wo Roßmann sich in einem Sessel lümmelte und in einer Illustrierten las. Radl legte die Akte auf ein niedriges Tischchen. „Es scheint, ich habe hier ein bißchen zu lesen", sagte er.

Roßmann lächelte liebenswürdig. „Ich besorge uns einen Kaffee." Er ging hinaus, und Radl setzte sich und schlug die Akte auf.

DER Lazarettzug, der Steiner und seine Soldaten von der Ostfront nach Berlin zurückbrachte, hatte am Morgen des 1. Mai 1943 einen kleinen Zwischenaufenthalt in Warschau. Über Lautsprecher wurde bekanntgegeben, daß niemand die Erlaubnis habe, den Bahnhof zu verlassen. Steiner verließ den Waggon, um sich die Beine zu vertreten. Oberleutnant Walther Neumann, sein Stellvertreter, kam mit. Steiners Springerstiefel und sein Ledermantel waren verschlissen, und er trug einen schmutzigen weißen Schal und ein Schiffchen, wie man es eigentlich häufiger bei Unteroffizieren als bei Offizieren sah.

Steiner und Neumann ignorierten das Verbot und traten vor das Haupttor. Ein schwarzer Rauchschleier lag über der Stadt; man hörte das Grollen von Artillerie und das Knattern von Handfeuerwaffen. Plötzlich fühlte Steiner eine Hand auf seiner Schulter, und als er herumfuhr, sah er in das Gesicht eines makellos uniformierten Majors der Feldgendarmerie. Steiner zog seufzend den weißen Schal vom Hals, um seine Rangabzeichen und das Ritterkreuz mit Eichenlaub zu zeigen. „Steiner", sagte er. „Fallschirmjägerregiment."

„Tut mir leid, Herr Oberstleutnant, aber Befehl ist Befehl."

„Wie heißen Sie?" fragte Steiner mit einer gewissen Schärfe.

„Major Frank, Herr Oberstleutnant."

„Vielleicht sind Sie so freundlich und erklären uns mal, was hier los ist. Ich dachte, die Polen hätten 1939 kapituliert."

„Ein Sonderkommando zerstört das Getto", sagte Frank. „SS und andere Einheiten unter Brigadeführer Jürgen Stroop. Jüdische Banditen schießen schon seit dreizehn Tagen aus ihren Häusern. Jetzt werden sie ausgeräuchert. Das ist die beste Methode, Ungeziefer zu vernichten."

Während des Genesungsurlaubs nach Leningrad hatte Steiner seinen Vater in Frankreich besucht und ihn sehr verändert angetroffen. Vor sechs Monaten hatte sich der General ein Konzentrationslager bei Auschwitz angesehen.

„Der Lagerkommandant war ein Schwein namens Rudolf Höß — ein bei der Amnestie von 1928 freigelassener Mörder. Jetzt bringt er da die Juden zu Tausenden um, in eigens dafür konstruierten Gaskammern und beseitigt die Leichen in riesigen Verbrennungsanlagen. Und das soll es sein, wofür wir kämpfen, Kurt?"

Hier vor dem Warschauer Bahnhof erinnerte Kurt Steiner sich an diese Worte des alten Generals, und der Ausdruck, der in sein Gesicht trat, ließ den Major ein paar Schritte zurückweichen. „So ist es schon besser", sagte Steiner. „Sehen Sie zu, daß Sie Land gewinnen." Damit ging er in den Bahnhof zurück.

Auf dem gegenüberliegenden Bahnsteig trieb eine Gruppe von SS-Leuten eine Reihe zerlumpter, verdreckter Menschen an eine Wand, wo sie anfingen, ihre Kleider auszuziehen.

„Was geht da vor?" fragte Steiner einen Feldgendarmen.

„Juden, Herr Oberstleutnant. Die heutige Ausbeute aus dem Getto. Sie werden nach Treblinka gebracht und später erledigt. Jetzt werden sie erst mal durchsucht."

Von drüben ertönte brutales Gelächter über die Geleise. Steiner drehte sich angewidert zu Neumann um und sah, wie der Oberleutnant den Bahnsteig entlang zum Ende des Lazarettzuges starrte. Ein junges Mädchen von vielleicht vierzehn Jahren, das Haar zerzaust, das Gesicht rauchgeschwärzt, mit einem Männermantel um den Leib, kroch unter den letzten Wagen. Wahrscheinlich hatte es sich von der Gruppe drüben absetzen können und wollte sich von unten an den Wagen hängen, wenn der Zug aus dem Bahnhof fuhr. Im selben Moment sah sie auch der Feldgendarm auf dem Bahnsteig. Er sprang zwischen die Schienen und packte das Mädchen. Sie schrie und riß sich los, sprang auf den Bahnsteig und rannte zum Ausgang, Major Frank direkt in die Arme. Der packte sie bei den Haaren und schüttelte sie wie eine Ratte.

Steiner war schon da. „Nicht, Herr Oberstleutnant!" rief Neumann. Aber Steiner packte Frank am Kragen, riß ihn zu Boden, nahm das Mädchen bei der Hand und zog es hinter sich.

Major Frank rappelte sich hoch, das Gesicht wutverzerrt. Seine

Hand fuhr zur Pistolentasche. Steiner zog seine 08-Pistole und hielt ihm die Mündung zwischen die Augen. „Finger weg, oder ich schieße Ihnen den Kopf ab."

Mindestens ein Dutzend bewaffnete Feldgendarmen kamen angerannt, blieben aber einige Schritt entfernt im Halbkreis stehen. Steiner packte Frank am Uniformrock und hielt ihn fest. Ein Güterzug mit offenen Kohlewaggons fuhr soeben durch den Bahnhof. Steiner sagte zu dem Mädchen: „Wenn ich dich halbwegs richtig einschätze, springst du jetzt auf einen von diesen Wagen." Sie war weg wie der Blitz, und Steiner rief mit lauter Stimme: „Wenn einer auf das Mädchen schießt, ist der Major hier eine Leiche."

Das Mädchen sprang einen der Waggons an, bekam festen Halt und zog sich hoch. Der Zug verließ den Bahnhof. Steiner stieß den Major von sich und steckte die 08 ein. Die Feldgendarmen wollten sich auf ihn stürzen, aber da rief Neumann: „Heute nicht, meine Herren!"

Steiner drehte sich um und sah Neumann mit einer Maschinenpistole dastehen, dahinter in Reih und Glied die übrigen Fallschirmjäger, alle bewaffnet.

Wer weiß, wie die Situation sich weiterentwickelt hätte, wenn nicht in diesem Augenblick eine Gruppe SS durch den Eingang gestürmt gekommen wäre, die Gewehre im Anschlag. Kurz darauf kam SS-Brigadeführer Jürgen Stroop, flankiert von ein paar SS-Offizieren. „Was ist hier los, Major?"

Frank, das Gesicht vor Wut verzerrt, sagte: „Dieser Offizier hat soeben einer jüdischen Terroristin zur Flucht verholfen, Herr Brigadeführer."

Stroop musterte Steiner von oben bis unten, sah seine Rangabzeichen und das Ritterkreuz mit dem Eichenlaub. „Wer sind Sie?" fragte er.

„Oberstleutnant Steiner, Fallschirmjägerregiment. Und wer sind wohl Sie?"

Jürgen Stroop, der dafür bekannt war, daß er nie die Beherrschung verlor, sagte ruhig: „So können Sie mit mir nicht reden, Oberstleutnant Steiner. Ich habe hier die Befehlsgewalt."

Steiner rümpfte die Nase. „Sie erinnern mich an etwas, wo man manchmal auf der Straße hineintritt. Sehr unangenehm an warmen Tagen."

Stroop, immer noch von eisiger Ruhe, streckte die Hand aus. Steiner gab ihm seufzend seine Pistole. Er blickte über die Schulter. „Rührt euch, Männer." Er wandte sich wieder an Stroop. „Daß Sie meine Leute aus dem Spiel lassen, ist wohl nicht drin, wie?"

„Keine Chance", antwortete Stroop.

„Hab ich mir gedacht", sagte Steiner. „Einen ausgemachten Schweinehund hab ich schon immer auf den ersten Blick erkannt."

RADL saß noch lange mit der Akte auf dem Schoß, nachdem er das Gerichtsprotokoll zu Ende gelesen hatte. Steiner war mit Glück dem Todesurteil entgangen – wahrscheinlich hatte da der Einfluß des Vaters eine Rolle gespielt. Außerdem lief das Unternehmen Schwertfisch über kurz oder lang auf dasselbe hinaus.

Roßmann lümmelte sich auf dem Sessel gegenüber, scheinbar schlafend, doch als das Licht über der Tür aufleuchtete, war er gleich auf den Beinen. Er ging, ohne anzuklopfen, hinein und war gleich darauf wieder draußen. „Sie sollen reinkommen."

Der Reichsführer sah von dem Meßtischblatt auf seinem Schreibtisch auf. „Was halten Sie von der kleinen Eskapade unseres Freundes Steiner?"

„Eine erstaunliche Geschichte", sagte Radl vorsichtig. „Ein ungewöhnlicher Mann."

„Ich würde sagen, einer der tapfersten, denen Sie je begegnen werden", sagte Himmler ruhig. „Mit hoher Intelligenz begabt, mutig, hart, ein hervorragender Soldat – und ein romantischer Narr obendrein, der alles für eine kleine Jüdin aufs Spiel setzt." Dann zeigte er, wie um das Thema abzuschließen, auf die Landkarte. „Funktioniert dieser Plan?"

„Ich nehme es an", antwortete Radl.

„Und der Admiral? Was hält er davon?"

Radls Gedanken rasten. „Das ist schwer zu beantworten."

Himmler lehnte sich zurück, die Hände gefaltet. Einen verrückten Augenblick lang glaubte Radl sich wieder seinem alten Dorfschulmeister gegenüber.

„Ich habe für Treue etwas übrig, aber in diesem Falle täten Sie gut daran, sich zu erinnern, daß Ihre Treue zu Deutschland und zum Führer an erster Stelle zu stehen hat."

„Selbstverständlich, Herr Reichsführer", sagte Radl schnell.

„Leider gibt es subversive Elemente in allen Schichten unserer Gesellschaft. Auch im Heer und in der Marine. Ja, ich habe sogar allen Grund zu der Annahme, daß Admiral Canaris sich gegen diesen Plan ausgesprochen hat. Er wäre nicht mit seinem allgemeinen Ziel zu vereinbaren, und dieses Ziel ist nicht der Sieg des Deutschen Reiches, das kann ich Ihnen versichern."

Radls Blut erstarrte. Der Gedanke war ungeheuerlich; doch er erinnerte sich an die abwertenden Bemerkungen des Admirals über hohe Persönlichkeiten, sogar über den Führer selbst, auch an seine Reaktion von heute abend – „Wir haben den Krieg verloren."

„Herr Reichsführer", sagte Radl, „was wünschen Sie von mir?"

Himmler lächelte sogar. „Nun, ganz einfach. Diese Churchill-Geschichte. Ich will sie durchgeführt sehen. Und ich wüßte nicht, wieso Sie das nicht ohne Wissen des Admirals machen könnten."

„Aber Herr Reichsführer müssen doch sehen, in was für eine Situation mich das bringt. Meine persönliche Loyalität steht natürlich völlig außer Frage, aber welche Autorität hätte ich für so ein Projekt?"

Himmler nahm einen Umschlag aus seiner Schreibtischschublade und entnahm ihm einen Brief, auf dessen Kopf der deutsche Adler und das Eiserne Kreuz in Gold prangten.

DER FÜHRER UND KANZLER DES DEUTSCHEN REICHES – STRENG GEHEIM

Oberstleutnant Radl führt unter meinem persönlichen Befehl einen für das Reich außerordentlich wichtigen Auftrag aus. Alle militärischen und zivilen Dienststellen haben ihn auf jede von ihm geforderte Weise zu unterstützen. Adolf Hitler

Das war das unglaublichste Dokument, das Radl je in Händen gehalten hatte. Mit diesem Schlüssel durfte ihm niemand etwas verweigern.

Himmler rieb sich fröhlich die Hände. „So, das wäre erledigt. Jetzt zur Sache. Ich schlage vor, Sie suchen unverzüglich Steiner auf."

„Da fällt mir ein", sagte Radl vorsichtig, „daß Steiner im Hinblick auf seine jüngste Vergangenheit vielleicht an so einem Auftrag nicht interessiert ist."

„Er hat keine Wahl", sagte Himmler. „Vor vier Tagen haben wir seinen Vater verhaftet, Generalmajor Karl Steiner, der des Verrats verdächtig ist. Sie könnten Oberstleutnant Steiner darauf hinweisen, daß es nicht nur in seinem ureigensten Interesse ist, dem Reich zu dienen, sondern daß ein solcher Loyalitätsbeweis auch die Sache mit seinem Vater günstig beeinflussen könnte."

Radl war entsetzt, aber Himmler fuhr gleich fort: „Würden Sie sich jetzt einmal zu der Frage der Tarnung äußern, die Sie in Ihrem Entwurf ansprechen?"

Radl dachte an seine Frau Trudi, an seine drei heißgeliebten Töchter. Für sie, dachte er, muß ich alles überstehen. Er begann zu sprechen, selbst erstaunt über seine ruhige Stimme. „Die Briten haben viele Kommandoeinheiten, wie Herr Reichsführer wissen, aber mit am erfolgreichsten dürfte die Einheit gewesen sein, die gebildet worden war, um hinter unsern Linien in Afrika zu kämpfen. Es ist der SAS – Special Air Service. In den üblichen Verbänden der britischen Armee ist wenig darüber bekannt. Man weiß, daß seine Aufgaben geheim sind, und um so weniger wahrscheinlich ist es, daß jemand sich näher mit ihnen befaßt."

„Und Sie wollen unsere Leute als Angehörige dieser Einheit losschicken?"

„Jawohl, Herr Reichsführer. Als Soldaten des Unabhängigen Polnischen Fallschirmjägerbataillons, dem SAS unterstellt."

„Uniformen?"

„Meist tragen diese Leute Tarnanzüge mit dem braunen Fallschirmjägerbarett der Engländer und einem Sonderabzeichen – einem geflügelten Dolch mit der Inschrift: ‚Wer wagt – gewinnt.'"

„Wie abenteuerlich", meinte Himmler trocken.

„Die Abwehr hat genug Bekleidungsstücke dieser Art. Sie wurden Kriegsgefangenen der SAS-Unternehmen in Griechenland, Jugoslawien und Albanien abgenommen. Nebst sonstiger Ausrüstung."

Himmler nahm seine Brille ab und rieb sich den Nasenrücken. „Das Tragen von Feinduniformen ist nach den Genfer Konventionen verboten. Darauf steht Erschießen." Er setzte die Gläser wieder auf und sah Radl an. „Ein Kompromiß: Der Stoßtrupp trägt unter den Tarnanzügen normale Uniform. Vor dem eigentlichen Angriff werden die Tarnanzüge ausgezogen. Einverstanden?"

Radl hielt diese Idee zwar für die schlechteste, die ihm je untergekommen war, aber er wußte, wie sinnlos Widerspruch war. „Wie Sie befehlen, Herr Reichsführer."

„Gut. Der Führerbrief wird Ihnen alle Türen öffnen. Haben Sie sonst noch irgendwelche Fragen zu besprechen?"

„Ja, was Churchill betrifft", sagte Radl. „Soll er lebend gefangengenommen werden?"

„Wenn eben möglich", sagte Himmler. „Tot nur, wenn es nicht
anders geht. Roßmann wird Ihnen eine besondere Telefonnummer
geben. Ich möchte täglich über Ihre Fortschritte auf dem laufenden
gehalten werden." Er steckte die Berichte und Karten in die Aktentasche und schob sie über den Tisch.

Radl faltete den kostbaren Brief zusammen, tat ihn wieder in den
Umschlag und steckte ihn in die Rocktasche. Er nahm die Aktentasche
und seinen Mantel und ging zur Tür. Himmler, der in einer Akte zu
schreiben angefangen hatte, rief: „Oberstleutnant Radl . . ."

Radl drehte sich um. „Herr Reichsführer?"

„Merken Sie sich eines. Versagen ist ein Zeichen von Schwäche."
Himmler senkte den Kopf und schrieb weiter.

Als Radl in sein Zimmer kam, grüßte Feldwebel Hofer ihn eifrig.
„Gibt's was Neues zu unserm Plan, Herr Oberstleutnant?"

Radl nahm den Umschlag aus der Brusttasche. „Lesen Sie mal
diesen Brief, Hofer."

Radl wartete und sah aus dem Fenster. Nach ein paar Sekunden
drehte er sich wieder um. Hofer starrte sichtlich erschüttert auf den
Brief. „Aber was soll das bedeuten, Herr Oberstleutnant?"

„Die Sache Churchill geht los. Der Admiral soll nichts davon
wissen."

Hofer hörte mit bestürztem Gesicht zu, während Radl ihm die
Situation erklärte. Schließlich nahm Radl den Brief wieder an sich.
„Sie und ich, wir sind ganz kleine Leute und sitzen in einem sehr
großen Netz. Wir müssen ganz vorsichtig auftreten. Haben Sie Vertrauen zu mir?"

Hofer sprang in Habachtstellung. „Ich habe nie an Ihnen gezwei-
felt, Herr Oberstleutnant."

Ein warmes Gefühl der Zuneigung durchzog Radl. „Gut. Dann
fangen wir an. Stärling braucht einen Mann zur Hilfe. Jemanden,
der sowohl Gehirn als auch Muskeln hat."

„Eine schwierige Kombination", meinte Hofer.

„Das ist immer so. Wen hat Sektion eins denn im Augenblick in
England, der vielleicht helfen könnte?"

Hofer hob die Schultern. „Vielleicht sieben, acht Agenten."

Radl wandte sich wieder dem Fenster zu und klopfte ungeduldig mit dem Fuß auf den Boden. Seine linke Hand schmerzte, die Hand, die nicht mehr da war – ein sicheres Zeichen für seelischen Druck –, und sein Kopf barst fast. Himmlers Worte klangen ihm im Ohr – „Versagen ist ein Zeichen von Schwäche."

Hofer sagte zaghaft: „Da wäre natürlich immer noch die irische Sektion. Die Irisch-Republikanische Armee."

„Völlig nutzlos", sagte Radl. „Die ganze Verbindung zur IRA wurde längst abgebrochen. Das war ein einziger Fehlschlag von Anfang bis Ende."

„Nicht ganz, Herr Oberstleutnant." Hofer nahm eine Akte aus einem Schrank und legte sie auf den Tisch. Radl setzte sich und öffnete sie.

„Aber natürlich . . . Wie nennt er sich denn jetzt?"

„Devlin. Liam Devlin. Er ist noch in Berlin."

„Schaffen Sie ihn mir augenblicklich her!"

Der Mann, der sich Liam Devlin nannte, war im Juli 1908 in Nordirland geboren. Er war der Sohn eines kleinen Pächters, der 1921 während des englisch-irischen Krieges hingerichtet wurde, weil er in einer „fliegenden Kolonne" der IRA gekämpft hatte. Die Mutter des Jungen war zu ihrem Bruder in Belfast gezogen, einem katholischen Priester, dem sie den Haushalt führte, und der hatte dafür gesorgt, daß der Junge ein Jesuiteninternat im Süden besuchen konnte. Von dort war Devlin aufs Trinity College in Dublin gegangen und hatte sein Staatsexamen in englischer Literatur gemacht.

1931 wurde er bei einem Besuch zu Hause in Belfast Zeuge, wie Protestanten die Kirche seines Onkels demolierten. Der alte Priester wurde dabei so übel zugerichtet, daß er ein Auge verlor. Von dem Augenblick an hatte Devlin sich ganz und gar der republikanischen Sache verschrieben.

Während der Aufstände von 1935 hatte er die Verteidigung der katholischen Viertel von Belfast organisiert. Später im selben Jahr wurde er nach New York geschickt, um einen IRA-Verräter hinzurichten, den die Polizei auf ein Schiff nach Amerika verfrachtet hatte. Er hatte den Auftrag exakt erledigt.

1936 hatte er sich nach Spanien begeben und in der Abraham-Lincoln-Brigade gekämpft. Er war von italienischen Einheiten ergriffen und vom Franco-Regime zu lebenslänglich Gefängnis verurteilt worden. 1940 wurde er auf Betreiben der deutschen Abwehr freigelassen und nach Berlin gebracht, wo man hoffte, er könne beim Ausbau der Verbindungen zur IRA behilflich sein, mit denen sichergestellt werden sollte, daß die militärischen Anlagen der Briten in Nordirland regelmäßig angegriffen wurden. Man entdeckte, daß Devlin zwar keine große Sympathie für den Kommunismus hegte, aber ein entschiedener Antifaschist war, und das machte ihn zu einem Risiko.

Die Hoffnungen der Abwehr, Kontakte zur IRA zu knüpfen, hatten sich nicht erfüllt. Verzweifelt bat man Devlin, nach Irland zu gehen und Hauptmann Görtz, den besten Abwehragenten dort, herauszuholen. Devlin wurde am 18. Oktober 1941 mit dem Fallschirm über County Meath abgesetzt, aber ehe er Görtz erreichen konnte, wurde dieser vom Sonderdezernat Irland bei Scotland Yard verhaftet.

Nach monatelanger Flucht war Devlin schließlich im Juni 1942 in einem Bauernhaus in Kerry von Polizei umstellt. Er verwundete zwei Beamte, bevor er das Bewußtsein verlor, weil er selbst von einem Streifschuß am Kopf getroffen wurde. Er flüchtete aus dem Krankenhaus, gelangte per Schiff nach Lissabon und schlug sich auf den üblichen Wegen nach Spanien durch, bis er schließlich wieder einmal in den Amtsräumen am Tirpitzufer stand.

Von da an betrachtete die Abwehr die Akte Irland als geschlossen. Liam Devlin wurde an der Universität Berlin mit Übersetzungsaufgaben beschäftigt.

KURZ vor Mittag trat Hofer wieder ins Dienstzimmer. „Ich habe ihn, Herr Oberstleutnant."

Radl sah auf. Liam Devlin war unter einssiebzig groß, hatte dunkle Haare, lebhafte blaue Augen und ein ironisches Lächeln im Gesicht. Er trug einen schwarzen Regenmantel, und die häßlich gekräuselte Narbe von dem Streifschuß war an der linken Stirnseite deutlich zu sehen.

„Herr Devlin." Radl kam um den Schreibtisch herum und reichte ihm die Hand. „Mein Name ist Radl. Sehr freundlich von Ihnen, daß Sie gekommen sind."

„Nett von Ihnen", sagte Devlin in ausgezeichnetem Deutsch. „Ich hatte eher den Eindruck, daß mir nicht viel anderes übrigblieb."

„Bitte, Herr Devlin." Radl bot ihm einen Stuhl an. Dann holte er eine Flasche Courvoisier und zwei Gläser. „Kognak?"

Devlin nahm das Glas, trank einen Schluck und schloß für einen Moment die Augen. „Irisch ist der nicht, aber trinkbar. Nun nehme ich an, daß Sie mir auf schonendste Weise beibringen wollen, daß ich wieder nach Irland soll, nicht? Wenn das der Fall ist, können Sie's wieder vergessen."

„Nein, Herr Devlin, Sie sollen nicht nach Irland zurück", sagte Radl ruhig. „Aber Sie können für mich nach England fahren."

Devlin starrte ihn an. „Gott steh uns bei, der Mann ist wahnsinnig!"

„Nein, Herr Devlin, ich bin ganz bei Verstand, das kann ich Ihnen versichern." Radl schob die Flasche Courvoisier über den Tisch und legte die Akte Joanna Grey daneben. „Trinken Sie noch ein Gläschen, und lesen Sie das. Danach werden wir uns unterhalten."

Er stand auf und ging hinaus.

Nach einer guten halben Stunde trat Radl wieder ein. Devlin hatte die Füße auf dem Schreibtisch, die Akte in der einen Hand, ein Glas in der anderen. Die Flasche wirkte ziemlich leer.

Er sah auf und grinste. „Eine Frechheit ist das!"

„Sie meinen, es könnte klappen?" fragte Radl begierig.

„Unverschämt genug ist das Ganze." Devlin warf den Bericht auf den Tisch. „Den großen Winston Churchill mitten in der Nacht aus dem Bett zu schmeißen und ab mit ihm." Er grinste breit. „Die Sache ist nur die, daß es den Verlauf des Krieges nicht im mindesten beeinflussen wird. Andererseits würde ich mir die kleine Spritztour ungern entgehen lassen."

„Das heißt, Sie wären bereit? Obwohl Sie der Meinung sind, daß wir den Krieg trotzdem verlieren? Das verstehe ich nicht."

„Ich weiß, daß ich ein Trottel bin", sagte Devlin. „Sehen Sie doch nur, was ich hier aufgebe. Ein sicheres Pöstchen an der Universität, wo die Tommys bei Nacht und die Amis bei Tag bombardieren, die Lebensmittel immer knapper werden und die Ostfront zusammenbricht."

Radl hob lachend beide Hände. „Keine weiteren Fragen mehr."

„Und dann dürfen wir nicht die zwanzigtausend Pfund vergessen, die Sie auf ein Nummernkonto bei einer Genfer Bank meiner Wahl einzahlen werden."

Radl war bitter enttäuscht. „Sie haben also auch Ihren Preis?"

„Die Bewegung, der ich diene, ist chronisch knapp bei Kasse. Es sind schon Revolutionen mit weniger als zwanzigtausend Pfund auf die Beine gestellt worden, Herr Oberstleutnant."

„Na gut", sagte Radl. „Ich werde das arrangieren."

„Schön", sagte Devlin. „Und wie soll meine Rolle nun aussehen?"

„Stärling ist achtundsechzig Jahre alt. Sie braucht einen Mann, der die Laufereien und die Schwerarbeit erledigt."

„Und wie wollen Sie mich hinschaffen?"

„Wir setzen Sie mit dem Fallschirm über Südirland nahe der Grenze nach Nordirland ab. Meines Wissens ist der Grenzübergang kein Problem. Von Belfast aus fahren Sie mit dem Schiff nach Heysham, dann mit dem Zug nach Norfolk."

„Soweit keine Schwierigkeit", sagte Devlin. „Und dann?"

Radl lächelte. „Sie sind ein irischer Bürger, der in der britischen Armee gedient hat. Sie sind schwer verwundet und als Invalide entlassen worden. Die Narbe da an Ihrer Stirn ist ganz praktisch. Wir geben Ihnen alles, was Sie an Papieren brauchen. Was halten Sie davon?"

„Einverstanden. Wann geht's los?"

„In einer Woche, höchstens zehn Tagen. Fürs erste müssen Sie Ihre Stelle bei der Uni kündigen und äußerste Verschwiegenheit wahren. Morgen fliege ich nach Alderney, den Mann aufsuchen, der voraussichtlich den Stoßtrupp führen wird. Sie könnten auch gleich mitkommen."

VIERTES KAPITEL

ALDERNEY ist die nördlichste der britischen Kanalinseln und liegt der französischen Küste am nächsten. Als die deutsche Wehrmacht im Sommer 1940 unaufhaltsam westwärts rollte, entschlossen sich die Inselbewohner zur Evakuierung. Und als am 2. Juli 1940 das erste Luftwaffenflugzeug auf dem kleinen Landestreifen über den Klippen niederging, war die Insel verlassen. Im Herbst 1942 lag auf der Insel eine Garnison von vielleicht dreitausend Mann, gemischt aus Heer, Luftwaffe und Marine. In mehreren Lagern hausten Zwangsarbeiter vom Kontinent, die an den riesigen neuen Betonbefestigungen arbeiteten.

Radl und Devlin trafen kurz nach Mittag in einem Fieseler Storch ein. Ein Artilleriefeldwebel fuhr sie vom Flugplatz nach St. Anne, der Hauptstadt der Insel. Die Häuser waren französischer Kolonial- und englischer georgianischer Stil, die Straßen mit Kopfsteinen gepflastert und die Gärten durch hohe Mauern gegen den Wind geschützt. Vieles erinnerte an den Krieg – Betonbunker, Stacheldraht- verhaue und MG-Nester –, aber was Radl besonders faszinierte, war das Englische an allem. Es war einfach grotesk, einen Luftwaffenge- freiten unter einem Schild mit der Aufschrift ROYAL MAIL stehen und sich eine Zigarette anzünden zu sehen.

Feldkommandantur 515, die deutsche Inselverwaltung, befand sich in der Lloyds Bank in der Victoria Street, und als der Wagen vor- fuhr, bemühte sich der Kommandant persönlich nach draußen. „Oberstleutnant Radl? Neuhoff. Ich bin zur Zeit hier Kommandant."

Radl sagte: „Dieser Herr ist ein Kollege von mir."

In Neuhoffs Augen trat momentaner Schrecken, denn Devlin in seinen Zivilkleidern und dem schwarzledernen Militärmantel, den Radl ihm besorgt hatte, schien offenbar von der Gestapo zu sein.

Oberst Neuhoff führte sie in einen Raum, in dem wohl früher der Bankdirektor gesessen hatte. „Kann ich den Herren etwas zu trinken anbieten?"

„Ehrlich gesagt, ich würde lieber gleich zur Sache kommen." Radl nahm den Umschlag aus der Tasche und zog den Brief heraus.

Neuhoff überflog ihn. „Der Führer persönlich." Er sah erstaunt auf. „Aber was wünschen Sie von mir?"

„Ihre volle Mitarbeit, Herr Oberst", sagte Radl. „Und bitte keine Fragen. Sie haben hier eine Strafeinheit, soviel ich weiß. Oberstleut- nant Steiner, Oberleutnant Neumann und neunundzwanzig Fall- schirmjäger."

„Oberstleutnant Steiner, Oberleutnant Neumann und *dreizehn* Fallschirmjäger."

Radl sah Neuhoff überrascht an. „Wo sind die andern?"

„Gefallen, Herr Oberstleutnant", sagte Neuhoff nur. „Sie wissen doch, was die Leute tun? Sie setzen sich auf Torpedos und –"

„Das weiß ich." Radl nahm den Führerbrief und steckte ihn wieder in den Umschlag. „Unternehmen Schwertfisch ist ab sofort beendet."

Er hielt den Umschlag hoch. „Das ist mein erster Befehl unter dieser Weisung."

Neuhoff lächelte. „Dem komme ich mit Freuden nach."

„Verstehe", sagte Radl. „Sind Sie mit Steiner befreundet?"

„Ich rechne es mir zur Ehre an", antwortete Neuhoff. „Wenn Sie den Mann kennten, würden Sie das verstehen."

„Wo finde ich ihn?" fragte Radl.

„Kurz vor dem Hafen finden Sie ein Gasthaus, etwa vierhundert Meter von hier. Steiner und seine Leute haben es zu ihrem Hauptquartier gemacht", antwortete Neuhoff. „Wissen Sie schon, wie lange Sie bleiben werden?"

„Das Flugzeug soll uns morgen früh wieder abholen", sagte Radl.

„Würden Sie dann heute abend bei uns zu Abend essen? Meine Frau würde sich freuen, und vielleicht kann auch Steiner mit von der Partie sein."

„Eine großartige Idee", sagte Radl. „Ich freue mich darauf."

„Eine hübsche Kneipe", meinte Devlin, als sie sich dem Gasthaus näherten. „Halten Sie es für möglich, daß es da drinnen noch was zu trinken gibt?"

Drinnen fanden sie linker Hand eine Bar mit leeren Regalen dahinter, an den Wänden hingen gerahmte Fotos von alten Schiffswracks, in einer Ecke stand ein Klavier. Ein rundes Dutzend Fallschirmjäger saß herum. Niemand sprang bei Radls Eintreten auf, und alle machten auffallend unfreundliche Gesichter. Radl hatte noch nie so viele Orden auf einmal gesehen. Da war nicht einer darunter, der nicht das Eiserne Kreuz Erster Klasse hatte; und Verwundetenabzeichen, Panzervernichtungsabzeichen und dergleichen gab's im Dutzend billiger.

Er stellte sich mitten in den Raum, die Aktentasche unterm Arm, die Hände in den Taschen. „Ich möchte darauf hinweisen", sagte er milde, „daß für solches Betragen schon Männer erschossen worden sind."

Die Antwort war brüllendes Gelächter. Feldwebel Sturm, der hinter der Bar stand und seine 08 reinigte, sagte: „Das ist gut, Herr Oberstleutnant. Als wir hier ankamen, waren wir einunddreißig, einschließlich Chef. Jetzt sind wir fünfzehn." Er schüttelte den Kopf. „Sie haben so lange mit dem Hintern Ihren Stuhl blankgewichst, daß Sie schon nicht mehr wissen, wie echten Soldaten zumute ist. Wenn

Sie mit dem Horst-Wessel-Lied empfangen werden wollen, sind Sie hier falsch."

„Ausgezeichnet", sagte Radl. „Aber Ihre völlig falsche Einschätzung der gegenwärtigen Situation verrät einen Mangel an Scharfblick, den ich bei einem Mann mit Ihrem Dienstgrad nur bedauern kann." Er ging an die Bar, stellte die Tasche auf den Tresen und zog den Mantel aus. Sturm klappte das Kinn herunter, als er das Ritterkreuz und die Ostmedaille sah. „Achtung!" bellte Radl. „Alles auf!"

Alle standen starr in Habachtstellung, und es war so still, daß man eine Stecknadel hätte fallen hören können. „Ihr bildet euch ein, ihr wärt deutsche Soldaten", sagte Radl, „aber da irrt ihr euch." Er ging von einem zum andern und blieb vor jedem kurz stehen, als wollte er sich die Gesichter einzeln einprägen. „Soll ich euch mal sagen, was ihr seid?"

Was er dann auch mit sehr deutlichen Worten tat. Als er einmal eine Atempause einlegte, hörte er von der Tür her ein höfliches Husten und drehte sich um.

Zwei Offiziere standen dort. Der eine sagte: „Besser hätte ich es selbst nicht ausdrücken können, Oberstleutnant Radl." Der Offizier reichte Radl mit gewinnendem Lächeln die Hand. „Ich habe eben mit Neuhoff gesprochen. Ich bin Oberstleutnant Steiner, und das ist Oberleutnant Walther Neumann."

Steiner hatte genau dieses gewisse Etwas, das man bei den Fallschirmtruppen aller Länder antrifft – ein irgendwie arrogantes Selbstbewußtsein. Er trug eine graublaue Fliegerbluse mit gelben Kragenspiegeln, die den Kranz und die stilisierten Flügel zeigten, dazu Springerhosen und ein Schiffchen. Alles übrige war für einen Mann, der sämtliche Orden hatte, die es gab, von ungewöhnlicher Schlichtheit – das begehrte Kretaband am Ärmel, das die Teilnehmer der Invasion auf Kreta mit Stolz trugen. Die Ostmedaille und das silberne und goldene Abzeichen der Fallschirmjäger in Gestalt eines Adlers. Das Ritterkreuz mit Eichenlaub war von einem losen Seidenschal halb verdeckt.

„Um ehrlich zu sein, Steiner, es hat mir direkt Spaß gemacht, diesen Sauhaufen von Ihnen mal zurechtzustauchen. Und jetzt würde ich Sie gern in einer wichtigen Angelegenheit unter vier Augen sprechen."

Steiner nickte. „Kommen Sie mit."

DEVLIN und Radl standen an die Brüstung gelehnt und sahen hinunter zum Wasser, das in der blassen Sonne klar und tief schien. Steiner saß auf einem Poller am Ende des Piers und arbeitete sich durch den Inhalt von Radls Aktentasche. Auf der anderen Seite der Bucht erhob sich Fort Albert auf der Landspitze, und darüber kreisten ganze Schwärme von Möwen.

„Radl!" rief Steiner.

Radl ging zu ihm hin, Devlin folgte. „Meinen Sie, das ist zu machen?" fragte Radl.

„Warum nicht?" meinte Steiner. „Wenn das stimmt, was in diesen Papieren steht, läuft das Ganze ab wie ein Schweizer Uhrwerk. Ehe die Tommys wissen, wie ihnen geschieht, sind wir wieder draußen, aber darum geht es nicht."

„Worum denn?" fragte Radl. „Hier sind Sie und Ihre Leute tote Männer. Sie sind es ihnen und sich selbst schuldig, diese Chance zu ergreifen."

„Oberstleutnant Radl, ich bin offiziell geächtet. Meinen Dienstgrad habe ich nur noch wegen der besonderen Umstände dieser Tätigkeit hier. Ich mag Adolf nicht. Er schreit zu laut und stinkt aus dem Hals. Um ganz ehrlich zu sein, ich habe nicht das Gefühl, daß ich irgend jemandem etwas schuldig bin."

„Auch nicht Ihrem Vater?" fragte Radl.

Die Wellen plätscherten zwischen den Klippen unter ihnen, ansonsten war es still. Steiners Gesicht war blaß geworden. „Na los, sagen Sie mir's schon."

„Die Gestapo hat ihn. Verdacht auf Verrat."

Steiner erinnerte sich an die Woche, die er 1942 bei seinem Vater in Frankreich verbracht hatte, und wußte, daß Radl die Wahrheit sagte.

„Ach so, ich verstehe", sagte er leise. „Wenn ich schön brav bin und tue, was man mir sagt, kann ihm das vor Gericht zugute kommen." Plötzlich veränderte sich seine Miene. Er sah äußerst gefährlich aus. „Sie Dreckschwein!"

Er hatte Radl bei der Kehle. Devlin sprang hinzu. Nur unter Aufbietung aller seiner Kräfte konnte er Steiner zurückreißen. „Er kann doch nichts dafür, Sie Narr! Er steht genauso unterm Stiefel wie Sie. Wenn Sie jemanden erschießen wollen, dann Himmler."

Radl rang nach Luft und lehnte sich an die Brüstung. Schließlich hob er seine Handprothese. „Sehen Sie das, Steiner? Und das Auge? Und andere Verwundungen, die Sie nicht sehen können. Zwei Jahre, wenn ich Glück habe, hat man mir gesagt. Ich tu's nicht für mich. Es ist für meine Frau und meine Töchter und alles, was ihnen zustoßen könnte. Nur deswegen bin ich hier."

Steiner legte ihm eine Hand auf die Schulter. „Es tut mir leid." Er holte tief Luft. „Also gut, ich spreche mit den Männern."

„Nicht über den Zweck", sagte Radl. „Noch nicht."

„Dann über das Ziel der Reise. Darauf haben sie ein Anrecht. Was das übrige angeht – darüber rede ich vorerst nur mit Neumann."

Er wollte gehen. Radl rief: „Steiner, ich muß ehrlich zu Ihnen sein." Steiner sah ihn an. „Ich glaube, das Ganze ist einen Versuch wert. Den Krieg gewinnen wir dadurch nicht, aber vielleicht bringt es die Engländer dazu, über einen Waffenstillstand nachzudenken."

„Mein lieber Radl, ich will Ihnen sagen, was wir mit diesem Unternehmen, selbst wenn es klappt, bei den Briten erreichen. Haargenau nichts!"

Er drehte sich um und entfernte sich über den Pier.

Die Gaststube war dick verqualmt. Feldwebel Hans Altmann saß am Klavier und spielte, und die übrigen drängten sich um ihn. Es wurde schlagartig still, als Steiner eintrat, hinter ihm Radl und Devlin. Alles wartete. „Es ist ganz einfach", sagte Steiner. „Wir haben eine Chance hier herauszukommen. Ein Spezialauftrag."

„Und was genau, Herr Oberstleutnant?" fragte Altmann.

„Das, was ihr gelernt habt. Aber nur Freiwillige. Jeder hier muß sich persönlich entscheiden."

„Rußland, Herr Oberstleutnant?" fragte Hauptfeldwebel Brandt.

Steiner schüttelte den Kopf. „Irgendwo, wo noch nie ein deutscher Soldat gekämpft hat. Wer von euch spricht Englisch?" fragte er leise.

Es herrschte lähmende Stille, und Neumann vergaß sich so weit, daß er heiser meinte: „Du willst uns wohl auf den Arm nehmen, Kurt."

„Ich war noch nie so ernst", sagte Steiner. „Was ich euch jetzt sage, ist streng geheim. In etwa fünf Wochen müßten wir bei Nacht an einer einsamen englischen Küste abspringen. Wenn alles planmäßig verläuft, werden wir in der darauffolgenden Nacht wieder herausgeholt."

„Und wenn nicht?" fragte Neumann.

„Dann sind wir sowieso tot, und es kann uns egal sein. Noch was?"

„Dürfen wir den Zweck des Unternehmens erfahren?" fragte Altmann.

„Etwas Ähnliches, was Skorzeny und seine Fallschirmjäger im Gran Sasso gemacht haben. Mehr darf ich nicht sagen."

Hauptfeldwebel Brandt sah mit funkelnden Augen durch den Raum. „Machen wir's, gehen wir vielleicht drauf. Bleiben wir hier, gehen wir mit Sicherheit drauf. Wenn Sie gehen – gehen wir mit."

„Einverstanden." Neumann ging in Habachtstellung.

Jeder einzelne Anwesende folgte seinem Beispiel. Steiner blieb lange vor den Männern stehen, dann nickte er. „Also, sei's drum. Haben wir noch von diesem Scotch?"

Alles ging an die Bar, und Feldwebel Altmann setzte sich ans Klavier und spielte: „Denn wir fahren gegen Engelland."

Es WAR dunkel auf der Terrasse vor dem Haus des Kommandanten, als Radl und Steiner nach dem Essen hinausgingen, um eine Zigarre zu rauchen. Durch die Verdunkelungsvorhänge, die die französischen Fenster verhängten, hörten sie Devlin reden und Neuhoff und seine Frau fröhlich lachen.

„Ein Mann mit vielen Qualitäten", sagte Steiner. „Als Vorauskommando wird er uns sehr nützlich sein, glauben Sie mir."

Radl nickte. „Sie bekommen in acht bis zehn Tagen Ihren Marschbefehl, je nachdem, wann ich einen geeigneten Stützpunkt in Holland gefunden habe. Wenn Sie da einmal sind, können Sie auch den Zweck des Unternehmens bekanntgeben."

Radl wandte sich zum Gehen, doch Steiner legte ihm eine Hand auf den Arm. „Und mein Vater?"

Radl sagte: „Alles, was ich tun kann, ist, Himmler erklären, wie bereitwillig Sie mitmachen."

„Und glauben Sie ehrlich, daß das genügt?"

„Glauben Sie es?" fragte Radl.

Steiners Lachen klang nicht fröhlich. „Der Mann hat einfach kein Ehrgefühl."

Radl horchte interessiert auf. „Und Sie?" fragte er. „Haben Sie welches?"

„Vielleicht nicht. So einfache Sachen wie Wort halten und zu Freunden stehen, ergibt das zusammen schon Ehrgefühl?"

„Ich weiß es nicht", sagte Radl. „Mit Sicherheit kann ich nur sagen, daß Sie für die Welt des Reichsführers zu gut sind." Er legte Steiner den Arm um die Schultern. „Gehen wir lieber wieder rein."

AM MITTWOCH, dem 6. Oktober, nahm Joanna Grey um die Mittagszeit einen großen Umschlag an sich, den ihr Kontaktmann in der spanischen Botschaft in die *Times* gesteckt und auf einer Bank im Londoner Green Park liegengelassen hatte.

Kaum im Besitz dieses Umschlags, fuhr sie mit dem Zug nach Norfolk zurück. Als sie mit ihrem Wagen in den Hof von Park Cottage einfuhr, war es fast sechs Uhr, und sie war sehr müde. Patch begrüßte sie begeistert und wich ihr nicht von den Fersen, bis sie im Wohnzimmer war, wo sie sich einen großen Scotch einschenkte – dank Sir Henry Willoughby hatte sie davon immer genug im Haus. Dann ging sie die Treppe hinauf in den kleinen Arbeitsraum neben ihrem Schlafzimmer.

Die unsichtbare Tür in der Ecke, so gebaut, daß sie wie ein Teil der Holztäfelung wirkte, war schon immer dort gewesen. Sie steckte einen Schlüssel in das winzige Schlüsselloch und schloß die Tür auf. Eine kurze Holzstiege führte in ein winziges Dachzimmerchen, wo sie ihr Funkgerät stehen hatte. Sie setzte sich an einen alten, rohen Holztisch, zog die Schublade auf, schob die geladene Pistole auf die eine Seite, nahm ihr Kodebuch heraus und machte sich an die Arbeit.

Als sie nach einer Stunde fertig war, stand ihr die Erregung im Gesicht geschrieben. „Mein Gott!" sagte sie auf afrikaans laut vor sich hin. „Mein Gott, die haben es wirklich ernst gemeint!"

Sie holte einmal tief Luft, dann ging sie nach unten und rief Studley Grange an. Sir Henry Willoughbys Stimme bekam sofort etwas Herzliches, als sie sich meldete. „Henry – ich möchte Sie um einen kleinen Gefallen bitten."

„Schießen Sie los, meine Liebe. Wenn es sich machen läßt, immer."

„Also, ich habe von irischen Freunden meines verstorbenen Mannes gehört. Sie wollen mir ihren Neffen schicken. Liam Devlin heißt er und ist in Frankreich schwer verwundet worden. Vor einem Jahr ist er als Invalide entlassen worden. Er ist wieder ganz auf dem Damm, aber er braucht Arbeit im Freien."

„Und Sie meinen, ich kann ihm was besorgen?" meinte Sir Henry leutselig. „Kein Problem, meine Beste. Sie wissen doch, wie schwer es ist, heutzutage überhaupt Arbeiter für das Anwesen zu bekommen."

„Eigentlich hatte ich an den Posten des Flurhüters am Hobs End gedacht. Da ist ja niemand mehr, seit Tom King zur Armee gegangen ist, und das Haus kommt ziemlich herunter."

„Da haben Sie nicht unrecht, Joanna. Besprechen wir das Ganze mal. Haben Sie morgen nachmittag Zeit?"

„Natürlich", sagte sie. „Es ist so lieb von Ihnen, daß Sie helfen wollen. Ich muß Ihnen aber auch immerzu mit meinen Problemen zur Last fallen."

„Unsinn!" rief er streng. „Eine Frau braucht nun mal einen Mann, der ihr die Steine aus dem Weg räumt. Auf Wiederhören, meine Liebe."

Sie ging wieder die Treppe hinauf und funkte eine kurze Nachricht nach Berlin – eine Bestätigung, daß sie ihre Anweisungen erhalten habe und für Devlins Beschäftigung gesorgt sei.

In Berlin jagte ein kalter, schwarzer Regen durch die Straßen, gepeitscht von einem scharfen Wind. In der Prinz-Albrecht-Straße wurden Radl und Devlin zu Himmler ins Zimmer geführt.

Der Reichsführer saß an seinem Schreibtisch. „Das haben Sie gut gemacht, Radl. Ich bin mit Ihrer Arbeit mehr als zufrieden. Und das ist Herr Devlin?"

„Wie er leibt und lebt", sagte Devlin gut gelaunt. „Ein armer irischer Bauer, direkt aus dem Moor, das bin ich, Euer Ehren."

„Wovon redet der Mann?" wollte Himmler von Radl wissen.

„Die Iren sind ein bißchen anders als andere Menschen, Herr Reichsführer."

„Das macht der Regen", sagte Devlin.

Himmler wandte sich schnell an Radl. „Ich habe Sie hierhergerufen, erstens um Herrn Devlin persönlich kennenzulernen, aber zweitens auch, weil mir in Steiners Gruppe eine schwache Stelle zu sein scheint. Fünf oder sechs von seinen Leuten sprechen ein wenig Englisch, aber nur Steiner kann als Engländer gelten. Er braucht noch jemanden mit ähnlichen Fähigkeiten."

„Solche Leute sind schwer zu finden."

„Ich glaube, ich habe schon eine Lösung", sagte Himmler und reichte Radl eine Karteikarte. „Es existiert eine Einheit aus fünfzig bis sechzig Engländern, das britische Freikorps, das sich aus Kriegsgefangenen zusammensetzt und hauptsächlich an der Ostfront eingesetzt wird. Die SS hat die Einheit übernommen. Alle, die darin sind, haben ihre Qualitäten. Dieser Harvey Preston zum Beispiel – bei seiner Gefangennahme in Belgien trug er die Uniform eines Hauptmanns der Coldstream Guards, und da er sprach und sich aufführte wie ein englischer Aristokrat, hat es ihm jeder abgenommen."

Radl las das Karteiblatt durch. Harvey Preston war 1916 in Yorkshire als Sohn eines Bahnhofsgepäckträgers geboren. Mit vierzehn war er von zu Hause weggegangen, um bei einer Wanderbühne die Requisiten zu verwalten. Mit achtzehn spielte er an einem Repertoiretheater in Southport. 1937 wurde er wegen Betruges in vier Fällen zu einer Freiheitsstrafe verurteilt. 1939 bekam er neun Monate, weil er sich als Luftwaffenoffizier ausgegeben und unter falschen Vorspiegelungen Geld beschafft hatte. Der Richter setzte die Strafe unter der Bedingung aus, daß Preston sich zu den Streitkräften meldete. Er wurde als Schreibstubensoldat nach Frankreich geschickt und hatte bei seiner Gefangennahme den Dienstgrad eines Korporals. Sein Verhalten in der Kriegsgefangenschaft war schlecht oder gut, je nachdem, auf welcher Seite man stand. Bevor er sich fürs Freikorps meldete, hatte er fünfmal Kameraden verpfiffen, die einen Fluchtversuch machen wollten.

Radl reichte die Karte an Devlin weiter und wandte sich an Himmler. „Und Sie möchten, daß Steiner diesen ... diesen ...“

„Diesen Lumpen mitnimmt“, sagte Himmler, „der völlig entbehrlich ist, aber ganz gut den englischen Aristokraten mimen kann?“

„Aber Steiner und seine Männer, Herr Reichsführer, das sind Soldaten – echte Soldaten. Wie soll so ein Mann da hineinpassen?“

„Er tut, was ihm befohlen wird“, sagte Himmler. „Sollen wir ihn uns mal ansehen?“

Er drückte auf den Summer, und eine Sekunde später trat Preston ein und entbot den Deutschen Gruß.

Er war siebenundzwanzig Jahre alt, groß und gut aussehend und trug eine tadellos sitzende feldgraue Uniform. Seine Schirmmütze zierte der Totenkopf der SS, und am linken Ärmel trug er ein Wappen mit der englischen Fahne und dem Zeichen des britischen Freikorps.

„Wie hübsch“, sagte Devlin zu Radl.

Himmler stellte sie einander vor, und Preston neigte den Kopf und knallte die Hacken zusammen wie ein Schauspieler, der einen preußischen Offizier mimen soll.

„Also", sagte Himmler zu ihm. „Sie hatten jetzt reichlich Zeit, über die Angelegenheit nachzudenken, die wir vorhin besprochen haben?"

Preston sagte vorsichtig in gutem Deutsch: „Habe ich richtig verstanden, daß Oberstleutnant Radl Freiwillige für diese Aufgabe sucht?"

Als Himmler sprach, klang seine Stimme trocken wie dürres Laub im Wind. „Was wollen Sie genau damit sagen, Untersturmführer?"

„Wie Herr Reichsführer wissen, wurde den Angehörigen des britischen Freikorps garantiert, daß sie nie gegen Großbritannien zum Einsatz kommen –" Preston erkannte plötzlich seinen Fehler und versuchte ihn auszubügeln. „Ich versichere Ihnen, Herr Reichsführer, daß –"

Himmler gab ihm keine Chance.

„Haben Sie nicht einen heiligen Treueschwur auf den Führer und das Reich geleistet?"

„Natürlich, Herr Reichsführer."

„Dann gibt es ja wohl nichts mehr zu sagen. Betrachten Sie sich von jetzt an als Oberstleutnant Radl unterstellt."

„Wie Herr Reichsführer befehlen."

„Oberstleutnant Radl, ich möchte noch ein Wort unter vier Augen mit Ihnen reden. Herr Devlin, wenn Sie bitte im Vorzimmer auf Oberstleutnant Radl warten wollten. Untersturmführer Preston, Sie können gehen."

Preston ließ ein zackiges „Heil Hitler" ertönen, machte eine Kehrtwendung, die einen Gardegrenadier vor Neid hätte erblassen lassen, und ging hinaus. Devlin folgte ihm und machte die Tür hinter ihnen zu.

Himmler wandte sich an Radl. „Ich wollte mich nur vergewissern, daß in Ihrer Dienststelle alles nach unserer Abmachung läuft."

„Soweit ja, Herr Reichsführer. Die Fahrt nach Alderney habe ich mit einer Abwehrangelegenheit in Paris verbinden können, und ich habe völlig legitime Gründe, nächste Woche nach Amsterdam zu fahren. Wie Sie wissen, startet das Unternehmen vom nahegelegenen Landsvoort aus. Der Admiral weiß nichts."

„Gut. Ich bin sehr zufrieden mit Ihnen, Radl. Halten Sie mich auf dem laufenden."

„Da wäre noch etwas", sagte Radl. „Generalmajor Steiner."

„Was ist mit ihm?"

„Herr Reichsführer selbst haben mir geraten, Oberstleutnant Steiner klarzumachen, daß sein Verhalten auf den Ausgang der Dinge bei seinem Vater großen Einfluß haben könnte."

„So ist es", sagte Himmler. „Aber wo gibt es da Schwierigkeiten?"

„Ich habe Oberstleutnant Steiner zugesichert, daß . . . daß . . ."

„Wozu Sie keinerlei Befugnis hatten", sagte Himmler. „Aber unter den vorliegenden Umständen dürfen Sie Steiner diese Zusicherung in meinem Namen machen. Sie können jetzt gehen."

IN EINER Zelle im Erdgeschoß in der Prinz-Albrecht-Straße lag ein grauhaariger Mann um die Sechzig in zerrissenem Hemd und Militärreithose bäuchlings auf einer Bank, während zwei muskulöse SS-Männer seinen Rücken mit Gummiknüppeln bearbeiteten. Roßmann stand dabei und sah zu.

Endlich gebot er ihnen Einhalt, und Generalmajor Karl Steiner schleppte sich in eine Ecke und kauerte sich hin, die Arme um den Leib geschlungen. „Kein Wort", sagte er durch die geschwollenen Lippen. „Ich schwöre es."

RADL und Devlin trafen am Tirpitzufer ein, als Hofer gerade herauskam. Radl sagte: „Feierabend, Hofer? Liegt was für mich an?"

„Jawohl, Herr Oberstleutnant, eine Meldung von Stärling. Nachricht erhalten, und für Herrn Devlins Beschäftigung ist gesorgt."

Radl wandte sich an Devlin. „Wir fliegen morgen nach Paris. Ich muß dann weiter nach Amsterdam. Sie starten Sonntag abend nach Irland."

FÜNFTES KAPITEL

AM NÄCHSTEN Montagmorgen um genau zwei Uhr fünfundvierzig bemühte sich Seumas O'Broin, sechsundsiebzigjährig und Schafzüchter aus Conroy in der Grafschaft Monaghan, nach einer Totenfeier den Heimweg durchs Moor zu finden. Eine ziemlich vergebliche Mühe.

Er hatte solch ungeheure Mengen getrunken, daß er nicht mehr recht wußte, ob er sich noch in dieser oder schon in der nächsten Welt befand; so empfand er denn höchstens eine gelinde Neugier, als da von oben aus der Dunkelheit so etwas wie ein großer weißer Vogel geräuschlos herunterkam und hinter einem Steinwall landete.

Devlin vollführte eine fehlerfreie Landung. Zuerst berührte sein an einem sechs Meter langen Seil von seinem Gürtel herunterhängender Ausrüstungssack den Boden und mahnte ihn, sich bereitzumachen. Sekundenbruchteile später rollte Devlin sich auf dem federnden Torfmoor ab und löste das Gurtwerk. Er öffnete seinen Ausrüstungssack und holte einen kleinen Spaten, seinen schwarzen Regenmantel, eine Tweedmütze, ein Paar Schuhe und eine Reisetasche heraus.

In aller Eile hob er in einem nahen Graben mit dem Spaten ein Loch aus. Dann öffnete er seinen Fliegeroverall, unter dem er einen Tweedanzug trug, nahm die Walther-Pistole aus dem Gürtel und steckte sie in die rechte Anzugtasche. Er zog die Schuhe an, dann steckte er Overall, Fallschirm und Springerstiefel in den Sack, den warf er in das Loch, schaufelte es wieder zu und warf den Spaten in ein Gesträuch.

Er zog den Regenmantel über, nahm die Reisetasche in die Hand, drehte sich um und sah Seumas O'Broin, der an dem Steinwall lehnte und ihm zusah. Devlin bewegte sich schnell, die Hand am Griff der Walther.

Doch dann sagte ihm der Duft guten irischen Whiskys alles, was er wissen mußte.

„Was bist du, Mensch oder Teufel?" lallte der alte Bauer.

„Gott steh uns bei, Alter, aber wie du riechst, braucht einer von uns beiden nur ein Streichholz anzuzünden, und wir fahren zusammen zur Hölle. Wenn du so fragst, bin ich von beidem ein bißchen. Ein irischer Bauernjunge, der nach Jahren in der Fremde eine neue Art des Heimkommens ausprobiert."

Der Alte lachte vergnügt. „Dann hunderttausendmal willkommen."

AM MITTWOCH ging Joanna Grey trotz des Regenwetters nach dem Mittagessen in den Garten. Sie erntete gerade Kartoffeln, als das Gartentor knarrte. Sie drehte sich um und sah einen etwas klein geratenen Mann mit blassem Gesicht, schwarzem Regenmantel und Tweedmütze auf dem Gartenweg stehen. Er trug eine Reisetasche und hatte erstaunlich blaue Augen. „Mrs. Grey?" fragte er mit weichem irischem Akzent.

„Ganz recht." Ihr Magen krampfte sich vor Erregung zusammen. Er lächelte. „Ich werde eine Kerze der Verständigung im Herzen entzünden, die nicht verlöschen soll."

„Magna est veritas et praevalet."

„Groß ist die Wahrheit und über alle Dinge erhaben", sagte Liam Devlin. „Ich könnte ein Täßchen Tee brauchen. Eine scheußliche Reise war das."

Minuten später drehte Joanna Grey sich am Herd um, wo sie Tee machte, und meinte: „Nun, wie war's denn so?"

„In mancher Hinsicht überraschend", antwortete er.

„Wie meinen Sie das?"

„Nun ja, die Leute, und auch allgemein. Es ist nicht ganz so, wie ich erwartet hatte." Er dachte an das Bahnhofsrestaurant in Leeds – die ganze Nacht vollgestopft mit Reisenden aller Schattierungen, der rauhe Humor, die gute Laune – und verglich das Ganze mit seinem letzten Besuch eines Berliner Bahnhofs. „Die scheinen hier ja recht sicher zu sein, daß sie den Krieg gewinnen", sagte er, als sie den Tee brachte.

„Hirngespinste", belehrte sie ihn ruhig. „Die Leute haben nie die Disziplin gehabt, die der Führer Deutschland gegeben hat."

Wenn er so an die Teile Berlins dachte, die nur noch Schutthaufen waren, sah Devlin sich fast genötigt, darauf hinzuweisen, daß sich seit den guten alten Tagen einiges geändert hatte. Aber er hatte den deutlichen Eindruck, daß eine solche Bemerkung nicht gut ankommen würde. So trank er seinen Tee und sah ihr zu, wie sie einen Schrank öffnete und eine Flasche Scotch herausholte, und dabei wunderte er sich, wie diese nette grauhaarige Dame in dem adretten Rock und den Stulpenstiefeln sein konnte, was sie war.

Sie schenkte zwei Gläser ein und hob eins wie zum Gruß hoch. „Auf das Englandunternehmen", sagte sie mit schimmernden Augen.

Devlin hätte ihr sagen können, daß die spanische Armada einmal so genannt worden war, aber dann dachte er daran, was aus dieser unglücklichen Flotte geworden war, und zog es wieder einmal vor zu schweigen. „Auf das Englandunternehmen", sagte er feierlich.

Sie stellte das Glas hin. „Und jetzt lassen Sie mal Ihre Papiere sehen."

Devlin brachte seinen Paß, die Entlassungspapiere aus der Armee und ein Führungszeugnis, angeblich von seinem alten Kompaniechef, zum Vorschein.

„Die sind wirklich prima", sagte sie. „Morgen früh fahre ich mit Ihnen nach Holt – das liegt etwa fünfzehn Kilometer von hier –, und da melden Sie sich polizeilich an. Die geben Ihnen dann eine Ausländer-Meldekarte. Dann brauchen Sie einen Versicherungsausweis, Kennkarte, Lebensmittelkarten und Kleiderbezugsscheine." Sie zählte alles an den Fingern ab.

Devlin grinste. „He, halt mal. Das hört sich für mich nach allen möglichen Scherereien an. Samstag in drei Wochen bin ich hier so schnell wieder weg, daß die glauben, mich hat's nie gegeben."

„Das ist aber alles sehr wichtig", sagte sie. „Sonst braucht nur ein kleiner Beamter in Holt zu merken, daß Sie überhaupt nichts beantragt haben, und geht der Sache nach. Dann stehen Sie dumm da."

„Na schön", meinte Devlin gut gelaunt. „Was ist das nun für eine Arbeitsstelle?"

„Sie werden Flurhüter in der Marsch am Hobs End und arbeiten für Sir Henry Willoughby, der hier zu sagen hat."

„Und was muß ich da tun?"

„Sie sind hauptsächlich Wildhüter, aber es gibt dort auch ein System von Gräben und Deichen, die regelmäßig kontrolliert werden müssen. Sir Henry wird Ihnen eine Flinte geben und hat Ihnen schon ein gutseigenes Motorrad zugewiesen."

Draußen ging eine Hupe. „Da ist er schon. Überlassen Sie das Reden mir."

Sie ging hinaus, und Devlin wartete. Er hörte die Haustür aufgehen und ihre gespielte Überraschung. Sir Henry sagte: „Bin gerade unterwegs zu einer Kommandeursbesprechung in Holt, Joanna. Kann ich Ihnen was besorgen?"

Sie antwortete viel leiser, so daß Devlin nicht hören konnte, was sie sagte. Es wurde noch eine Weile herumgeflüstert, dann kamen sie in die Küche.

Sir Henry war in Heimwehruniform, reichlich Ordensschnallen aus dem Ersten Weltkrieg über der Brusttasche. „Sie sind also Devlin?"

Devlin erhob sich. „Ich möchte Ihnen danken, Sir", sagte er. „Mrs. Grey hat mir eben erzählt, was Sie alles für mich getan haben."

„Unsinn, Mann", sagte Sir Henry barsch. „Sie haben Ihr Bestes für die Heimat getan. In Frankreich hat es Sie erwischt, wie ich höre?"

Devlin nickte, und Sir Henry sah sich die Furche auf der Stirn an, die von einer britischen Polizeikugel stammte. „Herr im Himmel", sagte er leise. „Wenn Sie mich fragen, können Sie verdammt von Glück reden, daß Sie noch leben."

„Ich habe mir gedacht, ich weise ihn schon mal für Sie ein", sagte Joanna Grey. „Wenn's Ihnen recht ist, Henry. Ich weiß doch, wie beschäftigt Sie sind."

„Was, das würden Sie wirklich?" Er sah auf die Uhr. „Ich muß nämlich in zwanzig Minuten in Holt sein. Und wenn man's recht bedenkt, kennen Sie sich am Hobs End wahrscheinlich viel besser aus als ich." Er wandte sich an Devlin. „Kommen Sie morgen nachmittag nach Grange, um das Motorrad und die Flinte abzuholen. Denken Sie daran, daß es nur fünfzehn Liter Benzin pro Monat gibt, aber wir müssen eben alle Opfer bringen."

Joanna Grey nahm ihn am Arm. „Henry, Sie kommen noch zu spät."

„Aber natürlich, meine Liebe. Also bis morgen, Devlin."

Devlin wartete, bis beide zur Haustür hinaus waren, ehe er ins Wohnzimmer ging. Er sah Sir Henry fortfahren und zündete sich gerade eine Zigarette an, als Joanna zurückkam. „Hören Sie mal", sagte er. „Mit dem soll Churchill befreundet sein?"

„Soviel ich weiß, haben die beiden sich nie gesehen. Aber Studley Grange ist für seine elisabethanischen Gärten berühmt, und der Premierminister hatte Lust auf ein stilles Wochenende, wo er auch ein bißchen malen kann."

„Und Sir Henry reißt sich die Beine aus, um gefällig zu sein."

„Sie sind ein schlechter Mensch, Mr. Devlin. Kommen Sie mit zum Hobs End."

Der Seewind trieb kalten Regen vor sich her, und die Marschen lagen unter einem Nebelschleier. Als Joanna Grey ihren Wagen im Hof an der alten Flurhüterhütte anhielt, stieg Devlin aus und sah sich bedächtig um. Es war ein sonderbarer Ort, so einer, bei dem ihm die Haare am Hinterkopf kribbelten – Priele und Morastbänke, hohe, bleiche Schilfstengel, die mit dem Nebel verschwammen, und irgendwo da draußen hin und wieder der Schrei eines Vogels. Gleich am Rande der Marsch stand die uralte, halbverfallene Scheune.

Mrs. Grey öffnete die Tür des Häuschens, und vor ihnen lag ein Gang mit Steinboden. Die Luft war feucht, und von den Wänden blätterte der Kalk ab. Links führte eine Tür in eine große Wohnküche mit riesigem Kamin. An der gegenüberliegenden Wand befanden sich ein eiserner Herd und ein angeschlagener weißer Spülstein. Ein großer Tisch, flankiert von zwei Bänken, und ein alter Ohrensessel bildeten das einzige Mobiliar.

„Ich will Ihnen mal was erzählen", sagte Devlin. „Ich bin in genau so einem Cottage in der Grafschaft Down aufgewachsen. Das einzige, was hier fehlt, ist ein ordentliches Feuer, um die Wände auszutrocknen." Er öffnete seine Reisetasche und nahm sein bißchen Kleidung und ein paar Bücher heraus. Dann fuhr er mit einem Finger am Futter entlang, fand den geheimen Verschluß und nahm den doppelten Boden heraus, unter dem seine Walther, dann eine Maschinenpistole – mit Schalldämpfer versehen und in drei Teile zerlegt – und ein Sprechfunkgerät im Westentaschenformat zum Vorschein kamen. Außerdem tausend Pfund in Einpfundnoten und noch einmal tausend in Fünfern. „Um Fahrzeuge zu beschaffen", sagte er.

„Woher?"

„Die Abwehr hat mir eine Adresse in Birmingham gegeben. Ich dachte, ich fahre mal übers Wochenende hin. Was muß ich dazu wissen?"

Sie setzte sich auf die Tischkante und sah ihm zu, wie er die Maschinenpistole zusammensetzte. „Das sind hin und zurück fünfhundert Kilometer, aber auf dem Schwarzmarkt gibt es genug Benzin zum dreifachen Preis."

Devlin prüfte die MPi, zerlegte sie wieder und tat sie in die Tasche zurück.

„Was ist mit Polizei und Sicherheitsorganen?"

„Das Militär hält Sie nur auf, wenn Sie in ein Sperrgebiet zu fahren versuchen. Theoretisch *ist* das hier Sperrgebiet. Die Polizei darf Sie hier anhalten und Ihren Personalausweis kontrollieren, auch auf einer der Hauptstraßen, wo sie manchmal Jagd auf Benzinsünder machen."

Sie sagte das fast empört, und wenn Devlin daran dachte, was hinter ihm lag, mußte er sich wieder beherrschen, daß er ihr nicht die Augen öffnete. Doch er sagte: „Dann dürfte ich wohl keine Schwierigkeiten bekommen?"

„Mich hat noch keiner angehalten." Sie zuckte mit den Schultern.

„Ihre Entlassungspapiere müßten reichen. Für Helden haben sie alle ein weiches Herz."

Devlin grinste. „Mrs. Grey, ich glaube, wir werden prächtig vorankommen." Er ging an das Schränkchen unter dem Spülbecken und kam mit einem verrosteten Hammer und einem Nagel zurück. „Genau das richtige." Er schlug den Nagel von hinten in den rauchgeschwärzten Balken, der das Kaminsims stützte, und hängte die Walther-Pistole am Abzugsbügel daran. „Mein As im Ärmel, wie ich das nenne."

Sie lächelte. „So, dann zeige ich Ihnen jetzt das Absprunggebiet."

Als sie den Deichweg entlanggingen, flogen ein paar Wildgänse in Formation wie eine Bomberstaffel aus dem Nebel heraus. Die beiden kamen an das Warnschild MINEN – LEBENSGEFAHR. Joanna warf einen Stein über die Dünen, und Patch sprang durch den Zaun, um ihn zu holen.

„Sind Sie sicher?" fragte Devlin.

„Vollkommen."

Er grinste verschmitzt. „Ich bin Katholik. Denken Sie daran, wenn's schiefgeht."

„Das sind hier alle. Ich sorge schon dafür, daß Sie richtig unter die Erde kommen."

Er blickte über die Priele und Sandbänke hinweg zur Landzunge hin. „Wie schön. Der Gedanke, das alles zurückzulassen, muß Ihnen doch das Herz brechen."

„Zurücklassen? Was meinen Sie damit?"

„Aber Sie können doch nicht hierbleiben. Nicht, wenn das vorbei ist. Das müssen Sie doch einsehen."

Sie blickte zur Landspitze hinüber, als wäre es zum letztenmal, und erschauerte im Wind, der den Regen vom Meer herüberjagte.

DEVLIN bekam am nächsten Morgen in Holt ohne die geringste Schwierigkeit seine Fahrerlaubnis nebst den anderen erforderlichen Dokumenten. Am Nachmittag fuhr er mit dem Motorrad von Studley Grange zurück. Es war eine 350er Norton, die schon bessere Tage gesehen hatte, aber wenn er auf den Geraden voll aufdrehte, näherte sich die Nadel mühelos der Hundertstundenkilometermarke. Er kam den steilen Hügel ins Dorf hinuntergefahren, vorbei an der alten Mühle, wo er wegen eines jungen Mädchens mit Pferd und Wagen und drei Milchkannen darauf abbremste. Sie trug ein blaues Käppi und einen sehr alten, zwei Nummern zu großen Regenmantel. Sie hatte hohe Wangenknochen, große Augen, einen zu breiten Mund, und drei Finger schauten aus Löchern in ihren wollenen Handschuhen heraus.

„Guten Tag, mein Fräulein", rief Devlin fröhlich, während er wartete, daß sie den Pfad zur Brücke überquerte. „Gott segne die ehrliche Arbeit."

Sie riß voller Erstaunen die Augen auf. Dann schnalzte sie mit der Zunge und trieb ihr Pferdchen über die Brücke.

„Ein lieblich, häßlich Bauernmägdelein", zitierte er leise, „das mich den Kopf nicht ein-, nein zweimal wenden ließ. O nein, Liam, mein Alter. Jetzt nicht." Er wandte sich zum Studley Arms und sah, wie ein Mann ihn durchs Fenster anstarrte. Ein Hüne von einem Kerl, so um die Dreißig, mit einem wirren schwarzen Bart.

Ja, was hab ich denn wohl dir getan, Jungchen? dachte Devlin. Der Blick des Mannes wanderte zu dem Mädchen mit dem Pferdewagen, das eben den Hügel bei der Kirche in Angriff nahm. Das reichte. Devlin hob die Norton auf den Ständer, band Sir Henrys Flinte los, die er in ihrem Futteral umhängen hatte, nahm sie unter den Arm und ging hinein.

Nur drei Leute befanden sich in der großen, gemütlichen Schankstube. „Gott zum Gruß", sagte Devlin. Er legte das Futteral auf den Tisch.

Ein gedrungener, untersetzter Mann in Hemdsärmeln, dem Aussehen nach Ende Zwanzig, lächelte ihn an. „Ich bin George Wilde, der Wirt, und Sie sind Sir Henrys neuer Flurhüter. Wir haben schon alles über Sie gehört. Sie wissen ja, wie das auf dem Lande ist."

„So, weiß er das?" meinte der Hüne am Fenster rauh.

Wilde machte ein bekümmertes Gesicht, übernahm jedoch die Vorstellung. „Das ist Arthur Seymour, und der alte Ziegenbock am Feuer ist Laker Armsby."

Laker war Ende Vierzig, wie Devlin später erfuhr, sah aber älter aus. Er war unvorstellbar abgerissen.

„Trinken die Herren einen mit mir?" fragte Devlin.

„Da sag ich nicht nein", rief Laker Armsby. „Einen Halben dunkles Ale."

Seymour leerte seinen Krug und knallte ihn auf den Tisch. „Ich zahle meins selber." Er nahm die Flinte und wog sie in der Hand.

„Sir Henry muß einen Narren an Ihnen gefressen haben. Das hier und das Motorrad. Jetzt frag ich mich, womit Sie das verdient haben, ein hergelaufener Kerl wie Sie, wo es hier einige gibt, die schon Jahre auf dem Gut arbeiten und sich mit weniger zufriedengeben müssen."

„Das kann nur an meiner Schönheit liegen", sagte Devlin.

Rasende Wut flammte in Seymours Augen auf. Er packte Devlin vorn an der Jacke. „Versuch mich ja nicht zu veräppeln, Kleiner!"

Wilde zog ihn am Arm. „Komm her, Arthur." Doch Seymour stieß ihn zurück.

„Solange du deinen Platz kennst, kommen wir vielleicht miteinander aus. Hast du mich verstanden?"

Devlin lächelte bekümmert. „Wenn ich jemanden gekränkt habe, tut's mir leid."

„Das ist schon besser." Seymour ließ ihn los. „Aber in Zukunft merk dir eins. Wo ich reinkomme, da verschwindest du."

Er ging hinaus und knallte die Tür hinter sich zu, und Laker Armsby gackerte wie verrückt. „Das is 'n Wüterich, der Arthur."

George Wilde verschwand im Hinterzimmer und kam mit einer Flasche Scotch und ein paar Gläsern wieder. „An das Zeug ist schwer heranzukommen, aber ich glaube, Sie haben einen auf meine Rechnung verdient, Mr. Devlin."

„Liam", sagte Devlin. „Nennen Sie mich Liam." Er nahm den Whisky. „Ist der immer so?"

„Seit ich ihn kenne."

„Da draußen war ein Mädchen mit Pferd und Wagen, als ich ins Dorf kam. Hat er an der ein besonderes Interesse?"

„Er rechnet sich Chancen bei ihr aus", lachte Laker Armsby. „Nur sie will nichts davon wissen."

„Das ist Molly Prior", sagte Wilde. „Sie und ihre Mutter haben einen Hof diesseits von Hobs End. Seit ihr Vater letztes Jahr gestorben ist, bewirtschaften sie ihn allein. Laker hilft ihnen ein paar Stunden, wenn er bei der Kirche gerade nichts zu tun hat. Und Seymour faßt auch ein bißchen mit an."

„Und bildet sich schon ein, der Hof gehört ihm. Wieso ist er nicht bei der Armee?"

„Sie haben ihn abgelehnt, wegen seines geplatzten Trommelfells."

„Was er als Beleidigung seiner umwerfenden Männlichkeit auffaßt, nehme ich an?"

Wilde sagte verlegen, als fände er, daß eine Erklärung am Platz sei: „Hab selber bei der Königlichen Artillerie mein Teil erwischt, April 1940 in Narvik. Rechte Kniescheibe hin. War also für mich ein kurzer Krieg. Sie hat es in Frankreich erwischt, sagt Mrs. Grey."

„Stimmt", sagte Devlin ruhig. „Bei Arras."

Laker Armsby sagte: „Und ich, ich hab's schon 1916 an der Somme abgekriegt. Bei der Waliser Garde war ich."

„Um Gottes willen", sagte Devlin. Er knallte einen Shilling auf den Tisch und zwinkerte Wilde zu. „Geben Sie ihm einen Halben, aber ich verzieh mich. Hab zu arbeiten."

ALS er die Küstenstraße erreichte, nahm Devlin den ersten Deichpfad auf der Nordseite von Hobs End und fuhr auf die Kieferngruppe zu. Er drehte voll auf – was sehr riskant war, denn eine falsche Bewegung, und er landete in der sumpfigen Marsch –, aber ihm war so leicht zumute.

Er drosselte den Motor und schlug einen anderen Pfad ein, immer auf die Küste zu, als plötzlich dreißig Meter rechts von ihm aus dem Schilf ein Reiter auf der Deichkrone erschien. Es war eine Reiterin, Molly Prior. Als Devlin das Motorrad abbremste, legte sie sich auf den Hals des Pferdes und trieb es zum Galopp an, immer neben ihm her.

Er ging prompt darauf ein, gab Gas und jagte vorwärts, Dreck hinter sich aufspritzend. Das Mädchen war dadurch im Vorteil, daß der Deich geradeaus verlief, während Devlin einem Labyrinth verschlungener Pfade folgen mußte.

Sie war jetzt nah bei den Bäumen, und als er schleudernd neben sie kam und eine gerade, freie Strecke vor sich hatte, riß sie ihren Gaul zu einer letzten Abkürzung herum und verschwand zwischen den Kiefern.

Devlin verließ den Deich mit unverminderter Geschwindigkeit, schoß eine Düne hinauf, flog ein Stückchen durch die Luft und landete auf weichem, weißem Sand, wo er auf ein Knie hinunterging und seitlich schlitternd zum Stehen kam.

Molly Prior saß an den Stamm einer Kiefer gelehnt und blickte aufs Meer hinaus, einen Ellbogen auf das Knie gestützt. Sie hatte ihr Käppi abgenommen, und er sah ihr kurzgeschnittenes, hellbraunes Haar. Das Pferd knabberte an ein paar Grasbüscheln, die aus

dem Sand herausragten. Devlin wuchtete das Motorrad auf den Ständer und ließ sich neben sie fallen. „Ein schöner Tag, Gott sei's
gedankt."

Sie drehte sich um und sagte ruhig: „Was hat Sie so lange
aufgehalten?"

Devlin hatte die Mütze abgenommen, um sich den Schweiß von der
Stirn zu wischen. „Was mich aufgehalten hat, so so? Hör mal, du
kleines –"

Da warf sie den Kopf zurück und lachte. Auch Devlin lachte. Er
steckte sich eine Zigarette in den Mund. „Magst du auch?"

„Nein."

„Ist auch besser für dich. Du willst ja noch wachsen."

„Ich bin siebzehn, damit Sie's wissen. Ende Februar werde ich
achtzehn."

Devlin hielt ein Streichholz an die Zigarette und legte sich zurück,
den Kopf auf den Händen, den Mützenschirm über den Augen. „Aha,
Fische, also ein kleiner Fisch. Wir kämen gut miteinander aus, ich
bin nämlich Löwe. Du solltest nie eine Jungfrau heiraten. Dieser
Arthur übrigens – ich hab das dumme Gefühl, er ist Jungfrau."

„Meinen Sie Arthur Seymour?" fragte sie. „Sind Sie verrückt?"
Ihre Augen funkelten, und dann sah sie seine Lippen zucken und
bückte sich, um unter den Mützenschirm zu sehen. „Warum lachen
Sie mich aus?" Sie riß ihm die Mütze vom Kopf und warf sie weg.

„Was soll ich denn sonst mit dir anfangen, Molly Prior?" Er
streckte abwehrend eine Hand von sich. „Nein, antworte darauf
lieber nicht."

Sie lehnte sich wieder an den Baum, die Hände in den Jacken-
taschen. „Woher wissen Sie meinen Namen?"

„George Wilde hat ihn mir in der Schenke verraten."

„Ach so, jetzt verstehe ich. Und Arthur war wohl auch da?"

„Das kann man wohl sagen. Ich habe den Eindruck, er betrachtet
dich als sein persönliches Eigentum."

„Ich gehöre keinem Mann!" sagte sie mit einemmal ganz heftig.

Er sah sie von unten an, die Zigarette im Mundwinkel, und
lächelte. „Deine Nase zeigt nach oben, und wenn du böse bist, zeigen
deine Mundwinkel nach unten."

Er war zu weit gegangen, hatte irgendwo eine wunde Stelle in ihr
getroffen. Sie errötete und sagte verbittert: „Ja, ich weiß, wie häß-

lich ich bin, Mr. Devlin. Ich habe schon nächtelang auf Tanzveran-
staltungen in Holt gesessen und bin nicht einmal geholt worden. Zu
oft, um nicht zu wissen, wo mein Platz ist. Aber Sie würden mich
in einer regnerischen Samstagnacht nicht vor die Tür setzen. Irgendwas ist immer noch besser als gar nichts."

Sie wollte aufstehen. Devlin schnappte ihr Fußgelenk und zog sie
wieder hinunter. „Du weißt, wie ich heiße? Wie kommt denn das?"

„Bilden Sie sich nichts darauf ein. Jeder weiß hier über Sie
Bescheid."

„Ich hab Neuigkeiten für dich", sagte er, indem er sich auf einen
Ellbogen stützte und sich über sie beugte. „Du weißt nicht das mindeste über mich, denn sonst wüßtest du, daß mir schöne Herbstnach-
mittage unter Kiefern viel lieber sind als regnerische Samstagabende."
Sie hielt ganz still. Er küßte sie kurz auf den Mund und rollte sich
zur Seite. „Jetzt mach aber, daß du hier wegkommst, bevor mein
wildes Temperament mit mir durchgeht."

Sie schnappte ihr Käppi, sprang auf und griff nach den Zügeln
ihres Pferdes. Sie stieg in den Sattel und drehte das Pferd zu ihm
um. „Ich bin Sonntag abend in der Messe. Sie auch?"

„Sehe ich so aus?"

Das Pferd tänzelte in halben Kreisen, doch sie hielt es gut. „Ja",
sagte sie, „ich glaube schon", und damit galoppierte sie davon.

„Liam, du Idiot", sagte Devlin leise, als er das Motorrad vom
Ständer nahm. „Lernst du denn nie dazu?"

IN BIRMINGHAM jagte ein kalter Wind durch die Stadt und schleuderte Regentropfen gegen das Fenster von Ben Garvalds Wohnung.
In seinem seidenen Morgenmantel, das lockige dunkle Haar sorgsam
gekämmt, gab er eine imposante Figur ab; die gebrochene Nase trug
so etwas wie derbe Würde dazu bei. Eine nähere Prüfung fiel indessen weniger schmeichelhaft aus; Ausschweifungen hatten deutliche
Spuren in dem fleischigen, arroganten Gesicht hinterlassen.

Heute morgen hatte er einen großen Ärger zu verkraften. Vergan-
gene Nacht war eines seiner geschäftlichen Unternehmen, ein kleiner
Spielklub, einer Razzia zum Opfer gefallen. Für Garvald bestand nicht
die Gefahr einer Verhaftung – für so etwas bezahlte man schließlich
den Strohmann –, aber die Polizei hatte dreitausend Pfund beschlag-
nahmt, die gerade auf den Tischen lagen.

Die Küchentür flog auf, und Bens jüngerer Bruder Reuben trat ein. Er war klein und sah kränklich aus; eine Schulter war etwas höher als die andere, aber die schwarzen Augen in dem blassen Gesicht waren unaufhörlich in Bewegung und übersahen nichts. „Da ist eben so ein unverschämter kleiner Ire mit'm Motorrad aufgekreuzt." Reuben hielt ihm eine halbe Fünfpfundnote hin. „Das soll ich dir geben, hat er gesagt, und die andere Hälfte würdest du kriegen, wenn du ihn empfängst."

Garvald mußte hellauf lachen. Er riß seinem Bruder die halbe Banknote aus der Hand. „Laß uns mal sehen, ob er mehr davon hat."

Reuben ging hinaus, und Garvald ging zu einem Schränkchen und schenkte sich einen Scotch ein, dann nahm er in einem Sessel am Fenster Platz.

Die Tür ging auf, und Reuben geleitete Devlin ins Zimmer. Der war durch und durch naß, seinen Regenmantel konnte man auswringen.

„Ziehen Sie den Mantel aus, Sie ruinieren mir ja den Perserteppich", sagte Garvald.

Devlin zog seinen tropfenden Mantel aus und gab ihn Reuben, der ein wenig erfreutes Gesicht machte, dann aber den Mantel über einen Stuhl beim Fenster hängte. „So, mein Bester", sagte Garvald. „Wie heißen wir denn?"

„Murphy", sagte Devlin. „Schlicht und ergreifend Murphy."

„Meine Zeit ist begrenzt", sagte Garvald. „Kommen wir zur Sache."

Devlin rieb sich die Hände am Jackett trocken und nahm ein Päckchen Zigaretten heraus. „Ich habe gehört, Sie sind im Transportgewerbe", sagte er. „Ich brauche einen Bedford-Lastwagen, Militärausführung."

„Ist das alles?" Garvald lächelte, aber seine Augen waren wachsam.

„Nein. Ich brauche außerdem einen Jeep, einen Kompressor, Spritzpistole und ein paar Eimer olivgrüne Farbe."

Garvald lachte aus vollem Hals. „Was haben Sie vor? Wollen Sie auf eigene Faust eine zweite Front eröffnen oder was?"

Devlin holte einen großen Umschlag hervor. „Hier sind fünfhundert Pfund Akonto drin, nur damit Sie wissen, daß ich Ihnen nicht die Zeit stehle."

Garvald nickte seinem Bruder zu, der den Umschlag nahm und den Inhalt prüfte. „Stimmt, Ben." Er gab ihm das Geld.

Garvald ließ es vor sich auf ein Tischchen fallen und lehnte sich zurück. „Na schön. Für wen arbeiten Sie?"

„Für mich", sagte Devlin.

Garvald zeigte, daß er ihm nicht glaubte, widersprach aber nicht. „Sie müssen was Schönes im Schilde führen, daß Sie sich soviel Mühe machen. Vielleicht brauchen Sie dabei etwas Hilfe?"

„Ich habe Ihnen gesagt, was ich brauche, Mr. Garvald", sagte Devlin. „Wenn Sie glauben, Sie können es mir nicht besorgen, kann ich's immer noch woanders versuchen."

Reuben sagte böse: „Was glauben Sie eigentlich, wer Sie sind? Hier hereinkommen ist eines. Hier wieder herauskommen ist was anderes."

Als Devlin Reuben ansah, schienen die blauen Augen in weite Ferne zu blicken. „Ist das wahr?" Devlin griff nach dem Bündel Fünfpfundnoten, die linke Hand in der Tasche am Griff der Walther.

„Das kostet Sie zweitausend Pfund", sagte Ben Garvald leise.

Er hielt Devlins Blick stand. Nach einer Weile lächelte Devlin. „Geben Sie noch zweihundert Liter Benzin in Armeekanistern dazu, und das Geschäft läuft."

Garvald streckte die Hand aus. „Abgemacht. Trinken wir einen darauf. Was möchten Sie?"

„Was Irisches, wenn Sie das haben. Am liebsten Bushmills."

„Ich habe alles, mein Lieber. Alles und jedes." Er schnippte mit den Fingern. Reuben zögerte, das Gesicht verkniffen und wütend, und Garvald sagte in leisem, gefährlichem Ton: „Den Bushmills, Reuben."

Sein Bruder ging zum Schränkchen und öffnete es.

„Wo wollen Sie die Ware übernehmen?" fragte Garvald.

„Irgendwo bei Peterborough an der A 1", antwortete Devlin.

Reuben reichte ihm ein Glas. „Sie sind ganz schön anspruchsvoll."

Garvald mischte sich dazwischen. „Nein, das ist schon recht. Kennen Sie Norman Cross? Das liegt etwa acht Kilometer außerhalb von Peterborough. Etwas weiter südlich an der Straße ist eine Autowerkstatt, Fogarty heißt sie. Im Augenblick ist sie geschlossen."

„Die finde ich schon", sagte Devlin. „Den Lastwagen, Kompressor und die Kanister übernehme ich am Donnerstag, dem achtundzwanzigsten, abends, den Jeep am Abend darauf. Wenn's dunkel ist. Sagen wir, gegen neun."

„Und das Geld?"

„Sie behalten die fünfhundert Akonto. Siebenhundertfünfzig bei Übernahme des Lastwagens, den Rest beim Jeep, und für beides brauche ich Armeepapiere."

„Nichts leichter als das", sagte Garvald. „Aber da muß Fahrtziel und -zweck hinein."

„Das fülle ich selbst aus, wenn ich sie habe."

Garvald nickte langsam. „In Ordnung. Wird gemacht."

Devlin zog den nassen Regenmantel an und knöpfte ihn rasch zu.

Garvald ging an das Schränkchen und kam mit der frisch geöffneten Flasche Bushmills wieder. „Trinken Sie den auf mich."

„Danke", sagte Devlin. „Und hier haben Sie auch was." Er kramte die andere Hälfte der Fünfpfundnote hervor. „Das ist Ihre, glaube ich."

Garvald nahm sie grinsend. „Sie sind unverschämter, als die Polizei erlaubt, Murphy. Bis zum achtundzwanzigsten also."

Devlin drehte sich an der Tür um, als Garvald sich wieder setzte. „Noch eins, Mr. Garvald. Ich halte mein Wort. Sehen Sie zu, daß Sie Ihres auch halten." Damit ging er.

Garvald trank seinen Scotch aus. Dann ging er ans Fenster und sah in den Hof hinunter, wo Devlin gerade sein Motorrad anwarf und davonfuhr. Reuben meinte: „Was ist bloß in dich gefahren, Ben? Du läßt dich von diesem kleinen Iren so einfach an die Wand drücken?"

„Der hat irgendein großes Ding vor, mein Kleiner", sagte Garvald leise. „Und ob es ihm paßt oder nicht, ich bin dabei."

Es WAR halb fünf, als Devlin durchs Dorf fuhr und am Studley Arms vorbeikam. Als er über die Brücke fuhr, hörte er die Orgel spielen, und Lichter leuchteten schwach an den Kirchenfenstern, denn es war noch nicht dunkel. Joanna Grey hatte ihm gesagt, daß die Abendmesse nachmittags stattfinde, um die Verdunkelung zu umgehen. Er hielt vor der Kirche an. Daß Molly Prior drinnen war, sah er daran, daß ihr Pferd geduldig zwischen den Deichseln des Wagens stand, die Nase im Futterbeutel. Außerdem standen noch zwei Autos und ein paar Fahrräder da.

Als Devlin die Tür öffnete, kam Pfarrer Vereker gerade im verwaschenen roten Chormantel den Mittelgang herunter und besprenkelte die Häupter der Gläubigen mit Weihwasser, um sie reinzuwaschen. „*Asperges me*", sang er dazu, und Devlin schlich sich durch den rechten Gang und fand eine leere Bank.

Die Gemeinde zählte nicht mehr als siebzehn, achtzehn Menschen, einschließlich Sir Henry und einer Frau, die offenbar seine Angetraute war. Molly saß auf der gegenüberliegenden Seite mit ihrer Mutter, einer angenehm aussehenden Frau mittleren Alters mit freundlichem Gesicht. Molly hatte einen mit falschen Blumen geschmückten Strohhut auf, die Krempe schräg über die Augen gezogen, und trug ein geblümtes Baumwollkleid. Sie drehte sich plötzlich um und sah ihn. Sekundenlang blickte sie ihn an, dann wandte sie sich wieder ab.

Als sie sich später wie in Zeitlupe hinkniete, hob sie ihren Rock mindestens fünfzehn Zentimeter zu hoch. Devlin mußte ein Lachen hinunterschlucken, aber das verging ihm ohnehin noch früh genug, als er sah, wie Arthur Seymour sie anfunkelte.

Nach der Messe war Devlin als erster draußen. Er saß schon auf dem Motorrad, als er Molly rufen hörte: „Einen Augenblick, Mr. Devlin!" Sie kam auf ihn zugerannt, ihre Mutter wenige Meter hinterdrein. „Warum haben Sie es so eilig wegzukommen?" fragte Molly. „Das ist meine Mutter. Wir dachten, Sie würden vielleicht zu uns kommen und mit uns Tee trinken."

Hinter ihnen sah er Arthur Seymour mit finsterer Miene am Tor stehen. Devlin sagte: „Das ist sehr nett von Ihnen, aber ich bin wohl nicht richtig dafür angezogen."

Mrs. Prior faßte seine Kleider an. „Mann Gottes, Sie sind ja durch und durch naß! Schnell nach Hause mit Ihnen und in ein heißes Bad."

„Da hat sie recht", sagte Molly heftig.

Devlin trat den Starter. „Gott schütze mich vor der Schreckensherrschaft der Frauen", sagte er und fuhr davon.

EIN Bad war leider nicht möglich. Es hätte viel zu lange gedauert, den Kupferkessel auf dem Herd heiß zu machen. Devlin entzündete statt dessen ein riesiges Holzfeuer; dann zog er sich nackt aus, rubbelte sich trocken und zog sich wieder an. Er nahm ein Glas und Garvalds Flasche Bushmills, dazu ein Buch und setzte sich in den alten Ohrensessel, um seine Füße am Feuer zu rösten, als ihm plötzlich ein kalter Luftzug über den Nacken strich.

„Was hat dich so lange aufgehalten?" fragte er, ohne sich umzusehen.

„Sehr witzig. Ich hätte gedacht, dir wäre was Besseres eingefallen, nachdem ich zwei Kilometer über nasse Felder durch die Dunkelheit gelaufen bin, um dir das Abendbrot zu bringen." Sie ging zum Feuer. Sie trug ihren Regenmantel, Stulpenstiefel und ein Kopftuch, und in der Hand hatte sie einen Korb. „Kartoffeln mit Fleisch, aber ich nehme an, du hast schon gegessen?"

„Hör schon auf", stöhnte er. „Stell's in den Backofen."

Sie stellte den Korb hin, knöpfte den Regenmantel auf, zog die Stiefel aus und nahm das Kopftuch ab. Sie schüttelte ihr Haar. „So ist's schon besser. Was liest du da?"

Er gab ihr das Buch. „Gedichte", sagte er. „Von einem blinden Iren namens Raftery, der vor langer Zeit gelebt hat."

Sie setzte sich zu seinen Füßen, eine Hand an seinem Arm, und blickte im Feuerschein auf die Seite.

„Das ist ja eine Fremdsprache."

„Irisch", sagte er. „Die Sprache der Könige." Er nahm ihr das Buch aus der Hand, las ein paar Zeilen und übersetzte sie.

> *„Nun da im Frühling die Tage sich längen,*
> *Hoch geht mein Segel am Festtag von Bridget.*
> *Die Reise beschlossen, fest meine Schritte,*
> *Bis auf Mayos Gefilden ich einst wieder stehe."*

„Das ist schön", sagte sie. „Wirklich schön."

Devlin packte sie plötzlich von hinten bei den Haaren. „Jesus, Maria und Joseph, steht mir bei. Mein liebes Kind, wenn du nicht bald das Essen in die Röhre stellst, bin ich für nichts mehr verantwortlich."

Sie lachte und lehnte sich kurz an ihn, den Kopf auf seinen Knien. „Ich mag dich doch", sagte sie. „Weißt du das? Ich hab dich gleich gemocht, als ich dich sah, Mr. Devlin."

Er stöhnte und schloß die Augen, und sie stand auf und stellte den Eintopf in den Backofen.

ALS er sie über die Felder nach Hause begleitete, waren die Wolken fortgeweht und hatten einen sternenhellen Himmel zurückgelassen. Devlin hatte die Flinte über der Schulter, und Molly hing an seinem linken Arm. Sie kamen an die Mauer, die das Anwesen umgab, und Molly blieb am Tor stehen. „Ich überlege gerade. Wenn du für Mittwochnachmittag nichts anderes vorhast, könnte ich ein wenig Hilfe in der Scheune gebrauchen. Du kannst dann mit uns zu Abend essen."

„Warum nicht?" meinte er. Sie schlang den Arm um seinen Nacken und zog sein Gesicht stürmisch zu sich herunter. Er sagte ihr mit sanfter Stimme ins Ohr: „Du bist erst siebzehn, und ich bin ein alter Mann von fünfunddreißig." Er küßte sie behutsam auf den Mund. „Geh ins Haus."

Sie ging ohne Widerspruch, und Devlin machte sich auf den Heimweg. Er ging gerade um die letzte Wiese oberhalb der Hauptstraße herum und überquerte den Deichpfad gegenüber dem alten Holzschild mit der Aufschrift HOBS END FARM. Plötzlich raschelte es im Schilf, und Arthur Seymour sprang ihm in den Weg. „Ich hab dich gewarnt", sagte er.

Devlin hatte im Handumdrehen die Flinte von der Schulter und stieß Seymour die Mündung unters Kinn. „Nimm dich in acht", sagte er. „Ich habe nämlich von Sir Henry persönlich die Erlaubnis, Schädlinge abzuschießen."

Seymour sprang zurück. „Ich krieg dich schon noch, verlaß dich darauf. Ich zahl's euch beiden heim." Damit machte er kehrt und rannte in die Nacht.

Devlin hängte die Flinte wieder über die Schulter. Seymours Drohungen ließen ihn kalt, doch dann dachte er mit einemmal an Molly und hatte ein dumpfes Gefühl im Magen. „Bei Gott", sagte er leise. „Wenn er ihr etwas tut, bringe ich ihn um."

SECHSTES KAPITEL

LANDSVOORT war ein verlassener kleiner Ort, etwa dreißig Kilometer nördlich von Amsterdam, zwischen Schagen und dem Meer. Es befanden sich dort ein altes Bauernhaus mit einer Scheune, ein Hangar mit rostigem Wellblechdach und eine Landebahn aus bröckelndem Beton.

Am Mittwochmorgen, dem 20. Oktober, demonstrierte Oberfeldwebel Willi Scheid vom Geschützdepot Hamburg der Gruppe Steiner auf einer improvisierten Schießbahn zwischen den Dünen die englische Sten-Maschinenpistole. Der Typ MK IIS war von den Briten eigens für Kommandounternehmen entwickelt worden und mit Schalldämpfer ausgerüstet. Es war unheimlich, die Kugeln in die am anderen Ende der Schießbahn aufgestellten Ziele, lebensgroße Attrappen angreifender englischer Soldaten, einschlagen zu sehen und dabei nur das Schnalzen des Hahns zu hören.

Scheid ging zu einer Plane auf dem Boden, auf der verschiedene Waffen ausgebreitet waren. „Die Sten wird Ihre Hauptwaffe sein. Daneben werden Sie noch das leichte Bren-MG haben."

„Und wie steht's mit Gewehren?" fragte Steiner.

Ehe Scheid antworten konnte, tippte Neumann Steiner auf die Schulter. Ein Fieseler Storch kam in niedriger Höhe angeflogen und setzte zur Landung an. Die beiden Männer liefen zu einem in der Nähe stehenden Geländewagen und fuhren zur Landebahn.

Steiner zündete sich eine Zigarette an, während sie warteten, bis Radl aus dem Flugzeug stieg. Neumann sagte: „Er hat noch einen bei sich."

Max Radl kam auf Steiner zu, ein fröhliches Lächeln im Gesicht. „Wie geht's, Steiner?"

Aber Steiner sah nur Radls Begleiter an, einen großen, eleganten jungen Mann mit dem SS-Totenkopf an der Mütze. „Wer ist denn Ihr Freund da, Radl?" fragte er leise.

Radls Lächeln wirkte verlegen. „Oberstleutnant Kurt Steiner, Untersturmführer Harvey Preston vom britischen Freikorps."

DAS Wohnzimmer des alten Bauernhauses war zum Nervenzentrum des ganzen Unternehmens geworden. Zwei große Tische waren mit Karten und Fotos vom Gebiet um Hobs End und von Studley Constable bedeckt. Radl beugte sich interessiert darüber. Neumann stand auf der anderen Seite des Tisches, und Steiner ging am Fenster auf und ab. Er drehte sich ungehalten um. „Radl, erwarten Sie wirklich von mir, daß ich dieses – dieses Subjekt mitnehme?"

„Das ist die Idee des Reichsführers, nicht meine", sagte Radl nachsichtig.

„Der muß ja verrückt sein. Wie kann er denn um alles in der Welt erwarten, daß meine Leute in dem Stadium jetzt mit einem Außenseiter zurechtkommen, besonders mit einem Mann wie Preston?" Er nahm die Personalakte in die Hand, die Radl ihm gegeben hatte, und schüttelte sie. „Ein kleiner Krimineller, ein Hochstapler." Er ließ die Akte verächtlich fallen. „Der weiß ja gar nicht, was ein richtiger Soldat ist."

„Er ist noch nie abgesprungen", gab Neumann zu bedenken. „Zur abgeschlossenen Fallschirmjägerausbildung gehören mindestens sechs Sprünge."

„Sehr eindrucksvoll", sagte Radl. „Andererseits muß Preston nur ein einziges Mal abspringen, und zwar über einem Gelände, das Sie selbst als ideales Sprunggebiet bezeichnet haben. Ich würde es nicht für unmöglich halten, ihn für diesen einmaligen Sprung hinreichend auszubilden."

Neumann wandte sich verzweifelt an Steiner. „Was können wir sonst noch sagen?"

„Nichts", sagte Radl. „Weil er mitgeht. Und zwar geht er mit, weil der Reichsführer das für eine gute Idee hält."

„Nicht Preston", sagte Steiner. „Unmöglich."

„Ich fliege morgen nach Berlin zurück", antwortete Radl. „Kommen Sie mit, und erklären Sie ihm das selbst, wenn Ihnen danach ist."

Steiners Gesicht war blaß. „Sie wissen, daß ich das nicht kann, und Sie wissen auch, warum."

„Dann nehmen Sie ihn also mit?" fragte Radl.

„Na schön, ich nehme ihn mit", sagte Steiner. „Aber bis ich ihn durch die Mangel gedreht habe, wird er wünschen, er wäre nie geboren." Er wandte sich an Neumann. „Hol ihn rein."

ALS Preston noch Schauspieler war, hatte er einmal einen schneidigen britischen Offizier gespielt, einen tapferen, kriegsmüden Veteranen, alt, trotz seiner jungen Jahre, der dem Tod mit verächtlichem Lächeln ins Auge sehen konnte. Wenn der Vorhang gefallen war, stand man einfach auf, ging in die Garderobe und schminkte sich das Blut ab.

Aber jetzt war alles echte Wirklichkeit, und plötzlich war ihm schlecht vor Angst. Es war kalt in dem verwilderten Garten, und Preston ging zigarettenrauchend auf und ab. Plötzlich erschien Neumann an der Haustür. „Preston!" rief er. „Reinkommen."

Als Preston eintrat, standen Steiner, Radl und Neumann um den Kartentisch herum. „Herr Oberstleutnant", begann Preston, „ich bin noch nie gesprungen . . ."

„Das ist noch der kleinste von Ihren Fehlern", antwortete Steiner bissig.

„Herr Oberstleutnant, ich – ich muß – protestieren –", stotterte Preston, und Steiner fuhr ihm wie mit einem Axthieb über den Mund.

„Maul halten! In Zukunft reden Sie nur noch, wenn Sie angesprochen werden." Preston stand jetzt starr in Habachtstellung. „Im Moment sind Sie nichts weiter als Ballast in einer schicken Uniform. Das wollen wir doch ändern, oder?"

„Jawohl, Herr Oberstleutnant", beeilte sich Preston.

„Gut. Dann verstehen wir uns ja. Oberleutnant Neumann wird Ihnen Springerkleidung und Stiefel besorgen, so daß Sie sich von den Kameraden, mit denen Sie zusammen üben, nicht unterscheiden. In Ihrem Falle wird allerdings zusätzliche Arbeit erforderlich sein, aber darauf kommen wir noch. Jetzt noch Fragen?"

„Nein, Herr Oberstleutnant", flüsterte Preston, halb erstickt.

„Gut." Steiner wandte sich an Neumann. „Übergib ihn an Brandt." Er nickte Preston zu. „Abtreten."

Preston salutierte und taumelte hinaus. Neumann folgte ihm.

IN IHREM kleinen Zimmer im Bauernhaus am Hobs End versuchte Molly Prior sich für Devlin schönzumachen, der jeden Augenblick zum Mittagessen eintreffen konnte. Sie hatte ihr einziges, schon etliche Male gestopftes Paar Seidenstrümpfe angezogen und streifte gerade das Baumwollkleid über, das sie am Sonntag getragen hatte, als sie ein Auto hörte. Sie schaute eben noch rechtzeitig aus dem Fenster, um Pfarrer Vereker in seinem alten Morris auf den Hof fahren zu sehen.

Auf dem Weg nach unten fuhr sie sich mit dem Kamm durch ihr wirres Haar. Vereker war bei ihrer Mutter in der Küche, und er drehte sich um und begrüßte sie mit einem, wie sie fand, erstaunlich herzlichen Lächeln.

„Tag, Molly, wie geht's?"

„Viel Sorgen und viel Arbeit, Herr Pfarrer. Wollten Sie zu mir?"

„Nein, ich hatte ein Wort mit Arthur reden wollen. Arthur Seymour. Er hilft doch dienstags und mittwochs hier bei euch aus, nicht wahr?"

„Arthur Seymour arbeitet nicht mehr hier, Herr Pfarrer. Hat er Ihnen nicht gesagt, daß ich ihn rausgeschmissen habe?"

Vereker mied eine direkte Antwort. „Wie kam denn das, Molly?" fragte er.

„Ich wollte ihn einfach nicht mehr hier sehen."

Jetzt machte der Pfarrer einen schlimmen Fehler. „Die Leute im Dorf sind der Meinung, daß ihm übel mitgespielt worden ist. Du solltest einen besseren Grund haben, als daß du einem Fremden den Vorzug gibst. Das ist hart für einen Mann, der hier geholfen hat –"

„Mann! Ach, das ist ein Mann, Herr Pfarrer? Ich hab nie dran gedacht. Sie können den Leuten ja sagen, daß er mir immer unter den Rock gegriffen hat." Sie sah Vereker verächtlich an. „Sagen Sie mir nicht, das hätten Sie nicht gewußt, Herr Pfarrer. Sie müssen ihm oft genug die Beichte abnehmen."

Es klopfte, und sie wandte sich von seinem wütenden Blick ab zur Tür und strich sich das Kleid über den Hüften glatt. Aber es war nicht Devlin. Es war Laker Armsby, der neben dem Traktor stand, mit dem er eine Wagenladung Rüben angefahren hatte.

Er grinste. „Wo willst du das hinhaben, Molly?"

„In die Scheune, Laker. Warte, ich zeig's dir lieber selbst."

Sie ging mit Laker über den Hof, und Laker öffnete eines der großen Scheunentore. Drinnen stand Seymour; die Mütze verdeckte seinen wahnsinnigen Blick, und mit den massigen Schultern sprengte er fast die Nähte seiner Jacke. „He, Arthur", sagte Laker argwöhnisch.

Seymour stieß ihn rücklings in den Morast und packte Molly am Handgelenk. „Du kommst hier rein. Ich hab mit dir zu reden."

Molly trat wütend um sich. „Laß mich los!"

„O nein." Er stieß die Tür zu, knallte den Riegel vor und griff ihr mit der linken Hand ins Haar. „Jetzt sei vernünftig, und ich tu dir nicht weh."

Als er nach ihrem Rocksaum fingerte, bückte sie sich und biß ihn ins Handgelenk. Seymour schrie auf vor Schmerzen und ließ sie los, bekam Molly aber mit der anderen Hand zu fassen, als sie sich umdrehte. Ihr Kleid zerriß, und sie rannte zur Leiter, die auf den Heuboden führte.

DEVLIN, von Hobs End kommend, hatte gerade die Wiese oberhalb der Farm erreicht, als Molly und Laker Armsby über den Hof auf die Scheune zugingen. Sekunden später flog Laker aus der Scheune, und als er rücklings im Dreck landete, schlug die große Tür zu. Devlin rannte im Galopp den Hügel hinunter.

Als er über den Zaun in den Hof sprang, waren gerade Pfarrer Vereker und Mrs. Prior bei der Scheune angekommen. Der Priester hämmerte mit seinem Stock ans Tor. „Arthur!" schrie er. „Mach die Tür auf!"

Ein Aufschrei von Molly war die einzige Antwort. Devlin versuchte es zuerst mit der Schulter, dann sah er sich verzweifelt um, gerade als Molly wieder aufschrie. Sein Blick fiel auf den Traktor, den Laker mit laufendem Motor stehengelassen hatte. Devlin schwang sich auf den Sitz, stieß den Gang hinein und gab so kräftig Gas, daß der Traktor mitsamt dem Anhänger einen Satz nach vorn machte und die Rüben wie Kanonenkugeln durch die Gegend purzelten. Vereker, Mrs. Prior und Laker konnten gerade noch beiseite springen, als der Traktor die Tür nach innen aufschleuderte.

Devlin bremste. Molly war auf dem Heuboden, Seymour versuchte von unten die Leiter wieder anzustellen, die sie anscheinend umgestoßen hatte. Devlin stellte den Motor ab, und Seymour gab einen Wutschrei von sich und stürzte sich ihm mit ausgestreckten Händen mordlüstern entgegen. Devlin täuschte ihn mit einer Rechten und traf ihn mit der Linken auf den häßlichen Mund. Sofort ließ er eine Rechte unter die Rippen folgen. Dann duckte er sich unter Seymours nächstem wilden Hieb und traf ihn wieder unter den Rippen, gerade als Pfarrer Vereker in die Scheune gehumpelt kam. „Beinarbeit, Maß nehmen und zuschlagen, Herr Pfarrer. So ihr dieses lernet, werdet ihr das Erdreich so sicher besitzen wie die Sanftmütigen. Und immer ein paar schmutzige kleine Tricks auf Lager haben, versteht sich."

Er traf Seymour mit einem Tritt unter der rechten Kniescheibe, und als der Hüne vornüberklappte, stieß Devlin sein Knie von unten gegen das herunterkommende Gesicht, daß er zur Tür hinaus in den Morast auf dem Hof flog. Als Devlin näher kam, sprang Seymour auf die Füße und verpaßte ihm einen mörderischen Treffer auf die Stirn. Er wollte nachsetzen, aber Devlin umkreiste ihn und trieb ihn unbarmherzig quer über den Hof und auf eine alte Zinkwanne voll Wasser zu.

„Und jetzt hör mir mal gut zu!" sagte Devlin. „Rühr mir nur ja dieses Mädchen nicht noch mal an, verstanden?" Er verpaßte ihm wieder eins unter die Rippen, und Seymour stöhnte auf. „Und wenn du demnächst irgendwo in einem geschlossenen Raum bist und ich reinkomme, stehst du auf und gehst raus. Hast du das auch verstanden?" Seine Rechte traf das ungeschützte Kinn, und Seymour stürzte über die Wanne und wälzte sich auf dem Rücken.

Devlin ließ sich auf die Knie sinken und tauchte sein Gesicht in den Trog voll Regenwasser. Als er den Kopf wieder hoch nahm, kauerte Molly neben ihm, und Pfarrer Vereker beugte sich über Seymour.

„Mein Gott, Devlin, Sie hätten ihn umbringen können."

„Den nicht", sagte Devlin. „Leider."

Und wie um ihn zu bestätigen, versuchte Seymour sich soeben aufzusetzen. Laker Armsby tauchte einen Emaileimer in die Wanne und leerte ihn über Seymour aus. „Wohl bekomm's, Arthur", meinte er gut gelaunt. „Ich wette, das ist dein erstes Bad seit Michaeli."

Seymour stöhnte wieder, und Pfarrer Vereker sagte: „Helfen Sie mir, Laker", und die beiden nahmen Arthur zwischen sich und brachten ihn zum Morris.

Plötzlich begann sich um Devlin herum die Erde zu drehen. Er schloß die Augen. Er hörte Mollys Schreckensruf und fühlte ihre kräftige junge Schulter unter seinem Arm. Dann war ihre Mutter an seiner anderen Seite, und er wurde ins Haus geführt.

Er fand sich auf dem Küchenstuhl am Feuer wieder, den Kopf an Mollys Brust, während sie ihm ein feuchtes Tuch auf die Stirn drückte. „Geht schon wieder", sagte er.

Sie sah ihn mit besorgter Miene von oben an. „Mein Gott, ich dachte schon, er haut dir mit diesem einen Schlag den Schädel ein."

Ein paar Minuten darauf kam Mollys Mutter in die Küche geeilt und band sich eine saubere Schürze um. „Junge, Sie müssen jetzt aber einen kräftigen Hunger haben, nach dieser Keilerei. Kommt Ihnen Kartoffeleintopf mit Fleisch jetzt recht?"

Devlin sah zu Molly auf und lächelte. „Danke freundlichst, gnädige Frau. Ich glaube einigermaßen aufrichtig sagen zu können, daß mir jetzt alles recht ist."

Es WAR spät am Abend, als Devlin zum Hobs End zurückkehrte. Der Himmel war dunkel, und am fernen Horizont grollte vereinzelter Donner. Devlin wählte den Umweg außen herum und kontrollierte die Deichtore, und als er schließlich in den Hof einbog, stand Joanna Greys Wagen vor der Tür. Sie trug die grüne WVS-Uniform und stand an die Wand gelehnt, von wo sie aufs Meer hinausblickte. Patch saß geduldig neben ihr.

Sie drehte sich um und sah Devlin an, als er zu ihr trat. Er hatte einen ansehnlichen Bluterguß auf der Stirn, wo Seymour ihn getroffen hatte. „Häßlich", sagte sie. „Unternehmen Sie öfter Selbstmordversuche?"

Er grinste. „Sie müßten mal erst den andern sehen."

„Hab ich." Sie schüttelte den Kopf. „Das muß aufhören, Liam."

Er zündete sich hinter der schützend gewölbten Hand eine Zigarette an. „Was muß aufhören?"

„Das mit Molly. Dafür sind Sie nicht hier. Sie haben einen Auftrag."

„Immer mit der Ruhe", sagte er. „Ich habe bis zu meinem Treffen mit Garvald am achtundzwanzigsten nicht mehr das mindeste zu tun."

„Die Menschen in solchen Orten wie hier sind Fremden gegenüber mißtrauisch. Was Sie mit Arthur Seymour gemacht haben, gefällt ihnen gar nicht. Wir können es uns nicht leisten, die Leute vor den Kopf zu stoßen. Also seien Sie vernünftig, und lassen Sie Molly in Ruhe."

„Soll das ein Befehl sein, Chefin?"

„Seien Sie nicht so albern. Ich appelliere nur an Ihren gesunden Menschenverstand."

Nachdem sie weggefahren war, schloß Devlin die Tür auf und ging ins Haus. Er zündete ein kleines Feuer an und stellte sich ans Fenster, und er fühlte sich plötzlich einsamer, als er sich je zuvor in seinem Leben gefühlt hatte.

AM SONNTAG MORGEN, dem 24. Oktober, veranstaltete Steiner in Landsvoort eine Demonstration des britischen Standardfallschirms in der alten Scheune hinter dem Bauernhaus. Nach Steiners Eröffnungsworten trat Brandt vor und hielt einen gepackten Fallschirm in die Höhe. Neumann sagte: „Der Fallschirm Typ X, wie er von den britischen Fallschirmjägern benutzt wird. Er ist, wie der Herr Oberstleutnant sagt, von unserem sehr verschieden." Hauptfeldwebel Brandt zog die Reißleine; das Päckchen öffnete sich, und heraus kam der olivfarbene Schirm. „Beachten Sie, wie die Fangleinen über Schulterriemen anstatt direkt mit dem Gurtwerk verbunden sind."

„Der Sinn ist der", sprach Steiner dazwischen, „daß Sie den Schirm damit lenken, die Richtung ändern können, ihn also derart in der Gewalt haben, wie Sie es bei dem, den Sie gewöhnt sind, einfach nicht schaffen."

Neumann nickte, und Brandt sagte: „Springen wir alle mal dort runter." Am Ende der Scheune war ein vielleicht fünf Meter hoher Heuboden. Über einen Balken darüber war ein Seil geschlungen und daran das Gurtwerk eines Fallschirms vom Typ X befestigt. Brandt sagte: „Jeder einzelne springt dort herunter, und jeweils sechs andere hängen am anderen Ende und sorgen dafür, daß er nicht zu hart aufkommt. Wer ist der erste?"

Steiner sagte: „Diese Ehre nehme ich in Anspruch."

Neumann half ihm in die Gurte. Dann hängten Brandt und vier andere sich ans Seil und zogen ihn auf den Heuboden. Er stellte sich an die Kante, Neumann gab ein Zeichen, und Steiner sprang ins Leere. Das andere Seilende ging hoch und riß drei Mann mit, aber Brandt und Feldwebel Sturm hielten fluchend fest. Steiner kam unten an, vollführte eine perfekte Landerolle und war wieder auf den Beinen. „Alles klar. Übliche Formation. Ich habe noch Zeit, jeden einmal springen zu sehen."

Er stellte sich hinter die Gruppe, als Neumann sich in die Gurte hängte. Keine Minute später landete Neumann unter brüllendem Gelächter flach auf dem Rücken. Dann folgten Brandt und schließlich die übrigen, mit wechselndem Erfolg. Endlich war Preston an der Reihe.

Steiner nickte. „Rauf mit ihm." Der Engländer war sehr blaß.

Die fünf Männer zogen entschlossen am Seil, und Preston schoß in die Höhe, bis er auf dem Heuboden stand und mit wildem Blick nach unten starrte.

„Los, Engländer", rief Brandt. „Wenn ich Zeichen gebe, wird gesprungen."

Er drehte sich um und wollte den Männern am Seil Anweisungen geben, als ein Schreckensruf ertönte und Preston vornüber fiel. Neumann sprang nach dem Seil. Einen Meter über dem Boden wurde

Prestons Sturz gebremst. Er schwang wie ein Pendel, die Arme lose an den Seiten, den Kopf auf der Brust.

Brandt griff dem Engländer unters Kinn und sah ihm ins Gesicht. „Ohnmächtig. Was machen wir mit ihm, Herr Oberstleutnant?"

„Bringt ihn wieder zu sich", sagte Steiner gelassen. „Dann wieder rauf mit ihm. So oft, bis er's kann oder sich ein Bein bricht." Er nahm die Hand an die Mütze. „Weitermachen." Damit drehte er sich um und ging.

ALS Devlin am Sonntag in die Kirche kam, war die Messe schon fast aus. Molly kniete neben ihrer Mutter. Arthur Seymour war auch da, und als er Devlin sah, stand er ganz einfach auf, verzog sich in den Schatten des Seitenganges und ging hinaus.

Devlin wartete und beobachtete Molly, wie sie im Kerzenlicht kniete und betete, die Unschuld selbst. Nach einer Weile drehte sie sich ganz langsam um, als habe sie seine Gegenwart gespürt. Ihre Augen weiteten sich. Sie sah ihn lange an, dann wandte sie sich wieder ab.

Devlin ging kurz vor Ende der Messe. Es regnete stark, als er seine Hütte erreichte, weshalb er das Motorrad in die Scheune stellte, Wasserstiefel und Ölzeug anzog und die Flinte nahm. Bei solchem Regen mußten die Deichschleusen geprüft werden, und außerdem würde das Herumlaufen ihn auf andere Gedanken bringen.

Es klappte aber nicht. Er bekam Molly nicht aus dem Kopf. „Wenn das die wahre Liebe ist, mein lieber Liam", sagte er leise vor sich hin, „dann hast du aber elend lange gebraucht, sie kennenzulernen."

Als er über den Hauptdeich wieder auf die Hütte zukam, hing schwerer Holzrauch in der feuchten Luft, und als er die Tür öffnete, roch es nach Essen. Er stellte das Gewehr in die Ecke, hängte die Ölhaut zum Trocknen auf und ging ins Wohnzimmer.

Sie kniete beim Feuer und legte gerade ein neues Scheit nach. Sie drehte sich um und sah ihn über die Schulter ernst an. „Du bist sicher patschnaß."

„Eine halbe Stunde vor diesem Feuer, und ich bin wieder obenauf."

„Ich habe Irish-Stew auf dem Herd. Recht so?"

„Prima."

„Was ist los, Liam? Warum bist du nicht mehr gekommen?"

Er setzte sich in den alten Ohrensessel, die Füße zum Feuer ausgestreckt, so daß der Dampf von seinen Hosenbeinen hochstieg. „Ich hatte es für das beste gehalten."

„Warum?"

„Ich hatte meine Gründe."

Sie streckte zögernd die Hand aus und strich ihm übers Haar. Devlin nahm ihre Hand und küßte sie. „Ich liebe dich, wußtest du das?"

Sie glühte, als wenn in ihr eine Lampe angezündet worden wäre. „Nun, dann kann ich ja wenigstens jetzt mit reinem Gewissen zu Bett gehen."

„Ich bin kein Umgang für dich, Mädchen. Das führt zu nichts."

„Das müssen wir erst noch sehen", meinte sie. „Ich hole dir dein Essen."

Sie lagen in dem alten Eisenbett; er hatte einen Arm um sie, sah dem tanzenden Feuerschein an der Decke zu und fühlte sich so rundum wohl und friedlich wie schon seit Jahren nicht mehr. Auf einem Tischchen an Mollys Seite neben dem Bett stand ein Radio. Sie schaltete es ein. Ein Lied ertönte.

> *„Einmal wird's vom Turm geblasen,*
> *Wenn den Kerl man erst verscharrt:*
> *Satan mit dem Lippenbart*
> *Liegt drei Meter unterm Rasen . . ."*

„Ich bin froh, wenn das mal eintritt", sagte sie schläfrig.

„Was?" fragte er.

„Wenn Satan mit dem Lippenbart unter der Erde liegt. Hitler. Ich meine, dann ist doch alles vorbei, nicht?" Sie schmiegte sich enger an ihn. „Was wird dann aus uns, Liam? Wenn der Krieg aus ist?"

„Weiß der Himmel."

Devlin lag da und starrte ins Feuer, nachdem Molly eingeschlafen war. Wenn der Krieg aus war. Welcher Krieg? Er war jetzt seit zwölf Jahren auf die eine oder andere Art auf den Barrikaden. Wie konnte er ihr das klarmachen? Und es war so ein hübscher kleiner Hof, und sie brauchten einen Mann. Ach, es war zum Heulen. Er zog sie fest an sich, und der Wind seufzte durch das alte Haus und rüttelte an den Fensterscheiben.

UND in Berlin in der Prinz-Albrecht-Straße saß Himmler an seinem Schreibtisch und arbeitete methodisch Dutzende von Berichten über die SS-Ausrottungskommandos durch. Es wurde dezent an die Tür geklopft, und Roßmann trat ein. Himmler sah auf. „Wie sind Sie vorangekommen?"

„Bedaure, Reichsführer, er gibt nichts zu. Allmählich glaube ich fast, daß er womöglich unschuldig ist."

„Unmöglich. Erst heute abend habe ich ein unterschriebenes Geständnis von seinem Burschen erhalten, daß er auf Generalmajor Karl Steiners unmittelbaren Befehl gegen die Staatssicherheit gearbeitet hat."

„Und was nun, Herr Reichsführer?"

„Ich hätte immer noch lieber ein von General Steiner selbst unterschriebenes Geständnis. Versuchen wir's mit ein bißchen Psychologie. Richten Sie ihn ordentlich her, rufen Sie ihm einen SS-Arzt, geben Sie ihm reichlich zu essen. Sie kennen das ja."

„Wie Sie befehlen, Reichsführer", sagte Roßmann.

SIEBENTES KAPITEL

AM DONNERSTAG, dem 24. Oktober, vier Uhr, fuhr Joanna Grey in den Hof des Flurhüterhäuschens am Hobs End ein und fand Devlin im Schuppen, wo er an seinem Motorrad arbeitete. „Ich versuche Sie schon die ganze Woche zu erreichen", sagte Mrs. Grey. „Wo haben Sie gesteckt?"

„Mal da, mal dort", meinte Devlin fröhlich und wischte sich die fettigen Hände ab. „Hab mir die Gegend angesehen."

„Das habe ich gemerkt. Gondeln mit diesem Motorrad herum, und Molly Prior hintendrauf. Dienstag abend hat man Sie beide in Holt auf einer Tanzveranstaltung gesehen."

„Für eine sehr gute Sache", sagte er. „Flügel für den Sieg. Ihr Freund Vereker ist sogar gekommen und hat eine flammende Rede gehalten, wie Gott uns helfen werde, die Hunnen zu vernichten."

„Ich hab Ihnen doch gesagt, Sie sollen Molly in Ruhe lassen."

„Es hat eben nichts genützt. Überhaupt, was wollen Sie von mir? Ich mache gerade das Ding hier startbereit, um heute abend nach Peterborough zu fahren."

„Amerikanische Ranger sind in Meltham House eingezogen."

Er runzelte die Stirn. „Meltham House? Ist das nicht das Ausbildungslager?"

„Ganz recht. Liegt etwa zwölf Kilometer von hier an der Küstenstraße."

„Aha. Ändert es was, wenn die da sind?"

„Nicht unbedingt. Man sollte es nur berücksichtigen, sonst nichts."

„Klar. Geben Sie Radl Bescheid, dann haben Sie Ihre Pflicht getan."

Mrs. Grey stieg wieder in ihren Wagen und fuhr davon, und Devlin ging weiter am Motorrad arbeiten. Zwanzig Minuten später kam Molly durch die Marsch geritten, einen Korb am Sattel. Sie stieg ab und band das Pferd an. „Ich habe dir eine Fleischpastete mitgebracht."

„Von dir oder von deiner Mutter?" Sie warf einen Stock nach ihm, und er duckte sich. „Jedenfalls muß sie warten. Ich muß heute abend noch fort. Stell sie für mich in den Ofen; ich wärm sie dann auf, wenn ich wiederkomme."

„Kann ich mit?"

„Nichts drin. Geschäftlich." Er gab ihr einen Klaps hintendrauf. „Eine Tasse Tee wäre jetzt meine letzte Rettung. Zisch ab, und setz Wasser auf."

Sie nahm den Korb und lief zum Cottage. Im Wohnzimmer lag die Reisetasche auf dem Tisch, und Molly stieß im Vorbeigehen mit dem Arm dagegen und warf sie zu Boden. Die Tasche ging auf, und heraus fielen ein paar Bündel Geldscheine und die Teile der Maschinenpistole.

Sprachlos kniete sie da. Dann erklangen Schritte an der Tür, und Devlin sagte: „Nun sei schön brav, und steck das wieder zurück."

Ihre Stimme klang erregt. „Was soll das bedeuten?" Sie hielt einen Packen Fünfer in die Höhe.

„Nichts für kleine Mädchen." Devlin nahm ihr die Tasche ab, stopfte Geld und Waffe wieder hinein und tat den falschen Boden darüber. Dann öffnete er das Schränkchen unterm Fenster, holte einen großen Umschlag hervor und warf ihn ihr zu. „Größe zehn. Ist das richtig?"

Sie öffnete den Umschlag, und so etwas wie Ehrfurcht trat sofort in ihr Gesicht. „Seidenstrümpfe! Woher hast du die?"

„Ach, von einem Mann, den ich in Holt in einer Kneipe getroffen habe."

„Du bist also Schwarzhändler, ja?"

Eine gewisse Erleichterung lag in ihrem Blick, so daß er lachen mußte. „Schwarz ist für mich genau das Richtige. Und jetzt sei so nett, und beeil dich mit dem Tee. Ich will um sechs weg sein und hab noch am Motorrad zu arbeiten."

Sie zögerte. „Liam, das geht doch mit rechten Dingen zu?"

„Und warum etwa nicht?" Er küßte sie flüchtig, und während er hinausging, hätte er sich wegen seiner Dummheit verfluchen mögen.

REUBEN GARVALD in Fogartys Autowerkstatt öffnete das Guckloch in der Tür und sah hinaus. Regen peitschte den rissigen Betonbelag, wo verloren die beiden Zapfsäulen standen.

Die Werkstatt war einmal eine Bar gewesen und dafür erstaunlich geräumig. Obwohl in einer Ecke ein Autowrack stand, war noch Platz genug für den Bedford-Militärtransporter und den Kombiwagen, in dem die Brüder Garvald aus Birmingham gekommen waren.

Ben Garvald seinerseits ging ungeduldig auf und ab und schlug hin und wieder die Arme übereinander. Es war bitter kalt. „So ein Loch hier", sagte er. „Noch immer keine Spur von diesem Iren?"

„Es ist erst Viertel vor neun, Ben", sagte Reuben.

„Das ist mir egal, wieviel Uhr es ist." Garvald wandte sich an einen großen, kräftig gebauten jungen Mann, der am Lastwagen lehnte und Zeitung las. „Du sorgst mir morgen dafür, daß es hier drinnen warm ist, Sammy, sonst schick ich dich zur Armee zurück."

Sammy, der lange, dunkle Koteletten und ein kaltes, gefährlich aussehendes Gesicht hatte, meinte: „Sie sind mir eine Marke, Mr. Garvald. Eine echte Marke."

Reuben rief von der Tür her: „Da kommt er."

Garvald zog Sammy am Arm. „Mach die Tür auf."

Devlin trat mit einer Regenbö in die Werkstatt. Er trug eine wasserdichte Hose, seinen Regenmantel und einen alten ledernen Fliegerhelm. Sein Gesicht war schmutzig, und als er die Motorrad-brille hochschob, hatte er große weiße Kreise um die Augen. „Eine scheußliche Nacht für so was, Mr. Garvald", sagte er, indem er die Norton auf den Ständer schob.

„So ist das immer, mein Lieber." Garvald drückte ihm herzlich die Hand. „Schön, Sie wiederzusehen. Das ist Sammy Jackson, der den Bedford für Sie hergefahren hat." Es klang, als ob Jackson ihm einen großen persönlichen Gefallen getan hätte.

Devlin ging darauf ein und antwortete in irischem Tonfall: „Das werde ich ihm nie vergessen", wobei er Sammy die Hand fast zerquetschte.

Garvald sagte: „Hier ist Ihr Wagen. Was sagen Sie dazu?"

Der Anstrich des Lastwagens hatte schon bessere Tage gesehen, aber die Reifen waren noch nicht allzu schlecht, und die Plane fast neu. Devlin sah die Benzinkanister, den Kompressor und die Farbe. „Alles da." Garvald bot ihm eine Zigarette an. „Kontrollieren Sie den Sprit, wenn Sie wollen."

„Nicht nötig. Ich verlasse mich auf Ihr Wort." In diesem Stadium würde Garvald mit Sicherheit noch keine Tricks versuchen. Garvald wollte ja, daß er am nächsten Abend wiederkam. Devlin klappte die Haube hoch. Der Motor schien in Ordnung zu sein.

„Probieren Sie ihn aus", forderte Garvald ihn auf. Devlin warf den Motor an und trat aufs Gaspedal. Der Motor heulte mit gesundem Klang auf. Er sprang wieder herunter und besah sich die Armee-Nummernschilder.

Garvald schnippte mit den Fingern. „Gib ihm den Marschbefehl."

Reuben nahm ein Formular aus der Brieftasche und meinte mürrisch: „Bin gespannt, wann wir sein Geld zu sehen kriegen."

„Stell dich nicht so an, Reuben. Mr. Murphy ist völlig in Ordnung."

„Aber nein, er hat ja recht." Devlin gab Reuben einen dicken Umschlag. „Da sind siebenhundertfünfzig drin, wie vereinbart."

Er steckte das Formular ein, das Reuben ihm gegeben hatte, nicht ohne vorher einen Blick darauf zu werfen, und Garvald sagte: „Wollen Sie ihn nicht ausfüllen?"

„Damit Sie sehen, wohin ich fahre? Ziemlich unwahrscheinlich, Mr. Garvald. Wenn jetzt mal jemand bei dem Motorrad mit anfaßt, bin ich schon weg."

Garvald nickte Jackson zu, der die Heckklappe des Bedford herunterklappte und eine alte Bohle suchte. Dann schoben er und Devlin die Norton hinauf und legten sie auf die Ladefläche, und Devlin schloß die Klappe wieder. „Das wär's dann, Mr. Garvald. Bis morgen um dieselbe Zeit."

„Es ist ein Vergnügen, mit Ihnen Geschäfte zu machen, mein Lieber." Garvald strahlte und schüttelte ihm wieder die Hand. „Mach mal das Tor auf, Sammy."

Devlin setzte sich hinters Steuer, ließ den Motor an und fuhr in die Nacht hinaus. Kaum hatten Sammy und Reuben das Tor wieder zu, war Garvalds Lächeln verschwunden. „Jetzt kommt's auf Freddy an."

„Und wenn der ihn verliert?" fragte Reuben.

Garvald tätschelte ihm die Wange. „Dann bleibt uns immer noch der morgige Abend."

DEVLIN merkte schon nach einem Kilometer, daß ihm zwei schwache Lichter folgten. Vor einer Minute hatte ein Fahrzeug, als er vorbeifuhr, eine Parkbucht verlassen, genau wie er erwartet hatte.

Links von ihm ragte die Ruine einer alten Windmühle in die Dunkelheit, davor eine freie, ebene Fläche. Er schaltete alle Lichter aus, fuhr blind von der Straße herunter und bremste. Das andere Auto fuhr weiter und erhöhte seine Geschwindigkeit, während Devlin ausstieg, hinter den Lastwagen ging und die Birne aus dem Hecklicht nahm. Dann stieg er ein, wendete, setzte den Lastwagen wieder auf die Straße und schaltete das Licht erst ein, als er in Richtung Norman Cross zurückfuhr. Etwa einen halben Kilometer vor Fogartys Autowerkstatt bog er in einen Seitenweg ein und hielt kurz vor Doddington an. Nachdem er die Birne wieder eingesetzt hatte, holte er das Formular hervor und trug als Fahrtziel die RAF-Radarstation bei Sheringham ein, fünfzehn Kilometer hinter Hobs End an der Küstenstraße.

Es war kurz nach Mitternacht, als er sein Cottage erreichte und in die Scheune fuhr. Da gab es nur ein paar Oberlichter, und die waren leicht zu verdunkeln gewesen. Devlin zündete zwei Öllaternen an, sah noch einmal draußen nach, kam zurück und zog den Mantel aus.

Binnen einer Stunde hatte er den Wagen abgeladen und gewaschen. Sowie der Lastwagen sauber war, deckte Devlin die Scheiben mit Zeitungspapier und Klebeband ab. Dann setzte er die Sprühpistole zusammen und rührte Farbe an. Er begann zuerst an der Heckklappe, und obwohl er sich Zeit ließ, hatte er sie binnen fünf Minuten mit einer frischen grünen Farbschicht überdeckt. Dann nahm er sich die Bordwände an den Seiten vor.

Am Freitag, kurz nach Mittag, war Devlin gerade dabei, mit weißer Farbe die Nummern frisch aufzubringen, als er Joanna Greys Wagen vorfahren hörte. Er öffnete das Scheunentor und ließ sie ein. Sie war sichtlich beeindruckt. „Das sieht ja wirklich gut aus, Liam. Hatten Sie irgendwelche Schwierigkeiten?"

„Die haben mir jemanden nachgeschickt, aber den hatte ich bald abgeschüttelt. Der große Knall dürfte heute abend kommen."

„Schaffen Sie's?"

„Mit dem Ding hier schon." Er nahm ein Lumpenbündel, das auf einer Packkiste lag, wickelte es auf und nahm eine Mauser mit sonderbar dickem Lauf heraus. „So was benutzt die SS. Die einzige wirklich gute Schalldämpferpistole, die ich bisher gesehen habe." Er ging mit ihr zur Tür. „Wenn alles nach Plan läuft, dürfte ich gegen Mitternacht wieder hier sein."

Mrs. Greys Gesicht war angespannt und besorgt. Sie streckte impulsiv die Hand aus, und Devlin hielt sie eine Weile fest. „Keine Angst. Es klappt schon. Ich hab das Gesicht, wie meine Großmutter immer sagte."

„Schuft", sagte sie und küßte ihn liebevoll auf die Wange. „Manchmal frage ich mich, wieso Sie so lange überlebt haben."

„Weil ich nie so besonders nach dem Überleben gefragt habe. Morgen früh komme ich als erstes zu Ihnen und melde mich zurück. Sie werden schon sehen."

In Fogartys Werkstatt war es noch kälter als am Abend zuvor, obwohl Sammy Jackson Löcher in ein altes Ölfaß geschlagen und ein Koksfeuer darin entzündet hatte. Dafür war der Rauch, der da herauskam, nicht von schlechten Eltern. Ben Garvald, der sich danebengestellt hatte, suchte eiligst das Weite. „Was hast du vor? Willst du mich ausräuchern?"

Jackson, der auf einer Packkiste saß, eine abgesägte, doppelläufige Schrotflinte auf dem Schoß, stellte das Gewehr beiseite und stand auf. „Verzeihung, Mr. Garvald. Das ist der Koks – einfach zu naß."

Reuben am Guckloch sah auf die Uhr. „Gleich neun. Er muß jeden Moment kommen."

Was sie nicht wußten, war, daß Devlin bis vor fünf Minuten noch am vernagelten Rückfenster im Regen gestanden hatte. Er hatte durch die Ritze im Holz nicht viel sehen können, aber jedes Wort gehört.

Dann war er durch den Hof wieder zur Straße zurückgeschlichen, wo er sein Motorrad hatte stehenlassen.

Plötzlich rief Reuben: „Da, ich glaube, er kommt!"

„Weg mit der Flinte, Sammy", sagte Garvald rasch, „und merk's dir, du trittst erst in Aktion, wenn ich es sage."

Sammy schob die Flinte unter ein Stück Sackleinen neben sich und zündete hastig eine Zigarette an. Sie warteten, während der Lärm der näher kommenden Maschine immer lauter wurde. Reuben wandte sich erregt vom Guckloch ab. „Das ist er, eindeutig."

„Gut, dann mach die Tür auf", sagte Garvald.

Der Luftzug ließ den brennenden Koks knistern wie trockenes Holz, als Devlin hereinkam und das Motorrad auf den Ständer wuchtete. Devlins Gesicht war dreckbespritzt, doch als er die Motorradbrille hochschob, lächelte er gut gelaunt. „Guten Abend, Mr. Garvald."

„Da sind wir ja wieder", sagte Garvald.

Devlin betrachtete den Jeep. Wie der Bedford brauchte er dringend einen neuen Anstrich, war aber sonst in Ordnung. Er hatte ein abnehmbares Verdeck und eine MG-Halterung. Das Nummernschild war, im Gegensatz zum übrigen Fahrzeug, frisch gemalt, und als Devlin genauer hinsah, entdeckte er darunter die Reste anderer Ziffern. „Nun, Mr. Garvald", meinte er, „ob irgendein Yankee-Fliegerhorst wohl so ein Ding vermißt?"

„Hör mal, du –" fuhr Reuben wütend auf.

Devlin schnitt ihm das Wort ab. „Da fällt mir gerade ein, Mr. Garvald, gestern abend hatte ich eine Zeitlang fast das Gefühl, daß mir jemand folgte. Waren aber wohl nur meine Nerven. Nichts weiter passiert."

Garvalds bisher mit Mühe zurückgehaltene Wut floß jetzt über. „Sie brauchen mal Nachhilfe in guten Manieren, mein Bester", sagte er.

Er begann seinen Mantel aufzuknöpfen, und Devlin sagte: „Ach, so ist das? Nun, bevor Sie anfangen, möchte ich unsern guten Sammy fragen, ob die Schrotflinte, die er da unter dem Sack hat, schon gespannt ist, wenn nicht, kriegt er großen Ärger."

In diesem Moment wußte Ben Garvald plötzlich, daß er soeben den größten Fehler seines Lebens gemacht hatte. „Pack ihn, Sammy!" schrie er.

Jackson hatte schon nach der Flinte unter dem Sack gegriffen – aber zu spät. Devlins Hand war unter seinem Regenmantel verschwunden und schon wieder draußen. Die Mauser hustete einmal; die Kugel zerschmetterte Jackson den linken Arm und riß ihn herum. Die zweite Kugel durchschlug sein Rückgrat. Im Sterben krümmte sich sein Finger unwillkürlich um den Abzug der Schrotflinte, und er jagte beide Schüsse ins Dach.

Die Brüder Garvald wichen langsam zum Tor zurück. Devlin sagte: „So, das ist weit genug."

„Also gut", meinte Garvald, „ich hab einen Fehler gemacht."

„Viel schlimmer, Sie haben Ihr Wort gebrochen", sagte Devlin. „Und bei mir zu Hause haben wir für solche Menschen etwas ganz Besonderes."

„Um Gottes willen, Murphy –"

Nur ein dumpfes „Plop" war zu hören, als Devlin erneut feuerte. Die Kugel zersplitterte Garvalds rechte Kniescheibe. Er fiel mit einem erstickten Aufschrei hin und wälzte sich, das Knie mit beiden Händen haltend, auf die Seite.

Reuben duckte sich, die Hände in einer nutzlosen Geste zum Schutz erhoben, den Kopf gesenkt. Als er endlich aufzusehen wagte, sah er, wie Devlin eine alte Holzbohle an das Seitenblech des Jeeps legte. Der Ire schob die Norton hinauf. Er öffnete eine Garagentür. Dann schnippte er mit den Fingern in Reubens Richtung. „Die Papiere."

Reuben nahm sie mit zitternden Fingern aus der Brieftasche und gab sie ihm. Devlin überprüfte sie, dann nahm er einen Umschlag und warf ihn Garvald vor die Füße. „Siebenhundertfünfzig Eier. Ich halte mein Wort. Das sollten Sie gelegentlich auch mal versuchen." Und weg war er.

Später in der Nacht lag Ben Garvald im kleinen Operationssaal einer Privatklinik bei Birmingham auf dem gepolsterten Tisch, die Augen geschlossen. Reuben stand neben ihm, während Dr. Das, ein großer, ausgemergelter Inder im blütenweißen Kittel, ihm mit einer chirurgischen Schere das Hosenbein wegschnitt.

„Ist es schlimm?" fragte Reuben mit bebender Stimme.

„Ja, sehr", antwortete Dr. Das ruhig. „Er braucht einen erstklassigen Chirurgen, wenn er kein Krüppel bleiben will. Es könnte auch schon eine Wundinfektion eingesetzt haben."

„Hören Sie", sagte Ben Garvald und öffnete die Augen. „Auf dem schönen Schild da draußen bei Ihnen steht doch ‚Chirurg', nicht?"

„Gewiß, Mr. Garvald", antwortete Dr. Das gelassen. „Ich habe an den Universitäten Bombay und London studiert. Aber Sie brauchen einen Spezialisten."

Garvald stützte sich auf einen Ellbogen. Schweiß strömte ihm übers Gesicht. „Jetzt hören Sie mir mal ganz gut zu. Hier drinnen ist vor drei Monaten ein Mädchen gestorben. Es war nach dem Gesetz ein illegaler Eingriff. Ich weiß genug, um Sie für sieben Jahre mindestens hinter Gitter zu bringen, also, wenn Sie nicht die Bullen hier haben wollen, kümmern Sie sich ganz schnell um das Bein."

Dr. Das wirkte völlig unbeeindruckt. „Bitte sehr, Mr. Garvald, auf Ihre eigene Verantwortung. Ich muß Ihnen eine Narkose geben."

„Verdammt noch mal, geben Sie mir, was Sie wollen, nur fangen Sie endlich an." Garvald schloß die Augen.

Dr. Das öffnete ein Schränkchen und nahm eine Gesichtsmaske und ein Fläschchen Chloroform heraus.

AM MORGEN darauf fuhr Devlin zu Joanna Grey hinüber. Er stellte das Motorrad ab und ging an die Hintertür. Mrs. Grey öffnete sofort und zog ihn ins Haus. Sie war noch im Morgenmantel. „Gott sei Dank, Liam. Ich hab kaum ein Auge zugetan."

Patch warf wie verrückt sein Hinterteil hin und her; auch er wollte beachtet werden. Joanna Grey machte sich am Herd zu schaffen, und Devlin stellte sich ans Feuer. „Wie war's?" fragte sie.

„Alles klar." Er blieb bewußt unbestimmt.

Sie drehte sich mit erstaunter Miene um. „Die sollen überhaupt nichts versucht haben?"

„Doch, das schon", sagte er. „Aber ein Blick auf meine Mauser hat gereicht. An Schußwaffen ist die englische Verbrecherwelt nicht gewöhnt. Messer liegen denen mehr."

Sie trug das Frühstücksgeschirr auf einem Tablett zum Tisch. „Ach ja, die Engländer. Manchmal verzweifle ich an ihnen."

„Darauf trinke ich einen, trotz der frühen Stunde. Wo ist der Whisky?"

Sie holte eine Flasche und zwei Gläser. „Es ist zwar ungehörig so früh am Tag, aber ich trinke einen mit. Was machen wir jetzt?"

„Warten", sagte er. „Ich muß den Jeep auf Vordermann bringen.

Sie werden bis zum letzten Moment Sir Henry ausquetschen müssen. Aber sonst können wir in den nächsten sechs Tagen nur auf unsern Fingernägeln herumkauen."

„Na, ich weiß nicht", sagte Mrs. Grey. „Aber wir können uns immerhin schon mal viel Glück wünschen." Sie hob ihr Glas. „Gott mit Ihnen, Liam, und auf ein langes Leben."

„Desgleichen, Verehrteste."

Und plötzlich rührte sich etwas in Devlin wie eine Klinge in seinen Eingeweiden, und er wußte, daß die Sache so schiefgehen würde, wie sie nur konnte.

PAMELA VEREKER hatte an diesem Wochenende sechsunddreißig Stunden Ausgang von der Bomberbasis, und ihr Bruder war hingekommen, sie abzuholen. Im Pfarrhaus zog sie Reithosen und Pullover an. Dann fuhr sie mit dem Fahrrad über die Küstenstraße zur zehn Kilometer entfernten Meltham Vale Farm, wo der Bauer einen Hengst im Stall stehen hatte, der Bewegung brauchte.

Einmal über die Dünen hinter der Farm gab sie dem Pferd die Zügel frei und galoppierte durch dichtes, niedriges Gestrüpp auf eine bewaldete Erhebung zu. Oben auf der Erhebung lag ein Kiefernstamm über dem Pfad, ein kaum einen Meter hohes Hindernis, und der Hengst nahm es im gestreckten Sprung. Als er jedoch auf der anderen Seite landete, erhob sich plötzlich eine Gestalt im Unterholz. Das Pferd scheute. Pamela Vereker verlor die Steigbügel und flog zur Seite hinunter.

Vom Aufprall blieb ihr die Luft weg, und während sie dalag und nach Atem rang, hörte sie amerikanische Stimmen um sich. Sie öffnete die Augen und sah sich von schwerbewaffneten Soldaten in Kampfanzügen und Helmen umringt, die Gesichter mit Tarncreme geschwärzt. Neben ihr kniete ein großer, wild aussehender Master Sergeant. „Alles in Ordnung, Miß?" fragte er besorgt.

Sie runzelte die Stirn und schüttelte den Kopf, und plötzlich fühlte sie sich wieder besser. „Wer sind Sie?"

Er tippte halb grüßend an seinen Helm. „Garvey. Master Sergeant. Einundzwanzigstes Spezialkommando. Wir liegen zu einer Sonderübung in Meltham House."

In diesem Augenblick kam ein Jeep angefahren und hielt scharf an. Der Fahrer, ein junger Offizier, fragte: „Was gibt's hier?"

„Die Dame ist vom Pferd gefallen, Major Kane", antwortete Garvey. „Krukowski ist im falschen Moment aus dem Gebüsch gesprungen."

Sie rappelte sich auf. „Es ist nichts passiert. Wirklich nicht."

Sie schwankte unsicher, und Major Kane nahm ihren Arm. „Das glaube ich nicht. Wohnen Sie weit von hier, Madam?"

„Studley Constable."

Er führte sie zum Jeep. „Wir haben einen Sanitätsarzt in Meltham House. Mir wär's lieber, der sieht Sie sich mal an."

Der große Garten um Meltham House war von einer zweieinhalb Meter hohen Mauer umgeben, die oben noch mit Stacheldraht gesichert war. Harry Kane und Pamela spazierten auf das kleine, aus dem siebzehnten Jahrhundert stammende Herrenhaus zu. Er hatte ihr eine Stunde lang das Anwesen gezeigt, und sie hatte jede Sekunde genossen. „Wie viele von Ihnen liegen denn hier?"

„Rund neunzig. Die meisten aber in dem Lager hinterm Wald, das ich Ihnen vorhin gezeigt habe."

Als sie zur Terrasse hinaufgingen, kam ein Offizier aus einer der Gartentüren heraus. Er blieb stehen und sah sie an, wobei er voll animalischer Unrast mit einer Reitgerte an sein Knie klopfte. Kane salutierte. „Colonel Shafto, darf ich Ihnen Miß Vereker vorstellen?"

Robert Shafto war damals vierundvierzig Jahre alt, ein gutaussehender, arrogant wirkender Mann in blitzenden Stiefeln und Reithosen. Er hatte ein Käppi auf und eine zweireihige Ordensschnalle an der Brust. Aber das auffallendste an ihm war wohl der Colt mit Perlmuttgriff, den er in einem offenen Halfter an der linken Hüfte trug.

Er führte die Reitgerte an die Stirn und sagte feierlich: „Ich war bestürzt, von Ihrem Unfall zu hören, Miß Vereker. Wenn ich die Tolpatschigkeit meiner Leute irgendwie wiedergutmachen kann ..."

„Sehr freundlich von Ihnen", sagte sie. „Aber Major Kane war schon so nett und hat mir angeboten, mich nach Studley Constable zurückzufahren, das heißt, wenn Sie ihn entbehren können."

„Das ist ja wohl das mindeste." Er salutierte wieder mit der Reitgerte. „Aber jetzt müssen Sie mich entschuldigen. Ich habe zu arbeiten."

UM SECHS Uhr abends desselben Tages verlor Ben Garvald in seinem Zimmer in der Privatklinik das Bewußtsein. Sein Zustand wurde erst nach einer Stunde entdeckt. Ehe Dr. Das auf den Notruf der Krankenschwester hin kam, war es acht, und um zehn nach acht kam Reuben.

Er war auf Bens Anweisung zur Werkstatt zurückgefahren, und der unglückliche Jackson war in einem nahe gelegenen Privatkrematorium verschwunden, an dem die Garvalds beteiligt waren.

Bens Gesicht war schweißgebadet, und er ächzte und wälzte sich hin und her. Reuben konnte einen kurzen Blick auf das Knie werfen, als Dr. Das den Verband abnahm. Er wandte sich ab, und die Angst stieg ihm in den Mund wie Galle.

„Wie schlimm ist es?" fragte er.

„Sehr."

Reuben faßte einen Entschluß. „Sie rufen jetzt schnell eine Ambulanz. Ich bringe ihn ins Krankenhaus."

„Das bedeutet aber Polizei, Mr. Garvald", belehrte ihn der Chirurg.

„Denken Sie, das macht mir was aus?" fragte Reuben heiser. „Ich will, daß er am Leben bleibt. Er ist mein Bruder. Und jetzt bewegen Sie sich schon!"

Er öffnete die Tür und schob Dr. Das hinaus. Als er sich wieder zum Bett umwandte, standen Tränen in seinen Augen. „Das eine verspreche ich dir, Ben", sagte er mit gebrochener Stimme. „Das zahl ich dem kleinen irischen Drecksack heim, und wenn es das letzte ist, was ich im Leben tue."

IM SELBEN Augenblick hob in Landsvoort die Dakota von der Startbahn ab und flog übers Meer hinaus. Ihr Pilot war Hauptmann Peter Gericke vom 7. Nachtjägergeschwader an der holländischen Küste, wo er neulich seinen achtunddreißigsten Luftsieg über die RAF errungen hatte. Gericke brachte die Dakota auf dreihundert Meter, neigte sie nach rechts und ließ sie auf die Küste zu stürzen. Drinnen bereiteten sich Steiner und seine Leute in britischer Fallschirmjägerausrüstung auf ihren Übungssprung vor.

„Fertigmachen!" rief Steiner.

Alle standen auf und hängten ihre Zugleinen an dem Drahtseil über ihnen ein, wobei jeder den Kameraden vor ihm kontrollierte.

Steiner sah nach Harvey Preston, der als letzter in der Reihe stand. Steiner fühlte, wie der Engländer zitterte, und zog die Gurte für ihn fest.

„Fünfzehn Sekunden", sagte er und ging nach vorn an die Tür, wo Neumann seine Gurte prüfte. Steiner schob die Tür zurück, als das rote Licht über seinem Kopf aufblinkte, und der Wind brüllte plötzlich durch die Maschine.

Gericke nahm Gas weg und flog niedrig über den Strand hinweg. Über Steiner ging das grüne Licht an, und er klatschte Neumann auf die Schulter. Der junge Oberleutnant sprang, die übrigen folgten, zuletzt Brandt. Preston stand mit aufgerissenem Mund da und starrte in die Nacht hinaus.

„Los!" Steiner faßte ihn an der Schulter.

Preston wich zurück und klammerte sich an eine Stahlstrebe. Er schüttelte den Kopf, und sein Mund ging auf und zu. „Kann nicht!" brachte er schließlich heraus. „Geht nicht!"

Steiner packte ihn am rechten Arm und schleuderte ihn zur offenen Tür hin. Da hing er nun und stemmte sich mit beiden Händen ab. Steiner setzte ihm einen Fuß ins Hinterteil und stieß ihn ins Leere. Dann hängte er seine eigene Zugleine ein und sprang hinterher.

Preston merkte, wie er sich überschlug, dann gab es plötzlich einen Ruck, als Luft unter den sich öffnenden Schirm kam, und dann pendelte er unter dem dunklen, olivfarbenen Pilz.

Es war herrlich. Der blasse Mond am Horizont, die schaumigen Kämme der Brandung. Er sah ein Schnellboot und eine Reihe zusammenfallender Fallschirme entlang der Küste. Er sah Steiner über sich, und dann schien er schnell nach unten zu kommen. Der Versorgungssack unter ihm schlug mit einem dumpfen Plumps im Sand auf. Preston landete hart, vollführte eine Rolle und fand sich wie durch ein Wunder auf den Füßen wieder, während der Fallschirm wie eine Blume aufging.

Er lief ihm schnell nach, damit er zusammenfiel, und plötzlich blieb er auf Händen und Knien liegen, und ein Gefühl persönlicher Macht durchströmte ihn. „Ich hab's geschafft!" rief er. „Ich hab's ihnen gezeigt!"

ACHTES KAPITEL

MIT seinen fünfundvierzig war Chefinspektor Jack Rogan vom Sonderdezernat Irland bei Scotland Yard nun schon fast ein Vierteljahrhundert bei der Polizei – lange Jahre Schichtdienst und Unbeliebtheit bei den Nachbarn. Aber das war nun mal Polizistenlos, wie er seiner Frau des öfteren erklärte.

Es war Dienstag, der 2. November, halb zehn, als er sein Büro betrat, nachdem er eine lange Nacht damit zugebracht hatte, Mitglieder eines irischen Clubs zu vernehmen. Es gab ein wenig Papierkram aufzuarbeiten, und er hatte sich gerade hinter seinen Schreibtisch gesetzt, als es an die Tür klopfte und sein Assistent, Kriminalinspektor Fergus Grant, eintrat. Grant war einer von der neuen Polizistengeneration vom Polizeicollege Hendon, aber er und Rogan kamen trotzdem gut miteinander aus.

„Sir", sagte Grant, „wir haben eben einen ziemlich ungewöhnlichen Bericht von der Polizei in Birmingham bekommen. Die meinen, das könnte Sie interessieren."

„Na schön." Rogan schob seinen Stuhl zurück und begann seine Pfeife aus einem abgewetzten alten Tabaksbeutel zu stopfen. „Schießen Sie los."

„Haben Sie je von einem gewissen Garvald gehört, Sir?"

Rogan überlegte. „Ben Garvald? Von dem kommt seit Jahren nichts Gutes."

„Er ist heute früh gestorben. Wundbrand nach einer Schußwunde. Das Krankenhaus hat ihn zu spät in Behandlung bekommen. Er hatte einen Schuß in die rechte Kniescheibe bekommen, von einem Iren."

Rogan machte große Augen. „Das ist allerdings interessant. Die obligatorische Strafe der IRA für Verrat. Wie hieß dieser Ire?"

„Murphy, Sir."

„Na klar. Gibt's mehr darüber?" fragte Rogan.

„Das kann man wohl sagen", antwortete Grant. „Garvald hat einen Bruder, der über seinen Tod so aufgebracht ist, daß er singt wie ein Vogel. Er möchte Freund Murphy am Galgen sehen."

Rogan nickte. „Worum ging's denn?"

Grant erzählte es ihm ausführlich, und als er fertig war, runzelte

Rogan die Stirn. „Ein Armeelastwagen, Jeep und olivgrüne Farbe? Was hält denn Garvalds Bruder davon?"

„Er scheint der Meinung zu sein, daß Murphy dabei ist, einen Überfall auf ein Verpflegungsdepot zu organisieren. Sie verstehen – als Soldaten verkleidet in Militärwagen hinein –"

„Und mit Scotch und Zigaretten für fünfzigtausend Pfund wieder raus", meinte Rogan. „Das würde ich auch annehmen, wenn der Schuß in die Kniescheibe nicht wäre. Das ist typisch IRA. Nein, Fergus, ich glaube, da sind wir auf etwas gestoßen."

„Einverstanden, Sir, und was machen wir jetzt?"

„Das sollen uns die in Birmingham nicht verpfuschen", sagte Rogan. „Lassen Sie sich einen Wagen geben, und fahren Sie heute noch hin. Nehmen Sie die Akten mit, Fotos und dergleichen. Alle bekannten IRA-Leute, soweit sie nicht hinter Schloß und Riegel sind. Vielleicht kann Garvald ihn uns zeigen."

„Jawohl, Sir", sagte Grant. „Ich ziehe sofort los."

Es war halb acht Uhr abends, als General Karl Steiner in einem Zimmer im dritten Stock in der Prinz-Albrecht-Straße sein Abendessen beendete: Hühnerschlegel mit gebratenen Kartoffeln, genauso, wie er sie liebte, gemischter Salat und eine halbe Flasche Riesling, schön kalt serviert. Und richtiger Kaffee.

Es hatte sich wirklich einiges geändert seit seinem letzten Verhör, bei dem er zusammengebrochen war. Am Morgen darauf war er in einem sauber bezogenen, bequemen Bett erwacht. Nichts von Roßmann und seinen Gestaposchergen zu sehen. Nur ein Wachposten, der sich sehr anständig benahm und sich hinten und vorn entschuldigte. Es sei ein schrecklicher Fehler gemacht worden. Falsche Informationen seien umgegangen. Der Reichsführer persönlich habe eine eingehende Überprüfung angeordnet. Leider müsse der Herr General so lange noch unter Bewachung bleiben, aber das könne sich nur noch um ein paar Tage handeln. Das werde er doch sicher verstehen.

Steiner verstand vollkommen. Alles, was sie gegen ihn in der Hand hatten, waren Unterstellungen. Jetzt behielten sie ihn nur hier, um sicherzustellen, daß er gut aussah, wenn sie ihn freiließen. Die Blutergüsse waren schon fast nicht mehr zu sehen. Sie hatten ihm sogar eine neue Uniform gegeben.

Er goß sich noch einen Kaffee ein. Der Schlüssel knirschte im

Schloß, und die Tür ging auf. Eine unheimliche Stille trat ein. Roßmann stand vor der Tür, rechts und links je einen Gestapomann. „Guten Tag, Herr General", sagte Roßmann. „Hatten Sie geglaubt, wir hätten Sie vergessen?"

Etwas in Steiner schien zu zerbrechen. „Sie Schwein!" sagte er und warf die Tasse Kaffee nach Roßmann.

„Keller", sagte Roßmann nur und ging.

Die beiden Gestapomänner kamen schnell herein, packten den General jeder an einem Fußgelenk und schleiften ihn mit dem Gesicht nach unten hinaus.

Max Radl klopfte an die Tür zum Zimmer des Reichsführers und trat ein. Himmler saß an seinem Schreibtisch und trank Kaffee. Er stellte seine Tasse hin. „Ich hatte gehofft, Sie wären inzwischen schon unterwegs."

„Ich fliege mit der Nachtmaschine nach Paris", sagte Radl. „Von da aus morgen früh weiter nach Amsterdam."

Himmler nickte. „Ich habe Ihren Bericht gelesen. Dieser Ire scheint ja sein Geld wert zu sein. Jetzt liegt's nur noch bei Steiner."

„Ich glaube nicht, daß er uns im Stich läßt", sagte Radl. „Dürfte ich mich vielleicht nach der Gesundheit seines Vaters erkundigen?"

„Ich habe Generalmajor Steiner zum letztenmal gestern abend gesehen", antwortete Himmler vollkommen wahrheitsgemäß, „obwohl ich zugeben muß, daß er mich nicht gesehen hat. Da verleibte er sich gerade ein Abendessen ein, bestehend aus Röstkartoffeln, verschiedenen Gemüsen und einem ziemlich großen Rumpsteak." Er seufzte. „Wenn diese Fleischesser sich doch nur einmal klarmachten, was sie mit solcher Ernährung ihrem Verdauungssystem antun. Essen Sie Fleisch, Herr Oberstleutnant?"

„Ich fürchte, ja."

„Und dann rauchen Sie noch täglich sechzig bis siebzig von diesen scheußlichen russischen Zigaretten und trinken Kognak." Er schüttelte den Kopf, während er die Papiere vor sich aufstapelte. „Na ja, in Ihrem Falle spielt es ja wohl keine große Rolle mehr. Wann geht's am Freitag los?"

„Kurz vor Mitternacht. Ein einstündiger Flug, immer gutes Wetter vorausgesetzt."

Himmler sah sofort auf. Sein Blick war kalt. „Oberstleutnant Radl,

Steiner und seine Leute werden starten wie vorgesehen, Wetter hin, Wetter her. Diese Sache kann man nicht einfach auf die nächste Nacht verschieben. Von Freitagmorgen an werden Sie sich stündlich bei mir melden, bis das Unternehmen erfolgreich abgeschlossen ist."

„Zu Befehl, Herr Reichsführer."

Radl begab sich zur Tür, und Himmler sagte: „Noch eins. Ich habe den Führer aus vielerlei Gründen nicht über unsere Fortschritte in dieser Angelegenheit auf dem laufenden gehalten. Das Schicksal Deutschlands ruht auf seinen Schultern. Ich möchte – wie soll ich es ausdrücken? – ihn damit überraschen."

Radl konnte einen irren Drang zu lachen unterdrücken.

„Es ist wichtig, daß wir ihn nicht enttäuschen", schloß Himmler. Dann warf er den rechten Arm zu einem recht nachlässigen Parteigruß in die Höhe. „Heil Hitler!"

Radl – er schwor hinterher, daß dies die tapferste Tat seines Lebens gewesen sei – antwortete mit einem exakten militärischen Gruß und ging.

Als Radl in sein Büro am Tirpitzufer trat, packte Hofer gerade einen Koffer für ihn. „Ich habe Ihren Wagen für Viertel nach neun bestellt, Herr Oberstleutnant."

„Wissen Sie, was unser hochgeschätzter Reichsführer mir eben eröffnet hat, Hofer? Er hat dem Führer gar nicht gesagt, wie weit wir in dieser Sache sind. Er will ihn überraschen."

„Um Gottes willen, Herr Oberstleutnant!"

Radl öffnete eine Schreibtischschublade und nahm einen versiegelten Umschlag heraus. „Das ist für meine Frau. Sorgen Sie dafür, daß sie ihn bekommt."

„Herr Oberstleutnant, Sie glauben doch sicher nicht . . ."

„Mein lieber, guter Hofer", sagte Radl. „Ich glaube überhaupt nichts. Ich mache mich nur auf jede unangenehme Eventualität gefaßt. Wenn diese Sache schiefgeht, sollten Sie sich jedenfalls darauf versteifen, daß Sie von alledem nichts gewußt haben."

„Bitte, Herr Oberstleutnant", sagte Hofer mit Tränen in den Augen.

IM PARK COTTAGE saßen Sir Henry, Pfarrer Vereker und Joanna Grey im Wohnzimmer und spielten Bézigue. Sir Henry hatte schon kräftig getrunken. „Jetzt laßt mich mal sehen, ich hatte eine Trumpfhochzeit – vierzig Punkte – und jetzt eine Trumpfsequenz. Zusammen zweihundertneunzig."

„Moment", sagte Vereker. „Er hat ja eine Zehn über der Dame."

„Aber das hab ich doch schon erklärt", sagte Joanna. „Bei Bézigue *kommt* die Zehn vor der Dame."

Philip Vereker schüttelte den Kopf. „Das Spiel werde ich nie verstehen."

Sir Henry lachte vergnügt und sprang auf. „Darf ich mich mal selbst bedienen, Joanna?"

„Aber natürlich, mein Bester", rief sie strahlend.

„Sie scheinen mir heute abend so mit sich zufrieden zu sein", bemerkte Vereker.

Sir Henry wärmte sich den Allerwertesten am Kaminfeuer und grinste. „Bin ich auch, Philip, bin ich und hab allen Grund dazu." Und in einem plötzlichen Schwall brach alles aus ihm heraus. „Ich wüßte auch nicht, warum ich es Ihnen nicht erzählen sollte. Sie werden es sowieso bald wissen."

Dieser alte Narr! dachte Joanna Grey, und ihre Besorgnis war echt, als sie rasch dazwischenrief: „Henry, sollten Sie das wirklich?"

„Warum nicht?" meinte er. „Wenn ich Ihnen und Philip nicht trauen kann, wem dann?" Er wandte sich an Vereker. „Es ist nämlich so, der Premierminister kommt am Samstag und bleibt übers Wochenende."

„Du lieber Himmel!" Vereker war wie vor den Kopf geschlagen. „Ich wußte gar nicht, daß Sie Mr. Churchill kennen, Sir."

„Ich kenne ihn auch nicht", sagte Sir Henry. „Er möchte nur gern ein ruhiges Wochenende in den Gärten von Studley verbringen und malen. Downing Street hat sich mit mir in Verbindung gesetzt, und ich habe nur zu gern ja gesagt."

„Natürlich", sagte Vereker.

„Und jetzt müßt ihr das aber leider für euch behalten", mahnte Sir Henry. „Die Leute im Dorf dürfen es erst wissen, wenn er wieder fort ist."

Vereker sagte: „Er wird doch sicher schwer bewacht sein?"

„Überhaupt nicht", antwortete Sir Henry. „Er will sowenig Aufsehen wie möglich, aber ich habe dafür gesorgt, daß ein Zug Bürgerwehr die Grenzen meines Anwesens sichert, solange er da ist."

„So?" meinte Joanna.

„Ja. Ich soll am Samstag nach King's Lynn fahren, und da treff ich ihn. Wir kommen dann im Wagen hierher." Er rülpste und stellte sein Glas hin. „Entschuldigt mich mal kurz. Mir ist nicht besonders."

„Selbstverständlich", sagte Joanna.

Nachdem er das Zimmer verlassen hatte, sagte Vereker: „Das ist ja ein Ding." Er stand auf und suchte seinen Stock. „Ich glaube, ich fahre ihn besser nach Hause. Selbst fahren kann er nicht mehr."

Joanna geleitete ihn zur Tür. „Da müßten Sie ja erst selbst Ihren Wagen holen. Ich bringe ihn nach Hause." Sie half ihm in den Mantel. „Wollen Sie das wirklich?"

„Natürlich." Sie gab ihm einen Kuß auf die Wange. „Ich freue mich schon auf Pamela am Samstag."

Er humpelte davon, und sie schloß die Tür. Sir Henry kam von der Toilette und ging unsicheren Schrittes zu einem Sessel beim Feuer. „Ich muß jetzt gehen, meine Beste."

„Unsinn", meinte sie. „Für ein Gläschen reicht's immer noch." Sie schenkte ihm das Glas randvoll ein und setzte sich zu ihm auf die Sessellehne. „Wissen Sie, Henry, ich würde ja so gern den Premierminister kennenlernen. Ich glaube, das wünsche ich mir mehr als alles auf der Welt."

„Ach, ist das wahr?" Er glotzte närrisch zu ihr auf, und sie lächelte zurück.

Es war sehr still in den Kellern in der Prinz-Albrecht-Straße, als Himmler an diesem Abend nach unten kam. Roßmann stand wartend am Fuß der Treppe. Er hatte die Ärmel aufgerollt und war sehr blaß. „Ich fürchte, er ist tot, Reichsführer."

Himmler war gar nicht erfreut. „Unvorsichtig von Ihnen, Roßmann."

„Mit allem schuldigen Respekt, Reichsführer, sein Herz hat versagt. Dr. Prager hat es eben bestätigt."

Himmler nahm seine Brille ab und rieb sich sanft den Nasenrücken. „Na schön", sagte er. „Er war des Hochverrats und eines Anschlags auf das Leben des Führers selbst schuldig."

Roßmann knallte die Hacken zusammen und streckte den rechten Arm hoch, als Himmler ging.

AM MITTWOCH MORGEN legte Fergus Grant ein Karteiblatt auf Chefinspektor Rogans Schreibtisch. Auf dem Blatt war ein Foto von Liam Devlin, und darunter standen verschiedene Namen. „Das ist Murphy, Sir."

Rogan stieß einen leisen Pfiff aus. „Der? Sind Sie sicher?"

„Reuben Garvald ist sicher."

Rogan saß eine Weile still da. „Das ist einer der wenigen Prominenten in der Bewegung, die ich kennengelernt habe. Immer geheimnisumwittert."

„Im Juni vergangenen Jahres", sagte Grant, „ist er in Kerry nach einer Schießerei verhaftet worden, bei der er zwei Polizisten getötet hat und selbst verwundet wurde. Am Tag darauf ist er aus dem Krankenhaus geflüchtet, und nach den letzten Informationen des Sonderdezernats hatte er sich nach Lissabon abgesetzt."

„Und nun ist er wieder da. Aber warum?"

Es WAR genau elf Uhr fünfzehn am Freitag morgen, als Major Harry Kane in Meltham House an die Tür seines Kommandeurs klopfte, der ihn dringend zu sich gerufen hatte. Als er eintrat, stand Colonel Shafto am Fenster, die Reitgerte in der Hand.

„Was gibt es, Sir?"

„Diese Schweinehunde im Verbindungsstab, die mich gern hier raus hätten, sind doch tatsächlich am Ziel. Wenn wir hier nächste Woche fertig sind, soll ich in die Staaten zurück. Lehrer in Fort Benning."

„Können Sie da nichts machen, Sir?" fragte Kane.

Shafto fuhr ihn an. „Was dran machen!" Er nahm die Versetzungsverfügung und hielt sie Kane vor die Nase. „Sehen Sie die Unterschrift? Eisenhower persönlich." Er knüllte das Blatt zusammen und warf es weg.

AM HOBS END lag Devlin im Bett und schrieb in ein Notizbuch. Molly kam aus der Küche. Sie hatte Devlins Regenmantel an und trug ein Tablett, das sie aufs Nachttischchen stellte. „Bitte sehr, mein Herr und Gebieter. Tee, Toast und zwei gekochte Eier, viereinhalb Minuten, wie Ihr gewünscht habt."

Devlin hörte auf zu schreiben und sah das Tablett an. „Wenn du so weitermachst, stelle ich dich vielleicht noch für immer ein."

Sie zog den Regenmantel aus. Darunter hatte sie nur Schlüpfer und Büstenhalter an, und sie nahm ihren Pullover und die Drillichhose vom Fußende des Bettes und zog sich an. „Ich muß jetzt los. Ich hab meiner Mutter gesagt, daß ich zum Essen wieder da bin."

Er goß sich eine Tasse Tee ein, und sie nahm das Notizbuch in die Hand. „Was ist das?"

Sie schlug es auf. „Gedichte?"

Er grinste. „Darüber läßt sich streiten."

Sie fand die Stelle, wo er geschrieben hatte. *Nicht sind der sichren Spuren meines Weges, wo ich durch Wälder wandelte bei Nacht.* Sie sah auf. „Aber das ist doch schön, Liam."

„Ich weiß. Ich bin ja auch ein schöner Jüngling, wie du mir immer wieder sagst."

Sie küßte ihn leidenschaftlich. „Weißt du, was heute für ein Tag ist? Guy-Fawkes-Tag, nur daß wir wegen diesem verfluchten Adolf kein Feuer machen können."

„So eine Gemeinheit", spottete er.

„Macht nichts. Ich komme heute abend und koche dir ein Essen, und dann machen wir uns ein Feuerchen für uns allein."

„Da wird nichts draus", sagte er. „Ich bin nämlich nicht hier." Er küßte sie flüchtig. „Wahrscheinlich komme ich vor morgen nachmittag nicht wieder. Ich geb dir Bescheid – recht so?"

Sie nickte zögernd. „Wenn du meinst."

Draußen ertönte eine Hupe. Molly sauste ans Fenster und kam schnell zurück. „Das ist Mrs. Grey."

Devlin lachte, während er sich anzog. Molly griff nach ihrer Jacke. „Bis morgen, Schatz. Kann ich das zum Lesen mitnehmen?" Sie hielt sein Notizbuch in die Höhe.

„Na, wenn du dir das antun willst", meinte er.

Sie küßte ihn, und er ließ sie zur Hintertür hinaus und sah ihr nach, wie sie zum Deich rannte; er wußte, daß er sie vielleicht zum letztenmal sah. „Ach ja", sagte er leise. „Es ist wohl das beste für sie."

Sekunden später begrüßte er Joanna Grey. „Was gibt's Neues?"

„Ich hatte gestern nacht eine Verbindung direkt mit Radl in Landsvoort." Ihre Augen leuchteten. „Und wenn die Welt untergeht, Steiner und seine Leute werden gegen ein Uhr hier sein."

STEINER hatte seinem Stoßtrupp in Radls Gegenwart die letzten Anweisungen gegeben. Etwas später gingen die beiden Offiziere am Strand spazieren, und Radl meinte: „Ob's klappen wird, Kurt?"

In diesem Augenblick kamen die Gefreiten Werner Briegel und Gerhard Klugl durch die Dünen spaziert. Sie trugen Regenumhänge, und Briegel hatte ein Fernglas um den Hals.

„Probieren wir's mal", sagte Steiner und rief: *„Private Kunicki! Private Moczar! Over here, please!"* Die beiden kamen ohne Zögern angerannt. Steiner fuhr fort: *„Who am I?"*

„Lieutenant Colonel Howard Carter, in command of the Polish Independent Parachute Squadron, Special Air Service Regiment", antwortete Briegel fließend.

Radl wandte sich lächelnd an Steiner. „Sehr eindrucksvoll."

Steiner fuhr auf englisch fort: „Was machen Sie hier?"

„Hauptfeldwebel Brandt —", begann Briegel und verbesserte sich schnell: „Sergeant Major Kurczek hat gesagt, wir sollen mal ausspannen." Er zögerte und fuhr auf deutsch fort: „Wir suchen Ohrenlerchen, Herr Oberstleutnant."

„Ohrenlerchen?" fragte Steiner.

„Ja", erklärte Briegel. „Sie sind ganz leicht zu erkennen. Ein auffallendes schwarz-gelbes Muster an Kopf und Hals."

Steiner schüttelte sich vor Lachen. „Siehst du, Max? Ohrenlerchen! Kann da überhaupt noch etwas schiefgehen?"

ALS die Dunkelheit sich über Landsvoort senkte, stand die von der Royal Air Force erbeutete Dakota im Hangar. Ihr Pilot, Hauptmann Gericke, ging von Zeit zu Zeit die Startbahn inspizieren, aber trotz starken Regens war der Nebel so dicht wie eh und je.

Steiner und Radl warteten im Hangar. „Immer noch kein Wind", informierte Gericke sie um halb elf. „Das hat uns gerade gefehlt."

„Wollen Sie sagen, Sie können nicht starten?" fragte Radl.

„Das ist kein Problem", sagte Gericke. „Ich kann jederzeit blind starten. Aber ich kann doch die Leute nicht einfach auf gut Glück absetzen. Wir könnten womöglich noch ein ganzes Stück über dem Meer sein. Ich muß das Zielgebiet sehen, wenn auch nur ganz kurz."

Bohmler, Gerickes Beobachter, schaute durch die Tür im großen Hangartor herein und winkte.

Gericke ging zu ihm. „Was gibt's?" Bohmler hatte das Außenlicht angeknipst, und Gericke sah den Nebel in bizarren Schwaden umherwirbeln. Etwas strich kalt über seine Wange. „Wind!" rief er. „Endlich Wind!"

Plötzlich riß der Wind ein Loch in den Nebelvorhang, und man sah für einen Augenblick das Bauernhaus. „Fliegen wir?" fragte Bohmler.

„Ja", sagte Gericke. „Aber es muß sofort sein."

IN DEM geheimen Stübchen unterm Dach ihres Hauses saß Joanna Grey vor dem Funkgerät und las in einem Buch. Um elf begannen ihre Kopfhörer zu summen. Sie ließ das Buch fallen und griff nach Bleistift und Notizblock. Es war eine kurze Meldung, die sie in Sekundenschnelle entschlüsselt hatte.

Sie ging hinunter und zog ihren Schaffellmantel über. Der Hund schnupperte an ihren Beinen. „Nein, Patch, diesmal nicht", sagte sie.

Wegen des Nebels dauerte es zwanzig Minuten, bis sie am Hobs End in den Hof einfuhr. Devlin öffnete, und sie schlüpfte ins Haus. „Ich habe eben einen Funkspruch aus Landsvoort bekommen, Sendezeit Punkt elf Uhr. Der Adler ist gestartet", sagte sie.

„Die müssen verrückt sein. An der Küste ist die reinste Erbsensuppe."

„Mir kam's etwas klarer vor, als ich am Deich entlangfuhr."

Er hatte die Sten mit dem Schalldämpfer zusammengesetzt und gab sie ihr. „Können Sie mit so was umgehen?"

„Natürlich."

Er nahm einen dicken Rucksack und warf ihn sich über den Rücken. „Also, dann. Wir haben noch was zu tun. In vierzig Minuten dürften sie hier sein." Sie begaben sich hinaus in den Nebel.

IN DER Dakota unterhielt man sich leise und mit der Gelassenheit von Veteranen. Da niemand von ihnen deutsche Zigaretten bei sich haben durfte, ging Steiner von einem zum anderen und verteilte sie einzeln. Er kam zu Preston. *„A cigarette, Lieutenant?"* fragte er auf englisch.

„Thanks very much, sir." Prestons gekünstelte Stimme klang wieder so, als spielte er einen Captain der Coldstream Guards.

„Wie fühlen Sie sich?" fragte Steiner.

„Ausgezeichnet", antwortete Preston ruhig.

Steiner ging wieder ins Cockpit. Sie flogen in sechshundert Meter Höhe. Hin und wieder sah man durch ein Loch in den Wolken die Sterne und eine blasse Mondsichel. Nebel bedeckte die See wie Rauch in einem Tal. „Noch dreißig Minuten", sagte Gericke.

In diesem Augenblick entfuhr Bohmler, der an seinen Beobachtungsgeräten saß, ein erregter Seufzer. „Da ist was, Peter!"

Sie flogen in eine Wolke. Steiner fragte: „Was könnte es sein?"

„Ein Nachtjäger wahrscheinlich; ein einzelner", sagte Gericke. „Beten wir, daß es keiner von uns ist, sonst putzt er uns vom Himmel."

Sie verließen die Wolke, und Bohmler tippte Gericke auf den Arm. „Kommt wie der Teufel von rechts hinten."

Steiner schaute in die angegebene Richtung und sah deutlich ein zweimotoriges Flugzeug längsseits kommen.

„Eine Mosquito", sagte Gericke. „Hoffentlich kann der Freund und Feind unterscheiden."

Die Mosquito blieb nur ein paar Sekunden längsseits, dann wippte sie mit den Flügelspitzen, drehte ab und verschwand in dichten Wolken.

„Sehen Sie?" Gericke lächelte zu Steiner empor. „Man muß nur ein anständiges Leben geführt haben. Sorgen Sie jetzt lieber dafür, daß Ihre Männer sich fertigmachen. Ich rufe Sie, sobald wir Devlin über Funk empfangen."

Es war kalt an der Küste von Norfolk, und die Flut stand etwa zwei Drittel hoch. Devlin ging auf und ab, um sich warm zu halten, in der Hand das auf Empfang geschaltete Sprechfunkgerät. Es war gleich zehn vor zwölf, und Joanna Grey, die sich wegen des leichten Regens zwischen ein paar Bäumen untergestellt hatte, kam zu ihm. „Sie müssen jetzt schon in der Nähe sein."

Wie zur Antwort begann das Funkgerät zu knistern, und Gerickes Stimme ertönte. „Hier Adler. Wanderer, hören Sie mich?"

„Laut und deutlich", antwortete Devlin ins Mikrophon.

„Bitte melden Sie Bedingungen über dem Horst."

„Sicht schlecht", sagte Devlin. „Hundert bis hundertfünfzig Meter. Auffrischender Wind."

„Danke, Wanderer. Voraussichtliche Ankunft in sechs Minuten."

Devlin übergab Joanna Grey das Funkgerät. „Halten Sie das mal, solange ich die Markierungen auslege."

Er lief den Strand entlang und legte batteriebetriebene Fahrrad-
lampen aus, die er aus seinem Rucksack holte, immer in fünfzehn
Meter Abstand in einer geraden Linie, die der Windrichtung ent-
sprach. Gleichzeitig knipste er sie an. Dann legte er in zwanzig Meter
Abstand eine zweite Linie parallel dazu.

„Dieser verdammte Nebel", sagte Joanna, als er wieder bei ihr
war. „Die sehen uns nie, ich weiß es."

Es war das erstemal, daß er sie fast verzagt sah, und er legte ihr
eine Hand auf den Arm. „Nur ruhig, Mädchen."

In der Ferne hörten sie das Grollen von Motoren.

DIE Dakota war auf dreihundert Meter gesunken. Gericke sagte
über die Schulter: „Ein einziger Überflug, mehr ist nicht drin, also
macht's gut."

„Werden wir", sagte Steiner.

„Viel Glück, Herr Oberstleutnant. Sonntag morgen trinken wir
eine Flasche Dom Perignon zusammen."

Steiner gab ihm einen Klaps auf die Schulter und ging. Er nickte
Neumann zu, der den Befehl gab. Brandt schob die Tür zurück, und
Steiner schritt die Reihe ab und kontrollierte jeden einzelnen
persönlich.

Gericke flog so tief, daß Bohmler die weißen Brecher sehen konnte.
Vor ihnen lagen Nebel und noch mehr Dunkelheit. Doch plötzlich,
ganz als habe irgendeine unsichtbare Macht beschlossen einzugreifen,
machte eine Windbö den Blick auf Devlins parallele Lampenmarkie-
rungen frei, die deutlich in die Nacht leuchteten.

Gericke nickte. Bohmler drückte auf den Schalter, und in der
Kabine leuchtete die rote Lampe über Steiners Kopf auf.

Gericke kippte die Maschine in Schräglage, nahm das Gas zurück,
bis der Geschwindigkeitsmesser auf hundert Knoten stand, und
machte in hundertzehn Meter Höhe seinen Überflug. Das grüne Licht
ging an. Neumann sprang in die Dunkelheit, Brandt folgte ihm, und
dann purzelten die übrigen hinter den beiden drein. Steiner fühlte
den Luftzug im Gesicht, roch den Salz- und Tanggeruch des Meeres
und wartete, daß Prestons Nerven wieder versagten. Doch der Engländer sprang, ohne zu zögern. Ein gutes Omen. Steiner sprang
zuletzt. Bohmler, der aus dem Cockpit nach hinten schaute, tippte
Gericke auf die Schulter. „Alle weg. Ich mache die Tür zu."

Gericke drehte zum Meer ab. Wenige Minuten später krächzte das Funkgerät, und Devlin sagte: „Alle Nestlinge sicher im Horst."

Gericke sagte zu Bohmler: „Gib das gleich an Landsvoort weiter. Radl muß seit einer Stunde auf heißen Kohlen sitzen."

IN DER Prinz-Albrecht-Straße saß Himmler allein in seinem Zimmer und arbeitete im Schein der Schreibtischlampe. Es klopfte diskret, und Roßmann trat ein. Himmler sah auf.

„Was gibt's?"

„Radl hat sich aus Landsvoort gemeldet, Reichsführer. Der Adler ist gelandet."

IN DER Flurhüterhütte blickten Devlin, Steiner und Joanna auf eine großmaßstäbige Karte des Gebiets. „Sehen Sie, hier hinter der Kirche", sagte Devlin. „Die Altfrauenwiese. Sie gehört zur Kirche, mitsamt einer Scheune, die im Augenblick leersteht."

„Dort ziehen Sie morgen ein", sagte Joanna. „Besuchen Sie zuerst Pfarrer Vereker, und sagen Sie ihm, daß Sie im Manöver sind."

„Und Sie sind sicher, daß er einverstanden ist?" fragte Steiner. Joanna nickte. „So was kommt doch hier alle Tage vor."

„Vereker war Militärpfarrer bei den Fallschirmjägern", ergänzte Devlin, „und wird sich ein Bein ausreißen, um euch zu helfen, wenn er die braunen Mützen sieht."

„Wir haben noch einen Vorteil auf unserer Seite", sagte Joanna. „Sir Henry gibt heute abend eine kleine Dinnerparty für den Premierminister, und ich bin dazu eingeladen. Ich gehe nur hin, um mich wieder zu entschuldigen. Ich werde sagen, ich bin vom WVS zum Nachtdienst befohlen worden. Das ist nicht das erstemal, und Sir Henry und Lady Willoughby werden es akzeptieren. Dann kann ich Ihnen die Lage im Studley Grange unmittelbar beschreiben."

„Ausgezeichnet", sagte Steiner. „Die Sache wird von Minute zu Minute verheißungsvoller."

Eben ging die Tür auf, und Neumann trat ein. Er trug einen Fallschirmjäger-Tarnanzug und hatte den geflügelten Dolch des SAS an der Mütze.

„Alles in Ordnung da draußen?" fragte Steiner.

Neumann nickte. „Alle haben sich schlafen gelegt. Nur eins fehlt. Zigaretten."

„Natürlich. Ich hab sie im Wagen gelassen." Joanna Grey eilte nach draußen. Bald war sie mit zwei Stangen Players wieder da.

„Heilige Mutter Gottes", sagte Devlin ehrfürchtig. „Hat man so was schon mal gesehen? Die Dinger sind pures Gold wert. Wo haben Sie die her?"

„Aus WVS-Beständen." Sie lächelte. „Und nun muß ich Sie verlassen, meine Herren. Wir sehen uns morgen im Dorf, aber natürlich rein zufällig."

Neuntes Kapitel

AM SAMSTAG MORGEN kurz nach zehn ritt Molly, einem plötzlichen Impuls nachgebend und entgegen ihrem Versprechen, auf Devlin zu warten, durch die Felder auf Hobs End zu.

In der Scheune beaufsichtigten Brandt und Altmann die Montage eines schweren MGs vom Typ Browning M 2 auf den Jeep. Preston, der ihnen zusah, erweckte den Eindruck, als führe er das Kommando.

Werner Briegel und Klugl hatten einen der hinteren Verschläge teils geöffnet, und Werner machte mit seinem Fernglas eine Bestandsaufnahme der Vögel am Strand. „Da ist ein Uferläufer." Er wanderte mit dem Fernglas weiter, und plötzlich hatte er Molly vor der Linse. „Verdammt, wir werden beobachtet."

Preston war wie der Blitz neben ihm. „Ich bring sie her", sagte er und rannte hinaus.

Devlin und Steiner waren an den Strand gegangen, um sich zu vergewissern, daß die Flut alle Spuren des nächtlichen Geschehens fortgespült hatte. Devlin hatte Steiner auch gezeigt, wo das Schnellboot sie aufnehmen solle. Sie waren auf dem Rückweg, als Preston aus den Sümpfen auftauchte, das schreiende und um sich schlagende Mädchen über die Schulter geworfen.

„Was ist denn da los?" wollte Steiner wissen.

„Das ist Molly Prior, das Mädchen, von dem ich Ihnen erzählt habe." Devlin setzte sich in Trab und erreichte das Cottage gleichzeitig mit Preston. „Lassen Sie gefälligst das Mädchen los, Sie!" schrie Devlin.

Preston drehte sich um. „Von Ihnen nehme ich keine Befehle entgegen."

Aber da rief Steiner mit einer Stimme so hart wie Eisen: „Lieutenant Preston, Sie werden diese Dame augenblicklich loslassen!" Preston stellte Molly ab, die ihm prompt eine klebte.

Aus der Scheune kam lautes Gelächter, und als sie sich umdrehte, sah sie durch die offene Tür eine Reihe grinsender Gesichter und dahinter den Lastwagen und den Jeep mit dem aufmontierten Maschinengewehr. „Liam", rief sie verwirrt. „Was ist hier los?"

Aber Steiner machte sich sofort zum Herrn der Lage. „Lieutenant Preston, entschuldigen Sie sich augenblicklich bei der Dame."

„Bitte untertänigst um Verzeihung, Madam; war mein Fehler", sagte Preston, und damit machte er kehrt und ging in die Scheune.

Steiner sagte: „Ich bedaure diesen Zwischenfall außerordentlich."

„Molly", erklärte Devlin, „das ist Colonel Carter."

„Vom Unabhängigen Polnischen Fallschirmjägerbataillon", ergänzte Steiner. „Wir sind zu einem taktischen Manöver hier, und ich fürchte, in Sicherheitsfragen geht mit Lieutenant Preston manchmal das Temperament durch."

Nun war sie noch verwirrter als zuvor. „Aber Liam —" begann sie.

Devlin nahm sie beim Arm. „Komm, wir wollen das Pferd mal wieder einfangen." Er schob sie mit sanfter Gewalt in Richtung Marsch, wo ihr Reittier friedlich weidete. „Nun sieh mal, was du angerichtet hast", schimpfte er. „Hab ich dir nicht gesagt, du sollst warten, bis ich dich rufe?"

„Aber ich verstehe das nicht", sagte sie. „Fallschirmjäger hier, und —"

Er packte sie fest beim Arm. „Geheimhaltung, Molly. Diese Einheit hat einen ganz speziellen Grund zum Hiersein, aber das ist im Augenblick noch streng geheim, und du darfst keiner Menschenseele erzählen, daß du sie gesehen hast. Wenn du mich liebst, versprichst du mir das."

„Jetzt begreife ich allmählich", sagte sie. „Die ganzen Dinge, die du gemacht hast, die nächtlichen Fahrten und so. Mich läßt du in dem Glauben, es wären Schwarzmarktgeschäfte. Und dabei — bist du immer noch bei der Armee, nicht wahr?"

„Ja", sagte er nicht ganz wahrheitswidrig. „So ist es."

Ihre Augen glänzten. „Liam, kannst du mir je verzeihen, daß ich dich für einen billigen Schieber gehalten habe, der in Kneipen Seidenstrümpfe verhökert?"

Devlin holte tief Luft, aber er schaffte ein Lächeln. „Ich werde mal darüber nachdenken. Und jetzt geh nach Hause, sei vernünftig und warte, bis ich dich rufe."

„Ja, Liam, ganz bestimmt." Sie küßte ihn und schwang sich in den Sattel. „Du kannst dich auf mich verlassen."

In London räumte Rogan seinen Schreibtisch auf und dachte an den Lunch, als Grant eintrat, das Gesicht vor Erregung zusammengekniffen. „Das ist eben über den Fernschreiber gekommen, Sir." Er knallte das Blatt vor Rogan auf den Tisch. „Wir haben ihn. Er ist gleich oben an der Küste, bei Studley Constable."

„Also nennt er sich jetzt Devlin", sagte Rogan, nachdem er das Schreiben gelesen hatte. „Wie weit ist das?"

„Rund hundertfünfzig Kilometer."

„Mein letztes Wochenende auf dem Lande ist ziemlich lange her."

„Sie sind nach dem Lunch mit dem Generalstaatsanwalt verabredet", erinnerte Grant ihn. „Der Fall Halloran."

„Da bin ich bis drei wieder draußen. Sie besorgen einen Wagen, und dann fahren wir sofort los."

Grant hatte schon die Hand an der Türklinke, als Rogan hinzufügte: „Und besorgen Sie uns ein paar Brownings aus der Waffenkammer. Dieser Bursche schießt zuerst und fragt Sie erst hinterher, was Sie von ihm wollten."

Grant mußte schlucken. „Ich kümmere mich darum, Sir."

Kurz vor Mittag ging Pfarrer Vereker in den Keller des Pfarrhauses hinunter. Sein Fuß machte ihm sehr zu schaffen, und er hatte nachts kaum geschlafen, aber Pamela kam übers Wochenende, und das war auch schon etwas. Außerdem wurde sie von Harry Kane abgeholt.

Am Fuß der Treppe angekommen, öffnete Vereker einen alten Eichenschrank, stieg hinein und schloß die Tür. Er knipste eine Taschenlampe an, tastete nach dem versteckten Riegel, und die Rückwand des Schrankes öffnete sich zu einem langen, dunklen Tunnel, dessen Natursteinwände von Nässe glänzten. Der Tunnel verband das Pfarrhaus mit der Kirche und war ein Überbleibsel aus der Zeit der Katholikenverfolgungen unter Elizabeth Tudor. Für Vereker war er nur eine große Annehmlichkeit.

Er ging durch den Tunnel, stieg eine Steintreppe empor und blieb lauschend stehen. Jemand spielte auf der Orgel ein Präludium von Bach, und zwar sehr gut. Er öffnete eine Tür, die ein Teil der Wandtäfelung in der Sakristei war, schloß sie hinter sich und ging in die Kirche.

Feldwebel Altmann schwelgte so richtig. Dann sah er im Organistenspiegel Vereker am Fuß der Kanzeltreppe stehen und brach sein Spiel abrupt ab. „Verzeihung, Herr Pfarrer, aber ich konnte einfach nicht widerstehen. In meinem derzeitigen Beruf kommt man selten zu so etwas." Sein Englisch war ausgezeichnet, aber mit deutlich hörbarem Akzent.

„Wer sind Sie?" fragte Vereker.

„Sergeant Emil Janowski, Herr Pfarrer. Ich bin mit meinem Kommandeur hier, um Sie zu suchen. Er versucht es gerade im Pfarrhaus."

Die große Eichentür ging knarrend auf, und Steiner trat ein, das Lederstöckchen in der einen, sein Barett in der anderen Hand. Seine Stiefel dröhnten auf den Fliesen, und das Licht, das durch die Oberfenster fiel, ließ sein blondes Haar leuchten wie Feuer. „Pfarrer Vereker?"

„Ganz recht."

„Lieutenant Colonel Howard Carter, Kommandeur des Unabhängigen Polnischen Fallschirmjägerbataillons." Er wandte sich an Altmann. „Sie benehmen sich hoffentlich, Janowski?"

„Sie wissen ja, Sir, die Orgel ist meine größte Schwäche."

Steiner grinste. „Ziehen Sie Leine, und warten Sie draußen bei den anderen."

Altmann ging, und Vereker musterte Steiner von oben bis unten. „Ich war selbst bei den Fallschirmjägern. Feldgeistlicher bei der Ersten Fallschirmbrigade."

„Tatsächlich?" meinte Steiner. „Erfreut, Sie kennenzulernen."

Vereker lächelte. „Was kann ich für Sie tun?"

„Wenn Sie uns für die Nacht unterbringen könnten? Sie haben eine Scheune auf einer Wiese gleich hier nebenan, die schon zu ähnlichen Zwecken benutzt worden ist, glaube ich."

„Sind Sie im Manöver?"

Steiner erklärte es ihm, und es klappte genauso, wie Joanna Grey es vorhergesagt hatte. Philip Vereker sagte: „Ich freue mich, wenn ich Ihnen helfen kann."

ALTMANN ging zur Altfrauenwiese, wo der Bedford stand. Der Jeep wartete neben dem Friedhofseingang, mit Klugl am Steuer und Briegel hinterm MG.

Werner Briegel hatte sein Fernglas auf die Krähen in den Buchen gerichtet. „Die sehen wir uns mal etwas näher an", sagte er zu Klugl.

Sie stiegen aus und traten durchs Tor. Laker Armsby hob an der Westseite der Kirche ein Grab aus. Als er sie kommen sah, hielt er inne und holte eine halbgerauchte Zigarette hinterm Ohr hervor.

„Tag", sagte Briegel.

Laker kniff die Augen zusammen. „Ausländer, wie? Ich hatte euch für Engländer gehalten, mit diesen Uniformen."

„Polen", klärte Briegel ihn auf. „Mein Kamerad spricht kein Englisch." Laker fummelte demonstrativ mit dem Zigarettenstummel herum, bis der junge Deutsche ein Päckchen Players hervorholte. „Nehmen Sie eine von diesen."

„Bevor ich mich prügeln lasse. Wie heißt du denn?"

„Werner." Eine peinliche Pause trat ein, bevor Briegel den erkannten Fehler auszubügeln versuchte und hinzufügte: „Kunicki."

„Aha", machte Laker. „Hab Werner immer für 'nen deutschen Namen gehalten. 1915 hab ich in Frankreich einen gefangengenommen, der hieß Werner. Werner Schmidt."

„Meine Mutter war Deutsche", erklärte Briegel.

„Dafür kannst du ja nichts", antwortete Laker.

Werner fragte: „Wie lange ist der Krähenhorst schon da oben?"

Laker blickte verwundert zu den Bäumen empor. „Seit ich noch klein war. Geh, du interessierst dich doch nicht für diese armseligen Krähen?"

„Aber ja doch", sagte Werner. „Viele kommen im Spätherbst oder Winter von so weit her wie Rußland."

„Hör auf", meinte Laker.

„Doch, das stimmt. Vor dem Krieg sind viele Krähen in dieser Gegend gefunden worden, die zum Beispiel in Leningrad beringt worden waren."

Ein Ruf ertönte. „Kunicki – Moczar, wir fahren!" Sie drehten sich um und sahen Steiner und den Pfarrer vor dem Kirchenportal stehen. Briegel und Klugl rannten zum Jeep zurück.

Steiner und Pfarrer Vereker kamen zusammen den Weg herunter, als vom Dorf her ein zweiter Jeep den Hügel hinaufkam und auf der gegenüberliegenden Straßenseite hielt. Pamela Vereker und Harry Kane stiegen aus und kamen zu ihnen ans Tor.

Pamela reckte sich hoch und küßte ihren Bruder auf die Wange. „Entschuldige, daß ich so spät bin, aber Harry wollte gern noch ein bißchen von Norfolk sehen."

„Und da hast du ihn einmal ganz herumgeführt", meinte Vereker liebevoll. „Darf ich euch beiden Colonel Carter vom Unabhängigen Polnischen Fallschirmjägerbataillon vorstellen? Er ist mit seinen Leuten hier in der Gegend auf Übung. Colonel, das sind meine Schwester Pamela und Major Harry Kane."

Kane gab ihm die Hand. „Wir haben auch ein paar Polen in unserm Haufen. Krukowski zum Beispiel. Geboren und aufgewachsen in Chikago, aber sein Polnisch ist so gut wie sein Englisch. Vielleicht kommen wir mal zusammen?"

„Ich fürchte, nein", sagte Steiner. „Ich habe Befehl, morgen weiterzuziehen und mich mit anderen Einheiten zusammenzuschließen. Sie wissen ja, wie das ist."

„Aber ja", sagte Kane und sah auf die Uhr. „Überhaupt, wenn ich nicht in zwanzig Minuten im Meltham House bin, läßt der Alte mich erschießen."

„War jedenfalls nett, Sie kennengelernt zu haben", sagte Steiner. „Herr Pfarrer, Miß Vereker." Er stieg zu Klugl und Briegel in den Jeep, und sie fuhren fort. „Versuchen Sie daran zu denken, daß man hierzulande links fährt, Klugl", sagte Steiner ruhig.

NACHDEM er seine Leute in Verekers Scheune untergebracht hatte, ging Steiner den Pfad hinunter und lehnte sich ans Gatter. Joanna Grey mühte sich mit dem Fahrrad den Weg herauf, Patch lief hinterher. „Guten Tag, Madam", grüßte Steiner.

Sie stieg ab. „Wie läuft's denn so?" Sie reichte ihm die Hand, als ob sie sich gerade vorstellte. Von weitem mußte es sehr natürlich aussehen. „Und Philip Vereker?"

„Könnte nicht hilfsbereiter sein. Sie hatten völlig recht."

„Wie geht's jetzt weiter?"

„Sie werden uns ums Dorf herum ein bißchen Krieg spielen sehen. Devlin hat gesagt, er will um halb sieben bei Ihnen sein."

„Gut." Sie gab ihm wieder die Hand. „Bis später dann."

Steiner salutierte, und Joanna bestieg wieder ihr Fahrrad.

IN LONDON schlug es drei Uhr vom Big Ben. Rogan kam aus dem Gebäude des Obersten Gerichtshofs und eilte die Straße entlang zu Fergus Grant, der am Steuer einer Humber-Limousine wartete.

Im selben Moment war Molly unterwegs, um Pamela Vereker beim Schmücken der Kirche für den Sonntag zu helfen. Sie band ihr Pferd an und betrat den Friedhof durch den Hintereingang. Als sie auf die Kirche zuging, ertönte ein lautes Kommando den Hügel herauf, und als sie zum Dorf schaute, sah sie die Fallschirmjäger auf die alte Mühle am Bach zumarschieren. Ihre braunen Mützen stachen deutlich von dem Grün der Wiese ab. In der Kirche fand sie Pamela vorm Altar auf den Knien beim Polieren des Messinggeländers.

„Tag, Molly", sagte Pamela. „Findest du nicht auch, daß wir schon genug Krieg haben, ohne daß die noch ihre dummen Spielchen treiben? Ist mein Bruder da unten?"

„Als ich ins Dorf kam, war er da."

„Manchmal denke ich, er bedauert's, daß er aus allem raus ist." Pamela schüttelte den Kopf. „Männer sind schon komisch."

UNTEN im Dorf hatte Oberleutnant Walther Neumann das Kommando in drei Gruppen zu je fünf aufgeteilt, die untereinander über Sprechfunk in Verbindung standen. Er und Harvey Preston lagen mit je einer Gruppe im Dorf. Preston fühlte sich so richtig wohl. Er saß geduckt hinter der Mauer am Studley Arms, den Revolver in der Hand, und gab seiner Gruppe ein Zeichen zum Vorrücken.

George Wilde lehnte an der Mauer und sah zu, und seine Frau Betty rief von der Tür herüber: „Möchtest wohl selbst wieder gern dabeisein?"

Wilde hob die Schultern. „Vielleicht."

„Männer", sagte sie verächtlich. „Euch werde ich nie begreifen."

Die dritte Abteilung bestand aus Brandt, Feldwebel Sturm, Unteroffizier Becker und den Gefreiten Jansen und Hagl. Sie lagen in der Wiese gegenüber der ausgedienten alten Mühle. Gewöhnlich stand das wuchtige Mühlrad still, aber von schweren Regenfällen führte der Bach Hochwasser und hatte die Sperre zerbrochen, und jetzt drehte sich das Rad.

Steiner saß im Jeep und betrachtete das Mühlrad, wie es das Wasser zu Schaum aufwühlte, dann schaute er zu Brandt hinüber, der eben Jansen zeigte, wie man auf dem Bauch liegend schießt. Auf einem Steg oberhalb des Damms standen Pfarrer Vereker, George Wildes elfjähriger Sohn Graham und die kleine Susan Turner und schauten ebenfalls zu. „Was machen die jetzt, Herr Pfarrer?" fragte Graham den Priester.

„Also, Graham", erklärte Vereker, „es geht darum, die Ellbogen in der richtigen Lage zu haben, damit man ruhig zielen kann."

Die fünfjährige Susan Turner langweilte sich. Sie war ein hübsches blondes Mädchen, das – seit Birmingham evakuiert worden war – bei seinen Großeltern Ted und Agnes Turner lebte, die im Dorf den Kaufladen mit der Poststelle hatten.

Sie ging über den Steg, duckte sich unters Geländer und kauerte auf dem Rand. Einen guten halben Meter unter ihr schoß das Wasser vorbei. Sie ließ ihre Puppe herunterbaumeln und lachte, wenn der das Wasser an die Füße kam. Dann hielt sie sich am Geländer über ihrem Kopf fest und ließ die Beine der Puppe ins Wasser tauchen. Das Geländer brach, und mit einem Aufschrei flog Susan ins Wasser.

Ehe der Pfarrer sich rühren konnte, wurde sie unter dem Steg hindurchgeschwemmt. Mehr instinktiv als mutig sprang Graham hinter ihr drein, bekam ihren Mantel zu fassen und hielt fest. Seine Füße suchten nach Grund, aber es war kein Grund da, und er schrie vor Angst auf, als das Wasser sie beide auf den Damm zu trieb.

Grahams Schrei alarmierte sofort Brandt und seine Leute. Als sie sich umdrehten, um zu sehen, was da los war, wurden die beiden Kinder soeben über den Damm gespült und rutschten die betonierte Rinne hinunter in den Mühlteich.

Feldwebel Sturm rannte zum Teich und warf seine Ausrüstung ab. Susan und Graham, der die Kleine immer noch festhielt, wurden unbarmherzig in die Strömung zum Mühlrad gerissen. Sturm warf sich in voller Montur hinein und strampelte auf sie zu. Er bekam Grahams Arm zu fassen. Hinter ihm kam Brandt hüfttief durchs Wasser gewatet. Als Sturm Graham an sich ziehen wollte, geriet der Junge mit dem Kopf unter Wasser und ließ vor Schreck das Mädchen los. Sturm schleuderte ihn in einem kräftigen Bogen hinter sich, wo Brandt ihn auffing, dann stürzte er hinter Susan her. Er zog sie in seine Arme und versuchte mit den Füßen Halt zu bekommen. Aber er tauchte unter, und als er wieder hochkam, fühlte er, wie er unwiderstehlich zum Mühlrad getrieben wurde.

Er hörte einen Schrei durch das Tosen des Wassers und sah im Umdrehen, wie Brandt wieder im Wasser war und auf ihn zukam. Unter Aufbietung seiner letzten Kräfte schleuderte Sturm die kleine Susan durch die Luft in Brandts Arme. In der nächsten Sekunde wurde er unters Rad gerissen.

George Wilde hatte die Kinder über den Damm purzeln sehen. Er rief seiner Frau etwas zu und rannte über die Straße zur Brücke hin. Preston und seine Leute, die das Unglück auch gesehen hatten, folgten ihm.

Außer daß er patschnaß war, schien Graham Wilde keinerlei Schaden genommen zu haben. Dasselbe galt für Susan, auch wenn sie schrie wie am Spieß. Brandt drückte sie Wilde in die Arme und lief zu dem Becken unterhalb des Mühlrads, wo Steiner und die anderen bereits nach Sturm suchten. Plötzlich tauchte Sturm in ruhigem Wasser an die Oberfläche, und Brandt sprang hinein, um ihn herauszuholen.

Sturms Augen waren geschlossen, die Lippen leicht geöffnet. Brandt kam aus dem Wasser gewatet, Sturm auf den Armen, und es war, als träfen jetzt alle gleichzeitig ein – Vereker, dann Preston mit seiner Gruppe und schließlich Mrs. Wilde, die ihrem Mann die kleine Susan abnahm.

„Ist ihm was passiert?" fragte Vereker.

Brandt riß Sturms Springerjacke auf und fuhr mit der Hand darunter, um nach dem Herzschlag zu fühlen. Er befühlte die Schwellung an der Stirn, und augenblicklich war die Haut voller Blut, unter der Wunde waren die Knochen weich wie Gelee. Er sah zu Steiner auf und sagte in brauchbarem Englisch: „Bedaure, Sir, sein Schädel ist zerquetscht."

Sekundenlang hörte man nur das unheimliche Knirschen des Mühlrads. Dann brach Graham Wilde die Stille, indem er auf einmal laut sagte: „Sieh dir mal seine Uniform an, Dad. Tragen das die Polen?"

Unter Sturms Tarnjacke kam seine normale Uniform mit sämtlichen Abzeichen und Orden zum Vorschein, wie Himmler es befohlen hatte. „Mein Gott!" flüsterte Vereker.

Die Deutschen schlossen sich zu einem Kreis zusammen. Steiner sagte auf deutsch zu Brandt: „Legen Sie Sturm in den Jeep." Er schnippte mit den Fingern und sagte zu Jansen, der eines der Funkgeräte trug: „Geben Sie mir das. Adler eins an Adler zwei", rief er. „Kommen."

Neumann befand sich mit seiner Gruppe auf der anderen Seite des Dorfes. Er antwortete fast sofort: „Adler zwei. Ich höre Sie."

„Der Adler ist entdeckt", sagte Steiner. „Kommen Sie zur Brücke."

Er gab Jansen das Gerät zurück. Betty Wilde fragte verwirrt: „Was ist denn los, George? Ich verstehe überhaupt nichts."

„Das sind Deutsche", sagte Wilde. „Solche Uniformen habe ich in Norwegen gesehen. Aber ich weiß nicht, was sie hier wollen."

Preston höhnte: „Euer allmächtiger Oberbonze Winston Churchill höchstpersönlich ist heute nacht in Studley Grange."

Wilde starrte ihn voll Erstaunen an. „Sie müssen verrückt sein. So einen Unsinn hab ich mein Lebtag nicht gehört. Nicht wahr, Herr Pfarrer?"

„Ich fürchte, er hat recht." Vereker bekam die Worte nur langsam und unter großen Schwierigkeiten heraus. „Nun gut, Colonel. Würden Sie mir vielleicht sagen, was jetzt passieren soll? Die Kinder sind durchgefroren bis auf die Knochen."

Steiner wandte sich an Betty Wilde. „Mrs. Wilde, Sie können Ihren Sohn jetzt nach Hause bringen, und bringen Sie Susan zu ihren Großeltern. Die haben den Laden mit der Poststelle, ist das richtig?"

„Ja, das stimmt."

Steiner sagte zu Preston: „Es gibt hier im Dorf nur sechs Telefone. Alle Gespräche laufen über den Klappenschrank und werden von Mr. oder Mrs. Turner vermittelt."

„Sollen wir alles rausreißen?" schlug Preston vor.

„Nein. Sonst schicken die womöglich einen zum Reparieren. Wenn das Kind umgezogen ist, soll es mit seiner Großmutter zur Kirche kommen. Behalten Sie Turner in der Vermittlung. Falls irgendwelche Gespräche ankommen, soll er sagen, daß der gewünschte Partner sich nicht meldet. Also los."

Preston wandte sich an Betty Wilde. Susan hatte zu weinen aufgehört, und er streckte die Arme aus. „Komm, meine Schöne, ich nehme dich huckepack." Das Kind reagierte instinktiv mit einem erfreuten Lächeln. „Hier lang, Mrs. Wilde, wenn's recht ist."

Betty Wilde folgte ihm, nach einem verzweifelten Blick auf ihren Mann, ihren Sohn an der Hand. Der Rest von Prestons Gruppe

– die Gefreiten Dinter, Meyer, Riedel und Berg – schloß sich an.

Wilde sagte heiser: „Wenn meiner Frau etwas passiert ..."

Steiner ignorierte ihn. Er sagte zu Brandt: „Bringen Sie Pfarrer Vereker und Mr. Wilde zur Kirche, und halten Sie sie da fest. Becker und Jansen können mitgehen. Hagl, Sie kommen mit mir."

Preston traf Neumann mit seiner Gruppe an der Brücke und schien ihm zu berichten, was passiert war.

Vereker sagte: „Colonel, ich hätte größte Lust, Sie auffliegen zu lassen. Wenn ich jetzt einfach weggehe, können Sie es sich ja gar nicht erlauben, auf mich zu schießen. Damit würden Sie das ganze Dorf auf die Beine bringen."

Steiner sah ihn an. „Mein Hauptfeldwebel würde Ihnen ein Messer so zwischen die Rippen stoßen, daß Sie auf der Stelle tot wären, und völlig lautlos. Dann würden wir Sie zwischen uns nehmen und zum Jeep bringen und mit Ihnen wegfahren." Er drehte sich um und ging mit schnellen Schritten zur Brücke. Hagl mußte förmlich laufen, um mitzukommen.

Neumann kam ihm entgegen. „Was sollen wir jetzt tun?"

„Schick einen Mann den Lastwagen holen. Dann laß das Dorf Haus für Haus durchkämmen. Sämtliche Einwohner müssen in zwanzig Minuten in der Kirche sein. Und lassen Sie an beiden Dorfseiten Straßensperren errichten. Es soll alles ganz amtlich aussehen. Aber jeder, der reinkommt, bleibt."

„Was ist mit Mrs. Grey?"

„Sie muß auf freiem Fuß bleiben, um das Funkgerät zu bedienen. Es soll niemand erfahren, daß sie für uns arbeitet, solange es nicht nötig ist. Ich gehe selbst zu ihr." Er grinste. „Jetzt wird's brenzlig, Neumann."

„Das ist nicht das erstemal", sagte Neumann.

„Gut." Steiner salutierte und begab sich den Hügel hinauf zur Kirche.

MOLLY und Pamela hatten den Altar mit Schilfrohr und Marschgräsern geschmückt. Pamela sagte: „Wir brauchten noch etwas Efeu."

Sie ging nach vorn hinaus und pflückte ein paar Blätter von den Ranken am Turm. In diesem Augenblick quietschten Bremsen, sie drehte sich um und sah einen Jeep vorfahren. Ihr Bruder und George Wilde stiegen aus, und es kam ihr so vor, als halte ein großgewach-

sener Sergeant Major die Männer mit dem Gewehr in Schach, das er im Hüftanschlag trug. Sie hätte über diese Irrsinnsidee laut gelacht, wären nicht Becker und Jansen gewesen, die mit Sturms Leiche folgten.

Pamela verzog sich rückwärts durch die halbgeöffnete Tür und stieß mit Molly zusammen.

„Was ist los?" fragte Molly.

Pamela bedeutete ihr, still zu sein. „Ich weiß nicht. Irgendwas stimmt da nicht. Schnell, hier rein ..." Sie öffnete die Tür zur Sakristei. Beide schlüpften hinein, und sie schob den Riegel vor. Gleich darauf hörten sie Stimmen.

Vereker sagte: „So, und was nun?"

„Sie warten auf Oberstleutnant Steiner", sagte Brandt. „Andererseits wüßte ich nicht, warum Sie inzwischen nicht schon einmal Ihre Pflicht an dem armen Sturm tun sollten."

„Bringen Sie ihn in die Marienkapelle", sagte Vereker.

Die Schritte entfernten sich, und Molly und Pamela drängten sich gegen die Tür. Jetzt dröhnten Schritte auf den Steinplatten unterm Portal, und die Eingangstür ging knirschend auf. Pamela legte einen Finger auf die Lippen.

Steiner blieb beim Taufbecken stehen und klopfte sich mit dem Stöckchen an den Schenkel. „Pfarrer Vereker", rief er. „Hierher, bitte." Er ging auf die Sakristei zu und versuchte die Tür zu öffnen. Als Vereker den Mittelgang heruntergehumpelt kam, sagte Steiner: „Die scheint verschlossen zu sein. Warum?"

Die Tür war, soweit Vereker wußte, noch nie verschlossen gewesen, weil der Schlüssel vor Jahren verlorengegangen war. Das konnte nur bedeuten, daß jemand sie von innen verriegelt hatte. Dann fiel ihm ein, daß Pamela in der Kirche geblieben war, um den Altar zu schmücken, als er fortging, um den Fallschirmjägern zuzusehen. Die Schlußfolgerung lag auf der Hand.

Er sagte vernehmlich: „Das ist die Sakristei, Herr Oberstleutnant. Ich fürchte, der Schlüssel ist im Pfarrhaus. Eine bedauerliche Schlamperei. In der SS herrscht sicher mehr Ordnung."

„Sie sind wohl der Meinung, daß alle deutschen Soldaten in der SS sind?"

„Nein, wahrscheinlich liegt es daran, daß sie sich alle so benehmen."

„Vielleicht wie Feldwebel Sturm, ja?" Vereker fiel darauf nichts ein, und Steiner fuhr fort: „Damit Sie Bescheid wissen, wir sind keine SS. Wir sind Fallschirmjäger."

„Sie haben also vor, heute abend Churchill zu ermorden?"

„Nur wenn es sein muß. Ich würde ihn lieber unversehrt mitnehmen."

„Und jetzt sind Ihre Pläne ein bißchen durcheinandergeraten?" meinte Vereker.

„Improvisation ist bei so einer Art Unternehmen alles. Als alter Fallschirmjäger wissen Sie das ja selbst."

„Um Himmels willen, Mann, Sie stehen doch auf verlorenem Posten. Das Überraschungsmoment ist hin."

„Nicht so ganz", antwortete Steiner gelassen. „Wir brauchen nur das Dorf von jeder Verbindung abzuschneiden."

„Das ist doch unmöglich!"

„Gar nicht. Im Augenblick sind meine Männer schon dabei, alles zusammenzutreiben, was sich in Studley Constable befindet. Es sind nur sechzehn Häuser, Herr Pfarrer. Insgesamt siebenundvierzig Menschen. Meine Leute werden in fünfzehn Minuten hier sein. Wir kontrollieren die Telefonverbindung und die Straßen." Steiner sah auf die Uhr. „Sir Henry Willoughby und der Premierminister werden um halb vier Kings Lynn über die Straße nach Walsingham verlassen. Das wäre mehr oder weniger in diesem Augenblick."

„Sie scheinen sehr gut informiert zu sein."

„Das bin ich." Steiner streckte die Hand aus. „Ich werde den Schlüssel zu Ihrem Wagen an mich nehmen. Vielleicht können wir ihn noch brauchen."

„Ich habe ihn nicht bei mir –", begann Vereker.

„Stehlen Sie mir nicht die Zeit, Herr Pfarrer. Sonst lasse ich Sie von meinen Leuten ausziehen."

Vereker rückte widerstrebend den Schlüssel heraus, und Steiner steckte ihn in die Tasche. „So. Ich habe zu tun."

Er rief mit lauter Stimme: „Brandt, ich schicke jetzt Preston, Sie abzulösen. Melden Sie sich dann bei mir im Dorf." Er ging hinaus, und Gefreiter Jansen stellte sich mit seinem Gewehr an die Tür.

„Also, nun wissen wir's", sagte Pamela. „Wir müssen hier raus."

„Aber wie?"

Pamela ging auf die andere Seite der Sakristei, fand den versteckten Riegel, und ein Teil der Wandtäfelung öffnete sich wie eine

Tür und gab den Zugang zum Priestertunnel frei. Molly bekam vor Staunen den Mund nicht mehr zu. „Komm schon", sagte Pamela ungeduldig und nahm die Taschenlampe, die ihr Bruder auf dem Tisch hatte liegenlassen.

Als sie im Keller des Pfarrhauses angekommen waren und die Treppe hinaufgingen, sagte Pamela: „Wenn ich doch nur irgendwie zu Mrs. Grey kommen könnte."

„Was würdest du denn dann tun?"

„Ich würde ihren Wagen nehmen und nach Meltham House fahren", sagte Pamela. „Da liegen amerikanische Ranger. Die würden es Steiner und seinem Haufen schon zeigen. Mal sehen, ob wir den Feldweg hinter Hawks Wood nehmen können und ungesehen zu Mrs. Grey kommen."

Molly widersprach nicht. Sie rannten über die Straße in den Schutz des Gehölzes. Pamela voran, liefen sie über den versteckten Pfad, bis sie sich gegenüber dem Park Cottage befanden, von dem sie nur noch der Bach trennte. Ein schmaler Steg führte hinüber, und die Straße sah verlassen aus.

„Also los", sagte Pamela. „Nichts wie rüber."

Molly ergriff ihren Arm. „Ich hab's mir anders überlegt. Du versuchst es hier. Ich hole mein Pferd und versuch's woanders. Doppelt genäht hält besser."

Pamela nickte. „Das ist gut." Sie küßte Molly spontan auf die Wange. „Aber sieh dich vor. Die sind zu allem entschlossen."

Molly machte kehrt und lief den Weg zurück zum Pfarrhaus. O Devlin, dachte sie, hoffentlich ziehen sie dir das Fell über die Ohren. Bis sie bei ihrem Pferd war, liefen ihr die Tränen, langsam, traurig und unvorstellbar schmerzlich, die Wangen hinunter.

ALs Pamela hinters Haus kam, stand Joanna Greys Wagen draußen, und der Zündschlüssel steckte. Sie wollte einsteigen, als sie eine entrüstete Stimme hörte. „Pamela, was in aller Welt machen Sie denn da?"

Joanna Grey stand an der Hintertür. Pamela lief zu ihr. „Entschuldigen Sie, Mrs. Grey, aber es ist etwas ganz Schreckliches passiert. Dieser Colonel mit seinen Leuten, die im Dorf üben, sind gar nicht vom SAS. Es sind deutsche Fallschirmjäger, die Churchill entführen wollen."

Joanna Grey zog sie in die Küche. Patch strich wedelnd um ihre Beine herum. „Jetzt beruhigen Sie sich mal", sagte Joanna. „Das ist ja nun wirklich eine völlig unglaubliche Geschichte." Sie drehte sich zur Tür um, wo ihr Mantel hing, griff in die Tasche und holte ihre 08 heraus. „Sie waren sehr fleißig, Pamela." Sie griff hinter sich und öffnete die Kellertür. „Da geht's hinunter."

Pamela war wie vom Donner gerührt. „Mrs. Grey, ich verstehe nicht . . ."

„Und ich habe keine Zeit für Erklärungen. Wir stehen einfach auf verschiedenen Seiten, das genügt. Jetzt runter hier. Ich habe keine Hemmungen, zu schießen, wenn es sein muß."

Pamela ging hinunter. Patch sprang vor ihr her, und Joanna folgte. Unten knipste sie ein Licht an und öffnete die Tür zu einem dunklen Lagerraum voller Gerümpel. „Da hinein."

Patch, der seine Herrin umkreiste, geriet ihr zwischen die Füße. Joanna taumelte gegen die Wand. Pamela versetzte ihr einen kräftigen Stoß, der sie durch die Tür fliegen ließ. Im Fallen drückte Joanna Grey ab. Pamela war von dem Blitz halb geblendet, und etwas berührte ihren Kopf wie ein weißglühender Schürhaken, aber sie konnte die Tür zuschlagen und verriegeln.

Pamela wußte nicht, ob alles Wirklichkeit oder Traum war, als sie in die Küche hinaufstolperte und zum Wagen lief. Immer noch ganz benommen, setzte sie sich ins Auto und fuhr zum Hof hinaus.

Steiner, der sich auf dem Weg zum Park Cottage befand, sah den Wagen fortfahren und nahm an, Joanna Grey säße am Steuer. Er fluchte leise und ging zur Brücke zurück, wo er den Jeep mit Briegel und Klugl zurückgelassen hatte. Im selben Augenblick kam der Bedford mit Neumann auf dem Trittbrett wieder von der Kirche zurück. Neumann sprang ab. „Siebenundzwanzig Leute sind jetzt in der Kirche, Herr Oberstleutnant."

„Zehn Kinder sind in einem Erntelager", sagte Steiner. „Devlin schätzt die Gesamtbevölkerung auf siebenundvierzig. Wenn wir Turner in der Telefonvermittlung und Mrs. Grey mitrechnen, bleiben noch acht, die auf kurz oder lang irgendwo auftauchen müssen." Steiner erwähnte, daß er Mrs. Grey habe fortfahren sehen.

„Vielleicht will sie zu Devlin."

„Das wäre möglich. Wir müssen ihm sowieso noch Bescheid sagen, was hier los ist." Er klatschte sich mit dem Stöckchen in die Hand.

In diesem Augenblick splitterte Glas, und ein Stuhl kam durch das Fenster von Turners Laden geflogen. Steiner und Neumann zogen ihre Pistolen und rannten über die Straße.

ZEHNTES KAPITEL

ARTHUR SEYMOUR hatte fast den ganzen Tag Bäume gefällt. Mrs. Turner hatte erst heute morgen einen Sack Brennholz bei ihm bestellt. Jetzt stieß er Turners Küchentür auf und ging hinein, den Sack Brennholz auf der Schulter – und stand Auge in Auge mit Dinter und Berg, die dasaßen und Kaffee tranken. „He, was ist denn hier los?" fragte er.

Dinter, der seine Sten-Maschinenpistole vor der Brust hängen hatte, richtete die Mündung auf ihn. In diesem Augenblick kam Preston durch die andere Tür herein. Die Hände in den Hüften, blieb er stehen und musterte Seymour von oben bis unten. „Meine Güte", sagte er. „Ein richtiger Affe auf zwei Beinen."

Etwas regte sich in Seymours dunklen, wütenden Augen. „Paß auf, was du sagst, Bürschchen."

„Ich rede, wie ich will. Los, bringt ihn zu den andern."

Preston wollte wieder in die Poststelle zurückgehen, da schleuderte Seymour den Sack Holz gegen Dinter und Berg und stürzte sich auf Preston, einen Arm um seinen Hals, ein Knie in seinem Rücken. Berg sprang auf und stieß Seymour den Kolben seines M 1 in die Nieren. Der Hüne schrie vor Schmerzen auf, ließ Preston los und sprang Berg mit solcher Wucht an, daß beide durch die offene Tür zum Laden flogen und ein Schaukasten unter ihnen zusammenbrach.

Berg verlor sein Gewehr, aber er konnte sich aufrappeln und zurückweichen, als Seymour sich erneut auf ihn stürzen wollte. Er bekam einen Stuhl zu fassen, aber den schlug Seymour im Flug zur Seite, und er flog durchs Schaufenster auf die Straße hinaus. Berg zog sein Bajonett, und Seymour duckte sich. In diesem Augenblick kam Preston von hinten, Bergs Gewehr in der Hand, und hieb Seymour den Kolben auf den Hinterkopf. Der Hüne griff nach Halt und riß ein Regal um, das ihn mitsamt den darauf befindlichen Waren unter sich begrub, als er hinter dem Ladentisch zu Boden glitt.

Steiner und Neumann stürmten in diesem Moment den Laden, die Pistolen schußbereit. Ihren Blicken bot sich ein Chaos. Dinter erschien leicht schwankend in der Küchentür, ein Blutrinnsal auf der Stirn. Der alte Mr. Turner stand mit Tränen in den Augen in der Nebentür zum Postzimmer. „Und wer soll mir das jetzt alles bezahlen?"

„Schick die Rechnung an Churchill", sagte Preston grob.

Der alte Mann sank mutlos auf einen Stuhl, und Steiner sagte: „Also, Preston, ich brauche Sie jetzt hier nicht mehr. Ich schicke Altmann rein, damit er die Vermittlung besetzt. Sie gehen zur Kirche und nehmen den Vogel da hinter dem Ladentisch mit. Lösen Sie Brandt ab. Sagen Sie ihm, er soll sich hier bei Oberleutnant Neumann melden."

Preston gab Seymour einen Tritt in den Hintern und zerrte ihn auf die Beine. „Komm mit, Gorilla."

IN DER Kirche saßen die verängstigten Dorfbewohner wie befohlen auf den Kirchenbänken und sprachen leise miteinander. Vereker ging zwischen ihnen herum und versuchte Trost zu spenden, wo er konnte. Unteroffizier Becker hielt bei der Kanzel Wache, die Sten in den Händen, Gefreiter Jansen stand an der Tür.

Nachdem Brandt fort war, fand Preston unterm Glockenturm ein Stück Seil, mit dem er Seymour an Händen und Füßen fesselte, dann schleifte er ihn mit dem Gesicht nach unten in die Marienkapelle. Die Leute stöhnten entsetzt auf, besonders die Frauen. Vereker humpelte hin und packte Preston bei der Schulter. „Lassen Sie den Mann in Ruhe."

„Mann?" Preston lachte ihm ins Gesicht. „Das ist doch kein Mann, das ist ein Stück Dreck." Vereker beugte sich zu Seymour, aber Preston stieß ihn zurück und zog seine Pistole.

Eine Frau unterdrückte einen Schrei. Preston hob die Waffe. Gelähmte Stille. Vereker bekreuzigte sich, und Preston lachte wieder und ließ die Pistole sinken. „Das wird Ihnen bestimmt viel nützen."

„Was sind Sie für ein Mensch?" fragte Vereker.

„Eine ganz besondere Sorte", sagte Preston. „Die besten Kämpfer, die es je auf der Welt gegeben hat. Waffen-SS, in der ich die Ehre habe, den Rang eines Untersturmführers zu bekleiden." Er ging den Mittelgang hinauf, drehte sich um und zog die Springerjacke aus, unter der seine Uniform zum Vorschein kam.

Neben George Wilde saß Laker Armsby. Er war es, der sagte: „He, der hat ja 'ne englische Flagge am Ärmel."

Vereker zog die Stirn in Falten, und Preston zeigte seinen Arm. „Ja, stimmt genau. Seht mal das Abzeichen an – britisches Freikorps. Kapiert ihr noch immer nicht? Ich bin Engländer wie ihr, nur daß ich auf der richtigen Seite stehe."

George Wilde kam von seinem Platz, blieb vor Preston stehen und sah ihn an. „Die Deutschen müssen's ja verdammt nötig haben, denn so was wie dich können sie nur auf dem Misthaufen gefunden haben."

Preston schoß ihm ins Gesicht. Während Wilde blutend rückwärts taumelte, brach die Hölle los. Frauen kreischten. Preston gab einen Schuß in die Decke ab. „Jeder bleibt auf seinem Platz!"

Es herrschte gespenstische Stille; Vereker ließ sich unsicher auf ein Knie nieder und untersuchte Wilde, der stöhnte und den Kopf bewegte. Betty Wilde kam mit ihrem Sohn angerannt und ließ sich neben ihrem Mann auf die Knie fallen. „Es ist nicht so schlimm, Betty", sagte Vereker. „Sehen Sie, die Kugel hat ihm nur die Wange aufgerissen."

Eben flog die Tür auf, und Neumann kam den Mittelgang heraufgerannt. „Was ist hier los?"

„Fragen Sie mal Ihren SS-Kollegen", sagte Vereker.

Neumann warf einen Blick zu Preston, dann kniete er neben Wilde nieder und untersuchte ihn. „Rühr ihn nicht an, du dreckiges deutsches Schwein!" sagte Betty.

Neumann stand auf und nahm sein Verbandpäckchen aus der Brusttasche. „Verbinden Sie ihn damit. Es ist nicht schlimm."

Wieder ging die Tür auf, und Joanna Grey kam hereingelaufen. „Herr Oberleutnant!" rief sie auf deutsch. „Wo ist Oberstleutnant Steiner?"

Ihr Gesicht war dreckverschmiert und ihre Hände schmutzig. Neumann ging ihr entgegen. „Er ist zu Devlin gefahren. Warum?"

„Joanna?" sagte Vereker. Seine Stimme klang verzweifelt.

Sie ignorierte ihn und sagte zu Neumann: „Ich weiß nicht, was hier vorgeht, aber vor ungefähr einer dreiviertel Stunde kreuzte Pamela Vereker bei mir auf und sagte, sie wisse alles. Sie wollte meinen Wagen haben, um nach Meltham House zu fahren und die Ranger zu alarmieren."

„Und was ist passiert?"

„Ich habe versucht, sie aufzuhalten, aber dabei hat sie mich in den

Keller gesperrt. Ich habe mich erst vor fünf Minuten befreien können. Was machen wir jetzt?"

Vereker faßte sie am Arm und drehte sie zu sich herum. „Heißt das, Sie sind eine von denen?"

„Ja", sagte sie unwirsch. „Und jetzt lassen Sie mich zufrieden. Ich habe zu tun." Sie wandte sich wieder Neumann zu.

„Aber wieso?" rief Vereker. „Sie sind doch Engländerin –"

„Engländerin?" fuhr sie ihn an. „Ich bin Burin, Sie Narr! Burin! Ich und Engländerin? Beleidigen Sie mich nicht!"

Entsetzen stand in den Gesichtern aller Dorfbewohner. Die Verzweiflung in Pfarrer Verekers Blick war unübersehbar. „Mein Gott", flüsterte er.

Neumann nahm Joanna Grey beim Arm. „Gehen Sie schnell zurück nach Hause. Setzen Sie sich mit Radl in Landsvoort in Verbindung. Halten Sie die Verbindung offen." Sie nickte und eilte hinaus.

HARRY KANE beaufsichtigte gerade eine Geländeübung im Wald hinter der Meltham Vale Farm, als er von Shafto den dringenden Befehl übermittelt bekam, sich sofort mit seiner Abteilung in Meltham House einzufinden.

Als er ankam, trafen aus den verschiedensten Richtungen auch noch andere Gruppen ein, die anderswo auf dem Gelände Dienst getan hatten. Hinten vom Wagenpark her hörte er das Dröhnen von Motoren. Ein paar Jeeps kamen in die Zufahrt gebogen und hielten vorm Haus.

Kane sprang die Treppe hinauf. Im Vorzimmer herrschte aufgeregtes Treiben. Master Sergeant Garvey ging vor der Tür zu Shaftos Zimmer auf und ab und zog nervös an einer Zigarette.

„Stimmt was nicht?" fragte Kane.

„Fragen Sie mich nicht, Sir. Ich weiß nur, daß vor einer Viertelstunde Ihre Freundin in heller Aufregung hierhergekommen ist und seitdem alles drunter und drüber geht."

Kane öffnete die Tür und ging hinaus. Shafto stand in Reithose und -stiefeln mit dem Rücken zu ihm am Schreibtisch. Als er herumfuhr, sah Kane, daß er seinen Colt mit dem Perlmuttgriff lud. Seine Augen blitzten. „Immer ran an den Feind, Major. So hab ich's gern."

Er nahm seinen Revolvergürtel, und Kane fragte: „Was ist denn los, Sir? Wo ist Miß Vereker?"

„In meinem Schlafzimmer. Mit einem bösen Schock und einer Beruhigungsspritze. Sie hat einen Streifschuß am Kopf." Shafto schnallte den Gürtel fest, das Pistolenhalfter tief unten an der Hüfte. Dann setzte er den Major mit ein paar kurzen Sätzen rasch ins Bild. „Nun, Major Kane, was meinen Sie?"

„Wir sollten das Kriegsministerium und das Wehrbereichskommando Ostengland benachrichtigen –"

Shafto unterbrach ihn. „Haben Sie eine Ahnung, wie lange ich bei diesen Schreibtischhengsten am Telefon sitzen würde?" Er ließ die Faust auf den Tisch sausen. „Verdammt noch mal, nein! Ich erledige diese Sauerkrautfresser selbst, und zwar an Ort und Stelle. Handle sofort!" Er lachte rauh. „Das ist Churchills persönliches Motto. Ich finde, er hat recht."

Jetzt begriff Kane. Für Shafto war das ein von den Göttern selbst gesandtes Himmelsgeschenk – nicht nur die Rettung seiner Karriere, sondern geradezu ihr Sprungbrett. Der Mann, der Churchill gerettet hatte! Eine Heldentat für die Geschichtsbücher.

„Sehen Sie, Sir", sagte Kane störrisch. „Das ist sicher das heißeste Eisen aller Zeiten. Wenn ich in allem Respekt darauf hinweisen dürfte – das britische Kriegsministerium wird nicht übermäßig erfreut –"

Shaftos Faust hieb wieder auf den Tisch. „Was ist nur in Sie gefahren! Es ist schon Viertel nach vier. Das heißt, daß der Premierminister schon ziemlich nah sein muß. Wir wissen, auf welcher Straße er kommt. Sie nehmen sich jetzt einen Jeep, fangen ihn ab und bringen ihn hierher. Nun ziehen Sie schon los, und nehmen Sie Master Sergeant Garvey mit."

Als Kane die Tür öffnete, hörte er Shafto sagen: „Schicken Sie mir Captain Mallory her, aber dalli."

ZEHN Minuten später jagten acht Jeeps, vollbesetzt mit vierzig Mann unter dem Kommando Colonel Shaftos und Captain Mallorys, heulend die Zufahrt hinunter und durch das wuchtige Vordertor. Nach ein paar hundert Metern gab Shafto, der im vordersten Jeep saß, das Zeichen zum Anhalten und befahl seinem Fahrer, an den nächsten Telefonmast heranzufahren. Er drehte sich zu Sergeant Hustler auf dem Rücksitz um. „Geben Sie mir mal die Thompson da."

Hustler reichte ihm die Maschinenpistole hinüber. Shafto lud durch,

entsicherte, zielte und zerschoß den oberen Teil des Mastes in kleine
Splitter. Die Drähte rissen und sausten wie Peitschenschnüre durch
die Luft. Shafto gab Hustler die Thompson zurück.

„Schätze, damit wäre Telefongesprächen von Unbefugten für eine
Weile ein Riegel vorgeschoben." Er klatschte mit der Hand auf die
Seitenwand des Fahrzeuges. „Los, ab geht die Post!"

MASTER SERGEANT GARVEY, neben sich Major Kane, fuhr wie ein
Besessener. Aber auch so hätten sie ihr Ziel beinahe noch verpaßt,
denn als sie den letzten Streckenabschnitt vor der Einmündung auf
die Walsingham-Straße erreichten, sahen sie den kleinen Konvoi vor-
überflitzen – zwei Militärpolizisten auf Motorrädern, dann zwei Li-
mousinen und wieder zwei Polizisten am Schluß. „Das ist er!" rief
Kane.

Der Jeep bog schleudernd auf die Hauptstraße ein, und Garvey trat
das Gaspedal durch. Als sie sich dem Konvoi näherten, versuchte einer
der hinten fahrenden Polizisten sie zurückzuwinken.

Kane sagte: „Sergeant, scheren Sie aus, und überholen Sie, und
wenn die nicht anhalten wollen, haben Sie meine Erlaubnis, den
vordersten Wagen zu rammen."

Garvey grinste. „Wenn das schiefgeht, Major, landen wir im Bau,
bevor wir wissen, wieviel Uhr es ist." Er scherte aus, zog an den
Motorradfahrern vorbei und setzte sich neben den hinteren Wagen.
Kane sah nicht viel von dem Mann auf dem Rücksitz, weil die Sei-
tenvorhänge zugezogen waren. Der Fahrer in dunkelblauer Chauffeurs-
uniform schaute erschrocken zur Seite, und der graugekleidete Herr
auf dem Beifahrersitz zog einen Revolver.

„Versuchen Sie's beim nächsten", befahl Kane, und Garvey setzte
sich neben den ersten Wagen und drückte auf die Hupe.

Vier Mann saßen in diesem Wagen, davon zwei in Soldatenuni-
form. Einer drehte sich erschrocken um, und Kane blickte in das Gesicht Sir Henry Willoughbys. Beide erkannten sich augenblicklich,
und Kane schrie Garvey zu: „Los, ziehen Sie vor. Ich glaube, die
werden jetzt halten."

Garvey gab Gas und überholte die Militärpolizisten an der Spitze
des Konvois. Eine Hupe ertönte, und als Kane sich umsah, fuhr
der Konvoi an die Straßenseite und hielt. Garvey bremste, und Kane
sprang aus dem Wagen und lief zurück.

Die Polizisten hielten ihre Maschinenpistolen auf ihn gerichtet, und der Mann im grauen Anzug war aus dem hinteren Wagen ausgestiegen und hatte den Revolver in der Hand.

Aus dem ersten Wagen stieg ein Oberst, dann Sir Henry. Der Oberst salutierte und sagte: „Mein Name ist Corcoran, Sicherheitsdienst Ostengland. Würden Sie uns bitte sagen, was das soll, Major?"

„Der Premierminister darf nicht nach Studley Grange. Das Dorf ist von deutschen Fallschirmjägern eingenommen –"

„Großer Gott!" unterbrach Sir Henry. „Was für ein Unsinn!"

Corcoran winkte ihm, still zu sein. „Können Sie das irgendwie belegen, Major?"

„Was muß denn erst passieren, damit ihr einem was glaubt?" rief Kane. „Hört denn hier keiner zu?"

Eine Stimme von hinten, eine Stimme, die ihm sehr bekannt vorkam, sagte: „Doch, ich, junger Mann. Sagen Sie es mir."

Harry Kane drehte sich langsam um, bückte sich zum Fenster hinunter und befand sich Auge in Auge mit dem großen Mann persönlich.

ALS Steiner beim Cottage am Hobs End eintraf, kam Devlin gerade mit der Norton von den Deichen zurück. Er bog in den Hof ein, stellte das Motorrad ab und schob die Brille hoch.

Nachdem Steiner ihm alles berichtet hatte, grinste Devlin. „Eins weiß ich. Bis heute abend um neun habe ich meine Fingernägel abgekaut."

Steiner sprang in den Jeep. „Ich bleibe in Verbindung."

Im Wald gegenüber der Straße stand Molly neben ihrem Pferd und beobachtete, wie Steiner wieder losfuhr und Devlin die Hüttentür aufschloß.

Sie hatte ihn zur Rede stellen wollen, erfüllt von der verzweifelten Hoffnung, selbst jetzt könne sie noch im Irrtum sein, aber der Anblick Steiners und seiner zwei Soldaten im Jeep machte diese Hoffnung endgültig zunichte.

KNAPP einen Kilometer vor Studley Constable ließ Shafto die Kolonne halten und erteilte seine Befehle. „Captain Mallory, Sie nehmen drei Jeeps und fünfzehn Mann, fahren querfeldein zum Südende des Dorfes und schlagen einen Kreis, bis Sie an die Straße nach

Studley Grange gleich unterhalb der Wassermühle kommen. Sergeant Hustler, sowie wir an den Dorfrand kommen, steigen Sie aus, nehmen sich ein Dutzend Leute und begeben sich zu Fuß durch den Hawks Wood zur Kirche. Die übrigen bleiben bei mir. Wir sperren die Straße beim Haus dieser Grey ab."

Stille trat ein. Es war Sergeant Hustler, der sie schließlich brach. „Wenn Sie den Einwand gestatten, Colonel, aber wäre nicht erst mal eine Erkundung angebracht?" Er bemühte sich um ein Lächeln. „Ich meine, nach allem, was wir hören, sind diese Deutschen nicht eben alte Tanten."

„Hustler", sagte Shafto kalt. „Wenn Sie noch einmal einen Befehl von mir in Frage stellen, degradiere ich Sie so schnell zum Schützen, daß Sie nicht mehr wissen, wie Sie heißen." Ein Muskel zuckte in seiner linken Wange. „Hat denn hier überhaupt niemand ein bißchen Mumm?"

„Doch, natürlich, Sir", antwortete Mallory. „Wir stehen völlig hinter Ihnen."

„Das ist auch besser so", sagte Shafto. „Denn ich gehe da jetzt allein mit der Parlamentärsflagge hin."

„Sie meinen, Sie wollen sie zur Kapitulation auffordern?"

„Aber kreuzweise, Captain, von wegen Kapitulation. Während ich mit denen rede, werden Sie und die anderen in Stellung gehen, und dafür haben Sie genau zehn Minuten."

DEVLIN war hungrig. Er wärmte sich ein wenig Suppe auf, briet sich ein Spiegelei und tat es zwischen zwei dicke Schnitten von Mollys selbstgebackenem Brot. Er saß auf dem Stuhl beim Feuer und aß, als die Tür aufflog und sie dastand. „Ah, da bist du ja", meinte er gut gelaunt. „Ich wollte nur schnell was essen, bevor ich mich zu dir auf den Weg machte."

„Du Dreckschwein!" sagte sie. „Du hast mich nur benutzt."

Sie stürzte sich auf ihn und wollte ihm mit den Fingernägeln ins Gesicht. Er packte sie bei den Handgelenken und versuchte sie festzuhalten. „Na, was ist denn?" fragte er. Aber im Innersten wußte er es.

„Ich weiß alles. Er heißt nicht Carter, sondern Steiner – und er und seine Leute sind verdammte Deutsche, und sie wollen Churchill holen. Und wie heißt du? Auch nicht Devlin, das ist mir klar."

Er stieß sie von sich. „Nein, Molly, ich heiße anders. Und du warst auch nicht eingeplant, mein Schatz. Das war Schicksal."

„Du verdammter Verräter!"

Er sagte aufgebracht: „Molly, ich bin Ire! Ich bin so verschieden von dir wie ein Deutscher von einem Franzosen. Ich bin Soldat der Irisch-Republikanischen Armee."

Sie hatte das Bedürfnis, ihm weh zu tun. „Jedenfalls ist Freund Steiner ja erledigt – oder wenigstens bald. Und du als nächster."

„Wovon redest du?"

„Pamela Vereker ist nach Meltham House gefahren, die amerikanischen Ranger holen."

Er packte sie bei den Armen und schüttelte sie grob. „Wie lange ist das her? Sag's mir, los!"

„Ich würde sagen, sie müßten inzwischen hier sein. Du kannst also nur noch wegrennen."

Er ließ sie los und sagte mutlos: „Das wäre wahrscheinlich auch das vernünftigste. Aber von der Sorte war ich noch nie."

Er setzte Mütze und Motorradbrille auf und zog den Regenmantel an. Dann ging er zum Kamin hinüber und fuhr mit der Hand unter einen Stoß alter Zeitungen. Dort waren die beiden Handgranaten versteckt, die Neumann ihm gegeben hatte. Jetzt steckte er sie behutsam unter den Regenmantel. Die Mauser steckte er in die rechte Manteltasche, und den Tragriemen der Sten verlängerte er bis auf Hüfthöhe, so daß er notfalls mit einer Hand schießen konnte. Schließlich vergewisserte er sich, daß die Walther noch dort hing, wo er sie immer aufbewahrte, nämlich hinter der Kaminverkleidung.

„Was hast du eigentlich vor?" fragte Molly.

„Mich ins Tal des Todes zu begeben, Molly. Oder hast du gedacht, ich lasse Steiner in der Tinte sitzen?"

„Du kannst da nicht hin!" Panik klang jetzt aus ihrer Stimme. „Liam, du hast nicht die kleinste Chance." Sie versuchte ihn am Arm festzuhalten.

„Aber ich muß, mein Schatz." Er küßte sie auf den Mund, dann schob er sie energisch aus dem Weg. An der Tür drehte er sich um. „Falls du noch Wert darauf legst, ich habe dir einen Brief geschrieben. Er liegt auf dem Kaminsims."

Die Tür schlug zu. Irgendwo in einer anderen Welt entfernte sich Motorenlärm. Sie fand den Brief und öffnete ihn wie im Fieber.

Meine liebste, einzige Molly,
ich bin nach Norfolk gekommen, um einen Auftrag zu erledigen,
nicht um mich zum ersten und letzten Mal in meinem Leben in ein
häßliches kleines Bauernmädchen zu verlieben, das es hätte besser
wissen müssen. Inzwischen wirst du das Schlimmste über mich erfahren haben, aber versuche nicht daran zu denken. Dich verlassen zu
müssen ist Strafe genug. Wie man in Irland sagt: Wir haben die zwei
Tage gelebt.   Liam

Tränen ließen die Worte verschwimmen. Sie stopfte den Brief in
die Tasche und stolperte nach draußen. Mühsam stieg sie auf ihr
Pferd und jagte es im Galopp ins Dorf.

BRANDT saß auf der Brückenmauer und zündete sich eine Zigarette
an. „Also, was sollen wir machen? Türmen?"

„Wohin denn?" Neumann, der eben von seiner Begegnung mit
Joanna Grey in der Kirche kam, sah auf die Uhr. „Zwanzig vor fünf.
Gegen halb sieben dürfte es dunkel sein. Wenn wir bis dahin durch-
halten, können wir uns vielleicht in Grüppchen zu zwei oder drei
absetzen und uns zum Hobs End durchschlagen. Vielleicht erreichen
ein paar von uns sogar das Schnellboot."

„Der Oberstleutnant könnte etwas anderes vorhaben", meinte
Altmann.

Brandt nickte. „Aber er ist nicht da. Ich hielte es also für ratsam,
wir bereiten uns zunächst mal auf einen Kampf vor."

Neumann sagte: „Und kämpfen werden wir nur als deutsche Soldaten." Er nahm das braune Käppi ab und zog den Tarnanzug aus,
unter dem die Fliegerbluse zum Vorschein kam. Er zog sein Schiffchen aus der Hüfttasche und setzte es im vorschriftsmäßigen Winkel
auf den Kopf. „So", sagte er zu Altmann und Brandt. „Sie beide
begeben sich jetzt besser auf Ihre Posten."

Neumann versuchte Steiner über Funk zu erreichen. „Adler eins,
hier Adler zwei, bitte melden." Keine Antwort. Er gab das Gerät
Hagl zurück, der hinter der Brückenmauer in Deckung lag. Die Mündung seiner Bren schaute aus einem Abflußrohr hervor. Neben sich
hatte er Munition aufgestapelt.

Hagl horchte auf. „Ich höre einen Jeep."

Das Fahrzeug kam um die Ecke beim Park Cottage gebogen. An
der Funkantenne flatterte ein weißes Taschentuch. Nur ein Mann

saß darin. Neumann trat vor und wartete, die Hände in den Hüften.

Shafto nahm eine Zigarre aus der Hemdtasche und steckte sie zwischen die Zähne. Er zündete sie bedächtig an, dann stieg er aus dem Jeep. Zwei Schritte vor Neumann blieb er breitbeinig stehen und musterte ihn von oben bis unten.

Neumann erkannte seine Rangabzeichen und salutierte förmlich. „Colonel?"

Shafto erwiderte den Gruß. Sein Blick glitt über die Uniform mit ihren Orden. „Nanu, kein Versteckspiel mehr, Herr Oberleutnant? Sagen Sie Steiner, daß Colonel Robert E. Shafto, Kommandeur des Einundzwanzigsten Spezialkommandos, ihn sprechen möchte."

„Ich führe hier zur Zeit das Kommando, Colonel. Sie müssen mit mir vorliebnehmen."

Shaftos Blick fiel auf die Gewehrmündung, die aus der Brückenmauer ragte, wanderte zur Poststelle und weiter zum zweiten Stock des Studley Arms, wo zwei Schlafzimmerfenster offenstanden. Neumann fragte höflich: „Gibt es noch etwas, Colonel?"

„Ist Steiner Ihnen durchgebrannt?" Neumann antwortete nicht. „Also gut, mein Sohn. Wenn ich meine Jungs erst herbeiholen muß, überleben Sie die nächsten zehn Minuten nicht. Sie sollten lieber das Handtuch werfen."

„Bedaure, ich habe vergessen, eins einzupacken."

„Zehn Minuten, mehr gebe ich euch nicht. Dann kommen wir."

„Ich gebe Ihnen zwei Minuten, von hier zu verschwinden", sagte Neumann. Man hörte das metallische Klicken von Waffen, die gespannt wurden.

Shafto sah zu den Fenstern. „Na gut, ihr wollt's nicht anders."

Er trat betulich die Zigarre auf dem Boden aus und ging zum Jeep zurück. Im Wegfahren griff er nach dem Mikrophon des Feldfunkgeräts. „Hier Sugar one. Noch zwanzig Sekunden. Neunzehn, achtzehn, siebzehn . . ." Bei zwölf kam er am Park Cottage vorbei, und bei zehn verschwand er um die Straßenbiegung.

Joanna Grey, die das Ganze von ihrem Schlafzimmerfenster aus beobachtet hatte, ging in ihr Arbeitszimmer, öffnete die Tür zu dem geheimen Dachkämmerchen und schloß hinter sich ab. Sie ging die Stufen hinauf, setzte sich ans Funkgerät, nahm die 08-Pistole aus der Schublade und legte sie auf den Tisch. Sie hatte nicht die mindeste Angst.

DER vorderste Jeep in Shaftos Gruppe bog brausend um die Ecke in die Gerade ein. Zwei Mann saßen vorn, zwei standen hinten zur Bedienung des MGs. Als die Ranger das Cottage neben dem von Joanna Grey passierten, standen Dinter und Berg gleichzeitig auf. Dinter hatte ein leichtes Bren-Maschinengewehr auf der Schulter liegen, und Berg besorgte das Schießen. Er gab einen langen Feuerstoß ab, der die beiden Männer an dem Browning-MG von den Füßen riß. Der Jeep machte einen Satz über das Grasbankett und landete kopfüber im Bach. Der nächste Jeep geriet wild ins Schleudern. Berg schoß weiter in kurzen Feuerstößen, riß einen von der amerikanischen MG-Bedienung aus dem Wagen und schoß die Windschutzscheibe kaputt, bevor der Jeep sich um die Biegung in Sicherheit brachte.

Bei Stalingrad hatten Dinter und Berg gelernt, daß die Überlebenschance in solchen Situationen darin besteht, schnell zu schießen und sich dann noch schneller zu verziehen. Also traten sie unverzüglich durch ein schmiedeeisernes Tor in der Mauer den Rückzug an und setzten sich zur Poststelle ab.

Shafto, der das Debakel von einer Erhöhung im weiter hinten gelegenen Gebüsch beobachtet hatte, knirschte vor Wut mit den Zähnen. Der soeben beschossene Jeep fuhr an den Straßenrand, und ein Sergeant war dabei, dem Fahrer einen Verband aufs Gesicht zu legen. Shafto schrie: „Verdammt und zugenäht, Sergeant Thomas, was spielen Sie da rum? Schnappen Sie sich drei Mann zu Fuß und heben Sie das MG aus!"

Krukowski hinter ihm schrak zusammen. Vor fünf Minuten waren wir noch dreizehn, dachte er. Jetzt sind wir nur noch neun. Was denkt er sich nur dabei?

Von der anderen Dorfseite her war starkes Feuer zu vernehmen. Shafto schnippte mit den Fingern, und Krukowski reichte ihm das Funkgerät. „Captain Mallory, hören Sie mich? Was ist bei Ihnen los?"

„Die Deutschen haben in der Mühle Stützpunkt bezogen. Sie haben meinen vordersten Jeep außer Gefecht gesetzt. Ich habe schon vier Mann verloren."

„Dann verlieren Sie noch ein paar!" brüllte Shafto ins Funkgerät. „Sie müssen da rein, Mallory. Räuchern Sie sie aus. Koste es, was es wolle." Das Feuer war jetzt sehr heftig, als Shafto zur dritten Gruppe Verbindung aufnahm. „Hören Sie, Sergeant Hustler?"

„Hier Hustler, Colonel." Die Stimme klang schwach.

„Ich hatte Sie inzwischen auf dem Hügel bei der Kirche erwartet."

„Schwieriges Gelände, Colonel. Wir sind in einer sumpfigen Wiese steckengeblieben. Nähern uns gerade erst dem Südostzipfel von diesem Gehölz, dem Hawks Wood."

„Los, angreifen!" Er gab Krukowski den Apparat zurück, gerade als Sergeant Thomas mit seinen drei Mann zurückkam.

„Nichts zu melden, Colonel. Nur das hier." Thomas hielt ihm eine Handvoll Patronenhülsen hin.

Shafto schlug ihm heftig auf die Hand, daß die Hülsen durch die Gegend flogen. „Also, zwei Jeeps vor, je zwei Mann am MG. Legt die Brücke unter Beschuß. Ich will, daß da kein Grashalm mehr stehenbleibt."

„Aber Colonel –", begann Thomas.

„Und jagt die Poststelle neben der Brücke hoch. Krukowski bleibt bei mir." Shafto klatschte mit der Hand auf den nächststehenden Jeep. „Los geht's!"

BRANDT hatte Unteroffizier Walther, Meyer und Riedel bei sich in der Mühle. Sie war ideal zu verteidigen: die alten Steinmauern waren fast einen Meter dick, und die Eichentüren unten waren versperrt und verriegelt. Von den Fenstern im Obergeschoß aus hatte man ein hervorragendes Schußfeld, und dort hatte Brandt ein Bren-MG aufgestellt.

Unten blockierte ein brennender Jeep die Straße; ein Mann lag drinnen, zwei verrenkt daneben im Graben. Aus dem Schutz der Hecken heraus legten die Amerikaner die Mauern der Mühle unter Feuer, ohne viel zu erreichen.

„Ich weiß ja nicht, wer da unten das Kommando führt", meinte Unteroffizier Walther, während er seine M 1 nachlud, „aber verstehen tut er nichts von dem Geschäft."

Brandt hob die Hand. „Feuer einstellen."

„Warum?" fragte Walther.

„Weil die andern nicht mehr schießen." Es herrschte tödliche Stille, und Brandt sagte leise: „Ich weiß nicht, ob ich das glauben soll, aber macht euch mal fertig."

Sekunden später kamen unter lautem Kriegsgeschrei Captain Mallory und acht bis neun Mann aus der Deckung gestürmt und auf die Mühle zugerannt, aus der Hüfte schießend. Obwohl sie von den beiden zurückgebliebenen Jeeps Feuerschutz bekamen, war soviel Dummheit kaum zu fassen.

Brandt gab einen langen, fast genüßlichen Feuerstoß ab und tötete Mallory auf der Stelle. Drei weitere fielen unter dem gleichzeitig einsetzenden Feuerüberfall der Deutschen. Einer der Amerikaner konnte sich noch hochrappeln und in den Schutz einer Hecke taumeln, während die Überlebenden sich zurückzogen.

In der darauf eintretenden Stille griff Brandt nach einer Zigarette. „Ich habe sieben gezählt. Acht, wenn man den hinter der Hecke mitzählt."

„Reiner Selbstmord", sagte Walther. „Dabei brauchten die nur abzuwarten."

MAJOR KANE und Colonel Corcoran saßen in einem Jeep zweihundert Meter vom Haupteingangstor zum Meltham House entfernt und betrachteten den zerschossenen Telefonmast. „Großer Gott!" sagte Corcoran. „Was hat der Mann sich nur dabei gedacht?"

Kane hätte es ihm sagen können, verkniff es sich aber und sagte statt dessen: „Ich weiß es nicht, Colonel. Vielleicht glaubte er es aus Sicherheitsgründen tun zu müssen."

Ein Jeep kam zum Haupttor heraus und hielt bei ihnen an. Garvey saß am Steuer. „Wir haben eben eine Meldung über Funk bekommen. Krukowski spricht von einem heillosen Durcheinander da unten. Tote noch und noch."

„Und Shatto?"

„Krukowski war ziemlich hysterisch. Hat nur immer wieder gesagt, der Colonel führe sich auf wie ein Verrückter. Manches hörte sich ziemlich sinnlos an."

Kane sagte zu Corcoran: „Ich glaube, ich sollte hin." Er wandte sich an Garvey: „Was ist noch an Fahrzeugen da?"

„Ein Panzerspähwagen und drei Jeeps."

„Gut, die nehmen wir. Dazu zwanzig Mann. Bleiben fünfundzwanzig zum Schutz des Premierministers."

„Sechsundzwanzig mit mir", sagte Corcoran. „Das dürfte reichen."

ELFTES KAPITEL

ES WAREN noch zweieinhalb Kilometer bis zum Dorf, als Steiner das hartnäckige Summen des Funkgeräts bemerkte. Jemand mußte auf seiner Frequenz sein, aber die Entfernung war zu groß. „Schneller", sagte er zu Klugl. „Da muß was los sein."

Als sie noch anderthalb Kilometer entfernt waren, bestätigte das Rattern von Handfeuerwaffen in der Ferne seine schlimmsten Befürchtungen. Er machte seine Sten schußbereit und sagte zu Briegel: „Ich glaube, die Dinger werden wir benutzen müssen."

Sie kamen näher ans Dorf, und Steiner versuchte, mit dem Funkgerät durchzukommen, aber wieder erfolglos.

Augenblicke später erreichten sie die Höhe bei Garrowby Heath, dreihundert Meter westlich der Kirche, und vor ihnen breitete sich das ganze Panorama aus. Steiner hob das Fernglas an die Augen und sah die Überreste von Mallorys Trupp hinter der Poststelle und dem Wirtshaus; Neumann und Hagl saßen hinter der Brücke fest, in Schach gehalten von den Browning-MGs auf Shaftos Jeeps, die über Joanna Greys Gartenmauer feuerten. Briegel tippte ihm auf die Schulter. „Da unten, Herr Oberstleutnant, rechts im Wald. Soldaten."

Steiner schwenkte sein Fernglas herum. Sergeant Hustler und seine Leute waren auf halbem Wege durch Hawks Wood. Steiner faßte seinen Entschluß: „Jungs, von jetzt an sind wir wieder Fallschirmjäger."

Er warf sein Barett fort und zog die Tarnjacke aus. Klugl und Briegel folgten seinem Beispiel. Steiner sagte: „Da den Weg hinunter durch den Wald, über den Steg und dann ein Wörtchen mit diesen Jeeps. Das müßten Sie schaffen, Klugl, wenn Sie schnell genug fahren, und anschließend zu Oberleutnant Neumann an der Brücke." Er sah zu Briegel auf. „Und das Schießen nicht vergessen."

Steiners Jeep raste mit achtzig Sachen in das Wäldchen hinein, sprang über eine leichte Erhebung, und vor ihnen, keine zwanzig Meter entfernt, war Sergeant Hustler mit seinem Trupp wie auf eine Schnur gereiht. Briegel eröffnete das Feuer. Ein Vorderrad überrollte einen Toten, und dann waren sie hindurch und ließen Hustler und sieben seiner Leute sterbend hinter sich zurück. Der Jeep schoß wie ein Blitz aus dem Wald heraus, jagte geradewegs über den Steg und die Uferböschung hinauf auf die Straße.

Die Mannschaft des einen Jeeps hinter Joanna Greys Gartenmauer riß das MG zu spät herum; Briegel jagte einen Feuerstoß zur Mauer hinüber, der beide Soldaten von den Füßen riß. Aber die Mannschaft im anderen Jeep hatte zwei kostbare Sekunden Zeit zum Reagieren. Sie schwenkten das MG und feuerten schon, als Klugl auf die Brücke zuraste. Briegel gab noch einen kurzen Feuerstoß ab, der einen von ihnen erwischte, aber der andere schoß weiter. Kugeln prasselten gegen den Jeep der Deutschen und zerschmetterten die Windschutzscheibe. Klugl stieß einen spitzen Schrei aus und kippte vornüber aufs Steuer; der Jeep schleuderte, krachte gegen die Brückenmauer und kippte langsam die Böschung hinunter.

Klugl lag zusammengekrümmt im Schutz des Jeeps, und Briegel, das Gesicht blutig von den Glassplittern, beugte sich über ihn. Dann sah er mit wildem Blick zu Steiner auf.

„Er ist tot, Herr Oberstleutnant." Er ergriff eine Sten und wollte aufstehen.

Steiner zog ihn hinunter. „Reiß dich zusammen, Junge. Er ist tot, und du lebst. Bau das MG auf."

Briegel nickte stumpf. „Jawohl, Herr Oberstleutnant."

Neumann kam mit einem Bren-MG hinter der Brückenmauer hervorgekrochen. „Du hast da hinten ganz schön eingeheizt." Dann nickte er mit dem Kopf zu der Stelle, wo Hagls Stiefel hinter der Mauer hervorschauten. „Den hat's leider auch erwischt."

Steiner sagte: „Schon gut, wir sollten uns jetzt mal wieder sammeln. Wo stecken die alle?"

Neumann gab ihm einen raschen Überblick über die Lage. Steiner nickte. „Du holst Altmann und seine Leute, und ich versuche zu Brandt durchzukommen."

Briegel gab dem Oberleutnant mit dem MG Feuerschutz, als Neumann über die Straße sprang, und Steiner versuchte Brandt über Funk zu erreichen.

Im Obergeschoß der Mühle hatte Riedel während einer Feuerpause gerade das Funkgerät eingeschaltet. „Der Oberstleutnant", rief er Brandt zu, dann sagte er ins Gerät: „Hier Adler drei, in der Mühle. Wo sind Sie?"

„An der Brücke", sagte Steiner. „Wie sieht's bei euch aus?"

Riedel wandte sich an die andern. „Er ist an der Brücke. Verlaßt euch drauf, Steiner holt uns hier raus." Er kroch zu einer Luke in der Wand und stieß sie auf.

„Komm zurück!" schrie Brandt.

Riedel sah nach draußen. Er lachte aufgeregt und hielt sich das Funkgerät vor den Mund. „Ich sehe Sie, Herr Oberstleutnant, bei uns ist –"

Draußen ratterte eine Maschinenpistole los; Blut und Gehirn spritzten an die Wand, und Riedel fiel kopfüber vom Speicher, noch immer das Funkgerät in den Händen. Brandt warf sich an die Kante und schaute nach unten. Riedel war von oben aufs Mühlrad gefallen. Es drehte sich weiter und nahm ihn mit hinunter ins tosende Wasser. Bei der nächsten Umdrehung war Riedel verschwunden.

NEUMANN kam mit Altmann, Dinter und Berg aus der Poststelle. Binnen Sekunden hatten alle vier die Brückenmauer erreicht, und Steiner sagte: „Ich habe keine Verbindung mehr mit denen in der Mühle. Ihr andern versucht die Kirche zu erreichen. Wenn ihr euch dicht an die Hecke haltet, habt ihr gute Deckung. Oberleutnant Neumann, Sie haben das Kommando."

„Und Sie?"

„Ich gebe mit dem MG Feuerschutz, dann komme ich nach."

„Aber Herr Oberstleutnant –" begann Neumann.

Steiner schnitt ihm das Wort ab. „Kein Aber. Heute bin ich mit dem Heldenspielen dran. Jetzt haut ab."

Neumann zögerte, aber nur einen Sekundenbruchteil. Dann nickte er den andern zu. „Also, wenn ich das Kommando gebe, springen wir alle zugleich."

Augenblicke später rannten sie über die Straße in den Schutz der Hecke. Der Ranger hinter dem Browning-MG am anderen Dorfende sah sie zu spät, und in seiner Wut beharkte er die Hecke.

Berg und Dinter starben unter dem Kugelhagel, der durch das Laubwerk prasselte. Beide wurden in einem letzten wilden Tanz auf die Wiese geschleudert. Briegel drehte sich mit einem Aufschrei um, doch Altmann packte ihn an den Schultern und zerrte ihn hinter Neumann her.

SHAFTO, hinter sich Krukowski mit dem Sprechfunkgerät, kauerte im Schutz der Mauer in Joanna Greys Vorgarten. Die ungeheuerliche Nachricht, die einer der Überlebenden aus Hustlers Gruppe ihm soeben gebracht hatte, war über die Maßen erschütternd. In kaum mehr als einer halben Stunde hatte er über zwanzig Mann verloren, die tot oder verwundet waren – die Hälfte seines Kommandos. Die Konsequenzen waren nicht auszudenken.

Er blickte auf. Im selben Augenblick lauerte Joanna Grey hinter ihrem Schlafzimmervorhang hervor. Zu spät zog sie sich zurück. Aus Shaftos Kehle kam ein tiefes Grollen: „Dieses verdammte Frauenzimmer ist immer noch im Haus."

Er stand auf und zog seinen Colt. „Mitkommen, Krukowski", rief er und lief zur Haustür.

Joanna eilte zu ihrer Geheimtür, schloß sie hinter sich ab und lief schnell die Treppe zur Dachstube hinauf. Sie setzte sich ans Funkgerät und begann nach Landsvoort zu senden. Jetzt hörte sie unten Türen auffliegen und Möbel umstürzen, als Shafto das Haus durchstöberte. Sie hörte ihn schon ganz nah im Arbeitszimmer umherstampfen. Dann hörte sie seinen Wutschrei, als er das Zimmer wieder verließ.

Jetzt eine Stimme von unten: „He, Colonel, da war ein Hund im Keller eingesperrt. Jetzt rast er wie ein geölter Blitz nach oben."

Joanna griff nach der 08 und spannte sie, während sie weiter das Funkgerät bediente. Im Flur trat Shafto beiseite, als Patch an ihm vorbeihuschte. Er folgte dem Retriever ins Arbeitszimmer und sah ihn an der Wandtäfelung in der Ecke kratzen.

Shafto hatte das Schlüsselloch schnell gefunden. „Hier ist sie, Krukowski!" Wilde Freude klang aus seiner Stimme. „Ich hab sie!"

Er feuerte drei Schüsse auf das Schlüsselloch ab. Das Schloß zersprang, und die Tür flog auf, gerade als Krukowski das Arbeitszimmer betrat.

„Immer mit der Ruhe, Sir", warnte Krukowski.

„Zum Teufel mit der Ruhe!" Shafto stieg die Treppe hinauf, den Colt in der ausgestreckten Hand, während Patch an ihm vorbeiflitzte.

Als Shaftos Kopf über Fußbodenhöhe auftauchte, schoß Joanna Grey ihm eine Kugel zwischen die Augen. Er taumelte rückwärts ins Arbeitszimmer. Krukowski schob die Mündung seiner M 1 um die Ecke und feuerte das achtschüssige Magazin leer. Der Hund jaulte auf, man hörte einen Körper fallen, dann war Stille.

DEVLIN kam vor der Kirche zum Stehen, als Neumann, Altmann und Werner Briegel sich gerade zwischen Grabsteinen hindurch zum Kirchenportal zurückzogen. „Alles im Eimer", sagte Neumann. „Und der Oberstleutnant ist noch unten bei der Brücke."

Devlin sah zum Dorf hinunter, wo Steiner noch immer aus der Deckung des kaputten Jeeps heraus mit dem MG schoß. Neumann packte ihn am Arm. „Mein Gott, sehen Sie mal, was da kommt!"

Hinter Joanna Greys Cottage tauchten ein Panzerspähwagen und drei Jeeps auf. Devlin warf seinen Motor an. „Ich glaube, wenn ich jetzt nicht fahre, überlege ich mir's noch anders, und dabei kommt nichts Gutes raus."

Er sauste geradewegs den Hügel hinunter und bremste scharf hinter Steiner. Steiner sagte kein Wort. Er stand nur auf, das MG in beiden Händen, und leerte es in einem langen Feuerstoß, ehe er es fortwarf und sich auf das Motorrad schwang. Devlin ließ den Motor aufheulen, fegte über die Brücke und war wieder unterwegs den Hügel hinauf, als der Panzerspähwagen um die Ecke bei Joanna Greys Cottage bog.

Neumann und seine beiden Kameraden feuerten noch hinter den Grabsteinen hervor, als Devlin und Steiner den Schauplatz erreichten. Der Ire fuhr durch den Friedhofseingang und weiter den Pfad zur Kirche hinauf. Unteroffizier Becker hatte schon die Tür geöffnet. Als alle fünf drinnen waren, verschloß und verriegelte er sie wieder. Die Dorfbewohner saßen still und verängstigt zusammengedrängt.

Philip Vereker kam den Gang heruntergehumpelt und baute sich vor Devlin auf. „Noch so ein dreckiger Verräter!"

Devlin grinste. „Ach ja", meinte er. „Es ist doch schön, wieder unter Freunden zu sein."

IN DER Mühle war es still. „Mir gefällt das nicht", sagte Walther.

„Dir gefällt nie was", meinte Meyer stirnrunzelnd. „Was ist denn das da?"

Man hörte ein Fahrzeug näher kommen. Brandt versuchte durch den Zugang zum Getreidespeicher auf die Straße zu sehen und wurde augenblicklich beschossen. Er zog sich zurück.

Der Panzerspähwagen hatte mindestens siebzig Sachen drauf, als Garvey das Steuer herumriß und krachend durch das Mühlentor fuhr.

Kane stand hinter einem Fla-MG und jagte bereits die großkalibrigen Geschosse durch den Speicherboden, daß die Bohlen zersplitterten. Er hörte die Todesschreie, aber er schoß weiter, schwenkte das Fla-MG hin und her und hörte erst auf, als riesige Löcher in der Decke klafften.

Aus einem davon schaute eine blutige Hand hervor. Es war totenstill. Garvey ergriff eine MPi und stieg die Sprossen in der Ecke hinauf, kam aber unverzüglich wieder herunter. „Das war's, Major."

Kanes Gesicht war blaß. „Gut. Dann zur Kirche."

MOLLY kam gerade zur rechten Zeit bei Garrowby Heath an, um einen Jeep den Hügel hinauffahren zu sehen, an dessen Funkantenne ein weißes Taschentuch flatterte. Der Wagen blieb am Friedhofseingang stehen, und Kane und Garvey stiegen aus. Als sie über den Friedhof liefen, ging die Kirchentür auf, und Steiner trat vors Eingangsportal. Devlin lehnte hinter ihm an der Mauer und rauchte eine Zigarette. Harry Kane salutierte höflich. „Wir sind uns schon einmal begegnet, Colonel."

Steiner fragte ruhig: „Was wünschen Sie von mir?"

„Das liegt doch wohl auf der Hand. Ergeben Sie sich. Weiteres Blutvergießen hat keinen Sinn. Die Männer, die Sie in der Mühle gelassen haben, sind alle tot. Der Premierminister ist in Sicherheit und wird wohl nie wieder in seinem Leben unter so starker Bewachung stehen. Es ist aus."

Steiner nickte. Er war sehr blaß. „Ehrenvolle Bedingungen?"

Ehe Kane antworten konnte, drängte Vereker sich an Becker vorbei durch die Tür und kam herangehumpelt. „Keine Bedingungen!" schrie er laut, und es war wie ein Schrei zum Himmel. „Diese Männer sind in britischen Uniformen hierhergekommen –"

„Aber wir haben nicht darin gekämpft", unterbrach ihn Steiner. „Gekämpft haben wir nur als deutsche Soldaten. Das andere war eine zulässige Kriegslist."

„Und eine direkte Verletzung der Genfer Konventionen", antwortete Vereker. „Darin ist für das Tragen von Feinduniformen die Todesstrafe vorgesehen."

Steiner sah den Ausdruck in Kanes Gesicht und lächelte freundlich. „Keine Sorge, Major, Sie können nichts dafür. Das sind die Spielregeln." Er wandte sich an Vereker. „Nun, Herr Pfarrer, Ihr Gott scheint mir wirklich ein Gott des Zornes zu sein. Sie würden wahrscheinlich auf meinem Grab tanzen."

„Lassen Sie die Dorfbewohner abziehen?" fragte Kane.

Steiner blickte leicht belustigt drein. „Warum denn nicht? Dachten Sie, wir würden das ganze Dorf zu Geiseln nehmen oder die Frauen zum Schutz vor uns hertreiben? Die brutalen Hunnen? Bedaure, damit kann ich nicht dienen." Er drehte sich um. „Schicken Sie die Leute raus, Becker. Alle."

Die Tür ging auf, und die Dorfbewohner kamen nacheinander heraus. Als letzte kam Betty Wilde mit ihrem Sohn Graham, und Neumann stützte ihren Mann, der benommen und krank aussah. Garvey übernahm ihn, und Betty Wilde wandte sich an Neumann.

„Er kommt schon wieder hoch, Mrs. Wilde", sagte der junge Oberleutnant. „Es tut mir leid, was da drinnen geschehen ist, glauben Sie mir."

„Es war ja nicht Ihre Schuld", sagte sie. „Würden Sie mir sagen, wie Sie heißen?"

„Neumann", sagte er. „Walther Neumann."

„Danke. Es tut mir auch leid, was ich gesagt habe." Sie wandte sich an Steiner. „Und Ihnen und Ihren Soldaten möchte ich wegen Graham danken."

„Er ist ein tapferer Junge", sagte Steiner.

Der Junge sah zu ihm auf. „Warum bist du ein Deutscher?" fragte er. „Warum bist du nicht auf unserer Seite?"

Steiner lachte. „Bringen Sie ihn schnell hier weg, bevor er mich völlig verdirbt."

Sie nahm den Jungen bei der Hand und eilte fort.

Steiner wandte sich an Kane. „Nun, Major. Auf zum letzten Akt. Die Schlacht mag beginnen." Er salutierte und ging unters Portal zurück, wo Devlin noch stand. „Ich glaube, so lange habe ich Sie noch nie schweigen hören", sagte Steiner.

Devlin grinste. „Um die Wahrheit zu sagen, ich glaube, mir wäre nichts anderes eingefallen als *Hilfe*. Kann ich jetzt reingehen und ein bißchen beten?"

VON ihrem Beobachtungspunkt in der Heide aus konnte Molly sehen, wie Devlin mit Steiner in der Kirche verschwand, und ihr sank das Herz. Gott, dachte sie, ich muß etwas tun. In diesem Augenblick überquerte ein Dutzend Ranger aus dem Wald die Straße und arbeitete sich in den Pfarrgarten vor. Sie sah, wie der Sergeant an die Regenrinne sprang und sich hochzog, dann an den Efeuranken zum Dach emporkletterte. Einmal oben, entrollte er ein Seil und warf das eine Ende hinunter, worauf die anderen Ranger folgten. Molly, von einem neuen Willen erfaßt, schwang sich in den Sattel und lenkte ihr Pferd hinunter in den Wald hinterm Pfarrhaus.

Es WAR recht kalt in der Kirche. Nur ein paar flackernde Kerzen und der rötliche Schimmer des Ewigen Lichts durchdrangen die abendlichen Schatten. Sie waren noch zu acht, einschließlich Devlin – Steiner, Neumann, Briegel, Altmann, Jansen, Becker und Preston. Auch Arthur Seymour war noch da. Er hatte sich in der Dunkelheit der Marienkapelle in eine sitzende Stellung mit dem Rücken zur Wand bringen können und arbeitete nun an seinen Fesseln, die wilden Augen unverwandt auf Preston gerichtet.

Steiner stand im Gang seinen Leuten gegenüber. „Also, ich habe euch nichts außer einem neuen Gefecht anzubieten."

„Wie sollen wir denn kämpfen?" rief Preston. „Die da draußen haben alles, was sie brauchen. Wir können die Stellung hier keine zehn Minuten halten."

„Wir haben aber keine Wahl", sagte Steiner. „Wir sind durch das Tragen britischer Uniformen ein hohes Risiko eingegangen. Wenn schon eine Kugel, dann lieber gleich als später von einem Erschießungskommando."

„Ich verstehe sowieso nicht, worüber Sie sich so aufregen, Preston", sagte Neumann. „Die Engländer haben für Verräter noch nie viel übriggehabt. Die hängen Sie so hoch, daß nicht mal mehr die Krähen an Sie herankommen."

Preston ließ sich auf eine Bank sinken und legte den Kopf auf die Hände.

Die Orgel erwachte dröhnend zum Leben. Hans Altmann, hoch über dem Chorgestühl sitzend, rief: „Choralvorspiel ‚Für die Sterbenden', von Johann Sebastian Bach."

Als die Musik einsetzte, zerbarst eines der oberen Fenster hoch über dem Hauptschiff. Eine MPi-Garbe riß Altmann von der Orgel weg und schleuderte ihn hinunter ins Chorgestühl. Briegel fuhr herum, duckte sich und feuerte seine Sten ab. Ein Ranger kippte kopfüber durchs Fenster und landete zwischen zwei Kirchenbänken. Mehrere Oberlichter wurden eingeschlagen, und schweres Feuer prasselte in die Kirche herab. Werner Briegel wurde in den Kopf getroffen und fiel ohne Schrei.

Steiner kroch zu Briegel und drehte ihn um, dann lief er geduckt zum Chor hinauf und sah nach Altmann. Er kehrte zu den andern zurück, wo Devlin fragte: „Wie sieht's da oben aus?"

„Altmann und Briegel sind tot."

„Das reinste Blutbad", sagte Devlin. „Wir haben nicht die kleinste Chance. Neumann hat einen Treffer ins Bein bekommen, und Jansen ist tot."

Neumann lag auf dem Rücken und wickelte sich einen Verband um den Oberschenkel. Preston und Becker kauerten neben ihm.

„Wie geht's, Neumann?" fragte Steiner.

„Hier werden in Kürze die Verwundetenabzeichen knapp, Herr Oberstleutnant." Neumann grinste, aber er hatte offensichtlich starke Schmerzen.

Die Schießerei verstummte, und Garvey rief von oben: „Haben Sie bald genug, Colonel?"

Jetzt drehte Preston durch. Er sprang auf, verließ die Deckung und rannte zum Taufbecken. „Ja! Ich habe genug!"

„Schwein!" schrie Becker. Er sprang aus dem Schatten heraus und hieb Preston den Gewehrkolben über den Schädel. Garveys MPi ratterte los, und ihre kurzen Salven schleuderten Becker längelang durch den Vorhang am Fuß des Glockenturms. Becker klammerte sich im Sterben an die Glockenseile, als wollte er sich ans Leben selbst klammern, und irgendwo über ihm ertönte zum erstenmal seit 1939 wieder der sonore Klang einer Glocke.

Es war wieder still, und Garvey rief: „Fünf Minuten!"

Plötzlich war ein unheimliches Knarren zu hören, und Devlin, der die Augen anstrengte, sah jemanden im Eingang zur Sakristei stehen. Eine vertraute Stimme flüsterte: „Liam?"

„Das ist Molly", sagte er zu Steiner. „Himmel, wie kommt denn die hierher?" Er kroch dicht am Fußboden zu ihr hin und war gleich wieder zurück. „Kommt", sagte er, die Hand unter Neumanns Arm. „Die Kleine hat einen Fluchtweg für uns entdeckt."

Sie glitten durch den Schatten, Neumann zwischen sich, und kamen in die Sakristei. Molly wartete an der Geheimtür. Sowie sie drinnen waren, schloß das Mädchen die Tür und ging voran, die Treppe hinunter und durch den Tunnel. Es war ganz still, als sie in die Diele des Pfarrhauses kamen.

„Und nun?" fragte Devlin. „Mit Neumann in diesem Zustand kommen wir nicht weit."

„Pfarrer Verekers Auto steht hinterm Haus", sagte Molly.

Steiner fuhr mit der Hand in die Tasche. „Und ich habe den Schlüssel."

Sie waren längst unterwegs zur Küstenstraße, als in der Kirche die Schießerei wieder begann.

KAUM war die Geheimtür in der Sakristei mit leisem Klicken wieder geschlossen, gab es eine Bewegung in der Marienkapelle. Arthur Seymour erhob sich mit freien Händen. Lautlos schlich er durch das Nordschiff, in der linken Hand die Schlinge, mit der Preston ihm die Füße gefesselt hatte. Er beugte sich tief hinunter, um sich zu vergewissern, daß Preston noch atmete, dann hob er ihn hoch und warf ihn sich über die mächtige Schulter. Er drehte sich um und ging geradewegs durch den Mittelgang zum Altar.

Auf dem Dach wurde Master Sergeant Garvey allmählich unruhig. Es war so finster da unten, daß man überhaupt nichts sah. Plötzlich tippte der Soldat zu seiner Rechten ihm auf den Arm. „Da, Sergeant, bei der Kanzel. Bewegt sich da nicht einer?"

Garvey ging das Risiko ein und leuchtete mit der Taschenlampe hin. Der junge Soldat stieß einen Schreckensschrei aus. Garvey leuchtete rasch das ganze Südschiff ab, dann rief er Kane über Funk an. „Ich weiß nicht, was da los ist, Major, aber ich glaube, Sie sollten jetzt reingehen."

Sekunden später zerschmetterte eine Garbe aus einer Thompson das Schloß des Haupteingangs. Die Tür flog krachend zurück, und Harry Kane und ein Dutzend Ranger stürmten hinein. Aber sie sahen nur Arthur Seymour im flackernden Kerzenlicht knien und nach oben in das häßlich geschwollene Gesicht Harvey Prestons starren, der mit dem Hals in der Schlinge am Mittelbalken des Lettners hing.

ZWÖLFTES KAPITEL

DER Premierminister hatte im Meltham House die Bibliothek in Beschlag genommen, die auf die hintere Terrasse hinausführte. Als Harry Kane um halb acht von dort herauskam, fragte Colonel Corcoran: „Wie war er?"

„Sehr interessiert", sagte Kane. „Er wollte alles über die Schlacht haarklein berichtet haben. Steiner scheint es ihm angetan zu haben."

„Wie uns allen. Ich möchte nur wissen, wo der Kerl sich jetzt befindet und auch dieser irische Ganove."

„Zumindest nicht in der Nähe des Häuschens, in dem er gewohnt hat. Ich habe einen Funkspruch von Garvey bekommen. Als sie das Cottage durchsuchen wollten, waren zwei Inspektoren vom Sonderdezernat da, die den Iren erwarteten."

„Menschenskind, wie sind ihm die denn auf die Spur gekommen?"

„Im Laufe irgendwelcher polizeilicher Ermittlungen. Jedenfalls ist es höchst unwahrscheinlich, daß er sich jetzt dort blicken läßt. Garvey bleibt in dem Bereich und läßt auf der Küstenstraße ein paar Sperren errichten, aber viel können wir nicht tun, solange wir nicht mehr Leute haben."

„Die kommen, mein Lieber, verlassen Sie sich darauf", sagte Corcoran. „Seit Ihre Jungs das Telefon wieder in Ordnung gebracht haben, habe ich einige längere Gespräche mit London geführt. Noch ein paar Stunden, und ganz Nordnorfolk ist luftdicht abgeschlossen. Und so bleibt es, bis Steiner gefaßt ist."

Kane nickte. „An den Premierminister dürfte er jedenfalls nicht herankommen. Ich habe Leute vor seiner Tür, auf der Terrasse und im Garten postiert."

Die Tür ging auf, und ein junger Corporal kam mit ein paar maschinengeschriebenen Blättern herein. „Ich habe jetzt die endgültige Liste, Major."

Er ging, und Kane besah sich das erste Blatt der Liste. „Alle darauf, bis auf Steiner, seinen Stellvertreter Neumann und natürlich diesen Iren. Die anderen vierzehn sind alle tot."

„Aber wie sind sie entkommen? Das würde mich interessieren."

„Nach meiner Theorie haben Pamela und die kleine Prior, als sie durch den Priestertunnel verschwanden, in der Eile die Geheimtür nicht richtig zugemacht."

„Anzunehmen. Und wie steht's mit Verlusten auf unserer Seite?" Kane nahm die zweite Liste. „Einschließlich Shafto und Captain Mallory einundzwanzig Tote und acht Verwundete." Er schüttelte den Kopf. „Von insgesamt vierzig. Das gibt noch ein großes Geschrei, wenn's rauskommt."

„*Wenn* es herauskommt. London hat schon durchblicken lassen, daß die ganze Angelegenheit heruntergespielt werden soll. Zum einen soll die Bevölkerung nicht erschreckt werden – deutsche Fallschirmjäger in Norfolk, die den Premierminister entführen wollen, Engländer in der SS! Können Sie sich vorstellen, was die Zeitungen daraus machen würden? Und betrachten Sie es auch aus der Sicht des Pentagons. Eine amerikanische Eliteeinheit tritt gegen eine Handvoll deutscher Fallschirmjäger an und erleidet siebzig Prozent Verluste."

„Sie verlangen verdammt viel von den Leuten, wenn sie den Mund halten sollen."

„Wir haben Krieg, Kane", sagte Corcoran. „Und in Kriegszeiten kann man Leute schon dazu bringen, daß sie tun, was man ihnen sagt."

ÜBER der Nordsee herrschten laut allgemeinem Wetterbericht Windstärken zwischen drei und vier Knoten mit Regenböen und Seenebel bis zum Morgen. Um acht war das Schnellboot durch die Minenfelder hindurch und befand sich in der Küstenschiffahrtsstraße.

Kapitänleutnant König, der Kommandant, blickte vom Kartentisch auf, wo er mit großer Sorgfalt den Kurs berechnet hatte. „Zehn Meilen genau östlich von Blakeney Point, Müller."

Maat Müller am Ruder nickte und blickte angestrengt in die vor ihnen liegende Waschküche. „Der Nebel ist auch nicht gerade hilfreich."

„Bevor das hier zu Ende ist, sind Sie vielleicht noch froh darüber", sagte König.

Der Funker kam mit einem Funkspruch aus Landsvoort. König las ihn im Schein der Lampe am Kartentisch. Er sah ihn lange an, dann knüllte er ihn zusammen. „Der Adler ist entdeckt. Wir sollen weitermachen, wie wir es für richtig halten."

SEIT Joanna Greys letztem Funkspruch hatte Radl unbedingt im Funkraum bleiben wollen. Er lehnte in einem alten Sessel, während der Funker versuchte, König zu erreichen.

Um fünf vor acht lächelte der Funker. „Ich habe ihn, Herr Oberstleutnant. Nachricht erhalten und verstanden."

„Gott sei Dank", sagte Radl, während er sein Zigarettenetui öffnete. Er nahm die letzte von seinen russischen Zigaretten heraus und zündete sie an.

Der Funker schrieb eifrig auf einem Notizblock. Er riß das Blatt ab und drehte sich um. „Die Antwort, Herr Oberstleutnant."

Radl war seltsam schwindlig im Kopf. „Lesen Sie bitte vor", sagte er.

„,Werden trotzdem Horst aufsuchen. Einige Nestlinge könnten Hilfe brauchen. Viel Glück.' Warum hängt er das noch hintendran, Herr Oberstleutnant?"

„Weil er ein sehr gescheiter junger Mann ist und annimmt, daß ich ebensoviel Glück brauchen werde wie er." Radl gab sich einen Ruck. „Sie können mir jetzt Berlin geben."

AN DER nördlichen Grenze der Prior-Farm befand sich eine halbverfallene Hütte. Sie stand am Waldrand gegenüber der Straße, die in die sumpfige Marsch am Hobs End führte, und bot dem Morris einigermaßen Deckung.

Es war zwanzig nach acht, als Devlin und Steiner Molly dort bei Neumann zurückließen und sich zu einer vorsichtigen Erkundung durch die Bäume schlugen. Das Flurhüterhäuschen lag im Dunkeln, doch auf der Straße standen zwei Jeeps, auf jeder Seite einer. Es regnete stark, und ein paar Ranger hatten sich unter den Bäumen untergestellt. Ein Streichholz flackerte hinter Garveys vorgehaltener Hand auf und beleuchtete kurz sein Gesicht.

Steiner und Devlin zogen sich zurück. Steiner sagte: „Das ist der Master Sergeant, der bei Kane war. Er wartet, ob Sie aufkreuzen."

„Warum nicht direkt an der Hütte?"

„Wahrscheinlich hat er auch dort Leute."

„Weniger gut", meinte Devlin.

„Sie brauchen ja nicht reinzugehen. Sie und Neumann können zu Fuß durch die Marsch und trotzdem noch rechtzeitig an den Strand kommen."

Devlin seufzte. „Ich muß Ihnen ein schreckliches Geständnis machen, Herr Oberstleutnant. Ich bin in solcher Eile abgehauen, daß ich das Funkgerät in einer Tasche voller Kartoffeln hinter der Küchentür habe hängen lassen."

Steiner lachte leise. „Sie sind wirklich eine Marke für sich, mein Lieber. Was Sie jetzt brauchen, ist ein Ablenkungsmanöver."

„Wie soll das aussehen?"

„Daß ich in einem gestohlenen Wagen durch die Straßensperre fahre. Ich könnte Ihren Regenmantel brauchen, falls Sie keinen Wert darauf legen, ihn zurückzubekommen."

„Sie gehen also nicht mit uns." Es war eine Feststellung.

„Ich glaube, Sie wissen, wohin ich muß, mein Lieber."

„Meltham House?" Devlin seufzte. „Da kommen Sie nicht heran. Da schwirren bestimmt Wachtposten herum wie Fliegen um ein Marmeladenglas."

„Ich muß es trotzdem versuchen."

„Warum? Weil Sie glauben, Sie könnten Ihrem Vater damit helfen? Machen Sie sich nichts vor. Ihm kann nichts helfen, wenn dieser Teufel in der Prinz-Albrecht-Straße etwas anderes vorhat."

„Wahrscheinlich haben Sie recht. Ich glaube, ich hab's immer gewußt."

„Warum dann also?"

„Weil ich nicht anders kann. Denken Sie mal an das Spiel, das Sie selbst spielen. Fanfaren im Wind. Hoch die Republik. Aber sagen Sie mir eins, mein Lieber. Haben Sie das Spiel noch in der Hand, oder hat das Spiel Sie? Können Sie aufhören, wenn Sie wollen, oder muß es immer so weitergehen, bis Sie eines Tages mit einer Kugel im Rücken in der Gosse liegen?"

Devlin sagte heiser: „Bei Gott, ich weiß es nicht."

„Aber ich, mein Freund. Und jetzt finde ich, wir sollten wieder zu den anderen zurück. Sie erwähnen mein Vorhaben natürlich nicht. Neumann könnte Schwierigkeiten machen."

„In Ordnung", sagte Devlin widerstrebend.

Sie kehrten durch die Nacht zu der verfallenen Hütte zurück. Molly war im Auto und legte Neumann einen neuen Verband ans Bein. „Wie geht's dir?" fragte Steiner.

„Gut", antwortete Neumann, aber als Steiner ihm eine Hand an die Stirn legte, war sie schweißnaß.

Molly ging zu Devlin, der sich in einem Mauerwinkel vor dem Regen untergestellt hatte und eine Zigarette rauchte. „Ihm geht's nicht gut", sagte sie. „Wenn du mich fragst, er braucht einen Arzt."

„Da könntest du gleich einen Totengräber bestellen", sagte Devlin. „Aber denk mal nicht an ihn. Ich mache mir Sorgen um dich. Was du heute abend getan hast, kann dich in böse Schwierigkeiten bringen."

Sie war sonderbar gleichgültig. „Niemand hat gesehen, wie ich euch aus der Kirche rausgeholt habe; keiner kann es mir beweisen. Für die Leute habe ich ganz einfach im Regen in der Heide gesessen und mir die Augen ausgeweint, nachdem ich die Wahrheit über meinen Liebsten erfahren hatte."

Er sagte verlegen: „Ich habe mich noch nicht bedankt."

„Spielt auch keine Rolle. Ich hab's nicht für dich getan, sondern für mich. Ich liebe dich. Darum habe ich dich heute abend aus der Kirche geholt. Nicht weil es recht oder unrecht war, sondern weil ich meines Lebens nicht mehr froh geworden wäre, wenn ich zugesehen hätte, wie du stirbst." Sie wandte sich zum Gehen. „Ich sollte mich noch mal um den Oberleutnant kümmern."

Sie ging zum Wagen zurück, und Devlin schluckte schwer. War das nicht merkwürdig? Das war die tapferste Rede, die er je gehört hatte, ein Mädchen, das man von den Dächern hätte preisen müssen, und ihm war zum Weinen zumute, wenn er an die ganze Sinnlosigkeit dachte. Steiner kam und blieb neben ihm stehen. „Ich brauche jetzt den Regenmantel", sagte er.

Devlin konnte sein Gesicht in der Dunkelheit nicht sehen und wollte es auch plötzlich nicht. Er nahm die Sten von der Schulter, zog den Mantel aus und gab ihn Steiner. „In der rechten Tasche finden Sie eine Mauser mit Schalldämpfer und zwei zusätzlichen Magazinen."

„Danke." Steiner nahm sein Schiffchen ab und steckte es unter die Fliegerbluse. Er zog den Regenmantel an und schnallte den Gürtel fest. „So, ich glaube, wir verabschieden uns jetzt." Er streckte die Hand aus. „Auf daß Sie finden, wonach Sie suchen, mein Freund."

„Hab ich schon, und im selben Moment wieder verloren", sagte Devlin.

„Dann ist ja von jetzt an eigentlich alles egal", sagte Steiner. „Eine gefährliche Situation. Sie werden sich in acht nehmen müssen."

Sie hoben Neumann aus dem Wagen und schoben den Morris auf dem Feldweg, bis an die Stelle, wo er zur Straße hin abfiel. „Gehen wir jetzt?" fragte Neumann tapfer.

„Ihr, nicht ich", sagte Steiner. „Unten auf der Straße sind Ranger. Ich habe ein kleines Ablenkungsmanöver vor, während ihr die Straße überquert. Ich hole euch später ein."

Neumann ergriff ihn am Arm, und Angst lag in seiner Stimme. „Nein, Kurt, das kann ich nicht zulassen."

„Oberleutnant Neumann", sagte Steiner förmlich, „Sie sind zweifellos der beste Soldat, den ich je kennengelernt habe. Von Narvik bis Stalingrad haben Sie sich nie um Ihre Pflicht gedrückt und mir nie den Gehorsam verweigert, und ich habe nicht die leiseste Absicht, Sie jetzt damit anfangen zu lassen."

Neumann versuchte sich aufzurichten, wobei er sich auf den Stock stützte, den Steiner ihm geschnitten hatte. „Zu Befehl, Herr Oberstleutnant."

„Gut", sagte Steiner. „Gehen Sie jetzt, Mr. Devlin, und viel Glück."

Er öffnete die Wagentür, und Neumann rief leise: „Herr Oberstleutnant!"

„Ja?"

„Es war mir eine Ehre, unter Ihnen zu dienen."

„Danke, Oberleutnant." Steiner stieg in den Morris, löste die Handbremse und ließ ihn den Weg hinunterrollen.

Devlin und Molly gingen durch die Bäume, Neumann zwischen sich. An der Straße hielten sie an. Devlin flüsterte: „Höchste Zeit, daß du abhaust, Mädchen."

„Ich bringe euch bis zum Strand, Liam", sagte sie fest.

Er hatte keine Zeit mehr zum Diskutieren, denn vierzig Meter entfernt sprang der Motor des Morris an, und die Scheinwerfer leuchteten matt auf. Einer der Ranger holte eine rote Lampe unter seinem Regenumhang hervor und schwenkte sie. Devlin hatte erwartet, der Deutsche werde einfach weiterfahren, aber zu seinem Erstaunen verlangsamte Steiner seine Fahrt. Er ging ein eiskalt kalkuliertes Risiko ein, etwas, womit er auch noch den letzten Mann auf sich zog. Die linke Hand am Steuerrad, in der rechten die Mauser, wartete er, bis Master Sergeant Garvey näher kam.

„Bedaure, Sie werden sich ausweisen müssen." Garvey knipste eine Taschenlampe an und leuchtete Steiner ins Gesicht.

Die Mauser hustete einmal, als Steiner aus kürzester Entfernung schoß, allerdings gut fünf Zentimeter daneben. Die Räder drehten durch, als er aufs Gaspedal trat, und schon war er fort.

„Das war Steiner!" schrie Garvey. „Ihm nach!"

In wilder Aufregung stürzte sich alles in die Jeeps. Garveys Jeep war als erster unterwegs, der zweite folgte in kurzem Abstand. Der Lärm entfernte sich in die Nacht.

Der zehn Jahre alte Morris war praktisch schon verschlissen, und wenn er auch Verekers Bedürfnissen noch durchaus genügte, Steiners Bedürfnissen in dieser Nacht genügte er nicht. Trotz völlig durchgetretenem Gaspedal blieb die Tachometernadel beharrlich unter siebzig.

Während er noch überlegte, ob er nicht plötzlich bremsen und sich zu Fuß durch den Wald schlagen solle, eröffnete das Browning-MG auf Garveys Jeep das Feuer. Steiner duckte sich, die Kugeln durchschlugen die Karosserie, die Windschutzscheibe löste sich in einen Schneesturm von Glassplittern auf.

Der Morris schleuderte nach rechts, durchbrach irgendein hölzernes Geländer und holperte eine mit jungen Tannen bewachsene Böschung hinunter. Steiner öffnete die Wagentür und ließ sich herausfallen. Im nächsten Augenblick war er schon wieder auf den Beinen und suchte das Weite, während der Morris unten in das überflutete Marschgelände klatschte.

Oben auf der Straße bremsten die Jeeps. Garvey war als erster draußen, die Taschenlampe in der Hand. Als er an die Böschung kam, schlug gerade das morastige Sumpfwasser über dem Dach des Morris zusammen. Er nahm seinen Helm ab und wollte das Koppel abschnallen, aber Krukowski, der ihm die Böschung hinunter gefolgt war, hielt ihn am Arm fest. „Nur ja nicht! Das ist kein Wasser. Das ist Schlamm und tief genug, um einen Menschen ganz zu verschlucken."

Garvey nickte langsam. „Ich glaube, Sie haben recht." Er ließ den Strahl der Taschenlampe über die morastige Oberfläche tanzen, auf der jetzt Luftblasen blubberten. Dann ging er zum Jeep zurück und meldete sich über Funk.

MAJOR KANE und Colonel Corcoran aßen im reichverzierten vorderen Salon zu Abend, als der Corporal aus der Funkstelle mit der Meldung hereinplatzte. Kane warf einen kurzen Blick darauf, dann schob er sie über die polierte Tischplatte.

„Mein Gott, er war hierher unterwegs, sehen Sie das?" Corcoran runzelte die Stirn. „Was für ein Ende für so einen Mann."

Kane war seltsam bedrückt. Er sagte zu dem Corporal: „Sagen Sie der Schirrmeisterei, sie soll ein Bergungsfahrzeug schicken. Ich will Steiners Leiche da herausholen."

Der Corporal ging, und Corcoran meinte: „Was ist mit dem andern und diesem Iren?"

„Ich glaube, da brauchen wir uns nicht zu sorgen. Sie werden irgendwo auftauchen, aber nicht hier." Kane seufzte. „Nein, ich glaube, Steiner war zuletzt auf eigene Faust unterwegs."

„Wollen Sie es dem Premierminister sagen, oder soll ich?" fragte Corcoran.

„Das ist wohl Ihr Vorrecht, Sir." Kane zwang sich zu einem Lächeln. „Ich sollte mal den Leuten Bescheid sagen. Die können sich jetzt bei der Wache ablösen, damit sie was essen können und so weiter."

DAS Cottage am Hobs End lag in völliger Finsternis, als Devlin, Molly und Neumann stehenblieben. Devlin, der an das Funkgerät dachte, sagte: „Ihr beide geht weiter den Deich entlang. Ich hole euch schon ein."

Ehe auch nur einer von ihnen widersprechen konnte, schlich Devlin schon über den Hof und lauschte am Fenster. Die Tür ging mit leisem Knarren auf, und er trat mit schußbereiter Sten vorsichtig ein.

Die Tür zum Wohnzimmer stand weit offen, im Kamin glommen noch ein paar Scheite des sterbenden Feuers. Er trat ein. Die Tür schlug hinter ihm zu, er fühlte die Mündung eines Brownings am Hals, dann wurde ihm die Sten aus der Hand genommen. „Halt, und keine Bewegung", sagte Chefinspektor Rogan. „In Ordnung, Fergus, betrachten wir die Angelegenheit bei Licht."

Ein Streichholz flammte auf, und Fergus Grant zündete die Öllampe an. Rogan stieß Devlin das Knie in den Rücken, daß er quer durchs Zimmer taumelte. „Lassen Sie sich mal ansehen."

Devlin machte halb kehrt, einen Fuß auf der Kaminplatte. Er

stützte sich mit einer Hand gegen das Sims. „Ich hatte noch nicht die Ehre."

„Chefinspektor Rogan, Inspektor Grant vom Sonderdezernat." Rogan setzte sich auf die Tischkante, den Browning auf ihn gerichtet.

„Abteilung Irland, wie?"

„Stimmt. Nach allem, was man so hört, sind Sie ein ziemlich böser Bube."

„Was Sie nicht sagen." Devlin lehnte sich noch näher an den Kamin, aber er wußte, daß seine Chancen, selbst wenn er an die Walther herankam, hauchdünn waren.

„Doch, ihr Burschen bereitet einem wirklich Kopfzerbrechen", sagte Rogan. „Warum bleibt ihr nicht zu Hause in euren Sümpfen, wo ihr hingehört?" Er zückte ein Paar Handschellen. „Herkommen."

Ein Stein flog krachend durchs Fenster, und die beiden Polizeibeamten fuhren erschrocken herum. Devlin ergriff die Walther, die hinterm Kaminbalken hing. Er schoß Rogan in den Kopf und fegte ihn vom Tisch, aber Grant konnte einen ungezielten Schuß abgeben, der den Iren in der rechten Schulter traf. Devlin schoß aber weiter, während er in den Sessel fiel, und zerschmetterte dem Inspektor den linken Arm.

Grant flog gegen die Wand zurück und rutschte zu Boden. Er schien einen schweren Schock zu haben. Devlin hob den Browning auf und steckte ihn sich in den Gürtel, dann ging er zur Tür, nahm die Reisetasche und leerte die Kartoffeln auf den Boden aus. Der kleine Beutel unten in der Tasche enthielt das Funkgerät nebst einigen anderen Kleinigkeiten. Er hängte ihn sich über die Schulter.

„Warum töten Sie mich nicht auch?" rief Fergus Grant mit schwacher Stimme.

„Sie sind netter als er", sagte Devlin. „An Ihrer Stelle würde ich mir einen anständigeren Beruf suchen."

Devlin ging schnell hinaus. Als er die Vordertür öffnete, stand Molly davor. „Gott sei Dank!" sagte sie, aber er legte ihr eine Hand auf den Mund und drängte sie schnell weg. Sie kamen an die Mauer, wo Neumann wartete. „Was ist passiert?" fragte Molly.

„Ich habe einen getötet und einen zweiten verwundet. Zwei Beamte vom Sonderdezernat."

„Und dabei habe ich dir geholfen?"

„Ja. Willst du jetzt nicht gehen, Molly, solange du noch kannst?"

Sie drehte sich abrupt um und rannte den Deich entlang zurück. Devlin zögerte, doch dann konnte er nicht mehr an sich halten und lief ihr nach. Er holte sie nach wenigen Schritten ein und zog sie in die Arme. Sie legte die Hände um seinen Nacken und küßte ihn mit verzehrender Leidenschaft. Er stieß sie von sich. „Geh jetzt, Mädchen, und geh mit Gott."

Sie lief in die Nacht, und Devlin ging zu Neumann zurück. „Ein erstaunliches Mädchen", sagte der Oberleutnant.

„Das ist die Untertreibung des Jahrhunderts", sagte Devlin. Er holte das Funkgerät aus der Tasche und schaltete es ein. „Adler an Wanderer. Adler an Wanderer. Kommen!"

Auf der Brücke des Schnellboots klang die Stimme des Iren, als käme sie gleich von nebenan. König nahm das Mikrophon. Sein Herz klopfte. „Adler, hier Wanderer. Wie sieht's bei euch aus?"

„Zwei Nestlinge noch im Horst", sagte Devlin. „Können Sie sofort kommen?"

„Wir sind unterwegs." König wandte sich an Müller. „Schalten Sie auf Schalldämpfer, und raus mit der Navyflagge. Wir fahren rein."

ALS Devlin und Neumann die Bäume erreichten, fluchte der Ire plötzlich laut. Nun da der Schock nachließ, spürte er einen sengenden Schmerz in der Schulter. „Wie geht's denn?" fragte Neumann.

„Ich blute wie ein Schwein, aber eine Seereise heilt alle Wehwehchen."

Sie kamen an dem Warnschild vorbei, krochen vorsichtig durch den Stacheldraht und begannen den Strand zu überqueren. Neumann stöhnte vor Schmerz bei jedem Schritt, hielt aber tapfer mit. Sie stolperten durch den Sand, und mit der hereinkommenden Flut wurde das Wasser immer tiefer – zuerst knietief, dann fast bis zur Hüfte. Sie waren jetzt ein gutes Stück draußen in der Flußmündung, und Neumann fiel mit einem Schmerzenslaut auf ein Knie. „Hat keinen Zweck, Devlin. Ich bin am Ende. So was von Schmerzen hab ich noch nie erlebt."

Devlin ging neben ihm in die Hocke und hielt wieder das Funkgerät vor den Mund. „Wanderer, hier Adler. Wir warten auf Sie in der Flußmündung, etwa vierhundert Meter vor der Küste. Gebe jetzt Zeichen." Er nahm aus der Tragetasche eine Signallampe und hielt sie in der rechten Hand hoch.

Zwanzig Minuten später stand den Männern das Wasser bis zur Brust. Devlin hatte sein Lebtag noch nie so gefroren. Er stand auf der Sandbank, die Beine breit, mit dem linken Arm Neumann stützend, in der rechten Hand die Signallampe, und um sie herum strömte die Flut herein.

„Hat keinen Zweck", flüsterte Neumann. „Ich fühle schon nichts mehr. Ich bin erledigt. Mehr halte ich nicht aus."

„Gib jetzt nicht auf", sagte Devlin. „Was würde Steiner sagen?"

„Steiner?" Neumann hustete und würgte ein wenig, als Salzwasser ihm übers Kinn und in den Mund schwappte. „Der wäre rübergeschwommen."

Devlin zwang sich ein Lachen ab. „So ist's recht, mein Junge. Immer nur lächeln." Und er begann aus vollem Hals zu singen: *„Ins Tal hinab, in vollem Trab, so ritten sie dahin."*

Eine Welle spülte ihm über den Kopf hinweg. Das wär's, dachte er. Aber die Welle rollte vorüber, und er stand immer noch auf den Füßen.

Drei Minuten später tauchte das Schnellboot lautlos aus der Dunkelheit auf, und ein Scheinwerfer warf seinen Kegel auf sie. Ein Netz wurde geworfen, und hilfsbereite Hände griffen nach Neumann. „Gebt acht auf ihn", warnte Devlin.

Als er selbst über die Reling fiel und auf Deck zusammenbrach, kniete König mit einer Decke neben ihm nieder. „Trinken Sie hiervon." Er gab ihm eine Flasche in die Hand. „Freut mich, Sie beide hier zu sehen. Das ist ein Wunder."

„Das einzige, das Sie heute nacht erleben werden."

König stand auf. „Dann wollen wir jetzt wieder los. Entschuldigen Sie mich bitte."

Devlin nahm den Korken von der Flasche und roch an ihrem Inhalt. Rum! Nicht sein Lieblingsgetränk, aber er trank in großen Schlucken, kauerte sich an die Achterreling und blickte zum Land zurück.

Zu Hause in ihrem Schlafzimmer stand Molly plötzlich auf, ging ans Fenster und zog den Vorhang auf. Sie stieß das Fenster auf und beugte sich hinaus in den Regen. Eine ungeheure Erleichterung erfüllte sie, und genau in diesem Augenblick fuhr das Schnellboot um die Spitze von Blakeney Point herum und nahm Kurs aufs offene Meer.

In seinem Arbeitszimmer in der Prinz-Albrecht-Straße saß Himmler im Schein der Schreibtischlampe wieder einmal über seinen endlosen Akten. Es klopfte, und Roßmann trat ein. „Entschuldigen Sie die Störung, Reichsführer, aber wir haben soeben einen Funkspruch aus Landsvoort bekommen. Der Adler ist entdeckt."

Himmler verriet keine Regung. Er legte bedächtig den Federhalter hin und streckte die Hand aus. „Zeigen Sie." Roßmann gab ihm die Nachricht, und Himmler las sie durch. Nach einer Weile sah er auf. „Ich habe einen Auftrag für Sie. Nehmen Sie zwei von Ihren Leuten, denen Sie am meisten vertrauen können. Fliegen Sie sofort nach Landsvoort, und verhaften Sie Oberstleutnant Radl. Ich sorge dafür, daß Sie die notwendigen Vollmachten bekommen."

„Selbstverständlich, Reichsführer. Und der Grund?"

„Landesverrat. Das sollte fürs erste reichen."

Kurz vor neun Uhr abends lenkte Corporal George Watson von der Militärpolizei wenige Kilometer südlich von Meltham House sein Motorrad an den Straßenrand und hob es auf den Ständer. Er war trotz seines langen Motorradmantels fast bis auf die Haut durchnäßt – dazu fror er erbärmlich und hatte großen Hunger. Und außerdem hatte er sich verfahren.

Er bückte sich, um im Licht des Scheinwerfers einen Blick auf die Karte zu werfen. Eine Bewegung rechts von ihm ließ ihn aufsehen. Vor ihm stand ein Mann im Regenmantel. „Guten Abend", sagte er. „Verirrt, was?"

„Ich suche Meltham House", sagte Watson.

„Moment, ich zeig's Ihnen", sagte Steiner.

Watson beugte sich wieder über die Karte; die Mauser ging hoch und sauste auf seinen Nacken hinunter, und Steiner nahm ihm die Meldetasche vom Hals.

Es war nur ein Brief darin. Er war an Colonel William Corcoran, Meltham House, adressiert.

Steiner schleifte Watson in den Schatten. Wenige Augenblicke später hatte er seinen Motorradmantel, Helm, Brille und Lederhandschuhe an. Er schob das Motorrad vom Ständer, trat den Motor an und fuhr davon.

MAN hatte einen Suchscheinwerfer neben der Straße aufgestellt, und als die Winde des Bergungsfahrzeugs sich zu drehen begann, tauchte der Morris aus dem Morast auf und glitt die Böschung hinauf. Garvey wartete oben auf der Straße.

Der Corporal, der die Bergung leitete, machte die Tür auf. Er sah in den Wagen, dann zur Straße hinauf. „Da ist nichts drin."

„Was sagen Sie da?" Garvey eilte durch die Bäume hinunter. „Allmächtiger!" sagte er, und schon rannte er wieder die Böschung hinauf und schnappte sich das Mikrophon des Funkgeräts.

STEINER hielt vor dem Tor von Meltham House. Es war verschlossen. Der Ranger auf der anderen Seite richtete seine Taschenlampe auf ihn. „Wachhabender!" rief er.

Der Wachhabende kam aus seinem Häuschen. „Was gibt's?"

Steiner zeigte ihm den Brief. „Schreiben für Colonel Corcoran."

Der Sergeant nickte, und der Ranger schloß das Tor auf. „Geradeaus zum Haus. Einer der Wachposten wird Sie hinführen."

Steiner fuhr die Zufahrt hinauf, bog aber vor dem Haus ab und kam über einen Seitenweg schließlich zum Kraftfahrzeugpark hinter dem Gebäude. Er ließ das Motorrad neben einem Lastwagen stehen und folgte weiter dem Weg in den Garten. Im Schutze eines Rhododendrons nahm er Sturzhelm und Motorradbrille ab und zog den Mantel und die Handschuhe aus. Er nahm das Schiffchen aus der Fliegerbluse und setzte es auf. Schließlich rückte er noch das Ritterkreuz am Hals zurecht und setzte sich in Bewegung, die Mauser schußbereit in der Hand.

Am Rande eines Beetes unterhalb der Terrasse blieb er stehen, um sich zu orientieren. Die Verdunkelung war nicht besonders gut, denn an mehreren Fenstern drang Licht durch die Ritzen. Noch ein Schritt, und jemand rief: „Sind Sie das, Corporal?"

Steiner grunzte nur etwas. Eine undeutliche Gestalt trat vor. Die Mauser hustete in Steiners rechter Hand. Mit einem erschrockenen Seufzer stürzte der Ranger zu Boden.

Im selben Augenblick wurde ein Vorhang zurückgezogen, und Licht fiel auf die Terrasse.

Der Premierminister stand an der Balustrade und rauchte eine Zigarre.

ALS Corcoran aus dem Zimmer des Premierministers kam, wurde er von Kane erwartet. „Wie geht's ihm?" fragte Kane.

„Gut. Er ist gerade auf die Terrasse gegangen, um vor dem Zubettgehen noch eine Zigarre zu rauchen."

Sie gingen in die Diele. „Er würde wahrscheinlich nicht besonders gut schlafen, wenn er meine Neuigkeiten hörte. Deshalb warte ich lieber bis morgen damit", sagte Kane. „Sie haben den Morris rausgezogen, und kein Steiner drin."

Corcoran sagte: „Wollen Sie damit sagen, er ist entkommen? Woher wollen Sie wissen, daß er nicht noch im Morast liegt? Er könnte herausgeschleudert worden sein."

„Es ist möglich", sagte Kane. „Jedenfalls verdopple ich die Wache."

Die Haustür ging auf, und der Wachhabende kam herein. „Sie haben nach mir gerufen, Major?"

„Ja", sagte Kane. „Als man den Wagen geborgen hat, war Steiner nicht drin. Wir verdoppeln die Wache. Gibt's vom Tor nichts zu melden?"

„Nur dieser Militärpolizist mit der Nachricht für Colonel Corcoran."

Corcoran sah ihn stirnrunzelnd an. „Davon höre ich zum erstenmal. Wann war das?"

„Vielleicht vor zehn Minuten, Sir."

„Großer Gott!" sagte Kane. „Er ist hier! Steiner ist hier!" Er zog seinen Colt und stürzte zur Tür der Bibliothek.

STEINER ging langsam die Stufen zur Terrasse hinauf. Der Duft der guten Havanna strömte durch die Nachtluft. Als er den Fuß auf die oberste Stufe setzte, knirschte Kies. Der Premierminister fuhr herum und sah ihn an. Er nahm die Zigarre aus dem Mund. „Oberstleutnant Kurt Steiner von den Fallschirmjägern, nehme ich an?"

„Mr. Churchill." Steiner zögerte. „Ich bedaure dies, Sir, aber ich muß meine Pflicht tun."

„Worauf warten Sie dann?" fragte der Premierminister.

Steiner hob die Mauser, die Vorhänge der Terrassentür blähten sich, und Harry Kane kam schießend herausgestürzt. Seine erste Kugel traf Steiner in die rechte Schulter. Die zweite traf ihn ins Herz und warf ihn tot über die Balustrade.

Sekunden später kam Corcoran mit gezogenem Revolver auf die

Terrasse. Unten im Garten eilten Ranger aus der Dunkelheit herbei und blieben im Halbkreis stehen. Das Licht aus der geöffneten Terrassentür fiel auf Steiner, auf das Ritterkreuz an seinem Hals, die Mauser in seiner Hand.

„Merkwürdig", sagte der Premierminister. „Er hatte den Finger am Abzug und zögerte. Was man sonst auch sagen mag, er war ein guter Soldat und ein tapferer Mann. Kümmern Sie sich um ihn, Major." Er drehte sich um und ging ins Haus.

DREIZEHNTES KAPITEL

FAST auf den Tag genau ein Jahr nachdem ich meine erstaunliche Entdeckung auf dem Friedhof der Kirche St. Mariä und aller Heiligen gemacht hatte, kehrte ich nach Studley Constable zurück, diesmal auf direkte Einladung Pfarrer Verekers. Ich wurde von einem jungen Priester mit irischem Akzent ins Pfarrhaus eingelassen.

Vereker saß in einem Ohrensessel, vor einem großen Kaminfeuer im Arbeitszimmer, mit einer Decke um die Knie, ein Sterbender, wenn ich je einen Sterbenden gesehen habe. Die Haut in seinem Gesicht schien noch mehr geschrumpft zu sein und umspannte die Knochen, und seine Augen waren voll Schmerz. „Schön von Ihnen, daß Sie gekommen sind."

„Es tut mir leid, Sie so krank anzutreffen", sagte ich.

„Ich habe Magenkrebs. Nichts mehr zu machen. Der Herr Bischof war so gütig und hat mir erlaubt, mein Leben hier zu beschließen, während Pfarrer Damian mir bei der Erfüllung meiner Pflichten in der Pfarrei hilft, aber das ist nicht der Grund, weshalb ich Sie hergebeten habe. Ich höre, Sie waren im letzten Jahr sehr beschäftigt?"

„Ich verstehe nicht", sagte ich. „Als ich voriges Mal hier war, wollten Sie mir kein Wort sagen. Sie haben mich sogar hinausgeworfen."

„Das ist ganz einfach. Jahrelang habe ich selbst nur die eine Hälfte der Geschichte gekannt. Jetzt treibt mich unstillbare Neugier, auch den Rest zu erfahren, bevor es zu spät ist."

Ich erzählte ihm alles, und bis ich fertig war, lagen Schatten draußen auf dem Rasen, und das Zimmer lag im Halbdunkel. „Erstaunlich", sagte er. „Wie haben Sie das alles herausbekommen?"

„Aus keinerlei offiziellen Quellen, glauben Sie mir. Ich habe nur mit Leuten gesprochen, solchen, die noch lebten und bereit waren zu reden. Der größte Glücksfall war, daß ich Gelegenheit bekam, das Tagebuch des Mannes zu lesen, der das ganze Unternehmen organisiert hat: Oberstleutnant Max Radl. Seine Witwe lebt noch in Bayern. Jetzt würde mich interessieren, was hinterher hier passiert ist."

„Hier wurde eine völlige Nachrichtensperre verhängt. Jeder beteiligte Dorfbewohner wurde vom Geheimdienst verhört und mußte sich zum Schweigen verpflichten. Das wäre eigentlich nicht nötig gewesen. Die Leute hier sind ein Volk für sich. In schlechten Zeiten schließen sie sich zusammen, und Fremden gegenüber sind sie ausgesprochen feindselig, wie Sie selbst gesehen haben. Wußten Sie, daß Arthur Seymour voriges Jahr tödlich verunglückt ist – als er eines Nachts betrunken aus Holt zurückkam?"

„Was ist eigentlich nach dieser anderen Geschichte mit ihm geschehen?"

„Er wurde in aller Stille für geistesgestört erklärt und hat achtzehn Jahre in einer Anstalt zugebracht, bis die Bestimmungen gelockert wurden."

„Und der Grabstein? Wer hat den errichtet?"

„Die Pioniere, die zum Aufräumen hierhergeschickt wurden und die Schäden reparieren sollten, haben die Toten auf dem Friedhof in ein Massengrab gelegt. Wir wurden angewiesen, das Grab unbezeichnet zu lassen."

„Aber Sie waren anderer Meinung?"

„Nicht nur ich. Wir alle. Die Kriegspropaganda damals war eine niederträchtige Sache, wenn auch noch so notwendig. Jeder Kriegsfilm, den wir im Kino sahen, jedes Buch, das wir lasen, jede Zeitung beschrieb die deutschen Soldaten als ruchlose Barbaren, aber so waren diese Männer nicht. Graham Wilde ist heute am Leben, Susan Turner ist verheiratet und hat drei Kinder, nur weil einer von Steiners Leuten sein Leben gab, um sie zu retten. Und in der Kirche, Sie wissen, hat er uns abziehen lassen."

„Also haben Sie sich für ein heimliches Denkmal entschieden?"

„Ganz recht. Der alte Ted Turner war früher Steinmetz gewesen. Der Stein wurde gesetzt, von mir in einer stillen Feier geweiht und dann vor den Blicken Außenstehender versteckt, wie Sie ja wissen.

Dieser Preston liegt auch mit da unten, aber er steht nicht mit auf dem Stein."

„Und Sie waren mit alledem einverstanden?"

Er schaffte ein mühsames, freudloses Lächeln. „Als eine Art persönlicher Buße, wenn Sie so wollen. Steiner hatte gesagt, ich würde auf seinem Grab tanzen, und er hatte recht. Ich habe ihn damals gehaßt." Er schwieg kurz. „Wollen Sie immer noch veröffentlichen?"

„Warum sollte ich nicht?"

„Weil das Ganze gar nicht passiert ist. Kein Stein mehr da. Und haben Sie ein einziges amtliches Dokument gefunden, das den Vorfall belegt?"

„Nicht direkt", sagte ich gut gelaunt, „aber ich habe mit vielen Menschen gesprochen, und was die mir erzählt haben, ergibt eine recht überzeugende Geschichte."

„Hätte eine ergeben können." Er lächelte schwach. „Wenn Sie nicht etwas sehr Wichtiges außer acht gelassen hätten."

„Und was soll das sein?"

„Holen Sie sich ein paar Dutzend Geschichtsbücher über den letzten Krieg, und schlagen Sie nach, was Churchill an dem fraglichen Wochenende gemacht hat. Aber das war vielleicht zu einfach, zu naheliegend."

„Also gut", sagte ich. „Sagen Sie mir's schon."

„Er bereitete sich darauf vor, mit einem Schiff Ihrer Majestät, der *Renown,* zur Konferenz von Teheran zu fahren. Unterwegs hat er in Algier Station gemacht, und am siebzehnten November war er in Malta, wo er die Generäle Eisenhower und Alexander mit Sonderanfertigungen des Nordafrikaordens ausgezeichnet hat."

Es war plötzlich ganz still. „Wer war es dann?" fragte ich.

„Es war George Howard Foster, auf der Bühne bekannt als der große Foster. Ein Imitator. Der Krieg hat ihn großgemacht."

„Wieso das?"

„Er konnte den Premierminister nicht nur ungewöhnlich gut imitieren, er sah ihm sogar ähnlich. Nach Dünkirchen hat er angefangen, seinen Vorstellungen einen Sonderauftritt anzuhängen, ein großes Finale. ‚Ich habe nichts zu bieten als Blut, Schweiß und Tränen.' Das hat dem Publikum gefallen."

„Und dann hat der Geheimdienst ihn an Land gezogen?"

„Zu besonderen Gelegenheiten. Wenn man auf dem Höhepunkt

der U-Boot-Gefahr den Premierminister auf eine Schiffsreise schicken will, ist es gut, ihn offiziell ganz woanders in Erscheinung treten zu lassen." Er lächelte. „In dieser Nacht hat er die Vorstellung seines Lebens gegeben. Alle haben natürlich geglaubt, er sei es wirklich. Nur Colonel Corcoran wußte Bescheid."

„Na schön", sagte ich. „Wo ist Foster jetzt?"

„Tot. Zusammen mit hundertacht anderen Menschen ums Leben gekommen, als eine Bombe im Februar 1944 ein kleines Theater in Islington traf. Sie sehen also, es war alles für die Katz. Das Ereignis hat nie stattgefunden. Viel besser so für alle Beteiligten."

Ein Hustenanfall schüttelte seinen ganzen Körper. Die Tür ging auf, und eine Nonne trat ein. Sie beugte sich über ihn und flüsterte etwas. Er sagte: „Entschuldigen Sie. Es war ein langer Nachmittag. Ich glaube, ich brauche jetzt Ruhe. Danke, daß Sie gekommen sind und die Lücken gefüllt haben." Er begann wieder zu husten, und ich verabschiedete mich, so schnell ich konnte.

Ich zündete mir eine Zigarette an und lehnte mich an die Friedhofsmauer. Ich wußte, daß Vereker die Wahrheit sagte. Ich schaute zum Kirchenportal, wo Steiner an jenem lange zurückliegenden Abend Harry Kane gegenübergestanden hatte. Ich sah ihn auf der Terrasse von Meltham House stehen, sein letztes Zögern. *Und selbst wenn er da abgedrückt hätte, wäre dennoch alles für nichts und wieder nichts gewesen.*

Ironie des Schicksals, wie Devlin gesagt haben würde. Nun denn, zu guter Letzt wüßte ich den Worten des Mannes nichts hinzuzufügen, der in jener schicksalhaften Nacht seine Rolle so ausgezeichnet spielte.

„Was man sonst auch sagen mag, er war ein guter Soldat und ein tapferer Mann." Lassen wir es damit enden. Ich drehte mich um und ging fort.

Jack Higgins

Jack Higgins war vierzig und Vater einer jungen Familie, als er eine gute Lehrerstelle aufgab und sich ganz dem Schreiben widmete. Mit Schreiben angefangen hatte er schon vor Jahren. Von seiner Frau ermutigt, wagte er den Sprung, und seine Abenteuerromane hatten in England auf Anhieb Erfolg.

Die Idee zu *Der Adler ist gelandet* schleppte er schon mit sich herum, seit er als junger Unteroffizier im besetzten Deutschland stationiert war. Eines Abends erzählte ihm ein russischer Unteroffizier, daß die Deutschen sich viel besser auf Kommandounternehmen verstanden hätten, als die britische Öffentlichkeit habe wissen dürfen. „Aber", sagte er, „daß sie Churchill entführen wollten, als er an der Nordseeküste war, das hat nicht geklappt." „Wo an der Nordseeküste?" fragte Higgins. „In Norfolk", antwortete der Russe.

Viele Jahre später fielen Higgins die Worte des Russen wieder ein. Er machte mit seiner Familie Ferien in Norfolk und stellte fest, daß es eine der ländlichsten Regionen Englands ist. Die Menschen dort waren nicht an Touristen gewöhnt und brauchten lange, um zu einem Fremden Zutrauen zu fassen.

Er bohrte nach und erfuhr, daß Teile der Küste während des Krieges Sperrgebiet gewesen seien, wo Polen, Tschechen und sonstige Fremdtruppen ausgebildet wurden. Eine Seemeile vor der Küste begann die „Schnellbootallee", wo deutsche Marineeinheiten die britische Küstenschiffahrt unter Beschuß zu nehmen pflegten. Nordnorfolk war außerdem Ausgangsbasis für englische und amerikanische Bomberstaffeln. Dies alles hat neben dem frei erfundenen Dörfchen Studley Constable Eingang in seine Geschichte gefunden.

Der Adler ist gelandet wird außer in England, den USA und Deutschland in neun weiteren Ländern erscheinen und ist auch verfilmt worden.

Der Autor schreibt unter verschiedenen Pseudonymen. Sein richtiger Name ist Harry Patterson. Halb Ire, halb Engländer, lebt er heute in Yorkshire, aber aufgewachsen ist er wie der von ihm erfundene Liam Devlin in Belfast. Er hatte einen Onkel, der „bis über die Ohren in der Politik steckte – Waffen waren in seinem Haus ein gewohnter Anblick". Der Onkel hieß Jack Higgins.

Ins Deutsche übertragen von Helmuth Kossodo
Illustrationen von Michel Stringer
Originalausgabe: »Arthur de la Nuit«
© 1968 by Editions Robert Laffont

SIEG
über
die Nacht

Eine Kurzfassung des Buches von
ROGER BOURGEON

Die Augen sind die Fenster der Seele, hat ein Dichter gesagt. Sie sind gewiß die kostbarsten unserer Sinnesorgane, denn der Mensch ist für das Licht geschaffen, und der erste Schrecken des kleinen Kindes ist die Finsternis.

Und doch gibt es Menschen, die ständig in dieser Nacht leben, die wir Blindheit nennen. Die Blinden sind wie Inseln inmitten einer Welt, mit der sie nur Gehör, Geruch und Tastsinn verbinden, nie aber das so viel ausdrückende Bild. Das lähmende Mitleid, das wir beim Anblick einer gelben Armbinde, eines weißen Stockes empfinden, richtet zwischen ihnen und uns eine trügerische Mauer auf. Die Blinden wollen unser Mitleid nicht. Im Gegenteil, sie erwarten von uns, daß wir sie als ganze Menschen akzeptieren – als Behinderte, ja, aber nicht als Krüppel. Auch die Blinden müssen ihr Leben meistern. Aber um welchen Preis?

Die wahre Geschichte Arthurs, eines jungen Mannes aus den Bergen, der im Alter von kaum zwanzig Jahren sein Augenlicht bei einer Explosion verlor, gibt uns die Antwort. Ein wahrlich hoher Preis – der wild entschlossene Kampf gegen Verzweiflung und Resignation, die unermüdliche Standhaftigkeit, die Bereitwilligkeit, die anderen und sich selbst zu entdecken, kurz, alles was den Wert eines Menschen mit seinem Willen, seinem Stolz und seinem Glauben ausmacht.

DER ALTE Citroën schnaufte in der Steigung. Paulo trat auf die Kupplung und legte den zweiten Gang ein; es rasselte im Getriebe, aber dann ging es besser.

An diesem Sonntagnachmittag war keine Seele auf der Straße nach Les Prodains zu sehen. Der Sommer hatte auch kaum begonnen in den Savoyer Alpen, und die Scharen der Feriengäste und Bergsteiger waren noch nicht eingetroffen. Das Dorfzentrum von Morzine war menschenleer, und André, der Wirt des Métropole, hatte Pinsel und Farbeimer beiseite stellen müssen, um seine Kunden mit Zigaretten für die Hochzeitsgäste zu bedienen.

„In vierzehn Tagen wird es hier nicht mehr so still sein", sagte Arthur.

„Darauf kannst du dich verlassen", erwiderte Paulo.

Dann schwiegen sie, ein wenig schläfrig vom Essen. Der Wagen fuhr durch Les Udrezants, eine Gruppe alter kleiner Bauernhäuser mit verwitterten Holzbalkonen und schweren Schieferdächern.

Sie erreichten die Brücke, die über den Fluß führte, und kamen auf die lange kurvenreiche Straße, die sich bis zum Ende des Tals von Ardoisières hinzog. Arthur blickte auf die Landschaft und fragte sich, wie oft er schon diesen Weg gemacht hatte; es mochten einige tausend Mal gewesen sein. Als kleiner Junge war er täglich hier herunter zur Schule gegangen, und jetzt war er kurz vor seinem Militärdienst. Er hatte sie in winterlichem Schnee erlebt, im Rieseln des Tauwetters, im Herbstnebel oder wie jetzt im hellen Sommerlicht.

„Adele scheint glücklich zu sein", sagte Paulo.

„Ja", erwiderte Arthur. „Sie hat sich schon lange auf diesen Tag gefreut."

Adele war die älteste seiner Schwestern. Er sah sie vor sich, wie sie mit der Mutter den Tisch deckte oder wie sie lachend, den Arm voller nasser Wäsche und mit tropfendem Haar, aus der Waschküche kam.

„Weißt du", sagte er, „zwanzig Jahre als älteste Tochter im Elternhaus, das zählt. Sie hat weiß Gott ein bißchen Spaß verdient."

„Gérard ist in Ordnung", sagte Paulo. „Er wird sie bestimmt glücklich machen."

Sie kamen an der Sprungschanze vorbei, die Alcide, der Skilehrer und Wirt des Hotel du Commerce, jeden Winter liebevoll herrichtete. Er war der einzige begeisterte Skispringer im Dorf. Es war noch früh – halb fünf –, aber die Sonne senkte sich schon und warf lange Schatten ins Tal.

Der Citroën ächzte über die Schlaglöcher an der Einfahrt nach Les Prodains. Hier war Arthur zu Hause. Das Dorf bestand aus vier klotzigen langgestreckten Bauernhäusern, die je zu zweit auf beiden Seiten der Straße lagen. Rechts erhob sich der Tannenwald bis zum Massiv von Hauts-Forts, links floß die forellenreiche Dranse, und dahinter ragte eine hohe Felswand, in der man in regelmäßigen Abständen die Öffnungen zu den Schiefersteinbrüchen sah.

Paulo zog die Handbremse an, und der alte Wagen erbebte, bevor er mit einem letzten Ruck stehenblieb. Sie stiegen aus und holten die auf dem Rücksitz verstreuten Zigarettenschachteln. Außer dem Rauschen des Bergbachs hörte man nur Stimmen aus dem letzten Haus, das den Pichards, Arthurs Familie, gehörte.

Als sie in die große Wohnstube traten, schlugen ihnen Rauch und Lärm entgegen. Es war die übliche Stimmung am Ende eines Hochzeitsmahls. Die Männer waren in Schwarz, auf dem Tisch standen noch Gläser, das Tischtuch war bereits fleckig, und der Hochzeitskuchen mit dem kleinen Hochzeitspaar aus Zuckerguß thronte in der Mitte. Die Frauen schwatzten nebenan in der Küche beim Klappern von Tellern und Bestecken. „Für wen sind die Craven?" fragte Paulo.

„Für die Braut", rief jemand.

Der Alte mit dem langen weißen Schnurrbart wandte sich der Gestalt in Weiß zu:

„Was? Du rauchst jetzt?" fragte Vater Pichard erstaunt. „Papa", rief Arthur, „sie ist doch jetzt verheiratet!"

„Na ja, ich werde mich daran gewöhnen müssen. François, sei so gut und schenke noch ein Gläschen ein."

François, einer der Söhne – sechzehn Jahre alt –, nahm die Schnapsflasche vom Tisch. Gläser wurden hingehalten, und er goß vorsichtig ein.

„Hier sind deine Lucky Strike", sagte Arthur. Er reichte die Schachtel einem großen, breitschultrigen jungen Mann, dessen blaue Augen aus einem bereits markant geformten Gesicht strahlten. Albert Ronet war Arthurs großer Freund. Sie waren zusammen zur Schule gegangen und lange Zeit die großen Hoffnungen des Dorfes im Skilaufen, bis Albert Mitglied der französischen Nationalmannschaft im Abfahrtslauf geworden und im Winter selten zu Hause war.

Die Gespräche kamen wieder in Gang. Paulo hatte sich zu Paulette, der Schwester Albert Ronets, gesetzt und vergaß seine Kameraden. Sie war ein zartes, blaßblondes Mädchen. François zupfte ihn lachend am Ärmel.

„Also was ist? Gehen wir?"

Zu viert schlichen sie sich aus dem Haus, Albert, François, Paulo und Arthur. Als sie draußen waren, rannten sie wie die kleinen Jungen. Vor den hohen Tannen, etwa hundert Meter vom Haus, blieben sie stehen. Arthur bückte sich und öffnete einen Sack, den er am Fuße des Baumes versteckt hatte.

„Wieviel hast du?" fragte Paulo.

„Sechs", antwortete Arthur. „Das reicht, um sie alle aufzuwecken."

Er nahm nacheinander sechs runde schwarze Scheiben heraus und verteilte sie.

„Tatsächlich", sagte Paulo. „Die Dinger sind prima. Wo tun wir sie hin?"

„Drüben hinter die Dranse, den Felsen entlang. Da bringen sie niemanden in Gefahr."

Sie brauchten nur einige Schritte über die Holzbrücke zu gehen, um den geeigneten Platz zu finden. Arthur grub ein Loch, legte die Ladung vorsichtig hinein und wickelte die Zündschnur auseinander. Er fragte sich nicht, warum man bei jeder Hochzeit ein bißchen Dynamit in die Luft jagte. So war es immer gewesen, und das genügte. Die einzige Regel war, sich unbemerkt davonzustehlen, damit man die Hochzeitsgesellschaft richtig überraschte.

Sie versteckten sich hinter einem Felsvorsprung und hatten die sechs Enden der Zündschnüre vor sich liegen. Jetzt entzündeten sie sie und senkten die Köpfe, als die kleinen blauen Flämmchen sich die Schnüre entlang entfernten. Die erste Ladung krachte herrlich; der Donner hallte das ganze Tal hinunter. Kaum ließen sich die ersten Schreie aus dem Haus der Pichards vernehmen, als die zweite losging; dann gingen drei fast gleichzeitig los. Ihr Getöse mischte sich mit den Echos und ließ die Luft erzittern. Man hörte Beifallklatschen vom Haus her, wo sich die Gäste wie zu einem Feuerwerk versammelt hatten. Dann war es still.

„Eine ist nicht losgegangen", sagte François.

„Das muß meine sein", antwortete Arthur, „wahrscheinlich ist was mit der Zündschnur. Wartet, ich sehe nach."

Albert hatte kaum Zeit zu sagen: „Paß auf, Arthur!" Der Junge war schon zu dem Loch gerannt, in dem er die Ladung vergraben hatte. Er sah deutlich die steile Felswand vor sich, bevor er sich bückte, um nach der Schnur zu sehen. Plötzlich zerriß alles, ein riesiger roter Blitz zuckte, der Boden bebte unter ihm. Unwillkürlich hielt er sich die Hände zum Schutz vor das Gesicht, und im selben Augenblick verspürte er einen brennenden Luftzug und einen Regen von Steinsplittern, der auf ihn niederging. Im Echo der Explosion hörte er Schreie, eilige Schritte. Jemand nahm seinen Arm und drückte ihn.

„Arthur, ist alles in Ordnung?"

Er war noch so benommen, daß er nicht antworten konnte. Andere Hände faßten ihn bei den Schultern, drehten ihn um, zogen ihn fort.

„Er hat alles ins Gesicht bekommen."

„Sofort zum Arzt!"

Dann erkannte er die Stimme seiner Mutter, die außer Atem war.

„Mein armer Junge, es wird alles wieder gut; du wirst schon sehen."

Er wagte nicht, sein Gesicht zu berühren. Etwas Heißes drückte auf seine Augen, er blutete. Das war gewiß. Jemand brachte ein Handtuch, und das hielt er vor sein Gesicht. So konnte er es wenigstens vor den anderen verbergen.

Ein Motor sprang an, man beugte seinen Kopf, half ihm, sich in den Fond zu setzen. Arthur erkannte am Geruch der amerikanischen Zigaretten, daß er in Alberts Wagen saß, und das heftige Geholper deutete an, daß sein Freund mit rasender Geschwindigkeit fuhr. Jetzt erkannte er Paulettes Stimme, die neben ihm saß.

„Mach dir keine Sorgen, Arthur. Der Arzt wird das wieder in Ordnung bringen."

„Wo sind wir?" fragte er. Er hielt das Handtuch über das Gesicht gepreßt.

„Gerade in Morzine angekommen. Gleich sind wir da."

Am Kreischen der Reifen erkannte er, daß sie in der Kurve bei der Kirche waren.

„Hast du Schmerzen, Arthur?" fragte Paulette.

Er schüttelte den Kopf. Daß es nicht weh tat, wunderte ihn. Eigentlich war er nur benommen, wie bei einem zünftigen Sturz auf der Skipiste.

Der Wagen wurde hart gebremst, und die rechte Tür öffnete sich. „Komm schnell", sagte François.

Hinter ihnen hielten mehrere Wagen. So wußte Arthur, daß die ganze Hochzeitsgesellschaft mitgekommen war. Man führte, trug ihn fast auf die Stufen und in einen hallenden Hausflur. Er hielt immer noch das Handtuch vors Gesicht.

Die Stimme von Frau Billet, der Frau des Arztes, ertönte.

„Wer ist das? Was ist passiert?"

„Es ist Arthur", sagte François. „Eine Sprengladung ... Ist der Doktor da?"

Dann wieder Frau Billet: „Bringt ihn hier herein ..." Sie entfernte sich: „Jacques, Jacques! Komm schnell!"

Man setzte ihn in einen Sessel, die Geräusche um ihn herum beruhigten sich. Jetzt erkannte er die leicht ironische Stimme des Arztes.

„Was ist dir denn nun schon wieder passiert, Arthur? Nimm das Handtuch weg, damit ich es mir ansehen kann."

Er lockerte den Griff seiner Hände, und der Arzt nahm ihm behutsam das Tuch ab.

Ein junges Mädchen unterdrückte einen Schrei.

„Mach die Augen auf", befahl der Arzt.

Arthur wollte gehorchen; er hatte das Gefühl, daß seine Lider sich öffneten, aber er sah nichts und sagte: „Doktor Billet, ich kann nicht."

Man krempelte seinen Ärmel hoch, rieb seinen Arm, eine Nadel stach. Die Hände des Arztes betasteten sein Gesicht. Er war sich dessen sicher, aber fühlte es kaum. Dann spürte er ein stechendes Brennen.

„Das ist nichts", beruhigte ihn die Stimme des Arztes. „Nur eine kleine Reinigung."

Noch nie hatte Arthur ihn so sanft sprechen gehört. Gewöhnlich war Doktor Billet barsch und sarkastisch mit seinen Patienten; nie zuvor hatte seine Stimme traurig geklungen.

Zum erstenmal hatte Arthur Angst, als Jacques Billet fortfuhr:

„Man wird dich nach Thonon bringen müssen, Arthur; hier kann ich nicht viel ausrichten."

„Ist es . . . so schlimm?" fragte er.

„Auf alle Fälle mußt du operiert werden. Doktor Lagrau wird das schon besorgen."

Währenddessen legte man Gaze auf seine Augen und verband ihm den ganzen oberen Kopf; nur die Nase blieb frei.

„Das Blöde ist, daß ich die Augen nicht aufmachen kann", sagte er. Ein Gedanke schoß ihm durch den Kopf. Er fragte leise: „Herr Doktor . . ., werde ich nun nicht mehr sehen können?"

Die magere Hand des Arztes legte sich auf die seine.

„Arthur, ich will dir nichts verheimlichen. Die Augen sind schwer mitgenommen . . ., aber ich hoffe, wenn man noch rechtzeitig operiert —" Dann, mit lauter Stimme: „Deshalb darf keine Sekunde verloren werden."

An die Fahrt nach Thonon hinunter konnte sich Arthur nur wirr und vage erinnern. Man hatte ihn in den Krankenwagen von Hector Bachoud gelegt. Doktor Billet hatte es so gewollt, damit man keine Blutung riskierte. Der gewöhnlich schwatzhafte Hector redete diesmal überhaupt nicht. Arthur wußte, daß seine Mutter und sein Freund Albert bei ihm saßen. Man hatte Papa Pichard ausgeredet mitzukommen; der Arme war von dem Schreck zu erschüttert. Man hatte ihm versprochen, von der Klinik aus gleich anzurufen. Mama Pichard redete fast ununterbrochen während der ganzen Fahrt. Was sie sagte, hatte keine Wichtigkeit. Arthur, dessen verbundener Kopf im Rhythmus des fahrenden Wagens schwankte, fühlte sich in seine Kindheit zurückversetzt, wenn er im Fieber keinen Schlaf fand und die Mutter ihm mit derselben Stimme Beruhigung zuflüsterte.

An den Geräuschen anderer Motoren, dem zeitweise stockenden Fahren und Hectors Flüchen über die Schweizer Sonntagsfahrer erkannte er, daß sie nach Thonon kamen. Der Wagen hielt. Hector sprach mit jemandem, der draußen stand. „Ein Unfall in Morzine . . ."

Eine weibliche Stimme unterbrach ihn sogleich. „Ich weiß Bescheid. Doktor Billet hat angerufen. Doktor Lagrau ist schon da."

Die Bahre wurde hinausgeschoben. Arthur wurde durch verschiedene Säle gebracht. Nur einmal, als er einen Kameraden besucht hatte, der sich beim Skifahren das Bein gebrochen hatte, war Arthur in einem Krankenhaus gewesen. Er erkannte es am Geruch.

„Keine anderen Verletzungen?" fragte eine Männerstimme. „Das wollen wir erst einmal feststellen. Ziehen Sie ihn aus."

Es war der Chirurg Doktor Lagrau. Arthur hatte gehört, wie er sich seiner Mutter vorstellte und sie höflich bat, im Zimmer nebenan zu warten. Zu diesem Mann hatte er Vertrauen. Lagrau war ein häufiger Gast in Morzine, ein guter Skiläufer, der alle Abfahrtspisten kannte. In der Nachsaison waren sie manchmal gemeinsam gelaufen. Der Chirurg erinnerte ihn daran, während man ihm die Kleider auszog.

„Nein. Andere Verletzungen haben Sie nicht. Haben Sie keine Schmerzen?"

„Überhaupt nicht", sagte Arthur, „nicht einmal Kopfweh."

„Na, dann wollen wir das einmal ansehen..." Er begann den Verband abzunehmen.

„Der Blutdruck ist normal, Herr Doktor", sagte eine Stimme.

Jetzt fühlte Arthur die Luft auf seinem Gesicht. Er versuchte wie bei Doktor Billet, die Augenlider zu öffnen, aber er konnte nichts sehen.

Der Chirurg betastete behutsam die Nasenflügel, Backenknochen und Augenbrauen und fragte: „Tue ich Ihnen nicht weh?"

„Nein. Aber ich sehe nichts."

„Kein Wunder. Sie haben auf beiden Seiten faustgroße Beulen, mein Lieber. Die verschließen die Augen völlig."

Arthur fühlte, wie die Finger sich auf beide Seiten des rechten Auges legten. Ein kleiner Druck, um es zu öffnen, und es war ihm, als stäche ihm ein Dolch in den Kopf. Er schrie auf, der Druck löste sich augenblicklich, und der Chirurg sagte: „Es hat keinen Sinn, Ihnen weh zu tun. Ich werde Sie betäuben; dann kann ich Sie besser untersuchen."

„Mich betäuben? Ganz?"

„Lieber nicht. Wir werden es mit einer örtlichen Narkose versuchen. Aber machen Sie sich keine Sorge. Wenn es weh tut, werde ich anders vorgehen; das verspreche ich Ihnen."

Dann begann er über Skier zu reden, während die Spritzen vorbereitet wurden. Arthur schien der Chirurg sich etwas gezwungen auszudrücken, wie jemand, der gewissen Gesprächsthemen ausweichen will. Die Einspritzungen taten rasch ihre Wirkung. Der ganze obere Teil des Gesichtes verhärtete sich; es war das gleiche Gefühl wie beim Zahnarzt, wenn er einen Zahn zieht und Zahnfleisch und Lippen gefühllos und steif werden.

„Tut es hier weh?" fragte der Arzt.

„Nein. Gar nicht", antwortete Arthur.

Er spürte die Finger auf seiner Haut und auch härtere Dinge. Wahrscheinlich waren das die chirurgischen Instrumente, aber sie riefen keinerlei Schmerz hervor.

Arthur krampfte sich etwas zusammen, als sie die Augen berührten.

„Tut es weh?" fragte die Stimme.

„Nein", sagte Arthur.

„Können Sie etwas sehen?"

„Überhaupt nichts."

„Aber den Lichtschein nehmen Sie doch wahr?"

„Gar nicht."

„Und jetzt?"

„Auch nicht."

Jetzt war etwas Kaltes tief in seinem Auge, aber das Gefühl war eigentlich nicht schmerzhaft.

„Herr Doktor", fragte Arthur, „warum kann ich nichts sehen?"

„Ja, mein Lieber. Das kommt daher, weil Ihre Augen sehr beschädigt sind. Die Sehnerven sind verletzt."

„Aber . . ., glauben Sie, daß man das heilen kann?"

„Wissen Sie was? Wir werden folgendes machen: Sie bleiben ein paar Tage hier, um sich auszuruhen, und dann müssen Sie in Behandlung zu einem Augenspezialisten. In Lyon gibt es ein paar sehr gute. Professor Paufigue ist einer der besten auf der ganzen Welt. Er wird Sie untersuchen und schauen, was sich machen läßt."

Nach ein paar Sekunden fügte er hinzu: „Er kann Wunder vollbringen, wissen Sie."

Bei dem Wort Wunder wußte Arthur, daß er blind war. Er ballte die Fäuste auf dem Operationstisch, das war das einzige äußere Zeichen des Entsetzens, das ihn überkam. Es gelang ihm, mit fast normaler Stimme zu sagen: „Danke, Herr Doktor."

JETZT war er schon seit drei Wochen in der Nacht.

„Die Nacht", das ist der übliche Ausdruck, aber bei Arthur traf er nicht ganz zu. Er lebte nicht im Dunkel, in der Finsternis. Eine außergewöhnlich bunte Welt in steter Bewegung umgab ihn. Arthur

fand die Bilder aus seiner Kinderzeit wieder, als er sich oft damit
vergnügt hatte, die Finger auf die geschlossenen Augenlider zu
drücken.

Da sprühten Sterne auseinander, Kreise bildeten sich in den selt-
samsten Farben: flammendes Rot, blendendes Grün, leuchtendes
Blau; Spiralen drehten sich und vermischten die Farben. Nur eins
hatten sie gemein: die fast unerträgliche Kraft ihres Lichts.

Es gab Augenblicke, in denen Arthur zweifelte. Manchmal bildete
er sich ein, es werde nur eine Zeitlang dauern, und dann werde er
wieder sehen – vielleicht nicht so wie früher, aber immerhin so viel,
daß er sich allein durchschlagen konnte. Aber der Arzt hatte keinen
Zweifel gelassen: Er hatte von durchtrennten Sehnerven gesprochen,
von völlig zerstörten Augäpfeln, hatte ihm alles in klaren einfachen
Worten erklärt, sich zwar sehr rücksichtsvoll und mit Taktgefühl
ausgedrückt, ihm aber keinerlei Hoffnung gelassen.

Arthur gehörte zu der kräftigen, beherrschten und verschwiegenen
Bergbauernart, wo man es haßt, vor anderen seine Gefühle zur Schau
zu stellen. Die Krankenschwestern fanden ihn nett, höflich und waren
erstaunt, von diesem Zwanzigjährigen nie ein Wort der Klage oder
Auflehnung zu hören. Der Assistent des Professors besuchte ihn jeden
Morgen.

„Ich glaube, es hat keinen Sinn, Sie noch länger hierzubehalten",
sagte er eines Morgens. „Die Wunden verheilen gut, und es besteht
kein Anlaß, Komplikationen zu befürchten. Das Leben im Krankenhaus ist auch nicht gerade lustig."

Der Arzt schwieg und wartete auf eine Antwort, die nicht kam.
„Darf ich Ihnen einen Rat geben? Ich halte es nicht für gut, wenn
Sie jetzt gleich nach Hause zurückkehren. Im Familienleben lernen Sie
nicht, sich zurechtzufinden. Man wird Sie bedauern, man wird Ihnen
jede Mühe ersparen und Sie vor allem beschützen wollen. Sie müssen
jetzt aber lernen, sich selbst zu helfen. Denn man kann sich helfen;
das müssen Sie wissen – auch wenn man nicht sehen kann. Geruch,
Gehör, Geschmack und Tastsinn können weiterentwickelt werden;
sie sind dazu bereit, aber man muß sie dazu erziehen, das Fehlende
zu ersetzen. Manche Menschen, die nicht sehen können, haben großartig Karriere gemacht."

„Und wozu raten Sie mir, Herr Doktor?"

„Erst einmal in ein Rehabilitationszentrum zu gehen. Es gibt ein

paar ausgezeichnete hier in Lyon. Dort lernt man, sich zurechtzufinden, zu leben und zu arbeiten, auch ohne zu sehen."

„Dauert das lange?"

„Das kommt auf den Menschen an und auf den Beruf, den man
sich aussucht. Aber Sie müssen auf jeden Fall mit ein bis drei Jahren
rechnen."

„Und dort lebt man unter Blinden?"

„Ja. Das ist auch viel besser so. Überlegen Sie sich das einmal.
Wenn Sie wollen, kann ich jemanden von der Anstalt bitten, Sie zu
besuchen."

Der Tag verging langsam. Arthur hatte zu Mittag gegessen; tastend
hatte er dabei Gabel, Brot und Weinglas ergriffen. In den ersten
Tagen hatte man ihm den Wein oder das Wasser eingegossen, jetzt
konnte er das schon selbst besorgen, und er gab sich große Mühe,
keinen Tropfen zu verschütten. Das Zimmer war ihm bereits vertraut; er kannte die Entfernung zwischen dem Bett und dem Sessel,
zwischen Waschtisch und dem kleinen Tisch. Gegen zwei Uhr nachmittags nahm ihn eine Krankenschwester am Arm und führte ihn in
den Park. Sie erzählte ihm, wie herrlich der Sommer in diesem Jahr
sei, aber Arthur fühlte sich in der Stadtluft beklommen. Die sauer-
stoffreiche Bergluft von Morzine fehlte ihm.

Einmal war er in Panik geraten. Schwester Helene, eine etwas
griesgrämige Alte, wurde während des Nachmittagsspaziergangs in
ein anderes Gebäude abberufen. „Bleiben Sie hier", hatte sie gesagt.
„Ich bin in fünf Minuten wieder zurück."

Arthur hörte, wie ihre Schritte sich auf dem Kies entfernten. Er
war regungslos stehengeblieben. Er hörte Vogelgezwitscher und weiter entfernt das Motorengeräusch der Wagen auf dem Boulevard.
Er wußte, daß das Krankenhaus rechts liegen mußte, denn beim
Hinausgehen hatten sie diese Richtung eingeschlagen. Die Bänke
unter den Bäumen, wo er oft gesessen hatte, mußten also ihm gegenüber sein. Er begann vorsichtig mit vorgestreckter Hand zu gehen,
aber er fand nichts. Er glaubte, vielleicht zu weit links zu sein, und
wandte sich nach rechts. Plötzlich stieß er mit der Stirn an und holte
sich einen Kratzer. Warum hatte seine vorgestreckte Hand das Hindernis nicht berührt? Er tastete und fand eine steinige Kante. Aha,
dachte er, ich bin an der Ecke eines Gebäudes. Er kehrte um und
irrte einige Minuten, ohne eine Ahnung zu haben, wo er war, herum.

Angst überkam ihn; obgleich sein Verstand ihm sagte, daß er den Park nicht verlassen hatte und daß das Krankenhaus ganz nahe war, geriet er in Panik.

Da hörte er ganz nahe eine Stimme: „Was suchen Sie?"

„Gebäude C, Nummer 144."

In sein Zimmer zurückgekehrt, ließ er sich auf seinen Sessel fallen. Etwas Feuchtes drang aus der Stelle, wo einst seine Augen waren, und benetzte den Verband, den er noch trug. So entdeckte Arthur, daß er noch weinen konnte. Er verspürte ein wahnsinniges Verlangen, nach Morzine heimzukehren und all das wiederzufinden, was bisher sein Leben gewesen war. Dort wäre er endlich nicht mehr allein – so schien es ihm –, und selbst ohne sehen zu können, konnte er wenigstens mit seinen Eltern und Geschwistern, mit Albert und den anderen Kameraden sprechen. Aber die Worte des Arztes kamen ihm in ihrer ganzen Unerbittlichkeit wieder in den Sinn: Dort würde er „der arme Arthur" sein, man würde ihm helfen müssen, über die Straße zu gehen, man würde ihn allein lassen, während die anderen zu ihrer Arbeit, zum Skilaufen, zum Tanzen oder ins Kino gingen. Was konnte er dort schon tun? Er wäre nur eine Last für seine Eltern. Für den Unfall war niemand als er verantwortlich, und die Versicherung würde bestimmt nichts bezahlen. Und was würde aus ihm werden, wenn die Eltern nicht mehr da waren? Vielleicht würde einer seiner Brüder oder Schwestern ihn bei sich aufnehmen, und bald wäre er allen lästig . . .

Nachts schlief er schlecht, und am nächsten Morgen, als der Arzt ihn besuchte, sagte er nur: „Ich hab's mir überlegt, Herr Doktor. Könnte der Herr, den Sie erwähnt haben, einmal vorbeikommen?"

AM TON der Stimme erkannte er einen Mann reiferen Alters. „Mein Name ist Denis Cochin", sagte er. „Ich bin der Leiter des Rehabilitationszentrums. Wie ist es Ihnen passiert?"

Arthur mußte seine Geschichte erzählen. Er tat es zuerst zögernd, aber am Schluß war er selbst erstaunt, soviel geredet zu haben.

„Ja", sagte der Mann. „Das ist ein furchtbarer Schlag. Aber siehst du – du gestattest doch, daß ich dich duze? –, in unserem Fall gibt es zwei Möglichkeiten zu reagieren: entweder, man gibt gleich auf, oder man lebt weiter. Und man kann weiterleben, weißt du? Mir ist es 1916 am Chemin des Dames passiert; eine Maschinengewehrsalve.

Als ich merkte, was mir geschehen war, habe ich verzweifelt nach einem Revolver gesucht. Das schien mir besser als ein verpfuschtes Leben. Gott sei Dank hatten die Kameraden alles versteckt. Dann bin ich wieder nach Lyon gekommen. Zu Anfang war es sehr schwer. Es gab damals noch nicht viel, was uns helfen konnte. Ich habe alles noch einmal von Anfang an mit den Kindern in der Blindenschule lernen müssen. Für die ist es etwas anderes; die meisten sind von Geburt an blind, sie haben noch nie gesehen. Wir dagegen kennen Dinge, Formen und Farben. Wir wissen, wozu das und das gut ist, was man damit anfangen kann. Das macht es immerhin schon leichter."

„Gestern habe ich mich im Park verlaufen", sagte Arthur.

„Ja. Das wird dir noch einige Male passieren. Du wirst gemerkt haben, wie schnell man in Panik gerät. Das ist alles eine Frage der Geduld. Heute machst du zehn Schritte, morgen zwanzig, und eines Tages überquerst du den Place des Terreaux bei vollem Verkehr und hast überhaupt keine Angst."

„Es ist also eine Frage des Trainings."

„Du sagst es. Und dabei gibt es, wie überall, die, die nicht aufgeben, und die, die gleich schlappmachen. Ich habe das Gefühl, du gehörst zur ersten Gruppe. Übrigens bist du ja auch aus Savoyen; das will schon etwas heißen."

„Aber", warf Arthur ein, „wie ist das mit meinen Eltern?"

„Mach dir ihretwegen keine Sorgen. Wenn du dich entschließt, zu uns zu kommen, werde ich es ihnen erklären. Du wirst sehen, wir haben augenblicklich ein paar nette Jungen bei uns; einige sind in deinem Alter."

„Und . . . was wird das kosten?"

„Auch da kannst du beruhigt sein. Das Institut untersteht der Sozialversicherung. Also, wie ist es? Was hast du beschlossen?"

„Ich komme", sagte Arthur. „Das wird am besten sein."

„ARTHUR, bist du das?"

Die Stimme war tief und warm, der Ton freundlich.

„Ich bin Olivier. Dies ist Georges . . ."

„Ich bin da", sagte eine andere Stimme.

„Claude . . ."

„Hier."

„Joseph . . ."

„Ist da."

„Und Manuel. Manuel, wo bist du?"

„Er muß rausgegangen sein", sagte jemand.

„Ach was! Ich bin hier." Und Manuel fügte mürrisch hinzu: „Kann man denn nicht mal in Ruhe lesen?"

„Lesen?" fragte Arthur. Seine Stimme klang so erstaunt, daß der Mann namens Olivier lachte.

„Und ob! Wir haben hier eine Menge Bücher. Hast du noch nie von der Brailleschrift gehört?"

„Nein", sagte Arthur.

„Aber wo kommst du denn her?"

„Aus Morzine in Hochsavoyen."

„Das scheinen schöne Hinterwäldler zu sein", sagte jemand.

„Immerhin haben wir nie Blinde im Dorf gehabt", erwiderte Arthur ein wenig verärgert, „außer ein paar ganz alten."

„Erkläre es ihm, Olivier", bat eine andere Stimme.

„Das ist ganz einfach. Da wir nicht mehr mit den Augen lesen können, machen wir es mit den Fingerspitzen. Paß auf! Gib mir deine Hand. Manuel, du gestattest? Wo sitzt du eigentlich?"

„Hier", sagte Manuel.

Arthur spürte, wie man seine Finger führte. In ein Pappblatt waren erhabene Punkte gestanzt, und man erkannte verschiedene Zeichen und Linien.

„Fühlst du es?" fragte Olivier.

„Da sind Punkte", sagte Arthur.

„Und diese Punkte bilden Wörter. Du brauchst nur das Alphabet zu lernen, und schon kannst du fast ebenso rasch lesen wie mit den Augen."

„Das muß aber schwer sein."

„Wenn du einigermaßen begabt bist, hast du es in drei Monaten geschafft."

Das war Arthurs erste Fühlungnahme mit dem Haus am Saône-quai. Das altehrwürdige Gebäude war von einer reichen Lyonerin dem Blindeninstitut gestiftet worden. Ein Rasenstreifen trennte es vom Quai; der Straßenverkehr verebbte hier schon, da das Haus am Stadtrand lag. Das Zentrum war für etwa fünfzig Menschen einge-richtet. Die Mädchen lebten im rechten Flügel, die jungen Männer

im linken. In der Mitte des Gebäudes befanden sich die Klassenzimmer, der Speisesaal und die Diensträume.

Außer beim Unterricht und während der Mahlzeiten lebte man in
Gruppen zu sechst. Denis Cochin, der Anstaltsleiter, den man „den
Alten" nannte, hatte festgestellt, daß das Beisammensein in zu großen
Gruppen für die Blinden zu anstrengend war. Im Wirrwarr der Stimmen und Geräusche war es schwer, die einzelnen herauszuhören, voneinander zu unterscheiden und zu wissen, woher sie kamen. Daher
hatte er die Insassen in Sechsergruppen eingeteilt. Jede dieser „Familien" verfügte über kleine Einzelzimmer und einen größeren Gemeinschaftsraum mit Tischen, Sesseln, einem Radioapparat und einem
Plattenspieler. Man zeigte Arthur die auf den Gängen in Handhöhe
angebrachten, hervortretenden Orientierungszeichen. So las er auf
diese Art ein „A", wo sich seine Familie befand, und eine Zahl an
jeder der Türen. Da er als letzter gekommen war, bewohnte er
Nummer 6 und betastete lange und aufmerksam die Rundungen
seiner Kennzahl.

Man zeigte ihm auch die im Laufe der Zeit angebrachten Zeichen,
mit denen man Mühe und Gefahr vermeiden konnte. Kleine Hart-
gummileisten, die der Fuß vor jeder Treppe fand, eine Kerbe auf
dem Geländer, die die letzte Stufe anzeigte, plastische Pfeile unter
der Blindenschrift, die die Richtung zum Klassenzimmer, Speisesaal,
zu den Toiletten und zum Ausgang angaben.

Es war eine seltsame, ganz für die Blinden eingerichtete Welt, der
sich Arthur ohne Schwierigkeiten anpaßte. Die ersten Unterrichtsstunden jedoch waren weniger einfach. Man hatte ihn gewarnt. „Hier ist
es wie überall; du wirst keinen Beruf erlernen, ehe du nicht lesen und
schreiben kannst." Er mußte alles noch einmal von vorn anfangen:
ein Alphabet, das aus Punkten bestand, Buchstabierübungen und
Schreiben, indem man mit einem Stichel Löcher in einen Pappkarton
sticht. Manchmal schien es Arthur, wenn er an seinem Tisch arbeitete,
daß die Zeit sich um zehn Jahre zurückgedreht hatte und er wieder
im Schulzimmer von Morzine saß. Zuweilen stellte er sich sogar vor,
er brauche nur den Kopf zu heben, um die Gipfel der Berge vor
dem Fenster zu sehen.

Und das tat am meisten weh; jedesmal, wenn er an sein Dorf, an
sein Zuhause dachte, überkam ihn Wehmut. Jetzt war es Herbst, und
er brauchte nur den Geruch feuchter Blätter oder eines Holzfeuers

wahrzunehmen, und schon stiegen die Bilder seiner Heimat in ihm auf und beschäftigten ihn stundenlang. Das goldgelbe und rotbraune Laub auf der Straße nach Thonon, das Unterholz, der Aufbruch zur Jagd in der Morgendämmerung, der erste Rauch auf den Dächern der Bauernhäuser, die ersten Schneeflocken ...

„Er hat eine Krise", sagte Olivier dann.

Und die anderen belästigten ihn nicht, denn jeder hatte Augenblicke, in denen er in die Vergangenheit zurückkehrte, zu alldem, was keiner von ihnen je wieder sehen würde.

Nach und nach hatte Arthur die Mitglieder seiner Familie besser kennengelernt. Olivier spielte eine Art von Führerrolle. Er selbst hatte nichts dazu getan, aber die anderen hatten sogleich seine Autorität erkannt; vielleicht hatte seine Vergangenheit sie beeinflußt. Olivier war Leutnant in Algerien gewesen und war auf eine Mine geraten. Es hieß, er stamme aus einer reichen Familie aus Lyon, weigere sich aber, zu den Seinen zurückzukehren, bevor er wieder „ein normaler Mensch" geworden sei. Er war fröhlich und freundlich, aber seine Ratschläge wurden für die Gruppe meist Befehle.

Georges war der Spaßmacher der Gruppe. Er redete gern und viel, aber nie über sich selbst. Man hatte im Büro nur gehört, daß er in der Fremdenlegion war. Joseph war ein ehemaliger Marinefunker. Er war bei einem Unfall erblindet; ein Meßapparat war explodiert. Der etwas ältere Claude war still und bescheiden. Er war nach dem Zweiten Weltkrieg nach Indochina ausgewandert und hatte mehrere Jahre im Mekongdelta gelebt. Eine Maschinengewehrsalve hatte ihn blind gemacht. Von seinen Eltern, die einen Bauernhof hatten, erhielt er oft Pakete, die er stets gerecht und brüderlich mit seiner Familie teilte.

Schließlich gab es noch Manuel, dessen Stimme man am wenigsten hörte. Merkwürdigerweise fühlte sich Arthur gerade zu ihm am meisten hingezogen; vielleicht weil sie beide eher zur Verschwiegenheit neigten. Über Manuel wußte man nichts; weder was er früher war, noch was er vorhatte, wenn er das Institut verlassen würde. Manuel nahm Musikunterricht und spielte Orgel, aber auch darüber ließ er sich nicht aus.

An einem Herbstabend saßen die sechs nach dem Essen im warmen Gemeinschaftsraum beisammen. Als Arthur eintrat, klang ihm Plattenmusik entgegen, und er setzte sich still an seinen gewohnten Platz.

Musik interessierte ihn nicht besonders, aber sie störte ihn auch nicht. Er übte seine Brailleschrift und ging die Tageslektion wieder und wieder durch. Aber an diesem Abend war er in einer ganz neuen Stimmung. Die langen, beschwingten Klavierläufe, die schwellenden Orchesterakkorde – es klang wie ein Aufstieg, wie damals, als er als kleiner Junge mit der Sesselbahn fuhr, wie das Dorf sich immer mehr entfernte und der Blick frei über die Bergesgipfel bis zum im Sonnenlicht glänzenden Montblanc schweifte. In dieser Musik ertönte das alles: der langsame, gemächliche Aufstieg der Viehherden in die Bergweiden, die Pfade im Wald mit ihren Lichttupfen und vielschichtigen Schatten, die Skiabfahrten im Winter, wenn der überfrorene Schnee unter den Brettern kracht, das Rieseln des Bergbaches im hohlen Baumstamm, wo die Waldtiere zur Tränke kamen, die Heuwagen, die gefällten Tannenbäume im Felsgeröll ...

Als die Musik beendet war, rief er unwillkürlich aus: „Ah, das war schön! Was war das?"

„Die *Symphonie cévenole*. Man nennt sie auch ‚Symphonie über ein Thema aus den Bergen'", sagte eine Stimme.

„Und von wem ist sie?"

„Von Vincent d'Indy."

Dann – nach einem Augenblick des Schweigens – fragte der sonst so schweigsame Musiker Manuel: „Hast du etwas gesehen, bei dieser Symphonie?"

„Mein ganzes Dorf", sagte Arthur.

Und da die anderen schwiegen, begann er ihnen von all den Bildern zu erzählen, die ihm in bunter Folge erschienen waren. Er sprach in schlichten, einfachen Worten, ohne jede Phrase – er wußte nicht einmal, ob man ihm zuhörte.

Als er geendet hatte, räusperte sich Georges und sagte: „Na, hör mal, das hast du uns ja bis jetzt verschwiegen. Du bist ja ein Dichter, Arthur."

„Ach was, ein Dichter", protestierte Arthur.

„Doch", sagte Olivier, „es ist wahr. Bei den wirklich naturverbundenen Menschen findet man die wahren Dichter."

„Mag sein", bemerkte Manuel.

„Manuel, ich habe gehört, du spielst Orgel, nicht wahr?" fragte Arthur.

„Scheint so."

„Du könntest uns doch einmal etwas vorspielen."

„Hier gibt es keine Orgel."

„Wo übst du dann?"

„In der Kathedrale von St-Jean."

„Wir könnten doch mal hingehen", schlug Georges vor.

„Warum wollt ihr ausgerechnet in die Kirche? Macht euch das soviel Spaß?"

Man hätte meinen können, Manuel wolle sie verletzen.

„Bist du dagegen?" fragte Olivier.

„Ach, laßt mich doch in Ruhe mit dem verdammten Zeug", erwiderte Manuel heftig. Dann stand er auf. „Gute Nacht, ich gehe schlafen." Er ging hinaus, und sie hörten, wie er die Tür seines Zimmers zuschlug.

„Wenn man bedenkt, daß der Junge beinahe Pfarrer geworden wäre", sagte Claude.

„Was erzählst du da?" fragte Olivier.

„Ehrenwort. Der Alte hat es mir gesagt. Er war Seminarist und gerade vor der Priesterweihe, habe ich gehört." Und er fügte mit einem Seufzer hinzu: „Noch so eine Schweinerei aus Algerien."

„Aber er geht doch niemals zur Messe!"

Bestürzt stellte Arthur diese Tatsache fest, die ihm bedenklich, wie ein Verstoß gegen das Gesetz, gegen die Moral erschien.

„Wahrscheinlich ist ihm die Lust dazu vergangen", sagte Joseph.

„Aber das muß ja furchtbar für ihn sein", fuhr Arthur fort. Ein Abgrund schien sich vor ihm aufzutun.

„Wenn du glaubst, daß es für einen von uns lustig ist", sagte Georges.

„Nun aber mal Schluß, Jungens. Die Tränenstube ist geschlossen!" Olivier spielte seine Führerrolle.

„Du hast schon recht, Olivier", sagte Arthur leise, „aber immerhin, die einen ertragen es doch sicher schwerer als die anderen. Sieh mal, ich zum Beispiel, ich kann mich immer noch durchbringen. Ich kann Holzpantoffeln und Andenken schnitzen, ich kann mir wenigstens mein Brot verdienen, aber ein blinder Pfarrer – das ist doch unmöglich."

„Und ein blinder Verlobter, glaubst du vielleicht, das sei möglich?" Der friedliche Claude schrie fast.

„O Gott, es fängt schon wieder an."

„Jetzt hör mal zu, Olivier, halt den Mund, und laß uns ein bißchen in Ruhe, ja?" Es war Georges' hohe Stimme, aber diesmal machte er keinen Spaß. „Natürlich hast du im Grunde recht, es ist schon besser, wenn man nicht zuviel davon spricht, aber bildest du dir etwa ein, daß man die Dinge so aus der Welt schafft? Ich finde, es ist viel schlimmer, wenn man alles für sich behält." Er schlug sich bei diesen Worten auf die Brust. Dann fuhr er grimmig fort: „Herrgott noch mal! Wir sind doch hier unter Kameraden. Wenn wir nicht miteinander sprechen können, mit wem denn sonst?"

„Na schön", sagte Olivier leise, „ihr wollt darüber reden. Also gut! Was habt ihr zu sagen?"

Und da niemand antwortete, sagte er: „Seht ihr? Da habt ihr es."

„So. Ich gehe jetzt schlafen", sagte Joseph. „Wenigstens wenn man schläft ..."

Im Wirrwarr, der folgte, als alle aufbrachen, war Arthurs Stimme deutlich zu hören. „Ein blinder Pfarrer ... Könnt ihr euch das vorstellen?"

AM ÜBERNÄCHSTEN Tag fand Arthur endlich die Gelegenheit, die er seit dem Abend der *Symphonie cévenole* gesucht hatte. Manuel erwartete den Wagen, der ihn zur Kirche bringen sollte. Sie saßen beide auf einer Bank vor dem Haus, und die Herbstsonne schien mild.

„Manuel, ist es wahr, daß du beinahe Pfarrer geworden wärst?" fragte Arthur.

„Wer hat dir das erzählt?" fragte Manuel.

„Das ist doch gleich. Stimmt es?"

„Hör mal", sagte Manuel, „ich schulde niemandem eine Erklärung."

„Natürlich", sagte Arthur leise, „ich verstehe schon. Ein blinder Pfarrer, das ist eben unmöglich."

„Darum geht es gar nicht. Auch als Blinder kann man nützlich sein. Zum Beispiel in einer Anstalt wie hier."

„Also?"

„Arthur, bist du gläubig? Hast du das, was man den Glauben nennt?"

„Ich nehme an, ja."

„Dann behalte ihn mal", sagte Manuel bitter.

„Das ist es also." Dann, bedauernd: „Glaubst du nicht mehr?"

„Ich weiß es nicht. Es war alles so einfach. Schon als Kind fühlte ich mich berufen. Zuerst das kleine Seminar, danach das große. Ein vorgezeichneter Weg. Und dann Algerien – was ich da gesehen habe. Weißt du überhaupt, was das ist, wenn ein ganzes Dorf verbrennt, mit den Kindern in den Hütten? Weißt du, was Folter, Erschießungen, Schwerverletzte sind?"

„Nein. Aber es sind doch die Menschen, die das tun."

„Jawohl, Menschen! Gläubige auf beiden Seiten, Mohammedaner und Christen."

„Das beweist nur, daß diese Menschen nicht auf ihren Gott hören. Das ist alles."

„Und daß Gott es zuläßt, das macht dir gar nichts aus?"

„Weißt du, ich glaube nicht, daß Gott sich in alles einmischt, was wir tun. Später vielleicht ..., aber jedenfalls nicht jetzt. Daher kann man ihn schließlich nicht für die Blödheiten der Menschen verantwortlich machen."

Sie saßen schweigend.

„Ich höre den Wagen. Ich gehe. Bis heute abend."

„Bis heute abend", antwortete Arthur.

Während Manuels Schritte sich entfernten, fügte er zu sich selbst hinzu: „Wenn die es aufgeben, wo kommen wir da hin?"

AN EINEM Freitag herrschte große Geschäftigkeit. Man half sich gegenseitig von Zimmer zu Zimmer, um die Sonntagsanzüge zu finden, die neuen Schuhe zu putzen und die Krawatten zu binden. Georges witzelte: „Ich frage mich, wie es bei den Mädchen zugeht."

Die achtundvierzig Pensionäre waren zu einer Opernvorstellung eingeladen. Am Vorabend hatte Manuel, der am meisten von Musik verstand, einen kleinen Einführungsvortrag über Pelléas und Mélisande von Debussy gehalten und seine Ausführungen mit Schallplattenbeispielen begleitet.

Um acht Uhr zwanzig wartete der Bus am Quai; der Alte stand in der Tür und zählte seine Schützlinge. Jeder rief seinen Namen, als er an ihm vorbeiging. Arthur war einer der letzten und hatte sich vorne neben den Chauffeur gesetzt. Das Ganze wirkte wie eine Abreise in die Ferienkolonie; fröhliches Lachen und Rufen hallte durch den Bus. Der Chauffeur zog die Handbremse: „So, jetzt sind wir da."

Eine Stimme von draußen: „Sie dürfen hier nicht anhalten."

„Aber Herr Wachtmeister, ich kann sie doch nicht drüben am Platz absetzen. Es sind Blinde."

„Es sind Blinde", dieser Satz verfolgte Arthur den ganzen Abend. Er hörte ihn im Flüsterton, als sie in das Theater traten, bei der Billettkontrolle, beim Programmverkäufer. Und wie lächerlich fühlte er sich, als sie im Gänsemarsch die Treppe hochgehen und einer den anderen am Rockschoß halten mußte, so daß sie sich nicht verloren.

Seine Kameraden hatten wohl ähnlich empfunden; während der Pause blieben sie auf ihren Plätzen und wechselten nur leise ein paar Worte miteinander. Als die Vorstellung zu Ende war, ließ man zuerst alle anderen Zuschauer aus dem Saal, bis man ihnen hinaus half. Die Rückfahrt im Bus verlief in gedrückter Stimmung.

Arthurs Sechsergruppe fand sich im Gemeinschaftsraum der Familie wieder. „Es war eine Schlappe", fand Georges.

„Eigentlich hat es keinen großen Sinn, ins Theater zu gehen", sagte Manuel. „Eine gute Schallplatte macht fast den gleichen Eindruck."

Aber niemand wagte zu erwähnen, was sie am meisten beeindruckt hatte: das Mitleid der Leute, das sie ihr Gebrechen wieder so deutlich empfinden ließ. Wenn sie unter sich waren, spürten sie es viel weniger und vergaßen es fast.

WEIHNACHTEN stand vor der Tür, und fast alle packten ihre Koffer. Von den sechsen der Familie blieb Joseph als einziger im Haus am Saônequai. Er habe Arbeit, sagte er. Tatsächlich brachten ihm einige Radiogeschäfte aus Lyon Reparaturarbeiten für ihre Kunden und waren verblüfft, mit welcher Geschwindigkeit der ehemalige Marinefunker die Ursachen der Störungen herausfand.

Olivier hatte vor, die Feiertage in Lyon bei seiner Familie zu verbringen, Manuel fuhr nach Nordfrankreich, und Georges tat sehr geheimnisvoll und wollte das Ziel seiner Reise nicht verraten, aber als die anderen inzwischen von einer schwatzhaften Reinemachefrau erfahren hatten, daß das Foto einer jungen Frau Georges' Nachttisch zierte, war es ein offenes Geheimnis geworden.

Claude und Arthur hatten beschlossen, zusammen mit der Bahn bis nach Bourg-en-Bresse zu fahren. Sie waren dem Chauffeur der Anstalt im stillen dankbar, daß er darauf bestanden hatte, sie zum Bahnhof zu fahren und sie in den Zug nach Bourg zu setzen. Der Gang durch die Bahnhofshalle und die unterirdischen Passagen hatte sie sehr verwirrt. All die Stimmen, von denen man nicht wußte, woher sie kamen, die Ansagen über die Lautsprecher, das Gedränge, Koffer, die ihnen an die Waden schlugen, das Donnern der einfahrenden Züge – all das schuf ein phantastisches Durcheinander, das in seiner Bildlosigkeit zu einem Alptraum wurde.

Sie waren um acht Uhr vierundvierzig in Lyon abgefahren und saßen nun nebeneinander in einem Zweite-Klasse-Abteil, in dem es nach kaltem Zigarettenrauch roch. Der Zug ratterte bei der Ausfahrt über zahlreiche Weichen.

„Bist du schon einmal zu Hause gewesen, seit du im Institut bist?" fragte Arthur.

„Ja, im letzten Sommer", antwortete Claude. „Ich bin zwei Monate lang geblieben."

Da er nichts über seine damaligen Empfindungen und Erfahrungen sagte, stellte Arthur keine weiteren Fragen. Sie sprachen überhaupt wenig und nur in kurzen Sätzen; über das Institut, einen Lehrer oder einen Kameraden. Der Schnellzug hielt um zehn Uhr zwölf in Bourg.

„Meine Eltern sind sicher hier", sagte Claude.

Und da waren sie auch schon. Arthur erriet es aus ihren Stimmen, daß sie den ganzen Zug entlanggerannt waren, um die beiden blinden jungen Männer an der Tür ihres Wagens zu treffen.

„Das ist Arthur", sagte der Sohn. „Er fährt nach Morzine zu seinen Eltern. Sein Zug geht erst um zwölf Uhr vierundfünfzig ab."

Aus der kleinen Pause, die folgte, erriet Arthur, was sich abspielte. Claudes Vater hatte der Mutter einen fragenden Blick zugeworfen, und nachdem sie ihm zugenickt hatte, verkündete er: „Na, Jungens. Jetzt gehen wir ins Bahnhofsbüfett und trinken ein Glas."

Vereinzeltes Klirren von Gläsern und Untertassen, murmelnde Gesprächsfetzen; im Bahnhofsrestaurant von Bourg war um diese Stunde nicht viel los. Sie bestellten Bier und eine Limonade für Claudes Mutter. Die Zeit wurde lang. Arthur fühlte sich verlegen. Er konnte sich denken, daß die Leute nur einen Wunsch hatten: ihren Sohn so rasch als möglich nach Haus auf den Bauernhof zu bringen, diese Stadt, diesen Bahnhof mit seinem Kommen und Gehen eiligst zu verlassen. Er traute sich schließlich, es ruhig und ohne sie zu verletzen auszusprechen.

„Aber wie können Sie Ihren Bahnsteig finden?" fragte Claudes Mutter besorgt.

„Ich werde einen Bahnbeamten bitten", sagte Arthur, „machen Sie sich nur keine Sorgen. Sie wollen doch nicht zwei Stunden lang hier herumsitzen."

Als sie gegangen waren, blieb Arthur sitzen, aber er spürte die Blicke der Anwesenden auf sich. Da waren die frische Luft und die Ruhe des Bahnsteigs vorzuziehen. Er wartete, bis jemand an ihm vorbeikam, der ihn zum Gleis Nummer 3 brachte, wo der Zug nach Modane, den er nehmen mußte, hielt. Dort übernahm ihn ein Eisenbahner und führte ihn zu einer Bank.

„Der Zug hält genau vor Ihnen, verstehen Sie? Steigen Sie nicht auf der anderen Seite ein, sonst fahren Sie nach Paris."

Am öligen Geruch des Händedrucks erkannte Arthur, daß der Mann auf den Schienen zu tun hatte und an haltenden Zügen die Achsen prüfte.

Er stellte seinen Koffer gegen sein rechtes Bein und legte seinen weißen Stock darauf. Er mußte lächeln, als er an diesen Stock dachte. In Lyon hatte er sich lange gesträubt, dieses sichtbare Zeichen seines Gebrechens zu benutzen. Der Alte hatte es ihm erklären und die Kameraden hatten ihm zureden müssen, bis er sich damit abfand.

„Der weiße Stock", so hatten sie ihm erklärt, „ist nicht dazu da, das Mitleid der Leute zu erwecken, aber er erspart es dir, um Gefälligkeiten zu bitten. Wo man ihn sieht, halten die Wagen an, hilft man dir, die Straße zu überqueren, und achten die Polizisten auf dich. Wie sollen sie es denn sonst wissen?"

Unwillig hatte Arthur sich ihren Begründungen gefügt, und dann hatte er sich nach und nach – wie an alles andere – daran gewöhnt.

Ein Lautsprecher verkündete näselnd die Ankunft des Eilzugs. Von ferne ertönte ein Donnern, kam näher und stieg zu einem fürchterlichen, kreischenden Lärm an. Arthur fragte sich, ob der Zug jemals zum Stehen kommen würde. Das Quietschen der Bremsen beruhigte ihn. In der wiederhergestellten Stille drang eine Stimme an sein Ohr:

„Wo fahren Sie hin?"

„Nach Culoz", antwortete Arthur.

„Dann sind Sie hier richtig", sagte die Stimme.

Eine Hand führte ihn. Seine Füße stiegen drei Stufen empor, er schob sich ein wenig im Gang voran und wartete mit seinem Koffer in der Hand. Er wußte ja nicht, ob die Abteile besetzt waren oder nicht.

Ein Pfiff ertönte, man hörte das Geräusch der Druckluftbremsen, und der Zug setzte sich in Bewegung. Arthur zögerte, dann stellte er seinen Koffer ab und tastete sich an den kalten Metallstangen vor den Fenstern entlang. Mit seiner linken Hand suchte er die Türgriffe der Abteile; plötzlich tastete sie ins Leere.

Arthur fragte: „Ist hier noch ein Platz frei?"

Niemand antwortete. Er tastete sich weiter und fand die Sitze. Jetzt kehrte er in den Gang zurück, nahm seinen Koffer und konnte sich endlich setzen. Er legte den Kopf zurück und empfand ein behagliches Gefühl. Er verspürte Ruhe, fast Zufriedenheit. Er war in den Zug gestiegen, hatte ganz allein in einer unbekannten Umgebung einen Platz gefunden. Er schlief nicht, aber er träumte vor sich hin. Morzine, der Hof von Les Prodains und das verschneite Tal erschienen in seinen Gedanken. Eine Stimme verscheuchte die schönen Bilder. „Fahrkartenkontrolle. Ihre Fahrkarte bitte."

Er holte sie aus der Jackentasche und hielt sie dem Schaffner hin.

„Sie wissen doch, daß Sie hier in der ersten Klasse sitzen?" fragte der Mann.

„In der ersten Klasse?" sagte Arthur erstaunt. „Nein. Man hat mir in diesem Wagen geholfen. Das wußte ich nicht."

„Wie bitte? Das wußten Sie nicht? Haben Sie denn nicht gesehen, wo Sie eingestiegen sind?"

„Nein", antwortete Arthur. Es tat ihm immer noch weh, die Worte auszusprechen: „Ich bin blind."

„Ach!" sagte der Mann. „Entschuldigen Sie bitte. Lassen Sie mal sehen, wo fahren Sie hin?"

„Nach Thonon. Ich muß in Culoz umsteigen."

„Ja. Und danach in Bellegarde. Ich weiß, daß es nicht Ihre Schuld ist, wenn Sie hier sitzen, aber ich kann Sie mit einem Zweite-Klasse-Fahrschein nicht in der ersten reisen lassen. Nebenan ist noch Platz. Wenn Sie wollen, führe ich Sie hin."

Arthur nahm wieder Koffer und Stock, der Schaffner führte ihn. Sie kamen in einen Wagen, dessen Geräusche metallischer klangen.

„Hier", sagte der Schaffner, „setzen Sie sich bitte."

Dann wandte er sich an die anderen Leute im Abteil.

„Würde eine der Damen so freundlich sein und dem Herrn Bescheid sagen, wenn wir in Culoz ankommen? Er muß dort umsteigen."

„Aber gern", sagte eine Stimme. „Haben Sie keine Bange. Ich kenne die Strecke sehr gut."

Anderthalb Stunden lang mußte Arthur auf die Fragen der drei Frauen im Abteil antworten. Nichts blieb ihm erspart: Was ihm passiert sei, wohin er fuhr, warum er allein reise, ob ihn jemand am Bahnhof erwarte? Arthur fühlte sich sehr erleichtert, als eine Dame gegen zwei Uhr nachmittags rief: „Machen Sie sich bereit. Wir kommen in Culoz an."

Sie halfen ihm beim Aussteigen, erkundigten sich für ihn und teilten ihm mit, der Zug nach Genf halte hier auf dem gleichen Bahnsteig. Dann überließen sie ihn der Obhut eines anderen Reisenden, der bei ihm blieb, bis er ihn in einem Abteil untergebracht hatte.

Dort herrschte Schweigen. Arthur wußte nicht, ob er Nachbarn hatte. Er stieg um vierzehn Uhr siebenundvierzig in Bellegarde aus. Der Schienenomnibus nach Thonon hielt in einem Dieselmotorengeratter, eine Hand leitete Arthur an eine Tür und auf einen Platz. Es war kalt und feucht. Arthur, der am Fenster saß, stellte sich den tiefen grauen Himmel vor und den kleinen rot-gelben Dieselzug, der das Tal entlangratterte. Er bemühte sich, die ganze Strecke mit ihren Einzelheiten wiederzuerraten: die tiefe Schlucht, die Eisenbrücke über die Rhone, die Ebene, die sich hüben in Frankreich, drüben in der Schweiz erstreckte. Die Bremsen quietschten, Stimmen hallten auf dem Bahnsteig: „Saint-Julien." Arthur war stolz wie ein Schüler, der soeben eine schwierige Aufgabe gelöst hatte. Er hatte die Strecke genau richtig verfolgt.

Dann kam Annemasse, „fünf Minuten Aufenthalt", und endlich rollten sie in Thonon ein. Arthur fand die Tür offen und stieg aus.

„Grüß Gott, Arthur", sagte eine Stimme neben ihm.

„Grüß Gott, Paul. Du bist hergekommen?"

„Wie du siehst", antwortete Paul. Dann berichtigte er sich sofort. „Das wollte ich natürlich nicht sagen ..."

„Es macht nichts", sagte Arthur. Unwillkürlich legte er seine rechte Hand auf die Schulter seines Bruders, wie man es ihn gelehrt hatte, aber Paul zuckte zusammen. „Es geht leichter so", erklärte Arthur.

Paul war der älteste der zehn Brüder und Schwestern. Er war verheiratet, hatte selbst Kinder, arbeitete hart und war wenig gesprächig; er gab nur ganz kurze Sätze von sich, bei denen man meist vergeblich auf eine Fortsetzung wartete.

Jetzt gingen sie langsam dem Ausgang des Bahnhofs zu. Paul führte Arthur.

„Die Mutter ist nicht gekommen?"

„Nein."

„Bist du mit dem Bus gekommen?"

„Ich hab ein Auto seit dem Herbst."

Arthur gab seine Fahrkarte am Schalter ab und fühlte das Pflaster des Bahnhofsplatzes unter seinen Füßen.

„Was für einen Wagen hast du?" fragte er.

„Peugeot", antwortete Paul.

Er entfernte sich, und Arthur suchte tastend nach dem Türgriff. Die Sitzbank knirschte leicht, als Paul sich setzte, der Motor sprang sofort an. Wie im Zug versuchte Arthur sich bei jeder Kurve auszumalen, wo sie jetzt waren, doch plötzlich wurde er dieses Spiels müde und fragte: „Wie ist das Wetter da oben? Gibt es Schnee?"

„Dreißig Zentimeter im Dorf. Seit Anfang November."

„Sind viel Leute da?"

„Für die Weihnachtsferien scheint alles besetzt zu sein."

Nach jeder Antwort verging eine lange Zeit, und Arthur fand in diesem zusammenhanglosen Gespräch eine gewisse innere Ruhe.

„Zu Hause alles in Ordnung?"

„Es geht. Ein paar Erkältungen, ein bißchen Grippe ... Kleinigkeiten."

„Und bei dir? Blanche? Die Kinder?"

„Wir erwarten ein drittes."

„Na also", sagte Arthur. „Ihr verliert wenigstens keine Zeit."

Jetzt waren sie beim Weiler Jotty. Paul fuhr langsamer, und so wußte Arthur, daß die Straße verschneit war. Sie sprachen nicht mehr, und keiner fragte sich, was der andere wohl dachte.

LANGSAM entdeckte Arthur den Hof wieder. Am ersten Abend hatte er sich um nichts gekümmert; er war zu beschäftigt, auf all die Fragen der Eltern, der sechs zu Hause gebliebenen Geschwister, der acht Schwestern, Brüder, Schwäger und Schwägerinnen, die nach dem Essen gekommen waren, zu antworten. Er mußte von seinem Leben in Lyon erzählen, was er dort tat, was er lernte, und die Kleinen wollten unbedingt seinen Blindenschriftstichel und seine Uhr mit dem Relief-Blindenzifferblatt anfassen, die er sich von seinen Ersparnissen aus seinem Taschengeld gekauft hatte. In dieser Nacht schlief er wohl; er war in seinem kleinen Zimmer mit dem alten geschnitzten Balkon, wo es so gut nach Holz roch und wo es so herrlich still war, wenn draußen Schnee lag. Zum erstenmal seit langer Zeit hatte er das Gefühl, frei zu atmen.

Es war seltsam: Alles, was von draußen kam, die Geräusche und Gerüche, war ihm vertraut. Er hätte genau sagen können, wo jener Baum, jene Wegbiegung, jener Fels sich befand, aber im Wohnzimmer zögerte er immer wieder und fragte sich, wo der Schrank, der Ofen, der Tisch oder die Stühle standen. Wie konnte ihm nur sein eigenes Haus fremder geworden sein als das unpersönliche Institut in Lyon? Er sagte sich, er habe sich eigentlich früher nie darum gekümmert, da diese Dinge ja Frauensache seien. Er sagte es schließlich seiner Mutter in vorsichtig gewählten Worten und stellte ihr dann alle möglichen Fragen. Unermüdlich führte sie seine Hände: hier sind die Flaschen, dort die Gläser, das Geschirr, das Besteck, der Wäscheschrank, der Besenschrank, und Arthur bemühte sich, alles seinem Gedächtnis einzuprägen.

Es war am Tag vor Weihnachten, und nach dem Mittagessen, als die Kleinen gegangen waren, sagte François: „Kommst du mit, Arthur? Wir wollen den Weihnachtsbaum schlagen." Daß er ausgerechnet ihn, den Blinden, auserkoren hatte, mit ihm den Weihnachtsbaum zu holen, verblüffte Arthur, aber er ließ sich nichts anmerken, und François sollte niemals ahnen, wie glücklich er seinen Bruder mit diesen einfachen Worten gemacht hatte – den gleichen Worten wie im vorigen Jahr, bevor „es" geschah.

Sie gingen über die Straße und stiegen zu den ersten Tannen hinan.

„Was meinst du? Ist der hier gut?"

Arthur betastete die Zweige, die scharfe Spitze des kleinen Baums und genoß die tausend kleinen Nadelstiche in seiner Hand.

„Wir könnten vielleicht einen dichteren finden", sagte er.

„Warte. Da ist einer, ein wenig höher." François sägte den Stamm am Fuß, während Arthur den Baum hielt.

Dann schleppten sie die Tanne hinunter, und Arthur stellte sich die tiefe Spur vor, die er im frischen Schnee hinterließ.

Als sie im Wohnzimmer den Baum mit Girlanden und Flitterwerk schmückten, glitt Arthur eine Glaskugel aus den Fingern. Sie zerbrach mit kurzem Klirren auf dem Schieferfußboden.

François sagte: „Das macht doch nichts. Das passiert jedesmal."

Aber Arthur wollte nicht mehr helfen und setzte sich entmutigt in einen Sessel. Plötzlich war er traurig; er empfand es wie eine Niederlage.

Sie brachen um halb zwölf Uhr abends von Les Prodains auf. Die ganze Familie ging ins Dorf zur Christmesse, die Schritte knirschten auf der vereisten Straße, die Kleinen liefen schneller als die Großen, und die Glockenschläge kamen immer näher.

Arthur ging neben seinem Vater, sie hatten sich eingehakt, und er spürte die harten Muskeln durch den Mantelstoff.

„Sag, Papa", fragte er plötzlich, „warst du mir sehr böse?"

„Aber, mein Junge . . .", sagte Papa Pichard.

In diesen Worten lag so viel Zärtlichkeit, daß Arthur meinte, er müsse losheulen. Aber er schritt am Arm seines Vaters mit erhobenem Kopf in die Kirche – fast war er stolz.

Der Pfarrer sprach, und Arthur, der am selben Platz saß, wo er als Kind dem Katechismus und den Sonntagsmessen gefolgt war, nahm jeden Satz wie für ihn bestimmt in sich auf. Der Pfarrer schilderte das fast nackte Jesuskind im Stall von Bethlehem, den Gottessohn, der in der kalten Nacht der Hochebene von Judäa auf Stroh gebettet lag, und Maria, müde und erschöpft, trotz ihrer großen Freude und Gewißheit, daß sich Gottes Wort erfüllt hatte.

„Welches Elend gleicht diesem?" rief der Pfarrer aus. „Wir alle, wenn wir auch leidend, verkrüppelt und in unserem Herzen von Angst und Schmerz getroffen sind, wir alle finden heute abend die Wärme eines Feuers, die Geborgenheit eines Heims. Und er, unser Heiland, er nicht einmal das in dieser Nacht, schon trägt er in seiner Seele die schwere Bürde des Leidens, des ganzen Elends der Welt, die ihn zum Kreuz führen werden."

Als er die Worte sprach: „Gesegnete Weihnacht euch allen! Ein gesegnetes Fest des Friedens! Amen", erhob sich Arthur mit den anderen und fand beim Nachsprechen des Kredos die gleiche reine Zuversicht wieder, die er bei seiner ersten Kommunion empfunden hatte.

ONKEL AUGUST war seit Beginn des Mittagessens schlechter Laune gewesen. Weder der Crepy, der herbe Weißwein der Gegend, noch die Lammkeule, der Burgunder oder die Gespräche der zweiundzwanzigköpfigen Tischgesellschaft vermochten ihn aufzuheitern.

Tante Anna, seine Frau, war gerade dabei, mit ihrer greisenhaften Flüsterstimme Arthur zu beklagen, als er ausrief: „Hör doch endlich auf mit deinem Arthur!"

Das Geplauder am Tisch verstummte, und Papa Pichard erkundigte sich: „Was hat Arthur dir denn getan?"

„Er hat ..., er hängt mir allmählich zum Halse heraus mit seiner Geschichte. Es ist doch wahr ..., da sitzt ihr alle herum und stöhnt und beklagt den ‚armen Arthur'. Er hat ja als Kind genug Dummheiten angestellt, herumgebrüllt, Fensterscheiben eingeworfen und Streiche ausgeheckt. Wenn er jetzt blind ist, dann hat ihn eben Gott gestraft."

Ein Sturm der Entrüstung erhob sich um den Tisch. Mama Pichard faltete die Hände und erwartete einen der furchtbaren Wutausbrüche ihres Mannes, aber der sagte nur mit tonloser Stimme: „August, eine Familie hält entweder zusammen, oder sie ist nichts wert. Das gilt noch mehr in schweren Tagen, wenn man Kummer hat, als wenn alles gutgeht. Sonst ist es keine Familie mehr. Verlasse dies Haus, und komme nie wieder!"

Er hatte ruhig, ohne Zorn gesprochen, aber die Trauer in seiner Stimme gab den Worten mehr Kraft, als es die Wut vermocht hätte.

Da sagte Arthur: „Nein, Papa, der Onkel hat vielleicht recht. Es mag schon sein, daß Gott mich gestraft hat, aber er wird mich doch nicht blind gemacht haben, weil ich als Kind eine Fensterscheibe eingeworfen habe. Das nimm bitte zurück, Onkel August. Im übrigen hast du ganz recht. Das Geklage hat keinen Zweck. Wenn jemand mir etwas Gutes erweisen will, so habe ich nur einen Wunsch: bemitleidet mich nicht."

„Na schön", brummte der Onkel. „Ich nehme es zurück."

„O nein!" platzte nun die magere Tante Anna heraus. „Das wäre ja gelacht! Du verdirbst allen das Weihnachtsfest, du beleidigst meinen Bruder und deinen Neffen, und dann sagst du einfach ‚ich nehme es zurück', und damit ist alles erledigt ... Und wenn hier schon jemand Strafe verdient, dann wärst du es wohl eher, du alter Drecksack! Wie oft warst du schon so vollgetrunken, daß du zwei bis drei Tage lang nicht arbeiten konntest und daß ich mitten im Winter im Fluß anderer Leute Wäsche waschen mußte, um die Kinder zu ernähren? Und all die Male, wo du fremdgegangen bist und ich nächtelang allein geweint habe, war das nicht schlimmer als Fensterscheiben einwerfen? Wenn Arthur blind ist, so kommt das vielleicht von deinen Sünden, und du solltest ihn verehren wie einen Heiligen."

„Wirst du wohl dein Maul halten?" schrie August.

Man mußte sie trennen, alle waren vom Tisch aufgestanden und redeten gleichzeitig. Arthur blieb auf seinem Platz; er hörte ein unterdrücktes Schluchzen neben sich.

„Bist du das, Eliane?" fragte er.

Eliane war seine jüngste Schwester, ein kleines zehnjähriges Mädchen; er erinnerte sich an die schmale Gestalt, die großen blauen Augen inmitten eines Gesichtchens voller Sommersprossen.

„Ja, ich bin's", sagte das Kind.

Sie legte ihre Hand auf die des blinden Bruders.

„Sei nicht traurig, Eliane", sagte Arthur. „Onkel August ist nicht böse, er hat wahrscheinlich zuviel getrunken; das ist alles."

Er blieb regungslos.

Sein ganzer Körper schmerzte ihn, als ob er eine Riesentracht Prügel bekommen hätte.

DIE Gaststube bei Alcide in Morzine war voller Rauch; alle Tische waren besetzt, und die Leute redeten laut vor ihren Gläsern mit rotem *Limé* (billigem Rotwein mit einem Schuß Limonade). Als Albert Ronet mit Arthur, den er führte, eintrat, verstummten die Gespräche.

„So, Arthur, bist du wieder da?" sagte Mariette, die Wirtin. Sie hatte den etwas schleppenden und singenden Akzent der Schweizer. „Wie geht es denn?"

„Danke", sagte Arthur. „Es geht."

„Kommt in den Speisesaal", schlug Mariette vor. „Die Pensionsgäste sind noch nicht bei Tisch. Dort habt ihr's ruhiger."

Sie führte ihn zwei Stufen hoch und setzte ihn vor einen gedeckten Tisch.

„Was soll's denn sein? Diesmal seid ihr eingeladen."

Arthur machte eine abwehrende Geste, aber sie bestand darauf. „Doch, doch. Wir haben dich so lange nicht gesehen."

Er bestellte einen Ricard, und Albert sagte: „Für mich dasselbe, bitte."

Aber irgendwie klang das alles falsch.

„Siehst du", sagte Arthur zu seinem Freund, „von denen, die hier sind, kennen mich die meisten von Kindesbeinen an, aber keiner kommt mir guten Tag sagen. Die haben wohl Angst vor mir, was?"

„Angst ist es nicht", sagte Albert, „aber es ist ihnen peinlich, verstehst du? Sie wissen nicht, was sie sagen sollen; ob sie deinen Unfall erwähnen sollen oder lieber nicht. Es ist wie auf einer Beerdigung; da weiß man auch nie recht, wie man's machen soll."

„Auf einer Beerdigung drückt man sich wenigstens die Hand."

„Gewiß; aber wie soll ich dir das erklären? Sie sagen sich halt: ‚Er sieht mich nicht, also weiß er nicht, daß ich da bin.' Sogar ich, als ich dir vorher auf dem Platz begegnet bin, sogar ich habe einen kleinen Augenblick gezögert. Du wußtest ja nicht, daß ich neben dir ging. Hätte ich dich angesprochen, so hättest du nichts gemerkt."

„Das ist aber ziemlich gemein", sagte Arthur.

„Ich weiß, aber was willst du machen? Es ist einfach menschlich. Du kannst das vielleicht nicht verstehen."

„Und du?" sagte Arthur leise. „Kannst du mich verstehen?"

„Natürlich nicht. Es ist halt schwer, sich in die Haut eines anderen zu versetzen."

„Findest du? Es ist doch im Grunde ganz einfach. Ich kann nichts mehr sehen, das stimmt. Aber ich möchte so gern, daß alles so bleibt wie früher. Man trifft sich, man redet über alles mögliche ..., das Wetter, das Skilaufen, die Kühe, das Winterfutter. Aber so ..., so ist es, als ob ich mich unter Gespenstern bewegte. Ich weiß, daß sie da sind, und wenn ich zu ihnen gehe, schweigen sie."

„Sie meinen es ja nicht böse", sagte Albert.

„Ach, das weiß ich doch ... So, und jetzt erzähl mal, was aus dir wird. Ich habe gehört, du hättest dich beim Training verletzt. Ist es schlimm?"

„Nein. Eine zünftige Doppelverstauchung; aber das genügte, um meine Saison zu schmeißen. Ich werde dieses Jahr nicht laufen, und mit der Nationalmannschaft ist es wohl endgültig im Eimer."

„Wie hast du das angestellt?"

„Ich hatte meinen einen Ski verkantet und wollte mich wieder auffangen. Der Schnee war schlecht, ich kam aufs Eis, es war eine dünne Kruste, und sie gab nach. Das Knie hat es abbekommen. Aber manchmal ist auch das Unglück zu etwas gut. Ich bin in den Süden gefahren, um ein paar Tage in der Sonne zu sein. Da habe ich ein Mädchen kennengelernt. Wenn ich nicht gestürzt wäre, hätten wir uns nie getroffen." Und er fügte etwas verlegen hinzu: „Wir werden heiraten."

„Du?" fragte Arthur. „Du willst heiraten?"

„Na ja. Das kann halt jedem geschehen."

„Ist sie von hier?"

„Nein, von dort."

„Nun, hoffentlich ist sie wenigstens hübsch."

„Das kann man wohl sagen. Und außerdem ist sie ein guter Kerl. Wir werden uns hier niederlassen; sie ist einverstanden. Ich möchte ein Sportgeschäft aufmachen. Die Skivermietung läuft gut; es kommen immer mehr Wintersportgäste. Ich werde als Skilehrer arbeiten; ich habe meine Lizenz, und sie wird den Laden betreuen."

„Und wann ist die Hochzeit?" fragte Arthur.

„Ostern wahrscheinlich."

„Also, dann trinken wir auf die Liebe! Übrigens muß ich jetzt nach Hause. Es ist bald Essenszeit."

„Warte. Ich hole den Wagen und bringe dich heim."

„Nein", dankte Arthur. „Ich gehe lieber zu Fuß."

„Es ist aber ein ganzes Ende bis nach Les Prodains."

„Ach. Ich bin den Weg mein Leben lang gegangen . . ."

So ist das also, sagte er sich, während er die Straße hinaufging. Die Kameraden werden sich alle nach und nach häuslich niederlassen. Sie werden Kinder haben, im eigenen Haus leben, und ich werde allein sein, wenn die Eltern einmal nicht mehr da sind. Er dachte an die wenigen alten Junggesellen im Dorf. Bis vierzig ging es einigermaßen, aber dann setzte der Verfall ein; zuerst vernachlässigten sie ihr Haus, dann hörten sie auf, sich zu waschen und zu rasieren, tranken immer mehr, verwilderten, wurden streitsüchtig und endeten wie die Pennbrüder. Und dabei waren sie nicht einmal blind. Eine Tür schlug zu und unterbrach ihn in seinen Gedanken. Er ging gerade am Haus der Rivoires vorbei. Wer von der Familie war wohl hinein- oder herausgegangen? Jedenfalls mußte man ihn gesehen haben, und bestimmt war es jemand, der ihn gut kannte, aber niemand hatte ihn gegrüßt.

„Ich muß mir unbedingt weiterhelfen", sagte Arthur und ballte die Fäuste in seiner Pelzjacke. „Ich muß einen Beruf lernen – unbedingt!"

LANGSAM erwachte er aus dem Schlaf. Das Feuerschüren am Herd und der Duft des Frühstückskaffees brachten ihn in die Wirklichkeit zurück. Er hatte Lust, in seinen Traum zurückzukehren, wo er Gesichter, Formen und Farben sah, aber er spürte eine wohlige Wärme auf dem Gesicht und wußte, daß die Sonne schien – eine blasse Wintersonne, die aber schön im Schnee leuchten mußte.

„Du hast aber lange geschlafen, mein Junge", sagte die Mutter und küßte ihn. „Du hast sicher Hunger. Komm; der Kaffee ist auf dem Feuer."

„Schönes Wetter heute, nicht wahr?" sagte Arthur.

„Sehr schön. Aber wie kannst du das wissen?" fragte sie erstaunt.

„Man spürt die Sonne auf der Haut. Ist François weggegangen?"

„Noch nicht. Er wollte mit Robert eine Abfahrt machen. Wahrscheinlich holen sie sich gerade ihre Skier im Schuppen."

Im gleichen Augenblick traten die beiden Brüder ein. Sie begrüßten Arthur herzlich.

„Geht ihr zum Pleney hinauf?" fragte Arthur.

„Dazu haben wir keine Lust", sagte François. „Wir nehmen uns lieber ein Picknick mit und steigen mit den Fellen nach Ressachaud, und von dort machen wir die Abfahrt durch die Mulde."

„Ja", stimmte Robert zu. „Die Pisten machen keinen Spaß, und bei der Sesselbahn ist ein furchtbares Gedränge mit all den Feriengästen."

„Ich möchte gern mitkommen." Arthur sagte es in aller Ruhe, als ob es etwas ganz Natürliches wäre.

„Du bist verrückt, Junge", sagte die Mutter.

„Nein. Es würde mir wirklich Spaß machen, wieder Ski zu laufen. Es ist eigentlich nicht schwieriger, als zu gehen, wenn man's kann."

„Der Aufstieg ja. Das kann ich verstehen, mein Kleiner; da kannst du bei deinen Brüdern bleiben, aber bei der Abfahrt geht es schnell, und du siehst die Bäume und Buckel nicht. Du wirst dir den Hals brechen."

„Aber nein, Mama. Weißt du, wenn ich es zu etwas bringen will, muß ich mir Mühe geben, es den anderen ungefähr gleichzutun. François, hast du Angst, mich mitzunehmen?"

„Nein", sagte François. „Ich tät es sogar gern, aber Mama hat recht. Wie willst du die Abfahrt schaffen?"

„Wenn ihr nicht zu sehr aufdreht, werdet ihr schon sehen, daß es geht."

Sie stiegen zwei Stunden lang durch Weiden und Wald. Die Luft wurde zusehends frischer. François und Robert hatten Arthur zwischen sich genommen. François ging voraus und kündigte jeden Richtungswechsel an: „Jetzt steigen wir im Treppenschritt ..., hier traversieren wir ..., jetzt wieder geradeaus ...“ Arthur paßte sich genau den Anweisungen an. Er wußte wohl, daß sein Bruder sorgfältig den Weg wählte, Baumwurzeln umging und Abkürzungen zwischen den Tannen vermied. So hatte er noch kein Hindernis getroffen, aber mehr als je spürte er seine Behinderung und fand die Ängste seiner ersten Schritte als Blinder wieder.

„Jetzt sind wir da“, sagte François. „Wollen wir essen?“

Sie nahmen ihre Skier ab und setzten sich in die Sonne.

„Hält sich das klare Wetter?“ fragte Arthur.

„Hier ist der Himmel so blau, wie es geht, aber vom Tal ziehen Wolken herauf“, antwortete Robert.

„Der Wind ist ganz schön stark“, stellte Arthur fest. „Wir sollten keine Zeit verlieren. Es könnte wieder zu schneien anfangen.“ Dann fügte er hinzu: „Vergeßt nicht, daß ich euch bei der Abfahrt aufhalten könnte.“

Sie aßen rasch und tranken gemeinsam den weißen Wein direkt aus der Flasche, die sie mitgebracht hatten.

„Also los“, sagte Arthur.

Er fühlte sich jetzt besser. Während er die Skier befestigte, überkam ihn aber noch einmal die Angst.

„François, fährst du voraus?“ fragte er.

„Wenn du willst“, antwortete der Bruder. „Aber wie willst du schwingen, wenn es nötig ist?“

„Wenn du selber schwingst, sagst du, was du tust; du rufst einfach ‚rechts‘ oder ‚links‘, und ich folge dir auf zehn Meter Distanz. Und du, Robert, du redest nur, wenn du siehst, daß ich einen Fehler mache.“

Arthur hörte François „Los!“ rufen, während er sich mit den Stöcken abstieß, hörte das Gleiten der Skier auf dem Schnee. Er holte einmal tief Atem und fuhr los. Schon bei den ersten Metern war er beruhigt; er spürte die Skier parallel unter sich, er machte eine rasche Abrutschbewegung, die ihn leicht bremste, ohne ihm das Gleichgewicht zu nehmen. „Achtung!“ rief François. „Wir kommen an den Hang. Brems ein wenig.“

Arthur fühlte die Skier nach vorn schießen. Er stützte sich auf den rechten Stock und ließ sich knirschend abrutschen. Der Hang war steil, aber Arthur kannte ihn gut und wußte, daß gleich ein ebenes Stück folgte.

„Gut!" rief François. „Auf geht's."

Arthur spürte die Buckel des holprigen Feldes, das vor der ebenen Strecke kam. Er hielt die Beine gelöst und gelangte ohne Schwierigkeiten darüber. Jetzt war er ganz entspannt. Der Wind pfiff ihm um die Ohren und vermischte sich mit dem zischenden Geräusch der Skier.

„Achtung! Schneewächte!"

Hatte er François zu spät gehört? Hatte er zu langsam reagiert? Es geschah alles so schnell: er hörte Robert etwas rufen, dann war er plötzlich umgekippt, und der Gedanke schoß ihm durch den Kopf: Ich habe die Kurve verfehlt, und jetzt bin ich im Loch. Er wußte, daß die Schlucht etwa zwanzig Meter tief war; Gott sei Dank ohne Bäume. Er versuchte sich zu bremsen, aber schon rutschte er mit klappernden Skiern und Stöcken den Hang hinunter. Auf dem Rücken glitt er noch schneller, da sein Nylonanorak den vereisten Stellen keinen Widerstand bot. Er glitt immer schneller und fand keinen Halt. Ganz locker, sagte er sich. Das ist die einzige Möglichkeit. Er dachte an den großen Felsen, der ein wenig weiter in das Tal ragte, und spürte sekundenlang Angst. Aber dann beruhigte er sich; der Felsen mußte weiter rechts liegen. Plötzlich fühlte er sich gebremst. Er schoß kopfüber in ein nicht sehr tiefes Loch, und im selben Augenblick fiel eine Ladung Schnee auf ihn herab. Er mußte also am Fuß einer Tanne gelandet sein, deren unterste Zweige ihre pulverige Schneelast auf ihn abschüttelten.

Er mußte lachen. Er hörte seine Brüder rufen, konnte ihnen aber vor Lachen nicht antworten. Bald waren sie bei ihm, und als sie ihn in dieser Positur liegen sahen, brachen auch sie in schallendes Gelächter aus, das nur von Ausrufen wie: „Na, so was!" unterbrochen wurde. Schließlich beruhigten sie sich, hoben die Tannenzweige und zogen Arthur aus seinem Loch. Als er vor ihnen stand, begann das Gelächter von neuem. Er sah wie ein Schneemann aus, mußte sich tüchtig schütteln und den Schnee aus seinem Kragen und Gürtel klopfen. Sie brauchten eine volle Viertelstunde, bis sie wieder mit gesäuberten Kleidern und neu befestigten Skiern startbereit waren.

„Es war meine Schuld", sagte François. „Ich habe dich zu spät gewarnt."

„Nein", erwiderte Arthur. „Es ging nur zu gut. Ich hab nicht genügend aufgepaßt. Laß nur, das war mir eine Lehre."

„Donnerwetter", sagte Robert. „Wir haben wenigstens einen Mordsspaß gehabt."

Das Ende der Abfahrt verlief ohne Zwischenfälle. Hätte jemand die drei Brüder im Slalom hintereinander zwischen den Tannen oder im Schuß beim Ziel gesehen, so wäre er nie darauf gekommen, daß einer von ihnen blind war.

Die Eltern erwarteten sie am Kaminfeuer. „Mein Gott", sagte Mama Pichard. „Ich habe keine ruhige Minute gehabt, während ihr da oben wart."

„Ist es gutgegangen?" fragte der Vater.

Sie erzählten ihm, wie Arthur am Fuß einer Tanne verschwunden war, und lachten immer noch.

„Ihr seid mir weiß Gott schlaue Burschen", sagte die Mutter. „Und wenn er vom großen Felsen gestürzt wäre, hättet ihr da vielleicht auch gelacht? Du läßt sie solche Dummheiten machen, Claude, und sagst gar nichts!"

Der alte Claude schwieg tatsächlich. Er war stolz, daß sein Junge etwas so Schwieriges geleistet hatte, und das freute Arthur mehr als der ganze Skiausflug.

„ICH muß alles wie früher machen können", wiederholte sich Arthur, als er in den Kuhstall trat, um Blanchette zu melken.

Er stellte den Eimer ab, setzte sich auf den Melkschemel und tastete nach dem Euter. Er versuchte, es ganz mechanisch zu tun, ohne viel nachzudenken, so wie er es als Kind gemacht hatte. Blanchette schüttelte sich zuerst, muhte ein wenig, aber die Hände des Blinden hatten den Rhythmus gefunden; das Tier beruhigte sich, und die abwechselnden Milchstrahlen spritzten munter in den Eimer.

Danach beschloß er, Holz zu fällen. Er ging mit François in den Wald, nahm den einen Griff der großen Säge.

„Bist du soweit?" rief er. „Los! Ruck! Zuck!"

Auch hier kam es ganz auf den Rhythmus an; ihn nicht zu unterbrechen war das ganze Geheimnis.

„Alle Wetter, mein Lieber", keuchte der Bruder, als der Baum gefallen war. „Du hast nichts von deiner Kraft eingebüßt. Ich konnte kaum mithalten."

„Gib mir die Axt", sagte Arthur.

„Glaubst du wirklich . . .?"

„Gib sie her . . ."

Als ihm der polierte Griff gut in der Hand lag, befahl er: „Führe mich zum Baum, den wir fällen müssen."

Er führte die Schneide an den Stamm, ging einen Schritt zurück und führte einen schweren Schlag wie früher, aber beinahe wäre er gestürzt; die Axt war am Stamm abgeglitten. Er warf sie hin und ging davon, ohne ein Wort zu sagen. Wütend stieß er mit dem Fuß nach den Steinen am Weg.

Der nächste Tag war ein Sonntag. Arthur hatte beschlossen, allein zur Frühmesse in die Kirche zu gehen.

„Aber dann ist es ja noch Nacht draußen", hatte die Mutter eingewandt. Dann schwieg sie plötzlich. Sie hatte vergessen, daß es ihrem Sohn nun nichts mehr ausmachte, ob es Tag oder Nacht war.

Arthur war als erster im Haus aufgestanden, hatte sich rasiert, angezogen und war aus dem Haus gegangen. Die Luft war schneidend kalt und trocken. Der Schnee auf der Straße war gefroren. Arthur ging in der flachen Straßenmitte zwischen den beiden Fahrspuren. Um diese Zeit würde er doch nur ein paar alten schwarzgekleideten Frauen begegnen, die aus ihren Weilern zum Frühgottesdienst gingen. Hinter der Brücke und kurz vor den ersten Gehöften von Les Udrezants hörte er etwa zehn Meter vor sich eine Tür zuschlagen und trappelnde Schritte. Auch sie bewegten sich auf der Straßenmitte, und Arthur näherte sich ihnen immer mehr. Als er ganz nahe war, wendete er sich nach links, überquerte die gefrorenen Radspuren, und als er auf gleicher Höhe mit den Schritten war, sagte er: „Guten Tag." Er erhielt nur ein unverständliches Brummen zur Antwort und beschleunigte seinen Gang. Er tat es, um wieder auf die Straßenmitte zu gelangen, ohne die Person, die in der gleichen Richtung wie er ging, zu behindern. Da stieß er hart mit der Schulter, dem Gesicht und dem linken Bein gegen etwas. Er hörte ein ersticktes „Oh!" hinter sich, aber niemand hatte ihn vorher vor dem Hindernis gewarnt. Er ging weiter, wollte sich nichts anmerken lassen, aber seine Augen füllten sich mit Tränen; die Demütigung tat mindestens ebenso weh wie der physische Schmerz.

Und so etwas geht zur Messe, sagte er sich. Dort plappert sie ihr „Liebe deinen Nächsten wie dich selbst" nach, und hier hat sie mich genau gesehen und kein Wort hervorgebracht.

Die Wange brannte ihm; er wischte sich mit seinem Taschentuch.

„Was ist denn dir passiert, Arthur?"

Er erkannte die Stimme des Pfarrers. Gezwungen scherzhaft antwortete er: „Das Radar hat nicht funktioniert."

„Aber warum kommst du auch ganz allein von da oben?"

„Weil ich kein Kindermädchen mehr brauche."

Der Pfarrer mußte seine Verstimmung bemerkt haben.

„Komm, setz dich, Arthur", sagte er. „Gleich fängt die Messe an."

Arthur stand in seiner Bank und konnte den Gebeten nicht folgen. Alle Barmherzigkeit und Nächstenliebe, die die Kirche lehrte, lief also nur darauf hinaus? Auf Befehl niederknien, aufstehen, sich setzen, Rosenkränze abbeten, Totenmessen für die Angehörigen bezahlen und denken, das macht sie zu Christen. Aber das Christentum hört schon an der Tür wieder auf.

Oder waren sie vielleicht doch nicht so schuldig? Vielleicht war es nur Verlegenheit. Man schien direkt Angst vor ihm zu haben, so wie man einem Krüppel oder dem Dorfidioten aus dem Weg geht. Wenn er je in die Gemeinschaft zurückfinden wollte, mußte er wieder wie die anderen werden. Würde er das schaffen? Er dachte an das Haus in Lyon. Dort fühlte er sich beschützt. Niemand bedauerte ihn dort, und niemand mied seine Gesellschaft. Als der Pfarrer sein *Ite missa est* gesagt hatte, war der Entschluß gefaßt. Er würde so rasch wie möglich zurückkehren.

Zu Hause versuchte er es den Eltern zu erklären, ohne die rechten Worte zu finden. Der alte Claude legte ihm die starke Hand auf die Schulter: „Ich verstehe schon, mein Junge", sagte er. „Dort hast du deine Ruhe. Fahr, wann du willst."

Dann kam noch Doktor Billet auf einen kurzen Besuch. „Ich kam gerade vorbei", sagte er.

Arthur lächelte, denn nach dem Haus der Pichards führte die Straße nirgendwohin. Man sprach über Arthurs zukünftigen Beruf.

„Ich habe gehört, daß es in Lyon jetzt Kurse für Massage und Heilgymnastik gibt", sagte der Arzt. „Das wäre etwas für dich. So viele Leute verstauchen oder verrenken sich im Winter beim Skifahren ihre Glieder, daß du bestimmt reichlich Kundschaft haben würdest."

„Es gibt aber schon einen Masseur in Morzine", warf der Vater ein.

„Dem wächst die Arbeit schon lange über den Kopf."

„Das ist doch sicher sehr schwer zu lernen", sagte Arthur. „Sie wissen ja, Herr Doktor, ich habe nur die Volksschule besucht."

„Natürlich gehört viel Anatomie dazu, aber du hast ein gutes Gedächtnis, du hast geschickte Hände und könntest es bestimmt schaffen. Übrigens", fügte er hinzu, „der zuständige Mann in Lyon ist Professor Langlois, ein alter Studienkamerad. Ich habe dir einen Brief für ihn mitgebracht."

AM NÄCHSTEN Tag fuhr Arthur nach Lyon zurück. Das große Haus am Saônequai war praktisch leer. Erst in drei Tagen waren die Ferien zu Ende. Auf dem Gang, der zu ihren Zimmern führte, vernahm Arthur das Pfeifen und Krachen eines Radioapparates, auf dem jemand einen fernen Sender sucht. Joseph ist bei der Arbeit, sagte er sich.

„Wer ist da?" fragte Joseph, als Arthur die Tür zur Familie A öffnete.

„Arthur. Wie geht's?"

„Schon zurück?" wunderte sich Joseph. „Das ist mir einmal ein Musterschüler. Kommt drei Tage zu früh. Das hat die Welt noch nicht gesehen."

„Kann ich hier meinen Koffer abstellen? Hast du keine Apparate auf den Stühlen?"

„Nein. Stell ihn ab."

„Bist du allein?"

„Das kann man sagen! Wir, der Alte und seine Frau, haben Weihnachten und Neujahr zu dritt gefeiert. Wie zu Hause. Und du? Gab es viel Schnee da oben?"

„Ja", sagte Arthur. „Schnee gab es genug . . ."

„Du klingst nicht gerade begeistert", sagte Joseph. „Mach dir nichts draus. Das erste Mal ist es immer so. Nachher gewöhnt man sich daran. Übrigens – da ist ein Brief für dich gekommen. Er muß auf dem Kamin liegen."

Arthur fand ihn, öffnete den Umschlag und überflog mit seinen Fingern den in Brailleschrift verfaßten Inhalt. „Er ist von Manuel", sagte er. „Er kommt nicht zurück. Hör mal, was er schreibt:

Lieber Arthur,
ich bin hier in Lille bei meinen Eltern angekommen und hab eine kleine Verschwörung vorgefunden. Sie haben beschlossen, mich nach Paris zu schicken, wo ich mein Orgelstudium am Institut für junge Blinde fortsetzen soll. Da bin ich mehr in ihrer Nähe. Sie haben mich bereits in der Klasse eines berühmten Musikprofessors angemeldet. Soweit die Nachrichten für die Öffentlichkeit."

„Nun, da werden wir uns bald wieder an einen Neuen gewöhnen müssen", sagte Joseph. „Ich sag damit nichts gegen dich, aber im Laufe der zwei Jahre haben wir uns mit unserem kleinen Pfarrer ganz gut eingelebt."

Arthurs Finger lasen jetzt den „nichtöffentlichen" Teil des Briefes:

Ich muß Dir noch etwas anderes sagen. Ich habe meine Seminarlehrer wiedergesehen, und es hat mir Freude gemacht. Ich bin schon zweimal wieder zur Messe gegangen, und am Heiligabend habe ich die alten Gefühle wiedergefunden. Ich habe geheult wie am Tage meiner ersten Priesterkommunion. Ich erzähle es Dir, weil ich weiß, daß Du mich nicht auslachen wirst. Ich denke jeden Tag an unser Gespräch vom letzten Herbst zurück, und ich bin ein bißchen beschämt. Vielleicht haben Deine wenigen Worte mich wieder auf den rechten Weg geführt, und wenn es so ist, danke ich dem Herrn, der mich mit der Stimme eines Freundes zu sich zurückgerufen hat. Wenn Gott will, empfange ich nächstes Jahr meine Priesterweihe. Meine erste Messe wird all denen bestimmt sein, die ich in Algerien leiden sah, und auch Dir, mein lieber Arthur, damit der liebe Gott Dir hundertfach die mir erwiesene Güte vergilt.

Mit brüderlichem Gruß an die ganze „Familie"

Dein Freund Manuel

„Was schreibt er sonst noch?" fragte Joseph. „Wie geht es ihm?"

„Um Manuel brauchen wir uns keine Sorgen mehr zu machen", sagte Arthur. „Ihm geht es sehr gut."

„Setz dich, mein Junge." Die Stimme hatte einen tiefen Klang. Arthur erriet aus den kleinen Geräuschen, daß Professor Langlois an seiner Tabakspfeife zog, während er Doktor Billets Brief las.

„Ach! Sieh mal an! Jean Billet. Wie geht es ihm denn? Kommt er dort in den Bergen zurecht?"

„Er sagt immer, er habe zuviel zu tun", antwortete Arthur. „Er sucht nach einem zweiten Arzt, der ihm helfen könnte."

„Wenn ich bedenke, wie er damals im letzten Studienjahr glaubte, es sei endgültig aus mit der Medizin für ihn, weil er sich etwas an der Lunge geholt hatte. Er ist in die Alpen gegangen wie ein zum Tode Verurteilter. Und schau ihn dir jetzt an! Gut. Was dich anbetrifft, mein Junge: höhere Schule – keine. Grundlegende Kenntnisse – keine. Das heißt also: morgens drei Stunden allgemeiner Unterricht im Institut, nachmittags drei Stunden Anatomie auf der Fakultät, plus zwei Stunden praktische Übung im Krankenhaus von fünf bis sieben, jeden Abend Hausaufgaben und Nachprüfung des Gelernten, und das Ganze acht Trimester lang. Schreckt dich das ab?"

„Nein", sagte Arthur. „Ich will es versuchen."

„Schön. Dann fängst du also morgen an. Wieviel seid ihr übrigens vom Institut, die hier lernen wollen?"

„Drei. Zwei Mädchen und ein junger Mann."

„So. Dann bist du also mein vierter Schieler", sagte der Professor. „Stoß dich nicht an dem Ausdruck. Ich nenne euch alle so. Damit ist nichts Böses gemeint, denn ihr seid besser für diesen Beruf geeignet als unsereins. Also, bis morgen."

Im Wagen, der sie jeden Morgen in die Stadt brachte, machte Arthur die Bekanntschaft seiner Studienkameraden. Da war Henri, ein junger Mann aus Lyon, der sein letztes Studienjahr absolvierte; Fernande, ein Mädchen im zweiten Jahr, die ein wenig die Intellektuelle spielte und die er nicht besonders mochte, und Nicole, eine Anfängerin wie er, die mit dem singenden Akzent der Pyrenäen sprach. Mit ihr fühlte er sich am vertrautesten; sie hatte nicht viel mehr Vorkenntnisse als er, auch sie kam aus den Bergen und hatte wie er durch einen Unfall das Augenlicht verloren. Sie erschien ihm freundlich und zurückhaltend, so wie man in seiner Familie die Frauen gern sah. Sie beschlossen sehr bald, gemeinsam zu arbeiten, und erhielten vom Alten die Erlaubnis, am Abend das Büro zu benutzen, das um diese Zeit leer stand.

Seit Anfang des neuen Jahres hatte der Alte Leseabende veranstaltet. Junge Damen kamen dann aus der Stadt und lasen laut einige Kapitel aus einem Bestseller vor. Arthur ging gern zu diesen Abenden, aber Georges zog den Freuden der Literatur die lesenden Damen vor. Besonders eine gewisse Yvette, Sekretärin in einer Bank.

„Komm bitte mit", sagte Georges. „Ich möchte Yvette abholen. Zu zweit wirken wir weniger lächerlich."

So fanden sich Arthur und Georges um Viertel vor sechs, kurz vor Büroschluß, im Bankenviertel ein.

„Hier ist es", sagte Georges, „da ist der Laternenpfahl. Sie wird gleich kommen – in höchstens fünf Minuten."

Da standen sie an der Mauer mit ihren weißen Spazierstöcken. Arthur hörte Schritte, die plötzlich anhielten. Die Person – nach der Schwere des Auftretens mußte es ein Mann sein – blieb stehen, zögerte, kam dann gerade auf sie zu. Arthur hörte das Klimpern einiger Münzen und dann Georges' entrüstete Stimme.

„Bei Ihnen piept es wohl ein bißchen?"

„Aber . . ., ich dachte . . .", stammelte eine Stimme.

„Was ist los?" fragte Arthur.

„Hast du Töne", sagte Georges. „Der Kerl hält uns für Bettler. Er hat mir zwanzig Centime gegeben."

„Das wundert dich?" fragte Arthur. „Da brauchst du dich doch nicht aufzuregen. Es gibt viele blinde Bettler."

Und er fügte hinzu: „Zwanzig Centime, das heißt vielleicht für ihn ein paar Zigaretten weniger."

„Das ist das erste Mal, daß man mich beschimpft, weil ich ein Almosen geben wollte", sagte der Mann.

Arthur stellte sich vor, wie er verlegen mit seinem Geldstück in der Hand dastand. „Das ist es eben", sagte er. „Mein Freund hat sich nur geärgert, weil wir keine Almosen wollen. Wir arbeiten und brauchen nichts; vielleicht einen Gruß oder ein freundliches Wort, aber kein Geld. Trotzdem vielen Dank, und entschuldigen Sie uns bitte."

Der Mann entfernte sich brummend. Und Arthur sagte mit schneidender Stimme: „Tu das nicht noch mal in meiner Gegenwart, Georges."

„Na hör mal! Was willst du denn? Hätte ich seine zwanzig Centime vielleicht nehmen sollen?"

„Nein. Aber du hättest ihm danken und es ihm erklären können; ich bin sicher, er hätte es verstanden, und von da an hätte er eine andere Einstellung zu Blinden gehabt."

TAGE und Monate vergingen. Arthur beschloß, die Osterferien in Lyon zu verbringen und nicht nach Hause zu fahren. Er und Joseph blieben als einzige der Familie A im Institut; der eine mit seinen Radioapparaten, der andere mit seinen Anatomiebüchern. Für Arthur war das der schwierigste Teil seines Studiums. Geschickte Hände hatte er schon immer gehabt, und in den praktischen Übungen machte es ihm keiner nach; Professor Langlois hatte ihn gelobt und als Beispiel zitiert: „Mein kleiner Schieler aus den Bergen hat Ihnen ein Bein eingerenkt, ehe Sie bis fünf zählen können." Aber die Bezeichnung, Funktion und genaue Beschreibung jedes Muskels und jedes Knochens auswendig zu lernen verfolgte ihn bis in den Schlaf und verursachte ihm Alpträume. Kurz vor den großen Ferien diktierte er der Sekretärin des Instituts einen Brief an die Eltern und Geschwister:

... Seid mir nicht böse, wenn ich in diesem Sommer nicht nach Hause komme. Ich will meine Arbeit nicht unterbrechen. Dazu kommt etwas, das Vater schon begriffen hat: ich will erst wieder ins Dorf zurückkehren, wenn ich einen richtigen Beruf habe und nicht mehr dem Mitleid oder der Verachtung der anderen ausgesetzt bin. In zwei Jahren werde ich wieder bei Euch sein, und dann werde ich unser Tal nie mehr verlassen. Aber ich will dort als ein freier Mensch leben, bei dem man sein Gebrechen vergißt. Am Tage, an dem ich allein nach Morzinette steigen kann, bin ich gerettet, und ich sehe diesen Tag schon kommen. Ich umarme Euch alle. Herzlichst...

Arthur stellte sich die Familie beim Empfang des Briefes vor: Die Mutter würde weinen, François würde sagen: „Er hätte trotzdem kommen sollen", und Vater Claude würde schweigen; vielleicht würde er – so träumte Arthur – den Brief in der Schublade verschließen, wo er seine Schätze aufbewahrte: sein Soldbuch, seine Tapferkeitsmedaille und die vergilbten Fotos seiner Kameraden aus dem Ersten Weltkrieg.

EINES Nachmittags im Oktober brachte man einen zehnjährigen Jungen ins Krankenhaus. Er war im Schulhof in der Pause bös hingefallen und klagte über Schmerzen im Bein. Die Röntgenaufnahmen zeigten keinen Bruch, der Stationsarzt schloß auf eine Verstauchung und ließ Arthur holen.

„Verstehst du, ich möchte wegen dieser Kleinigkeit den Chef nicht stören, und du rückst das bestimmt viel besser zurecht, als ich es könnte."

Arthur folgte dem Arzt in das Behandlungszimmer. Er kannte den Raum und wußte, wer da war. Die Krankenschwestern starrten ihn, den Neuen, gewiß neugierig an, und das Kind lag auf dem Untersuchungstisch. Bisher hatte er nur an Modellen oder an seinen Kameraden seine Griffe geübt; bei der Massage mußte immer der eine dem anderen als Versuchskaninchen dienen. Noch nie hatte er den Körper eines wirklich Kranken unter seinen Fingern gehabt. Er bemühte sich, ruhig zu bleiben, seine Nervosität und Angst zu verbergen. Er näherte sich dem schluchzenden Kind, ließ sich erzählen, wie es geschehen war, fragte, wo es weh tat, und tastete nach dem betroffenen Muskel. Es war eine einfache Verrenkung, etwas, was er immer wieder bei Professor Langlois geübt hatte und bestens kannte. Trotzdem zögerte er, zog die Untersuchung hinaus, bis die Krankenschwester fragte: „Müssen wir örtlich betäuben?"

Bei dem Wort betäuben zuckte das Kind erschreckt zusammen und begann zu schreien.

„Nein", sagte Arthur. „Eine Spritze ist nicht nötig. In zwei Minuten kann er wieder gehen."

Er spürte, wie sich die Muskeln unter seinen Fingern entspannten. Jetzt mußte schnell gehandelt werden: ein Ruck, ein kurzes Einrenken – das Kind hatte nur einmal kurz aufgeschrien, und schon massierte Arthur die eingerenkte Stelle sanft.

„So! Wir haben es geschafft. Jetzt brauche ich dir nichts mehr zu tun. Tut es noch weh?"

„Nein, Herr Doktor", sagte das Kind.

„Dann ist ja alles gut. Sag deinen Eltern, daß du noch zwei Tage zu Hause bleiben mußt. Dann kommst du dreimal für eine kleine Massage zu uns. Schwester, wollen Sie ihm bitte den Schein ausfüllen?"

Arthur verließ in aller Würde das Zimmer. Niemand hätte daran gedacht, ihn hinauszuführen. Auf dem Gang blieb er stehen. Der Schweiß rann ihm von der Stirn, aber er war noch glücklicher als bei seiner ersten Skiabfahrt.

Am nächsten Tag beim Unterricht waren die ersten Worte des Professors: „Gestern abend hat einer von euch eine Verrenkung behandelt. Wer war das?"

„Ich, Herr Professor", sagte Arthur.

„Aha! Du machst dich also schon an die Kundschaft heran?"

„Aber Herr Professor. Es war doch der Arzt, der . . ."

„Ich weiß. Ich weiß. Wie lange hast du gebraucht?"

„Ich habe nicht auf die Zeit aufgepaßt."

„Der Arzt hat mir gesagt, es waren vier Sekunden. Ich habe schon immer gesagt, daß du eine einfache Verrenkung in fünf Sekunden schaffen würdest. Der Rekord ist also gebrochen. Und jetzt zum Unterricht . . ."

„Es MUSS ein wunderbares Gefühl sein, wenn man zum erstenmal jemanden heilt", sagte Nicole.

„Ja", erwiderte Arthur. „Ich hätte mir nie vorgestellt, welche Freude es ist, jemandem zu helfen. Sehen Sie, das ist das Schöne an unserem Beruf, daß wir manchmal mit einem einzigen Handgriff Schmerzen heilen. Der Arzt muß erst die Wirkung einer Medizin abwarten. Bei uns ist es reine Mechanik."

Es war ihre erste gemeinsame Arbeitsstunde nach den Ferien. Sie saßen im Büro; das große Haus lag still. Nicole war aus den Pyrenäen zurückgekommen, wo sie den ganzen Sommer verbracht hatte. Arthur hätte sie so gern gefragt, wie es ihr ergangen war, aber er traute sich nicht. Vielleicht hatte sie seinen unausgesprochenen Wunsch erraten, denn sie begann plötzlich zu erzählen. Arthur erkannte die Bilder seiner eigenen Kindheit wieder: die tiefen Täler, die saftigen Weiden, die sich bis hinauf zu den Wäldern erstreckten, die Sturzbäche, die Glocken der Viehherden und den Duft der ersten Holzfeuer.

Nachdem sie geendet hatte, fragte Arthur: „Und bei Ihnen zu Haus?"

„Alle waren bei bester Gesundheit."

„Das freut mich."

Schweigen erfüllte den Raum. Nur den Wind hörte man draußen wehen.

„Arthur!"

„Ja, Nicole?"

„Ich frage mich, ob ich nicht besser wie Sie hiergeblieben wäre, statt nach Hause zu fahren."

„Aber warum denn? Sie haben sich gut erholt, Sie haben schöne Ferien gehabt."

„Ja", sagte sie. „Arthur, ich muß Ihnen etwas sagen. Ich bin verlobt, oder besser gesagt, ich war es vor meinem Unfall. Mein Verlobter behauptet, er wolle mich immer noch heiraten. Würden Sie eine Sehende heiraten? Ehrlich?"

Sie hatte die Frage in einem Atemzug gesprochen. Der Ton war fast hart.

„Ich weiß nicht", log Arthur.

„Doch. Sie wissen es genau. Antworten Sie. Würden Sie es tun?"

„Warum fragen Sie mich? Haben Sie mit Ihrem Verlobten Streit gehabt?"

„Keinen Streit, nein; im Gegenteil. Arthur, Ihnen kann ich es sagen, denn Sie sind wie ich. Nicht einmal mit meiner Mutter konnte ich darüber reden. Mit ihm erst recht nicht. Ich habe Angst, Arthur. Robert war genauso nett wie früher, er hat mir gesagt, daß das, was mir passiert ist, nichts an seinen Plänen geändert hat. Aber ich frage mich, ob es nicht einfach Mitleid ist und um nicht als ein Feigling dazustehen. Wissen Sie, bei uns ist ein Wort ein Wort, und wer sein Wort nicht hält, ist bei den Leuten bald erledigt. Ich will auch gar nicht sagen, daß er mich nicht mehr liebt. Es ist viel komplizierter. Stellen Sie sich doch einmal sein Leben vor mit einer blinden Frau, die seine Freuden und Interessen nicht teilen kann. Allein die Art, wie im Haus alles an seinem Platz stehen muß. Ein Sehender wird sich nie an unsere fanatische Ordnungswut gewöhnen. Da wird es Streit geben, weil ein Glas nicht dort steht, wo es hingehört, oder weil Messer und Gabel im falschen Schubfach liegen. Das alles habe ich gespürt. Und seine Befangenheit, wenn wir spazierengingen, wenn er sagte: ,Schau doch einmal dort ...' und sich unterbrach; oder am Abend, als er sagte: ,Wollen wir heute fernsehen?' Das ist doch zu dumm, nicht wahr? Es sind Kleinigkeiten, aber das Leben zu zweit besteht doch auch aus Kleinigkeiten?"

„Man muß sich aneinander gewöhnen", sagte Arthur. „Er muß sich ja auch umgewöhnen, und das ist sicher nicht so einfach, aber wenn er Sie liebt ..."

„Haben Sie schon einmal daran gedacht, Arthur, daß ich nie meine Kinder sehen werde?"

„Ja", sagte Arthur, „aber was wollen Sie denn tun?"

„Ach! Ich weiß überhaupt nichts mehr. Manchmal sage ich mir, ich müßte ihm seine Freiheit zurückgeben, und dann würde ich ja

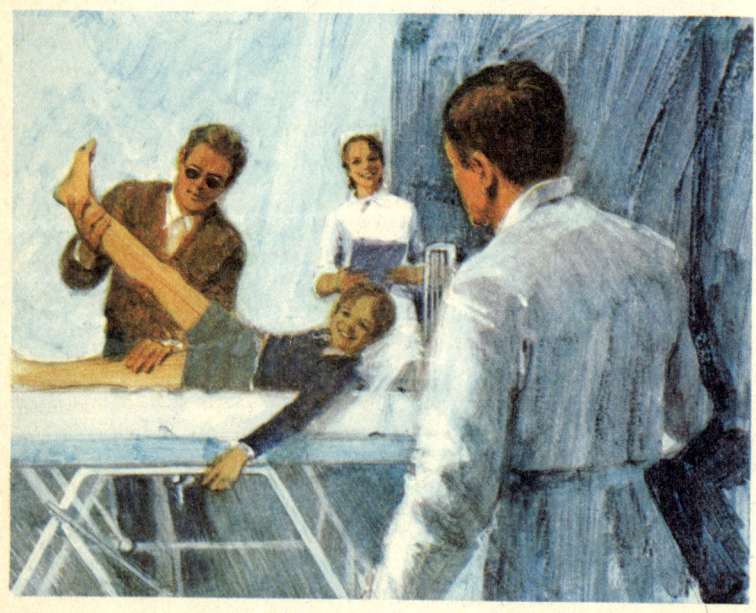

sehen, ob er mich wirklich so sehr liebt, wie er sagt. Aber würde ich ihm damit nicht nur unnütz weh tun?"

„Ich an Ihrer Stelle, Nicole, würde ihm ganz offen alles das schreiben, was Sie mir eben gesagt haben. Ihr Studium wird noch zwei Jahre dauern, und Sie haben beide genug Zeit zu überlegen. Aber Sie sehen ja wohl auch die Gefahr: Wenn Sie ihn freilassen, und er verläßt Sie, dann tut Ihnen das auch weh."

„Ich weiß", sagte Nicole. „Ich werde ihm morgen schreiben."

Ob sie es wirklich tat, und welche Antwort sie erhielt, erfuhr Arthur nicht. Sie sprach nicht mehr über dieses Thema, und er wollte sie nicht danach fragen.

Nicole fuhr über Weihnachten und Ostern nach Haus und gedachte auch die Sommerferien dort zu verbringen, während Arthur in Lyon blieb, trotz der Briefe seiner Mutter, in denen sie zwischen den Nachrichten aus dem Dorf immer wieder schrieb, wie sehr sie sich nach ihm sehnte.

„Sage mal, mein Schieler, fährst du nicht in die Berge während der großen Ferien?"

„Nein, Herr Professor, ich bleibe hier und arbeite."

Arthur fühlte sich inzwischen ganz unbefangen dem Professor gegenüber. Er erkannte ihn von weitem an seinem schweren Schritt, dem Geruch seiner Pfeife und des Tabakrauchs, der in den Kleidern saß. Er war gerecht, freundschaftlich und offen. Für Arthur war er ein wahrer Meister.

„Was hast du am Sonntag vor? Nichts Besonderes? Dann komm doch zu mir zum Essen. Wir erwarten dich um halb eins. Und sei pünktlich. Du weißt, daß ich gerne pünktlich bei Tisch bin."

Schon um zehn Uhr war Arthur auf der Straße. Er trug ein weißes Hemd und seinen Sonntagsanzug. Heute wollte er sich einmal ganz allein in der Stadt zurechtfinden. Mit dem Ende seines weißen Spazierstocks hatte er die Autobushaltestelle gefunden, war ohne Zögern eingestiegen, hatte dem Schaffner seine drei Fahrkupons bis zur Stadtmitte gegeben und war bei der *Avenue de la République* ausgestiegen. Gegenüber lag das Gebäude der Zeitung *Le Progrès*. Er kannte es, denn er hatte vor einiger Zeit mit ein paar Kameraden die Druckerei besucht. Arthur ging an den Ladengeschäften entlang. Man hörte wenig Straßenverkehr an diesem Sonntagvormittag, das

Wetter war schön und warm, mit einer kleinen frischen Brise, die von den Bergen zu kommen schien. Er hatte gar nicht mehr das Gefühl, neugierig und mitleidig angestarrt zu werden, was ihn bei seinen ersten Ausgängen so bedrückt hatte. Und doch waren die Leute die gleichen; er mußte sich also selbst daran gewöhnt haben. Sein Stock tappte ins Leere. Am Kreischen der Reifen auf dem Asphalt merkte er, daß er an eine Straßenkreuzung gelangt war. Er wußte, daß man dort Ketten gespannt hatte, um die Leute zu zwingen, die Fußgängerstreifen zu benützen. Er suchte sich mit der Hand zu orientieren. „Kann ich Ihnen helfen? Möchten Sie über die Straße?" fragte eine Männerstimme.

„Ja, bitte. Das wäre sehr freundlich", sagte Arthur.

„Benutzen wir die Gelegenheit. Die Ampel ist gerade auf Rot." Er nahm ihn beim Arm.

„Lassen Sie nur", sagte Arthur. „Gehen Sie doch bitte einfach vor." Er legte die Hand auf die Schulter des Mannes und folgte ihm.

„Achtung!" warnte ihn der Mann. „Hier ist der Kantstein."

„Danke", sagte Arthur. „Vielen Dank."

„Nichts zu danken. Haben Sie es noch weit?"

„Nein, ich bleibe in diesem Viertel. Kennen Sie hier eine Kirche in der Nähe?"

„Hundert Meter geradeaus ist eine. Ich muß hier rechts abbiegen. Also, alles Gute, auf Wiedersehen."

Arthur hätte beinahe den Mann zurückgerufen, nachdem er ihm die Hand gedrückt hatte. Er hätte gern noch ein wenig mit ihm geplaudert, und er lächelte bei dem Gedanken an das Gespräch, das er sich ausgedacht hatte.

„Möchten Sie ein kleines Spiel mit mir spielen?"

„Ein Spiel?"

„Ja. Ich sage Ihnen, wer Sie sind, und Sie sagen mir, ob ich richtig geraten habe. Also dann: Sie sind zwischen fünfunddreißig und fünfundvierzig Jahre alt, Sie wiegen etwa siebzig Kilo, Sie sind ein Meter fünfundsiebzig groß, sind in Lyon geboren. Sie sind eine Frohnatur, rauchen schwarze Zigaretten. Sie sind entweder Linkshänder oder sind am rechten Arm verletzt. Sie sind verheiratet und sind Arbeiter im Metallgewerbe. Stimmt's?"

„Es stimmt alles, aber wie haben Sie das gemacht? Sind Sie blind oder nicht?"

„Das ist ganz einfach: Ich habe Ihr Alter und Ihr Gewicht erraten, als ich Ihre Schulter berührte. Aus der Höhe konnte ich Ihre Gesamtgröße ersehen, Sie sind aus Lyon, weil Sie wie ein Lyoner sprechen, eine Frohnatur, weil Sie beim Reden lächeln, Sie riechen nach schwarzem Tabak und Eisenspänen. Sie haben mir mit der Linken die Hand gedrückt, Ihre Hand ist schwielig, und Sie tragen einen Ehering."

Schade, daß ich mich nicht getraut habe, ihm meine Glanznummer vorzuführen, sagte sich Arthur. Er wäre mindestens so verblüfft wie die Schwestern und Patienten im Krankenhaus gewesen. Dort hatte er sich alles eingeübt. Er achtete auf das kleinste Detail und versuchte, von Menschen, die ihm begegneten, aus Tast-, Gehör- und Geruchswahrnehmungen ein wahres Porträt zusammenzustellen. Daneben hatte Arthur ein Stimmengedächtnis entwickelt, das ihn selbst erstaunte. Es war ihm jetzt möglich, eine Person, die er seit einem Monat nicht getroffen, bei ihrem Namen anzusprechen, nachdem sie ihm nur „guten Tag" gesagt hatte.

Arthur trat in die Kirche. Nach der Wärme draußen herrschte hier frische Kühle, und man hörte im Widerhall der Gewölbe das Herumrücken von Stühlen. Am Rascheln eines Kleides bemerkte er, daß eine Frau in seiner Nähe war. Er fragte sie leise: „Verzeihung, um wieviel Uhr findet die nächste Messe statt?"

„Um elf Uhr, in ein paar Minuten."

Er folgte dem Gottesdienst in freudiger Hingabe, und zum erstenmal seit langem konnte er seinem Gebet ein „Danke" zufügen, das nicht mehr bloße Routine war.

Im Haus von Professor Langlois fand er die etwas feucht-muffigen Gerüche des alten Lyon wieder. Eine steinerne Treppe und ein altes schmiedeeisernes Geländer; er zählte zwei Stockwerke und klingelte an der Tür. Die Wohnung roch nach Sauberkeit, frisch gebohnertem Parkett und der sonntäglichen Lammkeule. Frau Langlois sprach mit leicht provenzalischem Akzent. Arthur stellte sie sich vor: klein und rundlich, immer ein wenig um Mann und Kinder besorgt, liebte ein einfaches Leben und eine gute Küche.

Sie saßen zu dritt um einen runden Tisch. Das Essen war vorzüglich, der Braten saftig und der rote *Chateauneuf-du-Pape* schwer und süffig.

„Du gehst also nicht in die Ferien?" hatte der Professor gesagt.

„Nein, Herr Professor."

„Haben Sie denn keine Familie?" fragte Frau Langlois voller Mit-gefühl.

„Doch, Frau Langlois, sogar eine sehr zahlreiche. Aber das letzte Studienjahr ist das wichtigste. Wenn ich heimfahre, packen mich die Berge wieder und lenken mich von der Arbeit ab – und das Examen ist im nächsten Juni."

„Mach dir keine allzu großen Sorgen", sagte der Professor. „Wenn du so weitermachst wie in diesem Jahr, bekommst du ganz be-stimmt dein Diplom. Aber es ist mir etwas eingefallen. Du willst nicht aus der Übung kommen, und das ist gut. Du willst weiterbüffeln, das ist ausgezeichnet. Aber den ganzen Sommer über bei der Hitze in Lyon zu bleiben, das tut einem Gebirgsmenschen wie dir nicht gut. Kennst du den Doktor Rémuzat, der bei mir arbeitet?"

„Ja, Herr Professor."

„Ich glaube, ihr versteht euch ganz gut. Er hat eine Arbeit für den Sommer gefunden. Ein Sanatorium in Berck hat ihn engagiert. Lauter Kinder mit Knochenkrankheiten. Er braucht einen guten Masseur für die Heilgymnastik. Die Tätigkeit ist recht gut bezahlt, und sie läßt dir Zeit für deine eigene Arbeit. Das Klima ist gesund; außerdem wirst du dort Fälle sehen, die es bei uns nicht gibt, und das kann dir später einmal nützlich sein. Nun, was sagst du dazu?"

So GESCHAH es, daß Arthur acht Tage später im Auto des Doktor Rémuzat nach Norden fuhr. Sie aßen in der Nähe von Fontainebleau zu Mittag und kamen am Abend in Berck an.

Arthur stieg, vom langen Sitzen etwas steif, aus dem niedrigen Wagen. Der Arzt war ein schneller Fahrer und hatte seinem Mit-fahrer weder scharfe Kurven noch hartes Bremsen erspart.

„Jetzt muß ich dir erst einmal die Lage erklären", sagte Rémuzat. „Also: es ist ein großes, eher graues Gebäude mit einer sehr breiten Terrasse. Es hat drei Stockwerke, regelmäßige Fenster. Es sieht or-dentlich, sauber und nicht gerade lustig aus."

„Und das Meer?" fragte Arthur.

„Das Meer?" verwunderte sich der Arzt. „Das ist gerade vor uns."

„Wie sieht es aus?"

„Hast du noch nie das Meer gesehen?"

„Tja, wissen Sie", sagte Arthur. „In Morzine . . ."

„Ach so! Also, wie soll ich dir das erklären? Da ist ein Strand mit festem Sand. Der ist jetzt sehr breit, weil gerade Ebbe ist. Da liegen alle möglichen Muscheln und Algen herum – und dahinter bis zum Horizont ist das Meer. Es ist ruhig, ein wenig grau mit grünem Schimmer. Man sieht dort hinten weiter rechts einen Leuchtturm. Was soll ich dir sonst noch sagen?"

„Danke. Das genügt", sagte Arthur.

Er ging ein paar Schritte und atmete eine für ihn völlig neue Luft ein, eine Luft, die nicht nach Gras und Bäumen roch. Er spürte Feuchtigkeit auf seiner Haut, es fröstelte ihn.

„Gehen wir hinein", sagte der Arzt.

Sie wurden von der Direktorin und den Lehrerinnen empfangen und auf ihre Zimmer geführt. Arthur fand sich in einem kleinen Raum im dritten Stock, der – wie man ihm sagte – Aussicht auf das Meer hatte. Ein schmales Bett, ein viereckiger Tisch mit einer Tischdecke, zwei Stühle, ein Waschtisch und ein Schrank, wo er seine Kleider verstaute. Alles schien sehr sauber, aber war mit einer hauchdünnen feuchten Schicht bedeckt, die von der Seeluft kam. Arthur zog sich einen Pullover an, traf Doktor Rémuzat auf dem Flur und ging mit ihm zum Essen hinunter.

Er fühlte sich ein wenig verloren und versuchte, die verschiedenen Stimmen voneinander zu unterscheiden: die der Direktorin zu seiner Rechten war leicht zu erkennen; es war die metallisch trockene Stimme einer alten Jungfer. Sie erklärte gerade: „Wie ich Ihnen bereits schrieb, Herr Doktor, haben wir hier siebenundfünfzig Jungen und fünfundzwanzig Mädchen im Alter von fünf bis achtzehn Jahren. Ich nehme hier nur Rekonvaleszenten auf, aber die Arbeit ist sehr anstrengend. Wir machen täglich Heilgymnastik von neun bis elf Uhr dreißig und von fünfzehn bis achtzehn Uhr dreißig. Daneben müssen noch die kleinen Leiden behandelt werden."

„Haben Sie viel Personal?" fragte Rémuzat.

„Wir sind sieben", antwortete die Direktorin. „Vier Lehrerinnen, zwei Aufseherinnen und ich. Das schließt natürlich nicht das Haus- und Küchenpersonal ein."

In der Küche sind bestimmt nicht viel, dachte sich Arthur, der verzweifelt versuchte, mit seinem Messer das Fleisch auf seinem Teller zu zerschneiden.

„Eins möchte ich Ihnen gleich sagen, Herr Doktor, und auch Ihnen, Herr Pichard", fuhr die Direktorin fort. „Ich lege großen Wert auf Disziplin. Sie wissen ja, wie launisch und anspruchsvoll behinderte Kinder sind. Wenn Sie sich erweichen lassen und nachgeben, bricht die Hölle los. Lassen Sie sich nicht von den Tränen beeindrucken, wenn Sie mit den Übungen anfangen. Und gehen Sie auf keinen Fall auf die Wünsche der Kinder ein und bringen Ihnen verbotene Bücher, Süßigkeiten oder Zigaretten. Übrigens wird hier nicht geraucht."

„Entschuldigen Sie, aber ich habe nun einmal dieses Laster", sagte Dr. Rémuzat.

Die Antwort ließ nicht auf sich warten: „Dann bitte ich Sie, es wenigstens nicht während der Übungsstunden zu tun; schon aus Rücksicht auf die Lungen unserer jungen Patienten."

Das kann ja heiter werden, sagte sich Arthur und war froh, mit dem forschen Rémuzat gekommen zu sein und nicht mit irgendeinem kleinen Assistenzarzt, der diesem Drachen gleich klein beigegeben hätte. „Rauchen Sie auch?" fragte die Direktorin ihn jetzt.

„Manchmal schon, aber nie während der Massagen."

„Tun Sie es auch nicht vor den Kindern. Sie täten mir einen Gefallen."

„Man soll den Teufel nicht in Versuchung führen", ließ sich eine ironische junge Stimme hören.

„Fräulein Therese, ersparen Sie sich bitte Ihre Bemerkungen."

„Fräulein Therese, sind Sie Krankenschwester?" fragte Arthur.

„Aufseherin", antwortete die Direktorin spitz.

„Ja, Aufseherin", sagte das junge Mädchen. „Tag und Nacht."

„Fräulein Therese, ich habe es Ihnen schon einmal gesagt. Wenn Ihnen die Stelle hier nicht zusagt, können Sie nach Lille zurückkehren."

„Das Fräulein ist aus Lille?" fragte Arthur im selben unschuldigen Ton.

„Ja, aus Lille. Und Sie?" fragte die andere. Sie spielte das Spiel mit.

„Aus Morzine."

„Morzine? Wo ist denn das, Morzine?"

„In Hochsavoyen, Fräulein Therese."

„Ich bitte Sie", unterbrach die Direktorin. „Wir wollen hier nicht sämtliche Departements Frankreichs aufzählen. Also, Herr Doktor,

Sie haben mich richtig verstanden? Die erste Behandlungsstunde ist morgen früh um neun."

„Gewiß", sagte Rémuzat. „Könnten Sie mir die Krankengeschichten überlassen? Herr Pichard und ich werden sie heute abend durchgehen."

„Sie sind im Büro. Dort können Sie sie sich ansehen. Ich glaube allerdings nicht, daß sie Herrn Pichard etwas nützen werden, sie sind nicht in Brailleschrift abgefaßt."

Rémuzats Stimme nahm einen neuen Ton an, als er antwortete: „Immerhin kann ich lesen, und Herr Pichard kann zuhören."

„Übrigens muß ich sagen", fuhr die Direktorin fort, „daß ich mich geweigert hätte, Herrn Pichard kommen zu lassen, wenn ich gewußt hätte, daß er blind ist."

„Ich stehe für seine Tätigkeit ein", schrie Rémuzat, „und das sollte Ihnen genügen."

„Entschuldigung, aber ich habe zu beurteilen, ob es gut ist, meinen Behinderten einen Behinderten hinzuzufügen."

„Fräulein", brüllte der Arzt, „ich verbiete Ihnen . . ."

„Lassen Sie nur, Paul", sagte Arthur. (Er bemerkte, daß er den Arzt zum erstenmal beim Vornamen genannt hatte.) „Wir Behinderten sind daran gewöhnt. Fräulein, Sie sind die Arbeitgeberin, und Sie haben jedes Recht. Wenn Sie es wünschen, fahre ich mit dem ersten Zug nach Lyon zurück, aber gestatten Sie mir, Ihnen etwas zu sagen: Ihr Sanatorium trägt den Namen *Notre Dame*. Der Name der Gottesmutter verträgt sich nicht mit solcher Härte. Gewiß, Mitleid hilft einem Behinderten nicht, aber Nächstenliebe und Vertrauen können ihn retten. Wer dessen nicht fähig ist, ist viel schlimmer dran als ein Behinderter, und der tut mir leid."

Arthur hatte ruhig und ohne die Stimme zu erheben gesprochen. Jetzt schwieg er und machte sich auf eine Explosion gefaßt. Aber es trat eine lange Stille ein, und dann sagte die Direktorin tonlos: „Meine Herren, Sie sehen also die Kinder morgen früh um neun."

„Gute Nacht also", sagte Arthur, und seine Stimme war sanft.

Paul Rémuzat führte den Blinden in das Büro und schloß die Tür. „Bravo, Arthur. Du hast die Lage gerettet. Ich war schon dabei, dieser alten Ziege meinen Teller ins Gesicht zu schleudern. Ach! Die armen Gören hier haben weiß Gott nichts zu lachen! Und wir werden auch nichts zu lachen haben!"

„Wollen Sie sich jetzt die Akten anschauen, Herr Doktor?" fragte Arthur.

„Tu mir einen Gefallen, Arthur. Nenn mich Paul, wie vorhin." Paul Rémuzat las die lateinischen Namen all der Knochen- und Gelenkleiden wie in einer nicht enden wollenden Litanei vor. Für ihn, den Spezialisten, waren es technische Ausdrücke. Für Arthur bedeuteten sie bewegungslos in ihren Betten liegende Kinder, Kinder, die sich langweilten und von ihrer Terrasse aus den anderen zuschauten, die am Strand vor dem endlosen Meer spielten. Und damit war er den ganzen nächsten Tag lang vollauf beschäftigt: er fühlte unter seinen Fingern die Operationsnarben, den Muskelschwund, die entkalkten brüchigen Knochen, schmerzhafte Schwellungen; und er hörte die Stimmen der Kinder, die leise, zögernd und piepsig oder schon im Stimmbruch auf seine Fragen antworteten. Allmählich stellte sich eine Art von Vertrauensverhältnis ein. Gegen fünf Uhr hörte Arthur hinter sich einen kleinen Jungen, der zu einem anderen sagte: „Du, der Blinde ist Klasse!"

Am Ende des Tages kam Paul Rémuzat in Arthurs Zimmer.

„Kommst du zum Abendessen? Wenn man das überhaupt Essen nennen kann. Ist das ein Laden! Weißt du was? Ich hätte Lust, den Wagen zu nehmen und nach Lyon zurückzufahren."

„Ja", sagte Arthur. „Ich auch. Aber haben Sie die Kinder gesehen, Paul?"

Das Abendessen verlief in gedrückter Stimmung. Fräulein Heurteaux, die Direktorin, schwieg, Rémuzat ebenfalls; nur Arthur machte einige Gesprächsversuche, aber die ironische Stimme, die er am Abend vorher gehört hatte, gab keine Antwort. Schließlich stand man auf, wünschte sich gegenseitig gute Nacht und trennte sich, so bedrückt wie zuvor.

Arthur hatte keine Lust, auf sein Zimmer zu gehen. Er fühlte das Bedürfnis nach frischer Luft, er wollte die Stille des Abends und das Rauschen des Meeres genießen. Seine Hände fanden die Klinke einer Balkontür. Er öffnete sie und kam auf die Terrasse, wo man die Bahren und Rollstühle der Kinder für ihre Luftkur abgestellt hatte. Er zählte etwa fünfzehn Schritte, bis er das Holzgeländer fand. Dort lehnte er sich nach vorn, zündete sich eine Zigarette an und lauschte dem regelmäßigen Rauschen der Brandung am Strand.

So stand er dort etwa zwanzig Minuten, als er Klavierspiel vernahm. Es war eine zarte Melodie, und die Triller vibrierten wie Harfentöne. Der Spieler schien ihm sicher und feinfühlig. Er hörte eine Weile zu, dann wollte er wissen, wer es sei, und folgte dem Ton in das Haus.

Er kam an eine Balkontür, die nach innen geöffnet war, und blieb stehen. Die Melodie verklang in einem Schlußakkord, der durch das leere Zimmer nachhallte.

„Haben Sie Musik gern, Herr Pichard?"

Die Stimme war ein paar Meter von ihm entfernt. Er erkannte Fräulein Heurteaux, die Direktorin.

„Ich bin kein Fachmann, aber ich habe den Eindruck, Sie spielen sehr gut. Hätten Sie Lust, noch ein wenig weiterzuspielen?"

„Setzen Sie sich", sagte die Direktorin. „Links von Ihnen steht ein Stuhl. Was wollen Sie denn hören? Schubert, Mozart, Debussy?"

„Da war etwas, was ein Freund von mir in Lyon gespielt hat. Ich glaube, es war von Beethoven." Er summte zögernd ein paar Takte.

„Die Appassionata", sagte Fräulein Heurteaux. „Ich weiß nicht, ob ich sie noch im Kopf habe."

Sie suchte einen Augenblick lang auf den Tasten, und dann begann sie die Sonate. Arthur fand sich nach Lyon zurückversetzt, damals, als Manuel am Abend Klavier spielte. Manuel. Er war jetzt Priester, und seine regelmäßigen Briefe zeugten vom wiedergefundenen Frieden.

Die Pianistin beendete das Stück, und Arthur sagte: „Das war sehr schön. Sie spielen wunderbar, Fräulein Heurteaux. Sie hätten Konzertpianistin werden können."

„Das hätte ich auch beinahe getan."

„Und Sie haben es aufgegeben?"

„Man kann nicht immer seine Träume verwirklichen."

„Ja, natürlich nicht. Es gibt Umstände, die ..." Er ließ den Satz in der Luft hängen.

„Umstände, ja", sagte Fräulein Heurteaux. „Für mich waren die Umstände ein alter Vater, den ich nicht verlassen konnte. Eine Konzertlaufbahn verträgt sich nicht damit — und ein normales Frauenleben übrigens auch nicht."

Das war es also. Eine Dame aus gutem Hause, die allein mit ihrem Vater gelebt, und deren Hoffnungen auf eine berufliche Karriere oder eine eigene Familie mit jedem Jahr in weitere Ferne gerückt und schließlich verschwunden waren.

„Warum spielen Sie nicht für die anderen?" fragte Arthur.

„Welche anderen?"

„Alle. Hier, in diesem Haus. Viele Kinder werden noch nicht schlafen können und Ihnen um diese Stunde zuhören."

„Ach. Die Kinder pfeifen auf Beethoven und Ravel; sie wissen nicht einmal, wer das ist. Die mögen doch nur Schnulzen und Schlager."

„Hören Sie, Fräulein Heurteaux, ich war noch nicht zwanzig Jahre alt, als ich meinen Unfall hatte. Ich hatte nur mein Volksschulzeugnis, und das war alles. Und geistige Anregungen zeichnen sich bei uns nur durch Abwesenheit aus. In Lyon habe ich unseren Institutsleiter und Kameraden kennengelernt, die mir erst gezeigt haben, daß es noch andere Dinge im Leben gibt. Hätte ich mein Augenlicht nicht verloren, so hätte ich höchstens die Zeitung gelesen und mir Akkordeonmusik im Radio angehört. Und ich bin sicher kein Ausnahmefall. Wenn einem Menschen etwas fehlt, sei es das Augenlicht oder körperliche Bewegungsfreiheit, dann muß er es durch etwas anderes ersetzen, aber dazu braucht man Hilfe. Warum versuchen Sie es nicht?" fuhr Arthur fort. „Man könnte einen kleinen Klub gründen, sich über Musik unterhalten, Ihnen zuhören. Und man könnte Lichtbildervorträge veranstalten, von Reisen und fremden Ländern berichten. Man könnte den Kindern neue Horizonte eröffnen, die sie von selbst nie entdecken würden."

„Aber, aber", sagte Fräulein Heurteaux, und Arthur hörte sie zum ersten Male lachen. „Sie reden ja wie ein Jugendpfarrer, Herr Pichard. Wann wollen Sie denn das alles machen? Unser Stundenplan . . ."

„Ach was", sagte Arthur. „Die Kinder schlafen nachmittags zwei Stunden. Glauben Sie nicht, daß wenigstens die älteren abends eine Stunde länger aufbleiben könnten?"

„Also schön, versuchen Sie es. Aber verstehen wir uns richtig: Sie allein nehmen das Risiko auf sich. Ich erlaube Ihnen, Ihre Zusammenkünfte hier zwischen acht und neun Uhr abends abzuhalten. Falls es nicht klappen sollte, falls es nur Lärm und Unruhe gibt, ist Schluß damit."

„ACH, du armer Arthur", sagte Rémuzat, als er die Nachricht hörte. „Auf was hast du dich da bloß eingelassen! Du wirst dich anjohlen lassen wie ein kleiner Hilfslehrer. Laß uns wenigstens helfen, die Gören in Schach zu halten."

„Nein", sagte Arthur. „Ich habe versprochen, es allein zu versuchen, und ich werde es alleine machen."

Die erste Versammlung des Klubs fand am nächsten Abend statt. Eine Lehrerin hatte ihnen einen Plattenspieler geliehen, eine andere war in die Stadt gegangen, um einige Schallplatten zu besorgen, die Arthur von seinen mageren Ersparnissen bezahlte. Als erstes Thema hatte er etwas ausgewählt, was er gut kannte: die Welt der Berge. Er stellte sich vor, mit ein paar Musikbeispielen, einigen schönen Texten und seinen eigenen Erinnerungen sein junges Publikum fesseln zu können. Therese, die junge Aufseherin, hatte in einer Anthologie eine Textauswahl getroffen und zwei Mädchen und zwei Jungen beauftragt, sie vorzulesen.

Um acht Uhr waren vierzig Kinder versammelt. Nur die jüngsten hatte man nicht eingeladen, da sie mehr Schlaf brauchten. Arthur bat um Ruhe und ergriff das Wort. Er versuchte, den Sinn dieser Zusammenkünfte zu erläutern; sie sollten der Zerstreuung und der Anregung dienen. Zuerst hatte er Mühe, die richtigen Worte zu finden, und hörte vereinzeltes Kichern. Er wollte keinen Verweis erteilen, kürzte seine Rede und ließ die erste Platte spielen. Es war ein Lied, das ruhig angehört wurde. Dann las ein vierzehnjähriges Mädchen stotternd den ersten Text, und jetzt begann es kritisch zu werden. Das Gelächter wurde lauter, und hämische Bemerkungen flogen. Arthur wollte einschreiten: „Es ist aber nicht recht, sich über die, die ihren guten Willen zeigen, lustig zu machen."

Eine Stimme rief: „Leg lieber eine Jazzplatte auf."

Eine andere: „Wir sind hier nicht in der Schule."

Arthur glaubte sicheren Boden zu finden, wenn er ihnen von seinen eigenen Erlebnissen erzählte. Er sprach über das Skilaufen, die Schönheit der Schneelandschaften, die im Winter schlafenden Bergdörfer, aber anstatt der Stille aufmerksamen Zuhörens, das er erwartete, hörte er um sich herum nur Flüstern und Gekicher. Es war kein organisierter Lärm, aber eine Reihe von Einzelgesprächen. Es wurde nur noch ärger, als er die „Symphonie über ein Thema aus den Bergen" auflegte, die ihn in Lyon so beeindruckt hatte.

Nur die lauten Stellen waren noch hörbar, der Rest wurde vom Geschrei und Gelächter der vierzig Kinder übertönt. Arthur wollte nicht aufgeben. Wenn er ihnen Gelegenheit gab, sich selbst zu äußern, würde er vielleicht die Lärmmacher zum Schweigen bringen.

„Hat jemand eine Frage? Hat einer von euch über ein Bergabenteuer zu berichten?"

Er erntete nur mehr Spott. Diesem Blinden gegenüber, der ja nicht sehen konnte, wer redete, fühlten sich auch die Schüchternsten zum Schabernack ermutigt. Das gegenseitige Überbieten tat den Rest. Jeder wollte so laut wie möglich das schlimmste Wort, das anzüglichste Wortspiel, die größte Unflätigkeit zum besten geben, die anderen zum Lachen bringen und seinen eigenen kleinen Erfolg ernten.

Arthur brach in Schweiß aus. Er fühlte sich verlorener als je, dachte an die Reaktionen im Nebenzimmer, wo die Direktorin, Rémuzat und die Lehrerinnen saßen. Jetzt packte ihn die Wut: „Also schön. Ich habe begriffen", schrie er. „Mit dem Klub ist es aus. Ich hatte gedacht, daß euch ein freundschaftliches Beisammensein Spaß machen würde. Ich habe mich getäuscht."

„Du spielst uns Klaviermusik vor. Wir wollen Johnny Halliday."

Eine kreischende Mädchenstimme mischte sich ein: „Johnny! Johnny!"

Die anderen taten es ihr nach und riefen den Namen im Rundgesang. „Ins Bett mit euch!" brüllte Arthur.

Er verließ seinen Stuhl und versuchte, die Tür zu finden, stieß an die Armlehnen von Rollstühlen, schlug die Hände von sich, die an seiner Jacke zerrten. Er glaubte, in die Hölle geraten zu sein und die Schreie der Verdammten zu hören, die gierig nach ihm griffen. Schwitzend, mit zerzaustem Haar, gelangte er endlich in den Korridor. Er stellte sich die vor ihm stehende Direktorin mit gekreuzten Armen und einem sarkastischen Lächeln vor und das ganze Personal um sie herum, das nun über ihn richtete.

Jemand nahm ihn beim Arm, und er erkannte Rémuzats festen Griff. „Sie hatten recht, Fräulein Heurteaux", sagte er. „Ich bitte Sie um Verzeihung."

„Wir werden das später sehen", sagte die Direktorin. „So, meine Damen, jetzt wollen wir die kleine Bande erst einmal wieder in Zaum bringen."

Sie brauchten mehr als eine Viertelstunde, um den Lärm zu beschwichtigen, und es gelang nur, indem man nacheinander die Rollstühle mit ihrer armseligen Fracht hinausschob.

Arthur hatte sich in eine Ecke des Büros gesetzt. Er hatte den Kopf in die Hände vergraben. „Das ist nun der Dank für meine Mühe, den guten Geist zu spielen. Aber warum nur? Warum?"

„Laß, laß, Arthur", wiederholte Rémuzat, der bei ihm geblieben war.

Im still gewordenen Haus hörte Arthur Schritte, die aus der Halle kamen. Fräulein Heurteaux und ihre Begleiterinnen kamen zurück, nachdem sie wohl manche Strafe verhängt und wahrscheinlich einige Ohrfeigen ausgeteilt hatten.

„Nun?" fragte die Direktorin. „Haben Sie es jetzt begriffen, Herr Pichard?"

„Ja, Fräulein Heurteaux", sagte Arthur. „Aber ich glaube, daß alles meine Schuld war. Ich habe ein Thema gewählt, das sie nicht interessierte. Sie hatten den Eindruck, ich wollte ihnen Unterricht erteilen."

„Wenn Sie über Jazz oder Schnulzensänger gesprochen hätten, wäre es Ihnen genauso ergangen", sagte sie. „Es liegt einfach daran, daß diese Kinder durch ihre Bewegungslosigkeit sich nicht richtig ausleben können. Sie haben das gleiche Bedürfnis herumzutoben wie andere Kinder ihres Alters. Fragen Sie einmal die Lehrerinnen; sie werden Ihnen bestätigen, daß es keine schwierigeren Klassen gibt."

„Trotzdem müßte man doch etwas tun können", sagte Arthur.

„Nein", sagte Rémuzat. „Fräulein Heurteaux hat recht. Du urteilst als Erwachsener und, was noch wichtiger ist, als Blinder. Die kleinen Blinden sind artig und sehr aufnahmebereit – weil sie mit dem Gehör und der Phantasie das Fehlende ersetzen müssen. Aber ein Kind, das an seinen Rollstuhl gefesselt ist, hat ganz andere Bedürfnisse."

„Dann muß man eben andere Wege suchen", beharrte Arthur. „Man könnte ihnen Gelegenheit zu körperlicher Betätigung geben. Man kann auch sitzend Ball spielen oder im Rollstuhl um die Wette fahren."

„Jetzt hören Sie mal zu, Herr Pichard." Die Stimme der Direktorin war streng. „Ich habe Ihnen erlaubt, einen Versuch zu machen, und Sie haben selbst das Resultat festgestellt. Von jetzt ab bitte ich Sie, der Hausregel zu folgen."

Arthur konnte keinen Schlaf finden: das Echo der Schreie und des Gelächters dröhnte ihm immer noch in den Ohren. Ein Geräusch der Wirklichkeit verscheuchte jedoch plötzlich seine bösen Wachträume. Die Stufen der Treppe knarrten, als wenn jemand vorsichtig heraufstieg, dann raschelte etwas auf der Etage, eine Tür knarrte ganz nahe; es war Rémuzats Zimmer.

Merkwürdig, dachte Arthur. Ich habe ihn nicht hinuntergehen hören, und außerdem hat er einen schwereren Schritt.

Er hörte Flüstern und die leise Stimme eines Mädchens.

Aha, sagte sich Arthur. Der gute Doktor hat ein Mittel gefunden, sich die Zeit hier angenehmer zu vertreiben. Ich frage mich nur, wer das sein könnte.

Diese Frage beantwortete ihm Rémuzat am nächsten Morgen, ohne daß Arthur etwas erwähnt hatte.

„Hoffentlich haben wir deinen Schlaf nicht gestört. Ich weiß, was für ein feines Gehör du hast. Verstehst du, hier gibt es ein paar Mädchen, die sich langweilen. Es war Madeleine. Natürlich haben wir uns auch unterhalten, und sie hat mir einiges über ihre Freundinnen berichtet. Demnach hättest du bei Therese gute Chancen."

„Ich? Sie sind wohl verrückt, Paul."

„Warum denn nicht? Dazu braucht man doch nicht zu sehen."

Erinnerungen stellten sich ein, die Arthur längst vergessen glaubte. Die abendlichen Ausgänge in Morzine mit seinen Kameraden und die Gesichter der Mädchen. Seltsamerweise hatten solche Gedanken die Nächte Arthurs seit seinem Unfall nicht gestört. In dieser Beziehung hatte er den Schlußstrich gezogen, seit er blind war. Und nun kam Rémuzat und stellte wieder alles in Frage. Er fühlte, wie seine Hände feucht wurden und sein Herz pochte.

Jetzt mußte er ständig an Therese denken, und er hatte alle Mühe, sich bei der Pflege der Kinder zu konzentrieren. Beim Mittagessen sagte er kein Wort, er dachte nur daran, daß Therese ihm gegenüber saß. Als er mit seiner Hand etwas auf dem Tisch suchte, fragte sie ihn: „Was wünschen Sie, Herr Pichard?"

„Das Brot, bitte."

Sie reichte ihm den Korb, und ihre Hände berührten sich etwas länger als notwendig. Er schob ein Bein unter dem Tisch vor, und sein Knie berührte Thereses Knie; sie antwortete mit einem leichten Druck, und so blieben sie bis zum Ende der Mahlzeit.

Am Abend begannen sie das Spiel von neuem. Nach dem Essen, inmitten des Stimmengewirrs, hörte er Thereses Stimme ganz nahe: „Ich muß noch eine Runde im Schlafsaal der Kleinen machen." Und sie fügte in ganz natürlichem Ton hinzu: „Geh auf dein Zimmer. Ich komme nach!"

Arthur wartete in seinem Zimmer. Er hatte sowenig wie an anderen Tagen daran gedacht, das Licht einzuschalten. Wozu auch? Er setzte sich auf sein Bett und lauschte auf die geringsten Geräusche. Er hörte wieder die Stufen knarren, es war wie am Vorabend, nur wurde dieses Mal geflüstert. Therese und Madeleine kamen herauf. Ein leises Lachen, die Tür ging auf und wieder zu.

„Wo bist du?" hauchte Therese.

„Hier bin ich", sagte Arthur und erhob sich.

So WAR es seit vier Nächten gegangen, und Arthur stellte sich keine Fragen. Er genoß zufrieden sein Glück. Am fünften Morgen, als er im Halbschlummer lag, sagte Therese leise: „Ich frage mich, was du von mir denkst."

Er antwortete nicht. Sie wollte es aber wissen. „Sag mir's doch."

„Nichts. Daß du nett bist, das ist alles."

„Aber hat es dich nicht erstaunt, daß ein Mädchen so einfach zu dir aufs Zimmer kommt?"

„Nein", sagte Arthur. „Ich hab gedacht, daß du Lust dazu hattest."

„Ja", gab sie zu. „Höre, Arthur, ich werde wieder nach Lille gehen."

„Nach Lille? Aber warum denn?"

„Weil es besser so ist. Zuerst habe ich es getan, weil ich einfach Lust hatte. Aber jetzt fängt es an ernst zu werden. Aber das kann doch zu nichts führen mit uns beiden. Findest du nicht auch?"

„Zu was sollte es denn führen?" fragte Arthur.

„Das ist es eben. Es ist besser, Schluß zu machen, bevor es zu spät ist."

„Du hast recht, Therese. Ich habe dir nichts für die Zukunft zu bieten."

„Na, du bist wenigstens ehrlich", sagte Therese.

„Was soll ich dir denn sonst sagen?" murmelte Arthur.

„Nichts. Du hast recht."

Sie stand auf. Die Tür öffnete und schloß sich.

Therese mußte alles sehr schnell geregelt haben, denn beim Mittagessen fühlte Arthur, daß der Platz ihm gegenüber leer war. Erstaunt stellte er fest, daß ihr Weggehen ihm keinen Kummer gemacht hatte. Er fand seine gewohnte Ruhe wieder. Aber immerhin hatte Therese ihm bewiesen, daß er trotz seines Gebrechens noch jemand war, den man lieben konnte, und dafür blieb er ihr dankbar.

Am Nachmittag ging er in die Stadt, wählte in einem Juwelierladen eine mit einer Möwe geschmückte Brosche, ließ ein kleines Päckchen machen und an die Adresse schicken, die er im Büro erfragt hatte. Er hatte ein paar Worte in großen Buchstaben geschrieben und aufgepaßt, daß sie sich nicht überschnitten:

VERZEIH MIR. ICH WÜNSCHE DIR ALLES GLÜCK AUF ERDEN.

Er erhielt nie eine Antwort.

ALLES schien ihm zu mißlingen: zuerst seine Versuche als Erzieher und jetzt seine Liebeshoffnungen. Arthur hätte das Sanatorium gehaßt, wenn es nicht den alten Joos gegeben hätte. Joos war ein Handwerker aus Berck, ein Kunsttischler mit einer deftigen Sprache. Fräulein Heurteaux hatte zur Beschäftigung der größeren Jungen eine Werkstatt neben dem Haus einrichten lassen, und sie hatte Joos Ryckelinck dazu bewegen können, zwei Stunden am Tag Unterricht in der Tischlerei zu erteilen. Seit Therese nicht mehr da war, war Arthur jeden Tag am späten Nachmittag nach dem Unterricht zum alten Joos gegangen. Dort fand er den angenehmen Duft des frischen Holzes wieder, der ihn an die Werkstatt seines Onkels in Morzine erinnerte.

„He, du hast aber schon einmal in der Tischlerei gearbeitet", behauptete Joos, als er Arthurs Hände über die polierten Bretter und Hobel gleiten sah.

„Das stimmt", sagte Arthur. „Im Sommer habe ich im Schiefersteinbruch geschafft, aber im Winter hatte ich begonnen, Holzarbeit zu machen."

Am ersten Tag beschränkte er sich auf das Hobeln. Er glättete ein Brett und prüfte genau die Höhe mit einem Maß, auf dem man die Millimeter mit den Fingern spüren konnte.

„Für jemand, der nichts sieht, ist das schon gute Arbeit", sagte Joos. „Dein Brett ist überall winkelrecht."

Tag für Tag traute sich Arthur mehr zu. Es gelang ihm, genau zu sägen, sich der Meißel und Bohrer zu bedienen. Der alte Joos hatte eine Engelsgeduld mit ihm, redete wenig, wies ihn hie und da zurecht, wie er ein Werkzeug und wie die Hände zu halten habe.

In zehn Tagen hatte Arthur einen kleinen Savoyer Bauernschemel verfertigt, den er Fräulein Heurteaux schenkte.

Von da an ging er jeden Abend nach dem Essen allein in die Werkstatt. Er blieb dort oft bis in die Nacht; schnitzte, hobelte, reparierte Stühle und Tische, baute Regale für die Schlafsäle. In dieser Umgebung war er glücklich. Die größte Freude empfand er am Geruch des Holzes; es gab ihm das Gefühl, das Tal seiner Heimat nie verlassen zu haben.

So verging der Sommer. Der September kam, die Abende wurden kühler, und man spürte die Feuchtigkeit der Seeluft immer mehr. Doktor Rémuzat beschloß, daß sie am 27. nach Lyon zurückfahren würden, um noch ein paar Tage Zeit zu haben, bevor die Kurse wieder begannen. Der letzte Abend war etwas niederdrückend. Fräulein Heurteaux war mit der Zeit sanfter und freundlicher geworden. Arthur spürte, daß sie ihr Fortgehen bedauerte.

„Kommen Sie im nächsten Jahr wieder, Herr Pichard?“

„Nein, Fräulein Heurteaux“, sagte Arthur. „Wenn ich im Juli mein Examen bestehe, gehe ich in die Heimat zurück und versuche, eine Praxis zu eröffnen.“

„Und Sie, Herr Doktor?“

„Meine Assistentenzeit geht zu Ende“, antwortete Rémuzat, „und auch ich werde mich nach einer Praxis umsehen müssen.“

Nur Madeleine begleitete sie bis zum Wagen. Sie schneuzte sich und hielt die Tränen zurück, als sie Abschied nahmen.

„Komisch“, sagte Arthur, als sie schon unterwegs waren, „es macht mir eigentlich gar nichts aus wegzufahren.“

Paul Rémuzat antwortete mit einem Brummen, das als Zustimmung gelten konnte. Arthur fuhr fort: „Die Kinder hätte ich gern gemocht, aber die Sache mit dem Klub hat alles kaputtgemacht. Immerhin, ein paar waren sehr nett.“

„Wir haben uns nichts vorzuwerfen“, sagte der Arzt. „Wir haben sie gut behandelt. Der Beweis ist, daß einige fast geheilt sind.“

„Ja“, sagte Arthur. „Geheilt schon, aber ist das genug?“

In Lyon fand Arthur einen Brief in Brailleschrift von Nicole.

Lieber Arthur,
hoffentlich ist es in Berck schön gewesen. Ich habe mein Dorf und
das alte Leben wiedergefunden. Die ganze Familie ist bei guter
Gesundheit. Ich hoffe, daß es bei Ihnen auch so ist. Ich komme
nicht nach Lyon zurück. In Tarbes wurde ein ähnliches Institut
eingerichtet, und ich habe beschlossen, dort meine Studien fort-
zusetzen, da es bei uns in der Nähe ist. Bitte sagen Sie Professor
Langlois, daß ich ihm für seine aufopfernde Mühe zutiefst dankbar bin.
    Lieber Arthur, ich möchte gern wieder von Ihnen hören. Ich
habe unsere Studienabende in schönster Erinnerung. Sie waren
wunderbar. Ihre Gegenwart hat mir oft den Frieden wiedergege-
ben, und deshalb werde ich immer in Freundschaft an Sie denken.
Mit herzlichen Grüßen

Nicole

Sie hatte die Adresse des neuen Instituts in den Pyrenäen ange-
geben, und Arthur schrieb ihr gleich am nächsten Tag. Er hatte seinen
Brief zweimal von neuem geschrieben, da er den ersten zu gefühlvoll
und den zweiten zu unpersönlich fand. Endlich glaubte er das richtige
Maß gefunden zu haben und warf den Umschlag in den Briefkasten,
als er zu seinem ersten Kurs im neuen Schuljahr ins Krankenhaus
ging.

Im Haus am Saônequai lachte man noch lange über Arthurs Musterung beim Militär. Eines Morgens hatte ein Polizist eine Vorladung
im Büro abgegeben: Arthur habe sich in einer Kaserne der Stadt vorzustellen. Der Chauffeur der Anstalt begleitete ihn.
    „Da ist es", sagte er. „Da ist ein Schild: Musterungsbüro."
    Sie traten ein. Der Chauffeur führte ihn in ein Zimmer, das nach
kaltem Tabak roch.
    „Vorladung?" fragte eine Stimme.
    „Hier", sagte Arthur.
    „Er ist blind", erläuterte der Chauffeur.
    „Das ist nicht meine Schuld", sagte der andere. „Erster Gang
rechts. Tür A." Der Chauffeur nahm Arthurs Arm.
    „Halt! Sie können ihn nicht begleiten. Ordonnanz, führen Sie ihn."
    Arthur legte seine Hand auf eine uniformierte Schulter; der Stoff
fühlte sich rauh an. Er folgte der Ordonnanz, die sich bei jedem

Schritt umdrehte und ihn im besten Lyoner Akzent immer wieder fragte: „Ist's recht? Kommst du mit?"

Er öffnete eine Tür. Eine Hitzewelle schlug Arthur entgegen. Es roch nach Schweiß wie im Umkleideraum eines Sportplatzes. Man hörte die Stimmen junger Männer, die herumwitzelten.

„Er ist blind, Herr Oberfeldwebel", meldete die Ordonnanz.

„Schon gut", antwortete dieser. „Ziehen Sie sich aus."

„Aber . . .", wollte Arthur einwenden.

„Ich habe gesagt: Ziehen Sie sich aus!"

Arthur tastete mit der Hand nach einem Platz, wo er seine Kleider ablegen konnte. Er fand eine Bank und zog sich, wie befohlen, splitternackt aus.

„Ist das wahr, daß du überhaupt nicht sehen kannst?" fragte eine junge Stimme neben ihm.

„Es könnte nicht wahrer sein."

„Aber warum bestellen sie dich dann zur Musterung?"

„Keine Ahnung", antwortete Arthur.

Er spürte, daß andere junge Leute sich um ihn versammelten.

„Komm", sagte jemand. „Bleib bei mir."

„Ruhe da!" brüllte der Feldwebel. „In Einerreihen. Marsch."

Jemand faßte Arthur an der Schulter und drehte ihn um. Eine Hand schob ihn sanft vorwärts. Er bemerkte, daß er in ein anderes Zimmer kam, denn es hallte hier anders.

„Der nächste."

Die Stimme klang müde und ungeduldig.

„Du bist dran", flüsterte ihm sein Nachbar zu.

Arthur streckte die Arme vor sich aus und machte ein paar Schritte.

„Aber was soll denn das, mein Junge?"

Arthur richtete sich nach der Stimme und gelangte vor den Schreibtisch des Majors.

„Entschuldigen Sie", sagte er. „Aber ich kann nicht anders."

„Was?" sagte der andere. „Wie heißen Sie?"

„Pichard, Arthur."

„Geben Sie mir mal die Akte Pichard. Aber Sie sind ja blind?"

„Jawohl", sagte Arthur.

„Verdammt noch mal!" sagte der Major. „Wer ist der Trottel, der diesem Jungen befohlen hat, sich auszuziehen?"

„Der Feldwebel", sagte jemand.

„Das wundert mich nicht", brummte der Arzt. „Hören Sie, ich verstehe überhaupt nicht, wieso man Sie vorgeladen hat. Eine solche ... Also, sagen wir einmal, Blindheit ist ein klarer Fall von Dienstuntauglichkeit. Das war wieder eine typische Büroschlamperei. Sanitäter!"

„Zu Befehl, Herr Major."

„Bringen Sie diesen jungen Mann nach nebenan, und helfen Sie ihm, sich anzuziehen. Und dann schicken Sie mir den Feldwebel. Dem möchte ich ein paar Worte sagen."

Arthur fand seine Bank, und der Sanitäter reichte ihm Stück für Stück seine Kleider. Sie hörten den Wutausbruch des Majors aus dem Untersuchungszimmer. Der Feldwebel kam zurück und wandte sich an die Wartenden im Umkleidezimmer.

„Der Major hat gut reden. Wo steht in der Dienstordnung, daß die Blinden sich nicht ausziehen müssen? Die andern müssen's ja auch."

ARTHUR verbrachte wieder – jetzt allein – die Abende im Büro des Instituts und arbeitete sein Pensum durch. Die anatomischen Bezeichnungen waren ihm inzwischen vertraut geworden; jeder Knochen, jeder Muskel, jedes Nervenzentrum prägte sich seinem Gedächtnis ein. Im Krankenhaus war er zu praktischen Übungen „am lebenden Objekt" übergegangen. Er behandelte Kranke, meist Opfer von Verkehrs- oder Arbeitsunfällen, und oft erschrak er über die furchtbaren Verletzungen, die er unter seinen Händen spürte.

„Sag mal, Schieler", redete ihn eines Tages der Professor an. „Bleibst du über Weihnachten in Lyon?"

„Ja, Herr Professor."

„Willst du dir ein bißchen Geld verdienen?"

„Gern, Herr Professor."

„Wir haben eine neue Abteilung für Poliokranke eröffnet. Es sind fast alles Kinder. Die Bewegungstherapie ist langwierig und mühsam. Meine Mädchen schaffen es nicht mehr allein. Wir könnten dich als Verstärkung brauchen, wenigstens am Vormittag."

Die Bewegungstherapeutinnen hießen Arthur herzlich willkommen. Die Zahl der Patienten wuchs von Woche zu Woche, aber die Zahl der Mitarbeiter blieb gleich. Arthur begann die erschlafften oder verhärteten Muskeln zu massieren, Beine zu behandeln, die sich nicht weiterentwickelten. Jeden Morgen brachte man ihm einen von den Hüften abwärts gelähmten vierzehnjährigen Jungen, den die Krankheit besonders hart getroffen hatte, und Arthur fragte sich, ob er je Fortschritte machen würde.

Am 23. Dezember stellte der kleine Kerl, der bisher nur „guten Tag" und „danke" gesagt hatte, ihm plötzlich eine Frage: „Haben Sie noch nie Lust gehabt, sich umzubringen?"

Arthur war bestürzt, aber er nahm sich zusammen: „Eigentlich nicht, aber einige von uns haben schon daran gedacht."

„Haben sie es getan?"

„Gott sei Dank nicht."

„Wieso Gott sei Dank? Was kann denn schon aus uns werden?"

„Sieh mal, man kann zum Beispiel das tun, was ich tue, und man kann noch vieles mehr. Musik, Bürsten binden und sogar tischlern."

„Können Sie vielleicht tischlern?"

„Und ob. Wie heißt du?"

„Guy."

„Ich heiße Arthur. Bist du von hier?"

„Aus einem Kaff in der Nähe von Autun."

„Was machen deine Eltern?"

„Bauern. Mein Vater dachte, daß ich einmal den Hof übernehmen würde, und dann ..."

„Ja. Mein Vater hatte auch gehofft, daß ich mich einmal um die Kühe und Schafe zu Haus kümmern würde, aber was willst du, ich habe eben einen anderen Beruf ergriffen."

Der Junge sprach nicht mehr. Arthur fragte ihn freundlich:

„Bist du so trübselig, weil bald Weihnachten ist?"

„Das glauben Sie doch selber nicht", erwiderte Guy. Aber der Protest klang nicht überzeugend.

„Natürlich, das ist es", fuhr Arthur fort, als rede er zu sich selbst. „Die erste Weihnacht fern von zu Haus, wenn man glaubt, daß man im Eimer ist. Hör mal, Guy; man ist nie wirklich im Eimer; solange das Gehirn arbeitet, ist alles möglich. Weshalb, glaubst du eigentlich, gibt man soviel Geld für dich aus? Jawohl. All diese Apparate, die Ärzte, das Pflegepersonal, das kostet doch ein Vermögen. Glaubst du etwa, man riskiert derartige Summen, wenn man nicht sicher wäre, daß du eines Tages wieder gehen kannst? Und selbst wenn du humpelst, kannst du immer noch einen Beruf ausüben, und vielleicht sogar etwas Besseres als das, was du sonst gemacht hättest. So! Das wär's für heute. Bis morgen, Guy." Er wiederholte: „Bis morgen, Guy."

„Bis morgen, Herr Arthur."

„Fräulein", sagte Arthur, als man die Rollbahre hinausgeschoben hatte, „sprechen Sie bitte mit der Schwester vom Dienst. Dieser Junge hat eine Depression, er redet von Selbstmord. Man sollte ihn die nächsten Tage überwachen."

Beim Mittagessen in der Personalkantine hörte Arthur von nichts anderem als Heiligabend, Mitternachtsmesse, Skiferien und Familienfesten. Kaum hatte er seinen Apfel zum Nachtisch gegessen, machte er sich auf die Suche nach dem Krankenhauspfarrer. Er wußte nur, daß er ein ehemaliger Missionar war, der viele Jahre in Indochina verbracht hatte und der jetzt gleichzeitig eine Ruhr auskurierte und sich um die Kranken kümmerte. „Herr Pfarrer, darf man eine Messe auch außerhalb der Kirche abhalten?"

„Ja, wenn die Umstände es erfordern."

„Warum könnten Sie dann nicht im Saal 12, bei den Poliokranken, eine Messe lesen? Es sind an die sechzig und alles junge Leute. Ich habe gedacht, daß man für Heiligabend . . ."

„Wie stellen Sie sich das vor? Zuerst müßte man die Erlaubnis haben."

„Herr Professor Langlois wird das besorgen."

„Und dann kann man die Kinder nicht bis Mitternacht auf lassen."

„Klar, die Messe könnte ja um neun abgehalten werden."

„Sie scheinen die Sache ja bereits völlig durchgeplant zu haben?"

„Nein, ich denke nach."

„Ist das alles, was Sie von mir wollen?"

„Nein", sagte Arthur. „Wenn man für jeden ein kleines Geschenk besorgen könnte . . ."

„Jetzt treiben Sie es aber ein bißchen zu weit, mein Freund. Halten Sie mich für die Caritas?"

„Ach, das ist übrigens eine Idee. Ich werde dort anrufen."

Die Person, mit der er sprach, sagte zwar, man würde versuchen,

etwas zu unternehmen, aber als Arthur aufhängte, hatte er nicht viel Hoffnung. Danach ging er zu Professor Langlois, der zuerst schimpfte, aber dann natürlich seine Einwilligung gab.

Am nächsten Tag kamen zehn junge Leute ins Krankenhaus. Sie fragten nach Arthur und erklärten ihm, sie seien Studenten und kämen auf Anraten des katholischen Hilfswerks. Sie hatten einen kleinen Weihnachtsbaum, Girlanden und bunte Glaskugeln mitgebracht.

„An Geschenken haben wir nicht viel auftreiben können", sagte einer von ihnen. „Nur Krawatten."

„Krawatten?" fragte Arthur.

„Ja. Von einem Kameraden. Sein Vater fabriziert sie."

„Na also. Wunderbar", sagte Arthur. „Krawatten sind sehr gut."

Eine halbe Stunde später erschien er im Saal der Poliokranken. „Ach, da sind Sie." Er erkannte die Stimme der Oberschwester. „Sie haben ja einiges angestellt! Da kommen die jungen Leute und bauen hier einen Weihnachtsbaum auf, ohne Genehmigung, verschieben alle Tische, um einen Altar aufzubauen, und obendrein fangen die Poliokranken zu singen an."

„Zu singen?"

„Ja. Weihnachtslieder."

„Und das gefällt Ihnen nicht?" fragte Arthur.

„Doch – schon", beschwichtigte die Frau. „Aber das schafft doch eine Menge Unruhe."

„Ach was! Wissen Sie, Weihnachten schafft nun einmal eine Menge Unruhe – und das seit zweitausend Jahren!"

Um Viertel vor neun nahm Arthur zwischen zwei Krankenbetten Platz; in einem lag der kleine Guy.

„Na, wie sieht es aus? Nicht zu schäbig?" fragte er.

„Nein", sagte Guy. „Der Baum ist Klasse! Die Typen, die ihn gebracht haben, wollen wiederkommen."

„Und der Altar?"

„Der ist mitten im Saal. Der Pfarrer hat eben die Kerzen angezündet und sich sein weißgoldenes Ding umgehängt."

Die Messe begann. Arthur horchte gespannt auf die Reaktionen; er war doch ein wenig besorgt über das, was er schon wieder angerichtet hatte. Im Saal herrschte Stille. Der Pfarrer las aus dem Evangelium: „Es begab sich aber zu der Zeit, daß ein Gebot von dem Kaiser Augustus ausging, daß alle Welt geschätzt würde ... Da

machte sich auf auch Joseph aus Galiläa, aus der Stadt Nazareth ...,
mit Maria, seinem vertrauten Weibe, die war schwanger. Und als sie
daselbst waren, kam die Zeit, da sie gebären sollte. Und sie gebar
ihren ersten Sohn ..."

Dann sprach er. Er schilderte die Hirten im Tal bei Bethlehem
und zog einen Vergleich zwischen den Zuhörenden und jenen Hirten,
die im Geiste gelähmt waren, weil sie von dem großen Mysterium,
das sich einige Schritte von ihnen abspielte, nichts wußten. Er beschrieb das Erscheinen des Engels und die Verkündigung der großen
Hoffnung. Dann wandte er sich direkt an die, die heute abend hier
der Messe folgten, und zeigte ihnen, welche Hoffnungen auch sie für
ihren Körper und ihre Seele haben konnten. Er fügte hinzu: „Ich
habe gehört, daß ihr Weihnachtslieder eingeübt habt. Singt, während
ich das Brot und den Wein zur Feier der Messe bereite."

Eine Stimme begann zart und leise, andere folgten zögernd. Es
war ein sehr altes Lied, in dem von Engeln und Feldern, von Himmel
und Wäldern die Rede war.

Die Stimmen schallten jetzt durch den Saal. Sie sangen noch *Es ist
ein Ros' entsprungen,* sprachen das Vaterunser, und dann kündigte
der Priester an: „Ich werde um eure Betten gehen. Wer kommuni-
zieren will, braucht nur die Hand zu heben."

Arthur hörte ihn zu seiner Linken: fast überall blieb er stehen.

Guy flüsterte: „Ich war schon so lange nicht mehr bei der Beichte."

„Das macht nichts", sagte Arthur.

Er hörte den Priester ganz nahebei das Kommuniongebet sagen,
kniete nieder, um die Hostie zu empfangen. Er fühlte einen wunder-
baren innerlichen Frieden, eine unendlich sanfte Ruhe.

Als die Messe beendet war, nahm eine Krankenschwester Arthur
beim Arm und führte ihn von einem Bett zum andern. Jedem Kranken überreichte er ein kleines Päckchen. Und hinter sich hörte er die
begeisterten Ausrufe derer, die ihres geöffnet hatten.

„Ach, die ist prima!"

„Schau mal, meine ist gestreift."

Er hatte seine Runde gemacht und war schon an der Tür, als eine
Stimme rief: „Für unseren Arthur: Hipp, hipp, hipp!" Und der
ganze Saal brüllte dreimal: „Hurra!"

Arthur stammelte: „Frohe Weihnachten euch allen."

Und er ging hinaus, vor Rührung bebend.

Eine schwere Hand legte sich auf seine Schulter. „Bist du zufrieden, mein Schieler?" Er war unfähig zu antworten; die Kehle war ihm wie zugeschnürt; er wunderte sich nicht einmal, daß Professor Langlois um diese späte Stunde im Krankenhaus war.

„Jetzt kommst du mit. Ja, doch, du kommst jetzt mit. Meine Kinder sind über die Feiertage in ihre verdammten Skiferien gefahren. Wir werden also zu dritt feiern; du, meine Frau und ich. Du willst doch nicht, daß ich mir beim Austernöffnen umsonst in die Finger geschnitten habe."

SEIT der Geschichte mit der Weihnachtsmesse und den Krawatten war Arthur bei den Poliokranken zu einer Art Held geworden. Was ihm in Berck so kläglich mißlungen war, hier war es ein großer Erfolg. Man hörte sich gemeinsam Schallplatten an, tauschte Bücher aus. Die Studenten waren wiedergekommen und belieferten den Saal 12 mit fast allem, was er brauchte. Im Januar brachten sie einen Radioapparat. Zu Ostern fanden sie bei einem Händler ein Fernsehgerät, das ein Kunde reparieren lassen und nie abgeholt hatte; es gelang ihnen, den Händler so zu begeistern, daß er es stiftete.

Arthur widmete sich seiner Aufgabe mit totaler Hingabe; er achtete gespannt und aufmerksam auf das leiseste Zeichen einer möglichen Besserung. Guy half sich auf zwei Krücken fort; Brust und Beine waren schmerzhaft verpanzert und geschient – aber er konnte gehen.

Dann fand das Examen statt. Die Fragen schienen ihm leicht, er antwortete sicher und ohne zu zögern. Professor Langlois verkündete ihm, daß er bestanden habe, und war über Arthurs gleichgültige Reaktion erstaunt.

„Was hast du nur, mein Schieler? Freut dich das gar nicht? Stell dir doch vor, was du geschafft hast. Vor drei Jahren bist du als Volksschüler hergekommen, und jetzt bist du auf einmal diplomierter Masseur oder Physiotherapeut, wie man es heute nennt. Das ist doch eine Leistung!"

„Das ist es ja nicht, Herr Professor, aber im letzten Jahr habe ich hier so viele Freunde gefunden. Und die muß ich jetzt verlassen."

„Du wirst neue Freunde finden. Und du kehrst in deine Heimat zurück. Mach dir um deine Poliokranken keine Sorge; die lassen wir nicht im Stich. Schreib mir gelegentlich, wie es dir da oben geht. Versprichst du mir das?"

Am 20. Juli wartete Arthur mit gepackten Koffern im Hof des Instituts am Saônequai. Ein Wagen hielt vor dem Tor, die Tür schlug zu, Schritte kamen näher, zwei Hände legten sich auf seine Schultern, und eine frische Wange berührte die seine.

„Arthur, alter Junge", begrüßte ihn sein Bruder François. „Du hast uns sehr gefehlt."

Arthur redete während der ganzen Fahrt, und François wunderte sich. Wie hatte Arthur sich verändert, er, der sonst sowenig gesprächig gewesen war! Er erzählte alles: vom Sommer in Berck, vom Weihnachtsfest in Lyon, von Frau Langlois und ihren Kochkünsten, vom Examen ...

Sie hielten bei einem Restaurant, um einen Imbiß einzunehmen, und François sah Arthur mit Tellern und Besteck hantieren und Weißwein einschenken, als ob es die natürlichste Sache auf der Welt sei. „Nun erzähl mal, François, wie ist es jetzt da oben?"

„Wie immer", sagte François erstaunt.

„Nein. Ich meine, was mich betrifft. Man erwartet den Blinden, nicht wahr? Man fragt sich, ob man lieber wegschauen oder mich bedauern soll. Siehst du, Kleiner, darauf kommt es jetzt an. Wenn es mir gelingt, sie vergessen zu machen, daß ich nicht sehen kann, dann hab ich's erreicht ..., wenn nicht, dann kannst du dich auf was gefaßt machen."

„KÖNNTEST du beim *Métropole* anhalten?" bat Arthur, als sie in Morzine ankamen. „Ich brauche Zigaretten."

Er stieg aus dem Wagen, und die frische Bergluft überraschte ihn. Einige Sekunden blieb er stehen und atmete in vollen Zügen ein. Dann wandte er sich dem Laden zu. Seine Hände betasteten die Mauer, das Schaufenster, die draußen aufgebauten Ansichtskartenständer.

„Kommst du?" fragte François. Sie traten ein.

„Die Feriengäste sind da, die Glücklichen der Erde!"

Die Stimme klang ein wenig hoch, die Worte kamen rasch.

„Guten Tag, André", sagte Arthur. „Wie geht's?"

„Es geht, es geht", erwiderte der Wirt vom Métropole. „Und dir? Freust du dich, wieder im Lande zu sein?"

„Das kann man sagen. Läufst du immer noch Ski?"

„Keine Zeit mehr dazu. Weißt du, das Geschäft nimmt mich sehr in Anspruch."

„Du hast dich vergrößert", sagte Arthur. „Du hast den Laden ausgebaut, die Schaufenster neu dekoriert, du verkaufst jetzt Ansichtskarten, Bücher und Kosmetika ..."

„Woher weiß er das alles?" flüsterte André François zu.

„Also, grüß dich, André!"

Arthur bezahlte seine Schachtel *Gitanes* und ging zur Tür.

Sie hielten noch beim Café an der Kirche. Alcide und seine Frau Mariette begrüßten Arthur laut und herzlich, und man schenkte Weißwein ein.

„Du hast ja schon mit der Heuernte angefangen", sagte Arthur.

„Ja", sagte Alcide. „Gestern. Ein voller Wagen steht vor der Tür."

„Ja, das habe ich gesehen", sagte Arthur. „Es ist fast trocken. Das wird gutes Futter geben."

„Er hat es gesehen", wunderte sich Alcide, als sie gegangen waren. „Wie kann er es gesehen haben?"

Auf der Straße nach Les Prodains wollte Arthur noch bei seinem Onkel, dem Tischler, guten Tag sagen.

„Doch, doch, er ist bestimmt noch in der Werkstatt. Es ist gerade erst zwölf."

Der verdutzte Onkel sah, wie Arthur herumging, das Werkzeug und die Bretter betastete und dann sagte: „Ich werde dich oft hier besuchen, wenn es dir recht ist, Onkel. Ich werde mir einiges machen müssen, wenn ich mich einrichte. Ach! Du hast eine neue elektrische Säge ... und auch eine Drehbank. Sage mal, die Dinger müssen dir ganz schön Zeit sparen. Mit denen ist ein Schemel schnell gemacht."

Als die beiden Brüder zu Hause ankamen, hatten sich die von André, Alcide und dem Tischler Pichard verbreiteten Nachrichten in der ganzen Gegend herumgesprochen; und wie es der eine dem andern erzählte, bauschten sie sich auf und nahmen phantastische Ausmaße an. Für die, die es zuletzt hörten, war Arthur zu einem Sehenden geworden, das war ganz gewiß. Eine Alte verkündete gar, es sei ein Wunder geschehen.

Die Mahlzeit zog sich in die Länge; die Mutter, die Brüder und Schwestern hatten Arthur so viele Fragen zu stellen! Er antwortete geduldig und bereitwillig. Er war glücklich, den Geruch des Hauses, die dicken Steingutteller und die schwere Eichenholztischplatte unter seinen Händen zu spüren.

Claude Pichard, der Vater, sprach wenig, aber Arthur fühlte sich ruhig und geborgen in seiner Anwesenheit. Um drei Uhr erhob sich der Alte.

„Ich wäre gern noch länger mit dir geblieben, mein Junge, aber ich muß wieder auf die Morzinette hinauf. Das Vieh ist da oben. Ich muß noch melken, bevor es dunkel wird."

„Wie viele Kühe sind es dieses Jahr?"

„Vierzig. Ich komme etwa alle drei Tage herunter."

Arthur schlenderte in der Sonne vor dem Haus herum, während die Mutter im Zimmer oben die Koffer auspackte und beim Anblick der städtischen Kleider Bewunderungsrufe ausstieß.

Arthur war in Gedanken auf der Sennhütte, zu der sein Vater aufgebrochen war. Er hatte sich nicht getraut, den Vater zu bitten, ihn mitzunehmen, weil er der Mutter keinen Kummer machen wollte. Sie hatte so lange auf ihn gewartet! Aber jetzt träumte er nur noch von der Morzinette. In seiner Erinnerung tauchte jede kleine Wendung des Weges dorthin auf: dort, auf achtzehnhundert Meter Höhe, weit über den Wäldern, lagen die weiten Sommerweiden.

Man aß, wie gewöhnlich, früh zu Abend. Dann wurde das Radio eingestellt, und man hörte die Nachrichten und einen Alleswisser in der Sendung „Alles oder nichts". Als es dunkel wurde, machte Arthur noch einen kleinen Spaziergang. In der abendlichen Frische erfüllte sich die Luft verstärkt mit dem Duft der Landschaft, dem lieblich süßen Geruch der Blumen und Gräser und dem herbfeuchten Duft der Tannenwälder.

„Schlaf recht gut, mein kleiner Arthur."

Er stützte sich auf das Holzgeländer des Balkons und rauchte eine Zigarette. Zum Schlafen hatte er überhaupt keine Lust, er hatte nur die Morzinette im Sinn. Als es elf Uhr schlug, zog er sich einen dicken Pullover an. Er hielt es nicht länger aus. Das Haus lag in tiefem Schlaf. Wenn er jetzt die Treppe hinunterging und die Haustür öffnete, könnte er jemanden damit wecken. Er tastete nach der dicken Regenrinne am Balkon; sie war noch so fest wie damals, als er ein Junge war. Er stieg über das Geländer und ließ sich an der Rinne hinuntergleiten.

Der Aufprall unten erschien ihm sehr laut; ein paar Minuten blieb er regungslos stehen. Nichts rührte sich. Dann ging er zur Scheune, holte sich einen großen Bergstock und machte sich auf den Höhenweg.

Er ging auf dem Gras, damit seine Schritte nicht hallten. Der Weg war am Anfang ziemlich breit, breit genug für ein Fuhrwerk. Nach einem Kilometer verengte er sich und gab nur für eine Person oder ein Tier Raum. Arthur wußte, daß er die Wiesen verlassen hatte und in den Wald kam. Er schritt rüstig voran, um möglichst bald da zu sein.

Auf dem Zifferblatt seiner Uhr fühlte er, daß es Mitternacht war. Er hätte eigentlich schon längst an einem Felsen zu seiner Rechten vorbeikommen sollen. Er suchte ihn seit einiger Zeit mit seinem Stock, aber er hatte bis jetzt kein solches Hindernis angetroffen. Und doch mußte dieser Fels hier irgendwo auf dem Wege sein, dessen war er sich sicher. Arthur blieb stehen. Ein Gefühl von Panik, wie damals im Park des Lyoner Krankenhauses, überkam ihn, aber es währte nicht lange. Er hockte sich auf den Boden und überlegte: Wenn ich mich in der Richtung geirrt habe, kann es nur bei der Abzweigung mitten im Wald gewesen sein. Dann brauche ich nur umzukehren. Aber vielleicht bin ich noch gar nicht beim Felsen angelangt! Ich hab ja nie die Zeit geprüft, die man bis dahin braucht.

Er stand auf und beschloß, noch einige hundert Meter weiterzugehen. So wanderte er fünf Minuten, als sein Stock an etwas Festes stieß. Arthur ging näher und betastete den rauhen hohen Fels mit den Händen. Er lachte erleichtert auf. Jetzt gab es nur noch eine gefährliche Stelle. Dort wurde der Pfad noch enger und war in die Felswand eingehauen. Links war die Wand, rechts ein wenig Geröll und danach der Abgrund. Fünf- bis sechshundert Meter tiefer lagen die vier Häuser von Les Prodains.

Jetzt atmete er nicht mehr die feuchte Frische des Waldes. Er kam auf die kleine Ebene vor der Felspassage. Er schritt mit größerer Vorsicht und ertastete die steile Wand mit seiner linken Hand. Er setzte behutsam einen Fuß vor den anderen, um nicht von der Wand abzukommen. Von Zeit zu Zeit schlug er mit seinem Stock nach unten und stieß auf keinen Boden. Endlich berührte er etwas Weiches; es war dichtes Gras. Nun schritt er wieder freier voran.

Er war zwei Stunden unterwegs gewesen, als ihm etwas im Galopp keuchend entgegenkam. Es war Pipo, der große Schäferhund, der ihn stürmisch freudig begrüßte. Arthur nahm das Tier beim Halsband und ließ sich führen. Plötzlich blieb Pipo stehen, sein Schwanz schlug Arthur an die Waden. Er fand die Holzwand der Hütte, ging um sie herum, um nicht durch die Haupttür einzutreten, und stieß leise die Hintertür auf. Es knarrte ein wenig, aber nichts rührte sich im Raum. Arthur blieb eine Weile regungslos stehen; er hörte den regelmäßigen Atem seines Vaters. Dann tastete er sich behutsam bis zur Leiter vor, die auf den Heuboden führte. Er stieg hinauf und legte sich in das duftende Heu zum Schlaf.

Geräusche weckten ihn. Er hörte den alten Claude unten gähnen und husten. Arthur stellte sich vor, wie er seine festen Stiefel holte, zum schwarzen gußeisernen Herd ging, Feuer machte, Holzscheite nachschob und den Kaffee in einen Kochtopf goß.

„Mach mir bitte auch einen Kaffee", sagte er.

„Was? Was ist das? Wer ist da?"

„Keine Angst, Papa. Ich bin hier oben auf dem Heuboden."

„Auf dem Heuboden? Bist du verrückt? Komm sofort herunter! Paß auf mit der Leiter!"

Arthur erschien lachend und schüttelte sich das Heu aus den Kleidern.

„Was ist denn in dich gefahren?" fragte der alte Claude. „Wer hat dich hierherauf gebracht?"

„Niemand."

„Was soll das heißen?"

Arthur erzählte.

„Wir trinken schnell den Kaffee und gehen herunter."

„Warum?" erstaunte sich Arthur.

„Und die Mutter? Hast du an die Mutter gedacht? Sie wird aufstehen, das Frühstück machen und dein Zimmer leer finden. Sie könnte ja einen Herzschlag bekommen. Wir müssen unbedingt vorher ankommen."

Als sie den Hang hinunterliefen, folgte Arthur seinem Vater und hielt die Hand auf seiner Schulter. Claude sagte: „Das nächste Mal brauchst du nicht heimlich auszureißen. Du bist schließlich kein Gefangener bei dir zu Haus. Sag einfach Bescheid. Das genügt."

Einige Minuten später sagte er: „Über den Hauts Forts geht die Sonne auf."

SEIT Arthur zu Hause war, schien er der Sonne nachzulaufen. Von frühmorgens an ging er allein in die Berge und fand Meter für Meter die Pfade seiner Kindheit wieder.

„Fürchtest du nicht, daß er ganz verwildert?" beunruhigte sich die Mutter, als Claude von der Hochweide kam.

„Er hat drei Jahre lang ununterbrochen gearbeitet, er hat sich das Recht auf Ferien verdient. Laß ihn nur. Er will sich alleine durchschlagen und auf niemanden angewiesen sein. Dafür sind die Berge eine gute Schule."

Dann suchte Arthur seine Kameraden von früher auf. Durch sie erfuhr er, daß ein Haus zu vermieten war. Es lag in der Nähe des Hotels, wo auch Doktor Billet sein Haus hatte. Er traf sich mit dem Besitzer und verhandelte über den Preis. Sie hatten sich bald geeinigt.

Im Oktober befestigte er selbst ein Schild am Balkon:

ARTHUR PICHARD – BLINDER MASSEUR
DIPLOMIERTER PHYSIOTHERAPEUT

Der Arzt kam ihn besuchen.

„Sehen Sie, Herr Doktor, die Leute kommen hier herein. Links ist das Wartezimmer, rechts das Sprechzimmer. Das genügt."

„Und im ersten Stock?"

„Vorläufig bleibt er leer", sagte Arthur. „Im Winter richte ich mir vielleicht ein Zimmer ein, damit ich nicht jeden Abend nach Les Prodains zurückmuß. Natürlich nur, wenn es genug zu tun gibt."

„Du wirst reichlich beschäftigt sein", sagte der Arzt. „Der Ort entwickelt sich und die Skistürze auch. Früher brachen sich die Leute die Knochen, aber jetzt, mit der Sicherheitsbindung, gibt es Verstauchungen in jeder Menge. Warte nur, bis der erste Schnee fällt."

„Falls Sie bis dahin mal jemanden haben, der Behandlung braucht . . ."

„Klar", sagte der Arzt. „Ich habe sogar gerade einen Fall; aber ich sage es dir gleich: es ist kein ermutigender Anfang."

„Was ist es?"

„Eine Frau in Biot. Zweiunddreißig Jahre, vier Kinder und seit sechs Jahren Polio . . ."

„Ist sie sehr schlimm dran?"

„Völlig gelähmt; ans Bett gefesselt. Hie und da eine Massage, das würde ihr schon helfen; es kann sie nicht wieder auf die Beine bringen, aber wenigstens ist es gut gegen die Schmerzen."

„Ich werde zu ihr gehen", sagte Arthur.

„Weißt du, wo Biot liegt? Es ist nicht gerade in der Nachbarschaft."

„Ich werde schon eine Gelegenheit finden."

Der Automechaniker Laurent Méclaz hatte in Biot zu tun. Er mußte dort zum Steuerbeamten.

„Nimm mich mit", bat Arthur. „Ich werde meine Kranke besuchen, während du dich um deine Steuern streitest."

Laurent hielt auf dem Dorfplatz. Der Steuerbeamte gab ihnen Auskunft. Das Haus der Duguets, das Arthur suchte, lag etwa zehn Meter weiter.

„Ich begleite dich", sagte Laurent. „Ich kann's erwarten, mein Geld zu verlieren."

Ein kleines Mädchen öffnete.

„Guten Tag, ich komme im Auftrag von Doktor Billet."

„Bitte, treten Sie ein", sagte das Kind.

Arthur wandte sich an Laurent.

„Geh zu deinem Steuereinnehmer. Wir treffen uns beim Wagen."

Er trat in einen engen Gang und dann in ein Zimmer.

„Mama, das ist der Herr, den der Doktor geschickt hat."

„Das ist nett, daß Sie kommen. Nehmen Sie doch bitte Platz."

Die Stimme war jung und warm; man spürte fast ein Lächeln darin, aber sie klang sprunghaft, wie bei jemandem, der rasch außer Atem gerät.

Arthur lauschte auf das Summen eines Motors. Er erkannte an seinem regelmäßigen Geräusch den Apparat, den man in Lyon für manche Poliogelähmte verwandte. Eine Kanüle wurde in die Luftröhre eingeführt, und durch sie pumpte der Apparat Luft in die Lungen.

„Vielen Dank", sagte Arthur, „aber ich habe nur wenig Zeit. Ein Freund hat mich hierherbegleitet, und ich möchte ihn nicht warten lassen. Wenn Sie einverstanden sind, werde ich Ihnen jetzt gleich eine Massage machen. Haben Sie keine Angst", fügte er hinzu, „in Lyon habe ich mit sehr vielen Patienten zu tun gehabt, die an derselben Krankheit litten wie Sie."

Während der Behandlung plauderte Arthur unentwegt. Diese Methode hatte er von Professor Langlois geerbt: man muß die Kranken ablenken, damit sie sich entspannen und nicht ständig daran denken, was man mit ihnen tut.

An jenem Vormittag erfuhr er die ganze Lebensgeschichte von Frau Duguet. Sie war sieben Jahre verheiratet, als sie von der Kinderlähmung befallen wurde. Ihr Jüngstes war damals ein Jahr alt, das Älteste fünfeinhalb. Von einem Tag zum anderen war sie gezwungen, bewegungslos im Bett zu liegen. Der lange Krankenhausaufenthalt hatte sie alle Ersparnisse gekostet. Jetzt arbeitete ihr Mann in Evian in der Flaschenabfüllung der Mineralwasserfabrik; er nahm um sechs Uhr früh den Arbeiterbus und kam um sieben Uhr abends zurück.

„Er kocht die beiden Hauptmahlzeiten. Marie hilft ihm nach besten Kräften, aber sie ist noch keine zwölf Jahre alt. Samstags und sonntags ist er draußen, kümmert sich um den Garten und unsere beiden Felder ... Das schmerzt mich am meisten, wissen Sie, daß er sich nie ein Vergnügen gönnt, daß er nie fünf Minuten Zeit für sich hat."

Arthur beendete seine Massage.

„Heute kann ich nicht mehr tun. Ich werde versuchen, öfters zu kommen; dann kann Ihr Blut wieder richtig zirkulieren. Nach zwei oder drei Massagen werden Sie sich besser fühlen."

„Aber wie wollen Sie denn herkommen?" fragte die junge Frau. „Sie können doch nicht Auto fahren."

„Ich werde mich schon einrichten", sagte Arthur. „Jedenfalls bin ich ja sicher, Sie hier anzutreffen, nicht wahr?"

Zu spät sah er ein, daß sein wohlgemeinter Scherz grausam klang, aber Frau Duguet schien es ihm nicht übelzunehmen.

„Was schulde ich Ihnen?" fragte sie.

„Gar nichts", sagte Arthur. „Das können wir später sehen."

Beschwichtigend fügte er hinzu: „Auf jeden Fall werde ich nicht mehr verlangen, als die Sozialversicherung bezahlt. Also, auf bald. Bleiben Sie tapfer."

„Sie auch, Herr Pichard", sagte die junge Frau. „Alles Gute."

Arthur fand zum Wagen zurück und setzte sich. Laurent kam gleich darauf, und sie fuhren los. Der Mechaniker schimpfte auf den Steuereinnehmer, der ihm die Steuer erhöht hatte.

„Stell dir das vor. Das wird mich mindestens fünfhundert Franc mehr kosten." Arthur blieb stumm.

„Was ist los?" fragte Laurent. „Geht's dir nicht gut?"

„Wenn wir noch einmal zusammen hierherfahren, kommst du mit

und schaust dir diese junge Frau an. Ich garantiere dir, daß du dann nicht mehr an deine Steuern denkst." Den ganzen Sommer fuhr Arthur zweimal in der Woche nach Biot.

Oft stellte er auf dem Rückweg Vergleiche über seine Lage und die von Frau Duguet an, und er schätzte sich dabei glücklich.

Eines Tages sprach er darüber mit Paul, dem Elektriker.

„Hast du Madeleine Duguet nicht gekannt? Sie hat mir erzählt, daß sie als junges Mädchen hier im Hotel gearbeitet hat und daß ihr manchmal miteinander ausgegangen seid."

„Die Madeleine aus Biot?" fragte Paul.

„Ganz recht. Wußtest du nicht, wie krank sie ist?"

„Ja, schon", sagte der andere verlegen. „Man hat es mir erzählt, aber ich habe mich nie hingetraut."

„Das solltest du aber", sagte Arthur. „Komm doch einmal mit."

Paul begleitete ihn, und auf dem Rückweg hörte Arthur ihn im Wagen schlucken. Er sagte immer wieder: „Mein Gott, das ist doch nicht möglich, das ist doch nicht möglich!"

Als Paul vor Arthurs Haus hielt, fragte der Blinde: „Ist ein Fernsehgerät eigentlich teuer?"

„Ziemlich ... Um die fünfzehnhundert Franc ..."

„Aber für dich?"

„Etwas weniger natürlich. Ich könnte für tausend oder etwas mehr einen guten Apparat haben."

„Denkst du, daß man das Geld auftreiben könnte?"

„Wozu?"

„Hast du immer noch nicht begriffen?" fragte Arthur freundlich.

Paul zögerte einen Augenblick, und plötzlich – als habe er eine Entdeckung gemacht – rief er: „Aber natürlich! Du hast ganz recht. Sie braucht einen Fernseher; niemand braucht ihn mehr als sie. Laß mal, das schaffen wir schon. Für sie – das ist doch klar ..."

Sie gingen gemeinsam zu allen, die Madeleine während ihrer Zeit in Morzine gekannt hatten; die Jungen und Mädchen ihres Alters, die damaligen Arbeitgeber, die Ladenbesitzer, bei denen sie eingekauft ... Die Leute hörten zuerst etwas mißtrauisch zu, dann standen sie auf: „Kommt, Jungens, trinken wir einen ..."

Beim Abschied steckten sie Arthur einen Geldschein zu.

Als sie sechshundert Franc hatten, sagte Paul: „Das genügt. Den Rest übernehme ich. Morgen werden wir ihn ihr bringen."

Als Madeleine den Fernseher erblickte, fand sie keine Worte. Arthur hörte Paul herumlaufen; er suchte die Steckdose, dann rollte er die Antenne aus. Er war erstaunt, keine Reaktion zu hören. Da hörte er ein Knipsgeräusch, und Paul sagte: „So. Da ist das Bild." Arthur, der am Bett saß, hörte Madeleine Duguet leise weinen, in kleinen Schluchzern, wie ein Kind, das seine Tränen verbergen will.

ARTHUR hatte es sich in den Kopf gesetzt, sich ein Holzhäuschen am Rande eines Feldes zu bauen, das auf der anderen Seite der Straße von Les Prodains lag und seinem Vater gehörte. Stück für Stück fertigte er in der Werkstatt seines Onkels die einzelnen Bretter an, die Geländer, Türrahmen und Fensterläden. In den letzten Augusttagen war Arthurs Haus zu einem beliebten Spaziergangsziel für die Einwohner von Morzine geworden. Mehrere junge Leute seines Alters hatten ihre Hilfe angeboten, aber Arthur hatte jedesmal freundlich abgelehnt.

„Ich brauche nur noch jemanden für die Dachbalken und den Balkon im ersten Stock, denn da könnte ich mir leicht den Hals brechen", sagte er.

Am Tag der Eröffnung der Jagdsaison, als die Schüsse von überall in den Bergen hallten, hielt Arthur Einzug in sein neues Haus. Er ließ die Hände über die polierten Flächen gleiten, über den großen Balken am Kamin, er setzte sich auf einen kleinen Schemel im großen Zimmer und begann sehr intensiv an Nicole zu denken.

Noch am selben Nachmittag verfaßte er einen Brief an sie und bat die Mutter, die Adresse auf dem Umschlag zu schreiben.

Meine liebe Nicole,
jetzt habe ich schon seit mehreren Monaten nichts von Dir gehört. Ich bin zwar selbst auch kein fleißiger Briefschreiber. Mein Examen habe ich im Juli bestanden. Und Du? Ich bin nun wieder in der Heimat. Ich habe ein Haus mieten können, und mit etwas Geld, das mir die Familie geliehen hat, habe ich eine Praxis eingerichtet. Alle sagen, daß die Geschäfte während der Wintersportsaison sehr gut gehen werden. Beabsichtigst Du auch, irgendwo zu arbeiten? Was machst Du überhaupt? Bist Du verheiratet?
Es würde mich sehr freuen, von Dir zu hören. Oft denke ich noch an unsere Abende in Lyon. Denkst Du noch daran?
Ich wünsche Dir alles erdenkliche Glück und sende Dir, meine liebe Nicole, meine herzlichsten Grüße.

Schon am Montag begann er auf eine Antwort zu warten. Sie kam am Donnerstag. Nicole hatte ebenfalls ihre Ausbildung beendet, aber das Dorf ihrer Eltern eignete sich schlecht für eine Massagepraxis, und die Familie wollte keinesfalls, daß sich ein junges Mädchen irgendwo niederließ und allein lebte. Nein, sie sei nicht verheiratet, davon sei keine Rede mehr, und es sei auch am besten so. Auch sie denke oft an die in Lyon gemeinsam verbrachten Stunden.

Am Abend nach dem Essen las Arthur den Brief seinen Eltern vor und sagte dann: „Wißt ihr, was ich mir gedacht habe? Es wäre doch nett, wenn wir Nicole für ein paar Tage zu uns einladen, solange das Wetter noch schön ist."

Er hörte, wie seiner Mutter einen Augenblick lang der Atem stockte. Er wußte, daß sie dem alten Claude, der in seinem Sessel am Kamin saß, einen Blick zuwarf. „Arthur", sagte der Vater langsam, „glaubst du, daß das etwas Ernsthaftes sein könnte?"

„Es ist zu früh, darüber etwas zu sagen, Papa, aber eins kann ich dir versprechen: mit einem Mädchen wie Nicole ist es entweder alles oder nichts."

Das Haus war still; man hörte nur das Ticken der großen Wanduhr und das Knistern des Kaminfeuers. Die Dinge lagen einfach und klar. Claude sagte: „Es wäre wirklich eine gute Idee."

Am nächsten Morgen um acht lief Arthur zur Post hinunter, um ein Telegramm in die Pyrenäen aufzugeben.

Claude Pichard setzte sich und schrieb einen langen Brief an die Eltern von Nicole. Bald wußte jeder in Morzine, daß am 15. September ein junges Mädchen, das Arthur in Lyon kennengelernt hatte, ankommen würde.

DAS Läutewerk am Bahnhof verkündete die Ankunft des Zuges.

> Ich werde am Nachmittag in Cluses ankommen. Eine Freundin der Familie bringt mich nach Paris, wo sie zu tun hat. Sie wird mich in den Tagesschnellzug am Gare de Lyon setzen.

„Da kommt er", sagte Arthur. „Hörst du ihn?"

Jetzt erst hörte François wirklich in der Ferne das Rattern und Rollen. Das Geräusch schwoll an, Arthur spürte den Wind des Zuges, die Bremsen quietschten lange. „Siehst du sie?" fragte Arthur.

„Warte. Ja, ich glaube, das ist sie", sagte François. „Komm schnell." Er lief mit ihm die Wagen entlang.

„Fräulein", rief François, „Fräulein!"

„Nicole!" rief Arthur.

„Geben Sie mir Ihren Koffer", sagte François.

„Das ist François, mein Bruder", sagte Arthur.

„Guten Tag. Guten Tag, Arthur."

Arthur freute sich, dieselbe Stimme zu erkennen, wie er sie in der Erinnerung bewahrt hatte.

„Bist du gut gereist?" fragte er.

„Sehr gut."

Da standen sie sich gegenüber und wirkten ein wenig linkisch. François sagte: „Wir müssen warten ... Hier können wir erst weg, wenn der Zug abgefahren ist."

Schließlich setzte der Zug sich rasselnd in Bewegung. François nahm den Koffer und führte die beiden Blinden zum Wagen.

NICOLE war seit acht Tagen da. Sie war mit Arthur spazierengegangen und hatte mit den Einheimischen ein paar Worte gewechselt. Miteinander hatten sie in Erinnerungen geschwelgt. An einem Abend gingen sie miteinander vom Dorf nach Les Prodains.

„Es ist so ruhig hier", sagte Nicole.

„Das wird nicht lange so bleiben. Bald wird da oben im Tal eine Drahtseilbahn gebaut. Oben ist eine schöne Bergplatte, wo es bis in den Frühling Schnee gibt."

„Ich muß morgen meine Platzkarte bestellen. Die Dame, die mich zurückbringt, erwartet mich am 27. in Paris."

„Nicole" – Arthur blieb stehen und sie auch –, „warum hast du nicht geheiratet?"

„Das weißt du doch."

„Wer war es? Er oder du?"

„Er und ich."

„Hör bitte zu, Nicole. Ich habe gründlich nachgedacht. Wir leben nicht mehr ganz in derselben Welt wie die anderen. Ich könnte mir auch nicht vorstellen, mit einer Sehenden zu leben. Aber wir beide, wir sind doch von derselben Art. Überleg es dir doch ... Ich weiß, wer du bist, und du kennst mich auch ..."

Sie schwieg.

„Wir könnten zusammen arbeiten, zusammen leben ..."

„Schlägst du mir eine Vernunftehe vor?" fragte Nicole.

„Nein, keine Vernunftehe ..." Die Worte wollten sich nicht einstellen, Arthur kam sich lächerlich vor. „Nicole, ich habe sehr viel an dich gedacht, besonders in letzter Zeit."

Er fragte mit erstickter Stimme: „Und du?"

„Arthur, wie kannst du nur so dumm sein", Nicoles Stimme klang zärtlich. „Glaubst du vielleicht, ich hätte eine solche Reise unternommen, nur um die Alpen kennenzulernen?"

„Wirklich?" fragte Arthur. „Willst du wirklich?"

Wieder sagte sie mit großer Zärtlichkeit: „Arthur, sei doch nicht so dumm."

„Sie, sie sind wahnsinnig."

„Können Sie sich das vorstellen? Zwei Blinde?"

„Warum denn nicht? Warum sollen sie nicht heiraten? Bloß, weil sie beide Unglück gehabt haben?"

„Aber wenn sie Kinder haben?"

„Der Doktor hat gesagt, wenn es ein Unfall ist, können die Kinder sehen."

In einem Ferienort langweilt man sich im Herbst, und man klatscht mehr als zu jeder anderen Jahreszeit. Arthurs und Nicoles Heirat war ein wunderbarer Stoff.

„Ihre Eltern sind einverstanden; die Hochzeit soll hier stattfinden."

„Jawohl, wie ich es Ihnen sage; sie werden achtzig Personen bei Tisch sein."

„Immerhin ... Ich an Claudes Stelle würde mir Sorgen machen."

Der alte Pichard machte sich aber keine Sorgen. Er traf die Vorbereitungen für diese Hochzeit, wie er es für seine Ältesten getan hatte.

Nicole war, wie vorgesehen, abgefahren. Claude hatte sie begleitet. Seit seinem Militärdienst und dem Ersten Weltkrieg hatte er noch keine so lange Reise gemacht, aber er fand, daß ein Vater die Familie seiner zukünftigen Schwiegertochter kennenlernen und selbst den Antrag bei den Eltern machen müsse. Fünf Tage später war er zurückgekehrt; er hatte eine sorgsam verpackte Terrine Gänseleber mitgebracht und jeden mit seinem kurzen Urteil beruhigt: „Rechtschaffene Leute!"

8. JANUAR. Seit fünf Minuten läuteten die Glocken. In der trockenen Luft hörte man sie bis in weite Ferne. Es war ein sehr kalter Tag, aber der Himmel war klar, und die Sonne schien auf den Platz zwischen Kirche und Gemeindehaus. Ganz Morzine hatte sich versammelt. Selbst die Skilehrer hatten ihre Stunden abgesagt und warteten in ihren roten Pullovern vor Alcides Café. Die Buben, die sich auf der Straße von Les Prodains aufgestellt hatten, riefen: „Sie kommen." Eine Reihe von Wagen kam über die kleine Brücke. Weiße Tüllschleifen flatterten an den Türgriffen und auf den Kühlerhauben. Der Dorfpolizist ließ sie nacheinander vor dem Portal halten. Zuerst versammelten sich die in Hellblau gekleideten Brautjungfern und die in ihren schwarzen Anzügen etwas verlegen dreinschauenden jungen Männer. Die weiblichen Mitglieder der Familie halfen der Braut beim Aussteigen, rückten ihr den Schleier zurecht, prüften noch einmal die Rüschenkleidchen der drei kleinen Mädchen und die Krawattenknoten der drei Buben, die der Prozession vorausschreiten sollten. Schließlich stieg Arthur aus dem Peugeot seines Bruders François, und alle Anwesenden applaudierten. Die Glocken läuteten weiter, und aus dem Schatten der Kirche, in dem die Kerzen wie Sterne am nächtlichen Himmel strahlten, ertönte Orgelmusik.

Als Arthur am Arm seiner Mutter zum Altar schritt, wunderte er sich, wie ruhig er war. Man führte ihn an den rotgepolsterten Betschemel, und er fühlte Nicoles Hand an seiner linken, die nach der seinen suchte. Er ergriff sie und drückte sie, und so blieben sie die ganze Zeit während der Gebete. Der Pfarrer sprach, und die Anwesenden stellten das Husten und Stühlerücken ein, um die beiden „Ja" auch gut zu hören. Arthur steckte den goldenen Ring an Nicoles Finger und erhielt den seinen. Dann brauste wieder Orgelmusik, und die Glocken läuteten.

Als sie Arm in Arm an das Portal kamen, sagte François leise zu ihnen: „Die Skilehrer haben euch mit ihren Stöcken ein Ehrenspalier gebildet."

Und Arthur stellte sie sich vor: die dreißig jungen Männer mit dem vergoldeten Abzeichen, die in der kalten Winterluft zwei Reihen bildeten, zwischen denen Nicole und er schritten, und die über ihren Häuptern die Stöcke kreuzten.

Es gab Hurrarufe, Beifallklatschen, fröhliche Stimmen, die sich im singenden Akzent Savoyens zuriefen.

Eine Dame, die in den Ferien war, wurde von Mitleid gerührt: „Ach, wie traurig! Alle beide blind!"

„Ersparen Sie sich Ihr Mitleid, gnädige Frau", bemerkte jemand, „die beiden sind sicher reicher als Sie!"

„Verstehst du, Nicole?" sagte Arthur. „Das ist das Schlimme! Man will ihnen zeigen, daß man sich allein durchschlagen kann, und schon fangen sie an, uns zu vergessen."

Sie saßen beieinander im ersten Stock des gemieteten Hauses, über der Praxis. Um sie herum, auf dem Büfett, in der kleinen Küche, war alles genau an seinem Platz. So hatten sie es in Lyon gelernt, es war eine Lebensregel geworden, von der sie nie abgewichen waren. Für einen Blinden ist die einzige Möglichkeit, einen bestimmten Gegenstand zu finden, wenn man ihn stets an denselben Platz stellt. So konnte Nicole, ohne zu zögern, nach einem Kochtopf oder einem Teller greifen, und wenn Freunde kamen, konnte Arthur seinen Schrank öffnen und die Flasche Ricard herausholen, ohne sich zu täuschen. Mama Pichard hätte es gern gehabt, wenn sie zu Hause bei ihr gewohnt hätten, aber Arthur und Nicole hatten darauf bestanden, für sich zu leben, und beim alten Claude waren sie damit auf bedingungslose Zustimmung gestoßen.

„Man muß aber auch wissen, was man will", sagte Nicole. „Und man muß versuchen, die Leute zu verstehen. Wir sträuben uns, wenn man uns bedauert. Du willst unbedingt wie ein Sehender leben, und dann wunderst du dich, wenn man vergißt, daß du blind bist."

„Immerhin", sagte Arthur. „Sie leben in ihrer Welt, und da ist nun mal einer, der nicht sehen kann, ein Hindernis."

„Schließlich haben wir doch unsere eigene Welt", sagte Nicole.

Der Winter ging vorüber. Unter den Skiverletzten in den Hotels und Chalets hatte es sich bald herumgesprochen, wie geschickt Arthur mit Verrenkungen umzugehen verstand. Es war eine gute Saison für ihn. Der Frühling kam mit seinen noch kalten Windstößen und dem Duft des endlich vom Schnee befreiten, wieder grünenden Grases. Jeden Monat brachte Arthur seine Frau zu Doktor Billet. Seit dem März hatte Nicole über Unwohlsein und Brechreiz geklagt, und der Arzt hatte nicht lange gebraucht, um Arthur zur Ursache dieser Unpäßlichkeiten zu gratulieren.

Dann sah man sie den ganzen Sommer lang, wie sie jeden Abend Arm in Arm auf der Straße zur Drahtseilbahn ihren Spaziergang machten. Immer fand sich eine Frau aus dem Dorf ein, um zu fragen:

„Nun, Arthurs Frau? Wann wird es denn sein?"

Das Dorf wurde wieder leer. Die Feriengäste verließen es zuerst in ihren Wagen voller Kindergesichter, und dann folgten die Einheimischen, die ihre Ferien in der Zwischensaison nahmen. Die Läden schlossen einer nach dem andern. Von den sechs Fleischerläden blieb nur noch einer geöffnet, und man plauderte vor der Ladentür, während man darauf wartete, bedient zu werden. Ringsum erstrahlte die herbstliche Berglandschaft im grüngelben, goldenen und roten Gewand.

In der Nacht vom 31. Oktober zum ersten November wachte Arthur plötzlich auf. Neben ihm schlief Nicole reglos und fest. Er konzentrierte seine ganze Aufmerksamkeit und sein Erinnerungsvermögen: eine tiefe Stille, diese gedämpfte Atmosphäre hatten ihn geweckt. Er war so aufgeregt wie als Kind, wenn er sich in seinem Abendgebet den ersten Schnee gewünscht hatte. Er erhob sich behutsam, ging zum Fenster, öffnete es und streckte den Arm hinaus. Eine Schneeflocke fiel ihm in die Hand, und dann noch eine und noch eine. Er stellte sich das verschneite Dorf vor und die schwerbeladenen Tannen am Berghang. So blieb er lange, bis Nicole, die wahrscheinlich die Kälte spürte, in ihrem Schlaf murmelte. Arthur kehrte in sein Bett zurück. Er war glücklich wie ein kleiner Junge.

ER RANNTE im Schnee. Zum erstenmal seit langem hatte er wieder Angst, den Weg zu verlieren. „Was ist los, Arthur?"

Er erkannte die Stimme seines Freundes, Albert Ronet.

„Nicole", keuchte er, „ich muß den Arzt holen."

„Ist es soweit?" fragte Albert. Arthur fühlte ihn näher kommen.

„Ich glaube schon. Es hat um Mitternacht angefangen. Und jetzt wird es heftiger."

Er hörte freudige Ausrufe, dann sagte Sylvette, Alberts Frau: „Arthur, ich gehe mit dir zurück. Wir können Nicole jetzt nicht allein lassen. Albert, du gehst und weckst den Doktor."

„Das dauert nicht lange", sagte Albert.

Von dem Augenblick an ging alles schnell. Sie fanden Nicole, die sich bemühte, ihr Stöhnen zu unterdrücken. Sylvette rannte in die

Küche, um Wasser aufzusetzen, der Arzt kam, schüttelte den Schnee von seinen Schuhen, und seine erste Maßnahme war, Arthur aus dem Zimmer zu schicken.

„Entschuldige, alter Freund, aber hier ist nicht sehr viel Platz."

Albert faßte einen Entschluß:

„Ich nehme den Wagen und hole deine Mutter. Sie hat mehr Erfahrung als meine Frau, und außerdem würde sie nie mehr mit mir reden, wenn ich ihr nicht Bescheid sage."

Arthur blieb allein im Eßzimmer zurück. Er lauschte auf die Geräusche im Zimmer nebenan. Einmal kam der Arzt heraus. „Es ist noch nicht ganz soweit."

„Kann ich denn gar nichts tun?" fragte Arthur.

„Die Natur macht das schon sehr gut. Aber es kann noch eine Weile dauern. Du solltest Kaffee kochen."

Jetzt hörte er Stimmen von draußen, Türenschlagen und Schritte. Mama Pichard hatte ihr Rheuma vergessen und kam geschwind die Treppe herauf.

„Ist es jetzt soweit? Ach, die arme Kleine!"

Sie gab Arthur einen Kuß und ging mit dem Arzt in das Zimmer nebenan. Vater Claude war auch gekommen; er war ruhiger und legte dem Sohn die Hand auf die Schulter.

Albert und seine Frau wollten nicht nach Hause gehen. So saßen sie zu viert um den Tisch im Eßzimmer. Vor ihnen standen die Kaffeetassen und die Flaschen mit altem Marc. Gegen zwei Uhr nickte Arthur ein. Ein Schrei weckte ihn. Er sprang auf.

„Es geht gut", rief der Arzt aus dem Nebenzimmer.

„Es geht gut, hat er gesagt", wiederholte der alte Claude.

Er war auf seinen Jungen zugegangen und drückte ihm den Arm, daß es fast weh tat.

Sie warteten, brachten kein Wort hervor und unterdrückten ein nervöses Lachen, als sie die ersten Schreie des Babys hörten.

Endlich öffnete sich die Tür, und der Arzt sagte: „Es ist ein Junge, Arthur!"

„Nun geh schon!" ermunterte ihn Claude.

Arthur trat in das Zimmer. Nicole rief ihn mit matter Stimme: „Komm, Arthur!"

Er ging an das Bett.

„Schau doch nur", sagte Nicole. „Schau doch nur, wie schön er ist!"

Roger Bourgeon

Er wurde 1924 in Mendon in Frankreich geboren. Zur Schule ging er in Versailles, und mit siebzehn hatte ihn schon die Theaterleidenschaft gepackt. Bei einer berühmten Schauspielerin der Comédie Française nahm er Unterricht, bald spielte er selbst. Nach dem Ende der Besetzung Frankreichs ging er zum Rundfunk, erst als Sprecher, dann als Autor, bald als Regisseur: 1948 berief ihn Radio Luxemburg, wo er schließlich für alle internationalen Sendungen verantwortlich war.

Er schrieb auch Romane, und sein *Sohn des Ben Hur* wurde ein Riesenerfolg, in sechs Sprachen übersetzt und in Hollywood verfilmt.

Das vorliegende Buch ist das Ergebnis vieler Ferientage, die Roger Bourgeon in Morzine verbracht hat. Dort hörte er die Einwohner oft über Arthur reden, der durch einen Unfall erblindet war. Er lernte ihn kennen und konnte selber beobachten, wie Arthur sich in Beruf und Privatleben zurechtfand und dabei immer noch Zeit hatte, anderen zu helfen. Bourgeon und Arthur sind gute Freunde geworden.

Und aus der Freundschaft ist dieses Buch entstanden, inspiriert von der Kraft und einsichtigen Güte eines Blinden.

Die goldenen Schuhe

EINE KURZFASSUNG DES BUCHES VON
Vicki Baum

Illustrationen von Fritz Busse
Verlag Kiepenheuer & Witsch, Köln – Berlin
© 1958 by Vicki Baum

Tanzen – dieses Wort übt eine magische Anziehungs-
kraft auf die kleine Wienerin Kati Milenz aus.
Schließlich bestimmt es ihr Leben. Die Welt des
Balletts wird ihr Zuhause, sei es in Barcelona, in
Paris oder in New York. Doch es ist ein dornenreicher
Weg, bis aus ihr „die Milenkaja" geworden ist. Die
Intrigen, das Training bis zur Erschöpfung läßt der
tosende Beifall vergessen, nicht aber die tiefe Ent-
täuschung und Einsamkeit, die auf überschäumende
Leidenschaft folgen. Schließlich bleibt in dieser hekti-
schen Atmosphäre des Ruhms nur noch ein ruhender
Pol – ihr Mann. Doch die Ehe ist gefährdet. Auch
hier scheint die magische Kraft des Tanzes stärker zu
sein . . .

Ausgehend von der nervenaufreibenden Zeit vor
einer Premiere und dem privaten Zwiespalt der
Milenkaja läuft in Rückblenden – von den 20er Jahren bis in die Gegenwart – ein Künstlerschicksal ab,
das den Leser durch seine lebendige Vielfalt und
Intensität in Atem hält.

IN DER Minute vor ihrem Erwachen irrte Katja noch durch die Stadt, die nur in einem stets wiederkehrenden Traum existierte und in der sie trotzdem jede Straße genau kannte: das krumme Gäßchen mit den nassen Kopfsteinen, den riesigen, offenen Platz, über den immer die eisigen Winde fegten, die Brücke, die sie in ihrem Kleinmädchen-nachthemd und auf bloßen, schmerzenden Kinderfüßen überqueren mußte. Und zuletzt die Fliederbüsche in der grellen Parksonne. „Sieh doch, das ist persischer Flieder", sagte Grischa, denn auch Grischa war in dem Traum, Grischa noch am Leben. Im Traum erschien nicht der schwierige Partner der letzten Monate vor der Katastrophe, sondern der Grischa aus den guten Zeiten. Grischa, der Knabe, der Bruder, der Freund: Grigory Kuprin, den die Plakate und die Zeitungen der ganzen Welt den „bedeutendsten Tänzer seit Nijinsky" nannten.

„Telefon für Madame", sagte Louisa.

Madame, die berühmte Katja Milenkaja, antwortete mit dem Jammerlaut eines Kätzchens, während sie sich schlafschwer aus ihrem Traum in die rauhe Wirklichkeit des Morgens tastete.

Der Schein der Nachttischlampe war fast ganz von Louisas massigem Körper verdeckt. Katja schloß die Augen nach einem flüchtigen Blick auf die kalte, weiße, weite Bettlandschaft.

„Madame darf nicht wieder einschlafen", sagte Louisa. Auf diesen zweiten Alarm hin öffnete Katja die Augen, setzte sich kerzengerade im Bett auf und war im Moment hellwach. Von der Straße herauf drangen die unverkennbaren Geräusche Manhattans. Ungeduldiges Hupen, das Schnaufen der Autobusluftbremsen, die Sirene eines vorbeirasenden Polizeiwagens, ein eisiger Windstoß vom Central Park her, der an den Fensterscheiben rüttelte. Hingegen bliesen die veralteten Heizkörper nur hin und wieder einen schwachen Hauch lauer Luft durch das vollgeräumte, hohe Schlafgemach des alten Stadtpalais der Familie Latham im vormals feinsten Teil New Yorks.

Seufzend starrte Katja auf den ihr entgegengehaltenen Telefonhörer. „Wer ist denn dran?"

„Miß Beauchamp – wer sonst? Und am Siedepunkt, wie üblich",

sagte Louisa, die plötzlich ihre französischen Zofenmanieren abgelegt hatte und die wirkliche Louisa wurde: klug, humorvoll, mit tiefer Kenntnis des Theaters und Katja blindlings ergeben. Katja brachte es fertig, ins Telefon zu lächeln. Olivia Beauchamp mußte mit Geduld angehört werden, denn schließlich war sie die Gründerin, das Haupt, das nie ruhende Triebrad des Manhattan-Balletts.

„Guten Morgen . . ., ja, natürlich hast du mich aufgeweckt . . ., ich weiß, du stehst jeden Tag um sechs auf, Süße, aber dafür hast du auch gestern abend nicht die Giselle getanzt . . . Nein, ich war nicht mit mir zufrieden . . . Fünf Vorhänge? Nach meiner Zählung waren's sechs . . . Ja, Olivia, du hast recht, wie immer. Es geht eben aufs Ende der Saison hin, und ich bin einfach hundemüde."

Plötzlich unterbrach sie sich. So etwas erwähnte man einfach nicht. Beim Ballett war es selbstverständlich, daß man arbeitete, übte, probte, tanzte – immer dicht am Rand der Erschöpfung. Als Tänzerin war man derartig an Muskelkater und Überanstrengung gewöhnt, daß diese gesunden Schmerzen eigentlich zu einer Art stärkender Genugtuung wurden.

„Sonntag abend? Schade, aber da kann ich unmöglich zu deiner Party kommen . . . also es geht einfach nicht . . . Natürlich kannst du auf mich zählen, wenn's was Wichtiges ist. Aber ich lass' mir nicht mein freies Weekend wegen einer Party ruinieren . . . Nein, nein, nein! Ich habe schließlich auch noch einen Mann, er hat mich seit drei Wochen nicht zu Hause gehabt . . . Und unser Kleiner, der braucht mich auch –" und als sie an den geliebten kleinen Enkel dachte, den ihr ein tragischer Sturmwind drei Jahre zuvor ins Haus geweht hatte, wurde sie wütend. „Also wirklich, Liebste, warum lädst du denn nicht die Joyce ein? Die ist hübsch und jung und . . . Oh, du hast sie ohnedies eingeladen? Na, dann also . . ." Plötzlich hörte sie ihre eigene Stimme: schrill, bissig, vulgär – was eine Primaballerina nie, niemals sein durfte. „Na, dann ist ja alles in bester Ordnung . . . aber jetzt mußt du mich entschuldigen, ich muß mich für die Stunde anziehen. *Au revoir,* Liebe . . ."

Katja und Olivia waren daran gewöhnt, französische Brocken aus ihren längst vergangenen Pariser Tagen in ihre Gespräche zu mischen . . .

Numéro 27, rue Vert-Vert in Paris, war ein Keller, in dem ehemals Champignons gezüchtet wurden. Der feucht-erdige Pilzgeruch hing noch an den Wänden, als man den Keller schon zum Übungssaal des Ballett Continental gemacht hatte, einer zweitklassigen und kurzlebigen Truppe. Katja war eines der Mädel vom Continental, und Olivia war ein hoffnungsloser Fall in der Ballettschule. Es existiert kaum eine Ballettschule, in der es nicht ein paar solch hoffnungslose Fanatiker gibt, wie Olivia es war. Hopfenstangen, Schwergewichtler, bemitleidenswerte Kreaturen ohne jedes Talent, doch mit der Glut der Besessenheit im Herzen. Olivia war falsch gebaut, derart kompakt, daß ihre unteren Rippen an die Hüftknochen stießen, ohne Raum für eine Taille zu lassen. Sie kam nicht vom Boden hoch, und mit ihrem linken Ohr war irgend etwas los, das ihr vehemente Schwindelanfälle verursachte, so daß sie keine drei Drehungen ohne heftige Übelkeit zustande brachte. Grün im Gesicht, bebend und würgend, schaffte sie es gerade noch, vor die Tür zu stürzen, um der Katastrophe ihren Lauf zu lassen. Obwohl die andern über sie lachten, fanden sie ihre verbohrten Anstrengungen auch ein wenig rührend. Wenn sie während einer Ruhepause herumsaßen oder auf dem Boden lagen, unterhielt Olivia sie mit einer absurden Art von persönlichem Märchen. Sie spotteten und lachten darüber, aber wollten es trotzdem wieder und wieder hören.

„*Ecoutez, mes enfants* – also eines schönen Tages werde ich reich sein, wirklich steinreich! Eines Tages werde ich meine eigene Balletttruppe haben. So wahr ich hier stehe." Sie schaute um sich und fand nichts als Unglauben und Spott in allen Gesichtern. „Ihr alle haltet mich für eine Närrin. Aber vielleicht habt ihr schon mal den Namen Latham gehört, ja? Latham-Seife? Latham-Rasiercreme? *Eh bien* – das ist Onkel Latham. Er ist neunzig, hat all die Lathams überlebt, und wenn auch die Beauchamps nur eine Seitenlinie sind und obwohl da mal ein Familienzwist war ... Ich werde meine eigene Truppe haben, und ihr könnt sicher sein, daß ich genau weiß, wen ich drin tanzen lasse und wer auch nicht die geringste Chance hat hineinzukommen."

Eines Tages zeigte sie Katja unter dem Siegel tiefster Verschwiegenheit eine Liste der Tänzer für die Traumgruppe. Als Primaballerina an der Spitze entdeckte Katja ihren eigenen Namen, und ob sie wollte oder nicht, das schmeichelhafte Zutrauen und die Verheißung in Olivias törichtem Dokument rührten sie. „Bist ja ein guter Kerl, aber doch eine Träumerin, Ollyushka", sagte Katja.

Und doch passierten Olivia die unwahrscheinlichsten Dinge. Zum Beispiel, als sie Henry Elkan heiratete.

Sie hatte Henry Elkan in einem muffigen kleinen Laden kennengelernt, als sie ihre alte Kamera zum Verkaufen dorthin brachte. Elkan war ein Deutscher im Exil, ein kleiner, unauffälliger Mensch mit großen Ohren und runden Eulenaugen hinter dicken Gläsern. Ein leiser, schüchterner Mensch, mit gelegentlichen Blitzen eines feingeschliffenen Geistes, aber zerschlagen durch die brutalen Geschehnisse in Deutschland zu Beginn der dreißiger Jahre.

Möglicherweise entdeckten Elkans große melancholische Augen in der ärmlichen, wenig anziehenden, unjungen Olivia irgendeine Schönheit oder Kraft, die andere nicht verstanden. Eine stille Kameradschaft entwickelte sich, daraus wurde eine unwahrscheinliche Liebe und zuletzt sogar eine Ehe, die vergänglich schien wie ein Spinnengewebe und sich als so dauerhaft erwiesen hatte wie ein stählernes Kabel. Die Lathamsche Erbschaft und das veraltete Haus am Park waren Olivia zugefallen. Sie hatte die Ballettgruppe und die damit verbundene Schule gegründet. Olivia schien auch die Lathamschen Chromosomen ererbt zu haben: einen scharfen Sinn für gute finanzielle Transaktionen, das Talent zum Geldauftreiben, Geldverdienen, Geldsparen, Geldanlegen und – gottlob – zum umsichtigen Geldausgeben zugunsten des Manhattan-Balletts. Die Schenkung des Lathamschen Palais an die Truppe und Schule zum Beispiel war lediglich eins ihrer vielen geschickten Manöver, um ihre Steuern herabzudrücken. Sie konnte großzügig sein, wenn es darum ging, einer andern Truppe einen berühmten Tänzer wegzuschnappen oder ein neues Ballett zu inszenieren. Unter dem bescheidenen Titel einer Verwaltungsdirektorin arbeitete sie wie ein Karrengaul; sie warf ihren Enthusiasmus, ihre ganze große Energie in das Unternehmen, nützte unermüdlich ihre Verbindungen mit der eleganten Welt aus, versammelte einen freigebigen Aufsichtsrat und hielt ihn bei der Stange; und sie machte die Saison des Manhattan-Balletts zu einem Ereignis. Aber so verschwenderisch Olivia in der Vorbereitung der Ballette war, so sparsam zeigte sie sich in Dingen, die sie für unwichtig hielt. Das Lathamsche Palais wurde mit jeder Woche schäbiger. Die Mädels im Corps bekamen nicht einen Cent mehr als die vorgeschriebenen

Mindestlöhne der Tänzergenossenschaft; gab es doch Hunderte genauso talentierte und tanzbesessene Geschöpfe, die ihr die Türen einrannten. Olivia verstand es, sogar die Gagen der Stars herunterzudrücken, durch subtile Schmeichelei, atemlose Überredungskraft oder die Aussicht auf eine begehrte Rolle. Auch Katja hatte nachgegeben und sich in dieses schlechtgeheizte Schlafzimmer stecken lassen, anstatt besser bezahlt zu werden und in irgendeinem netten Hotel zu wohnen.

Deshalb die klappernden Türen und Fenster, die nicht repariert wurden, keine neuen Überzüge für die zerrissenen, klaffenden Brokatpolster, während Olivia Mrs. Elkan in dem erstklassigen Komfort einer luxuriösen Mietsetage wohnte, nur zwei Häuserblocks von der Schule entfernt.

LOUISA hatte inzwischen die Hände in eine Dose mit Hautcreme getaucht, um Katjas schlanken, straffen Körper zu massieren. Katjas Fuß zuckte unter den massierenden Händen zurück, und Louisa machte: „tz, tz, tz", während sie ihn eingehend betrachtete. Der Fuß einer Ballerina: nur Knochen, Sehnen, Muskeln, Nerven unter der gespannten Haut; und dazu die gewölbte Sohle, die übertriebene Kurve des Spanns, die breitgetanzte große Zehe, die armen wunden Knöchel. Gestern abend war die Lammwolle in Katjas Ballettschuhen blutgetränkt gewesen; sooft das passierte, war sie wütend auf sich selbst.

Als Kind, als kleine Ballettelevin in der Wiener Oper, hatte sie viel zu früh versucht, auf Spitzen zu tanzen – was streng verboten war. Jetzt, fünfunddreißig Jahre später, bezahlte sie dafür mit Schmerzen und blutigen Zehen. So war's eben beim Ballett. Wenn man lang genug dabeiblieb, erwarb man sich eine Sammlung von Narben und Verletzungen wie ein alter Frontsoldat. Es gab kaum eine Probe, zu der nicht ein paar Mädels mit Knie oder Knöchel in elastischen Binden erschienen.

„Vorsicht!" zischte sie, als Louisas massierende Finger sich der am schlimmsten verletzten Stelle näherten, dort wo der gebrochene Schenkelknochen nach dem Unfall angeblich so fabelhaft verheilt war – einem Unfall, der soviel mehr in ihr zerbrochen hatte als bloß ihre Hüfte ...

„Was wollte die Alte von dir?" fragte Louisa.

„Ach, nichts. Große Cocktailparty. Der Teufel soll mich holen, wenn ich mein Weekend aufgebe!" Katjas Stirn verfinsterte sich; drei senkrechte Konzentrationsfalten erschienen oberhalb der Nasenwurzel.

„Was ist los, Kätzchen?" fragte Louisa.

„Wie ich heute aussehe, *das* ist los", sagte sie, mißvergnügt ihr kleines Herzgesicht im Spiegel musternd. Längliche dunkelgraue Augen, rundgeschwungene Nasenflügel, breiter Mund und die langgestreckten, scharf umrissenen Linien von Hals und Kinn.

Katja Milenkaja war eine schöne Frau, zart und doch stark, von merkwürdigem Reiz. Sie selbst jedoch, narzißtisch wie alle großen Darsteller, grämte sich ständig um ihr Aussehen. Katja stieß einen kleinen Seufzer aus. Das war das Arge am Ballett: bis man endlich ganz oben ankam, war's vorbei mit der zarten ersten Jugendblüte. Es dauerte so viele Jahre – es verlangte soviel Arbeit und Erfahrung.

Während sie ihren Körper unter der Dusche abseifte, vergaß Katja ihre Runzeln, ihre Jahre und alle anderen Probleme. Sie frottierte sich trocken, tat ein paar nette *grands pliés,* gab eine *glissade* hinzu und endete mit einer lustigen *cabriole* mitten im Zimmer; sie fühlte sich jetzt viel besser und sehr hungrig. Inzwischen hatte Louisa das Frühstück bereitet. Sie setzte das Tablett nebst Zigaretten und dem Telefon auf den Tisch, stellte die Verbindung mit Princeton her und zog sich zurück, um Madame ungestört dem täglichen Morgengespräch mit ihrem Mann zu überlassen. „Hallo, hier bei Dr. Marshall", meldete sich Miß McKennas Stimme.

„Morgen, Mac, wie geht's?"

„Danke, Frau Doktor, nicht zu gut, denn leider ist doch gestern abend meine Allergie wieder schlimmer geworden, also ich konnte doch einfach kaum mehr atmen, meine arme Nase ganz verstopft bis oben rauf, und Dr. Williamson sagt, er muß mir wohl doch Einspritzungen machen . . ."

Katja aß ihr Rührei, während die Litanei von Fräulein McKennas Leiden ihren unaufhaltsamen Ablauf nahm. Wenn man darauf angewiesen war, McKenna als Stütze der Hausfrau beizubehalten, dann mußte man sich eben mit ihren diversen Allergien abfinden, mit ihrer sauren Miene und ihrem mißvergnügten Naserümpfen darüber, daß Herrn Dr. Marshalls Gattin beim Theater war; und auch mit ihrer eifersüchtigen, besitzerischen Ergebenheit für Katjas Mann und ihren Enkel, den kleinen Guy.

Katjas Zehen trommelten einen ungeduldigen Rhythmus aufs Parkett, während McKenna von ihrem Gesundheitsbulletin zum Wetter überging; und dann die kulinarischen Probleme: „Soll ich für Sonntag Rinderbraten oder Hammelkeule bestellen?" („Das ist mir völlig Wurscht", brummte Katja und trommelte auf den Tisch.) Ihre Ungeduld hatte den Siedepunkt erreicht. „Kann ich jetzt endlich mit meinem Mann sprechen", unterbrach sie unhöflich.

„Geht leider nicht. Herr Doktor hat mir einen Zettel hingelegt, ich soll ihn *unbedingt* schlafen lassen. Vielleicht später . . ."

„Später hab ich Stunde, das weiß er!"

„Der arme Herr Doktor! Fast jede Nacht arbeitet er doch bis drei Uhr morgens. Wir dürfen Herrn Doktor wirklich nicht wecken", predigte das Telefon in salbungsvollen Tönen.

Wir? Wer ist das: *wir?* dachte Katja gereizt und knallte den Hörer auf die Gabel.

Der plötzliche Ärger klang ab. Sie saß eine Minute ganz still und dachte an das Haus in Princeton und an Ted. Heute abend bin ich daheim, sagte sie sich, bei meinem Mann, und nach dem Abendbrot erzähl ich dem Kleinen eine Geschichte und bring ihn zu Bett, und nachher kann ich mich vor dem Kaminfeuer ausstrecken, lege den Kopf in Teds Schoß, ich kann mich ausruhen, entspannen, und später in der Nacht – ach, wie gut alles sein wird. Im Geist konnte sie das sonnenbeschienene weiße Haus mit den grünen Fensterläden vor sich sehen. Wahrscheinlich war es dort genauso windig und vernebelt wie in New York, aber wann immer sie an das Haus dachte, schien die Sonne. Sie kostete den frohen Vorgeschmack ihrer Heimkehr, an den winterlich vermummten Rosenbüschen vorbei, das verblichene Rot des Teppichs vor dem Kamin und das noch zartere Rot in Philipp Daniels' Gemälde an der Schlafzimmerwand, eine Komposition konzentrischer Kreise, beinahe ein Ballett.

Auch Ted schlief, sie konnte ihn sehen; er lag ausgestreckt auf dem Rücken – lang, mager, gotisch. Noch immer, nach so vielen Ehejahren, konnte sie ihren Gatten mit unvermindertem Vergnügen ansehen, wie er ging, saß, sich herabbeugte, Holzscheite für den Kamin brachte, mit dem kleinen Guy spielte. Sie streichelte gern seine helle Haut, zauste sein blondes Haar, das zu ergrauen begann. Am meisten liebte sie seine Hände, die Geschicklichkeit seiner langen Finger, die es gewöhnt waren, mit empfindlichen Stoffen, Nerven, Geweben seiner biochemischen Forschungen umzugehen. Wenn er sich von ihr beobachtet fühlte, mochte Dr. Marshall eine nicht ganz gelungene Parodie auf die Russen versuchen.

„Du liebst nurr meines wunderschönes Körrper, aber nicht meines wundervolles Seele, Katinka."

„Ihre Seele, mein lieber Dr. Marshall, verbleibt in Formaldehyd konserviert im Labor der F. S. Chemikaliengesellschaft, und nur der Körper kommt zu mir heim", neckte sie ihn, aber es war eine Spur von Ernst in dem Scherz.

„Und du? Du gehörst ganz dem Manhattan-Ballett, Körper *und* Seele."

„Beschwerst du dich, mein Liebes?"

„Es ist bloß, daß du nie da bist. Von Zeit zu Zeit haben wir eine reizende Wochenendliebschaft – wann immer Miß Beauchamp die Güte hat, dir einen Abend freizugeben ..."

Katja in dem frostigen Lathamschen Schlafgemach seufzte ein wenig, lächelte ein wenig, drückte ihre Zigarette aus und rief noch einmal in Princeton an.

„Hier bei Doktor Marshall."

„Hören Sie, Mac, erinnern Sie meinen Mann, daß er und Guy um drei beim Zahnarzt in New York sein müssen. Und sagen Sie ihm, er soll mich hier um Mittag abholen. Irgendwie werde ich mich freimachen und mit ihnen essen gehen", sagte sie und hing schnell an, ehe McKenna unangenehm werden konnte.

Es war Zeit für ihre tägliche Arbeit in der Morgenklasse.

NEUN UHR morgens. Das Haus beginnt zu erwachen. Durch das Oberlicht im vierten Stockwerk sickert das graue Licht des Morgens in das Treppenhaus hinunter, bis zu der runden Halle, wo das alte Lathamsche Faktotum, Herr Sichel, an seinen Besen gelehnt, mit bitterem Vorwurf die schwarz-weiß gewürfelte Marmordiele anstarrt, die es ablehnt, sich selbst zu schrubben.

Miß Rowland, ein schattenhaftes Geschöpf in altem Regenmantel, patscht auf großen Füßen in die Halle, wo sie die nassen Abdrücke ihrer Füße zurückläßt. „Tun Se Ihre Galoschen runter, Frollein", murrt Sichel. „Sie woll'n mir doch wohl nicht mein Haus verdrecken." Rowland flüstert ihr Bedauern. Im Manhattan-Ballett ist sie ungefähr, was Olivia im Ballett Continental gewesen war, und

Olivia hatte sie geschickt vom Tanzen weggelotst, um sie als Sekretärin zu benutzen.

Vom Hof her kündigten Gelächter und Schritte die Ankunft einiger Tänzer für die Morgenklasse an. Dann wehte ein Windstoß den großen Choreographen Mirko Bagoryan in die Halle. Er lachte, stampfte, schüttelte die Nässe von sich wie ein Jagdhund nach einem Abenteuer im Ententeich. Sein Gesicht war scharf gezeichnet, charaktervoll, die gebräunte Haut dunkler als sein graues Haar. Er bewegte sich leicht, geschmeidig, geräuschlos, ein junger Mann Mitte der Fünfzig im schwarzen Rollkragensweater. Er schien sein eigenes erwärmendes Element mit sich zu bringen, angenehm, entspannt und von entwaffnender Zutraulichkeit.

Bagoryan summte ein Melodiefetzchen aus dem Mozartschen Klavierkonzert in A-Dur, als er, immer zwei Stufen auf einmal, die Treppe hinaufrannte, die Katja soeben auf dem Weg zum Morgentraining herabkam.

„Servus, Schatz, schon auf? Viel zu früh. Du weißt doch, daß du nach ‚Giselle‘ bis Mittag im Bett bleiben solltest", sagte er.

„Servus, Mirko", sagte Katja lächelnd. „Du kennst mich ja: ohne meine Übungen am Morgen bin ich nicht zu brauchen."

Er neigte sich vor, um ihr die Innenseite des Handgelenks zu küssen. Dies war eine alte Gewohnheit, eine mechanische Zärtlichkeit.

„Wieso bist du noch nicht in der Oper, bei der Probe?" fragte sie.

„Ich war bis vier Uhr früh dort, Beleuchtungsprobe nach ‚Giselle‘. Die üblichen Schwierigkeiten. Olivia wird zerspringen: so viele Überstunden mit den Beleuchtern – was das kostet!"

„Nach ‚Giselle‘? Warst du in der Vorstellung?"

„Leider nicht. Wir hatten doch gleichzeitig Abendprobe im Ballettsaal."

„Aha. Und darf man fragen, wann *du* eigentlich schläfst?" erkundigte sich Katja lächelnd.

„Eine Woche vor der Premiere? Wer will denn da schlafen?" lachte Bagoryan.

Sie drehte Miß Rowlands Handgelenk zu sich, um nach der Uhr zu sehen, da sie selbst nie eine trug. „Höchste Zeit für die Stunde; du weißt ja, was für ein Teufel der Maestro in bezug auf Pünktlichkeit ist", sagte sie. „Also – Servus, Mirko."

In der Vorhalle angekommen, machte Katja einen kurzen Halt in

Sichels Besenkammer, wo sie die Blumenspenden vom gestrigen Abend in einem Eimer untergebracht hatte. Während der Morgenlektion mußte der Maestro immer einen Blumenstrauß neben sich stehen haben. Katja war zwar an großartigere Blumentribute gewöhnt – aber die kriegt man bloß bei Premieren, sagte sie sich. In dieser Saison gab es nur eine einzige Premiere: „Die Bienen", Ballett und Choreographie von Mirko Bagoryan, Musik von Sandor Lazar. Und keine Rolle für sie.

Die Gabrilowa, letzte russische Primaballerina assoluta außerhalb der Sowjetunion, tanzte die Bienenkönigin und Joyce Lyman die kurze, aber wichtige und brillante Partie der Honigsucherin. Ich mach mir nichts aus der Königinnenrolle, sie liegt mir ja auch gar nicht, sagte Katja sich zum hundertstenmal. Irgendwie hatte Olivia sie davon überzeugt, daß sie die Rolle freiwillig abgegeben hatte, aus generöser Freundschaft für die alte Assoluta. Aber nach und nach dämmerte es ihr, daß Olivia sie mit großer Geschicklichkeit um eine vielversprechende Rolle betrogen hatte. Sie fürchtete den Abend der Premiere, wenn sie im Parkett sitzen, lächeln und begeistert applaudieren mußte, anstatt droben auf der Bühne als der bewunderte Mittelpunkt des neuen Balletts zu stehen. Vielleicht kann ich mich am Freitag krank melden, überlegte sie. Und doch war sie der berühmten Tänzerin von Herzen zugetan und gern bereit, ihr alle Ehren und Komplimente der Saison zu überlassen – Gabrilowas unwiderruflich letzter Saison.

Katja zog die Strickjacke enger um ihre Schultern und rannte in den eisigen Morgen hinaus, quer über den Hof, nach den früheren Stallungen, die Miß Beauchamp zu Übungsräumen ausgebaut hatte.

Auf dem Weg durch den geräumigen Probesaal steckte sie die Blumen in eine Vase, die auf dem Tischchen neben dem Küchenstuhl des alten Maestros bereitstand. Maestro Enrico Mattoni war ihr Lehrer und Ballettmeister gewesen, als die kleine Elevin in der Ballettschule der Wiener Oper anfing.

Am andern Ende des Saales übte Axel Johansson verbissen seine *battements* an der Stange. Im Vorbeigehen warf Katja ihm eine Ballettkußhand zu. In dem engen Gang, der zu den Garderoben führte, waren die Wände mit Fotografien bedeckt; vor einer davon – Katja Milenkaja im anmutigen, weißen geflügelten Kostüm aus „Les

Sylphides", London 1938 – standen zwei schwätzende lachende Jungen, Larry Klotzky und Cecil Blaine, Anfänger, die noch einen langen Weg vor sich hatten.

Ihr Geschwätz und Gelächter verstummte wie abgeschnitten, als sie Katja bemerkten, und dann begannen sie ein lautes Gespräch über irgendeine einfach himmlische neue Schallplatte.

Sie haben über mich getratscht, dachte Katja, über diese versauten Pirouetten. Tausendmal kann man gute Leistungen hinlegen, das wird als was Selbstverständliches hingenommen; aber gibt's einmal einen schlechten Abend, hat man die ganze Welt gegen sich.

Nach einer schwachen Vorstellung war sie überempfindlich. Ach was, hör auf zu jammern, befahl sie sich. Jetzt eine Stunde Schwitzen und gute Arbeit, und dann unter die Brause, und zehn Minuten Ausruhen, und dann etwas Hübsches anziehen – oh, ich möchte mich recht schön machen für meinen Ted. Zahnarzt um drei, und dann geht's heim, Mrs. Marshall, wo sich kein Teufel drum kümmert, wie gut oder schlecht meine Pirouetten ausfallen ...

Die sogenannten Ankleideräume waren in den früheren Pferdestall gezwängt worden, die Mädels in die Boxen, die Burschen in die Sattelkammer. An den Bretterwänden hing noch immer ein ganz schwacher Geruch von Pferdemist, nicht völlig überdeckt von Kölnisch Wasser und Frottieralkohol.

Katja hatte eines der unbequemen, engen Abteile für sich allein. Ein kalter Luftzug streifte ihren nackten Oberkörper, gerade als sie dabei war, ihre dicken Wolltrikots zu verankern, bevor sie in ihren Übungskittel schlüpfte. „Joyce, Liebling, könntest du vielleicht die Türe schließen?" rief sie.

Joyce teilte die benachbarte Box mit Gwendolyn, die meistens zu spät kam. Joyce Lyman war die große Hoffnung des Manhattan-Balletts. Jung, bildhübsch und voll Vitalität, brillant und ehrgeizig, verkörperte sie die Zukunft.

„Verdammt, da ist mir wieder einmal mein Kleenex ausgegangen", hörte Katja sie murmeln.

„Hier, nimm meines", sagte sie und reichte die Schachtel über die niedrige Holzwand.

„Besten Dank, Madame, ich glaube, ich krieg einen Riesenschnupfen." Daß sie Katja als „Madame" anredete, war eine der feineren Nuancen des Umgangs im Ballett; die versteckte Absicht war, Joyce

jünger erscheinen zu lassen als zweiundzwanzig und Katja älter als
fast sechsundvierzig. Doch in diesem Augenblick fühlte Katja sich
nicht im geringsten ältlich. Das Trikot, das straff ihre Schenkel umschloß, das Bandeau, das ihr Haar zusammenhielt, vor allem aber die
tägliche Anforderung des Morgentrainings riefen alles in ihr auf,
Gefühl, Muskeln, Nerven, das innerste Zentrum ihres Seins.

WENN man seit vielen Jahren beim Ballett ist, dann sehen alle
Ballettsäle gleich aus. Immer die *barre* – die Stange – entlang den
drei Wänden, die großen Spiegel an der vierten. Immer der Dunst
von schweißfeuchten Wolltrikots, Seife, heißen Füßen und den ge-
leimten Sohlen der Tanzschuhe. In einer Ecke steht das flache Kist-
chen mit Kolophonium für die Schuhsohlen, Frottiertücher baumeln
von der Stange.

Katja erschien es ganz selbstverständlich, daß nach so vielen Jahren
ihr erster Meister, Maestro Enrico Mattoni, wieder ihre *exercises*
beaufsichtigte. Es gibt so wenige wirklich große Tänzer, Choreographen und Lehrer, daß man unweigerlich denselben wieder und wieder
begegnet.

Als Katja das vertraute kleine nervöse Räuspern im Vorraum draußen vernahm, drückte sie schnell ihre Zigarette aus und straffte sich
unbewußt. Als der Maestro eintrat, war sie um zwei Zoll gewachsen.
„Ah, piccolina mia, sta bene?" rief er aus, täglich mit der gleichen
Mimik der Überraschung über das Teilnehmen der Primaballerina
an den Morgenübungen. Katja knickste eine höfliche *révérence*, und
der Maestro plazierte einen leisen Schmetterlingskuß auf ihr Haar.
Auch dies war ein Teil des täglichen Rituals. Sein Atem war warm
und angenehm, mit dem zarten Veilchenparfüm der kleinen Pastillen,
die er sich von Nizza kommen ließ. Katjas ganze Kindheit lebte in
diesem Parfüm ...

Der Maestro war ein sehr alter Mann geworden, eingeschrumpft,
rundschultrig, doch mit feurigen blauen Augen unter buschigen weißen Augenbrauen. Sein Gesicht war rosig, wenn er zufrieden war,
färbte sich violett, wenn er lachte, wurde blau unter seinen Ausbrüchen olympischen Zornes und konnte elfenbeinbleich sein, wenn
eine Leistung ihn rührte oder erregte.

Nach und nach schlenderten die Tänzer herein und reihten sich an
der *barre* auf. Sie lockerten ihre Glieder, versuchten eine Drehung,

flüsterten. Joyce nahm ihren Platz ganz vorn an der *barre* ein, sie schien munter und voll Eifer, trotz ihrer Erkältung. Katja führte an der entgegengesetzten Stange, und der Maestro näherte sich seinem harten Küchenstuhl, auf den er sich niemals setzte, ohne erst ein Bein in einem hohen, unvergleichlichen Bogen über die Rücklehne zu schwingen. Er nahm sein schwarzes Malakkastöckchen, klopfte damit auf das Tischchen, kommandierte: *„Eh bien, mes enfants – und* eins – *und* zwei –“; und der Begleiter am Klavier schlug das immer gleiche Schubertsche „Moment musical" für die *petits pliés* an. Kein anderes Kommando war nötig, denn die täglichen Lockerungsübungen waren so unveränderlich wie die Teile einer Messe.

Im letzten Augenblick kam die Gabrilowa hereingelaufen. Das war ungewöhnlich, denn sie versäumte nie die Klasse, war niemals unpünktlich. „Hab nicht mehr genug Energie", hatte sie einmal zu Katja gesagt, „mich selbst jeden Tag mit Peitsche zu dressieren. Aber wenn geb ich mir nach – in meine Alter? Eine Woche keine Klasse, und kann ich mein Bein nicht so hoch heben wie mein Hündchen Rigoletto bei Laternenpfahl."

Nicht, solange du noch meine Giselle mit deiner Königin der Wilis so schlagen kannst wie gestern, dachte Katja verbittert. Die beiden Primaballerinen alternierten in diesen Rollen, und gestern abend war Gabrilowa in der kleineren Partie so großartig gewesen, daß der Maestro sich bei ihrem Eintritt von seinem Küchenstuhl erhob und applaudierte, worauf alle die Stange losließen und in den Applaus einstimmten. Lächelnd und sich verbeugend empfing Gabrilowa die kleine Ovation; und dann, in einer anmutigen, gutgespielten Demonstration von Bescheidenheit, stellte sie sich nicht wie sonst vorne hin, sondern an die rückwärtige *barre,* wo die Jungens übten. Der Begleiter wiederholte die ersten Takte, und die Klasse wippte prompt ihre *petits pliés,* mit Knien, so elastisch wie feinste Uhrfedern.

Ein- oder zweimal hörte Katja die Gabrilowa da hinten husten, es klang übel. Katja warf einen Blick auf die alte Ballerina; sie sah an diesem Morgen sehr schlecht aus. Zweimal mußte sie aussetzen. Als Katja wieder hinschaute, hatte sie sich ihr Handtuch um die Schultern gewickelt, als ob sie fröre.

Während der kurzen Ruhepause, die der Maestro ihnen zwischen den Übungen an der Stange und dem Adagio gestattete, fragte Katja: „Gabri, Liebe, glaubst du nicht, daß du heute die Stunde lieber auslassen solltest? Das ist ja ein scheußlicher Husten – und du hast doch noch die letzten Proben und die Premiere von den ‚Bienen' vor dir –"

„Ah bah, ist nix. Kleine Erkältung, hat jetzt jeder. *No, no, no – exercises* ist die beste Medizin. Schwitz ich alles aus", sagte Gabri, aber sie fröstelte, und ihre Haut sah heiß und trocken aus.

„Los, aufstellen: *Und* eins – *und* …", befahl der Maestro. Sein Stöckchen begann den Takt für die nächsten Übungen zu schlagen.

„Aber du siehst aus, als hättest du Fieber", flüsterte Katja.

„Nein, ich versichere, ist gar nix!" antwortete die Gabrilowa heiser, irritiert durch Katjas Besorgnis. Ein neuer Hustenanfall brachte sie fast aus dem Gleichgewicht. Katja streckte die Hand aus, um sie zu stützen, und der Maestro warf einen scharfen Blick nach seinen zwei Primaballerinen. „Ich bitte, sich zu konzentrieren, *Mesdames*", sagte er streng. Ach ja, man hörte nie auf, Maestros Schülerin zu sein. Katja konzentrierte sich gehorsam auf ihre Übungen, und Gabrilowa stellte sich schnell wieder in die Reihe.

Aber eine Viertelstunde später, als sie ihre Tanzschuhe gegen die Spitzenschuhe aus rosa Atlas vertauschten, ließ Gabrilowa plötzlich die Bänder sinken und legte die Stirn auf ihre Knie, so wie es die Anfänger im frühen Training lernen, um Ohnmachten zu vermeiden. Ihre Zähne klapperten, und ein Schüttelfrost rüttelte an ihren mageren Schultern. „Vergebung, Maestro – ich glaube –, ich muß bitten, mich zu entschuldigen", sagte sie, und, gehüllt in einen Rest von Grazie und Stolz, schwankte sie zu ihrer Garderobe.

Die Stunde ging in voller Konzentration weiter, bis der Maestro sein Stöckchen hinlegte und sein tägliches *„basta* und *mille grazie"* ausrief. Die Klasse applaudierte, und wieder mußte ein bestimmtes Ritual eingehalten werden. Sie alle mußten mit einem Knicks oder einer Verbeugung an dem alten Mann vorbeidefilieren, ihm für die Lektion danken und ein Lächeln, ein Nicken, einen freundlichen Klaps in Empfang nehmen. Nur Katja wurde aufs höflichste ersucht, gütigst dazubleiben, wenn es ihr nichts ausmachte …

Es machte ihr sehr viel aus, aber es blieb ihr nichts übrig, als zu gehorchen. Sie zündete sich eine Zigarette an und übte weiter, um nicht kalt und steif zu werden, während der Saal sich langsam leerte.

„Was ist eigentlich mit der Gabrilowa los?" fragte Joyce im Vorbeigehen. „Übel geworden, oder sonst was?"

„Eine böse Erkältung. Sie hätte gestern doch nicht auftreten sollen."

„Na, man kennt sie ja, die würde eher draufgehn als absagen", erklärte Joyce ingrimmig und verließ den Saal. Wenn die Gabrilowa abgesagt hätte, wäre sie an der Reihe gewesen, die Königin der Wilis zu tanzen.

„Ah, hier bist du ja, *mignonne*", sagte der Maestro freundlich. „Jetzt wollen wir also wie gute Freunde darüber reden, was gestern abend mit dir los war, nicht wahr?"

„Maestro, Sie wissen so gut wie ich, was los war", sagte Katja, sich ärgerlich verteidigend. „Dieser Axel: Er ist nie dort, wo er sein soll, wenn ich ihn brauche. Er ist ein guter Junge, und ich hab ihn gern, aber er weiß, daß ich mehr Stütze auf der linken Seite nötig habe. Immer ruiniert er meine Pirouetten. Schließlich, da ist doch mein zusammengeflicktes Bein. Ich muß einfach mehr Gewicht nach rechts verlegen – ist es eigentlich zuviel von einem Partner verlangt, diese Kleinigkeit nicht zu vergessen?"

Darauf verfiel der Maestro in längeres heftiges Kopfschütteln. „Schau her, *mignonne*", sagte er zuletzt, „du hast dir einmal ein Bein gebrochen. *Tiens* – jeder Tänzer kriegt gelegentlich ein paar kleine Knochenbrüche ab. Und du kannst nicht ewig deine Partner für alles verantwortlich machen. Es ist nun schon gut und gern fünfzehn Jahre her, daß Grischa tot ist – du mußt dich endlich mit der Tatsache befreunden, daß du niemals einen anderen Kuprin finden wirst, niemals. Aber wir reden ja nicht über ein paar verpatzte Pirouetten oder ein paar verwackelte Drehungen. Wir reden jetzt einmal über dich. Über Milenkaja. Siehst du, du warst meine Schülerin. Eine von den ganz wenigen Schülerinnen, auf die ich stolz bin. Wenn die Leute mir erzählen, wie bewundernswert, wie einzigartig du bist, dann blase ich mich auf. Und du mußt deinem alten Lehrer gestatten, dir zu sagen, was gestern abend los war und die Abende vorher auch: du bist leergelaufen. Kein Strom in der Leitung!"

„Schön, vielleicht ist es wahr, vielleicht bin ich ausgebrannt. Was soll ich denn anfangen? Das Tanzen aufgeben? Dazu bin ich nicht alt genug – oder doch?"

„Ich bin kein Sachverständiger in bezug auf Alter, *mignonne*. Ich bin ziemlich jung – mit einundachtzig. Und du bist zur Zeit etwas ältlich mit deinen fünfundvierzig. *Eh bien* – sollen wir jetzt die ganze Giselle durchgehen?"

Mit der höfischen Artigkeit des Tänzers bot er ihr seine Hand, um sie in die Mitte des Saales zu leiten, und sie riß sich zusammen, vibrierend, in zitternder Erregung.

Plötzlich fielen ihr Ted und der Kleine ein. Während der Stunde hatte sie die beiden ganz vergessen. Sie warf einen hastigen Blick auf die Wanduhr. Zehn Uhr dreiundvierzig. Um zwölf kommen sie, mir bleibt nicht viel Zeit, dachte sie und zugleich: da müssen sie eben ein bißchen warten... Es war fast Mittag, als der Maestro sagte: „Genug – vorläufig. Ich denke, ich kann dich jetzt laufenlassen."

Katja war ausgepumpt, außer Atem, ihr Mund war trocken, ihre Füße wund, die Atlasschuhe kaputt, zertanzt, ihre Kehle wie Sand. Aber sie fühlte sich besser, oh, viel, viel besser als seit langem. Sie machte eine tiefe *révérence*.

Der Maestro entließ sie mit einem Kuß auf die Stirn.

„Danke schön, Maestro", sagte sie demütig und küßte seine Hand.

„... DU MUSST ihm nach jeder Stunde die Hand küssen, und wenn er dir weh getan hat – und er wird dir oft schrecklich weh tun –, mußt du sagen: danke schön", hatte Grischa sie an dem Tag gewarnt, da er sie, damals in Wien, dem Ballettmeister vorstellte...

Damals war der Maestro ein hochgewachsener, schlanker, eleganter Mann auf der Höhe seiner Laufbahn, aber der kleinen Kati kam er trotzdem alt vor, sehr alt, doch wunderschön und überwältigend.

„Das ist Kati Milenz, Maestro. Ich erbat Ihre Erlaubnis, sie Ihnen vorzustellen; sie ist die Kleine, die absolut eine Ballerina werden will", erklärte Grischa.

„Sonst nichts? Ist sie vielleicht deine kleine Braut?" fragte er auf französisch. „Nein? Dein Schwesterchen? Cousine?"

„Nein. Bloß ein Mädel, das ich kenne", meldete Grischa mit Kälte.

„Wir sind Freunde", korrigierte Kati aufgebracht.

„Wir wohnen zufällig im gleichen Haus", erklärte Grischa mit aufreizendem und unverständlichem Hochmut. Kati ballte ihre Fäuste gegen die Zurückweisung. Der Maestro räusperte sich, unterdrückte ein Lächeln und begann in kleinen Kreisen um sie herumzuwandern. Seine Augen waren auf sie eingestellt wie Brenngläser, eine feste Hand stützte ihren Rücken, ein scharfer kleiner Schlag des schwarzen Malakkastöckchens straffte ihre Knie, ein leichter Finger korrigierte die verkrampften Schultern.

„Wie alt ist diese zufällige Bekannte?" fragte der Maestro. Seine Augenbrauen zuckten wie der Schwanz einer lauernden Katze.

„Zehn, ungefähr", sagte Grischa verachtungsvoll von der schwindligen Höhe seiner dreizehn Jahre herab.

„Neun Jahre, fünf Monate und zwei Tage", stellte Kati richtig. Ob sie schon früher Tanzstunden gehabt habe? erkundigte er sich bei Grischa. „Nein", sagte Grischa. „O doch", sagte Kati. „Quatsch", sagte Grischa, „sie hat sich bloß gedreht und ist herumgesprungen wie alle kleinen Mädels."

„*Alors,* weshalb nimmst du dann meine Zeit in Anspruch? Weshalb bittest du mich, sie vor den andern hier in meinem Privatstudio zu sehen? Du weißt, daß mehr als zweihundert kleine Mädels sich um den Eintritt in die Opernballettschule beworben haben und daß nur zehn angenommen werden können."

Grischa erbleichte. Er selbst war zu den Privatstunden des allmächtigen Ballettmeisters nur ausnahmsweise zugelassen worden, es war ein Zeichen, daß der Maestro an ihn glaubte. „Weil sie mich so sekkiert hat", murmelte er.

„Das ist nicht wahr", schrie Kati, „er ist's – er redet ja die ganze Zeit von nichts anderem, als daß er besser sein wird als Nijinsky, und ich werde so gut werden wie die Pawlowa, und dann tanzen wir zusammen in der ganzen Welt –"

Sowie sie Grischas heiligstes Geheimnis preisgegeben hatte, wußte sie, daß Grischa sie dafür durchprügeln würde, und es geschah ihr ganz recht. Sie faltete die Hände in einer verzweifelten Bittstellergebärde. Der Maestro hatte die wunderlich eindrucksvolle Bewegung mit großer Aufmerksamkeit beobachtet.

„Hast du schon Ballettstunden gehabt?"

„Ja", sagte Kati. „Nein", sagte Grischa mit einem drohenden Blick auf sie.

„Also was stimmt nun? Wie heißt dein Lehrer?"

„Grigory Kuprin", sagte Kati und deutete mit dem Kinn nach dem wütenden Grischa.

Der Maestro schaute die zwei Kinder an und verbiß sich das Lachen, aber Kati bemerkte das flüchtige Zucken seiner Augenbrauen und antwortete mit einem schüchternen Lächeln. Ein liebes Lächeln, ein kleines Regenbogenlächeln, dachte er, und was für einen hübschen hohen Spann sie hat für so ein untrainiertes kleines Ding. „Also gut, zeig mal, was Maestro Kuprin dir beigebracht hat", sagte er und setzte sich erwartungsvoll nieder.

„Es ist eine Mazurka", kündigte sie an; plötzlich raubte ihr eine ganz neue Erregung, aus Angst und Seligkeit gemischt, den Atem. Sieh doch bloß den Parkettboden, soviel Platz, zum Laufen und Springen und Tanzen!

„Los", befahl der Maestro. Etwas in seinem Gesicht und seinem sich spannenden Körper ließ Kati fühlen, daß er bisher nur mit ihnen gespielt und gescherzt hatte, daß aber von nun an alles Tanzen in unentrinnbarem Ernst vor sich ging.

Es war in jenem Augenblick (aber dies wurde ihr erst viele Jahre später klar), daß sie aufhörte, ein Kind zu sein, und zu einem verantwortungsvollen, schwer arbeitenden, neunjährigen erwachsenen Menschen wurde: einer Berufstänzerin.

MADAME KUPRIN, Grischas schöne Mutter, war für Kati eine romantische Gestalt, eine jener weißrussischen Emigrantinnen, die die Revolution in die Hauptstädte Europas gespült hatte. Die Kuprins lebten in einer eleganten Wohnung, im gleichen Gebäude, wo Katis Familie im Hinterhaus zwei Zimmer mit Küche innehatte, durch drei Höfe und weite Klassenunterschiede von dem Glanz der Straßenfront getrennt.

Madame Kuprin hatte Kati in einem kleinen Park aufgelesen, wo das Kind in der frühen Winterdämmerung verloren umherwanderte. Sie konnte nicht in die Wohnung, bis Tante Mali nach Haus kam, gab Kati an. Tante Mali war eine Hausschneiderin, und ihr Mann – „mein Franzl" – rumpelte mit seinem heruntergekommenen Taxi durch die gleichfalls heruntergekommenen Straßen Wiens. Nein, sie hatte keine Angst vor der Dunkelheit. Danke, aber wirklich, es machte ihr nichts aus, allein im Park zu warten. Was Kati bei sich behielt, war die Freude, die es ihr bereitete, im Park zu tanzen, geschützt durch die Dunkelheit, weich über das taunasse Rasenrondeau zu fliegen. Madame Kuprin, die gefühlsreiche und gastfreundliche Russin, nahm das Kind mit sich, zog ihr die nassen Schuhe und Söckchen aus, frottierte ihre Füße und füllte sie bis zum Rand mit Tee, Piroggen und Marmelade an.

Beim feinen Klirren der Teegläser öffnete sich die Tür, und ein Junge kam herein. Er machte seiner Mutter eine tiefe Verbeugung, küßte ihr die Hand, dann grinste er Kati lausbübisch an. „Mein Sohn Grischa, mein einziges Kind", stellte Madame Kuprin vor, „und das ist unsere kleine Nachbarin, Kati Milenz."

Sein Gesicht war geschminkt, entdeckte Kati nun. Dunkelblaue Augenlider, kalkweiße Wangen, ein riesiger Scharlachmund mit dem verschlagenen Grinsen draufgemalt. „Grischa, experimentierst du schon wieder mit deinem Schminkkasten?" fragte Madame Kuprin. „Er verbringt Stunden vor dem Spiegel; er ist nämlich beim Theater."

„Ich werde ein Tänzer; wie Nijinsky, weißt du? Du hast von Nijinsky gehört, nicht wahr?"

Das war nun keineswegs der Fall, aber Kati nickte dazu.

Madame Kuprin behauptete, Opernsängerin gewesen zu sein. Sie konnte wunderschön Klavier spielen, und sie erbot sich, auch Kati zu unterrichten – unentgeltlich. Das heißt, wenn Tante Mali sich revanchieren wollte, dann könnte sie ihr ja gelegentlich kleine Änderungen an ihren Toiletten machen ...

In dem beständigen Wirbelstrom der Gäste, die seine Mutter besuchten, den Ausbrüchen von russischen Tränen und Gelächter, pflegte Grischa still in einer Ecke zu hocken. „Mein Junge, mein Edelsteinchen", pflegte seine Mutter ihn in ihrem überströmenden Russisch zu nennen. „Mein kleiner Solitär – aber hart ist er, Katuschka, hart wie ein schwarzer Diamant ..."

Als ob Kati das nicht wüßte. Als ob es leicht gewesen wäre, Grischa als Freund zu haben. Es gab lange, ruhige, glückliche Wochen, da Grischa nichts anderes wollte, als mit ihr beisammen sein, sich aussprechen, lehren, zeigen, erklären, mit ihr lachen und spielen, neue Tänze versuchen. Für ein neunjähriges Mädchen ist es keine Kleinigkeit, in das Leben eines dreizehnjährigen Burschen aufgenommen zu werden, und noch dazu eines richtigen Tänzers an der Wiener Oper. Doch gerade wenn Kati sich sicher und geborgen fühlte, konnte er sie plötzlich und ohne Erklärung fallenlassen, als hätte er sie nie gekannt, sie einem schmerzlichen Alleinsein ausliefern. Einsamkeit war etwas, über das man unmöglich reden konnte. Kati kannte nicht einmal das Wort dafür, nur das Gefühl.

„Ich weiß nicht, wie ich's sagen soll, ich meine, da bin ich – ich selber –, und dort drüben sind alle die andern", klagte sie Grischa, auf der tastenden Suche nach ihrem eigenen kleinen Selbst.

„Du, du selber? Das will ich hoffen", sagte Grischa mit Strenge,

„und du weißt auch, warum das so ist, oder nicht? Du bist eben anders. Ich bin auch ganz anders als die andern. Dagegen läßt sich nichts tun." Es klang so wunderlich traurig, daß Kati gern nach seiner Hand gegriffen oder ihn gestreichelt hätte, aber sie wußte, daß man Grischa nicht anrühren durfte. Außer beim Tanzen natürlich. „Anders – ist das gut oder schlecht?"

„Selbstverständlich ist das gut – du willst doch eine Solotänzerin werden und nicht im Ballettkorps steckenbleiben mit all den andern. Von denen gibt's Tausende. Aber du? Du bist einzig, du selbst, allein. Glaubst du denn, die Pawlowa ist nicht anders, oder Nijinsky war's nicht? Ha!"

„Ja, ich weiß, was du meinst. Bloß – die andern –, ich glaube, die haben's leichter . . ."

Die andern, die waren frei und konnten spielen, während Kati Ballettstunden hatte oder Klavierstunden. Oder französische Lektionen bei Madame Kuprin. Die anderen hatten Spaß mit ihren Puppen, wenn sie und Grischa schwierige Ballettschritte übten, in der Küche oder zwischen den Mülleimern im zweiten Hinterhof, auf dem nassen Rasen im Park, in der Waschküche. Grischa war ein gestrenger und anspruchsvoller Drillmeister.

Noch etwas gibt es, das sie von den andern absondert. Die andern haben Schwestern und Brüder, Eltern und Großeltern oder zumindest doch eine Mutter. Am ersten Tag kommt jedes Kind in Begleitung einer Mutter in die Oper.

Ein besonders hübsches Kind in rosa Studierhöschen nimmt sich Katis an. „Du bist eine von den Neuen, gelt? Ich bin die Mitzi – Mitzi Keller. Ich bin schon das zweite Jahr beim Ballett. Komm her, ich zeig dir, wie man die Studierhosen anzieht", sagte sie gönnerhaft.

„Wo ist deine Mutter? Du bist doch nicht allein gekommen?"

„Ich hab keine Mutter", sagte Kati. „Und die Tante hat keine Zeit. Sie ist nämlich nicht wirklich meine Tante . . ."

„Oje! Du armes Hascherl!" Mitzi rümpfte ihr kurzes Näschen, ihr Lächeln ist schlau. „Da bist du also der Tant' ihr kleines Malheur? Macht nix, Unfälle kommen in den besten Familien vor, sagt man!" und damit pirouettiert Mitzi – Königin der Kinderklassen, schön, silberblond, rehäugig und langbeinig – davon, um die Alten über die Neue zu informieren.

Obwohl Kati nicht verstanden hatte, was Mitzi meinte, war da ein unangenehmer Nachgeschmack, und sie wandte sich an Grischa um nähere Erklärungen.

„Malheur – was fällt der frechen Person ein? Gar kein Malheur ist passiert, wie die Tante Mali und ihr Franzl mich adoptiert haben! Sie hätten sich leicht ein andres Baby aussuchen können, aber Tante Mali wollte nur mich haben, es war Liebe auf den ersten Blick, sagt sie immer. Und noch dazu hat sie fünftausend Kronen gekriegt, um mich gut aufzuziehen. Aber das ganze Geld ist beim Teufel. Die schreckliche Inflation, weißt du . . .“, sagte sie, ein bekümmertes Echo von Tante Malis besorgten Wehklagen.

„Natürlich. Wir haben auch alles verloren. Ist dein Vater in der Revolution umgebracht worden?“

„Das weiß ich nicht. Warum?“

„Meiner schon.“

„Oh“, sagte Kati, unberührt. „Wie schade.“ Sie waren echte Kinder ihrer Zeit, ihnen waren Krieg, Revolution, Hungersnot und Elend selbstverständlich. Und in den Ballettklassen einer großen Opernbühne ist alles und jedes Vorschrift und strenge Routine. Die Kinder wurden gedrillt wie kleine Soldaten.

„Kati, die Schultern lockern – den Hals nicht verkrampfen – keine Grimassen schneiden – du tanzt schon wieder aus der Reihe – verflucht noch einmal, schau heiter drein! Wenn du dich nicht klar und heiter fühlst, dann kannst du nicht klar und heiter ausschaun – graziös – elegant – man darf die Anstrengung nicht merken.“ Immerfort wird das verlangt: Grazie, Eleganz, spielerische klare Heiterkeit. Keine leicht zu erfüllende Forderung für ein überanstrengtes, unterernährtes Kind.

Madame Kuprin stürzt sich überschwenglich auf Kati: „Wie glücklich du sein mußt, Katuschka, daß du jetzt nach Herzenslust tanzen kannst!“

Doch Kati antwortet ernsthaft: „Im Ballett wird nicht getanzt, Madame, im Ballett wird gearbeitet.“

Madame Kuprin schüttelt sich vor Lachen. „Hörst du das, Serge? Was für ein *aperçu*, wie?“ Serge Baliyeff küßt lachend Katis verlegene Kleinmädchenhand. Er ist einer der verschiedenen eleganten Herren, die Grischa höflich und mit eiskalter Zurückhaltung Onkel nennt. „Zu umständlich, sich die Namen zu merken. Die kommen und gehn.“

„Kannst du die Freunde deiner Mutter nicht leiden?"

„Aber sicher. Ich bin einfach entzückt, wenn das Schlafzimmer von Maman als Durchhaus benutzt wird."

Aha, das ist es also, dachte Kati. Grischa ist eifersüchtig. Über Eifersucht gab's nichts zu lachen. Es war wie Zahnweh mitten im Herzen, und in den Ballettklassen gedieh Eifersucht wie in einem Treibhaus.

„Denk dir, Grischa", sagte Kati, um ihn von all diesen Onkels abzulenken, „gestern nacht hab ich wieder meinen Traum von den Stufen gehabt. Es geht rauf und rauf, eine endlose Treppe. Ich kann das Ende davon nie sehn, es verliert sich irgendwo ganz oben. Und ich klettere und klettere und komm nie hin. Und dann fall ich, ich rutsche hinunter, schneller, immer schneller."

„Tja, so ist das Ballett. Eine Treppe ohne Ende. O du heilige Mutter von Kasan! Wie lang das dauert, bevor sie einem was Ordentliches zu tanzen geben", sagte Grischa, mit ungeduldigen Fäusten auf seine Knie hämmernd.

„Dabei habt ihr Buben es leicht, ihr seid ja bloß ein paar. Aber wie soll jemals etwas aus uns Mädels werden? So eine Herde!"

Im zweiten Jahr wird man gruppenweise in Balletten hinausgestellt. Man darf mit sechzehn andern Kindern als Schwan, Nymphe, Fee und Elfe im Hintergrund knien, als Vögelchen an Drähten vom Schnürboden hängen oder als Kätzchen, mit Schellen am Schwanz, im Takt hüpfen. Und man lernt das brustzersprengende, die Kehle würgende Warten in der Kulisse kennen, bis zu dem fiebernden, erregenden, betrunkenen Augenblick, da man auf die Bühne geschoben wird: und da ist die Musik und die Rampenlichter und der Atem des dunklen Zuschauerraums. Das große, immer gleiche Erlebnis, ob man nun ein Ballettkind ist oder eine berühmte Primaballerina.

Und wenn die Vorstellung vorbei ist, wird man nach Hause geschickt. Nach Hause, wo es nicht einen Quadratmeter Raum gibt, um allein zu sein, zu üben, zu träumen, sich im Spiegel zu beobachten, zu springen, zu weinen. Nach Hause, wo sie nichts von alledem verstehen und man ebensogut Chinesisch zu ihnen sprechen könnte.

„Als ob man aus zwei verschiedenen Menschen bestünde", sagte sie einmal zu Grischa, „als ob ich doppelt wäre, und die eine lebt auf dem Mond und die andere hier herunten – na, du weißt ja, wie es zu Hause ausschaut." Sie kaute verfinstert das Ende ihres Zopfes, es war eine sehr schlechte, sehr kindische Gewohnheit; Grischa klapste sie scharf auf die Hand, und sie lachte ärgerlich und setzte hinzu: „Zu schade, daß es keine Elektrische zwischen hier und dem Mond gibt."

Sie schaute Grischa an, als erwartete sie von ihm, ihr diese Elektrische zu versprechen. Aber er sagte recht ernsthaft: „Nein, Duschka, keine Elektrische. Es ist besser, diese Sachen nicht durcheinanderzumischen. Dein Mond, der ist doch nur ein Symbol, nicht wahr? Bühne, Tanz, Kunst, Phantasie – gegen was? – gegen das stumpfsinnige, flache, tägliche Leben."

Kati wurde ungeduldig. Sie hatte keinen Sinn für abstrakte Begriffe. „Symbole – ha! Hör nur einmal dem Blödsinn zu Hause zu, immer über Geld, und was soll man gegen die Küchenschaben tun, und wo ist die übriggebliebene Salami von gestern? Und das Klosett ist auch wieder hin – man riecht's in der ganzen Wohnung – Symbole, ach du lieber Gott! Das ist alles so – so – wirklich."

„Das meine ich ja – die Wirklichkeit. Das Leben ist eben wirklich."

„Das Ballett auch!"

„Nein, o nein, Katuschka. Ballett ist Kunst, und Kunst ist wahr. Das mußt du auseinanderhalten: Wahrheit und Wirklichkeit sind zwei ganz verschiedene Welten. Da muß man sich entscheiden, zu welcher man gehört."

Es ließ Kati unbefriedigt. Sie wollte beides, das Wahre und das Wirkliche.

Sie wußte noch nicht, daß dies der Kern all ihrer Kämpfe und Probleme werden sollte. Daß sie niemals aufhören würde, beides für sich zu verlangen: die warme, einfache Wirklichkeit des Alltäglichen und die mühevolle, abseitige, kühle Mondenschönheit des Wahren. Beides zusammen als ihren einzigartigen, ureigensten Besitz.

Aber dies blieb ein Wunsch, den ihr das Leben nie und nimmer erfüllte.

GRISCHA hatte seinen fünfzehnten Geburtstag erreicht, kein leichtes Alter für einen Jungen, besonders schwer für einen Tänzer. Ein Tänzer muß schön sein oder zumindest Schönheit vorspiegeln können. Aber nicht einmal Kati dachte mehr, daß er wie ein Königssohn aussähe. Er hatte die üblichen Pubertätsschwierigkeiten, mit seiner Stimme, seinem Teint, dem Körper. Seine Kräfte konnten mit seinem Ehrgeiz nicht Schritt halten. Er strafte seinen ungehorsamen Körper, prügelte die Springmuskeln seiner Schenkel, wenn sie ihn nicht schwebend wie einen Ballon in der Luft halten wollten. „Nijinsky hat's gekonnt – warum nicht ich?" schrie er mit überschlagender Knabenstimme.

„Ach du, immer mit deinem Nijinsky! Hat Nijinsky auf den Wellen schreiten können?"

Grischa starrte sie an und brach in Lachen aus. Er legte den Arm in alter Kameradschaft um ihre Schulter, der Sturm hatte ausgewütet. Grischa war sanft wie Schlagsahne. „Komm, Duschka, wir wollen in den Park gehen, Flieder stehlen. Einen Riesenbuschen, persischen Flieder; weißt du, daß in jedem Blütchen tief drinnen ein Tropfen Honig ist? Und runzle nicht deine dumme Stirn, du bist ohnedies häßlich genug."

„Na, du bist auch nicht grade schön", gab Kati ihm zurück, aber das tat sie nur, um ihre hilflose Ergebenheit für diesen ungebärdigen Burschen zu verstecken.

Inzwischen war es nicht mehr zu übersehen, daß Grischa aus gewissen Kinderrollen in Opern herausgewachsen war, wie zum Beispiel dem kleinen Mohren im „Rosenkavalier". Das war bitter; und das schlimmste daran war, daß Kati unerklärlicherweise die Rolle bekam.

Der unaussprechliche Glanz, für eine wahrhaftige, wichtige Rolle auserwählt zu sein, traf und blendete Kati wie ein Blitz. Aber darauf folgte ein Unwetter, das an den Wurzeln ihrer Freundschaft mit Grischa rüttelte. Grischa gebärdete sich wie ein Irrsinniger über die Neuigkeit. Er, der niemals seine russische Vergangenheit erwähnte, spie in einem verzweifelten Ausbruch all das Schreckliche aus sich heraus, das er als Kind durchlebt hatte. Er verfluchte seine Feinde: die Männer, die seinen Vater getötet hatten; die Bolschewiken; die Liebhaber seiner Mutter. Und mit all seinen Feinden schmiß er Kati auf einen Haufen, die schamlose Laus, die ihn betrogen hatte, seine Rolle gestohlen, gegen ihn intrigiert. Seine Freundin Kati – und sein gemeinster Feind. „– daß du – daß du mir das antun kannst!" schrie er, und dann vergrub er den Kopf zwischen seinen Knien und brach in Tränen aus.

Das war entsetzlich. Kati stand da, bleich, gefroren. Für Sekunden hatte ein bodenloser Abgrund sich aufgetan, voll der furchtbaren Gespenster aus Grischas früher Kindheit. In der plötzlichen wissenden Erleuchtung, die Kindern manchmal gegeben ist, verstand sie, daß alles Böse, das Grischa je sagen oder tun mochte, in diesem schwarzen Chaos wurzelte und vergeben werden mußte.

Sie streckte eine schüchterne Hand aus, um ihn zu beruhigen, zu trösten. Aber seine Faust schnellte vor und schlug sie mitten ins Gesicht. Es tat nicht weh; da war nur der metallene Geschmack von Blut, die gespaltene Lippe, das anschwellende Zahnfleisch.

„Wenn du mir einen Vorderzahn gebrochen hast, bring ich dich um", sagte sie, ihre Stimme war nicht laut, wie verdorrt.

„Ja, tu das nur, bring mich um, ich wollte, ich wär tot", schluchzte er, „geh weg, ich will dich nicht sehen – nie mehr –"

Es war die erste der großen Krisen, die wie Kilometersteine Katis Lebensweg begleiteten.

Seltsamerweise geschah es aber, daß Kati unter dem Druck der nächsten Wochen, der Einsamkeit, der neidischen Sticheleien der andern, dem Kummer über Grischas Feindseligkeit, arbeitete und tanzte, als ginge sie auf Wolken: Sie hatte eine Rolle. Aus ihrem Ich zu schlüpfen und sich in einen drolligen Mohren zu verwandeln war eine köstliche Flucht vor der häßlichen Wirklichkeit.

Manche Jahre später und nach vielen Wiederholungen lernte Kati, daß sie am besten tanzte, wenn sie an einem schweren Kummer litt; daß Leiden ihr stärkstes Anregungsmittel war und Verzweiflung die Droge, die sie zu den höchsten Leistungen trieb.

Sie wartet in der Kulisse auf das Stichwort für ihren Auftritt, aber da ist ein solches Sausen in ihren Adern, ihren Ohren, daß sie die Musik nicht hören kann. Dann taucht der Korrepetitor mit Taschenlampe und Klavierauszug neben ihr auf. „Achtung – noch sieben Takte – sechs –"

„O Gott, ich glaube – jetzt muß ich mich übergeben –"

„Unsinn . . . drei – zwei und r a u s ! "

Sie ist nicht mehr Kati Milenz, sondern ein kleiner Neger, der mit rollenden weißen Augäpfeln im schwarzen Gesicht und klingenden Schellen am enormen Turban seiner Herrin und ihrem jungen Liebhaber das Frühstück serviert. Irgendwo jenseits der blendenden Rampenlichter liegt der atmende Zuschauerraum und tief unten das Orchester, von wo die Musik sie trägt, so wie ein vertrauensvoller Schwimmer von den Wassern eines tiefen Sees getragen wird.

Auf ihrem Platz in der Kindergarderobe fand sie nachher ein müdes Sträußchen Flieder – persischer Flieder, im Park gestohlen. Ein kindlicher dünner Silberring mit einem schadhaften Amethyst war daran befestigt. Ein Schatz, den Grischa von seinem Finger gezogen hatte, um ihn ihr zu schenken, seinen eigenen Talisman.

ALS Grischa siebzehn wurde, entdeckte Kati mit einem seltsamen kleinen Schock der Überraschung, daß er schön geworden war. Hohe Backenknochen, ein großer, wilder Mund, wissende mongolische Augen.

„Weißt du, wie du aussiehst? Wie ein Ägypter", sagte sie.

„Wie denn sonst, wenn ich das Solo des Sklaven in ‚Aida' tanze? Und weißt du, wie du aussiehst?"

„Ich? Wie denn?" fragte Kati, in der unwahrscheinlichen Erwartung auf ein Kompliment.

„So – bißchen komisch", sagte er.

„Ich weiß", sagte sie schnell, um die kleine Enttäuschung zu verdecken. „Wie ein Vogel. *Herodias alba.* Den hab ich im Zoo in Schönbrunn gesehen. Eine Art Reiher, er hat einen langen Hals, den biegt er so" – und sie stellte sich auf die Fußspitzen und wurde ein Edelreiher, der undurchdringlich hochmütig und unbeweglich auf einem Bein stand. „Er schaut arrogant drein und steht stundenlang so da, ganz ohne zu wackeln . . ."

„Ha – stundenlang! Wetten, daß du nicht eine Minute so stehen kannst, ohne zu wackeln – um eine Tafel Schokolade?"

Das war eine der wenigen Wetten, die Kati gewann, und Grischa war eifersüchtig und unzugänglich, bis auch er auf einer Fußspitze stehen konnte wie ein Edelreiher.

MIRKO BAGORYANS unerwartete Ernennung zum Choreographen und ersten Charaktertänzer fegte wie ein Wirbelwind durch das betagte Wiener Opernballett. Er – kaum achtundzwanzig Jahre alt – war ein Kämpfer gegen Routine und steckengebliebene Traditionen, was im leichtlebigen Wien nicht gern gesehen wurde.

Es gab unter den Tänzern hitzige Debatten, wenn er sie dazu drängte, die klassischen Ballettgebärden durch eine Dynamik des Ausdrucks zu ersetzen, die ihr Zentrum nicht in stählernem Rückgrat hatte, sondern im Gefühl. „Ihr müßt aus eurem Inneren tanzen, aus der Mitte", beschwor er sie, „ich bitte euch, Kinder, ich flehe euch an,

wenn ihr Tänzer sein wollt, müßt ihr euch die Gedärme heraus-
reißen, sonst wird's nichts."

Man flüsterte, daß Bagoryan einfach keine Ahnung von wahrer
Technik habe, bis er die Schwätzer ganz nebenbei beschämte, indem
er ihnen einen Harlekin im reinsten klassischen Stil und mit dem
ganzen blendenden Feuerwerk von Pirouetten, *tours en l'air* und
entrechats quatre, vortanzte. Aber er tat dies nur auf einer Probe,
und dann händigte er die Rolle wieder an Kuprin aus, mit einer ganz
schwachen Spur von Ironie in seinem Lächeln. Es herrschte eine
fieberhafte Geschäftigkeit in dem aufgerüttelten Ameisenhaufen, angestrengte und unsichere Bemühungen, die Gunst des neuen Ballettmeisters zu gewinnen, zu verstehen, was er eigentlich wollte.

Kati Milenz starrte ihn fasziniert an, wenn er so vor ihnen stand,
mit seinem scharfen Falkenprofil und dem gelben Haar. Sie verstand.
Sie wußte, um was es ging. Bagoryan rollte Felsblöcke aus dem Weg,
um die Quelle zu befreien, die in ihr sprudelte.

Es GAB Wochen und Monate, in denen Grischa kaum mit Katja
sprach und sich außerhalb der Oper unsichtbar machte. Schön, wenn
ihm soviel dran liegt, mich zu meiden, da mache ich mir gar nichts
draus, redete sie sich zu, aber oh, wieviel sie sich doch draus machte!

Ein paarmal verließ sie das Theater zugleich mit Grischa, und er
ging mechanisch an ihrer Seite nach Hause, geistesabwesend und
einsilbig. Oder er murmelte plötzlich, daß er auf einer Gesellschaft
erwartet würde, und ließ sie einfach stehen. Wie einen vergessenen
Regenschirm, dachte sie wütend. Und doch lag manchmal, während
einer Probe, sein Blick mit einem wunderlichen Flehen auf ihr. Auch
ließ er ein Geschenk für sie auf ihrem Platz in der Garderobe, einen
Druck der betenden Hände von Dürer, dessen Original er ihr in der
Albertina gezeigt hatte.

Grischa war *de facto,* wenn auch nicht dem Titel nach, der erste
Solotänzer geworden, doch seine Leistungen waren ungleichmäßig;
manchmal fast zu glänzend und intensiv und an anderen Abenden
wieder lustlos und schleppend. Bald wollte ein Gerücht wissen, daß
Kuprin in einer Soloprobe einen unerhörten Krach mit dem neuen
Ballettmeister gehabt habe. Einige behaupteten sogar, daß es zu einer
Ohrfeige gekommen sei. Auf jeden Fall wurde Grischa etwas zurück-
gestellt, seine Soli gingen auf andere Tänzer über, und im Bacchanal

vom „Tannhäuser" verschwand er in der anonymen Menge der Faune und Satyre, die hinter den Nymphen herjagten und sie davonschleppten.

So geschah es, daß in der purpurnen Dämmerung der Venusgrotte Kati plötzlich fühlte, daß es Grischas Hände waren, die ihren Schenkel und ihr Kreuz am Hochheben stützten. Sie erkannte seinen Griff, überall und immer. Da war sein *allez-hop!* so tief vertraut aus Jahren gemeinsamen Trainings. Sie paßte ihren Atem dem seinen an und spannte ihre Muskeln, um sich leicht zu machen für das Schweben und das Glücklichsein vergangener Tage. Noch war sie keine sechzehn Jahre alt, und schon hatte die kleine Kati eine Vergangenheit, nach der sie sich zurücksehnte . . .

Sie hätte weinen mögen, als sie ihn auf russisch zählen hörte – in Ballettvorstellungen gibt es immer ein vielsprachiges gemurmeltes Auszählen der Schritte. Auch sie zählte ihr „*Und* eins – *und* zwei – und *jetzt!*" Aber sie wußte nicht, daß sie in der Überraschung und Seligkeit des Gehobenwerdens einen kurzen, hohen, gebrochenen Schrei ausgestoßen hatte.

Grischa ließ sie an seinem Körper herabgleiten, und sie bog ihren Rücken über seinen rechten Arm für die vorgeschriebene Ballettohnmacht. Seine Brust glänzte von Schweiß, die Ziegenfelle an seinen Beinen preßten feucht, heiß und rauh gegen ihre Haut. „Bist du übergeschnappt?" hauchte sie, „ich hab Pavlick als Partner . . ."

„Wir haben getauscht. Soll doch Herr Pavlick die Mitzi herumschleppen. In diesem Sauhaufen kommt's gar nicht drauf an, wer was mit wem tut." Er schwang Kati herum, warf sie über seine Schulter und entführte sie in die Kulisse.

Und da stand Bagoryan, eine Silhouette, ein scharfer Wächter, schwarz in das Rot eines Scheinwerfers geschnitten.

„Hast du sein Gesicht gesehen?" jammerte Kati, sobald Grischa sie im Bühnengang draußen abgesetzt hatte. „Jetzt gibt's Strafgeld zu zahlen – Gott weiß, wieviel. Wenn er dich nicht überhaupt hinausschmeißt, du Narr."

Grischa lachte. „Nichts da. Er kann mich nicht hinausschmeißen. Ich bin nämlich schon draußen. Ich habe gestern ein Gesuch um meine Entlassung eingereicht. Ich verlasse die Oper. Wien. Alles überhaupt."

Verschwitzte Nymphen strömten von der Bühne. Grischa zog Kati aus dem Gedränge fort. „Das verstehe ich nicht. Wieso denn verlassen?" flüsterte sie. Sie spürte sich kalt und bleich werden unter der dicken Bühnenschminke. Grischa hatte sich eine satanische Maske geschminkt; über der Stirn war sein Haar in zwei steife kleine Hörnchen gedreht.

„Aber wohin gehst du denn?"

„Ich gehe einfach weg. Ziel unbestimmt."

„Aber Grischa – warum? Kannst du dich nicht mit Bagoryan vertragen? Ist er zu modern für dich?"

„Herr Bagoryan zu modern? Heilige Mutter von Kasan, ich bin ihm so weit voraus – ich bin so voll von Ideen –, ich möchte Tänze schaffen, so neu, so unerhört und jenseits von allem, was dein geschickter Bagoryan sich ausdenkt ... *Mein* Tanz muß *alles* umschließen. Die Welt. Die Sterne, die Sonne. Planeten und Elektronen, alles ist Tanzen, Kreisen, ewig, im Unendlichen. Die Hindu sind weise, sie zeigen ihre Götter tanzend."

Kati wurde zornig. Da galoppierte er wieder einmal davon mit seinen überspannten Theorien.

„Ach, du bist ein Narr, eines Tages wirst du dich noch ganz aus dem Leim denken."

„Ich? O nein. Nijinsky vielleicht; vielleicht hat er sich um den Verstand gedacht." Die Satyrmaske beugte sich über Katja. „Eines Tages werde ich besser tanzen als Nijinsky. Glaubst du mir das?"

Wie er so über den geistesgestörten Tänzer flüsterte, sah Grischa selbst ein wenig irre aus. Kati fröstelte, und Grischa erwachte aus seiner Trance. „Komm, hier zieht's, du darfst dich nicht erkälten", sagte er ernüchtert. „Geh, zieh dich an. Gute Nacht."

„Gute Nacht." Während sie noch tapfer lächelte, brach etwas wie eine Eisdecke, und kochendheiße Geiser schossen hoch in ihr. „Du gehst weg! Du rennst einfach davon, nicht wahr? Du sagst mir nicht warum, wohin, wann – schön, schön, geh nur, gute Nacht! Von mir aus kannst du zum Teufel gehen, du wirst mir nicht fehlen, gar nicht – aber Grischa, Grischa –", schluchzte sie, „was soll bloß aus mir werden ohne dich?" Damit landete Katis Gesicht in der vertrauten warmen Bucht zwischen seinem langen, ägyptischen Kinn und der Schulter; und sie schluchzte ihren wütenden Kummer in seine Haut und schwemmte ihre Schminke in einem Strom von Tränen fort.

„Hör auf", befahl Grischa. „Hier ist nicht der richtige Ort für eine *grande scène*. Geh, zieh dich um, ich treffe dich nachher. Im Park. Bei unserer Bank."

„Unsere Bank" stand nahe einer Straßenlaterne unter einem Kastanienbaum mit fast kahlen Zweigen. Die Luft war feucht, der kleine Park ihrer Kindheit menschenleer. Kati wartete. Die Luft kondensierte sich zu einem feinen Sprühregen.

Er läßt mich wieder einmal sitzen, dachte Kati. Ich zähle bis hundert, und dann geh ich heim.

Als sie bis dreihundertsechsundzwanzig gezählt hatte, tauchte Grischa auf. „Danke, daß du gewartet hast. Ist dir nicht kalt?" Er setzte sich und legte den Arm um ihre Schulter. „Tut mir leid, daß es so lang gedauert hat. Herr Bagoryan wünschte mich zu sprechen. Er will mich nicht gehen lassen, versprach mir den Himmel auf Erden, wenn ich bleibe."

„Na und? Hast du dich überreden lassen?" fragte Kati mit angehaltenem Atem.

„Nein. Ich erklärte ihm, daß ich wegmuß, bevor's zu spät ist. Auf einmal scheint er zu begreifen, daß man eine derartige Entscheidung nicht trifft, ohne tiefgehende Gründe dafür zu haben. Ich muß sagen, er hat sich recht anständig benommen. Komm, laß uns ein bißchen herumgehen." Er schob seinen Arm in ihren und brachte ihre Hand in seiner Manteltasche unter. Dort traf sie auf einen alten Bekannten, einen seiner Ballettschuhe, dessen Bruder in der andern Tasche schlief. Grischa trug das Paar immer mit sich herum.

„Ich bin nicht so gescheit wie Bagoryan; ich begreife nicht das geringste", sagte sie, etwas getröstet durch seine warme Hand, die die ihre da unten in seiner Tasche festhielt.

„Möglich, daß ich ein Feigling bin. Andererseits – vielleicht ist mein Davonrennen, bevor's zu spät ist, das Tapferste, das ich in meinem ganzen Leben tun werde."

„Sei nicht so geheimnisvoll, bitte, bitte. Grischa, sag mir grad heraus, was los ist."

Eine lange Pause, Regen, Dunkelheit.

„Grade heraus also: Kokain", sagte er zuletzt.

Kati wünschte, daß ihre Hand nicht zurückgezuckt hätte. Sie wanderten weiter, schweigend, immer rund um das kleine Rasenrondeau.

„Schockiert?" fragte Grischa, seine Stimme klang rauh.

„Nein", antwortete Kati. „Ich glaube, so was kann jedem passieren. Vorläufig hat's dir nicht geschadet. An manchen Abenden tanzt du sogar besser als je zuvor", sagte sie leichthin.

Das Erste Gebot im Ballett: leicht sein, nie die Anstrengung merken lassen, das Gewicht, die Schwierigkeit –

„Selbstverständlich. Mit diesem Zeug in den Nerven kann jeder fliegen – und nachher der entsetzliche Kater. Der Absturz ins Tiefe, Dunkelblaue. Und die nächste Portion Schnupfpulver – oh, mein Gott!"

„Du mußt zum Doktor gehen, er wird dir eine Medizin verschreiben", und als er nur ärgerlich dazu lachte: „Weißt du, was ich dachte, wie du mich so ängstlich gemieden hast? Ich dachte mir, daß du in eine Liebesgeschichte verwickelt bist."

„Ja, das auch. Aber Liebe? Wenn das ist, was Liebe heißt, dann glaub mir, Duschka, es ist die reinste Hölle. Klebrig, süß, giftig – Fliegenpapier. Man zappelt verzweifelt und kann nicht davon loskommen. Aber ich werde mich freimachen, bestimmt."

Kati hörte ihm zu, respektvoll, mitleidig und mit einer Spur von Neid. Er war so erwachsen. „Kenne ich sie? Ist es eine von uns?" fragte sie.

Grischa schüttelte den Kopf. „Du wirst es nicht verstehen." Er holte tief Atem. „Es ist kein Mädel. Es ist – Laurent. Der junge Brioni. Mädchen interessieren mich nicht."

„Ach so", sagte Kati in abgründiger Unschuld. Nach der dramatischen Vorbereitung war diese Enthüllung etwas enttäuschend. „Du fliegst auf ihn. Das tun viele. Die Mitzi behauptet, er ist der gefährlichste, schönste junge Mann in ganz Wien. Wahrscheinlich würde ich auch auf ihn fliegen, wenn ich ihn kennenlernte. Warum hast du ihn mir nie vorgestellt? Schon wieder eifersüchtig?"

„Himmel, wie kannst du nur so vernagelt sein! Ich bin kein weibliches Wesen und Laurent auch nicht. Verstehst du mich jetzt? Oder weißt du überhaupt nicht, wovon ich rede?"

„Natürlich weiß ich's. Ich bin doch kein kleines Kind." Aber sie wußte und verstand nichts.

Homosexualität war im damaligen Wien kein vieldiskutiertes Problem. Man sprach davon nicht in Gegenwart von Damen, und unter Männern wurde es mehr oder weniger als Spaß behandelt. So war es kein Wunder, daß Kati unwissend wie ein Kind davorstand. Sie wußte noch nicht, daß es für Grischa einen giftigen Pfeil in seinem

Fleisch bedeutete und ein Kreuz, das er durch sein ganzes Leben schleppen mußte.

Sie wanderten noch immer im Kreis.

„Aber – wenn du fortgehst, was soll ich bloß ohne dich tun, Grischa?"

„Dasselbe, was du jetzt tust. Arbeiten, tanzen und nach und nach ein erwachsener Mensch werden."

„Nimm mich mit", sagte sie verzweifelt. „Vielleicht könnte ich dir helfen."

„Mir helfen? Wie denn?"

„Das weiß ich nicht. Aber wir würden beisammen sein und...", sie verstellte ihm den Weg und, auf Fußspitzen stehend, schlang sie die Arme um seinen Hals und bot ihm ihren geöffneten Mund. Es war unbeholfen, alle Ballettgrazie vergessen. Grischa nahm ihr Gesicht in seine kalten Finger und küßte sie, so wie er ein Baby geküßt haben würde. Dann löste er ihre Hände von seinem Nacken und tat einen Schritt zurück.

„Schade um uns, Duschka. Aber du kannst mir nicht helfen. Ich muß allein sein. Muß mich bei meinen eigenen Haaren aus dem Sumpf ziehen. Komm jetzt, es regnet. Ich bring dich nach Hause."

„Danke. Jetzt – jetzt möchte auch ich lieber allein gelassen werden", sagte sie und ging schnell von ihm fort. Er versuchte nicht, ihr zu folgen.

Sie hörte nur ein einziges Mal etwas über ihn, Monate danach, und durch Bagoryan. „*Apropos* – was sagst du zu unserem Freund Kuprin? Ist bei Diaghileff gelandet und macht sich recht gut, wie's heißt. Wußtest du das gar nicht, Milenka?" Bagoryan nannte sie Milenka. Und so kam sie zu ihrem Theaternamen. Katja Milenkaja.

„Nein. Er schreibt nie. Nicht einmal seiner Mutter", sagte Katja mit Eiseskälte.

Es WAR nie angenehm gewesen, daß alle Wege zum Milenz-Klosett durch Katis Zimmerchen führten, doch nie zuvor war da soviel Verkehr gewesen wie neuerdings. Zu den unmöglichsten Stunden mußte „mein Franzl", Tante Malis Mann, diesen Ausflug unternehmen. In der Morgendämmerung mochte Kati ihn an ihrem Bett stehend vorfinden oder auf dem Durchmarsch, gerade wenn sie ihr Haar kämmte. Er machte geschmacklose Witze über ihre zu kleinen Brüste. Auf ihre zerstochenen Fingerspitzen starrend, äußerte Tante Mali bösartig, daß Kati nun schon ein großes Mädel sei, und schließlich und endlich war „mein Franzl" nicht ihr wirklicher Vater. Die Existenz in der gedrängten kleinen Wohnung ist nicht nur beengend, sondern wird unsauber, ekelhaft. „Mein Franzl" geht von dreckigen Witzen zu noch ärgeren Handgreiflichkeiten über: Zuletzt bricht die untragbare Situation auf wie ein eitriges Geschwür, und nach einer letzten hysterischen Szene rennt Kati davon, zu Maman Kuprins eleganter Wohnung im Vorderhaus. Sie begann, Grischas Flucht zu verstehen. Sie war allein, nur auf sich selbst gestellt, und wußte nur eins: daß auch sie wegrennen, sich freimachen mußte.

Es WAR achtzehn Minuten nach zwölf, als Katja wieder das große Latham-Schlafgemach erreichte. Sie war atemlos, das Haar hing ihr wirr um die schweißnassen Wangen, und sie hatte keine Zeit gehabt, sich aus dem Wolltrikot herauszuschälen.

„Hallo, Ted", sagte sie unglücklich und tat einen Schritt ins Zimmer. „O Gott – und ich wollte mich so besonders schön machen für dich. Tut mir so leid, ich konnte mich einfach nicht losmachen. Du weißt ja, wie's geht."

„Gewiß. Ich weiß, wie's geht", sagte Ted. In seinem Ton lag kein Vorwurf, eher amüsierte Nachsicht.

Sie schaute ihn an, das ganze große Zimmer lag zwischen ihnen. „Was ist los? Irgend etwas nicht richtig an mir?"

„Deine Krawatte. Scheußlich mit dem braunen Anzug."

„Oh. Ich dachte, du magst sie. Du hast sie mir selbst geschenkt", sagte er, das wirre Orientmuster befühlend. Dr. Marshall hatte nie gelernt, seine Krawatte ordentlich zu binden. Heute hatte er allerhand Zeit und Bemühung daran gewendet, sich für Katja hübsch anzuziehen. Erst jetzt trat Katja auf ihn zu, und mit der tausendmal wiederholten kleinen Gebärde der Ehefrau zupfte sie das Ding zurecht.

„Nein – rühr mich nicht an. Ich bin dreckig. Verschwitzt", verwies sie ihn, als er nach ihr greifen wollte.

„Mein Kleines, ich war so lange ohne dich."

„Wo ist das Kind? Bei Louisa?"

„Keine Sorge. Ich hab es bei Margreth gelassen."

„Bei Margreth? Ted! Und ich zähle die Minuten, bis ich ihn sehen kann – aber, natürlich, du hast dich ja stets von deiner Schwester beherrschen lassen."

„Lächerlich, du hast gar keine Minuten gezählt. Du hast getanzt, du hast jede Minute im Ballettsaal unten genossen, wahrscheinlich hattest du überhaupt vergessen, daß du mit uns essen wolltest", entgegnete Dr. Marshall.

Katja riß sich das Trikot herunter. „Genossen hab ich's? Das ist ja noch schöner! Erst macht der Maestro Hackfleisch aus mir, und dann fängt Olivia mich ein und zwingt mich, ein Interview zu geben, und dann kommst du noch daher und . . ."

„Und du willst davon reden, wer sich beherrschen läßt? Natürlich, wenn du dieser Person erlaubst, mit dir zu tun, was sie will!"

„Ach, misch dich nicht in Dinge, die du nicht verstehst. Du hast's einfach, dich läßt man allein, mit deinen weißen Ratten und Experimenten. Aber ich kann meine Truppe nicht im Stich lassen, schließlich bin ich die Primaballerina, und die Gabrilowa hat eine böse Erkältung, und sie hatten doch dieses Interview verabredet, konnten's nicht mehr absagen, mit der Presse darf man sich's nicht verderben, und so mußte ich eben einspringen. Ich tat es für die Truppe, nicht für Olivia."

Sie warf ihm eine Bühnenkußhand zu. „Jetzt eine heiße Dusche, und ich bin wie neugeboren."

Er folgte ihr ins Badezimmer und drehte die Brause an. Er wußte, wie sie ihr Bad mochte, am Morgen heiß, nach dem Tanzen kühl, und eine lange Sitzung in lauem Wasser vor dem Schlafengehen. Er wußte, daß sie weder Zucker noch Sahne in ihren Kaffee tat, jedoch zwei Würfel und Zitrone in den Tee – wie die Russen. Er kannte ihre Haarbürste mit den harten Borsten, ihre Zahnbürste, alle ihre kleinen Toilettemittel. In einem Notizbüchlein hatte er eine Liste von Katjas Schuh- und Handschuhgrößen und den Namen ihrer Lieblingsseife. Er kannte jede Linie dieses zarten und starken Körpers unter der Brause, jede Schattierung ihrer tiefen, stets etwas rauchverschleierten Stimme, er kannte sie in der vollen Vertrautheit des Liebhabers und Gatten. Aber er kannte sie nicht wirklich, denn er hatte nie verstanden, was der Tanz ihr bedeutete.

Als Katja später aus dem Badezimmer hervorkam, war ihr Mann beim Telefonieren und bei den chemischen Formeln des Laboratoriums, die genauso unverständlich für Katja waren wie die Fachausdrücke des Balletts für ihn. Sie setzte sich vor den Spiegel, um den Klassenstaub aus ihrem Haar zu bürsten, bis Dr. Marshall seinen Anruf beendigte.

„Wer war's denn? Gracie?"

„Ja . . .", sagte er, wollte etwas hinzufügen, aber ließ es sein.

„Wir müssen uns um ein nettes Geburtstagsgeschenk für sie umsehen", sagte Katja.

„Hat Gracie denn Geburtstag?"

„Allerdings, und sehr bald. Am achtzehnten April."

Gracie war die Tochter von Teds bestem Freund, Dr. Williamson, und seit dem vorigen Jahr arbeitete sie als Laborantin unter Dr. Marshall. Sie war ein ernsthaftes und beflissenes junges Mädchen, das niemals störte und sich gern nützlich machte. Zum Beispiel konnte man immer auf Gracie zählen, wenn weder McKenna noch der riesige schwarze Hausbursche Preston, noch Prestons Mutter verfügbar waren, um Guy ins Bett zu bringen und einen späten Imbiß für Dr. Marshall herzurichten. Obwohl Gracie mit ihren breiten Hüften und rundem Sommersprossengesicht keine große Schönheit war, dachte Katja, daß sich mit ein bißchen Nachhilfe was Hübsches aus ihr machen ließe. „Wenn ich bloß wüßte, was ich ihr schenken soll; sie ist so – unpersönlich", seufzte Katja. „Sie war eigentlich auch nie ein echtes Kind."

„Vermutlich weil sie ihrem Vater eine gute Kameradin sein wollte. Ihm ihre Mutter ersetzen, sozusagen . . ." Dr. Williamsons Frau war mit einem ihrer verschiedenen Liebhaber durchgebrannt. „Seine Ehe war eine Hölle, aber nun hat er Ruhe. Und er ist ganz verrückt mit dem Kind."

„Das Kind ist ganz verrückt mit dir", sagte Katja. „Sie nennt mich Tante, aber dich nennt sie nie Onkel."

„Du bist ein komisches Geschöpf, Katze. Du vergißt die wichtigsten Dinge im Leben, und dabei kannst du dich an die dümmsten Nichtigkeiten erinnern. Gracies Geburtstag. Am achtzehnten April. So was ist komisch."

„Nicht so sehr komisch, Ted", sagte sie leise. „Es war an Gracies Geburtstag, als damals das Telegramm ankam. Wegen Valerie . . ."

Sie erinnerte sich an den warmen Wachsduft der Geburtstagskerzen, der noch das Zimmer erfüllte, als Williamson und seine Tochter an jenem Tag schon heimgegangen waren. Es war still und behaglich.

Dann klingelte es an der Haustür. „Telegramm für Frau Doktor", meldete McKenna.

Katja las das Telegramm, legte es in ihren Schoß, dann las sie es nochmals. „Sie sind tot. Alle beide", sagte sie mit verdorrter Stimme. „Valerie. Ihr Mann auch, Georges Latouche. Madame et Monsieur Georges Latouche – unter den Passagieren, die beim Absturz der DC 4 umkamen, Air France. Ich wußte gar nichts von einem Absturz . . ."

„Doch, es war gestern in der Zeitung. Natürlich dachte ich mir nichts dabei", sagte Ted hilflos. „Oh, meine Kate, mein armes Kleines, es tut mir so leid . . ." Er griff nach ihren Händen; sie waren kalt, und er zog sie unter seinen Sweater und ließ sie auf seinem Herzen ruhen.

„Danke, Ted", flüsterte sie. „Es geht gleich vorbei. Valerie – meine Tochter. Aber Ted, ich kannte sie ja kaum. Sie war jung – eine ganz junge Frau –, und sie ist umgekommen; das ist entsetzlich. Mein Gott – ich hätte auf der Straße an ihr vorbeigehen können, ohne sie zu erkennen."

„Aber du besuchtest sie doch, wie du in Paris warst?"

„Ja, aber das war kein Erfolg, Ted. Ich flog an meinem einzigen freien Tag nach Lyon, es war eine schreckliche Hetzjagd. Ich hatte meine Migräne, und Valerie und ich hatten einander nichts zu sagen. Sie war erst kurz verheiratet und fürchtete offenbar, daß ich einen schlechten Eindruck auf Monsieur machen würde. Er tat, als wäre ich eine Art vagabundierende Zigeunerin – in aller Höflichkeit, versteht sich. Ich glaube, Valerie haßte mich oder schämte sich für mich."

„Bildest du dir das nicht bloß ein, Kleines?"

„O nein, sie hatte allen Grund dazu. Ich hatte sie nicht gesehen seit vor dem Krieg. Sie war in Europa, und ich war auf einer Tournee in Amerika, als er ausbrach; und dann kam mein Unfall und – ein Kind kann das alles nicht verstehen."

„Aber als sie noch klein war?"

„Nein, selbst als sie klein war, hab ich mich nicht gut gegen sie benommen. Ich war immer auf Tour mit Grischa, ich mußte doch Geld verdienen. Ich tat mein Bestes – aber das war eben nicht genug. Ich gab sie Maman Kuprin in Obhut, und nachdem Maman starb, kam sie in ein gutes Kinderheim. Sogar während des Kriegs brachte ich's zustande, durch das Rote Kreuz Geld für sie zu schicken.

Manchmal dachte ich mir: Ich will's gutmachen, alles, was ich versäumt hab – später, wenn ich nicht mehr beim Ballett bin. Und jetzt ...“

Sie verschränkte ihre Finger mit einem starken Ausdruck des Abschließens, als hätte sie eine Tür hinter sich zugesperrt.

Während der Nacht, halb schlafend nach dem Pulver, das Dr. Marshall in einem Glas warmer Milch eingeschmuggelt hatte, murmelte sie einmal: „Es tut mir leid, Ted, aber einer von uns muß nach Lyon fliegen und sich um das Baby kümmern. Guy Latouche. Sie schickten mir eine Geburtsanzeige.“

„Gut, gut. Versuche jetzt zu schlafen, Kleines.“

„Das ist mein Enkelkind, Ted. Ted – ich bin eine Großmutter –“, hatte sie geflüstert ...

Die Aufgabe, nach Lyon zu fliegen, blieb an Dr. Marshall hängen, denn Katja steckte tief in Proben und konnte ihre Truppe nicht im Stich lassen.

In Lyon gab es nur noch einen älteren Bruder Latouche, der selbst vier Kinder hatte und froh war, das mittellose Waisenbübchen loszuwerden. So kehrte Ted mit dem dreijährigen kleinen Mann zurück, dessen drollig-altkluges Wesen ihn bezauberte und von dem Katja sogleich mit hungriger Leidenschaft Besitz ergriff. „Glücklicherweise sind wir noch nicht zu alt für den Kleinen. Tatsächlich könnte er leicht unser eigenes Kind sein“, hatte Ted gesagt, als er ihr das Bübchen übergab. „Allerdings, mein Kleines, werden wir auch nicht jünger. Du solltest wirklich versuchen, mehr daheim zu sein, du versäumst die besten Jahre.“

„Warte noch ein bißchen, und du wirst mich so viel zu Hause haben, daß du versuchen wirst, mich loszuwerden. Ich gebe das Tanzen auf, bald.“

Es stand wohl so, daß für die geborene Tänzerin der richtige Moment zum Aufhören nie zu kommen schien. Nein, man konnte nicht nach einem enormen Erfolg wie „Salem“ aufgeben. Noch weniger konnte man es nach dem fulminanten Durchfall vom „Narrenhaus“. Man mußte den Fehlschlag ausmerzen, den Erfolg übertrumpfen.

„Wie ein Spieler“, hatte Dr. Marshall dazu bemerkt. „Kann nicht aufhören, wenn er gewinnt, kann nicht aufhören, wenn er verliert. Kann überhaupt nicht aufhören. Punktum.“

UND nun, in der verblichenen Pracht des Latham-Schlafzimmers, stieß Dr. Marshall einen tiefen Seufzer aus, als er zusah, wie Katja mit den Schnürsenkeln ihrer Straßenschuhe nicht zurechtkam. „Eil dich ein wenig", verlangte er, mit einem nervösen Blick auf seine Armbanduhr, und Katja schlüpfte gehorsam in ihren Rock.

„Ach du großer Gott!" sagte sie, denn bei der hastigen Bewegung war das Achselband ihres Büstenhalters gerissen.

„Was ist jetzt wieder los?"

„Das passiert jedesmal, wenn ich große Eile habe", sagte sie und begann ihre Bluse auszuziehen.

Marshall war mit seiner hartgeprüften Geduld am Ende. „Verdammt noch mal, steck das Zeug zusammen, damit wir endlich weiterkommen", sagte er und hielt ihr eine Sicherheitsnadel unter die Nase. „Margreth wird Nervenanfälle haben, wenn sie so lange im Bistro auf uns warten muß." Es war lächerlich, wie lange eine Milenkaja brauchte, um sich für die Straße anzuziehen, wenn man bedachte, daß sie hinter der Szene ihre Kostüme mit der Geschwindigkeit eines Verwandlungskünstlers wechselte, wenn's nötig war. Ihr Gatte nadelte sie notdürftig zusammen und stopfte sie in ihr gutes schwarzes Trotteur.

WIE gewöhnlich ist das Bistro laut, zu warm, zu voll. Man sitzt eng gedrängt, Rufe, Theaterwitze, Theatergerüchte fliegen von Tisch zu Tisch; hier kennt sich jedermann. Hier sitzt man Schulter an Schulter mit Kollegen und Rivalinnen, begrüßt man den verhaßten Freund, den sympathischen Feind. Die Berühmtheiten, trotz all ihrer Verlogenheit und Schauspielerei, sind naiv, die Kellner hartgesotten und blasiert.

Margreth, etwas zu massiv für ihr flottes Jackenkleid, doch frisiert und angezogen mit der Tadellosigkeit einer Frau, die nichts anderes zu tun hat, genoß sichtlich die Aufmerksamkeit, die ihr und Guys Einzug erregte; Katja hingegen, seit dem frühen Morgen gehetzt und abgearbeitet, fühlte sich unscheinbar, ausgepumpt, einem öffentlichen Erscheinen nicht gewachsen.

Man erkannte sie, begrüßte sie von allen Seiten. Katja war es, als könnten alle die Sicherheitsnadel sehen, die wie ein Brandmal unter ihrer Bluse glühte.

Kaum hatten sie sich hingesetzt, als Guy zwei riesige Pistolen aus zwei bestickten Haltern zog und sie rechts und links von seinem Teller auf den reservierten Tisch legte. „O Gott, bitte nicht", flehte Katja.

„Das kommt von den Dingen, die den Kindern im Film und am Fernseher gezeigt werden", bemerkte Margreth, die geschieden, gut versorgt und kinderlos war.

„Vielleicht hättest du ihm ein etwas friedlicheres Spielzeug kaufen können", gab Katja zurück.

„Also, was wollt ihr Mädchen trinken? Zwei Scotch Whisky für uns, und einen Champagnercocktail für Madame", bestellte Dr. Marshall, auf die besänftigende Wirkung alkoholischer Getränke hoffend. „Und Orangensaft für den Kleinen." Guy flüsterte seine Wünsche laut in Katjas Ohr: „Marinierter Hering und Reispudding, aber ohne Rosinen drin, ja? Rosinen sehn wie Käfer aus, und wenn man draufbeißt, krachen sie wie Käfer. Bitte, bitte, Minou." Minou war sein selbsterfundener Kosename für sie.

Mit einem Blick auf Katjas Glas bemerkte Margreth: „Wie kann man Champagner mitten am Tag trinken, Liebste? Ich würde entsetzliches Kopfweh davon kriegen."

„Mir geht's gerade umgekehrt. Wenn ich Kopfweh habe, ist Sekt das einzige, das mir hilft."

„Sag doch", fragte Margreth, „euer neues Ballett – wie heißt es noch? ‚Bienenstich'? Komischer Titel. Wovon handelt es denn? Oder hat es überhaupt keine Handlung? Ich bin, persönlich gesprochen, sehr für abstrakten Tanz; abstrakte Kunst überhaupt. Erst letzten Freitag sagte Hotchkiss in der Malklasse: ‚Was bedeutet Malerei? Es bedeutet nicht einen Apfelbaum oder einen alten Bettler, oder überhaupt irgend etwas. Malerei ist Farbe', sagte er, ‚Farbe plus erlebten Raumgefühls.' Wirklich, meine Liebe, du solltest auch zu malen versuchen, als Steckenpferd. Es ist eine solche Entspannung, und das braucht unsereiner – du gewiß auch, meine Gute . . ."

Pladder, pladder, pladder. Wie wenn eine Kuh pißt, dachte Katja, gereizt bis zur Gemeinheit.

Marshall wurde es langsam klar, daß sein so sorgfältig vorbereiteter Lunch kein großer Erfolg war. Er beobachtete den Kleinen; seine Händchen umklammerten die Riesenpistolen, und er blickte mit drohend-entschlossenem Gesicht um sich. „Sag mal, Freundchen, wir brauchen ein bißchen Platz fürs Essen, wär's nicht besser, wenn das nette Fräulein, das auf unsere Mäntel achtgibt, auch deine Pistolen bewachen würde?"

„Nein, die brauch ich. Gegen die Banditen."

Katja warf einen hurtigen Blick nach dem Buben. Ob er wohl die Atmosphäre von allgemeiner Verlogenheit im Bistro witterte?

„Unsinn, Baby. Es gibt keine Banditen. Das kommt nur in Büchern vor", mischte Margreth sich ein.

Guy mochte Tante Margreth, weil sie ihm Geschenke kaufte, aber er konnte sie nicht leiden, wenn sie ihn „Baby" nannte und ihn abküssen wollte.

„Weiber bleiben so an einem kleben", hatte er seinem Freund, dem Hausburschen Preston, anvertraut.

„Na und ob!" hatte Preston bekräftigt.

Minou hingegen, seine Minou, war ganz was andres. „Minou ist gar nicht wie die andern Weiber", informierte er Preston.

„Haste recht; Mrs. Marshall is 'ne *Dame*", sagte Preston.

An einem unvergeßlichen Nachmittag, zwei Jahre zuvor, hatte Ted ihn zu einer Matinee geführt, „Der Nußknacker", in der seine Minou als Fee erschien. Mit der Hellsichtigkeit seiner vier Jahre begriff Guy, daß Minous Doppeldasein ein Geheimnis war, über das nicht gesprochen werden durfte: Seine Minou und die schimmernde, tanzende Fee waren ein und dieselbe. Minou, die ihn badete und zu Bett brachte und ihm den Mantel zuknöpfte und darauf sah, daß er seine Milch trank – die Minou war gleichzeitig eine Fee. Sie kam, blieb eine Weile, und dann kehrte sie zurück ins Feenland.

„Na, da kommt endlich das Essen", sagte Marshall. „Räum deine Waffen aus dem Weg, Freundchen."

Guy starrte unglücklich auf die Rosinenkäfer in seinem wäßrigen Reispudding. Niemand schien bemerkt zu haben, wie vorzüglich er sich benahm. Tante Margreth stocherte mit der Gabel in ihrem Abmagerungssalat, und Guy sprang in plötzlicher Erregung auf. „Nicht! Nicht essen, Tante", rief er, so laut, daß viele Köpfe sich ihnen zuwandten. „Wir haben nicht gebetet. Man darf nie, nie zu essen anfangen, bis man das Tischgebet gesagt hat, weißt du das nicht, Tante Margreth?"

„Nicht hier, Freundchen; man betet nicht im Restaurant", sagte Ted, aber Guy war überzeugt, daß ein Gebet ganz besonders not tat, wenn ein Junge gleich nachher dem Zahnarzt standhalten sollte.

Wenn Guy einer Sache sicher war, dann besaß kein Erwachsener die Kraft, ihn umzustimmen. Und so geschah es nach einigen Minuten erfolglosen Flüsterns und Plädierens, daß die berühmte Primaballerina Katja Milenkaja und ihre Gäste, angesichts des ganzen Bistros, mit gefalteten Händen und fromm über die Teller geneigten Häuptern im Chor, geführt von Guy, aufsagten:

Komm, lieber Herr, sei unser Gast
Und segne, was du uns bescheret hast. Amen.

„– und bitte, mach, daß Dr. Klein kein neues Loch im Zahn findet", endete Guy mit voller Stimme. Unter dem Tisch suchte seine Hand, klein und kalt, insgeheim nach Katjas. Dieses stumme Vertrauen, die unausgesprochene Bitte um ihren Schutz gab ihr ein ganz besonderes Glücksgefühl. Sie drückte die Kinderhand. „Kommst du mit zum Zahnarzt?" fragte Guy mit gespielter Gleichgültigkeit.

„Gewiß! Das weißt du ja."

Guy nickte, zwischen Heroismus und Angst. „Mac sagt, es tut gar nicht weh, ich werd's überhaupt nicht spüren." „Mac ist eine dumme Gans", entfuhr es Katja unpädagogisch, „besser, du machst dich auf ein bißchen Wehtun gefaßt. Aber fürchten darf man sich nicht. Wenn du dich fürchtest, tut's viel mehr weh. Weißt du, Kasperl, man kann Sachen, die weh tun, nicht immer vermeiden, aber man kann sich immer dabei zusammennehmen, nicht wahr?"

„Ja, tue ich doch. Wenn du dabei bist, mach ich überhaupt keine Faxen, Minou."

„Miß Milenkaja? Miß Milenkaja wird am Telefon gewünscht!" sagte die näselnde Stimme des Lautsprechers.

Katja warf ihre Serviette auf den Tisch und machte ihren Weg quer durch das Stimmengewirr. Das Telefon stand am Pult des Maître d'Hôtel. „Hier spricht Milenkaja."

„Gott sei Dank, daß wir Sie gefunden haben", kam Miß Rowlands tremolierende Stimme. „Eine Sekunde, bitte ... jawohl, Miß Beauchamp, ich hab sie am Telefon ..."

„Katja, du mußt kommen, so schnell du kannst ... eine Sache auf Leben und Tod ... höre ..."

Mit federnden Schritten und einem fieberhaften Glanz in den Augen kehrte Katja an ihren Tisch zurück. „Was gibt's jetzt wieder?" erkundigte sich Ted mißtrauisch; er kannte diese Symptome nur zu gut. Katja hatte schon Tasche und Handschuhe an sich genommen. „Ich muß sofort zurück, Kellner, bitte sagen Sie dem Portier, er soll mir ein Taxi verschaffen. Schade, Margreth, Ted, etwas Unvermeidliches ..."

Mit einemmal erfaßte Guy die Lage: Minou kommt nicht mit zum Zahnarzt. Er rennt ihr nach, schreiend: „Minou, Minou! Du gehst nicht zum Zahnarzt mit mir – aber du hast mir's doch versprochen, Minou. Versprochen ..." Ein Glaube ist zerschmettert. „Du weißt, daß ich immer halte, was ich verspreche", hat sie ihm millionenmal versichert. (Alles, was Guy nicht an seinen Fingern abzählen kann, ist eine Million.)

„Kasperl, ich kann's nicht ändern. Ich bliebe viel lieber bei dir, aber ..."

Guy weiß, daß sie lügt – aber lügen denn gute Feen? Sein letzter Rest von Haltung ging in Stücke. Eine Überschwemmung von Tränen durchtränkte Katjas Rock.

Ted kam herbeigeeilt, um Katja das Kind abzunehmen. Sie beugte sich über Guy, es verlangte sie sehr, ihn in die Arme zu schließen, zu trösten, sein Gesichtchen zu trocknen. Aber er wendet sich ab.

„Das Taxi für Madame wartet", meldet der Portier.

„Kommst du nicht mit nach Hause?" fragt Ted.

„Selbstverständlich komme ich. Klingle mich an, wenn ihr vom Zahnarzt weggeht, damit ich mich fertigmache. Tut mir so leid, Ted, aber so was kommt eben manchmal vor ..."

In den ersten Minuten im Taxi lag ihr noch das haltlose Schluchzen des Kleinen in den Ohren, aber dann vergaß sie alles andere über der Frage, welches Ballett sie anstelle der „Bienen" geben würden – falls die arme Gabrilowa wirklich sterben sollte. Oder nie mehr tanzen konnte – was auf eins herauskam.

ALS Katja in Olivias Sanktum gesegelt kam, hatte sie jenen anderen Planeten, wo Ted und Guy wohnten, weit hinter sich gelassen.

Olivias Privatbüro war, im Gegensatz zu all der verschimmelten Latham-Pracht, von aggressiver Modernität; dieses Glas- und Stahlskelett eines Zimmers war voll von Menschen, Zigarettenrauch und dem Duft guten Kaffees, Cognac in Gläsern und Flaschen. Da war Zigarettenasche in Untertassen und auf dem Teppich, zu viele gestikulierende Hände schnitten durch die Luft, zu viele Stimmen argu-

mentierten gleichzeitig: ein Chaos, in dem alle sich ganz zu Hause
fühlten.

„Das reinste Kaffeehaus", sagte Katja zu Bagoryan, der sie um-
armte, aufhob und sachkundig quer durchs Zimmer trug, um sie dort
drüben neben sich auf dem Fußboden zu deponieren. Miß Rowland
reichte ihr eine Tasse Kaffee. Sie hatte ihre Wimperntusche auf ihren
dicken Backen abgeweint und genoß die Katastrophe aus vollem Herzen. Merkwürdigerweise schien auch Olivia geweint zu haben, verwickelt, wie sie war, in die Schnüre der drei Telefone auf ihrem
Schreibtisch. Henry Elkan, der Gatte, rührte irgendein Beruhigungs-
mittel in ein Glas Wasser, das er an ihre Lippen hielt, während
sie die Verbindung wechselte. Der Komponist Sandor Lazar lümmelte
mit geschlossenen Augen in einem niedrigen, hängemattenartigen
Lehnstuhl. Noch mehr Leute waren anwesend: Lila Alouette, die
eminente Schöpferin von Ballettkostümen; Wassja Masuroff, Gabrilowas Partner in den „Bienen"; und die kleine Iris McGuire, Bagoryans Assistentin, die zwar keine gute Tänzerin war, aber ein unfehl-
bares Gedächtnis besaß, in dem jeder Schritt verschollener Ballette
aufbewahrt lag wie in einem Archiv.

Da war Heulen und Zähneknirschen, nicht so sehr wegen der
lebensgefährlichen Lungenentzündung der armen Gabrilowa, als wegen des Problems, wie das neue Ballett ohne sie aufzuführen sei.
„Weshalb geben wir nicht ‚Drive-in' statt dessen, das zieht immer",
schlug McGuire vor; die zweite Kellnerin in ‚Drive-in' war ihre
größte Rolle.

Lazar stieß einen kurzen Schrei aus und hämmerte auf seine Schläfen wie ein verzweifelter Mann, der zusehen muß, wie sein Haus
niederbrennt.

„Oder ‚Salem'", bot Katja an. „Schau, Olivia, letztes Jahr haben
wir ‚Salem' nicht in New York aufgeführt. Mit ein paar Proben
könnten wir's bis Freitag hinkriegen – was meinst du, Mirko?"

Olivia warf einen vernichtenden Blick auf sie. „Wenn ich noch
einmal hören muß, was wir ‚anstatt' der Premiere geben können,
kriege ich einen Schreikrampf", flüsterte sie alle Vorschläge nieder.
„Ich erkläre zum allerletztenmal, daß ich die ‚Bienen' nicht absetzen
kann noch will. Es ist unsere einzige Premiere, wir müssen sie auf-
führen, und wenn wir dabei draufgehen, verstanden? Was jetzt not
tut, ist etwas methodisches Nachdenken über das Wie."

„Bravo, bravo!" applaudierte Masuroff, der für die große Rolle der ersten Drohne verpflichtet war.

„Auf jeden Fall müssen wir die Premiere mindestens eine Woche verschieben, und bis dahin kann Gabri schon wieder auf dem Damm sein", unterbreitete McGuire verständig, und nun brach Olivia tatsächlich in Geschrei aus. „Halt's Maul, Iris, halt's Maul, mach mich nicht verrückt", schrie sie, und hastig ins Telefon: „Nein, nein, entschuldigen Sie, Dr. Peel, ich redete nicht mit Ihnen ... Iris, wir werden nicht verschieben, hörst du, was ich sage? *Wir – verschieben – nicht!* Die Premiere bleibt wie vorgesehen."

„Ich meinte bloß, daß Tanja möglicherweise Gabris Lungenentzündung zu tragisch nimmt. Wir kennen doch Tanja. Sie macht ein großes Theater aus allem. Heutzutage ist eine Lungenentzündung keine große Angelegenheit", murrte Iris rebellisch.

„Aber Dr. Peel macht kein Theater, und er findet Gabris Zustand sehr ernst." Damit stürzte Olivia sich in die telefonische Suche nach Gwendolyn.

Gwendolyn hatte Gabrilowas Rolle mitstudiert, und obschon man sie unmöglich die Partie der Primaballerina in der Premiere tanzen lassen konnte, brauchte man sie doch dringend, um in der heutigen und morgigen Probe auszuhelfen. Aber Gwendolyn war einfach nicht zu finden, und keines der Mädchen, die schon im Opernhaus für die Drei-Uhr-Probe versammelt waren, hatte eine Ahnung, wo sie stecken mochte. Erschöpft legte Olivia die drei Telefonhörer nieder.

„Ist Gabri ins Krankenhaus gebracht worden?" fragte Katja.

Nein, in ihrem Fieber hatte Gabri sich mit einem so gefährlichen Aufwand an Energie dagegen gewehrt, daß der Arzt sie in ihrer Wohnung, wenn auch unter einem Sauerstoffzelt, belassen hatte. Vorläufig hatte Tanja die Krankenpflege übernommen. Tanja Stepanowa, ein Überbleibsel aus der zaristischen Zeit des Marijinsky-Balletts, stand zur Gabrilowa in einem ähnlichen Verhältnis wie Louisa zu Katja.

„Ich sehe wirklich nicht ein, wozu ihr mich hierhergehetzt habt...", begann Katja, doch ein unerwarteter Sturm von Schnellfeuer-Französisch seitens Alouettes unterbrach sie.

Alouette hatte auch keine Zeit, hier herumzusitzen, *mon Dieu,* ihr Atelier arbeitete Tag und Nacht, um die Kostüme für die Generalprobe fertigzukriegen (als ob Ballettkostüme schon jemals zur Zeit fertig gewesen wären!). Wozu ließ man sie warten? Hier handelte es sich doch nur um *eines:* sollte sie Madame Milenkaja maßnehmen für die Kostüme der Bienenkönigin?

Nachdem sie so die Katze aus dem Sack gelassen hatte, war es plötzlich totenstill im Zimmer, und in diesen Sekunden der betroffenen Stille kam das rhythmische Klaviergeklimper der Kinderklasse dünn über den Hof getrippelt.

„Geben Sie mir bitte noch ein paar Minuten, Alouette, ich bin noch gar nicht dazu gekommen, diese Sache mit Madame durchzusprechen", hauchte Olivia verlegen.

„Jawohl, Katinka, so steht die Sache: du mußt die Bienenkönigin übernehmen", forderte Lazar mit überraschender Festigkeit.

Seit dem dringenden Anruf im Bistro hatte Katja gewußt, daß es dazu kommen würde, und sie hatte im vorhinein den Triumph gekostet, der darin lag, eine Rolle abzulehnen, für die sie Jahre ihres Lebens gegeben haben würde, hätte man sie ihr von Anfang an zugeteilt. Doch nun rann ein Schauer zwischen ihren Schulterblättern hinab. „Was für ein Unsinn", sagte sie, es klang schwächlich, „du weißt, daß ich diese Rolle nicht in einer Woche lernen kann."

Auf einmal hatte Masuroff sich über Olivias Schreibtisch geschwungen und war vor Katja hingekniet. „Niemand als Sie, niemand als Milenkaja kann es tun", rief er aus. Er fing ihre beiden Hände ein und küßte sie mit seinen vollen, heißen, feuchten Lippen. Katja schaute erstaunt auf ihn hinab, auf das Dschungel seiner glänzenden schwarzen Haare, den starken Nacken, die schöne Kraft seiner Schultern.

Masuroff war der einzige ausgesprochen männliche Tänzer weit und breit, der die Rolle des Siegers im Wettkampf um die Bienenkönigin auszufüllen vermochte. Es war Olivia gelungen, ihn als Gabrilowas Partner für die „Bienen" einzufangen. Vor langer Zeit war er ihr Partner gewesen, und damals hatte die Liebesaffäre zwischen der erfahrenen schönen Frau und dem naiven schönen Jungen großes Aufsehen gemacht.

Doch jetzt, während die arme Gabrilowa unter ihrem Sauerstoffzelt um jeden Atemzug kämpfte, warb Masuroff mit allen Mitteln um Katja, ließ seine hitzige Männlichkeit auf sie ausstrahlen. Ganz unerwartet reagierten Katjas Nerven mit einem wunderlichen Vibrieren. Sie wollte mit ihm, gegen ihn tanzen; es war eine Herausforderung.

Eine neue Rolle, ein neuer Partner, vielleicht sogar eine neue Entdeckung ihres Ichs . . .?

Jetzt war da ein Chor, ein wahrer Wasserfall von Stimmen, bittend, überredend, sie bedrängend. Sie hatte ein wenig zu zittern begonnen, aber sie sagte noch immer: „Nein, nein, wirklich nicht, ich will nicht, ich kann das nicht, es ist unmöglich! Warum versucht ihr's nicht mit Joyce? Die kennt zumindest das Ballett, sie war auf allen Proben. Ich bin sicher, sie würde sich die Beine ausreißen für die Rolle."

„Unmöglich. Joyce kommt nicht in Frage. Sie wird ein gutes Honigbienchen tanzen, aber sie würde eine Karikatur aus der Königin machen", protestierte Bagoryan.

Und Lazar warf ein: „Sie ist einfach nicht der richtige Typ – viel zu jung für die Rolle."

Das irritierte Katja, und Masuroff machte alles noch schlimmer. „Für Sie, Madame, es wird leicht sein, ich schwöre, ich arbeite große *pas de deux* mit Ihnen, fast gleiches *pas de deux* wie in ‚Metamorphosen'. Ich hatte nie die Ehre und das Vergnügen, es mit Milenkaja zu tanzen, aber . . ."

Mit einem Ellbogen in seine Rippen hinderte Lazar den Tänzer, alles zu verderben. Katjas Gesicht war in ein leeres Lächeln gefroren: Das große *pas de deux* in „Metamorphosen" war ihr letzter Tanz mit Grischa gewesen. Der tragische Unfall war am Ende jenes Tanzes geschehen und verfolgte sie noch immer in ungezählten Alpträumen. Nie wieder, in all den Jahren seither, hatte sie dieses *pas de deux* getanzt, das Grischa getötet und ihr eigenes Leben zerbrochen hatte.

„Bedaure –", sagte sie plötzlich, „ich kann es nicht auf mich nehmen. Also Schluß damit."

Das Zimmer hielt den Atem an. Katja griff nach ihrer Handtasche und wandte sich zum Gehen, aber sie spürte dunkel, daß es ein schwacher Abgang war, auf den kein Applaus folgen würde. Bagoryan war aufgesprungen, aber Olivia hielt ihn zurück, während sie mit der andern schon den Telefonhörer aufnahm.

„Gut. Wenn du Angst vor der Rolle hast, dann will ich dir nicht zureden, meine Liebe", sagte sie mit einer Kälte, von der nur Elkan wußte, wieviel Berechnung darin lag. „Wir können uns nicht noch so einen Durchfall leisten wie mit dem ‚Narrenhaus'. Bagoryan, Sie müssen eben die Rolle ein wenig auf Joyce Lyman zuschneiden und sofort mit ihr daran zu arbeiten anfangen. Du hast ganz recht,

Katja: Joyce wird es ausgezeichnet machen. Sie ist zu jung, Lazar? Wann war Jugend je ein Fehler bei einer Ballerina?"

Dann hörte man wieder das Klavier aus der Kinderklasse in einen Moment der Verblüffung hineinklimpern; und dann legte Katja ihre Handtasche und Olivia den Telefonhörer nieder.

Zehn Minuten später hatte sich Lazar zur Arbeit mit Katja in den Musiksalon im zweiten Stock zurückgezogen. Dies war ein eindrucksvoller Raum, dessen Täfelung und Möbel der verstorbene Latham komplett aus einem französischen Château des 17. Jahrhunderts importiert hatte: Die Beleuchtung war sanft, der Salon geräumig. Katja streckte sich auf dem dünnen Aubusson-Teppich aus, und mit äußerster Konzentration begann sie Bagoryans Regiebuch zu studieren.

Am Klavier summte Lazar die Einleitung, und Katja las ungeduldig: „Am Flugloch sammeln sich die zur Arbeit kommenden Bienen . . ."

„Jetzt ein Tschinellenschlag, Vorhang auf, und wir sind im Bienenstock", sagte Lazar. „Geht's dir ein?" Katja nickte.

„Warte nur, bis du die Dekorationen siehst! Daniels hat sich selbst übertroffen", verhieß Lazar. „Hör zu – hier öffnen sich die Wände, und wir sind in der Kinderstube der Bienen. Ich glaube, das ist mir gelungen. Ein Wiegenlied. Ganz lyrisch."

„Aber wann kommt denn die Königin?" Katja wurde ungeduldig. „Überspring doch das Zeug bis zu meinem Auftritt!"

„Kommt ja gleich! Zuerst muß ich doch die Drohnen auf die Bühne bringen, die Bienenmänner. Das sind große, breite Kerle, nichts interessiert sie als Essen, Saufen, Schlafen und, natürlich, Sex – personifiziert in der Gestalt der Königin. Jetzt paß auf: Fanfaren, der letzte goldene Vorhang öffnet sich: und da bist du. Die Bienenkönigin. Die einzige Frau zwischen all den emsigen, beschäftigten, frigiden, geschlechtslosen Arbeitsbienen."

Katja richtete sich auf, plötzlich zitternd lebendig. Sie schloß die Augen, um sich selbst als Königin zu sehen. Das Regiebuch, wie üblich mit leeren weißen Seiten durchschossen, kam der Vision zu Hilfe.

„Sie ist ganz Weib, Verführung, inkarnierter Sex", las sie. „Vier Hofdamen schmücken sie für ihren Hochzeitsflug."

Die Seite war mit Bagoryans Tanzschrift vollgekritzelt: Kreise, Spiralen, winzige Angelhaken für die Schritte. Saubere, persönliche

Hieroglyphen, die Katja zu lesen verstand, denn Bagoryan hatte ihr einst seine ersten Experimente mit dieser Schrift gezeigt.

Katja begann auf und ab zu rennen, von einer Ecke zur andern. Lazar spielte weiter, griente verstohlen auf die Tasten nieder. Sie hat angebissen, dachte er. Er spürte, wie sie sich bewegte, den aufreizenden Gang der Königin versuchte, still stand und die Hüften kreisen ließ, ein Bein mit gestrecktem Knie in die Luft stieß, so hoch sie konnte. Die Musik hielt sie fest in dem magischen Zirkel, und Katja gab sich ihr hin, Katja tanzte ...

„Telefon für Madame", sagte Louisa, die glückliche Improvisation unterbrechend. Lazar hörte mit einem ungarischen Fluch zu spielen auf, und Katja schrie: „Schau, daß du rauskommst. Siehst du nicht, daß ich arbeite?"

„Es ist dein Mann, er will dich sprechen."

„Also, ich kann nicht – nicht jetzt. Warte – sag ihm –, sag ihm, er soll herkommen."

„Gut, Schätzchen." Louisa zog sich hastig zurück.

Katja riß sich zusammen, aufgestört durch einen abrupten Wechsel der Musik. „Was soll das sein?"

„Dieser Tanz geht dich nichts an. Das ist Lymans Solo – das Honigbienchen."

Etwas außer Atem wandte Katja sich wieder dem Regiebuch mit der choreographischen Skizze des Tanzes zu. Viel deutlicher, als sie sich selbst als Bienenkönigin sehen konnte, war die Vorstellung, wie die junge Joyce Lyman mit diesem funkelnden Stückchen Übermut die schwelgerischen Vorbereitungen zum Hochzeitsflug ad absurdum führte. Joyce würde sehr gut sein, mehr als das: hinreißend. So gut, daß sie ihren Tanz wiederholen mußte. Katja konnte schon den Applaus hören. Eine Nummer wie diese konnte eine junge Balletteuse über Nacht zum großen Star machen. Also, Katja, sei einmal ganz ehrlich. Hand aufs Herz, ich wünsche Joyce soviel Erfolg wie möglich, sie ist ein nettes, fleißiges Mädel, und sie ist durch eine harte Schule gegangen. Sicher – aber ich auch: wir alle haben's nicht leicht gehabt. Hier ist eine große Rolle. Kannst du sie tanzen? Kannst du Joyce den Donner stehlen? Wer sagt, daß sie unvergleichlich sein wird? Wenn ich sie in dieser Szene nicht schlagen kann, bin ich kein altes verlatschtes Paar Ballettschuhe wert ...

„Und jetzt der Hochzeitsmarsch", sagte Lazar am Klavier. „Von

hier an gehört die Bühne dir, Katinka. Ein Ensemble mit allen Burschen, dann ein *pas de quatre,* wenn du einen nach dem andern
ausprobierst, bis sie es aufgeben, erschöpft hinsinken. Jetzt ein Trom-
melwirbel: Auftritt des Mannes, des Stärksten, des Auserwählten.
Dein großes *pas de deux* mit Masuroff. Seine Kraft trägt euch höher
und höher, bis er in der letzten Umarmung, dem Höhepunkt, von
dir getötet wird." Lazar wendet sich ihr zu; seine großen Affenhände
– Pianistenhände – hängen schlaff zwischen seinen Knien. „Und wie
haben Ihre Majestät sich entschieden?"

„Ich – ich will's versuchen. Es ist fast unmöglich, die Rolle so
schnell zu lernen, aber . . ."

Was Katja endgültig bestimmte, das Wagnis auf sich zu nehmen,
war die Szene, in der sie Joyce Lyman schlagen wollte. Ihr Leben
lang war dies die treibende Kraft gewesen: die höchste Hürde zu
nehmen, keine Herausforderung unbeantwortet zu lassen.

„Ich muß mit Mirko sprechen; er wird ein paar Änderungen
machen müssen."

„Gut, los. Wenn wir uns eilen, treffen wir ihn noch beim
Probieren."

„Du geh voraus, sag Mirko, ich komme zur Met, sobald ich kann.
Ich muß auf Ted warten, muß es ihm schonend beibringen."

„Wer ist denn das wieder?"

„Aber Liebling! Ted! Mein Mann!"

„Mein Gott, natürlich. Verzeih – ich vergesse immer, daß du verheiratet bist", sagt Lazar, nach seinem Mantelärmel angelnd. „Warum
gibst du Louisa nicht ein paar Zeilen für ihn? Kannst ihm bei Nacht
telefonieren und die Sache erklären."

Das ist eine Versuchung, gegen die Katja schon einige Minuten
kämpft. „Nein", entscheidet sie, „er wird mir's ohnedies sehr
übel nehmen."

„Schön. Aber mach's kurz." Lazar stopft die Noten in seine
große Aktentasche, immer überfüllt mit Klavierauszügen, Büchern,
Orangen, Hemden zum Wechseln während verschwitzter Proben.

„Sandy – es ist eine aufregende Musik", sagt Katja, als er schon
bei der Tür ist. „Ich glaube, es ist das Beste, was du je geschrieben
hast."

„Wahrhaftig?" sagt er, und dann kommt er nochmals zu ihr zurück, ein magnetischer magerer Mensch mit einem großen dunklen

Gesicht. „Du hättest doch lieber mich heiraten sollen, Katinka", sagt er. „Alles wäre viel einfacher. Wir hätten den gleichen Stundenplan und brauchten einander nichts schonend beizubringen. Jetzt würden wir zum Beispiel in einem Taxi miteinander zur Oper fahren, anstatt für ein zweites extra zahlen zu müssen."

Katja lächelt ihn an. „Nein, Sandy. Ich glaube nicht. Es wäre nicht einfach gewesen mit uns."

„Nun – vielleicht nicht", sagt Lazar. „Also auf bald, ja?" und verschwindet.

„KOMM, komm, mach nicht so ein Theater her", sagte Katja zu Ted, der sie zum Opernhaus fuhr. Ihre Haut prickelte vor Ungeduld, der Fünf-Uhr-Verkehr verstopfte alle Straßen.

„Ich mache gar kein Theater. Ich sage bloß, daß du dich unfair benimmst gegen mich und auch gegen den Kleinen."

Katja erhaschte durch den Spiegel einen Blick auf Guy, der erbittert hinten im Wagen saß. „Tut's weh, Kasperl?" fragte sie. Guy schüttelte nur den Kopf. „Erzähl mir doch, hat der Doktor dir weh getan?" versuchte sie nochmals.

„Nein, gar nicht", erwiderte er verdrossen.

Noch immer böse auf mich, dachte Katja. Und dabei weiß er noch nicht einmal, daß ich nicht nach Hause mitkomme. Aber ich muß mich jetzt konzentrieren. Wenn ich's je nötig hatte, mich zu konzentrieren, dann ist es jetzt. Vor allem mit Mirko reden, diese Änderungen verlangen. Er muß die ganze Nacht mit mir durcharbeiten, morgen den ganzen Tag und Sonntag auch, wenn ich für die Bühnenprobe am Montag einigermaßen bereit sein soll ... „Ja? Was sagst du, mein Liebes?"

„Du wirst dich entscheiden müssen, was dir wichtiger ist: unser Leben – oder diese gottverdammte Irrenanstalt von einem Manhattan-Ballett!"

Er brachte den Wagen an der Straßenkreuzung mit einem Ruck zum Stehen.

„So geht's mit uns nicht weiter. Du kannst dich nicht für immer zwischen mir und dem Theater teilen."

„Red keinen Unsinn, ich teile mich nicht, vielleicht wär's besser, wenn ich das könnte. Wenn ich bei dir bin, dann bin ich ganz bei dir. Aber wenn etwas so Wichtiges wie diese Rolle passiert, dann muß ich eine Tänzerin sein und eine verflucht gute Tänzerin. Während du ..."

„Aha, jetzt bin ich noch an allem schuld? Sprich dich nur aus."

„Ich besitze ja doch nur eine Hälfte von dir, die andere ist immer weit weg, in deinem Laboratorium. Was zu mir nach Hause kommt, ist ein müder, geistesabwesender halber Mensch. Wenn du das fair nennst —"

„*All right.* Ich bin ein Mann. So steht's durchschnittlich mit jedem Mann."

„Dann kann ich nur um Verzeihung dafür bitten, daß ich nicht so bin wie jede durchschnittliche Frau", erwiderte Katja mit Schärfe. Es war eine der häßlichsten Streitigkeiten in all den Jahren ihrer höflichen Ehe.

„Warum schimpft sie mit dir, Ted? Was will sie denn von dir?" fragte ein unglücklicher kleiner Junge vom Rücksitz des Autos.

„Da haben wir die Früchte deiner zweisprachigen Erziehung", brummte Ted. „Andere Eltern können ihre Brut von der Konversation ausschließen, indem sie sich in schlechtem Französisch streiten, aber wir nicht ..."

Katja mußte lächeln. „Andere Eltern" hatte Ted gesagt. Es war komisch, daß sie beide an Guy als an ihr eigenes Kind dachten. Wie warm und selbstverständlich Ted den Kleinen ins Herz geschlossen hatte, ihn erzog, wie väterlich er das Kind während ihrer Abwesenheit behütete. Sie liebte ihn für dieses Gefühl des Geborgenseins, das von ihm ausging. Es war eine saubere Klarheit in ihm und männliche Kraft in seiner Zuverlässigkeit. „Ted", sagte sie, nach seiner Hand tastend, „laß uns nicht streiten. Ich bitte dich, Ted. Versuche zu verstehen, was für mich auf dem Spiel steht."

„Du bist's, die nicht versteht. Ich brauche dich, Kate, du weißt, wie nötig du mir bist, jetzt, immer. Ich habe so sehr auf dein Nachhausekommen gewartet, und wenn's auch nur für ein kurzes Wochenende war", sagte Ted. Katja versuchte in seine Augen zu blicken, es hatte so verzweifelt geklungen, aber in der frühen Dämmerung hing da nur die bleiche und verwischte Fläche seines Profils. Es hatte wieder zu regnen begonnen.

„Kommt sie nicht nach Hause, Ted? Sagt sie, daß sie nicht mit uns geht?" fragte Guys brüchige Kinderstimme.

„Nein! Nein, sie kommt nicht nach Hause! Und hör auf, mit

deinen dreckigen Schuhen gegen meinen Sitz zu trommeln", brüllte Ted, seine Enttäuschung hatte sich in Wut gewandelt, die nach der falschen Richtung explodierte.

Katja sagte schnell: „Schau, Ted, schau, Kasperl, es ist ja nur eine Woche, es ist wirklich nicht wert, solchen Krach zu schlagen. Heut haben wir Freitag, die Premiere ist nächsten Freitag, zweite Vorstellung am Sonnabend. Und dann komme ich heim, ob lebendig oder tot – abgemacht?"

Guys gespanntes Gesichtchen schob sich vor. „Du lügst, du hältst nicht, was du versprichst, du redest nur davon, und dann tust du's nicht! Du bist schlecht, eine schlechte Hexe!" schrie er.

„Halte den Mund, Guy, und setz dich, wie es sich gehört", befahl Katja.

Guy aber setzte sich keineswegs, wie es sich gehörte. „Ich mag dich nicht, aber schon gar nicht", schrie er, riß seine Pistole aus dem Halter und zielte auf sie. „Jetzt schieß ich dich tot – ganz tot . . ."

„Was dir not tut, junger Mann, ist eine Tracht Prügel", sagte Ted ruhig. Die Verkehrslichter hatten gewechselt, er trat hart auf den Gashebel, und der Wagen schoß mit solcher Gewalt davon, daß er beinahe in den Autobus vor ihnen gerammt wäre.

„Zu schade, daß du mich nicht leiden kannst, Kasperl. Ich hab dich nämlich sehr lieb", sagte Katja. Sie drehte sich herum, um den Kleinen zu beruhigen, und versuchte ihm die Hand auf seinen dünnen Nacken zu legen. Aber Guy wollte nicht beruhigt werden. In einem Paroxysmus enttäuschter Liebe schüttelte er ihre Hand ab und stieß seine harte kleine Bubenfaust direkt in ihr Gesicht.

Im nächsten Moment, und zu ihrer größten Überraschung, holte Katjas Hand ganz von selbst aus und landete mit einer schallenden Ohrfeige auf seiner Wange.

Es gab ihr eine Sekunde größter Erleichterung, und dann hielt sie ihren Atem an vor Scham. „Nette Manieren", murmelte Ted. Katja erwartete, daß der Junge in lautes, kindisches Geheul ausbrechen würde, aber da rückwärts im Wagen herrschte jetzt eine tiefe, dickköpfige Stille. Nur der Regen an den Fenstern, die nervösen Hupen rund herum. Nein, so geht's nicht weiter, dachte Katja. Jetzt hab ich genug.

„Bitte, stopp an der Ecke", sagte sie. „Ich möchte aussteigen."

„Sei nicht verrückt. Es gießt ja."

„Stopp, wenn ich dich drum bitte. Ich geh zu Fuß, es ist nur ein paar Blocks. Ich brauche frische Luft, oder ich ersticke."

„*Okay*. Wie Madame wünschen."

Sie griff nach ihren Handschuhen, dem Köfferchen mit ihren Ballettschuhen, Trikots und Bagoryans Regiebuch. Der Regen prickelte mit tausend winzigen Nadeln auf ihren Wangen. „Es tut mir leid, Ted, ich rufe dich heut abend an, nach der Probe", sagte sie, schon am Trottoir.

„Bilde dir nicht ein, daß ich die ganze Nacht dasitze und auf deinen Anruf warte", antwortete Ted. Er schlug die Tür zu, der Wagen löste sich vom Trottoir und wurde wie ein Balken im langsamen Strom des Verkehrs davongeschwemmt …

Als Katja durch die eiserne Tür die Hinterbühne betrat, konnte sie, dünn und entfernt, das Klavier hören, übertönt von dem Schlurfen und Tappen der Ballettschuhe, mit den harten Einlagen an den abgestumpften Zehenspitzen. Doch sobald sie ihren Weg hinter den Kulissen und über das schwankende Regiebrückchen in den Zuschauerraum gefunden hatte, hörte die Musik mit einer lauten und ärgerlichen Dissonanz auf, und die Gruppe stand unbeweglich, in vorgeschriebenen Posen an der Stelle festgenagelt. Sie waren schweißbedeckt auf der kalten, zugigen Bühne, die sich unter dem einzigen grellen Probenlicht hindehnte. Das leere Orchester war ein breiter, schwarzer Fluß, und Lazar sah klein und schmächtig aus, wie er da unten über den Tasten des ausgeleierten Probenpianos kauerte. Mit dem Rücken zum Parkett stand Bagoryan, unerschütterlich guter Laune wie immer. Seine Hand lag beruhigend auf Joyces Schulter, während Raum für den übermütigen Auftritt des Honigbienchens geschaffen wurde. Lazar schlug auf die Tasten, und Katja nahm in einer der mittleren Reihen Platz, um zuzuschauen.

Aber das Mädel ist ja noch viel besser, als ich erwartete, sagte sie sich. Für sie – wie für jede wirklich große Tänzerin – war es ein Genuß, die geschliffene Leistung, Technik, Brillanz und Persönlichkeit einer Rivalin zu beobachten, selbst wenn es ein wenig schmerzte. Selbst wenn es ihr zugleich völlig klar war, daß Joyce gehindert werden mußte, sich in dieser ihr auf den Leib geschriebenen Rolle einen sensationellen Erfolg zu erringen, während sie selbst, Katja Milenkaja, die Primaballerina, die sehr heißen Kastanien aus dem Feuer holte, sich fürs Manhattan-Ballett aufopferte, in der letzten Minute eine sehr schwierige Rolle übernahm. Und so, während sie noch immer Joyces Tanz mit lächelndem Entzücken folgte, hatte sie schon begonnen zu berechnen, wo und wie sie sich in diese Nummer einfügen und Joyce schlagen könnte.

Zweimal unterbrach Bagoryan die junge Tänzerin, korrigierte, ließ sie das frenetische Presto des letzten Teils wiederholen. Nachher, als Joyce, um Atem ringend, auf die übliche Kritik des Choreographen wartete, applaudierte er ein bißchen, höflich, aber keineswegs begeistert. Katja lachte in sich hinein. Sie kannte ihren Mirko, wenn er Gleichgültigkeit vortäuschen wollte.

Im dunklen Orchesterraum unten trommelte Lazar plötzlich eine Art Tusch auf dem Klavier und sang aus: „Mr. Bagoryan: Ihre Majestät sind angekommen!"

Bagoryan wandte sich um. Zwischen den Tänzern in ihren schwarzen Trikots war Bagoryan der einzige helle Punkt, denn — wie immer für Bühnenproben — hatte er den schwarzen Sweater gegen eine Art weißen Chirurgenkittel vertauscht. Sowie er das dunkle Pünktchen dort unten, Katja, entdeckt hatte, verbeugte er sich in ihrer Richtung, applaudierte.

„Meine Damen und Herren", verkündete er. „Wir sind gerettet. Unsere unvergleichliche Milenkaja hat sich bereit erklärt, die Rolle der Bienenkönigin zu übernehmen. Wir, meine Kinder, haben mehr als fünf Monate im Schweiß unseres Angesichts an diesem Ballett gearbeitet; die Milenkaja ist bereit, es in fünf Tagen zu studieren. Kinder, ich brauche euch nicht auseinanderzusetzen, was das heißt! Madame — wir danken und salutieren Ihnen!"

Seit dreihundert Jahren nährt sich das Ballett an solchen kleinen Zeremonien und Formalitäten, darin, wie in der eisernen Disziplin und dem Stolz auf die eigene Truppe, nicht unähnlich dem Militär. Hochrufe und Applaus. Sogar die Bühnenarbeiter klatschten in ihre großen erfahrenen Tatzen. Katjas Kehle wurde eng. Lächerlich — aber dies bedeutete ihr mehr als ein Dutzend Hervorrufe. Sie lief, flog über die Regiebrücke zur Bühne. „Ich danke euch allen, meine Kinder, und auch Ihnen, Meister Bagoryan", sagte sie bewegt. Er beugte sich zu ihr nieder, um ihr die Hand zu küssen. „Du bist und bleibst meine Beste . . .", flüsterte er ihr zu.

„Aber, Mirko, du wirst Tag und Nacht mit mir arbeiten müssen", flüsterte auch sie, auf einmal schwach vor Angst.

„Meine Tage und Nächte gehören ganz dir; besonders die Nächte",
erklärte er mit einem Tropfen von Ironie. „Geh in den Ballettsaal
hinauf, und übe dich warm, Liebling. Ich muß nur noch diesen Mist
hier in Ordnung bringen, dann bin ich ganz zu deiner Verfügung –
ja, Joyce, was gibt's?"

„Werde ich noch gebraucht? Ich tanze doch heute abend die
Aurora –"

„Gut, gut, geh und ruh dich aus. Du hast's gar nicht schlecht
gemacht – aber wir müssen noch fest an deinen *fouettés* arbeiten
bis Montag."

„Besten Dank, Mr. Bagoryan", sagte Joyce und ging zögernd ab.
Katja holte sie bei der Tür zum Lift ein und legte ihren Arm um
die magere Schulter des Mädchens. „Ich muß dir doch sagen, wie ausgezeichnet du in dieser Rolle sein wirst, Kind. Es ist bei weitem das
Beste, das ich von dir gesehen habe." Seit Katja wußte, daß sie dieses
glänzende Bienchen in den Schatten zu stellen haben würde, fühlte
sie eine warme Sympathie für Joyce, und außerdem war es nötig,
sich mit ihr anzufreunden, wenn sie die Änderungen durchsetzen
wollte, die Joyces Solo in den Hintergrund drängen würden.

„Meinen Sie wirklich, Madame? Es ist sehr lieb von Ihnen, mir so
was zu sagen, wirklich. Und Sie springen wirklich für die Gabrilowa
ein? Das ist einfach phantastisch. Sie werden einen Bombenerfolg
haben, Madame."

„Ach, laß doch das dumme ‚Madame'. Meine Freunde sagen zu
mir du und Katja."

„Ja, wenn ich das wirklich darf – Katja –, danke dir auch vielmals."
Joyce versuchte eine von Freude überwältigte Bescheidenheit in ihre
Stimme zu legen.

„Jetzt muß ich mich ein bißchen warmüben. Darf Bagoryan nicht
hören lassen, wie meine alten Knie knacken, das ist ein Geräusch,
das ihm auf die Nerven geht", sagte Katja entwaffnend und entließ
Joyce an der Tür ihrer eigenen Garderobe.

FREITAG, Sonnabend, Sonntag: arbeiten, studieren, üben. Wiederholen und wiederholen. Sie versucht, sich jeden Takt ins Gedächtnis zu
hämmern, sie prügelt ihre Schenkelmuskeln, wenn sie müde werden
wollen. Louisa muß ihr die Beine massieren, oder Mirko oder Lazar.
Sie ist desperat und dann wieder über sich selbst hinausgesteigert.

Sie möchte weinen, aufgeben. Und sie geht wieder zum Angriff vor. Und diesmal gelingt's. Und sie jubelt und fühlt sich unübertrefflich – bis zur nächsten Schwierigkeit. Sie keucht, stöhnt, zählt immerfort, immer wieder, bis sie sich den Rhythmus zu eigen macht, den Charakter, den Stil. Und die Choreographie, die Schritte, Bewegungen, Figuren. Völlig erschöpft, fällt sie auf das Sofa in ihrer Garderobe und schleppt die Schwierigkeiten mit sich in einen kurzen, zerfaserten Schlaf.

Die anderen arbeiteten in Schichten mit ihr. Lazar und der Begleiter lösten einander am Klavier ab, Bagoryan und die zuverlässige und hilfreiche Iris McGuire im Ballettsaal, und selbst der Maestro half mit. Verwischt wie in einem Fieber glitten andere Gestalten durch Katjas Gesichtsfeld. Louisa mit frischen Frottiertüchern und trockenen Trikots, mit Kaffeekannen und Zigarettenschachteln. Olivia mit Stullen und Milch, Olivia mit Champagner und Olivia mit hilfreichen Winken, kritisch oder ermutigend.

Am Sonnabend kam Phil Daniels in den Ballettsaal, während auf der Bühne unten eine bittere Schlacht stattfand; die zuständige Tischlergenossenschaft konnte sich mit der zuständigen Gewerkschaft der Kulissenschieber nicht einigen und deshalb die Dekoration für den Hochzeitsflug vorläufig nicht aufgebaut werden.

Daniels war ein Riese, unrasiert und zerknüllt nach einer Nacht von Beleuchtungsproben, tauchte er in einem Wirbel gemeinster Verwünschungen auf und trank all den vorhandenen Champagner aus. Er hatte trübe, rotgeäderte Augen, nicht nur, weil er die letzten achtzehn Stunden durchgearbeitet hatte, sondern als chronischen Zustand. Ihm folgte Alouette mit einigen ihrer Untertanen, denn Daniels wünschte die Kostüme, die für Katja hergestellt wurden, an ihr persönlich zu sehen. Katja schloß die Augen, während sie die Stoffe ansteckten und drapierten, ihr war ein bißchen schwindlig – weil sie stillstand.

„Diese letzte Figur, Mirko, wo es ta-rum-tata-ta macht – ich krieg's nicht recht . . ."

Daniels stieß ein Gebrüll aus, das Alouettes Lehrmädchen springen machte wie erschreckte Antilopen. Er nannte das Hochzeitsgewand der Königin eine Mißgeburt und ließ einen Hagel von Beschimpfungen auf Alouette niedergehen. Alouette stand ihren Mann und steckte keine Beleidigung ein, ohne sie zu übertrumpfen. Und was sollte sie tun, wenn Madame über Nacht beinahe um zehn Zentimeter abnahm? Gestern paßte es *parfaitement,* und wenn das Kostüm heute an ihr herunterhing wie ein nasser Fetzen, dann war das nicht Alouettes Schuld. Die beiden schrien einander an, sehr laut und ordinär, aber obwohl es klang wie die endgültige Katastrophe, wußten die anderen, daß es nichts bedeutete, und warteten unbesorgt, bis die beiden Kämpfer ihre Munition aufgebraucht hatten.

Daniels begann Alouettes Kreationen herunterzureißen. Stecknadeln in Katjas Haut zu rennen, sie mit Seide und Tüll zu überschwemmen und nach Samt zu rufen: „Dunkelbraun, nicht diesen glänzenden Kitsch, stumpfes Gold, und ich brauche zwölf Straußenfedern, schlaff, seidig; habt ihr noch nie die Fühler eines Insekts unter dem Mikroskop gesehen, verdammt noch mal?"

Und Olivia sprach von Kostenanschlag und Budget, und ein Mädchen in farbfleckigem Overall kam angerannt, um Daniels auf die Bühne zu rufen, und Louisa brachte noch mehr Kaffee. Klingeln schrillten, Lichtsignale flackerten, Lazar trommelte auf dem Klavier, McGuire rief nach einem Blick auf die Uhr: „Oh, mein Gott. Beinah fünf!" Und zuletzt scheuchte Olivia die ganze Horde fort, und Katja kehrte zu ihrem Ringkampf mit der ungelösten Figur zurück: tarum-ta-tata-ta –

Es war fast fünf Uhr am Sonntagnachmittag, als Lazar den Klavierdeckel zuschlug. „Ich höre auf. Wenn ihr nicht genug davon habt, mir kommt's bei den Ohren heraus!" erklärte er. Während der letzten halben Stunde waren sie an einem recht unwichtigen Detail hängengeblieben. „Ich bin auch ausgepumpt", sagte Bagoryan. Katja ging ohne ein Wort davon. Nach der unmenschlichen Anstrengung kam das völlige Zusammenklappen. Bagoryan jedoch sah es nicht gern, wenn eine Probe auf einer deprimierten Note endete. Als Katja, nachdem sie sich umgezogen hatte, zum Bühneneingang kam, wartete er dort auf sie. „Komm, ich fahr dich nach Hause, Duschka", sagte er und schob sie in ein Taxi. „Mach ich's denn wirklich so schlecht?" sagte Katja mit dem Versuch eines Lächelns. „Wenn du denkst, ich kann's nicht schaffen bis Freitag, dann wär's mir lieber, du sagst es mir direkt."

„Aber natürlich kannst du's schaffen. Schau, wir haben eine ganze Menge beinahe fertig. Das große *pas de deux* mit Masuroff lernen wir in Soloproben, das Zeug hast du hundertmal getanzt, und der

Maestro will uns mit dem *pas de quatre* helfen. Du kannst die drei Jungens in ihren Variationen glänzen lassen, ohne dich zu verausgaben, und sparst dich für das große *pas de deux* und Finale auf. Nein, Milenka, mach dir keine Sorgen, die Bühnenprobe morgen wird gut ablaufen."

„Aber du hast noch nicht die Szene mit dem Honigbienchen mit mir besprochen, mein Schatz."

„Weil es nicht deine Szene ist, Herzchen. Es ist Joyces Solo."

„Gewiß. Aber du kannst mich nicht auf der Bühne stehen lassen wie einen angemalten Türken, während sie tanzt. Schließlich und endlich bin ich die Primaballerina und . . ."

„Wenn das dich beunruhigt, selbstverständlich kann ich dich abgehen lassen und nachher wieder auf die Bühne bringen", sagte Bagoryan gereizt. Katja stieß einen kleinen Schrei des Unwillens aus und hielt sich die Schläfen. „Aber das kannst du nicht mit mir machen! Das hat die Perroni getan, als ich zehn Jahre alt war, und sogar damals war es veraltet. Ich werde dasein, auf der Bühne, und du sieh besser zu, daß dir etwas Anständiges für mich einfällt."

„Warum bist du denn so aus dem Häuschen? Die Gabrilowa hatte nichts einzuwenden, und sie ist die *assoluta,* du Säugling."

„Das ist es eben! Die Gabrilowa würde hinauslaufen und sich für ihre Nummer von Axel oder Cecil oder Larry wieder auf die Bühne bringen lassen, denn so haben's die Russen vor fünfzig Jahren gemacht, und dabei sind sie geblieben bis heute. Aber mir kannst du das nicht zumuten, Katja Milenkaja kann das nicht tun . . ." Plötzlich erinnerte sie sich.

„Wie geht's übrigens der armen Gabri?" fragte sie, gerade als das Taxi vor dem Latham-Palast anhielt.

„Nicht schlecht", meinte Bagoryan. „Also hier sind wir. Ruh dich recht gut aus, mein Herz, und morgen reden wir weiter. Jetzt sind wir beide zu müde, als daß was dabei herauskäme. Bühnenprobe um neun Uhr dreißig, gut angewärmt. Servus."

Im hochherrschaftlichen Schlafgemach ließ Kati sich mit einem tiefen Seufzer ins Bett fallen. Aber im selben Augenblick, da sie die Kissen berührte, begann ihr Herz zu trommeln und ihr Gehirn sich zu drehen.

„Madame muß jetzt schlafen", sagte Louisa, die mit einem Glas warmer Milch, verstärkt durch einen Schuß Cognac und ein rohes Ei, hinter dem Wandschirm hervorkam.

„Ich kann nicht, Louisa, ich bin viel zu wach. Mir ist, als ob ich bis nach der Premiere nicht schlafen könnte."

„Wie wär's mit einem Schlafpulver?"

„Ja. Zwei, bitte."

Als Louisa mit den gelben Kapseln und einem Glas Wasser aus dem Badezimmer zurückkam, war Madame tief eingeschlafen. Louisa lächelte und drehte das Licht ab.

Katja erwachte im Dunkeln, ein Durcheinander unangenehmer Geräusche hatte sie aus dem Schlaf gerissen. Schwere Schritte, ein Klappern von Pferdehufen, Kettengerassel, unheimliche Stimmen, die durch den alten Speisenaufzug hochschwebten.

Sie drehte das Licht an, schaute auf ihre kleine Reiseuhr: zehn Minuten vor sechs. Nach zwölf Stunden Schlaf fühlte sie sich wunderbar frisch und ausgeruht. Sie reckte sich, sprang aus dem Bett und lief unter die Dusche. Sobald sie den Wasserstrahl abdrehte, hörte sie wieder den Lärm, lauter als zuvor, und Louisa erschien in der Tür: „Na, so was. Haben die Leute Madame aufgeweckt mit ihrer verdammten Party?"

Als Kati begriffen hatte, daß es noch immer derselbe Sonntag war und sie kaum länger als eine Stunde geschlafen hatte, stand sie nackt und tropfend da und lachte Tränen über sich selbst. Olivias Einladung war ihr gänzlich entfallen. Louisa rieb sie trocken und jagte sie zurück ins alte Himmelbett. Doch der wachsende Lärm der Vorbereitungen im unteren Stockwerk steigerte sich zu einem enormen Crescendo, als die Gäste zu erscheinen begannen, hinderte Katja am Einschlafen und machte sie kribbelig. Sie hatte eine heftige Abneigung gegen große Gesellschaften; zu oft war sie selbst als Tafelaufsatz serviert worden. Doch, obgleich sie Olivias Einladung starrsinnig abgelehnt hatte, fühlte sie sich irgendwie ausgeschlossen. Es war ein Gefühl, das sie nur zu gut aus ihrer Kindheit kannte. Andere durften spielen und sich vergnügen, und sie mußte abseits bleiben.

„Bin ich denn verrückt?" sagte sie laut. „Warum sitz ich hier wie ein verdammter Idiot und tu mir leid? Ich hab doch einen Mann, ein Heim, mein eigenes Bett; ich hab ein Kind, einen Garten, eine Küche; da ist mein Hund, meine Bücher, meine Bilder, alles überhaupt; mein eigenes Leben. Wir werden ein Feuer im Kamin machen und davor sitzen und uns aussprechen und zueinanderfinden, und wir werden zusammen ins Bett gehen und sehr glücklich sein und dann nach und nach einschlafen. Und morgen bin ich so stark und frisch und neu, daß sie alle das Maul aufreißen werden, was für eine Königin ich hinlegen kann."

Eine Stunde später drängte sich Katja durch das Sonntagsgewühl der Pennsylvania Station und fand noch einen Platz, gerade als das „Einsteigen! Alles einsteigen!" den Zug entlangschallte.

„Bitte warten Sie einen Moment, Hampton, ich muß Dr. Marshall erst um Kleingeld bitten", sagte Katja zum Taxichauffeur.

„Aber gern, Mrs. Marshall", sagte der Chauffeur in seinem höflichsten Princeton-Englisch. Er war es gewöhnt, daß Mrs. Marshall kein Geld bei sich hatte. Katja lief schon den Kiesweg zum Haus hinauf. Der Abend war warm, in dünne silbrige Nebelschleier gehüllt; kein Mond, nur eine durchsichtige Helligkeit über den Wiesenhügeln. Als Katja klingelte, bellte Topper, der englische Schäferhund, im Haus. Ihr Herz ging ein wenig schneller in der frohen Erwartung auf Teds Gesicht, wenn er die Tür öffnete: so überrascht, so verblüfft, so lieb.

Das Haus stand ruhevoll auf einer kleinen Anhöhe, am Rand der Universitätsstadt. Es war ein so hübsches Haus in seiner Mischung von Einfachheit und Würde. Es hatte schon seit mehreren Jahren einen neuen Anstrich nötig, aber jedes Frühjahr sagte Ted, daß sie sich's – leider, leider – grade jetzt nicht leisten konnten.

Sie klingelte nochmals, und dann lief sie um die Hausecke. Aus Teds Studierstübchen kam ein Lichtschein, zusammen mit gedämpften Männerstimmen, und Katjas Herz wurde eng vor Enttäuschung. Keineswegs hatte sie vorhergesehen, daß Ted Gäste haben könnte, seine Assistenten vom Laboratorium.

Es tat ihr dringend not, mit ihrem Mann allein zu sein, warm, still, entspannt, verheiratet.

Sie klingelte nochmals.

„Fehlt was, Mrs. Marshall? Hausschlüssel vergessen?" fragte Hampton, der ihr hilfsbereit gefolgt war. Wenn Mrs. Marshall per Bahn ankam und auf sein Taxi angewiesen war, gab es häufig derartige Verwicklungen. Sieh mal, wie sie in ihrer Handtasche herumkrabbelt! Hampton erwartete keineswegs, daß sie den Schlüssel finden würde – aber mit einem vergnügten kleinen Ausruf fand sie ihn schließlich doch. „Da ist er ja – wenn Sie jetzt bloß eine Sekunde warten wollen, Hampton . . .“

Das Deckenlicht brannte in der engen Vorhalle. „Ja, wie geht's dir denn?“ erkundigte sie sich bei ihrem Hund Topper. „Wo sind denn deine Augen?“ Es war ein alter Scherz zwischen ihnen, aber Topper begrüßte sie bloß mit einem Schnuppern ohne rechte Begeisterung, und sie nahm sich nicht die Zeit, sein Gesicht aus dem Gestrüpp von Englischen-Schäferhund-Zotteln auszugraben. Im Eßzimmer, das Katja hastig durchquerte, war kein Licht. Noch bevor sie bei Teds Stube anlangte, hörte sie zwei Männerstimmen, von denen eine gerade einen sentimentalen Schlager zu singen begann. Katja öffnete die Tür. Der Fernsehapparat war in vollem Betrieb, und davor schlief Prestons Mutter in Teds altem Lehnstuhl. Es war so heiß wie im Dampfbad, Katja drehte den Apparat ab und öffnete ein Fenster; Mrs. Preston erwachte.

Verwirrt antwortete die alte Frau auf Katjas Fragen: Der Herr Doktor? Je nun, der ist ja wohl ausgegangen, hat nicht gesagt, wann er zurückkommt. Das traf Katja mit einer so bodenlosen Enttäuschung, wie sie sonst nur Kinder erleben. Aber sie nahm schnell die Zügel in die Hand, schickte die alte Preston in Hamptons Taxi heim und versprach, daß Dr. Marshall morgen alles in Ordnung bringen würde. Im Augenblick, als sie die beiden los war, griff sie schon nach dem Telefon in der Vorhalle und klingelte das Laboratorium an.

Ihre Fußspitzen trommelten einen Wirbel auf den Boden. Nach längerer Suche konnte der Nachtwächter nur berichten, daß Dr. Marshall nicht in seinem Labor sei.

Für ein paar Minuten überlegte Katja alle Möglichkeiten. Williamson! Bestimmt war Ted zu seinem Freund Williamson gegangen, auf eine ihrer gemütlichen, endlosen medizinischen Diskussionen. Aber nur die Stimme eines Telefonfräuleins antwortete. „Bedaure, Doktor Williamson ist verreist; jawohl, nach Stockholm, zu einem medizinischen Kongreß. Inzwischen vertritt ihn Doktor Haffner – wenn es sehr dringlich ist, kann ich Sie mit ihm verbinden.“

„Nein, danke, es ist nicht dringend“, murmelte Katja. Erst jetzt nahm sie sich Zeit, ihren Mantel abzulegen. Zu spät, viel zu spät, um noch ein Weilchen vor dem Kaminfeuer zu sitzen und die Wochen des Getrenntseins zu überbrücken, dachte sie. Aber ich darf mich nicht deprimieren lassen, Ted kann jeden Augenblick hier sein. „Du bleib drunten, wir wollen unser kleines Herrchen nicht aufwecken", mahnte sie Topper, als sie die Treppe hinaufging.

Die Tür zum Kinderzimmer stand einen Spalt breit offen; von der Lampe am Bett sickerte gedämpftes Licht in den sanft atmenden Raum. Offenbar hatte McKenna dem Buben in allem nachgegeben, um an ihrem freien Abend schneller wegzukommen. Schokoladenflecke auf seinem Kinn zeigten an, daß er mit Süßigkeiten bestochen worden war, zu Bett zu gehen.

Auch hier war es viel zu warm. Katja schlich auf Zehenspitzen zum Fenster, das man vergessen hatte zu öffnen, und dann kehrte sie zum Bett zurück, um den schlafenden Kleinen zu betrachten. Eine Welle unendlicher Liebe zu dem Kind überschwemmte sie; im nächsten Moment riß eine Gegenströmung sie hinab in die stumme Dunkelheit ihres geheimsten Kummers.

Christopher. Ihr eigenes, verstorbenes Söhnchen...

Nach den ersten Monaten, da sie am Rand eines Nervenzusammenbruchs dahintaumelte, hatten sie nie mehr das tote Kind erwähnt; deshalb glaubte ihr Mann, ebenso wie Dr. Williamson, daß ebendiese Nervenkrise barmherzigerweise die schmerzlichen Erinnerungen ausgelöscht habe; Heilung durch partielle Amnesie, wie die Ärzte es nannten, ein Mittel, mit dem die Natur zuweilen das Unerträgliche kuriert. Aber nichts ist jemals ganz vergessen; alles Gelittene war noch immer ein Teil von Katja.

Sie kniete am Bettrand neben dem schlafenden kleinen Guy hin, lehnte die Stirn in ihre gefalteten Hände, und so, mit geschlossenen Augen, konnte sie ihr verlorenes eigenes Kind sehen: ein zärtlicher und stürmischer kleiner Mann, der kurz vor seinem dritten Geburtstag an Kinderlähmung gestorben war. Seine kleinen Arme um ihren Hals – er erwürgte sie beinahe, um ihr zu zeigen, wie lieb, wie schrecklich lieb er sie hatte. Der Klang seiner Stimme, immer ein bißchen heiser – genau wie meine, dachte sie –, und seine gravitätischen kleinen Manieren.

Sie hatte in seiner Spielecke mit ihm auf dem Fußboden gehockt, das Wetter an jenem Morgen war unfreundlich, sein Näschen lief ein wenig, und sie hatte ihn im Zimmer gehalten. Seine Lieblingsspielsachen umgaben ihn, eine leere Kaffeebüchse, ein Holzpferdchen, dem ein Bein fehlte, und ein Zelluloidsoldat namens Annie...

Und nun gab es wieder Spielsachen im Kinderzimmer, weiter fort-

geschrittenes Spielzeug, wie es Guys sechs Jahren zukam; obwohl
er noch immer seine früheren Kumpane mit ins Bett nahm, die den
Sammelnamen „die Schlafleute" trugen. Unbestimmte Geschöpfe, die
zerfransten Sofakissen glichen. Eine Giraffe, ein Pudel, den er während der ganzen Reise von Lyon nicht aus den Armen gelassen hatte,
und ein Frosch, von Katja aus grünem Filz fabriziert.

Sie beugte sich über den Kleinen, sie wollte ihn nicht aufwecken,
aber es drängte sie danach, mit ihm zu reden, sich ein bißchen Zärtlichkeit zu stibitzen ...

„Hei", sagte Guy. Seine Augen waren geschlossen.

„Hei. Ich dachte, du schläfst."

„O nein. Ich habe doch gewußt, daß du kommst."

„Wirklich? Wieso denn?"

„Geheimnis, kann nicht darüber reden", sagte er mit weisem
Kopfnicken.

In seiner Welt gab es Geheimnisse, in die man bestimmte Leute
– meistens seinen Freund, den riesigen Neger Preston – einweihen
konnte, und Geheimnisse, über die man *absolut* nicht reden durfte.

„Und du bist nicht mehr zornig auf uns? Ich bin auch nicht mehr
zornig auf dich."

„Da bin ich aber froh, Kasperl. Ich glaube, wir haben beide einen
kleinen Koller gehabt, unlängst. Es erwischt jeden gelegentlich."

„Sogar Feen? Gute Feen, mein ich", fragte er hurtig.

„Das weiß ich nicht so genau. Da müssen wir wohl mal im großen Märchenbuch nachschauen."

„Preston sagt: Alles Mumpitz, sagt er, es gibt keine Feen. Er sagt,
das ist alles bloß zum Geschäftemachen ..." Guys Kinn bebte
bekümmert.

„Da würde ich mir keine Sorgen drum machen, Kasperl. Weißt
du, es gibt Dinge, die viel wahrer sind als die wirklichen Sachen",
sagte sie, nach Worten tastend, die dem Kleinen klarmachen sollten,
was Grischa ihr einst erklärt hatte: den ewigen Zwiespalt zwischen
Wahrheit und Wirklichkeit. „Laß uns ein andermal darüber reden."

„Wann denn? Morgen?"

„Nein, nicht morgen. Morgen kann ich nicht hierbleiben", sagte
Katja verlegen. „Aber ich komme sehr bald zurück." Sie strich die
Bettdecke zurecht und arrangierte „die Schlafleute" in der vorge-
schriebenen Ordnung. „So – jetzt drehen wir das Licht ab und sagen

gute Nacht." Guy schloß die Augen, er seufzte zufrieden, sein Händchen erschlaffte, sein Atem wurde tief und langsam, und dann war er endgültig eingeschlafen.

Wieder in der Küche angelangt, wurde es Katja klar, daß sie halb verhungert war, und sie holte sich gierig ein Hühnerbein aus dem Kühlschrank. Doch dann beschloß sie, wie ein zivilisierter Mensch zu essen. Summend setzte sie den Teekessel aufs Gas, richtete das Teebrett her, röstete Brot und schnitt eine Tomate in Scheiben. Als sie im Eßzimmer das Licht andrehte, zeigte es sich, daß es auf dem Eßtisch nicht einen freien Zentimeter gab, um das Teebrett hinzusetzen. „Ach du liebe Zeit, was für eine Schweinerei", zankte sie Ted aus, der nicht da war, um sich zu verteidigen. „Zum Teufel, weshalb hast du denn das Kind mit der Schachtel spielen lassen?"

Die Schachtel, ein alter Pappkarton, mit dem Aufdruck *La Samaritaine, Paris,* diente als Katjas persönlicher Reliquienschrein. Katja unterschied sich von den meisten Ballerinen darin, daß sie Sammelalben abscheulich fand; es schauderte sie bei dem Gedanken, daß sie eines Tages eine jener vergessenen Berühmtheiten sein könnte, die über vergilbten Zeitungsausschnitten brüten mochten. Doch waren während der Jahre allerhand Dinge, die sie nicht wegwerfen wollte, in die Schachtel gewandert.

Es war eine Art Flickenbündel, gefüllt mit Endchen und Restchen ihres Lebens.

Wie alle Kinder liebte es Guy, mit Flicken zu spielen. Die Erlaubnis, „in der Schachtel zu kramen", war das wirkungsvollste Bestechungsmittel und der beste Trost, wenn ein kleiner Junge im Bett bleiben mußte, weil er die Masern, Ohrenschmerzen oder Fieber hatte.

Katja stopfte eine Handvoll der Fotos in die Schachtel zurück, um Raum für ihr Teebrett zu schaffen, doch dann beschloß sie, etwas Ordnung in das Zeug zu bringen. Du lieber Himmel, lachte sie in sich hinein. Diese Hüte, und das entsetzliche Kleid! Es war ein Gruppenbild: das Ballett Continental, 1930 auf der unglückseligen Mittelmeertournee.

Sie begann, die Pariser Jahre aus dem Durcheinander auf dem Tisch herauszusortieren.

Das erste, was ihr in die Hand kam, war ein vergilbter österreichischer Paß. Katharina Milenz. Alter: 18 Jahre. Augen: grau. Haar: dunkelbraun. Gewicht: 49 Kilo. Das letztere wenigstens hatte sich nicht geändert.

„Wenn dein Paß in Ordnung ist, können wir schon morgen nach Monte Carlo abreisen", hatte Grischa gesagt, als er in Belgrad auftauchte, um sie mitzunehmen.

Sie arbeitete als Aushilfe für ein Mädel in einem Schwesternakt, das sich auf dem schlechten Fußboden der *Tamburitza* den Knöchel gebrochen hatte. Der Nachtklub war übelster Balkan. Katja war im Begriff gewesen, sich die scheußliche weißblonde Perücke vom Kopf zu reißen, als sie nach ihrer Nummer in das Loch zurückkam, das ihnen als Garderobe diente – und da saß Grischa vor ihrem Spiegel.

„Servus, Duschka", sagte er. Es war fast zwei Jahre her, seit sie ihn zuletzt gesehen hatte, in jener entscheidenden Nacht im verregneten Park. Er war sehr verändert, elegant, selbstsicher, ein Weltmann.

„Servus, Grischa", sagte sie und mußte sich an der Tür festhalten. „Was tust du denn hier?"

„Wir hatten ein paar Vorstellungen in Budapest, ich suchte in der *Alhambra* nach dir, und als man mir dort erzählte, daß du jetzt in der *Tamburitza* bist, in Belgrad, nahm ich natürlich den erstbesten Zug. Nämlich, um dich von hier loszueisen." Er griff nach ihrer Hand. „Ich hab deine Briefe gekriegt, Duschka", sagte er dabei.

Sie hatte ihm nur zweimal geschrieben. „Ich hab mich nicht beklagt", sagte sie schnell und hielt angestrengt die Tränen zurück.

„Nein, selbstverständlich beklagst du dich nicht. Du nicht. Jetzt pack zusammen, und laß uns gehen. Ich habe alles mit der Direktion geordnet. Los, ich warte draußen auf dich."

Ein paar Minuten später, als sie miteinander die Straße entlanggingen, sagte er: „Wenn dein Paß in Ordnung ist, können wir schon morgen nach Monte Carlo abreisen."

„Aber Grischa, ich hab kein Geld – ich kann mir keine Fahrkarte kaufen –, und ich hab nichts zum Anziehen . . ."

„Macht nichts. Ich sorge für alles. Ich habe dich untergebracht. Bei Diaghileff. Vorläufig nur im Corps, aber ich werde viel mit dir arbeiten, du wirst schon deinen Weg machen."

An der Grenzstation hatte man sie und Grischa für sechs Stunden festgehalten. Bis dorthin war die Reise eitel Glück und Lachen gewesen, und so waren sie noch immer voll Übermut, als ihnen die Pässe abgenommen und sie beordert wurden zu warten. Den Grund dafür erfuhren sie niemals.

Der schäbige Warteraum war schlecht beleuchtet und hatte den unvermeidlichen Geruch von verwahrlosten Zügen und schlechten Zigarren. Ein Säugling brüllt, eine Bauersfrau schimpft, drei Männer spielen auf einem Korb Karten, zwei Soldaten, betrunken, aber gutmütig, singen ein langgezogenes, mißtönendes Lied. Ein Herr mittleren Alters, der wie ein Handlungsreisender aussieht, zieht ein italienisches Abendblatt aus der Tasche und beginnt zu lesen.

Grischa hatte zerstreut ein paar Schlagzeilen auf der Rückseite der Zeitung mitgelesen. Plötzlich sprang er auf und riß dem italienischen Herrn das Blatt aus der Hand. Grischas Gesicht war kalkweiß. Er hielt Katja die verkrumpelte Zeitung unter die Augen und deutete mit bebenden Fingern auf eine der Schlagzeilen.

DIAGHILEFF
*Oggi, 19. Agosto 1929, il eminente impresario
muere dopo breve malattia in Venezia –*

„Scu ... scusi ...", sagte Grischa stammelnd zu dem Italiener. „Er ist tot. Diaghileff ist gestorben."

„Ein persönlicher Verlust? Kannten Sie ihn persönlich?" fragte der Italiener auf französisch.

„Ja. Es ist – es ist das Ende. Jetzt ist alles hin – alles."

Der Italiener nahm den Hut ab, glättete seine Zeitung. „Gestatten Sie mir, mein Beileid auszusprechen, Monsieur", sagte er höflich.

EINIGE Monate später saßen sie im Vorgarten des Café Flore in Paris, es war ein kühler, grauer Spätnachmittag. Grischa und der Maler Daniels tauschten Lao-Tse-Zitate aus, und Michel, ein schöner Junge, den Grischa am Boul' Clichy aufgelesen hatte, lächelte dumm dazu und tat, als verstünde er, wovon die Rede war. Katja war tief in die Weichheit ihres teuren neuen Kamelhaarmantels verkrochen.

Philipp Daniels war während jener ersten Hungerwochen in Paris ihr Freund geworden und für immer geblieben. Ein flämischer Bauer, blondbärtig und tapsig: ein Riese, der mit eines Riesen unersättlichem Appetit das Leben in sich hineinfraß. Philipp war zehn Jahre älter

als Grischa und im Begriff, sich einen Namen zu machen. Schon waren einige seiner Bilder auf Ausstellungen zugelassen worden, und eins oder das andere hatte sich sogar verkauft. Auch hatte er für Diaghileff die Bühnenbilder zu einem Ballett entworfen.

„Aha, da kommt er ja – hier, wir sitzen hier, Piotr Feodorowitsch!" rief er dem eben eintretenden Olycheff zu.

Olycheff lächelte und winkte ihnen mit großen Gebärden des Entzückens zu, aber gesellte sich zu einer andern Gruppe, die sich um Xenia Gabrilowa kristallisiert hatte. Damals war sie eine schöne Frau, Mitte der Dreißig, und auf der Höhe ihrer Erfolge als *Primaballerina assoluta* des Olycheff-Balletts.

Grischa und Katja waren in Olycheffs neu organisierte Truppe aufgenommen worden, gerade als ihre Existenz den äußersten Tiefstand erreicht hatte und es über ihre leeren Mägen nichts mehr zu lachen gab.

Das Olycheff-Ballett, das dort fortsetzte, wo Diaghileff aufgehört hatte, war von Anfang an ein Welterfolg, und es startete Kuprin und Milenkaja in ihrem Aufstieg zur Weltberühmtheit. Obwohl sie um jeden Franc ihrer Gage handeln mußten, hatte Grischa von seiner ersten Gage den luxuriösen Kamelhaarmantel für Katja gekauft, von dem sie in all den hungrigen Zeiten geträumt hatte.

Dies aber ist das neue, langerträumte Leben: die Ballette, die Rollen, die Theater, die Tourneen, Städte, Dampfer, Züge, Hotels; die Metropolen, wo man für eine Saison von Wochen oder Monaten bleibt, und dazwischen die kleinen Provinznester mit einer abgehetzten einzigen Vorstellung zwischen Ankunft und Abreise.

Wenn man erst berühmt ist und der Impresario gute Reklame macht, dann bemerkt das Publikum es gar nicht, wie gut oder schlecht man tanzt. Olycheff freilich bemerkte es, wenn Katja nicht ganz auf der Höhe war, und er ließ ihr nichts durchgehen. Abwechselnd streichelte er sie mit samtenen Lobesworten und rieb sie mit hartem Sandpapier ab, um sie auf den diamantenen Hochglanz zu polieren, der Olycheffs eigensten Stempel trug. Und Xenia Gabrilowa – eine wahre *Assoluta,* taktvoll, gütig, großherzig – überwachte die junge Katja Milenkaja.

Diese Jahre mit Olycheff formten Katja Milenkaja und verliehen ihr den glänzenden Nimbus, den die Welt mit dem Begriff und dem Bild einer Primaballerina verbindet: die Schönheit, das graziöse Lä-

cheln, das Leben in scheinbarem Luxus, die Blumen, Bilder, Zeitungs-
artikel und Interviews; die Reisen, der Applaus, die Triumphe. Der
atemlose Aufstieg, verfolgt von Bewunderern, Liebhabern, Agenten,
Journalisten. Doch hinter der reizvollen Fassade gab es die überfüll-
ten Stundenpläne, Geldsorgen, die aufgehäuften Unbequemlichkeiten
der Tourneen, die nagenden Zweifel an sich selbst, die nie endende
Angst vor dem Ungeheuer Publikum im dunklen Zuschauerraum.
Und das russische Ballett war für Katja eine Welt mit fremden Gefühlen, wo eine Rolle, die man nicht bekam, fast zum Selbstmord
führte, wo Herzen unentwegt um nichtssagende Liebesgeschichten
zerbrachen und die steten Spannungen in Nervenzusammenbrüchen
explodierten. Andererseits besaßen diese labilen Leutchen unerhörte
Reserven an Widerstandskraft, die es ihnen möglich machten, mit
verrenkten Knöcheln zu tanzen, mit leichten Gehirnerschütterungen
und mit den verschiedenen Diarrhöen, Erkältungen und Fiebern, die
man sich auf Tourneen zuzog.

Katja erinnerte sich, wie zwei Drittel der Truppe einmal an Mumps
erkrankt waren. War es in Lima gewesen? Sie alle hatten geschwollene Backen und keine Spur von Hals, sahen wie die Eichhörnchen
aus. Aber die Vorstellung wurde nicht abgesagt.

JEDES Jahr brachte Olycheff seine Truppe für einige Wochen nach
Spanien, und als Katja zum drittenmal in Madrid gastierte, war sie
der erklärte Liebling des Publikums. Sie hatte soviel Spanisch er-
lernt, wie sie brauchte, und war eine begeisterte Zuschauerin bei den
Stierkämpfen geworden. In der Corrida, mit der zu Ostern in Madrid
die Stierkampfsaison eröffnet wird, sah sie Pepito, und wenige Tage
danach lernte sie den jungen Matador persönlich kennen, und zwar
bei einem Wohltätigkeitsfest, wo Katja und Grischa tanzten und dem
die bloße Anwesenheit des gefeierten neuen Sterns der Arena Glanz
verlieh. Zusammen mit Pepito schob man die Tänzer vor den Vorhang, um sich zu verbeugen.

Als der Matador Katjas bebende Hand ergriff, um sie vors jubelnde
Publikum zu geleiten, fühlte sie sich von einer flammenden Hitze eingehüllt, als gingen sie durch eine Allee brennender Bäume. Plötzlich
schien Grischa, der ihre andere Hand hielt und sich mit verbeugte,
nicht mehr zu existieren. Nur dieser Spanier in seiner eng anliegenden andalusischen Tracht.

Sie schüttelte die seltsame Verzauberung ab; Grischa hängte den Kamelhaarmantel um ihre feuchten, bloßen Schultern und brachte sie zu ihrer Garderobe.

„Er ist ein schönes Tier, und Grausamkeit ist sehr faszinierend – wenn man die Augen zumacht, während die Gäule der Picadores zu Tode getrampelt werden", sagte er an der Tür.

„Bist du eifersüchtig, Grischa? Hand aufs Herz."

Grischa antwortete nur mit einem kurzen spöttischen Auflachen, und Katja sagte zornig: „Ich weiß, ich weiß, du bist eifersüchtig auf alles und alle – nur nicht auf meine Liebhaber!"

„Aber sicher – deine Liebhaber! Wieviel Dutzend hast du denn? Du ahnst nicht, wie komisch du bist, wenn du versuchst, dich auf die große Kurtisane herauszuspielen." Tatsächlich hatte es ein paar unbedeutende Affären gegeben: das gehörte zum Erfolg wie die Blumen und der Applaus.

Während des nachfolgenden Banketts war der Matador ihr Tischnachbar; was sie redeten, war höflich und konventionell.

„Wenn Doña Catalina mir die Ehre geben will, bringe ich Sie zu Ihrem Hotel", sagte Pepito im Gedränge des allgemeinen Aufbruchs. Sein Wagen fuhr vor, ein offener Hispano-Suiza. Es war eine ziemlich kurze Fahrt durch die breiten Straßen, in denen zu dieser späten Stunde ganz Madrid sich drängte. Der junge Fremde an Katjas Seite schien scheu und auf den Mund gefallen, nur einmal preßte er seinen Schenkel gegen den ihren; er zitterte ein wenig. „Gefällt Ihnen Madrid, Doña Catalina?" erkundigte er sich nachher, um Konversation zu machen.

„Ich bin noch nie dazu gekommen, viel von der Stadt zu sehen. Es dauert Stunden, bis man für den Abend geschminkt und angezogen ist. Und die Proben, die täglichen Übungen ... Ich weiß nicht, ob Sie das verstehen ..."

Pepito verstand sie durchaus.

„In dieser Beziehung bestehen Ähnlichkeiten zwischen Ihrer und meiner Kunst."

„Ja – das Formale, die Gesetzmäßigkeit, mit der sich eine Bewegung aus der anderen entwickelt. Ich bin sicher, Sie wissen auch in jedem Augenblick, auf welches Bein Sie Ihr Gewicht verlegen müssen, und Ihr Gleichgewicht ist so prekär wie unseres. Im Ballett gibt es nur keine Gefahr."

„Es muß angenehm sein, seinen Partner zu kennen. Ich weiß nie, was für ein Ungetüm aus dem *toril* auf mich lostoben wird", sagte Pepito. „Mit Ihrer Erlaubnis, Doña Catalina – Ihnen ist kalt?" Er brachte ein großes schwarzes Cape zum Vorschein, um sie in ihrem ausgeschnittenen schwarzen Abendkleid darin einzuhüllen.

„Danke, nein, mir ist im Gegenteil eher zu warm. Nur die Luft in Madrid – hier bin ich immer ein bißchen zittrig. Zu schneller Puls, kurzer Atem – ich weiß nicht, was es ist."

„Die Höhenlage. Und die trockene Luft auf dem Plateau."

„Spüren Sie's auch?"

„Frage nicht. Du weißt, daß es nicht die Höhenluft ist, die mir den Atem raubt und mein Herz schlagen läßt wie toll – *taqui-taqui-tac* –", sagte er, ohne sie anzusehen, und dann lag ein langes, vibrierendes Schweigen zwischen ihnen, bis der Wagen vor dem Hotel hielt. Pepito stieg aus und wartete an der geöffneten Wagentüre auf ihr Aussteigen, mit der geschliffenen und dekorativen Höflichkeit, dem unverkennbaren Attribut des Matadors – und des ersten Tänzers. Katja zögerte, sie mochte sich nicht von Pepito trennen. Sofort füllte sich das Trottoir vor dem Hotel mit Leuten, die ihn erkannten. Mit dem breitrandigen Hut in der Hand hielt er noch eine Minute dem Wirbelsturm seiner Popularität stand, und dann geleitete er Katja in die volle Hotelhalle, wo nun auch sie mit Beifallsrufen und Geflüster empfangen wurde. Pepito führte sie quer durch die Halle zum Lift. Dort verbeugte er sich, wünschte ihr eine gute Nacht und trat beiseite.

KATJA entkleidete sich, doch war eine zu große Unruhe in ihr, sie konnte sich noch nicht hinlegen. Sie wanderte im Zimmer hin und her, hundemüde und zugleich erregt. Sie hatte eben eine Flasche Vichy Catalan geleert, als sie schüchternes Klopfen hörte. Erst jetzt bemerkte sie die kaum sichtbare kleine Tapetentür zum nächsten Raum. Während sie noch verwirrt darauf starrte, öffnete sich diese Tür und ließ Pepito eintreten. Er hatte das Hotelpersonal bestochen, ihm das Zimmer neben Katja zu geben und die kleine Verbindungstür aufzuschließen.

In dem gedämpften Schein der Nachttischlampe sah er sehr dunkel aus, seltsam, eine wilde, fremdartige Gestalt.

In dieser Nacht, als Pepito ihr Liebhaber wurde, entdeckte Katja, daß sie unwissend wie ein Kind war. Sie hatte nicht gewußt, was Liebe war, Leidenschaft, ein Mann, ein Geliebter – bis sie es in Pepitos Umarmung lernte.

S<small>IE</small> lag wach im Bett, während die Straße draußen, kurz bevor der Morgen dämmerte, endlich still und kühl geworden war. „Schläfst du, Pepito?" flüsterte sie; sein Arm, der sie enger umschlingt, gibt die Antwort.

„Schläfst du denn nie, Matador?"

„Wie könnte ich schlafen, wenn ich bei dir bin? Diese Nacht ist zu kostbar, um die Stunden wegzuschlafen."

„In der Tat, Sie haben nicht viel Zeit verschwendet, Don Pepe. Ein Einbrecher, ein Bandit." Sie lacht leise. Sie will das Erlebnis schwerelos machen, ein flüchtiges kleines Abenteuer. Nicht überschätzen, was geschehen ist, Katja, und den Mann nicht merken lassen, daß du es nicht ertragen könntest, wenn er sich so unvermittelt aus deinem Leben verabschieden würde, wie er eingetreten ist. Und mit ihm dieser nie gekannte Rausch.

Er flüstert ihr eine Flut von Honigworten ins Ohr, von denen sie die Hälfte nicht versteht, eine richtige spanische Serenade. Zwei Fremde, zwei Liebende, es drängt sie, mehr voneinander zu wissen. Das uralte Liebesspiel von Frage und Antwort: Wer bist du, von wo kommst du, wohin gehst du, wenn du nicht bei mir bist?

„Sag doch, Pepito, wie alt bist du?"

„Bald zwanzig."

„Aber das ist viel zu jung!" ruft sie bestürzt. Sie fühlt sich gereift und mütterlich, sie, mit ihren dreiundzwanzig Jahren.

Er lacht leise. „Ich glaube, in Andalusien werden früher Männer aus Buben als in anderen Ländern und Provinzen. Besonders aus armen Buben, die vom zehnten Jahr an ihre Familie erhalten müssen."

Es ist die immer gleiche Geschichte stolzer spanischer Armut. Der Vater tot, die Mutter eine Heilige, aber abgezehrt und kränkelnd, eine Hütte voll von Kindern. „Aber jetzt verdiene ich in einem Nachmittag mehr als mein Vater in seinem ganzen Leben." Er kann sich's nicht versagen, ein wenig zu prahlen. „Ich habe fünf jüngere Brüder, und ich habe alle fünf in feine Schulen geschickt."

Wie er sie näher an sich zieht, gibt es ein feines Klimpern von Metall an Metall. Katja lacht. „Unsre Amulette machen Bekanntschaft, dein Schutzheiliger und mein Maskottchen." Seins war ein Medaillon der Muttergottes mit schwertdurchbohrtem Herzen, und Katja trug den Kinderring mit dem abgestoßenen Amethyst, den Grischa ihr in Wien geschenkt hatte.

Sie steckte ihn noch immer am Innenfutter ihres Kostüms an, so-oft sie auftrat . . .

Als Katja am nächsten Abend das Theater verließ, wartete nicht Pepito an der Bühnentür, sondern ein kleiner, fetter Spanier, der sich als Pepitos Impresario, Angelo Alvarez, vorstellte. Er brachte Madame Milenkaja die tiefsten und ergebensten Entschuldigungen von seinem jungen Matador. „Bitte meine wertlose Person für sein Fernbleiben verantwortlich zu machen", kicherte er. „Ich selbst schickte ihn zu Bett."

„Ist ihm etwas geschehen? Ist er krank?" fragte Katja geängstigt.

Aber durchaus nicht, beteuerte Alvarez, und wenn er die Ehre haben dürfte, ein Privatgespräch mit Madame –? Verwirrt und enttäuscht ließ Katja sich in sein wartendes Auto komplimentieren, worauf Don Angelo sogleich zur Sache kam. Er hatte den Jungen zu Bett geschickt, weil morgen nachmittag um vier Pepe el Cachorrito – der junge Bär – mit zwei Stieren kämpfen müßte, jeder so groß wie der Escorial. Er brauchte seinen Schlaf und keinerlei Ablenkung, denn wenn ein Matador seine Nerven nicht vollkommen beherrsche, konnte dies, Gott behüte, sehr schlimm enden.

Katja versicherte, daß sie völlig verstünde.

„Das Leben einer Ballerina eignet sich auch nicht für leichtsinnige Abenteuer, Don Angelo – obwohl Sie dies vielleicht überrascht", sagte sie hochmütig.

Der Wagen stoppte beim Hotel; sie stieg aus. Alvarez deutete eine Verbeugung an und murmelte etwas verlegen, ihn doch, bitte, nicht mißzuverstehen, aber . . .

„Aber Sie denken, daß Frauen einem Stierkämpfer gefährlich sind?"

„Nicht Frauen, Madame. Aber *eine* Frau, Madame – eine Frau wie Sie. Ich habe Pepito noch nie in einem ähnlichen Zustand gesehen. Den ganzen Tag lang konnte er von nichts reden als von Ihnen. Wenn seine Gedanken morgen nachmittag bei Ihnen wären, anstatt sich auf den Stier zu konzentrieren – es könnte übel ausgehen, Madame."

„Danke, Don Angelo. Jetzt haben Sie mir eine wundervolle Botschaft ausgerichtet", sagte Katja. „Und wenn Sie mich entschuldigen wollen – ich bin ausgetanzt und sehr schläfrig. Gute Nacht."

An jenem Sonntagnachmittag war Katja bei dem Stierkampf keine Zuschauerin mehr, sondern eng und schmerzhaft an El Cachorritos Kampf beteiligt. Als der Stier aus dem roten Tor des *toril* geschossen kam, lähmte sie eine verzweifelte Furcht. Er sah aus wie der größte, schwerste Stier der Welt und auch der dümmste; er starrte stumpfsinnig in die jubelnde Menge, und dann kehrte er plötzlich um und trottete steifbeinig zu dem Tor zurück, das er nun geschlossen fand. Katja saß so nah der Arena, daß sie glaubte zu sehen, wie Pepitos Halsmuskeln sich spannten, während er beobachtete, wie das Tier auf das Capeschwingen seiner Banderilleros reagierte. Nun ritten die Picadores auf ihren elenden Gäulen in die Arena. Er lenkte die mörderische Wut des Stiers von einem gestürzten Picador ab auf sich. Und als er eine Kette seiner Künste mit dem Cape, die *quites* genannt werden, schön und fehlerlos wie einen Tanz aneinanderreihte, brach die Menge in *Olé*-Rufe aus.

Doch im letzten Teil des Kampfes, der *Faena,* wollte der Stier nicht kämpfen. Der Matador tötete ihn schnell und sauber, aber er hatte keine Gelegenheit gehabt, vorher seine ganze Kunst zu zeigen. Sein zweiter Stier hingegen war großartig; an ihm konnte Pepito sein ganzes Repertoire vorführen. Er focht so dicht an dem dampfenden Tier und forderte die Gefahr jede Sekunde so tollkühn heraus, daß Katja versteinert dasaß, unfähig mitzujubeln, wenn das begeisterte *Olé* aufstieg, und *Olé!* und wieder und wieder *Olé* Matador! *Olé!*

Das Schwert drang ein bis ans Heft, der Matador stand mit gesenktem Kopf über dem sterbenden Stier, mit Respekt, vielleicht mit Trauer, bis das Tier in den Sand sank und verendete. Die Trompeten schmetterten, ein Schneesturm weißer Taschentücher erhob sich in allen Reihen bis hinauf zum obersten Rang, so wie die bunten Wimpel festlich gegen den hitzebleichen Himmel flatterten.

Vorhang! dachte Katja instinktiv.

Sie konnte Pepito nach der Corrida nicht sprechen. Er wurde im Jubel seiner Anhänger und auf ihren Schultern fortgeschwemmt, gehörte der Presse, den Fotografen, den Bewunderern, die sich um ihn und bis in sein Quartier drängten. Auch muß ein Matador sich nach dem Kampf in den Kaffeehäusern der Plaza Calloa zeigen, wo sich die Stierkämpferwelt versammelt – eine Welt ganz ohne Frauen.

Zwei Tage und Nächte lang hörte sie nichts von Pepito. Am dritten Tag klingelte er jede halbe Stunde ihr Hotel an. Aber Katja hatte Proben. Und schließlich wäre sie fast an ihm vorbeigegangen, ohne ihn zu erkennen, wie er da in der Hotelhalle auf sie lauerte. Nicht der malerische junge Andalusier in seiner anliegenden Tracht; Pepito im Straßenanzug sah unelegant aus, wie es Athleten oft ergeht.

In der nächsten Woche war El Cachorrito für zwei Kämpfe in Sevilla gebucht. „Ich will dir meine Stadt zeigen, es ist eine wunderbare Stadt. Ich führe dich zu den besten Flamenco-Tänzern, die Touristen nie zu sehen kriegen, und ich werde dir die feinste Mantilla in ganz Sevilla kaufen. Ich werde so stolz auf dich sein, daß ich kämpfen werde wie nie zuvor, und nachher – nachher können wir zwei volle Tage für uns haben."

„Das klingt wunderbar, aber ich kann nicht nach Sevilla kommen. Hast du vergessen – nächste Woche geht das Olycheff-Ballett nach Barcelona."

Die Narbe an seiner Schläfe rötete sich, und er knirschte mit den Zähnen. „Unmöglich", entschied er. „Ich brauche dich. Du bringst mir Glück."

„Aber Pepito, ich habe jeden geschlagenen Tag eine Vorstellung."

„Absagen!" warf Pepito hin.

„Absagen! Du weißt nicht, was du redest!"

„Ein Ballett mehr oder weniger – was macht's dir aus?"

„Genausoviel wie dir ein Stierkampf mehr oder weniger ausmacht. Warum sagst *du* nicht ab und kommst nach Barcelona? Ich werde dich ebenso vermissen wie du mich."

„Einen Stierkampf absagen? Bist du verrückt? Meine erste Corrida in Sevilla – weißt du, was das für mich bedeutet? Ich habe darauf gewartet, seit ich meinem Vater bis zu den Knien reichte."

„Und ich tanze zum erstenmal beide Partien in ‚Schwanensee‘, Odile *und* Odette", schrie Katja über den tiefen Abgrund hinweg, der plötzlich zwischen ihnen klaffte. Wütend und ohne Verständnis füreinander zogen sie sich zurück, jeder in den Käfig seiner eigenen, kleinen, unerhört wichtigen Welt.

Eine Leidenschaft wie die ihre wächst an Widerständen; jede erzwungene Trennung entzündet neue Flammen, und die langerwartete

Wiedervereinigung wird zum verzehrenden Brand. Und an Schwierigkeiten und Trennungen war kein Mangel.

Im Mai focht El Cachorrito seinen Weg durch die Festlichkeiten
verschiedener Städte zwischen Madrid und Valencia, und Katja steckte in einem Gastspiel des Olycheff-Balletts in London. Einmal brachte Pepito es zuwege, für eine Nacht und einen halben Tag nach London zu kommen. Sie hatten einander für eine Ewigkeit von mehr als
zwei Wochen nicht gesehen.

Abgetrennt von seinem heimischen Grund und Boden, war Pepito
unsicher und reizbar. Obwohl ihm mit unerschütterlich guten englischen Manieren begegnet wurde, fühlte er sich zurückgesetzt, von
Kellnern, Portiers, Taxichauffeuren mit ungenügender Hochachtung
behandelt. Katja hatte immerfort Angst, daß es im nächsten Augenblick zu einer Rauferei kommen könnte. Er stampfte auf den Boden,
seine Lippen wurden wachsbleich, und ein paar neue Stiche über der
linken Braue gaben ihm ein wildes Aussehen.

„Das? Ah, das ist nichts. Die gemeine Bestie, die ich in Córdoba
das Pech hatte, im Los zu ziehen. Aber das ist alles nur deine Schuld.
Wenn ich dich nicht bei mir haben kann, geht alles schief. Aber was
liegt dir dran? Du – ein berühmter Star, mit einem Lord an jedem
Finger . . .“

Katja entdeckte, daß Pepito Szenen nötig hatte. Von Zeit zu Zeit
mußte er das harte Gehäuse seiner spanischen Höflichkeit in Stücke
schmeißen, während „Alles, bloß keine Szene!“ zu den Grundpfei-
lern ihres Lebens gehörte. Aber plötzlich fand auch sie sich schimpfend
wie ein Fischweib, mit Beleidigungen und zerbrechlichen Gegenständen um sich werfend. Es gab ihr eine unmeßbare Erleichterung, und
es erschreckte sie. Weinend landete sie zuletzt in Pepitos Umarmung.

Gegen Ende der Spielzeit in London war Katja vor Sehnsucht nach
ihrem Geliebten fast unbrauchbar geworden. Sie tanzte ohne
Schwung; sie verließ sich auf ihr Gedächtnis und die Reflexe ihres
Körpers, der seine routinierte Pflicht tat, auch wenn ihre Gedanken
nicht dabei waren.

„Ekelhaft“, sagte Grischa. „Los, geh, renn deinem Stierkämpfer
nach, wenn du's so nötig hast. Ich habe schon mit Olycheff geredet.
Hab ein verstauchtes Knie für dich erfunden. Er gibt dir zwei freie
Tage, bevor wir in Amsterdam eröffnen. Du brauchst nur in sein
Büro zu hinken und dem guten Onkel danke schön zu sagen.“

Es WAR ein heißer Tag in Madrid. „Nimm einen Hut und Handschuhe", sagte Pepito, „und das weiße Kleid, in dem du mir so gut
gefällst."

„Wozu einen Hut? Gehen wir Kirchen anschauen?"

„Nein, wir gehen ins Rathaus. Gib mir deinen Paß, wir wollen
heiraten."

„Heiraten! Du bist wohl verrückt geworden!"

„Verrückt – mit dir –, das weißt du ja. Aber was diese Zivilehe
anbetrifft, bin ich die kalte Vernunft in Person. Wenn du es wünschst,
Liebste, können wir später eine Hochzeit in der Kirche haben."

„Aber warum überhaupt heiraten?"

Es stellte sich heraus, daß Pepito dunkel fühlte, daß er es seiner
und besonders ihrer Ehre schuldig sei, sie zu seiner Frau zu machen.
Es war komisch und ungeschickt und rührend, wie das Geschenk
eines Kindes, das man unmöglich zurückweisen kann. Pepito wollte
Katja besitzen, ganz allein und zu jeder Zeit. Hauptsächlich aber
wollte er mit ihr als Mann und Frau zusammenleben während dieser
kurzen Ferien.

Es war keine richtige Hochzeit und wurde nie eine richtige Ehe.
Sie hielten ihre Heirat mehr geheim als ihre Liebschaft. „Laß es
etwas bleiben, das nur uns beiden gehört", bat Katja. „Kannst du dir
vorstellen, wie Alvarez und Olycheff es mit Pauken und Trompeten
in die Öffentlichkeit bringen würden? Gute Reklame, nicht? Das
könnte ich nicht aushalten."

„Du hast ganz recht. Vorläufig. Bis ich genug Geld beisammen
habe, um Rancho Palanquillo zu kaufen –", sagte er, sich zu seinen
eigenen Horizonten träumend: Eine Farm in der Nähe von Sevilla,
wo er Kampfstiere züchtete und seine Kinder erzog und mit Katja
zusammen alt wurde.

Das warme reiche Leben, allein mit Pepito, im alten portugiesi-
schen Fischerdörfchen! Sie schwimmen, sie liegen im Sand. Die weißen Wolken am hohen blassen Himmel und die Windmühlen, die
auf den gelben Klippen ihre rostbraunen Flügel in der Brise spannen.
Weit draußen an der Küste, körperlos im Dunst, steht ein uraltes
maurisches Kastell. Noch ferner ein Filigran von Segelschiffen, das
sind die Sardinenfischer. Und die Mahlzeit, Fisch und safrangelber
Reis, unter dem schwerbehängten Traubendach des kleinen Gasthofs;
und dann die Siesta, zum Summen der Bienen draußen und dem

schläfrigen Stundenschlag der Kirchenuhr. Bis der erste laute Ruf von der See her die Ruderboote ankündet, die täglich zum Sonnenuntergang den Fang der Sardinenkutter da draußen einbringen. Das gesamte Dorf rennt zum kleinen Hafen, und die Fischer lachen und singen und rufen, braune Männer und Buben, sie springen aus ihren flachen Booten ins Wasser und zerren sie ans Land, die Seile über die Schultern gestrafft.

Zu wissen, wie schnell diese Tage vorbei sein würden und wie endlos die Trennung nachher, gab ihnen noch eine Dimension dazu, mehr Tiefe, etwas von der Süße aller überreifen Dinge, die ihr eigenes Ende in sich tragen.

Es IST wohl so, daß ein Rausch dieser Art – solange er währt – mehr wie Liebe aussieht, als wirkliche Liebe es tut. Wenn es vorbei ist – so wie ein Tornado vorbeigeht oder eine schwere Krankheit –, dann bleibt nicht mehr zurück als Staub und Asche.

Es war Katjas erste Erfahrung mit der Übersättigung, in der Abenteuer dieser Art meist enden. In ihrer Ernüchterung konnte sie Pepito so sehen, wie er wirklich war: grob, unwissend, geldgierig; er roch nach Schweiß, Knoblauch und Zigarren. Wenn er Angst hatte, wurden seine Hände naß zum Auswinden – und neuerdings hatte er zu häufig Angst. Er hatte zu oft Pech, focht schlecht, das Gesindel auf den billigen Plätzen beschimpfte ihn, und schon zweimal hatte ihn ein wütender Stier auf die Hörner genommen.

Dann, gerade als Katja in die anstrengenden letzten Proben für Grischas erstes Ballett „Orfeo" verstrickt war, erschien Pepito unangekündigt in Paris. Vergebens bemühte sich Katja, ihm zu erklären, weshalb sie keine Zeit für ihn fand. „Orfeo" war der wichtige Wendepunkt in Grischas Karriere, die erste Gelegenheit, seine Ideen und Visionen in ein sichtbares Ganzes zu kristallisieren. Und in dieses Schaffensfieber, diese Explosion von ehrgeizigen Hoffnungen platzte Pepito, ganz ohne Verständnis und mit einer völlig hirnverbrannten und absurden Forderung: Katja solle alles liegen- und stehenlassen und mit ihm für die drei Wintermonate der Stierkampfsaison nach Mexiko, Peru und Kolumbien gehen. Sie war seine Frau! Sie *gehörte* ihm!

Bei diesem unerträglichen Wort fuhr Katja auf, wie von einer Giftschlange gebissen. „Ich gehöre niemandem. Du geh nach Mexiko, und sieh zu, daß du deine Stiere bewältigen kannst, Matador, so daß nicht immer zwei von drei Kämpfen mit einem Fiasko enden." Sie haßte ihn in jenem Augenblick, und im Olycheff-Ballett hatte sie aus Gründen der Selbstverteidigung gelernt, scharf zu zielen und zu verwunden. Sie zerrte ihren Kamelhaarmantel aus dem Schrank, warf ihn über die Schultern und ließ Pepito mit dem vergifteten Pfeil in seinem Stolz hinter sich.

„ORFEO" war kein Erfolg. Nach der dritten Aufführung wurde Grischas Werk abgesetzt.

An einem Regentag im Januar kam er in Katjas kleine Pariser Wohnung. Sein Haar war feucht und sein Gesicht so weiß, daß es wie eine elektrische Bogenlampe zu leuchten schien.

„Was ist jetzt wieder passiert?" fragte Katja; sie kannte die Vorzeichen von Katastrophen.

„Ich habe gekündigt. Soll doch Olycheff sehen, wo er in der Eile einen guten *premier danseur* findet, da er sich so beeilt hat, einen andern Choreographen zu engagieren. Und weißt du, wer der neue Mann ist? Mirko Bagoryan. Das macht es unmöglich für mich zu bleiben."

„Vielleicht könntest du mir erklären, was du gegen Bagoryan hast?"

„Gern. Er ist charakterlos. Er läuft mit, er macht nach, er rennt hinter dem Publikum her. Ich kann unmöglich nach seiner Pfeife tanzen. Ohne innere Überzeugung kann ich nichts leisten."

Es ist wahr, dachte Katja. Grischa schaffte, lebte, tanzte aus einem inneren Gesetz. Das war bewundernswert, und es machte endlose Schwierigkeiten, und sie liebte ihn dafür. Sie lächelte ihm zu. „Weißt du, Grischenka, dir fehlt diese neue Sache, von der soviel die Rede ist: sich einfügen. Mit der Majorität gehen . . ."

„Gott sei Dank. Irgend jemand muß der Schafherde den Weg zeigen."

„Eingebildet bist du gar nicht, wie?"

„Sehr eingebildet. Seht nur diesen Kuprin an, hat ein gutes Ballett gemacht und fühlt sich nicht wie ein Wurm, obwohl es durchgefallen ist." Grischa betrachtete Katja aufmerksam, ohne daß sie es merkte. Sie saß in einem Gestrüpp von zerknitterten Briefbogen. Auf dem wackligen kleinen Tisch drängten sich ein Aschenbecher voll halbgerauchter Zigaretten, eine Tasse mit kaltgewordenem Tee, eine halb-leere Flasche Vichy. Katjas Augenlider waren gedunsen, sie trug den alten Kimono, der noch aus Budapest stammte, und sie war barfuß. Grischa machte eine stumme Diagnose: zuwenig Schlaf, Kopfschmerzen, verdorbener Magen, wunde Zehen.

„Willst du dich *partout* erkälten?" sagte er und holte ihre Haus-schuhe aus dem Badezimmer. Dann legte er einen großen Briefum-schlag auf das vollgekramte Tischchen. „Madame zur Durchsicht un-terbreitet. Auch das Kleingedruckte."

„Du hast einen andern Kontrakt?" sagte sie, etwas erleichtert, und öffnete das Schriftstück. Sie begann zu lesen, holte tief Atem, fing nochmals an, wanderte mit dem Kontrakt in der Hand zu ihrem Bett, blieb aber, tief in Gedanken, mitten im Zimmer stehen.

„Wenn Madame mit den Bedingungen einverstanden ist, bitte zu unterzeichnen", sagte Grischa gravitätisch.

Es war ein sehr anständiger Kontrakt für sie beide; eine Tournee von sechs Monaten, die in Schweden begann und die wichtige Früh-jahrssaison in London mit einschloß. Das Kleingedruckte enthielt eine Option für die anschließenden sechs Monate, eine Tournee in Nord- und Zentralamerika. Als Impresario und Unternehmer zeichnete ein gewisser Stan Tedesco. „Nie von ihm gehört", murmelte Katja.

„Ich kenne ihn recht gut. Er fängt Stars für die Oper in New York ein. Vernarrt in den Tanz. Aber kein Narr. Ernsthafte, wirklich künst-lerische Tanzabende sind die große Mode. Und es ist ein ungewöhn-lich guter Kontrakt, nicht? Großer Gott, endlich frei zu sein, Dusch-ka, mein eigener Herr! Ich platze vor Ideen, stell dir doch vor, nur du und ich, kein Dreinreden. Katja, meine Katja, jetzt fliegen wir zum Mond! *Allez-hop!* Und – jetzt geht's *rauf!*" sang er, und sie fand sich zur Decke gehoben. Es war wunderbar, doch ein tiefsitzender bio-logischer Instinkt ließ sie aufschreien: „Nicht! Vorsicht! Laß mich hinunter!"

Kopfschüttelnd gehorchte Grischa.

„Was ist denn los? Du glaubst doch nicht, daß ich dich fallen lasse? Du bist nervös."

„Hör mich an, Grischa", sagte sie, als sie wieder auf ihrem Bett saß; der Kontrakt in ihrer Hand zitterte ein bißchen. „Es ist schade, Grischa, aber – London geht nicht. Ich kann nur noch bis Ende Mai tanzen." Sie sah Grischa gerade und mit einem wunderlichen Lächeln in die Augen. Ein paar stumme Sekunden, dann hatte Grischa die Situation erfaßt.

„Komm, leg dich ein bißchen hin, und laß uns die Sache vernünftig besprechen", sagte er sanft. „Wann erwartest du das Baby? Ende August? Nun, warum kannst du da nur bis zum Mai auftreten? Bewegung ist gut für eine Frau in deinem Zustand."

„Eine Sylphide im sechsten Monat wäre weder sehr reizvoll noch im Charakter der Rolle."

„Ach, Quatsch. Bei mir wirst du keine Sylphide tanzen. Ich stecke dich in eines von diesen brettsteifen altrussischen Kostümen, als Bojarinja, und wir tun einen Hoftanz – du wirst schon sehen . . ."

Träumerisch folgte Katja den strömenden Einfällen. „Ach Gott, Grischenka, wir müssen vernünftig sein, praktisch –", sagte sie kopfschüttelnd.

Grischa versuchte praktisch zu sein. „Hat nicht der junge Mann, der dich in diese Lage gebracht hat, gewisse Verpflichtungen?"

„Laß den aus dem Spiel. Es war *meine* Einladung, und *ich* bezahle die Rechnung", sagte Katja mit einem bitteren kleinen Lächeln. Sie zögerte einen Moment, und dann zog sie ein paar Briefbogen unter den andern hervor und reichte sie Grischa. Es war kein Brief, eher ein Dokument, in dem Señor Angelo Alvarez in eiskaltem, aber höflichem Spanisch sich die Freiheit nahm, Madame Milenkaja in Kenntnis zu setzen, daß sein Klient, der ehemalige Torero El Cachorrito, seine Ehescheidung von Madame anhängig gemacht habe und daß die Scheidung zweifellos bewilligt werden würde, und zwar auf Grund von Desertion ihrerseits und Ablehnung ihrer ehelichen Pflichten. Wenn Madame gütigst beiliegende Schriftstücke, nämlich a) eine rechtsgültige Vollmacht, b) Zustimmung zur Lösung des Ehebandes und c) Verzichtleistung auf jegliche Ansprüche an seinen Klienten – et cetera . . .

Grischa las die Papiere durch. Er knurrte ein russisches Wort des Abscheus und schmiß die Beilagen in den Papierkorb.

Don Angelo schien gefühlt zu haben, daß man Katja eine Art von Erklärung schuldig sei, und so hatte er in einem zweiten Brief einen kurzen Bericht über Pepito folgen lassen. El Cachorrito war demzufolge vom Pech verfolgt gewesen, und zuletzt war er in Kolumbien so schwer verwundet worden, daß man für sein Leben fürchtete. Er mußte sich entschließen, die Glorie des edlen Kampfes aufzugeben.

Glücklicherweise hatte er in jenen Stunden der Verzweiflung seine Rettung in der Person von Señorita Eládia Hernandez gefunden, der liebreizenden jungen Tochter des bekannten mexikanischen Züchters von Kampfbullen, General Sebastian Hernandez. Die Hochzeit war für den 12. Februar geplant, „aus welchem Grund wir sehr verpflichtet wären, wenn Madame die Güte hätte, die unterzeichneten Papiere postwendend zu retournieren".

„Was für ein Schuft! Möchtest du ihn nicht am liebsten umbringen?"

„Umbringen? Ach nein. Er heiratet Geld und Kühe und Kälber, das ist schon das beste für ihn. Natürlich bleibt ein peinlicher Nachgeschmack. Aber sonst . . ."

„Dir fehlt etwas. Menschen, die nicht wirklich hassen können, die können auch nicht wirklich lieben."

Katja dachte nach. „Der einzige Mensch, den ich manchmal hasse, bist du", sagte sie nachher; erst eine Sekunde später begriff sie, was dieser eine Satz verbarg und zugleich verriet.

„Und wie steht's mit dir, Grischa? Hast du jemals jemanden geliebt? Du kannst eifersüchtig sein, und du kannst ausgezeichnet hassen."

Er hatte die Dokumente wieder aus dem Papierkorb geholt. „Weißt du es nicht?" fragte er.

„Woher soll ich's wissen?"

Er blickte sie nicht an, als er leichthin sagte: „Schafskopf, kleiner, weißt du denn nicht, daß ich dich liebe? Soweit ich überhaupt lieben kann . . ."

So KLAR, wie Katja sich der Tänze jener ersten Tournee mit Grischa erinnerte, so verwischt, in Dämmerlicht vergraben, lag die Geburt ihres Kindes. Das kleine Mädchen kam in einem verborgenen Städtchen in der Dordogne zur Welt, die Geburt ging leicht, das Kind war kräftig und erstaunlich häßlich.

Sie nannte es Valerie.

„Sie ist ein entzückendes Engelchen", behauptete Madame Kuprin. Maman hatte ihren ausdauerndsten Liebhaber, Serge Baliyeff, geheiratet, sich mit ihm in Cagnes-sur-Mer niedergelassen und einen kleinen Handel mit Kräutern angefangen, die sie in ihrem rosmarinduftenden Gärtchen zog; Baliyeff war das Versanddepartement. Katja brachte das Neugeborene bei dem alternden Liebespaar unter und ging auf die amerikanische Tournee, um mit Grischa neue Welten zu erobern.

Obgleich Katja vorgab, daß sie sich nicht um die Zyklen kümmerte, die Grischas Stimmungen, Nerven, sein ganzes Leben, beherrschten, so hing doch ihre ganze Existenz davon ab. Während all der Jahre ging das hoch hinauf und tief hinunter. Die klaren, guten Zeiten inneren Friedens und ungestörter Schaffenskraft; und dann wieder der wachsende Druck, bis es ihn zum nächsten Sturz ins Dunkle trieb, immer wieder. Es war ein hoffnungsloser, verzweifelter, lebenslänglicher Kampf.

SIE war kurz nach Mitternacht, in tiefer Bewußtlosigkeit, eingeliefert worden. Der San-Francisco-Nebel war zum Schneiden, und die Ambulanz hatte gute zwanzig Minuten vom Theater im Zentrum der Stadt bis zum Krankenhaus gebraucht. Während der Röntgenaufnahmen kam sie für einige Augenblicke zu sich, erbrach sich, wollte sich gegen irgendwelche Phantasiegebilde wehren. Noch immer versuchte sie sich gegen jemanden zu verteidigen, der sie ermorden wollte.

Kein Schädelbruch wurde gefunden, jedoch eine Gehirnerschütterung, die eine sofortige Operation des gebrochenen Hüftgelenks nicht ratsam machte. Drei geknackte Rippen wurden bandagiert, der zackige Riß in der Kopfhaut vernäht, und man legte sie in ein Einzelzimmer.

Das zweite Opfer des Unfalls jedoch, Grigory Kuprin, der bei vollem Bewußtsein war und nicht erbrechen mußte, hatte einen recht ernsten Schädelbruch erlitten und wurde sogleich in den Operationssaal geschafft.

Katja liegt flach im hohen Spitalbett, ihre Knochen zusammengenagelt und ihre Rippen mit Heftpflaster zusammengehalten, ihr Haar ist kurz geschoren wie das einer jungen Nonne, ihre Kopfhaut vernäht; an ihrem Arm ist eine Nadel befestigt, aus der eine Glukoselösung in ihre Adern tropft, und die Gehirnerschütterung schlägt wie eine Brandung innen gegen ihre Schädeldecke.

Doch die Unannehmlichkeiten des Körpers sind nicht das Wesentliche. Das Wesentliche, das Schlimmste, ist die Erfahrung, daß sie nun völlig allein ist, unnütz, in den Mülleimer geschmissen. Ihr ganzes Leben lang hat sie zu einer Gruppe gehört; wie ist es möglich, daß die andern weiterziehen werden – ohne Milenkaja?

In der Zwischenzeit ist Kuprin in die Liste der gefährlich Erkrankten eingerückt. Er murmelt unausgesetzt und in vielen Sprachen. Seine gebrochene Schädeldecke ist zwischen Sandsäcken zusammengepreßt und reagiert keineswegs zufriedenstellend auf die Bemühungen der Ärzte. Eine neuerliche Operation zu Untersuchungszwecken zeigt, daß er schon vor dem Unfall einen Gehirntumor entwickelt hatte.

Doch die Person, die mehr zu leiden schien als die beiden verunglückten Tänzer, das war ein zerzauster, verknüllter Mensch, der mit der Milenkaja im Ambulanzwagen ankam, auf einem Einzelzimmer für sie bestand und der das Geld für die streng geforderte Vorauszahlung mit zitternden Händen aus allen seinen Taschen zusammenkramte. „Mein Name ist Sandor Lazar, ich bin denen ihr Musikdirektor und bester Freund, die beiden haben keine Familienangehörigen. Ich trage die volle Verantwortung", hatte er erklärt. Er besorgte ruhig und zielbewußt alles, was getan werden mußte – oder konnte, und er war der einzige Mensch, dem Katja gestattete, sie zu sehen, sobald ihre Gehirnerschütterung verebbt war.

Er war schweißbedeckt, als er wieder draußen stand und zum tausendstenmal das Pappschild an der Tür von Zimmer Nr. 372 las: Besuche strengstens untersagt.

„Nun, wie finden Sie sie?" erkundigte sich Dr. Marshall, einer der fünf jungen Volontärärzte, die im Krankenhaus wohnten, im Vorbeigehen.

„Großer Gott, Doktor, sie hat nicht die leiseste Ahnung, daß es mit Kuprin schlimmer steht als mit ihr. Wenn sie das erst erfährt – sie wird sterben, Herr Doktor . . ."

Darüber lächelte Marshall nur. „Ein Glück für uns Ärzte, daß nicht so leicht gestorben wird", sagte er; und nach einem beruflichen Blick auf Lazars erbleichtes Gesicht lud er ihn auf eine Tasse Kaffee in die Kantine ein.

„Sie waren ja dabei", sagte Marshall nach der zweiten Tasse Kaffee zu Lazar, „wie ist die Sache eigentlich passiert?"

„Ja, wie ist es passiert, Herr Doktor? Das möchte ich selber wissen. Freilich, wenn der arme Teufel mit einem Gehirntumor getanzt hat – das erklärt eine Menge. Er war ja immer ein schwieriger Bursche, und wenn er vielleicht nach und nach immer schwieriger wurde, das haben wir kaum bemerkt. Zum Beispiel, diese gottverdammte aufsteigende Rampe, ein Weg, auf einem Gerüst aufgebaut, na, ich kann Ihnen sagen, dieses eine Stück hat uns mehr Schwierigkeiten gemacht als die gesamten Dekorationen für sechs andere Ballette zusammen. Er verwendete es in den ‚Metamorphosen'. Katja – das ist Madame Milenkaja – hat den letzten Teil von diesem *pas de deux* nie gemocht, wo er sie diese Rampe hinaufträgt. Wie ich also vor dem ersten Vorhangzeichen in ihre Garderobe schaue, wie gewöhnlich, da ist sie so nervös, sie hat überall eine Gänsehaut. Na, ich sage also: ‚Weshalb siehst du aus wie Apfelmus und Spucke?' und noch so ein paar ermutigende Worte. Und sie sagt: ‚Diese sechzehn langsamen Takte zum Schluß – ich habe immer Angst, schwindlig zu werden, da oben.' Aber was sie wirklich meinte, war, daß Grischa schwindlig werden könnte. Seit einiger Zeit wurde ihm ein paarmal schwindlig, wenigstens behauptete er es, niemand glaubte es so recht – mein Gott, ein Tänzer wie Kuprin und schwindlig! Wenn ich jetzt zurückdenke, sehe ich, wie er ganz hart bei seiner linken Schläfe anklopfte. ‚Was ist los? Niemand zu Hause?' neckte Katja ihn, und er schaute sie an mit einem Blick – einem Blick, als wenn er sie am liebsten erwürgt hätte. ‚Etwas nicht in Ordnung mit den Augen', sagte er. ‚Ich sehe die Dinge doppelt oder wie durch Wasser', beklagte er sich. ‚Warum schaffst du dir keine Augengläser an?' sagt Katja. ‚Aber sicher: Augengläser!' schreit er sie an. Darauf sagt Katja: ‚Kontaktlinsen, Schafskopf. Bevor du ein Bein brichst – dir oder mir' –, und schon ging das Streiten wieder los. Wir alle dachten, er war eben widerspenstig, eifersüchtig. Er hat die ganze Truppe aufgebaut, aus nichts, niemand hat ihm dabei geholfen, und dazu ist er selbst ein so großer Tänzer. Aber natürlich, das Publikum, die Idioten, was die aufweckt und wem die applaudieren – das ist immer nur die Primaballerina. Die Milenkaja, die den großen Kuprin überholt hatte. Er fühlte sich in den Schatten gedrängt, wo er nicht hingehört. Ein paarmal war Grischa rüde zu Katja. In einem *Adagio* steht er gelangweilt da, anstatt Hingerissenheit zu markieren, während sie tanzt. Oder er stützt sie nicht so, wie sie es verlangen kann; oder lüpft sie so ungeschickt hoch, daß es aussieht, als wenn sie zentnerschwer wäre – das kann jedem Anfänger passieren. Aber doch nicht einem Kuprin, um Himmels willen! Kuprin wußte, was er tat. Der ganze Bursche war im letzten Jahr so niederträchtig. Nicht die ganze Zeit, nur in

Anfällen – mein Gott, wenn wir bloß gewußt hätten, daß er ein kranker Mensch war. Wenn Katja das gewußt hätte – es gibt ja nichts in der Welt, was Katja nicht für ihn täte.

In seinem Ballett ‚Metamorphosen‘ ist Grischa Zeus, er ist überhaupt alles; ein Stier mit Europa, eine Wolke mit Jo, ein goldener Regen mit Danae, ein Krieger mit Alkmene, ein Schwan mit Leda. Es ist eine enorme Leistung, aber für Grischas Appetit ist es nur ein Krümchen. Er will ja immer alles sein und alles tanzen.

In der letzten Szene ist Katja Semele, das törichte Blondinchen, das den Zeus nicht in Ruhe läßt, bis er sich ihr in seiner vollen olympischen Macht und Glorie zeigt. Aber wenn er das tut, fällt sie um und ist tot.

Kuprin hebt sie auf, als wäre sie nur ein Häufchen Asche, und trägt sie auf hochgestreckten Armen weg, und so schreitet er diese Rampe hinauf, sie ist fast drei Meter hoch. Auf der Bühne sind drei Meter so hoch wie der Himmel, müssen Sie wissen. Nun denn, im üblichen Hochheben benutzt die Ballerina natürlich ihre eigene *élévation,* ihre Sprungkraft, ebensosehr wie der Tänzer seine Muskeln. Ihre Muskeln sind ebenso gestrafft wie seine, bis er sie wieder niedersetzt. Aber nicht so in diesen teuflischen letzten sechzehn Takten von ‚Metamorphosen‘. Der armen Katja wurde befohlen, sich völlig zu lockern, nicht ein Zentimeter ihrer Muskeln durfte gespannt bleiben. Kuprin fauchte sie an: ‚Wie ein alter Strumpf mußt du dich hängen lassen. Das Rückgrat lockern!‘ Es war wohl die schwierigste Sache für eine Ballerina, und ein paarmal gab’s Katja einfach auf und rannte von der Probe.

Nicht, als ob Kuprin sich’s leichtgemacht hatte. Einen ganz schlaffen Körper von hundert Pfund mit ausgestreckten Armen hochzustemmen, so daß es ganz leicht ausschaut – das brächte kein starker Mann im Zirkus zustande.

Jetzt also kommt es dazu; im Orchester haben wir Semele mit einem Höllenlärm totgekriegt, und dann hebt Kuprin sie vom Boden, und wir spielen eine Art Trauermarsch dazu, und die Beleuchter projizieren Sturmwolken auf den Hintergrund – was jeden schwindlig machen kann. Kuprin beginnt aufwärts zu schreiten. Im elften Takt von den sechzehn merke ich, daß er ein wenig schwankt, und ich dirigiere etwas schneller – vielleicht wissen Sie nicht, Herr Doktor, daß jede Bewegung im Ballett um so schwieriger ist, je langsamer

sie ausgeführt wird –, aber die zweiten Geigen schlafen wieder einmal, das Orchester schmeißt, und wie ich sie wieder beisammenhabe
und auf die Bühne schaue, sehe ich grade noch, daß Kuprin stolpert.
Aber er hält Katja noch immer hochgestreckt in die Luft. Ich drücke
auf den Knopf am Pult, der im Notfall das Zeichen zum Fallen des
Vorhangs gibt. Ich sehe noch, wie Kuprins Knie einknicken, dann
fällt endlich der Vorhang, und die Leute applaudieren wie toll. Wenn
Sie mich fragen, Doktor, wie's eigentlich passiert ist – ich weiß es
nicht. Ich denke, das Gewächs in Grischas Hirn ist die Antwort. Jedenfalls – als ich auf die Bühne gerast kam, war das Unglück schon
geschehen.

Katja war hinuntergestürzt, unglücklicherweise nicht glatt auf die
Matratze, die vorschriftsmäßig auf der Bühne unten ausgelegt war,
sondern sie schlug erst gegen das Gerüst, das die aufsteigende Rampe
stützte. Und Grischa war, den Kopf voran, die Leiter hinabgerumpelt,
die in der Kulisse für seinen Abgang bereitstand. Mein Gott, wenn
wir bloß gewußt hätten, daß er ein kranker Mensch war! Und nun –
bitte, sagen Sie mir die Wahrheit, Herr Doktor: Nach der Operation
– wenn der Tumor draußen ist –, wird er wieder in Ordnung sein?
Und die Milenkaja – wird sie imstande sein, so zu tanzen wie vorher?"

„Tanzen? Wenn sie Glück hat, wird sie imstande sein, zu gehen,
ohne sehr merklich zu hinken", erwiderte Dr. Marshall. Aber er be-
reute sogleich diese spontane und unvorsichtige Antwort und setzte
schnell hinzu: „Was Kuprins Operation anbelangt – Professor Abra-
ham ist einer der besten Hirnspezialisten der Welt."

„Also besten Dank für den Kaffee", sagte Lazar. „Jetzt muß ich
ins Theater rennen, denn die Vorstellung geht allem andern vor.
Möchte bloß wissen, warum?"

Soweit Sandor Lazar. Grigory Kuprin wurde am folgenden Morgen operiert. Es war eine ausgezeichnete Operation, und drei Tage
danach starb er an einer Gehirnblutung; während Katja noch nicht
einmal wußte, daß Grischa sich bei dem Unfall auch verletzt hatte.

Zu DEN verschiedenen Anhängseln des Krankenhauses gehörte unter
anderem ein kleiner buckliger Italiener, der zu bestimmten Stunden
die linoleumbelegten Korridore entlang glitt und den Kopf ins Krankenzimmer steckte, um die letzten Zeitungen anzubieten. Das Schild
mit „Besuche strengstens untersagt" an der Tür von Nr. 372 hatte

ihn bisher von Katja ferngehalten. Doch während die Schwester nur schnell mal auf eine Tasse Kaffee in die Kantine gelaufen war, bewerkstelligte er es, in aller Unschuld Katja ein Abendblatt zu verkaufen. Es enthielt einen detaillierten Bericht über Grigory Kuprins Tod und sein Begräbnis.

Als die Schwester zurückkam, fand sie ihre Patientin bewußtlos, wieder in tiefem Schock. Der Blutdruck war bis zu einem gefährlichen Tiefstand gefallen, wo ein Leben verlöschen mochte wie eine Kerze, aus Gründen, gegen die eine Bluttransfusion oder eine das Herz stimulierende Injektion nicht immer hilft.

In jener Nacht, als alle vorgeschriebenen Mittel versagten, hielt Dr. Marshall sie am Leben, und zwar durch gänzlich unwissenschaftliche Behandlungsmethoden. Er nahm sie in seine Arme, um sie zu erwärmen; er rieb ihre Glieder, versuchte ihre Blutzirkulation mit scharfen kleinen Klapsen in Gang zu bringen, er legte seinen Mund auf den ihren und blies ihr seinen eigenen Atem ein, er liebkoste sie wie ein Kind, redete ihr zu, aus den unbekannten Fernen zurückzukehren, zu denen sie geflüchtet war. So teilte er mit ihr eine Stunde der tiefsten Intimität, wie sie – ganz selten – zwischen dem Kranken und dem Heiler, dem Sterbenden und dem Priester geschieht.

Der junge Arzt brachte aus dieser Stunde das Gefühl eines leuchtenden Sieges mit, einer Leistung weit über seine Pflicht hinaus, vermischt mit zärtlichem Mitleid für das zarte Geschöpf, dessen Herzschlag er in seinen Händen gehalten hatte.

In Katja, so schwach ihr Wunsch zu leben auch sein mochte, blieb die Erinnerung an die Sicherheit, die Ruhe, mit der er sie festgehalten hatte, das Gefühl des Geborgenseins. In jener Nacht begann ihre langsame Wiedergenesung.

Die ersten Anzeichen der Genesung sind bei jeder Frau die gleichen, und Katja wurde wieder zur Frau. Zwei Tage darauf verlangte sie einen Handspiegel, Lippenstift, Rouge, Parfüm. Dann kam der Rollstuhl und dann die Krücken und schließlich die ersten Schritte, schwer an Dr. Marshalls Arm gelehnt. Aber auch die Schmerzen, die verzweifelte Entdeckung, daß es noch schlechter mit ihr stand, als sie gefürchtet hatte. Und hinter allem die heimliche Angst vor dem Tag, an dem sie das Krankenhaus verlassen mußte.

„Also spätestens am Sonnabend schicken wir Sie heim", verkündete der Chefchirurg mit befriedigtem Händereiben. Dr. Marshall erhaschte in ihren Augen ein Flackern der Furcht. „Wo wohnen Sie denn, Miß Katja?" fragte er sie nachher.

„Wir waren doch auf einer Tournee, als das passierte . . ."

„Nun, Sie müssen doch irgendwo wohnen, nicht? Wenn Sie nicht unterwegs sind, meine ich."

„Nein, eigentlich nicht; wir sind so – ein bißchen – fahrendes Volk. Während der New Yorker Saison wohne ich gewöhnlich in einem schäbigen kleinen Hotel in der 48. Straße – aber Grischa dachte, wir sollten wieder nach Paris ziehen, sobald die Franzosen sich ein bißchen vom Krieg erholt haben."

„Vielleicht wär's keine schlechte Idee, wenn Sie noch ein Weilchen zur Erholung in San Francisco bleiben könnten? Ich würde Sie gern noch beobachten, bis Sie Ihre volle Beweglichkeit wiedergewonnen haben."

Was Dr. Marshall unter voller Beweglichkeit verstand, das bedeutete für eine Milenkaja, daß sie verkrüppelt war fürs ganze Leben. Trotzdem fühlten Arzt und Patientin sich viel besser nach diesem Aufschub der endgültigen Trennung, und die Schwester sagte, sie hätte von einer kleinen möblierten Wohnung gehört, und nur keine Sorge, sie würde schon nach allem sehen, und Miß Katja würde es so gemütlich haben wie ein Kaninchen im Kleefeld.

Nach ihrer Entlassung aus dem Krankenhaus schrumpfte Katjas Welt ein. Da ist die eng umgrenzte Sicherheit ihrer Stube, ihr kleiner Balkon mit der Aussicht über die Bucht. Ihr Bett, ihr Rollstuhl. Sie hat den Wind zur Gesellschaft, die ziehenden Nebel, den Wechsel der Farben im Sonnenlicht oder Regen. Dann kommen die Tage, die damit hingehen, daß sie lernt: zu stehen, sich zu setzen, quer durchs Zimmer zu gehen, ihr Gewicht zu verteilen. Und auf Dr. Marshalls Anruf oder seine Visite zu warten.

Katja erfuhr niemals, wie schwer es für einen jungen Volontärarzt war, sich von den kurzen Stunden, die ihm zum Essen, Schlafen, Studieren vergönnt waren, die Zeit zu stehlen, die er mit ihr verbrachte.

„Wie heißt das Parfüm, das Sie benutzen, Katja?" fragte er sie, nachdem einige Wochen so dahingegangen waren.

„Das? Ach – *Eau Verveine*. Es ist mehr ein Toilettenwasser."

„Ich mag es gern. Es ist – sozusagen –, es paßt gut zu Ihnen. Sie dürfen nie etwas anderes benützen, ja?"

„Nein, gewiß nicht. Ein kleiner Mann in Grasse macht es seit Jahren ausschließlich für mich."

„Ach so. Und Sie könnten nicht ein paar Tropfen für mich aufsparen? Nur was so in einem Fläschchen überbleibt, vielleicht?"

„Doch – aber wozu?" fragte Katja.

„Ich dachte bloß – ich könnte es vielleicht analysieren", sagte Marshall; er flunkerte so unbeholfen, daß seine Stirn zu erröten schien, während seine Wangen zugleich etwas erbleicht waren. „Wie ich Ihnen erzählte, ich bin dabei, zur Biochemie überzugehen, und wenn ich unter Zechlin in New York arbeiten will, wie ich hoffe, dann muß ich meine Kenntnisse in praktischer organischer Chemie ein bißchen auffrischen, und da –", sagte er noch, sich immer mehr verheddernd.

Katja erhob sich, und indem sie sich bemühte, nicht zu hinken, ging sie ins Badezimmer und kam mit einem noch ungeöffneten Fläschchen zurück. „Da", sagte sie, „meine besten Empfehlungen an die junge Dame."

Ted war zugleich mit ihr aufgestanden. „Sie haben nicht zuviel weibliche Intuition mitgekriegt, Katja", sagte er. „Wenn Sie's ganz genau wissen müssen: ich möchte etwas behalten, das mich an Sie erinnert. Dieses *Eau Verveine* wird Sie mir zurückbringen, wenn Sie nicht mehr hier sind. Es ist – eben Katja. Es ist diese Stube und diese Wochen und unsere Gespräche und – und Sie werden mir so entsetzlich fehlen, Katja, ich bin so – so –"

Er sagte nicht: so verliebt in dich. „Ich bin so – so sehr an dich gewöhnt...", endete er unvermittelt. Und dann hatte er sie in die Arme genommen und endlos geküßt.

DER Tee in Katjas Tasse war kalt geworden, die Aschenschale voll von Zigarettenenden, der Inhalt der Schachtel – *La Samaritaine, Paris* – in ärgerer Unordnung als zuvor. Topper, der unter dem Tisch geschlafen hatte, stieß plötzlich einen hohen Freudenlaut aus und raste in die Vorhalle, wo er sich kratzend und keuchend an der Tür aufstellte.

Und da war nun der Wagen. Der Hund hatte ihn wohl vor Katja kommen hören. Katjas Herz schlug ein wenig schneller. Es war nett, daß ihr Herz das noch immer tat, wenn sie Ted erwartete, es war ein so angenehmes Gefühl. Sie schaufelte hastig alles zurück in die Schachtel, zog ihren Sweater zurecht, kämmte mit den Fingern durch ihr Haar und rannte mit dem Hund ins Freie. Sie hörte die Wagentür zufallen und eine Frauenstimme: „Auf Wiedersehen!" rufen. Das Auto fuhr zurück zur Stadt.

„Ach so – Sie sind's", sagte Katja enttäuscht zu McKenna, die den Weg heraufkam; der Kasten, den sie schleppte, war groß und schwarz wie ein Sarg; an ihren freien Abenden spielte sie in einem Amateurorchester die Posaune.

Sie war Gegenstand steter Heiterkeit zwischen Katja und Ted, und selbst in ihrer Enttäuschung hatte Katja Mühe, bei dem Anblick nicht zu lachen.

„Ja, Frau Doktor, was tun Sie denn hier? Wir haben Sie nicht erwartet", äußerte McKenna in ihrem näselnden Klageton.

„Ich warte, bis mein Mann heimkommt, Mac", sagte Katja.

„Oh, ist er noch nicht zurück?" sagte McKenna. Sie stellte ihren Posaunenkasten mitten in die Zufahrt, marschierte mit zielbewußten langen Schritten zur Garage und schloß sie auf. „Aber sein Wagen ist ja da."

„Ja. Der ist da –", sagte Katja verblüfft. Ihr war diese einfache Schlußfolgerung nicht in den Sinn gekommen; übrigens hatte sie den Schlüssel zur Garage verloren, und außerdem war sie nie imstande gewesen, das Tor aufzukriegen. „Ich denke, Dr. Marshall macht noch einen späten Spaziergang", sagte sie, McKenna ins Haus folgend.

„Ohne Topper? Tut er nicht. Warum hat Frau Doktor uns nicht wissen lassen, daß sie kommt? Ich hätte wenigstens etwas zum Essen hergerichtet."

„Danke, Mac. Es war ja noch kaltes Huhn im Eisschrank. Schmeckte ausgezeichnet."

MacKenna spreizte ihre Spinnenhände in bestürzter Abwehr. „Sie haben unser Huhn gegessen? Das hätten Sie nicht tun sollen, Frau Doktor! Was gebe ich denn jetzt morgen zum Lunch? Ich habe doch dem Kind ein Sandwich mit Hühnersalat versprochen, das hat es doch so gern."

„Tut mir leid, daß ich Ihr Menü verpfuscht habe. Ich war hungrig. Nächstens müssen Sie eben Tabuzeichen auf Ihre Fleischreste machen", sagte Katja verärgert. Niemand ging ihr so unerträglich auf die Nerven wie McKenna.

„Nun, nun, wenn Frau Doktor schlechter Laune ist, weil wir nicht wissen, wo sich der Herr Doktor spätnachts herumtreibt, dann müssen Sie's nicht an mir auslassen. Er hat gesagt, ich soll nicht für ihn aufbleiben."

Katja ging die Treppen hinauf, um Macs Stimme zu entgehen. Was für ein versauter Abend! Verflucht und zugenäht, warum bin ich nicht in New York geblieben und schlafe mich aus? Gott weiß, ich habe Schlaf nötig. Mitternacht war lang vorbei, und selbst wenn es ihr gelingen sollte, sofort einzuschlafen, blieben ihr doch höchstens noch sechs Stunden Nachtruhe.

„Bitte, drehen Sie die Lichter ab, Mac. Gute Nacht."

Doch es war nicht so leicht, McKenna abzuschütteln. „Wenn Frau Doktor schon einmal hier ist, da gibt's doch ein paar Sachen im Haus, und ich will doch Herrn Doktor nicht belästigen", sagte sie, Katja ins Schlafzimmer verfolgend. „Wegen der neuen Leintücher, die brauchen wir dringend. Wird Frau Doktor uns welche in New York besorgen?"

„Kann die alte Preston sie nicht stürzen? Ich weiß, wie man zwei gute Leintücher aus drei zerrissenen machen kann", schlug Katja vor. Sie hatte gelegentlich solche Blitze praktischer Weisheit, noch von Tante Mali her, und sie war stolz darauf.

„Ich weiß das auch. Aber ich tät mich schämen. Gestürzte Leintücher, mit einer Naht in der Mitte! Ich wette, das tät dem Herrn Doktor nicht passen."

„Also gut. Ich werde neue Bettlaken kaufen. Aber jetzt bin ich müde, Mac."

„Nur noch wegen der unteren Toilette. Der Installateur sagt, sie wird nie recht funktionieren, weil doch die Senkgrube oberschichtig ist statt unterschichtig, es ist unhygienisch, und ich sage immer, Gesundheit ist mehr wert wie Gold und Silber, wenn auch der Herr Doktor sagt, wir können's uns jetzt grad nicht leisten, aber ich sage immer –"

Katja zog ihren Sweater über den Kopf, zugleich mit dem Büstenhalter. Es war die einzige Methode, McKenna loszuwerden; beim Anblick von Katjas fehlerlos schönen Brüsten zog sie sich hastig und vorwurfsvoll zurück.

Keine Minute zu früh. Die Anstrengung der letzten Tage, die Enttäuschung dieses einsamen Abends zu Hause, und nun auch noch McKennas hirnloses Geschwätz: das alles ballte sich in ihren Nerven zu einer harten, heißen Kugel würgender Wut. Außer sich, suchte

sie nach etwas, woran sie diese Wut auslassen konnte. Sie streifte
ihre Schuhe ab und schmiß sie hinter der abgehenden McKenna gegen
die Tür. Sie hörte ihr eigenes sinnloses Geflüster: „Ha, ein Huhn in
jedem Topf, ein Auto in jeder Garage, eine stinkende, dreckige
Senkgrube unter jedem Heim! Nein, ich gehöre nicht hierher, ich
wollte, ich wäre nicht gekommen, ich wollte, ich wäre weit fort —
auf Olivias Gesellschaft, oder — ich wollte, ich — Ted, oh, Ted, ich
wollte, wir hätten nie geheiratet!"

JE WEITER die ersten Jahre ihrer Ehe von ihr fortrückten, je unwirk-
licher schienen sie Katja.

Nachdem der Unfall ihre Laufbahn als Tänzerin abgeschnitten und
Grischa ausgelöscht hatte, war diese Ehe das einzige gewesen, was ihrem Leben neuen Inhalt zu geben vermochte. Verheiratet sein verlangte dieselbe unnachgiebige Anstrengung, Geduld und Ausdauer,
für die das Ballett sie trainiert hatte. Höflichkeit und willige Zusam-
menarbeit, Gleichgewicht und gute Haltung, Witz und Liebenswür-
digkeit, das Lächeln unter allen Umständen, die Kunst, Schwierigkeiten leicht erscheinen zu lassen, und schließlich die feineren Künste
der Täuschung — all dies ist nötig, um das knifflige *pas de deux* von
Ehemann und Gattin erfolgreich auszuführen. Katja schwebte eine
Ehe vor, die das absolute Gegenteil ihres ersten fehlgegangenen Aben-
teuers auf diesem Gebiet sein sollte.

Nicht Hitze, sondern Wärme, nicht wilde Leidenschaft, sondern
zärtliches Gernhaben.

Und tatsächlich baute sich auf diesen Grundmauern eine ungewöhnlich gute, glückliche Ehe auf: voll von gegenseitigem Respekt und
Rücksichtnahme für die Unabhängigkeit des andern — Eigenschaften,
die auf harte Proben gestellt wurden.

Zum Beispiel, als Ted sich entschloß, nach New York zu ziehen,
um dort unter dem großen Zechlin seinen Übergang von reiner Medizin zur Biochemie zu vollenden. Sie lebten von dem wenigen, das von
Katjas Versicherung und Teds Ersparnissen noch da war, ein Stu-
dentenleben, nur daß sie älter und nicht so sorglos waren wie die anderen Studenten. „Macht nichts", lachte Katja. „Dadurch fühle ich
mich viel jünger, als ich bin." Sie hatte gelernt, sich in beschränkten
Verhältnissen zurechtzufinden, und im Grunde waren Geld und Besitz unwesentlich für sie. „Geld macht schwer — wie bleierne Schuhe",

sagte sie; „Geld muß man arrogant behandeln, sonst kriegt's einen unter. Mir macht's großen Spaß, mit wenig auszukommen."

Was ihr in den ersten Monaten weniger Spaß machte, war Teds Besessenheit mit seinem Studium; er ertrank in der Arbeit an seiner zweiten Dissertation, verschwand in dem abstrakten Gebäude seiner Wissenschaft, zu dem sie keinen Schlüssel besaß. Sie sprach zu ihm, und er hörte sie nicht. Er schaute sie an und sah sie nicht. Er vergaß die Mahlzeiten, die sie mit viel Liebe herstellte.

Katja seufzte. „Manchmal wünsche ich mir, daß ich noch ein biß-chen krank sein könnte, dann würde Dr. Marshall auf eine Abend-visite kommen und sich ein wenig um mich kümmern."

Er lächelte ihr zärtlich, wenn auch geistesabwesend zu und versank wieder in seinem Ozean von Zetteln, wissenschaftlichen Zeitschriften, Statistiken und schwarzem Kaffee.

Katja hingegen, ausgeruht und genesen, fühlte sich stark und ge-sund, und ihr Körper schrie nach Tätigkeit. Die vorgeschriebenen Übungen für das beschädigte Glied wurden schließlich zu der tägli-chen Morgenarbeit, ohne die das Leben einer Tänzerin undenkbar ist. Nicht die berühmte Milenkaja oblag diesen Übungen, sondern eine steife, verängstigte Anfängerin, keuchend über eine Stuhllehne ge-beugt. Es gab Schmerzen, Schluchzen, Verzweiflungsanfälle. Aber es gab auch die langsam wiedergewonnene Beherrschung ihrer Glie-der und das kurze Aufleuchten nach einer gelungenen Bewegung. Es hatte nichts mit Tanzen zu tun, davon war Katja überzeugt; jede Frau war sich's schuldig, auf ihre Figur zu sehen, nicht wahr?

Das ging so bis zu dem Tag, da sie vor der Carnegie Hall stand und das Plakat einer neuen Tanzgruppe studierte, von der sie noch nie gehört hatte. Jemand rief ihren Namen. Es war ein rundlicher kleiner Mann mit riesiger Eulenbrille, er stürzte sich auf sie und erdrückte sie beinahe mit seinen kurzen Armen und einer Lawine von deut-schen, französischen und englischen Worten freudiger Überraschung.

„Elkan!" rief Katja, gleichfalls überkommen von Freude. Sie hatte ihn nicht gleich erkannt. Wie weit zurück lagen doch das Ballett Continental und ihre Freundschaft mit Olivia und ihrem Mann. Doch während sie die 57. Straße entlangschlenderten, war es so, als hätte sie den Jugendfreund erst gestern gesehen.

Als er sie zwölf Minuten später an einem Tisch in der versteckten Gaststube eines Delikatessenladens untergebracht hatte („Frau

Schwerdtfeger ist die einzige Person in New York, wo der Sauer-
braten mit Spätzle so schmeckt wie bei meiner Mutter", vertraute
er ihr in seinem vergnügten Schwäbisch an), hatte er alles erfahren,
was er über Katja wissen wollte.

„Und Olivia? Wie geht's ihr denn?" fragte Katja.

„Ah, Olivia! Nun, du wirst ja selbst sehen", sagte Elkan, der seine
Frau sofort per Telefon zur Stelle beordert hatte.

Reichtum, Macht und die völlige Ergebenheit eines Gatten sind
hervorragende kosmetische Mittel. Olivia hatte sich aus einem reiz-
losen jungen Mädchen in eine recht gut aussehende Frau mittleren
Alters verwandelt.

Sie steckte tief in der Verwirklichung ihres alten Traumes, ein
eigenes Ballett zu leiten: das Manhattan-Ballett, dessen Plakat Katjas
Aufmerksamkeit erregt hatte.

„Oh, *mon Dieu,* Katja, ich habe überall nach dir gesucht, aber kein
Mensch konnte mir sagen, in welche Versenkung du gefallen bist.
Und zu denken, daß ich dich bei Schwerdtfegers finden soll – nein,
wahrhaftig, nur Elkan kann solche Wunder wirken. Aber zur Sache!
Ich habe nicht vergessen, *mon ange,* daß du meine Primaballerina sein
mußt, erinnerst du dich noch? Es ist mein ganzer Stolz, daß ich die
erste war, die La Milenkaja entdeckt hat!"

„Aber, Olly, Liebe, ich werde nie mehr tanzen, weißt du das nicht?
Sie haben mir ja einen ganzen Metallwarenladen in die Hüfte getan,
und außerdem –", außerdem ist Grischa nicht mehr da, dachte sie,
sprach es aber nicht aus. „Ich bin verheiratet, sehr glücklich verheiratet, vollkommen zufrieden und ausgefüllt", sagte sie, aber sie wußte, daß dies eine Lüge war. Und Olivia wußte es auch.

„Nie mehr tanzen? Du? La Milenkaja? Was für Unsinn redest
du da! Du willst doch nicht deine besten Jahre verfaulenzen. Und
was hat Verheiratetsein damit zu tun? Alle Welt ist verheiratet. Die
Pawlowa war verheiratet, die Gabrilowa war verheiratet, nicht nur
einmal. Ich bin verheiratet und sehr glücklich. Wenn du deine innere
Berufung für einen Mann aufgibst, dann wirst du ihn eines Tages
dafür hassen. Aber dann wird's zu spät sein, dich wieder in eine
Karriere zu lancieren. Schön, schön, wir wollen jetzt nicht mehr davon
reden. Aber du mußt unbedingt sofort mit mir kommen und sehen,
wie wir arbeiten. Du wirst allerhand alte Freunde finden – Maestro
Mattoni zum Beispiel –, und ich habe die besten Mädels von Kuprins

Gruppe eingefangen, und – aber das muß vorläufig ganz unter uns bleiben – Bagoryan hat mir sein nächstes Ballett versprochen …"

Vier Monate danach stand Katja Milenkaja wieder als Primaballerina auf der Bühne.

Sie war von Olivia angestachelt worden; mit strenger Geduld und liebender Härte vom Maestro gequält und angetrieben; von Bagoryan mit Schmeicheleien überredet. Und dann hatte man sie ganz ohne große Fanfare zunächst einmal in Städten herausgestellt, die nicht viel von Ballett verstanden und wo es nichts ausgemacht hätte, wenn sie mittelmäßig tanzte.

Aber in einem Aufruhr von Lampenfieber, Schmerzen und tödlicher Angst tanzte sie ausgezeichnet.

Erst nach diesem Versuch wurde sie unter freudigem Lärm dem ausverkauften Theater in New York serviert. Niemand in der Welt konnte sich einen rechten Begriff davon machen, durch welche Todesqualen Katja in diesen Monaten ging, bis sie ihren Körper so weit hatte, daß er ihr wieder diente und gehorchte wie zuvor.

Am wenigsten verstand Ted, um was es bei der ganzen aufgeregten Angelegenheit ging. Er freute sich zwar über den Applaus und die Blumen für Katja, aber es machte ihn auch etwas eifersüchtig und verlegen, daß seine Frau, seine Kate, so zur Schau gestellt wurde. Und als Olivia ihn nachher in Katjas Garderobe brachte und er Katja außer Atem vorfand, schwitzend wie ein Rennpferd, machte er sich leise Sorgen.

Katjas Rückkehr zur Bühne war die zweite Belastungsprobe für ihre Ehe, und diesmal hatte Ted sich damit abzufinden, daß er es war, der sich ein wenig vernachlässigt fühlte: zur Seite geschoben durch diese Olivia Beauchamp, die er vom ersten Moment an nicht leiden konnte. Aber da er ein besonnener und gerechter Mensch war, und da er Katja liebte, und da er außerdem bis über die Ohren in seiner eigenen Arbeit steckte, fühlte er sich zu keiner Klage berechtigt.

Aber die wirkliche Ehe begann erst, als Katja entdeckte, daß sie schwanger war. Es gelang Dr. Marshall, sich eine Stellung an einer mittelgroßen Universität im Westen zu verschaffen. Dies war nun die Feuerprobe ihrer Ehe, und später wunderte sich Katja oft, daß sie das Ballett ein zweites Mal und leichten Herzens aufgegeben hatte, um mit ihrem Mann ein Nest zu bereiten und ihr Kind auszutragen.

OBWOHL Corona eine gute Universität besaß, war es keine eigentliche Universitätsstadt. Es war eine Stadt für alte Leute, Würdenträger in Pension und die toten Millionen von Petroleumbaronen, deren scheußlich entworfene Villen auf den Hund kamen, weil keine Dienerschaft mehr zu finden war. Es war ein Ort, der sich durch den besonderen Mangel an Takt und Geschmack auszeichnete, den nur ganz dicker Reichtum sich leisten kann.

Ohne die Seligkeit, zu beobachten, wie aus ihrem Baby Christopher ein kleiner Mensch wurde, ohne den Stolz, eine gute Hausfrau und Mutter sein zu können, wäre Katja in der toten Luft, die über der Stadt hing, erstickt. Aber sie hatte das Kind, sie hielt das Haus sauber, ging auf den Markt, kochte die sparsamen Mahlzeiten, die sie von Tante Mali gelernt hatte, und verbrauchte eine Menge Ehrgeiz in dem Versuch, das Haushaltsbudget mit dem mageren Gehalt eines Dozenten in Einklang zu bringen.

Niemand in jener Stadt machte sich das geringste aus einer gewissen Katja Milenkaja, die einmal eine Berühmtheit gewesen war. Vielleicht gab es Geflüster und hochgezogene Augenbrauen unter den Professorenfrauen, weil es hieß, daß Dr. Marshall eine Balletteuse geheiratet habe.

Zwei Damen in Hüten und Handschuhen erschienen und luden sie ein, sechs Mädelchen einen Tanz für eine Schulvorstellung einzustudieren. „Die Kinder sollen Sonnenblumen vorstellen, wissen Sie, Mrs. Marshall, und ein kleines Vögelchen hat uns verraten, daß Sie diese Art Sachen früher einmal gemacht haben . . ."

AN DIESEM Punkt ihrer Erinnerungen wurde Katja von einem Schüttelfrost überfallen. Ich brauche eine heiße Brause, sagte sie sich, aber da stieß sie auf ein anderes chronisches Leiden des Hauses. Der Heißwasserofen im Keller war zu klein. Wahrscheinlich hatte McKenna ihre nächtlichen Waschungen vorgenommen, und für Katja war nur ein laues Getröpfel übriggeblieben.

Das Bett war viel zu groß ohne Ted. Es fühlte sich an wie Zugluft. Katja drehte das Licht ab, und dann lag sie ganz still, ließ diese kleine Ratte von einem Schmerz an ihrer Hüfte nagen und wartete auf den Schlaf.

TED MARSHALL erwachte; er fühlte sich unbequem in dem Bett, das zu schmal für zwei war und zu kurz für seine langen Beine. Das geisterhaft leuchtende Zifferblatt seiner Armbanduhr besagte zehn Minuten vor drei. Er versuchte sich zu orientieren. Eine schräge Dekke, zwei Dachfenster, weiße Mullvorhänge. Ein altmodisches Jungmädchenzimmer, unschuldig, sauber, rührend. Er hätte sich gern umgedreht, aber er wollte die schlafende Gracie neben sich nicht stören. Doch jetzt bewegte sie sich.

„Ted –? Habe ich dich geweckt?"

„Nein, Liebling. Ich habe mich selbst geweckt. Es ist Zeit, daß ich verschwinde."

„Noch fünf Minuten", sagte sie, sich an ihn schmiegend. Sie war warm, jung, weich. Er hielt die Rundung ihrer Schulter in seinen Händen wie eine sonnengereifte Frucht, und sie heftete ihren Mund an seinen Hals in einem langen Kuß.

„Achtung! Leicht entzündlich", warnte er. Sie lachte, ein wenig stolz, ein wenig schockiert, setzte sich auf und verschränkte die Hände um ihr Knie.

„Willst du es Vater erzählen, oder soll ich?" fragte sie ernsthaft. „Er kommt in einer Woche zurück."

„Ich wollte, du tätest es, Gracie. Für mich ist es einigermaßen peinlich, verstehst du das? Meinem besten Freund zu beichten, daß ich seine einzige Tochter verführt habe . . ."

„Ach was. Weißt du nicht, daß Verführungen ganz aus der Mode sind?"

„Wirklich, Fräulein Casanova? Und ich armer Teufel, der einen heiligen Eid geleistet hat, niemals etwas mit Studentinnen zu tun zu haben oder mit hübschen Assistentinnen."

Ihr Scherzen und Necken war immer noch etwas krampfhaft. Sie kannten einander, seit Gracie zur Welt gekommen war, der Erwachsene und das Baby, der ältere Herr und die Vierzehnjährige, ihre oberste Autorität im Labor, ihre erste Schwärmerei, an der sie eigensinnig festgehalten hatte – es war so viel Kameradschaft in all dem, daß die Intimität ihrer wenigen Liebesnächte die beiden noch etwas verlegen machte.

„Ich liebe dich so unbändig, Teddybär, und ich habe so lange gewartet, und ich habe immer gewußt, einmal wird es mit uns beiden dazu kommen", sagte sie. „Sag, Liebling! Wir werden glücklich sein?"

„Ja, sehr glücklich, Kind. Wenn du versprichst, nicht eifersüchtig zu sein."

„Ich – und eifersüchtig? Auf was? Auf deine Arbeit? Da bin ich doch mit dabei, das ist ja das Wunderbare."

„Eifersüchtig auf Kate. Daß sie meine Frau ist – war –"

„Warum sollte ich auf Tante Kate eifersüchtig sein? Ich bewundere sie, ich habe immer für sie geschwärmt." Unwillkürlich tat sie einen tiefen Atemzug, der ihre Brüste hob. Sie waren jung, stolz, weich, nicht so streng gemeißelt wie Katjas, frauenhafter. Marshall wendete seine Augen ab, um diesen hartnäckigen Vergleichen zu entgehen. Etwas in Gracies unbekümmerter Selbstsicherheit irritierte ihn.

„Schließlich kommt es vor, daß man auf die Vergangenheit eifersüchtig ist, Kind", sagte er, „auf die andere Frau . . ."

„Aber das bin ja ich im Augenblick, die andere Frau! Hör mal, Teddy – du glaubst doch nicht, daß Tante Kate Schwierigkeiten machen wird?"

„Kannst du dir vorstellen, daß Katja an jemandem festhält, der von ihr weg will? Katja Milenkaja –? Niemals", sagte Marshall.

„Das meine ich auch. Was wir haben, das wird doch ganz verschieden sein von allem, was zwischen dir und Tante Kate war. Ich liebe dich, und ich liebe deine Arbeit, Tante Kate aber liebt nur ihr Ballett und ihre Erinnerungen und ihren Grischa – das hast du doch selbst gesagt. O Gott, Teddybär, wir werden heiraten und immer beisammen sein, und später werden wir Kinder haben, und –"

Ted seufzte. Er ging in die Knie und lugte unter das Bett. „Zum Teufel, wo sind sie denn?" murmelte er.

„Wo ist was, Liebling?"

„Meine Socken. Sie müssen doch irgendwo sein."

„Plag dich nicht, ich werde sie finden", sagte Gracie, während sie verschiedene Stücke Unterwäsche aufhob.

Sie schlüpfte in ihren verwaschenen Flanellschlafrock; Ted kniete noch, sein leicht angesilbertes Haar verrauft, eine eigensinnige Strähne über der Stirn.

„Jetzt siehst du genau wie ein kleiner Bub aus. Herrgott, Ted, wie jung du bist!" sagte sie entzückt. „So jung und so stark und sehr, sehr unverschämt."

Ted fühlte im Augenblick alles, was sie ihm sagte: er fühlte sich jung, stark, gefährlich und geliebt. Es war der alte Sirenengesang, der dem Mann über Vierzig Wiedergeburt verheißt, Nahrung für seine hungrige Eitelkeit, für seine längst tot geglaubten Träume und Hoffnungen –

„Aber wo zum Teufel sind meine Socken?"

„Laß doch sein. Du brauchst keine Socken im Wagen. Später werde ich sie finden."

„Ich weiß nicht, was ich dafür gäbe, wenn wir jetzt miteinander frühstücken könnten", platzte er heraus.

Gracie strahlte ihn an. „Wie lieb, daß du das sagst, Teddy. Das alles kommt noch, Liebling. Eine Million Frühstücke zusammen. Bald!"

„Nicht ganz so bald. Da müssen zuvor noch ein paar Hürden genommen werden", sagte er und tätschelte geistesabwesend ihre Hand. Verdammt hohe, unangenehme Hürden, dachte er dabei. Dem alten Will die Situation erklären. Kate erklären, was passiert ist. Wenn sie einmal Zeit hatte zuzuhören. Auf keinen Fall vor dieser Premiere. Wie wird sie es hinnehmen? Leichtherzig, wie Ballettleute alles hinnehmen, was nicht mit Ballett zusammenhängt? Aber eine Scheidung war eine ernsthafte Angelegenheit. Vielleicht wäre es besser, sie durch einen langen, vernünftigen Brief vorzubereiten, dachte er in einem Anfall männlicher Feigheit. Und dann die Anwälte und alle die juristischen Formalitäten einer Scheidung. Aber, Herrgott noch einmal, schließlich lassen sich jeden Tag Leute scheiden, es kann nicht gar so kompliziert sein. Einer von uns wird nach Reno gehen müssen. Dann aber werde ich Ruhe haben, für alle Zeit. Er sah eine Unzahl friedlicher Morgen vor sich und Gracie immer zur Hand, Tag und Nacht, daheim und im Labor, und Doktor Marshall war nicht länger das unwichtige Anhängsel einer meist abwesenden Frau, sondern das Sonnenzentrum, um das Gracies junges Leben kreiste.

Er war bereit zu gehen. Gracie folgte ihm, drehte alle Lichter ab. „Geh lieber durch die Hintertür in die Garage", warnte sie. „Ich bringe den Wagen herum. Die Nachbarn können unsere Zufahrt sehen."

Der Wagen glitt sachte durch den Nebel dahin. „Weißt du, was ich glaube?" sagte Gracie. „Sie – Tante Kate – wird wahrscheinlich eher froh sein, sich scheiden zu lassen. Eine Frau wie sie, die braucht doch ihre Freiheit."

„Mag sein", sagte Marshall lakonisch. „Hoffentlich hast du recht."

„Weißt du, was ich immer gefühlt habe? Du hättest sie niemals heiraten sollen. Es war ein ganz großer Fehler", erklärte Gracie.

„War es das?"

„Absolut. Du kannst einen Schmetterling nicht festnageln oder eine arme Nachtigall in einem Käfig halten. Sie ist einfach nicht dazu geboren, irgend jemandes Ehefrau ..."

„Hör mal, Kind, wenn's dir nichts ausmacht, sprechen wir nicht über Kate. Du mußt verstehen, daß ich sie immer noch sehr gern habe ... immer gern haben werde ..."

„Aber natürlich. Ich doch auch. Es ist bloß, daß ich niemals spürte, daß du mit ihr verheiratet bist – oder daß wir ... daß ich ihr etwas wegnehme. Willst du, daß ich an der Ecke halte, falls McKenna spioniert?" fragte Gracie. Der Nebel hatte sich zu einem sanften Sprühregen verdichtet.

„Zum Teufel mit McKenna", sagte Marshall. „Ich habe keine Lust, naß zu werden."

„Gut. Das erste, was wir tun werden, ist, McKenna entlassen", entschied Gracie.

„Und wer wird das Haus führen? Und Guy – ich will nicht, daß er aus seiner Ordnung geworfen wird, der arme kleine Kerl. Ich bin sicher, Katja wird damit einverstanden sein, daß er bei uns bleibt."

„Aber sicher. Mach dir keine Sorgen, überlaß all diese Dinge mir. Ich bin sehr praktisch, und ich habe mir schon alles ausgerechnet. Wir werden sparen müssen...", sagte Gracie, die wußte, wieviel Dr. Marshall verdiente. Nicht viel, selbst wenn man die fünfundsiebzig Dollar ihres Wochengehalts dazunahm. „Natürlich wird Katja ihr Enkelkind selbst erhalten wollen. Später, wenn wir eigene Kinder haben und er ein bißchen älter ist, sollte er ja doch in eine gute Boardingschool kommen. So machen es die Engländer, und die verstehen es, ihre Buben zu erziehen."

Marshall lächelte bei dem Gedanken an ihre künftigen Kinder; er wünschte sich eigene Kinder, wünschte sie sehr.

Das gehörte zu den großen Dingen, die Gracie ihm geben konnte und Katja nicht.

„Da sind wir", sagte Gracie und hielt den Wagen an.

„Vielen Dank fürs Heimbringen – und für alles. Seh dich bald – im Labor", sagte er und kletterte aus dem Wagen.

„Warte –", sagte sie; sie stieg an ihrer Seite aus, lief ihm nach, und in dem kalten Sprühregen preßte sie ihren Mund auf den seinen für einen langen Kuß.

Das gedämpfte Zuschlagen einer Wagentür hatte Katja geweckt. Sie eilte ans Fenster. Der milchige Lichtkegel der Wagenlichter lag über der Straße, und der Mann, der in seinen Schein trat, war Ted. Katja erkannte Gracies kleinen Chevrolet. Da haben sie also doch noch gearbeitet, dachte sie. Ted sollte das junge Ding wirklich nicht bis in die späte Nacht hinein wachhalten.

Dann blieb Ted stehen, blickte nach dem Wagen zurück, und gleich darauf eilte Gracie in dem Lichtschein in seine Arme. Die beiden Körper verschmolzen in einer endlosen Umarmung, achteten nicht auf die Wagenlichter und nicht auf den Regen.

Seltsamerweise fühlte Katja sich zunächst verlegen, beschämt, als wäre sie beim Spionieren am Schlüsselloch ertappt worden. Hastig trat sie vom Fenster zurück. „Es ist nichts, es hat nichts zu bedeuten", sagte sie laut. „Ted würde niemals ... und ganz gewiß nicht mit Gracie ..."

Ein heftiges Zittern überfiel sie, und sie schlüpfte zurück ins Bett. Wieder fiel die Wagentüre zu, Schritte; unten wurde die Haustüre aufgeschlossen. Als ihr Mann die Tür öffnete, saß sie aufrecht im Bett.

„Oh, mein Gott!" sagte er und fror an der Schwelle fest.

„Guten Morgen, Ted", sagte Katja.

„Ich ... Ich habe dich nicht erwartet ...", sagte Ted.

„Offenbar nicht. Aber willst du nicht hereinkommen?"

Ted blieb in der Tür stehen. Katja griff nach dem Schalter, der das Deckenlicht anknipste, und Ted zuckte zurück. Mit dem unbeirrbaren Blick der Ehefrau sah sie alles auf einmal: seine langen, mageren Füße nackt in den Schuhen, während eine Socke schmählich aus der Tasche seines Regenmantels hing; das Hemd am Hals offen, keine Krawatte, der Rock schief zugeknöpft, die Haare zerrauft, die Stirn gerötet über dem erblaßten Gesicht. „Was ist los mit dir? Warum muß dich Gracie um diese unmögliche Zeit heimbringen?" fragte sie.

„Wir waren ... ich habe so lange gearbeitet ..."

Bei dieser plumpen Ausrede schoß ein wütender Schmerz in Katja auf, brach durch wie ein kochender Geiser. „Beleidige mich nicht mit schwachsinnigen Lügen!" rief sie gepreßt. „Wahrscheinlich bist du betrunken, jedenfalls siehst du so aus . . ."

„Ich bin müde, und man sieht es mir wahrscheinlich an. Ich brauche Schlaf – und du vermutlich auch", sagte er mürrisch. Wie jeder irrende Ehegatte, der von seiner Frau ertappt wird, nahm er es ihr zunächst einmal übel.

Sie studierte sein Gesicht. „Du glaubst doch nicht, daß du dich hier in unser Bett legen und neben mir schlafen kannst, fünf Minuten, nachdem du dieses Mädel geküßt hast – und so wie du sie geküßt hast . . .", sagte sie.

Ted nahm ein Kissen unter den Arm, zerrte einen Überwurf von der Chaiselongue und schleppte sie zur Tür.

„Wohin gehst du?" rief sie heftig aus.

„In meine Bude unten. Ein paar Stunden schlafen . . .", murmelte er. „Es tut mir leid, Kate, aber es hat keinen Sinn, ich kann jetzt nicht darüber sprechen. Morgen früh . . ."

„Wenn du jetzt imstande bist zu schlafen, beneide ich dich. Ich kann es jedenfalls nicht, und morgen früh muß ich mit dem ersten Zug zurückfahren. Es ist die wichtigste Probe meines Lebens!"

Das brachte die Bitterkeit vieler Jahre in ihm hoch. „Also, da sind wir ja wieder! Als ob nicht von allem Anfang an jeder verdammte Mist in jedem schwachsinnigen Ballett die wichtigste Sache in deinem Leben wäre!" schrie er.

„Aber Ted – das haben wir doch längst erledigt. Kein Grund, mich anzuschreien – und bleiben wir beim Thema: was geht vor zwischen dir und diesem – diesem dummen Ding?"

„Du verlangst wohl nicht, daß ich dir einen detaillierten Bericht über etwas so Offensichtliches liefere, nicht wahr? Überhaupt – wenn's dir nichts ausmacht, wollen wir nicht über Gracie reden." Er hielt an seinem Ärger gegen Katja fest. Es war ihre Schuld, daß sie ihn in einer Situation ertappt hatte, die seine glorreiche Wiedergeburt als etwas Schäbiges und Unwürdiges erscheinen ließ.

„Schämst du dich denn nicht, Ted? Dich herumtreiben – und mit deinem eigenen Patenkind! Eine Knutscherei – im Wagen –, pfui! Wie ein Schulbub. Los, zitiere die biologischen Bedürfnisse des Mannes und daß sie nichts zu bedeuten haben . . . aber weshalb Gracie, dieses langweilige Geschöpf? Es ist meine Schuld, nicht wahr? Ich war drei Wochen nicht zu Hause, und du bist ein Mann, und für einen

Augenblick hast du den Kopf verloren, und ich mache viel Lärm um nichts? Das willst du mir doch erzählen?"

Es war, was Katja von Ted hören wollte. Hilf mir doch, belüge mich, das ist ja unerträglich, flehte es in ihr, es tut mir so weh, daß ich es nicht aushalten kann ...

Aber Marshall war weder gewillt noch imstande, ihr diese Lügen zu erzählen.

"Nein, Kate, du hast da eine ganz falsche Vorstellung. Das zwischen Gracie und mir ist eine sehr ernsthafte Sache", sagte er still. Er stand da, zerzaust und traurig und ein wenig lächerlich, und er war ihr so sehr lieb, und er sprach behutsam, abgewogen, ohne Unaufrichtigkeit.

So hatte er ausgesehen, damals, nach der Konsultation mit den Ärzten im Spital, in das sie den kleinen Christopher gebracht hatten. Der Korridor in der Abteilung für Kinderlähmung, wo die Eltern auf das Urteil warteten. – "Steht es schlecht?" – "Ja, Kate, sehr schlecht."

Es war nicht gut, daß Teds sanfte Traurigkeit diese Erinnerung gemeinsamen Unglücks heraufbeschwor; was er ihr jetzt zu sagen hatte war, damit verglichen, so dumm und frivol, daß sie ihn am liebsten geohrfeigt hätte.

"Ich suche nicht nach Entschuldigungen. Du kennst mich, Kate, ich bin kein Schürzenjäger, ich war nie auf kleine Abenteuer aus. Und Gracie, wie du weißt, ist nicht die Sorte Mädel, die man in einer Bar aufliest und am nächsten Morgen vergessen hat. Ich will sie heiraten."

Katja fühlte ganz deutlich, wie ihr Herz zersprang – heißes dünnes Glas gegen heißes Gestein geworfen und in tausend Scherben zersplitternd.

"Du –? Gracie heiraten? Aber das ist doch unmöglich. Du bist doch mein Mann", flüsterte sie.

"Es tut mir leid, Kate, ich wollte es dir nicht so abrupt mitteilen. Ich wollte dir einen langen Brief schreiben, dir alles erklären und dich um eine Scheidung bitten."

"Scheidung? Du gibst mich auf?"

"Eine freundschaftliche Scheidung. Es ist für uns alle das beste. Du wirst nicht beschwert mit einem Haushalt und einem Mann, der dir nur eine Last ist, und ich – nun, vielleicht komme ich mit meiner Arbeit weiter, wenn ich eine Frau habe, die etwas davon versteht und mir dabei hilft. Siehst du, Gracie glaubt an mich, sie ist begeisterungsfähig und jung und ..."

Aber auf dieses verhängnisvolle Wort hin sprang Katja aus dem Bett, gepeitscht von einem wütenden Schmerz. Instinktiv flüchtete sie sich ins Badezimmer, wo sie weinen und schluchzen konnte, mit den Fäusten gegen ihr Spiegelbild schlagen und nach dem Ausbruch Puder und Schminke auftragen, die Kleider sammeln, die sie, wie gewöhnlich, zu Boden hatte fallen lassen, und sich Frau Doktor Marshalls korrekten Wollrock und Sweater anziehen. Ted pochte besorgt an die Türe.

„Keine Sorge, ich bring mich nicht um. Nicht wegen eines lächerlichen Esels, wie du es bist", sagte sie und öffnete. Ted stand da, immer noch Kissen und Decke gegen seine Brust geklemmt.

„Du kannst das Bett für dich allein haben und von deiner jungen Dame träumen. Ich gehe", sagte sie verächtlich und marschierte an ihm vorbei.

„Warte – wohin willst du, mitten in der Nacht? Und es regnet –"

„Kümmere dich nicht um mich. Ich muß den Zug erreichen."

Ted holte sie vor der Tür zu Guys Zimmer ein. „Unsinn. Ich lass' dich nicht so weggehen. Es gibt noch stundenlang keinen Zug, und die Station ist geschlossen." Er zwang ihre Hand von der Türklinke. „Geh nicht hinein, du willst doch nicht das Kind alarmieren. Komm, wir gehen hinunter, ich mache dir einen Tee, deine Hände sind eiskalt. Daß du es so schlimm aufnimmst – das sieht dir gar nicht ähnlich, Kate ..."

„Sieht es dir etwa ähnlich?" sagte sie bitter. „Und ich soll das Kind nicht alarmieren, wenn doch du es bist, der ihm den Boden unter den Füßen abgräbt und ihm das bißchen Heim zerstört, das wir ihm gegeben haben ..."

Ted nahm sie beim Ellenbogen, und mit einem seltsamen Gefühl momentaner Erleichterung ließ sie sich in die Küche steuern. Sie tat ihm leid. In dem kalten fluoreszierenden Licht sah sie schlecht und alt aus, erschreckend alt für den Blick eines Mannes, der in ein fünfundzwanzig Jahre jüngeres Mädchen verliebt war. In den letzten zehn Minuten war ihr Gesicht magerer geworden, dreieckiger, sie hatte das Rouge in zu hastigen Flecken aufgelegt, auf der einen Seite etwas höher als auf der anderen, und von den wütenden Tränen, die sie im Badezimmer geweint hatte, waren blasse Spuren geblieben, als ob Würmer durch die Schminke gekrochen wären. Betroffen wandte er sich ab und beschäftigte sich mit dem Teekessel.

„Wie dumm ich euch vorgekommen sein muß", sagte sie zu seinem Rücken, „ich habe dir vertraut, es fiel mir niemals ein, daß du ..." Beim Theater, dachte sie, ja, da weiß man, daß man niemandem trauen kann, man ist beständig auf der Hut; vor seinen besten Freunden, seinem Impresario, seinem Partner, den anderen Tänzerinnen; man weiß, daß sie alle mit dem Dolch in der Hand bereitstehen. Aber meinem Mann habe ich vertraut. „Ich habe dir vertraut, Ted. Dir habe ich vertraut...", sagte sie.

„Und mit Recht. Ich habe dich niemals betrogen. Kein Fehltritt in mehr als zehn Jahren – ich glaube, wir waren beide viel zu tief in unserer Arbeit verstrickt. Unsere Ehe, Kate, war sehr altmodisch, wenn man den Statistiken von heute glauben kann."

Von all dem hörte Katja nur das „war", die Vergangenheit. „Keinen Nachruf, Ted, wenn ich bitten darf", sagte sie scharf.

„Was Vertrauen betrifft – ich habe dich auch niemals nach allen diesen Männern gefragt, die um dich scharwenzeln und dir Blumen schicken und dir Gott weiß was für Anträge machen."

„Weil du weißt, daß ich keinen Mann auch nur angesehen habe, seitdem ich dir begegnet bin."

„Du meinst, seitdem Grischa tot ist", sagte Dr. Marshall bösartig, denn in solchen Auseinandersetzungen ist es das Schicksal jeden Wortes, zu verwunden, anstatt zu heilen. „Daß ich zur gleichen Zeit in dein Leben kam, war reiner Zufall."

Dieser Angriff verfehlte seine Wirkung. Katja beobachtete die präzisen Bewegungen von Teds Fingern, wie er den Teekessel mit heißem Wasser spülte, Tee zumaß. Unausdenkbar, daß diese lieben, langen Hände sie nie wieder liebkosen sollten. Schlimmer als dieses „Nie wieder": daß sie einen anderen Körper halten und streicheln würden. Gracies grobknochigen Körper, ihr derbes Gesicht, ihre breiten Hände, die für Katja immer nach dem Seziersaal zu riechen schienen.

„Hier, trink deinen Tee, du zitterst vor Kälte." Automatisch hatte Ted die üblichen zwei Würfel Zucker und eine Scheibe Zitrone in ihre Tasse getan. Es war eine so tief verheiratete Geste, daß Katja mit Mühe ein Schluchzen mit dem ersten heißen Schluck herunterwürgte. Ted saß ihr gegenüber, mit einem Glas Milch.

„Schau, Kate, ich bin ein gewöhnlicher Durchschnittsmensch, und was ich brauche, ist ein ruhiges, durchschnittliches Leben", begann er. „Alles, was ich will, ist, so zu leben wie alle anderen Leute. Ich will eine Frau haben, die mir über den Frühstückstisch zulächelt. Nicht dieses aufreibende Warten und Hoffen: wann werde ich sie wiedersehen? Wird sie diese Woche nach Hause kommen oder erst nächste. Wird sie vier Wochen lang auf Tournee sein oder acht oder zwölf. Meine Frau wird hier sein, zu Hause, und auf mich warten. Ich will bloß ein bißchen Glück und Zufriedenheit. Aber gerade das kannst du mir nicht geben. Schau, Kate, ich will den Torschluß nicht versäumen, ich bin dreiundvierzig Jahre alt, und ich will etwas erreichen, ehe ich zu alt dazu bin ..."

„Aber Ted – warst du nicht glücklich mit mir? Nie? Das ist ja nicht wahr!"

„Natürlich waren wir glücklich – gelegentlich. Aber, Kate, vierhundert kleine Flitterwochen machen keine Ehe aus. Ich hatte nie das Gefühl, eine Frau zu haben."

Nicht einmal, als ich das Tanzen aufgab und in dem atembeklemmenden Nest Corona lebte? Nicht einmal, als wir Christopher hatten? Nicht einmal, als wir ihn verloren? dachte Katja in verzweifeltem Schweigen. Sie faltete die Hände in ihrem Schoß. Es war eine ausdrucksvolle Gebärde tiefster Resignation.

„Schön, Ted", sagte sie schließlich, „wenn du glaubst, daß Gracie die Frau deiner Träume ist, was kann ich da sagen? Oder tun? Wenn du brave, immer gleiche Langeweile willst, dann ist sie genau die Richtige. Aber bist du ganz sicher, daß es das ist, was du willst?" Sie hätte ihn gern geschüttelt, ihn aufgerüttelt aus dieser unverständlichen Verzauberung mit der Aussicht auf stumpfe Mittelmäßigkeit jahraus, jahrein. Das ist nicht der Ted, den ich kenne, dachte sie, er ist unter einem Bann, und bevor er sich freimacht, wird es zu spät sein. Er wird mich und Guy verloren haben und mit dieser langweiligen Kuh Gracie übrigbleiben.

Dann hörte sie Ted sagen: „So, Kate, das ist alles. Sie liebt mich; sie gibt mir das Gefühl, daß ich ein großartiger Kerl bin. Ich glaube, das ist es, was jeder Mann immerzu hören will. Du Kate – du warst immer zu stark für mich, zu berühmt, zu überlegen. Meine Schuld, gewiß, aber ..."

„Wie lang – seit wann geht diese Geschichte schon?" fragte Katja.

„Es hat begonnen, nachdem du letztes Mal hier warst. Es war kein sehr geglückter Besuch, erinnerst du dich? Und letzten Donnerstag – als ich dich bat heimzukommen, und du kamst nicht. Ich war ziemlich aus der Fassung, weil Gracie beschlossen hatte, in Heidelberg zu studieren – sie sagte, sie könne nicht länger so weitermachen –, aber ernst wurde es erst, als du mir so deutlich zeigtest, wie wenig dir an mir liegt."

„Ted, schau mich an: wie ernst kann eine Liebe werden zwischen Donnerstag und Sonntag? Du und ich – wir haben uns nicht so blind hineingestürzt. Was ist bloß mit dir los, daß du vor mir davonläufst, wie wenn Feuer am Dach wäre? Wie kannst du jetzt wissen, daß Gracie das ist, was du für den Rest deines Lebens haben willst? Kannst du denn nicht ein bißchen warten, bis wir uns alle etwas beruhigt haben?"

„Ich kenne Gracie, solange sie lebt, und – du mußt doch schließlich gefühlt haben, daß unsere Ehe schon längst in die Brüche gegangen ist. Über meine Beziehung zu Gracie kann ich nicht sprechen. Da ist viel mehr dahinter, als du verstehen könntest. Aber das betrifft nur mich und Gracie."

„Ted – du hast doch das Mädel nicht in die Hoffnung gebracht?" rief Katja so laut, daß Topper in der Vorhalle erwachte; und, sein einziges Kunststück vorführend, öffnete er die Küchentüre, trottete hastig zu Katja, stemmte seine Pfoten gegen ihre Brust und leckte ihr Gesicht. „Ja, Topper, du bist ein guter Hund, wo sind deine Augen?" sagte sie geistesabwesend und vergrub ihre Stirn in seinem dicken Fell, dankbar für die tröstliche Wärme.

Marshall blickte verärgert auf ihren schmalen Nacken. „Natürlich! Das ist das erste, woran du denkst! Nein. Nichts dergleichen. Aber das ist eben die dumme Kolportagementalität, die ich am Ballett hasse. Für dich ist Liebe ein *pas de deux,* und ein *pas de trois* bedeutet Konflikt. Was für ein Unsinn! Und so falsch – so unecht. Jetzt willst du mich dafür verantwortlich machen, daß es soweit gekommen ist, aber du bist's ja, die mich immer und immer wieder im Stich gelassen hat. Bloß um dich an all das dumme Geflitter und Geflatter zu klammern, und du wirst mit Nägeln und Zähnen daran festhalten, bis deine Madame Beauchamp den letzten Tropfen Saft und Kraft aus dir herausgepreßt hat und dich auf den Misthaufen wirft zu all den andern ausgewerkelten alten Ballerinen."

„Schweig, du, und laß mich reden!" schrie Katja in brennender Wut, nun, da er den innersten Kern ihres Lebens angegriffen hatte. „Rede nicht daher wie der Idiot, der du bist, wenn es sich um Tanzen handelt; beleidige nicht etwas, wovon du nichts verstehst. Jesus, Maria und Josef, ich könnte es für dich tanzen, aber ich weiß nicht, wie ich es in Worte fassen soll. Was soll ich sagen, damit du verstehst, was hinter diesem Geflitter und Geflatter steckt. Jahrhunderte, Ted, Jahrtausende! Tanzen ist so unvergänglich wie irgend etwas auf dieser Welt. Es ist ein Urinstinkt wie Essen, Kopulieren oder Singen. Schau, warum besteht gerade jetzt so ein Zug nach dem Ballett? Ausverkaufte Häuser, überfüllte Tanzschulen, jedes kleine Mädel eine künftige Ballerina – in einer Zeit, wo alles häßlich und maschinell und lärmend ist, mit Atombomben und Angst. Warum sind gerade jetzt die Menschen so hungrig nach dem, was wir ihnen geben können? Weil wir schön sind. Wir geben ihnen, was sie brauchen: Nahrung für ihre Augen, Nahrung für ihre Seelen, die sich eingekapselt haben. Wir geben ihnen einfache Dinge, Märchen, Vögel, Schmetterlinge, und da sitzen sie wie die Kinder, verzaubert. Es ist ein Ausruhen, ein Augenblick der Entspannung. Wir sind etwas Beständiges in einer blutenden Welt von Aufruhr und Wechsel. Wir tanzen den Stoff, aus dem das Leben besteht. Mann und Frau, lieben und töten, lachen und weinen, kämpfen und siegen – oder unterliegen. Und sterben. Wenn ich oben auf der Bühne bin, dann will ich geben und geben und geben, etwas, was nur ich ihnen geben kann, und manchmal kommt es zu mir zurück von den Menschen da unten – so eine Kraft, so eine warme Welle –, sie sind glücklich, Ted, ich hab sie aus sich herausgeholt. Wenn ich auch nur ein winziges Körnchen zu der Gesamtsumme menschlichen Glücks beitragen kann, dann habe ich getan, wozu Gott mich bestimmt hat – und das ist nicht etwas, das man verachten darf, nicht wahr?"

Sie stand zitternd auf, schob die Teetasse zur Seite und ging hinaus. Topper, der Unglück wittern konnte, trottete mit einem tiefen Seufzer hinter ihr her. In der Vorhalle hielt Katja das Telefonbuch unter die schwache elektrische Birne. „Weißt du Hamptons Nummer auswendig? Ich möchte, daß er mich an den Zug bringt. Ich kann die Nummer nicht finden, das Telefonbuch ist so schlecht gedruckt", sagte sie. Einen Augenblick lang fühlte Marshall die alte belustigte Zärtlichkeit, sie war so komisch, so kindisch; nie würde sie zugeben, daß sie Brillen nötig hatte. Er nahm ihr das Buch weg. „Unsinn. Der Bahnhof ist noch geschlossen. Wenn es Zeit sein wird, bringe ich dich an den Zug", sagte er und ging ins Wohnzimmer. Während der Nacht war es kalt im Haus geworden, und er beschäftigte sich mit dem Thermostat, der niemals richtig funktionierte, und dann stand er am Fenster und sah hinaus in das schwärzliche Geriesel.

„Ein Körnchen Glück beisteuern – das ist es, was du willst?" sagte er und wußte gar nicht, ob Katja ihm gefolgt war und ihn hörte. „Aber wer weiß denn, was Glück ist? So ein flüchtiger Stoff, und immer unreine Elemente beigemischt. Aber wie wäre es, die Gesamtsumme menschlichen Unglücks um ein Körnchen zu vermindern? Scheint das letzten Endes nicht wichtiger? Nun also: das ist es, was ich zu tun versuche."

„Kannst du es? Wie? Mit deinen Enzymen, oder wie das Zeug heißt? Mit Biochemie und besserem Aspirin?"

„Siehst du? Für dich ist es immer ,deine Enzyme, oder wie das Zeug heißt'. Das ist genauso beleidigend, wie wenn ich dein Ballett dummes Geflatter nenne. Warst du jemals in einer Irrenanstalt? Hast du jemals Schizophrene gesehen? Leute, die an Verfolgungswahn leiden? Menschen in der Hölle?"

„Ich habe einige davon getanzt . . .", sagte Katja.

„Ja. Aber in Wirklichkeit gehen sie nicht herum wie Ophelia, mit Blumen im Haar. Wenn's gutgeht, sind sie still, in sich versperrt. Wir glauben, daß wir die biologischen Wurzeln des Irrsinns finden werden. Vielleicht bald, vielleicht erst in zwanzig oder in fünfzig Jahren werden wir imstande sein, einem großen Teil der Unheilbaren zu helfen, zumindest sie im Gleichgewicht zu halten."

„Womit? Mit mehr oder stärkerem Chlorbromazin? Was kannst du tun? Irre in Rauschgiftsüchtige verwandeln? Das ist keine Kur", sagte Katja mit unverhohlenem Hohn, und Ted begriff, daß sie etwas über diese Probleme gelesen haben mußte.

„Darum handelt es sich eben. Die Entdeckung, daß man einen tobenden Irren mit gewissen chemischen Substanzen beruhigen kann, ist nichts besonders Neues, das haben sogar die Wilden im Dschungel schon immer gewußt. Mehr noch, man kann normale Menschen mit gewissen Alkaloiden vorübergehend zu Schizophrenen machen. Verstehst du das soweit?"

Katja hatte sich an den Eßtisch gesetzt. „Weiter. Bisher ist es kinderleicht", sagte sie und zog heftig an einer neuen Zigarette. Ted verließ das Fenster, und während er sprach, begann er in der Stube auf und ab zu gehen. Das Dunkel draußen war dünner geworden. Bald würde es Morgen sein. Katja wünschte, daß sie eine Armbanduhr hätte oder einen Blick auf die Küchenuhr tun könnte. Aber es war unmöglich, Ted zu unterbrechen, jetzt, da er ein innerstes Fach für sie öffnete. Ich werde meinen Zug versäumen – was wird geschehen, wenn ich nicht zur Probe zurechtkomme? dachte sie und antwortete sich selbst: Zum Teufel mit der Probe. Unsere Ehe steht auf dem Spiel. Flüchtig fiel ihr eine Bambusbrücke ein, die sie einmal in einem Reisefilm gesehen hatte, ein schwingendes Spinngewebe von einer Brücke; vielleicht war diese Stunde aus ähnlich hauchdünnem Stoff gemacht, und wenn sie mit äußerster Vorsicht Schritt vor Schritt setzte, mochte sie doch noch das andere Ufer erreichen, wo Ted seine biochemischen Studien machte.

„Nun denn. Ich glaube, ich bin den anderen um einen Schritt voraus. Zumindest habe ich mir zu meiner Zufriedenheit bewiesen, daß Irrsinn mit gewissen Veränderungen des Grundumsatzes innerhalb des Enzymgebietes zusammenhängt. Versuche – vorläufig mit Affen – haben ergeben, daß Serum-Injektionen mit dem Blut Schizophrener vorübergehend Irrsinn in den Tieren hervorriefen. Nicht immer, verstehst du, aber in einem überzeugenden Prozentsatz. Nun also ist die Zeit gekommen, um von Tierexperimenten auf Menschen überzugehen. Auf Freiwillige. Das heißt – auf mich selbst. Ich habe gute Gründe, diese Sache nicht zu einem Industrieprojekt zu machen, sondern mir persönlich die Gefahren und den Lohn einer möglichen Entdeckung vorzubehalten." Er verließ das Fenster und kam an den Tisch, er bohrte seine Augen in die ihren, als er sagte: „Als ich mein Serum bereit hatte, bat ich Gracie, es mir zu injizieren, die eventuelle Wirkung abzuwarten und Notizen zu machen. Es war ein Geheimnis zwischen ihr und mir, und ist es noch immer."

„Ja? Und was ist geschehen?" Katja rührte sich nicht, aber ein Schauer lief ihren Rücken entlang. Sie hörte das armselige Signal des Verbindungszuges, der von der kleinen Station abfuhr. Zu spät zur Probe – kann's nicht ändern.

„Nun, ich habe jedes Symptom entwickelt, das zum Syndrom der Schizophrenie gehört", sagte Ted, drehte sich um und setzte sich an den Tisch.

„Du hast dich gespalten – bist nicht mehr du selbst gewesen? Wie war es? Oder erinnerst du dich nicht? Aber das ist ja ungeheuer faszinierend, Ted", sagte Katja erregt.

„Ich erinnere mich an das meiste, und vor allem sind Gracies Aufzeichnungen ganz ausgezeichnet. Sie notierte alles, was ich gesagt und getan habe, obwohl das meiste davon unverständliches Zeug für das arme Kind gewesen sein muß. Schließlich ist sie kein Psychiater. Sie hat auch meinen Puls, meine Pupillenreflexe, Gesichtsfarbe, Schweißausbrüche notiert – und alle anderen klinischen Begleiterscheinungen, manche davon nicht gerade zimmerrein. Diese Aufzeichnungen sind von ungemeiner Bedeutung für den Bericht, den ich zu machen beabsichtige, denn ich könnte niemals beschreiben, wie es war. Wenn Schizophrene ihre Zustände beschreiben könnten – aber das können sie eben nicht, die armen Teufel! Es gibt keine Worte für diese Erlebnisse. Es sind Erlebnisse in einer anderen Welt. Es begann mit recht angenehmen Sensationen, wie wenn man sich beschwipst. Alles sehr heiter, sehr komisch, sehr leicht. Dann Lärm, Stimmen, Angst, Verlust von Zeit- und Raumgefühl. Dann das Zurückziehen in sich selbst; laßt mich in Ruhe. Und das: Mir ist alles gleichgültig. Und die Intensität steigert sich, steigert sich bis zu größenwahnsinnigen Gefühlen. Dann die höllischen Visionen, die Verfolgung, die Hetzjagd, der Absturz von ungeheuren Höhen, das Versinken im Treibsand ... nein, es gibt keine Worte dafür. An diesem Punkt verlor ich entweder das Bewußtsein oder die Fähigkeit, mich mitzuteilen. Arme Gracie – ich muß sie zu Tode erschreckt haben."

Ach, kannst du Gracie nicht weglassen? flehte Katja stumm, aber es war klar, daß er das nicht konnte.

Er hatte seine Pfeife aus der Tasche gezogen, sie angezündet und sich in Rauchschwaden eingehüllt. „Immerhin", sagte er, „immerhin bin ich nicht gewalttätig geworden. Es war nur ein mildes Musterchen der echten Schizophrenie, und nach acht Stunden und achtzehn Minuten war ich wiederum völlig normal. Bloß schauerlich schläfrig."

„Wie ich dich beneide!" rief Katja impulsiv. „Was für ein Erlebnis!"

„Ich würde es kein zweites Mal erleben wollen. Aber jemand mußte es eben versuchen."

„Aber Ted – genau das ist es, wofür wir alles, *alles* geben –, diese Intensität! Diese Erleuchtung, dieser Augenblick höchster Macht und

Klarheit – dafür lebt jeder Künstler. Jetzt weißt du, was mir das Tanzen bedeutet."

Doktor Marshalls Antwort war ein zorniges Stöhnen. „Da sind wir wieder bei deinem verdammten Tanzen. Wie darfst du es wagen, euren romantischen Kleister mit meiner exakten Wissenschaft zu vergleichen? Begreifst du denn nicht, was mein Experiment bedeutet? Ein grundlegender Schritt auf dem Weg, die Ursache und vielleicht die Heilung für Geisteskrankheiten zu finden. Wir wissen jetzt, daß eine chemische Veränderung im Blut da ist. Jetzt müssen wir den schuldigen Stoff isolieren ... synthetisieren ..."

„Wirklich? Setzen wir mal voraus, du kannst beweisen, daß das alles chemisch oder biologisch ist – nimm an, daß sich diese Sache, dieses X, im Blut aller Schizophrenen findet: dann weißt du noch immer nicht, was zuerst kommt, die Henne oder das Ei. Du weißt immer noch nicht, ob sie verrückt sind, weil ihr Blut anders ist, oder ob ihr Blut sich verändert, weil sie verrückt sind!" sagte Katja, tiefe Falten konzentrierten Nachdenkens in die Stirn gegraben.

Einen Augenblick zuvor waren sie einander näher gewesen als in Jahren. In ihrer Erschöpfung, in dem Aufruhr ihrer ehelichen Krise hatten sie sich voreinander aufgeschlossen, über sich selbst gesprochen, über ihre Arbeit, ein Thema, das sie für gewöhnlich bloß flüchtig berührten.

Sie mühte sich, seine Probleme zu verstehen; sie hoffte, daß er die ihren verstehen würde. Und plötzlich war alles vorüber. Sie hatte ihren Zug versäumt und auch den Anschluß an ihren Mann, sie begriff gar nicht, warum und wieso.

Er hieb mit der Faust auf den Tisch, daß die alten Fotos in der Schachtel hüpften. „Herrgott, halt lieber den Mund! Du bist zu dumm und unwissend, als daß ich mit dir reden könnte. Sie sind verrückt ... verrückt! Das ist alles, was du weißt!" schrie er, voll Überdruß über ihre unwissenschaftliche Ausdrucksweise.

„Schön – ob sie nun verrückt sind oder schizophren –, warum läßt man sie nicht in Ruhe? Es ist ihr einziger Ausweg. Es befreit sie von jeder Verantwortung; das wollen sie, und wenn sie für ihre Freiheit mit allerlei unangenehmen Halluzinationen bezahlen müssen, so ist das ihre eigene Sache. Niemand wird irrsinnig, der nicht im Tiefsten irrsinnig sein will", rief Katja aus.

Doktor Marshall, gewöhnt an Gracies gehorsam untergeordneten

Verstand, war wütend über Katjas wilde Gedankensprünge. Wer war sie eigentlich, daß sie es wagte, ihre eigenen Schlußfolgerungen zu ziehen, alle wissenschaftlichen, ja alle rationalen Gedankengänge durcheinanderzuwirbeln und sein eigenes epochales Experiment herabzusetzen? Er stand auf, stieß seinen Stuhl zurück und ging zur Tür, ohne einen Blick für sie. „Zeit für deinen Zug. Ich telefoniere um ein Taxi", sagte er und ging hinaus.

Es war, als hätte er Katja geohrfeigt. Sie folgte ihm, verblüfft, bestürzt. „Mein Zug ist fort. Sie werden die Probe ohne mich anfangen müssen. Aber Ted, was habe ich schon wieder falsch gemacht?"

„Meine Schuld! Ich hätte dir nichts erzählen sollen. Ich hätte wissen müssen, daß du irgendeinen Mist draus machen wirst. Ich habe es dir bloß erzählt, damit du verstehst, was Gracie für mich und meine Arbeit bedeutet. Sie ist das, was ich brauche: ein Kamerad, keine Primaballerina. Unsere Heirat war ein Fehler, wir wollen ihn korrigieren und als Freunde auseinandergehen. – Hier Doktor Marshall – können Sie Mrs. Marshall gleich abholen? Danke."

„Aber Ted, ich bin dieselbe, die ich immer war. Warum hast du darauf bestanden, mich zu heiraten?"

„Weil du mir leid getan hast. Vergiß nicht, in welchem Zustand du warst ..."

„Leid getan? Ich habe dir *leid* getan!" schrie Katja wild. „Du hast mich aus Mitleid geheiratet – *mich*? Oh, mein Gott, mein Gott ..."

Es war das Äußerste an Schmerz und Beleidigung. Bis zu diesem Augenblick hatte sie versucht, sich zivilisiert zu benehmen, jetzt aber brach jeder Damm in einem wilden Anprall von allem, was sie zurückgehalten hatte. Weggeschwemmt war die Höflichkeit ihrer gesitteten Ehe; es wurde ein Kampf, in dem Beleidigungen hin- und herflogen, in dem alle Skelette sich aus ihren Gräbern erhoben und einander die klappernden Knochen unvergessener Kränkungen an die Schädel schmissen. Sie kämpften grausam und erbarmungslos, wie es nur Menschen tun, die genau des anderen Schwächen und geheime Wunden kennen; wie nur Mann und Frau oder Liebespaare oder vielleicht Eltern und Kinder gegeneinander kämpfen. Alles Brüchige oder Gebrochene, jede Scherbe wurde ans Licht gezerrt. Teds Gedankenabwesenheit und Katjas Abwesenheit, Punktum. Wie er damals vergessen hatte, sie von der Pennsylvania-Station abzuholen, und wie sie ihm nicht eine Zeile von Buenos Aires geschrieben hatte. Wie oft er seine jungen Chemiker zum Nachtessen geladen hatte, an dem einzigen Abend, an dem sie heimkommen konnte, und wie oft sie – wie vor ein paar Tagen – ihr Versprechen gebrochen hatte. Alte Unstimmigkeiten über Guys Erziehung, Vorwürfe über Katjas Unfreundlichkeit gegen Margreth; und Teds rüdes Benehmen gegen Olivia. Über Preston, den Ted einen faulen Strick nannte und den Katja zu hoch bezahlte, nur weil sein lockerer Gang ihr Spaß machte. Und den sie überhaupt nicht brauchten, wenn Ted so tüchtig wäre wie alle anderen Männer und die kleinen notwendigen Dinge im Haus und Garten täte. Und diese unentbehrliche Pest McKenna, die ein Vermögen kostete und die Ted ertragen mußte, damit Milenkaja sich benehmen konnte, als ob es keinen Haushalt gäbe. Und hinunter zu den Fundamenten all solcher Kämpfe: Geld. „Du hast keinen Respekt vor Geld", schrie Ted. „Was ist da zu respektieren?" schrie Katja zurück. „Ich verdiene es, ist das nicht genug?"

„Du verbrauchst mehr, als du verdienst!"

„Ich lebe nicht von Kaviar und Champagner. Ich trage fünf Jahre lang dieselben Kleider, ich wohne in diesem grausigen Latham-Haus, nur um ein Hotel zu sparen!" schrie Katja empört.

„Tut mir leid, daß ich nichts bin als ein armer Schlucker, ein Wissenschaftler. Du hättest eben einen reichen alten Geldsack heiraten sollen, der dir alle die Dinge kaufen kann, die dir zukommen. Nun, ich ziehe mich zurück!" brüllte Marshall, außer sich.

Schreien und Fluchen, zugeschlagene Türen, Toppers entsetztes Winseln über diese ungewohnten Töne zwischen den beiden Menschen, die er über alles liebt. Der Lärm bringt Guy aus seinem Zimmer, er steht in seinem kleinen Pyjama am Treppenkopf und reibt sich die Augen, will nicht zeigen, daß er sich fürchtet. Katja küßt ihn leidenschaftlich, Ted sendet ihn streng zurück ins Bett. Die Hausglocke klingelt, und da ist Hampton mit dem Taxi, McKenna erscheint, ihre Haare in Lockenwicklern und ihr knochiger Körper im geblümten Flanellschlafrock. Sie hat tränende Augen, und aus unverständlichen Gründen schießt sie giftige Blicke auf Doktor Marshall und legt ihren Kopf auf Katjas Schulter, um zu schluchzen, als wäre es ihre eigene Ehe, die daran ist, in die Brüche zu gehen.

Es gab einen abscheulichen Augenblick, als Katja sich an ihre leere Geldbörse erinnerte und Ted bitten mußte, ihr zwanzig Dollar zu leihen, und als Ted, verwirrt, etwas Kleingeld zum Vorschein brachte, insgesamt zwei Dollar und sechsundzwanzig Cent. Und als Katja sich an McKenna wenden mußte, und McKenna ihr siebzehn Dollar vom Wirtschaftsgeld gab und drei von ihrem eigenen. Und Hampton läutete nochmals und sagte, wenn Mrs. Marshall den Zug erreichen wollte, dann wäre es höchste Zeit. Und Ted, der plötzlich seine Meinung geändert hatte, rief von oben, er selbst wolle Mrs. Marshall zum Zuge bringen, er würde in einer Minute soweit sein. Und Katja sagte von unten, besten Dank, nein, sie zöge das Taxi vor.

Ted tauchte wieder auf; er hatte Socken angezogen, sich die Haare gebürstet. „Aber Kate, wir haben die wichtigsten Dinge nicht besprochen", sagte er vernünftig. „Was geschieht mit dem Kind, dem Haus? Und da werden so viele Formalitäten sein – ich dachte, wir könnten das im Wagen besprechen."

„Zwischen hier und dem Bahnhof?"

„Nun, ich könnte dich bis nach New York fahren."

„Danke, nein. Ich werde Olivias Anwalt beauftragen, sich mit dir in Verbindung zu setzen."

Katja verließ das Haus, den Mann, das Kind, den Hund, ohne Abschied zu nehmen. Sie wußte, daß ihre angestrengte Beherrschung nahe daran war, in einer Flut von sentimentalem Mitleid mit sich selbst unterzugehen, und das wäre ein Schauspiel, das sie Ted nicht bieten durfte. Schlimm genug, daß sie sich in der abscheulichen Szene mit Ted hatte gehenlassen. Aber, seltsam, sie war erfrischt und gestärkt daraus hervorgegangen.

Es hatte zu regnen aufgehört, die Sonne kam heraus. Konzentration jetzt! befahl sie sich, kaum daß sie einen Sitz im Zug gefunden hatte. Erster Auftritt der Königin . . . tirra-tirra-ta-bang – *Und* – los!

Sie war eingeschlafen, noch ehe der Zug in Bewegung kam, und sie erwachte erst, als er schon zehn Minuten lang in der Pennsylvania-Station gestanden hatte und der Mann, der die Waggons nach vergessenen und verlorenen Gegenständen inspizierte, sie wachrüttelte.

IN SPÄTEREN Jahren pflegte Olivia zu sagen, daß nächst Pearl Harbour dieser Montag der katastrophenreichste Tag ihres Lebens gewesen sei.

Daß das Bühnenbild für den Hochzeitsflug nicht fertig war und daß Alouette nicht, wie versprochen, die Kostüme für die Königin und die Drohnen geschickt hatte, waren bloß zwei der geringeren Ärgernisse. Aber daß Katja nicht rechtzeitig auf der Probe erschien, war höchst ungewöhnlich, und Olivia verbarg ihre Besorgnis hinter einem stählernen Lächeln.

„Was tun wir, wenn Katja überhaupt nicht kommt? Wenn sie sich's überlegt hat? Könnte Joyce einspringen?" fragte sie Bagoryan flüsternd.

„Sie könnte, aber ich würde es nicht zulassen", entgegnete er mit Entschiedenheit. „Los jetzt, wir fangen an. Gwendolyn kann für den Augenblick einspringen."

Doch Miß Rowland, die in den Ballettsaal geschickt worden war, um Gwendolyn zu holen, berichtete achselzuckend, daß Gwendolyn nicht zur Morgenklasse erschienen sei. Das war heute besonders sträflich. Das Anschlagbrett hatte besondere Aufmerksamkeit darauf gelenkt, daß an diesem Morgen die Übungsklasse in der *Met* stattfinden und der Maestro selbst mit ihnen arbeiten würde.

„Schön – ich werde mit den Jungens anfangen, bis Mesdames Milenkaja und Gwendolyn zu kommen belieben", kündigte Bagoryan an, verdrießlich die lückenhafte Reihe der Drohnen musternd, die sich in der Kulisse aufstellten. „Wo ist Klotzky? Wo, zum Teufel, ist Cecil? Was, um Himmels willen, ist los? Ist die Untergrund mit meiner halben Truppe steckengeblieben?"

Gwendolyn hatte sich an diesem Morgen in einer peinlichen, wenn auch nicht ungewohnten Situation vorgefunden: bei hellem Tageslicht stand sie in dem langen, sehr tief ausgeschnittenen Abendkleid von gestern nacht an einer Straßenecke und versuchte, ein Taxi zu kriegen. Sie hatte diese Toilette für Olivias Party angelegt. Danach war sie in der Laune gewesen, irgendeine Dummheit anzustellen. „Gehen wir los, Larry, wir wollen irgendwo was trinken!" hatte sie gesagt.

Larry Klotzky war Solotänzer, klein, aber gut gebaut und muskulös; er hatte polnische dunkle Kirschenaugen, und sein breites, viereckiges Gesicht trug den Stempel der Slums seiner Kindheit. Doch da er ein geborener Tänzer war, von Natur mit fabelhaften Springmuskeln begabt, von einem unersättlichen Drang getrieben, zu springen, zu kreiseln, zu rennen, zu tanzen, war er in den magischen Kreis des Balletts geraten. Er und Cecil Blaine, der sehr gut, wenn auch etwas verwaschen aussah, wohnten in einer Art Dachboden, umgeben von selbstgezimmerten, schwarzgestrichenen Möbeln, Matratzen und Kissen in schwarzen Überzügen. Sie hatten Launen und machten Szenen, neigten zu allerlei Streichen und Unfug, und sie waren das unbestrittene Zentrum für Ballettklatsch und Gerüchte.

Gwendolyn und Larry hatten irgendwo was getrunken, und zwar so gründlich, daß sie den Rest der Nacht miteinander auf einer der beiden schwarzen Couches in der Bude des Jungen zubrachten.

„Mein Gott, aber wenn Cecil heimkommt, wird's da nicht einen gräßlichen Stunk geben?" hatte sie gefragt.

„Er kommt nicht heim. Er bleibt über Nacht bei der Gabrilowa, um Tanja abzulösen. Und überhaupt – ich habe keine Angst vor ihm. Soll nur heimkommen!" hatte Larry gesagt, im erhebenden Bewußtsein seiner neuentdeckten Mannheit.

In dem Taxi, das sie nun in ihre eigene Wohnung brachte, lachte Gwendolyn über sich selbst. Meine gute Tat für heute habe ich getan. Aus einem schwulen Jungen einen Mann gemacht.

Aber baden, umkleiden und mit zwei Herren telefonieren nahm einige Zeit in Anspruch, und als sie gemächlich in den Ballettsaal der *Met* kam, wurde die Klasse gerade entlassen, und die Truppe reihte sich für die übliche Verbeugung vor dem Maestro auf. Um so besser, dachte Gwendolyn und versuchte sich unsichtbar zu machen. Aber der Maestro hatte sie bereits gesehen. Er schob die andern Mädchen zur Seite und stürzte sich auf sie, zischend wie eine losgeschossene Harpune. Ein Schwall italienischer Flüche und Schimpfworte kam über seine bläulichen Lippen, sein Gesicht war purpurfarben, und die Haut unter seinem dünnen weißen Haar war flamingorot verfärbt.

Plötzlich stolperte er, noch vorstürzend, griff er in die Luft nach einem Halt und fiel hin. Die erste Katastrophe des schwarzen Montags hatte das Manhattan-Ballett getroffen.

Das Taxi, das Katja zum Theater brachte, schwenkte zur Seite und stoppte, um einem sirenenheulenden Gefährt Platz zu machen. Es war das Auto, das den Maestro ins Krankenhaus brachte, aber das konnte Katja nicht wissen.

In ihrer Garderobe wartete Louisa, Gott sei Dank, mit starkem, schwarzem Kaffee; hier war, in einer zusammenstürzenden Welt, ein kleiner Unterschlupf. Der Spiegel, die Lichter in ihren Drahtkäfigen zu beiden Seiten, die Schminktiegel, die Schäbigkeit, der Geruch; und das dicke Trikot, warm und fest um ihren zitternden Körper.

Auf der Bühne war die Probe in vollem Gang, mit Gwendolyn als

Bienenkönigin. Olivia hatte strengen Befehl gegeben, die schlimme Neuigkeit von Maestros Herzanfall bis zum Schluß der Probe vor Katja geheimzuhalten, und Katja war zu tief mit dem Weltuntergang ihres persönlichen Lebens beschäftigt, um das Nordpolklima zu bemerken, das Gwendolyn von den andern isolierte. Sie wußte bloß, daß Tanzen das einzige war, was sie retten konnte. Sie ging schnell auf die Bühne, wünschte Bagoryan mit lauter Stimme guten Morgen, grüßte die Gruppe und schob Gwendolyn mit einem befehlenden „Danke, meine Liebe. Von hier an übernehme ich's" beiseite; was sie denn auch tat, und zwar mit einer so tranceartigen Hingerissenheit, daß Olivia alle Vorwürfe hinunterschluckte. Katja sah Joyce in der Kulisse, in Maske und Kostüm, unwiderstehlich jung und frisch, während sie selbst im dicken schwarzen Wolltrikot die Szene durchführen mußte, in der sie königlich für den großen Hochzeitsflug herausstaffiert werden sollte. Es war eine Herausforderung. Ihr ganzer Körper erhitzte sich in diesem Drang des Kämpfens; ganz Frau sein, ganz Verführung, Eroberung – sie, der ihr eigener Mann gerade den Abschied gegeben hatte ...

Und wieder einmal wirkte der Tanz seine Magie: Katja ließ sich selbst und alles, was geschehen war, weit zurück.

Aber als sie begann, die Gruppe der jungen Männer zu sich heranzuziehen, mit der unerklärlichen magnetischen Kraft, die großen Tänzerinnen innewohnt, gab es eine plötzliche Störung.

„Wo, zum Teufel, ist Cecil?" rief Bagoryan, denn Cecil war der Führer der Drohnen.

Der Ruf wurde weitergeleitet, durch die Kulissen und Korridore, und schließlich war es nicht Cecil, sondern Larry, der auf die Bühne geschoben wurde. Er war außer Atem und schwitzte heftig. Er beschattete seine Augen gegen das grelle Rampenlicht und suchte Bagoryan im Parkett.

„Ja, Meister? Sie haben mich rufen lassen?"

„Verflucht, wo ist dein siamesischer Zwilling?" bellte Bagoryan ihn an, „wo zum Teufel steckt Blaine?"

„Leider, Mr. Bagoryan, er ist nicht ganz wohl; er wird ein ärztliches Zeugnis beibringen."

Ein wissendes Kichern erhob sich unter den Tänzern, und Miß Beauchamp rief aus der Loge, in der sie die Probe verfolgte: „Was ist los mit ihm? Doch nicht wieder derselbe alte Tanz?"

„Es geht schon wieder. Die Ärzte in Bellevue haben ihn in Ordnung gebracht", sagte Larry hartgesotten, die Aktion einer Magenpumpe andeutend.

Die Truppe war belustigt. Wann immer Cecil – mit Recht oder Unrecht – glaubte, daß Larry ihn betrog, verübte er Selbstmord; er schluckte dann eine große Dosis sorgfältig zusammengesparter Schlafmittel und ließ sich von Larry sterbend auf einer der schwarzen Couches entdecken. Weder Larrys abgehärtete Haltung noch die peinliche Prozedur im Spital und der nachfolgende Katzenjammer hielten Cecil davon zurück, sein kleines Tänzchen aufzuführen, wann immer er eifersüchtig war.

Olivia sagte nachdrücklich: „Ich fürchte, auf die Dauer wird der junge Blaine zu anfällig für uns sein."

Doch Cecil Blaines Nichterscheinen verursachte bloß eine kleine Welle von Schwierigkeiten und Abänderungen. Bagoryan hatte die Achseln gezuckt, war mit zwei weichen Katzensprüngen auf der Bühne gelandet, und, seinen Einsatz gebend, übernahm er selbst die Rolle als Führer der Drohnen. Sofort rückte die Gruppe mit neuem Elan vor, und sofort fühlte Bagoryan die Kraft, mit der Katja ihn anzog, wie in ein Netz elektrischer Ströme. Wie gut, mit einer erfahrenen Ballerina zu tanzen, die von ihrer eigenen Kraft hergab, anstatt einen leerzupumpen, wie alle diese talentierten Mädels, die er geleitet und geformt und schließlich geheiratet hatte, und die er zum Schluß von sich gehen ließ ...

Er klatschte in die Hände. „Die ganze Szene noch einmal!" befahl er. „Ling, beobachte mich genau. Wenn Cecil morgen früh nicht auf der Höhe ist, übernimmst du die Rolle." Er lächelte dem jungen Chinesen zu, der auf diese Weise plötzlich aus der Anonymität der Gruppe herausgezogen wurde.

In der Kulisse bemerkte Bagoryan Masuroff. Er applaudierte lautlos Beifall und Entzücken, blies Katja Küsse zu. Wie der loslegt, der Esel! dachte Bagoryan und stoppte.

„Das ist vorläufig genug für euch, Burschen. Jetzt die Suchbienchen-Szene – Miß Lyman, bitte!"

Katja ging auf der anderen Seite ab, ihre Knie zitterten ein wenig, und der kleine Schmerz nagte in ihrem linken Bein, nun, da sie ihrer jungen Rivalin Platz machen mußte.

„Was ist heute morgen in dich gefahren, mein Schatz?" fragte

Lazar, hinter ihr auftauchend, „wie du diese Rolle angepackt hast –
das ist ja Brandstiftung."

„Hallo, Sandy –", sagte sie gedankenabwesend.

„Nicht interessiert an Miß Honigbienchens Szene?" fragte er
spöttisch.

„Ich muß mich konzentrieren."

„Aha, nun, hier ist das kleine *Fugato,* um das du mich sekkiert
hast. Joyce tanzt ihr Solo, so wie es ist, die Königin wird gleichzeitig einen Kontrapunkt dazu ausführen. Letztes Zeichen meiner ewigen Ergebenheit. Frisch von der Füllfeder. Habe es gestern mit
Mirko besprochen."

„Oh, Sandy, du bist doch der Beste! Und? Hat es ihm gefallen?
Hat er ja gesagt?"

„Er hat zumindest nicht nein gesagt. Du kennst ja unseren Mirko –", begann Lazar, aber Katja hatte ihm die Noten bereits aus der
Hand gerissen, überflog sie beim Licht des Scheinwerfers, versuchte
mit geschlossenen Augen sie sich einzuprägen, dann eilte sie zurück
zur Bühne, wo Joyce gerade an der Fußrampe vorbeiwirbelte. Unsichtbar zwischen den Kulissen versuchte Katja die Figuren, die sie
Joyces Variationen entgegenstellen wollte. „Laß das, Sandy. Bist du
verrückt?" zischte sie, belästigt durch zwei Hände, die ihre Brüste
umspannten, und den erregten Körper eines Mannes, der sich von
hinten an den ihren preßte.

Sie wirbelte herum, bereit, ihn zu ohrfeigen – mehr, weil er sie
gestört hatte, als wegen der Frechheit. Aber es war nicht ihr alter
Freund, sondern Masuroff, der Männliche, der Leidenschaftliche, Masuroff, der große Liebhaber. Er mimte eine Gebärde aus dem alten
russischen Ballett: „Ich kann mir nicht helfen, du bist so unwiderstehlich – aber, nicht wahr, ich bin es auch." Eine Geste, die Masuroffs geflüsterte Worte überflüssig machte und Katja zum Lachen
brachte. Es war theatralisch, aber es pulverte sie auf. Ich bin eine
aufregende Frau; für diesen Mann bin ich es. Ich brauche bloß zu
wollen, um zu wirken – auch wenn mein eigener Mann ein Mädchen
vorzieht, das so reizvoll ist wie ein Sack Kartoffeln.

Aber dieser Gedanke tat zu weh. Denk nicht daran, Katja, jetzt
ist nichts wichtiger, als den Kampf um das *Fugato* zu gewinnen.
Unterirdisch war da ein kleiner Funken, eine wärmende kleine Versuchung: Und warum nicht mitspielen? Warum nicht mit Masuroff?

Sie lächelte mit gesenkten Wimpern, und als er einen Kuß auf ihren Nacken drückte, antwortete sie mit einem feinen Zittern.

In der Zwischenzeit hatte Joyce ihren Tanz mit einer witzigen Übersteigerung beendet. Der Bienenschwarm formte sich und folgte ihr in einer wirbelnden *bourrée* von der Bühne, während Miß Beauchamp einen Moment lang in dem dunklen Gang hinter den Logen zögerte, bis das Zittern ihres marmornen Kinns nachließ.

Sie hatte soeben am Telefon erfahren, daß der Maestro gestorben war, ohne das Bewußtsein wiedererlangt zu haben.

Obwohl Olivia den großen alten Mann tief betrauerte, war sie bereits dabei, die Stundenpläne der Klassen im Geist umzuorganisieren. Würde die Gabrilowa damit einverstanden sein, ihn als Ballettmeisterin zu ersetzen? Oder würde Bagoryan sich dazu bewegen lassen, Ballettmeister zu werden, so daß man neue Choreographen heranziehen könnte? Neues Blut, neue Ideen – und das Begräbnis darf unter keinen Umständen vor der Premiere stattfinden, die Hälfte der Mädchen wird sich auf dem Friedhof erkälten. Und Dr. Peel hatte berichtet, daß es der alten *Assoluta* nicht gut ging, gar nicht gut. Wollen hoffen, daß zumindest Katja mich nicht im Stich läßt, aber Gott allein weiß, wie nahe ihr Maestros Tod gehen wird.

Olivia zwang ihr Gesicht zu einem flachen Lächeln, putzte sich die Nase und marschierte tapfer auf die Bühne – in eine neue Krise.

Jetzt hätte auf der Bühne der dramatische Augenblick sein sollen, da der Bienenstock sich öffnet und zu dem blauen, sonnendurchfluteten Himmel des Hochzeitsflugs wird.

Doch da die Dekoration nicht fertig war, ging der große Augenblick in Geschrei und Gehämmer unter, in Streitereien zwischen Bühnenarbeitern und Technikern und wirkungslosen Befehlen des Inspizienten. Als schließlich der Zwischenvorhang aufging, war da anstatt eines tiefblauen Himmels die nackte Ziegelwand des Theaters. Schwitzende Männer in Overalls, die bemalte Versatzstücke herumschoben, und Schreie von „Achtung! Achtung!" und mittendrin, wie ein Felsblock in der Brandung, Philipp Daniels, der Schöpfer der ganzen heillosen Wirrnis.

Bagoryan rettete den Tag. Innerhalb von fünf Minuten hatte er das Durcheinander auf der Bühne in Ordnung gebracht.

„... alle Arbeiter raus! Bühne frei! Wir brauchen Ruhe da oben! Daniels – wenn wir um Punkt ein Uhr die Bühne räumen, wann kannst du die letzte Dekoration aufgebaut haben? Drei Uhr? Gut. Mittagspause für alle Bühnenarbeiter bis eins. Klotzky, Johansson und Masuroff – ich brauche euch jetzt nicht, es hat keinen Sinn, den Hochzeitsflug ohne Dekoration zu probieren. Aber Punkt drei wird's ernst, ja? Niemand sonst darf abgehen – ich brauche das gesamte Corps. Wir wiederholen jetzt die Bienchenszene, es gibt einige Änderungen. Ich hatte da ein paar neue Ideen, und Mr. Lazar war so freundlich, uns ein wenig neue Musik zu schreiben, sehr reizend, es wird euch allen gefallen – was gibt's, Miß Lyman? Es handelt sich nicht um Sie; von Ihnen erwarte ich nicht, daß Sie drei Tage vor der Premiere etwas Neues erlernen. – Alle auf die Plätze – die letzten vier Takte vor dem Auftritt der Suchbiene – *Und . . .*"

Er stellte sich vor Katja auf und demonstrierte den amüsanten Kontrapunkt der Königin für sie zum Nachtanzen. Katja, hinter ihm, war bereits dabei.

Joyce Lyman tanzte auf der anderen Seite der Bühne lustlos ihr Solo, das kein Solo mehr war. Beim drittenmal überließ Bagoryan Katja ihrem eigenen Tanz, während er die Bewegungen des Corps umarrangierte.

Diesmal fehlt der höfliche Applaus, den das Corps gewöhnlich seiner Primaballerina nach dem Ende eines neuen Tanzes spendet. Die Mädchen verliefen sich, der Asbestvorhang kam herunter. In ihrer Garderobe streckte sich Katja auf die Couch. Sie versuchte an nichts zu denken, und nach einer Weile sank sie in tiefen, traumlosen Schlaf.

Sie erwachte, weil sie Guy weinen hörte. Es war finster, und sie brauchte ein paar Sekunden, um die Garderobenluft zu erkennen, den ewigen Geruch von Schminke und Goldcreme, Leim und frisch gebügelten Kostümen, *Eau Verveine,* Kampfer, Perücken, Staub und altem Schweiß. Aber das kindliche Weinen hielt an. Katja schaltete die Spiegellichter an, horchte, und dann klopfte sie leise an die Verbindungstür.

„Ja? Wer ist da?" fragte Joyce.

„Ich – Katja. Was ist los, Kind?"

„Nichts. Es ist bloß . . . ich habe Nasenbluten. Aber es hört schon auf."

Katja versuchte die Türklinke, die Tür war nicht versperrt, sie trat ein. „Kann ich was für dich tun? Komm, rühr dich nicht, das kommt wahrscheinlich von der Erkältung. Hast ein kleines Blutgefäß gesprengt."

„Nein, Madame. Es kommt von der allgemeinen Keilerei, die Mr. Bagoryan aus meinem Solo gemacht hat. Irgendein Ellbogen hat mir in die Nase gebumst, es ist ein Wunder, daß sie nicht gebrochen ist."

Katja betrachtete mitfühlend das junge Gesicht. Sie verstand Joyces Stolz, der sie nicht zugeben ließ, daß sie mitten im Heulen war. Um ihr Zeit zu geben, tauchte sie ein Handtuch in kaltes Wasser und bedeckte das tränengedunsene Gesicht damit. Unter der Kompresse schluchzte Joyce ein paarmal tief auf. „Komm, komm, Kind, es ist genug", sagte Katja, „solche Dinge sind nicht wert, daß man ihretwegen weint, glaub mir."

Joyce riß das feuchte Tuch weg und blickte mit heißen, bösen Augen auf Katja. „Ich weine über den alten Herrn, und wenn Ihnen das nicht wichtig genug ist, um zu weinen – mir genügt's!" Und, nachdem sie so einen ehrenhaften Grund für ihre Tränen gefunden hatte, ließ Joyce das Handtuch wie einen Vorhang über ihr Gesicht fallen und überließ sich hemmungslos ihrem Kummer.

„Hat der Maestro dich angeschrien: ‚*Puzza!* Du stinkst'?" fragte Katja ein wenig erheitert. „Mach dir nichts draus, das kriege ich seit dreißig Jahren zu hören, und in fünf Sprachen!"

Joyce sprang auf und starrte Katja an. „Um Himmels willen, Katja, weißt du denn nichts? Hat dir's niemand erzählt? Es gibt keinen Maestro mehr. Er ist tot, tot, und sie hat ihn umgebracht, diese Gwendolyn."

Auf diese Weise erfuhr Katja den Tod ihres alten Lehrers. Sie ließ die Nachricht in sich einsinken, da war ein steifer Schmerz, aber irgendwie verloren in dem größeren Schmerz und Verlust dieses Morgens. Sie stand vor dem Mädchen, mit einem brütenden Lächeln, und sagte: „Es hat seine Ordnung. Er war sehr alt, und er ist in den Sielen gestorben, was sonst kann ein Mensch verlangen? Ich möchte wetten, er hat eine gute Morgenklasse gegeben und hat *basta!* gesagt und *mille grazie,* ehe er starb."

Joyce starrte sie wütend an: „Herrgott, wie können Sie so darüber sprechen! Das ist herzlos! Wenn er Ihnen nicht abgeht, uns jungen Tänzerinnen wird er fehlen. Er hatte noch die große Tradition in seinen armen alten Knochen. Jetzt ist niemand mehr da, um uns das wichtigste zu lehren."

„Sag nicht, daß niemand mehr da ist. *Ich* bin noch da. Und wenn du etwas bissig sagst: wir jungen Tänzerinnen – ich kann dir versichern, wir alten Tänzerinnen können ein paar Dinge, von denen ihr Jungen nichts wißt. Wenn du mich ein wenig mit dir arbeiten ließest . . .“

„Gott, das ist aber lieb von dir, wirklich. Und wo du doch immer gesagt hast, lieber sterben als unterrichten.“

Nachdem sie das Mädchen verlassen hatte, stand Katja verloren vor dem Spiegel in ihrer Garderobe. Was jetzt? dachte sie, die volle Schwere dieses neuen Verlustes ermessend. Das große *pas de deux* mit Masuroff, Gipfel und Krönung ihrer Rolle – sie hatten kaum begonnen, daran zu arbeiten. Sie hatte darauf gezählt, daß der Maestro es mit ihnen in der Stille des Ballettsaals studieren würde, bis es ganz fertig war – ein vollkommenes Stück Tanzkunst, mit seinem Höhenflug, dem Aufwärts, aufwärts, höher und höher. Ein schwarzer Tag, der unabänderlich den unseligen Morgen ergänzte. Es war das Ende eines Kapitels. *Good-bye,* Mrs. Marshall. Vorbei und Schluß. Jetzt bin nur ich noch übrig. Ich selbst.

Sie warf ihre Zigarette weg, richtete sich auf, marschierte zur Bühne hinunter. Und marschierte direkt in einen Angsttraum.

Da stand, stieg empor, überragte alles andere: die Rampe. Das turmhohe Stück Dekoration, auf dem Grischa sie einst zu ihrem Absturz und seinem Tod getragen hatte.

Für die Zuschauer eine Illusion von blauer Luft, mit dem blauen Himmel des Hintergrundes in eins verschmelzend. Von rückwärts gesehen aber ein verspreiztes Gerüst, unzuverlässig durch grobe Bohrer zusammengehalten. Philipp Daniels stand stolz bei seinem Werk. Sie alle waren sehr stolz, der Bühnenmeister, die Bühnenarbeiter. Punkt drei Uhr, und die Dekoration war fertig aufgebaut. Angstgelähmt suchte Katja Hilfe bei ihren alten Freunden, Daniels, Bagoryan, Olivia.

Alle vergrabenen Ängste stiegen auf und durchbrachen die Mauer des gnädigen Vergessens. Plötzlich konnte sie sich mit erschreckender Klarheit an jeden Augenblick des verhängnisvollen letzten Tanzes mit Grischa erinnern; der Streit mit ihm, vorher in der Garderobe, seine konfusen geflüsterten Drohungen, während sie in den Kulissen warteten, und der Ausdruck mörderischer Raserei in seinen Augen, eine Sekunde ehe er die Maske des Gottes über sein Gesicht zog. Während

des Tanzes hatte er unablässig auf russisch gemurmelt, und er hatte
sie als Semele zerschmettert und getötet, mit einem barbarischen
Aufschrei, der weit über die Grenzen eines Balletts hinausging. Er
hatte gesungen, als er sie aufhob, auf seinen Armen hochstemmte,
und begann die Rampe zu ersteigen – dieselbe Rampe, die Daniels,
Olivia und Bagoryan in böser Verschwörung hier noch einmal aufgebaut hatten.

Inmitten des schwindligen Dröhnens in ihren Ohren spürte Katja
wieder, daß Grischas Arme zitterten und daß seine Beine ihren Halt
verloren hatten und daß seine Knie einsackten.

Automatisch hatte sie sich verkrampft, und das machte ihren Sturz,
den Anprall ihres Körpers an die scharfen Ecken des Gerüsts und
dann auf den Boden um so schlimmer.

Sie hatte damals nicht gewußt, und sie würde niemals wissen, ob
Grischa sie über Bord geworfen hatte, um sie zu retten. Oder um sie
zu ermorden.

Sie fühlte sich krank, schwindlig; Schweiß lief ihren Rücken entlang, sie fürchtete, sich übergeben zu müssen. Sie hörte Stimmen:
Daniels, der seinen Entwurf in ärgerlichem Französisch verteidigte;
Olivia, sie verspottend; und Bagoryans strenges „Höchste Zeit, daß
du diese dumme Höhenangst einmal überwindest, Schatz!"

Dann wurde sie von starken Armen ergriffen, leicht emporgeho-
ben und gedreht, bis sie sicher an Masuroffs muskulösen Armen und
Schenkeln ruhte. „Fürchte dich nicht", murmelte er ihr leise ins Ohr,
„mit mir mußt du dich niemals fürchten. Wassja gibt gut acht auf
kleine Frau. Du so süß, so wunderbar, wir tanzen sensationelles
pas de deux zusammen . . ."

Es war gut. Es war sehr gut, einen Augenblick so gehalten zu
werden. Sie richtete sich auf und öffnete die Augen. „Danke. Jetzt
bin ich wieder in Ordnung", sagte sie.

Masuroff ließ sie aus seinen Armen, aber er behielt ihre Hand in
der seinen. Sie lächelte ihm zu, und er lächelte zurück, als ob sie
ein Geheimnis teilten.

„WIE geht es ihr?" fragte Katja, als Cecil Blaine ihr die Türe von
Gabrilowas Wohnung öffnete.

„Heute morgen hat es recht schlimm ausgesehen. Ich bin froh, daß
Sie kommen konnten, Miß Katja, sie fragt beständig nach Ihnen."

„Wo ist Tanja?" fragte Katja und bückte sich, um die weiße Angorakatze zu streicheln, die sich seidig an ihre Knöchel schmiegte.

„Ich habe ihr zugeredet, sich ein wenig hinzulegen. Geben Sie acht, es ist ein bißchen dunkel hier", sagte er und lenkte sie an zwei Sauerstoffzylindern vorbei, die den dunklen Korridor versperrten, und dann öffnete er die Tür zu Gabrilowas Schlafzimmer.

Nichts konnte dem Krankenzimmer einer alten Dame unähnlicher sein. Sonnenlicht strömte mit der frischen Luft des Frühlingsnachmittags durch die weitgeöffneten Fenster herein. Vorhänge und Möbel waren ein warmes königliches Rot, die Wände elfenbeinfarben, abgesehen von der einen, dem Bett gegenüber, wo eine fröhliche Malerei einen Ausblick, wie von einem Balkon, über Paris mit dem Eiffelturm vortäuschte.

In dem niederen, weiten Bett, das in schimmerndem, weißem Atlas ausgeschlagen war, thronte Xenia Gabrilowa, gestützt von Kissen aller Größen und Formen. Ihr schwarzes Haar war geölt und glänzte, sauber gescheitelt und aufgesteckt, als ob sie bereit wäre, sogleich Giselle zu tanzen; ihre eingefallenen Wangen waren geschminkt, sie trug ein bezauberndes Nachthemd aus Crêpe de Chine und Alençonspitzen, und sie sah entsetzlich aus, eine zusammengeschrumpfte elegante Mumie. Sie kämpfte um Atem, aber nicht ärger als während eines anstrengenden *Adagios,* und sie lächelte Katja heiter, oder vielleicht auch verfiebert, entgegen.

„Wie nett von dir, unnütze kranke Gabrilowa zu besuchen", sagte sie keuchend, aber ganz *grande dame.* „Ich dir muß danken, liebe Katuschka. Ich behalte keine Blumen, du siehst? Ich sage, Tanja, mach mir nicht Begräbnishalle hier, schmeiß alle andern Blumen hinaus, laß nur, was liebste Milenkaja mir geschickt hat . . ." Mit einer graziösen Ballettgebärde wies ihre schwache Hand auf eine Laliquevase, aus der blasse Cymbidiumranken hingen. In all der Hitze und dem Fieber der Probe hatte Katja natürlich vergessen, Gabri Blumen zu schicken, aber Louisa, Gott segne sie dafür, hatte daran gedacht. Katja fühlte sich ein wenig beschämt.

„Du erzähl mir; wie geht Probe ohne mich?"

„Miserabel, wie du dir ja denken kannst. Olivia hätte die Premiere verschieben sollen, bis du wieder gesund bist."

„Es ist gut von dir, daß du meine Rolle übernimmst, und so schnell. Wenn ich kann wieder tanzen, wir wollen alternieren, ja?

Du bist wirklich gute Freundin, kommst hier am Mittwoch sogar, wenn zwei Vorstellungen hast . . ."

„Oh, das ist nicht so schlimm. Lyman tanzt am Nachmittag, ich am Abend. Selbstverständlich hat Mirko ‚Schwanensee' abgesetzt, bis du zurück bist. Wir geben nur den Gemischten Salat heute, das ist leicht." Den Gemischten Salat nannte die Truppe ein Programm von kurzen beliebten Tanznummern, das in dringenden Notfällen und gelegentlich in kleinen Städten aufgeführt wurde. Gabrilowa fühlte sich sichtlich wohler durch Katjas Andeutung, daß ihre Abwesenheit solch einen dringenden Notfall verursacht hatte.

„*Tout de même,* Katja, du brauchst Ruhe vor Vorstellung."

„Ich bin zu nervös. Ich bin sehr froh, daß du mir erlaubt hast zu kommen", sagte Katja, die seit Montag in Furcht vor jeder freien Minute lebte, die ihr Zeit zum Denken lassen konnte. Proben Tag und Nacht. Anproben, Interviews, alle die beschwerlichen Äußerlichkeiten ihres Berufs. Theatergespräche mit Olivia, Kaffee und Theatergespräche mit Mirko. Sie hatte die Jungen vom *pas de quatre,* inklusive Ling, den jungen Chinesen, in die russische Teestube ausgeführt, und, erschöpft von der Arbeit, hatte sie Kaviar, Champagner und Küsse von Masuroff akzeptiert, der offensichtlich eine Verführung im großen Stil vorbereitete.

„Angst, Duschka? Lampenfieber?"

„Schreckliche Angst. Halb tot vor Lampenfieber", antwortete Katja.

„Ich weiß. Wie verträgst du dich mit Wassja Masuroff?"

„Sehr gut, danke. Ich habe lange keinen solchen Partner gehabt. Übrigens, er hat mich herbegleitet. Er möchte dir gern guten Tag sagen, er wartet unten in der Halle. Darf er heraufkommen?"

„Auf gar keinen Fall. Ich bin nicht in Verfassung für Herrenbesuch", keuchte Gabrilowa in plötzlicher Erregung.

„Bitte, bitte, Gabri, kein Grund, dich aufzuregen. Wassja kann warten, bis du dich wohler fühlst."

„Er gefällt dir? Ja?" fragte Gabrilowa im Konversationston, wieder ganz *grande dame.* Und auch lebhafter. Katja sah mit Erstaunen, daß die bloße Erwähnung von Masuroff wie ein Elixier auf die alte, kranke Frau wirkte. „Du hast mit ihm geschlafen?"

„Nein. Warum sollte ich?"

„Aber du wirst schlafen mit ihm." Das war keine Frage.

Katja zuckte die Achseln. „Ich weiß nicht, Gabri. Ich glaube, eher nicht."

„Ich glaube, ja. Frau, die er nicht kann verführen, verdirbt seinen Stil – hat er dir nicht erzählt?"

Katja lachte leise. Irgendwie, ohne sich zu bewegen, hatte die alte, kranke Gabrilowa es zustande gebracht, eine flüchtige Parodie von Masuroffs eitler und doch einschmeichelnder Männlichkeit anzudeuten. „Wassja ist sehr attraktiv, und er weiß es auch", sagte Katja.

„Jetzt ist eingebildeter Esel! Aber ah, was für schöne Mensch, wenn er war jung! Zehn Jahre mit ihm, ich war glücklichste Frau auf die Welt. Hat Augen wie Feueropal, kostbare Edelstein . . ."

Gabrilowa schloß die Augen und faltete die Hände. Sie streckte sich ein wenig, um zu rasten von der qualvollen Anstrengung, Luft in ihre bedrängten Lungen zu pumpen. Doch als Katja aufstand und auf Fußspitzen zur Türe ging, um sie schlafen zu lassen, sagte Gabrilowa: „Bitte, noch nicht fortgehen, Milenkaja, ist so selten, wir haben Zeit zu plaudern. Möchte ich dir so gern alles sagen für die Rolle . . . Siehst du, Bienenkönigin ist *femme fatale,* und du immer noch so braves Mädchen – romantisch – lyrisch –, laß dich von Wassja verführen, wird so gut sein für *pas de deux."*

Gabrilowas Glaube an Sexualität als glückliche Quelle von künstlerischen Eingebungen war so abgenützt, daß es Katja verstimmte – um so mehr, als sie selbst sich keineswegs unempfindlich gegen Masuroffs speziellen Magnetismus fühlte. Seit sie gesehen hatte, wie Ted dieses Mädchen umarmt hatte, war in ihren Gedanken ein rebellisches Bedürfnis, ihm zu zeigen, wie leicht und wie schnell sie sich einen andern Mann zu eigen machen konnte.

„Ich glaube, ich gehe jetzt lieber", sagte sie. „Der arme Wassja, er wird so enttäuscht sein, daß er dich nicht sehen durfte. Darf ich nach der Premiere kommen und dir berichten?"

Das Gesicht der alten Tänzerin hatte sich während ihres kurzen Besuchs verändert, es sah jünger aus, weniger eingefallen. Katja hatte nicht genug Erfahrung, um zu wissen, daß die gedunsenen Gewebe, die bläuliche Verfärbung um die gemalten Lippen Notsignale der überarbeiteten Lunge und des Herzens waren.

Gabrilowa sagte etwas auf russisch und schlug mit drei ausgestreckten Fingern das russische Kreuz über sie. „Warte, Katja, da ist noch etwas – gib mir die Schachtel . . ."

Die unverkennbare Atmosphäre eines Zeremoniells lag in der Art, wie Gabrilowas ausdrucksvolle Finger ein dickes, altmodisches Lederetui mit Goldinitialen einen Augenblick lang festhielten. Dann ließ sie das Schloß aufschnappen: auf einem Bett von schwarzem Samt ruhte eine kleine glitzernde Krone.

„Hübsch, nicht? Ist die kleine Krone, die Legnani für die Premiere von ‚Schwanensee' getragen hat, 1894. Als Legnani sich zurückzog, schenkte sie sie der Kschesinkaja, und von Kschesinkaja hab ich sie bekommen, als ich Odile und Odette zum erstenmal tanzte. Jetzt gibt Gabrilowa das Krönchen an Milenkaja weiter. Ein kleines Souvenir, damit man manchmal an mich denkt. Ich brauche kein Maskottchen mehr, und du hast es vielleicht nötig, für meine Rolle zu übernehmen – genug –, kein Wort mehr –"

Aber Katja hätte auf keinen Fall sprechen können. Die Feierlichkeit dieses Augenblicks erfüllte sie mit einem durchdringenden, doch melancholischen Stolz. Sie kniete nieder, um die Reliquie zu empfangen und Gabrilowas Hand zu küssen und in einer plötzlichen Regung auch die fiebrigen Wangen. Aber Gabri war wiederum zur großen Weltdame geworden.

„Nein – nein –, ich bin unappetitlich. Geh jetzt, heb deine Küsse auf für Wassja. *Au revoir, Kind, à bientôt . . .*"

Nachdem Katja gegangen war, lag die Gabrilowa sehr still, sehr erschöpft, atmete nur flach und mit äußerster Vorsicht. Die Sonne stand tiefer, ein kleiner Windstoß bewegte die Vorhänge. Da waren Fieber, Verwirrung, etwas Schmerzen. *„Assez, assez"*, wisperte Gabrilowa und begann zu lachen. Es tat sehr weh, und es klang häßlich. Tanja kam herein, erschrocken, auf Zehenspitzen. „Was gibt's, Xenuschka? Bitte, o bitte, rege dich nicht auf – soll ich den Arzt rufen?"

„Laß mich in Frieden, laß mich lachen, wenn ich will. Es ist so lächerlich. Eine Farce . . ."

„Was?"

„Alles. Eine wichtige Rolle? Ein ernstes Drama? Wenn's vorüber ist, hast du in einer Posse gespielt – und hast es nicht gewußt . . . mach das Fenster nicht zu . . . schieb die Vorhänge zurück . . . Ich will Luft . . . wenn ich bloß schwitzen könnte, dann würde ich wieder gesund . . . mein Leben lang hab ich soviel geschwitzt . . ."

Erschreckt lief Tanja hinaus. „Cecil – gehn Sie nicht fort . . . lassen Sie mich nicht mit ihr allein . . . ich kann nicht alles machen . . .", flehte sie den Jungen an, der blaß und erschüttert an der Tür horchte. Er war noch nicht ganz erholt von seiner Begegnung mit der Magenpumpe. „Jetzt wird sie ruhiger", flüsterte er, „Kopf hoch, Tanja. Sie ist stark wie ein Baum. Ich muß rennen – Disziplin! Wenn ich zu spät ins Theater komme, schmeißt mich die Alte hinaus", sagte er und ging. Tanja lugte durch die Spalte der Schlafzimmertüre.

„Laß mich allein. Ich brauche nichts", sagte Gabrilowa, ohne die Augen zu öffnen, und Tanja zog sich zurück.

Die Katze – sie hieß Mimi und hatte die Tänzerin auf vielen Tourneen begleitet – war an Tanja vorbei ins Zimmer geschlüpft und sprang lautlos aufs Bett. Als Gabrilowa sich nicht rührte, äußerte sie die kleinen Klagelaute des verwöhnten Schoßtierchens. Gabrilowa lächelte und streckte eine Hand aus. Die Sonne lag gelb wie Messing auf dem gemalten Hintergrund von Paris, aber vor Gabris geschlossenen Augen zogen schwarze Schleier vorüber, und in ihren Ohren war ein rhythmisches Summen und das Rasseln ihres Atems, unerträglicher, als irgendein Schmerz sein konnte. Sie tastete nach der Katze, zog sie an ihre Seite und hielt sie eng an sich.

„Maintenant, Mimi – maintenant on va mourir –" (Jetzt, Mimi – jetzt geht's ans Sterben.)

DEN ganzen Morgen war Olivia in komplizierte Formalitäten verstrickt, um die Überreste des Maestros gemäß seinem Letzten Willen nach Mailand überführen zu lassen. „Zumindest werden so der Truppe die Aufregungen vor der Premiere erspart", sagte sie und spülte eine Beruhigungspille mit einem Glas Wasser hinunter, das Elkan ihr reichte. „Wir müssen dankbar sein, daß wenigstens Gabris Begräbnis bis nachher warten kann", setzte sie etwas ruhiger hinzu. „Der Kopf zerspringt mir. Ich hatte alles so gut eingeteilt, und jetzt geht alles drunter und drüber – o Elkan, Liebling . . ."

„Mein armes kleines Mädchen", sagte er. Niemand außer Elkan hatte Miß Beauchamp jemals ein kleines Mädchen genannt.

Sie preßte die Hände gegen ihre Schläfen. „Ich hatte alle meine Pläne fix und fertig. Maestro würde sich zurückziehen, und Gabri würde aufhören zu tanzen und seine Arbeit übernehmen. Ich wollte Milenkaja noch eine Saison lang behalten und indessen Joyce als unsere neue Ballerina herausstellen. Jetzt muß ich versuchen, die Irina aus Braslinks russischem Ballett wegzulocken, und Katja ist so abgearbeitet, daß sie wahrscheinlich als Bienenkönigin durchfallen wird, und Joyce macht passive Resistenz –"

Joyce war verstockt und mißmutig, und Bagoryan beobachtete ihr lustloses Tanzen mit verkniffenen Augen.

„Danke, Miß Lyman, wenn Sie keine Lust haben, sich ein bißchen anzustrengen – wir brauchen Sie nicht. Los, Kinder, wir gehen gleich zum Ausschwärmen der Bienen über – also buzzara – buzzara – buzzara – *Und!*"

Joyce hockte gedemütigt und verärgert in einer dunklen Ecke und hielt schweigend Zwiesprache mit sich. Katja, während sie ihre Schuhsohlen im Kolophonium-Kistchen abrieb, winkte Bagoryan zu sich.

„Ja, Süße?"

„Weißt du, Mirko – ich hab mir's gut überlegt. Wir müssen das *Fugato* doch wieder herausnehmen. Streich mich aus Lymans Solo, bitte. Es war vorher viel besser. Jetzt ist es ein großes Kuddelmuddel. Viel zu unruhig ..."

„Hör mal, Katinka, seit wann hast du Primaballerinenlaunen?"

„Es tut mir leid, Mirko, daß ich Geschichten gemacht habe ..."

„Die viele Zeit, die wir verschwendet haben, um die neue Version zu proben – und was wird Lazar sagen? Und Olivia wird außer sich sein, alle die Überstunden, die sie dem Kopisten zahlen mußte, und –"

„Mirko, du weißt, daß es nicht gut ist, und ich weiß es auch, und ich will dem talentierten netten Mädel nicht ihr großartiges Solo verderben."

„Woher diese plötzliche *noblesse oblige?*"

„Vielleicht hat es etwas mit meinem Rang zu tun? Ich bin in diesen letzten Tagen weise und alt geworden; da ist Gabrilowas Tod und ... noch verschiedene andere Dinge. Plötzlich bin ich die älteste Primaballerina. Gabri hat mir ein paar Dinge überantwortet, die ich den kommenden Tänzern weitergeben muß – damit die Kette nicht abreißt. Zum Beispiel, daß man ehrgeizig sein kann, ohne neidisch zu werden. Mirko, Joyce muß besänftigt werden."

Es gab nur kurze Ruhepausen zwischen den langen Proben und den Abendvorstellungen, in denen Katja und Joyce tanzen mußten, nicht nur ihre eigenen, sondern auch Gabrilowas Rollen. Katja streckte sich auf dem Lathamschen Himmelbett aus und starrte auf den Baldachin, zu ruhelos, um zu rasten. Häufig pantoffelte Louisa ins Zimmer. „Telefon für Madame – oder soll ich antworten?"

Leise stöhnend nahm Katja den Hörer. Es war Margreth, die nicht wußte, ob sie kondolieren oder gratulieren sollte, Humor oder ernsthaftes Mitgefühl zeigen. „Da ich selber geschieden bin, kann ich dir versichern, eine Scheidung hat ihre Vorteile. Aber wer hätte je gedacht, daß mein kleiner Bruder auf Abwege gehen würde – ich bin keineswegs entzückt darüber, diese Miß Williamson in die Familie zu kriegen . . ."

„Bitte, Margreth, wenn's dir nichts ausmacht, laß uns nicht darüber sprechen bis nach der Premiere."

„Oh, Verzeihung, ich hatte ganz vergessen, daß das Manhattan-Ballett eine Premiere hat – ‚Die Bienen', nicht? Also, Hals- und Beinbruch, und du wirst mich anrufen, ja?"

War es möglich, daß in dieser Stadt Millionen Menschen lebten, die sich nichts aus einer Premiere machten, die für die Mitglieder des Manhattan-Balletts den Nabel des Universums bedeutete? Katja konnte über dieses Datum nicht hinausdenken. Jenseits lag eine kalte Leere.

„Telefon für Madame."

Es war McKenna, schnupfend, schluchzend. Sie wollte Madame bloß davon verständigen, daß sie gekündigt habe, sie sei zu alt, um sich herumkommandieren zu lassen von einem jungen Ding wie Gracie, die nichts vom Haushalt verstand. „Und, du meine Güte, wie unser Herr Doktor sich verändert hat, nervös wie ein Heuschreck. Und dann, was soll ich bloß unserem kleinen Jungen erzählen, und Preston läßt herzlichst grüßen . . ."

Jedesmal, wenn das Telefon läutete, blieb Katjas Herz stehen. Aber niemals war es Ted.

Statt dessen rief Gracie um sieben Uhr früh an: „Bitte, Tante Kate, sei nicht böse, daß ich dich aufwecke, aber es scheint die einzige Zeit zu sein, wo man dich erreichen kann – du bist so beschäftigt, du Arme! Ich wollte Ted nicht damit belästigen, außerdem geht es eigentlich dich an. Es handelt sich um unsern kleinen Jungen, du weißt, wie gut ich immer mit ihm ausgekommen bin, aber jetzt ist er auf einmal so widerspenstig, und weißt du, was er gemacht hat? Er hat Margreth angerufen und sie gebeten, ihn zu holen – was sie auch prompt gestern abend tat. Ich hatte eine kleine Aus-

einandersetzung mit ihr, und sie wurde sehr unangenehm, nun, du
kennst ja Margreth besser als ich. Ich wollte dich bloß warnen, daß
sie wahrscheinlich den Jungen bei dir ablagern wird. Sollen wir, Ted
und ich, Guy dann holen kommen? Allerdings ist Ted grade furchtbar beschäftigt, und ich erwarte Vater zurück ..."

„Will irgend jemand freundlichst zur Kenntnis nehmen, daß ich
am Freitag Premiere habe? Um Himmels willen, laß mich in Frieden, das ist das wenigste, was du tun kannst, und laß deine Finger
gefälligst aus meinen Angelegenheiten, verstanden?" rief Katja und
warf, zitternd vor Wut, den Hörer zu Boden.

Louisa hob ihn kopfschüttelnd auf. Katja befahl ihr, ein für alle-
mal zu sagen, daß Madame unter keinen Umständen vor der Premiere gestört werden durfte.

„Nicht einmal, wenn Ihr Mann anruft?" fragte Louisa.

„Nein! Der Teufel soll meinen Mann holen!" schrie Katja und
jagte zur Generalprobe.

Für eine Generalprobe ging es gar nicht so schlecht. Sogar das
Virtuosenstück des Hochzeitsflugs bis zur Spitze der drohenden
Rampe hinauf lief ohne Stocken, ohne Zittern ab. Masuroffs Stärke
gab ihr Sicherheit. Um ihre Kräfte für die morgige Premiere zu
sparen, hatten beide den Abend frei bekommen, und sie verließen
das Theater in einem so offenbaren Zustand der Verliebtheit, daß
Bagoryan bedeutungsvoll pfiff und Joyce zu Axel Johansson sagte:
„Sieh dir die beiden Turteltäubchen an, zu niedlich, nicht? Wetten,
daß sie zusammen über hundert Jahre alt sind?"

„Nicht ganz fünfundneunzig", antwortete Axel, der, humorlos
und pedantisch wie immer, 46 und 49 addiert hatte.

Und niemand war gefaßt auf die Bombe, die das Latham-Haus
vom Keller bis zum Dach erschütterte, als am Freitag morgen Wassja Masuroff erklärte, daß nichts und niemand ihn dazu bringen
würde, die Premiere als Madame Milenkajas Partner zu tanzen.

Fünf Uhr dreissig, drei Stunden vor Beginn der Vorstellung, und
schon begann der ehrwürdige alte Kasten, die Metropolitan Opera,
sich zu rühren, sich mit den Geräuschen und Vorbereitungen für das
neue Ballett zu füllen.

Bagoryan kam aus dem Regiezimmer und durchstreifte wachsam
die Gefilde von Bühne und Kulissen, um sich zu überzeugen, daß

alles in Ordnung war. Was getan werden mußte, war getan, und von jetzt an mußte man den Dingen ihren Lauf lassen.

Er war die eiserne Sprossenleiter zur Beleuchtungsbrücke hinaufgeklettert, und von da oben erspähte er Katja, die auf der großen, armselig beleuchteten Bühne ihre Übungen zum Anwärmen und Auflockern machte. Sie arbeitete wie eine Besessene, und es rührte ihn, wie klein, zart und zerbrechlich sie aus dieser Vogelperspektive aussah. Sie trug ein dickes, handgestricktes, eng anliegendes Trikot und einen Sweater.

Er lief das Gitterwerk hinab zur Bühne.

„Du bist's, Mirko?" sagte sie. Er sah, daß sie leicht zitterte, was vor einer neuen Rolle ganz in Ordnung war. „Mirko, was wird geschehen? Ist es wahr, daß Masuroff schließlich doch tanzen wird?"

„Natürlich. Olivia hat ihm einen Vortrag über die schlimmen Folgen eines Vertragsbruchs gehalten. Verlaß dich drauf, er wird sich von seiner hinreißendsten Seite zeigen, und euer *pas de deux* wird die Sensation der Saison sein."

Er schob seinen Arm in ihren, und während er sie über die Bühne begleitete, konnte er spüren, daß ihr Zittern stärker geworden war.

„Was ist los, Süße? Lampenfieber?"

„Ja. Nein. Nicht bloß Lampenfieber. Ich fürchte mich vor ihm. Er ist so wütend auf mich, es ist nicht auszudenken, was er mir antun mag. Wir hatten eine schreckliche Szene – er hat mich geschlagen –, und er hat geschworen, daß er mich umbringen wird."

„*Mon Dieu, mon Dieu*", sagte Bagoryan wie zu einem Kind, „ist's wirklich so arg? Und erst gestern habt ihr geturtelt wie zwei Tauben. Was hast du ihm denn angetan?"

„Ich habe mich sehr schlecht benommen, Mirko. Ich ... weißt du, er hat mir sehr gut gefallen. Und ich war gerade in der Laune für ein kleines Abenteuer, weil ... nun also, das tut nichts zur Sache. Aber als es zum *moment suprême* kam – ich schwöre dir, so hat er es genannt –, da habe ich zu lachen angefangen, ich konnte mir nicht helfen. Bin ihm davongerannt. Ich kann ihm gar keinen Vorwurf machen, aber Mirko, wenn du ihn gesehen hättest in seiner Wut ..."

„Du meinst, du hast einen Russen gekratzt, und der Tatar ist zum Vorschein gekommen?" sagte Bagoryan sehr belustigt. Während der Masuroff-Krise am Morgen hatte Olivia ihn beschworen, seinen Charme, seinen Einfluß, seine Überredungskunst an dem störrischen Tänzer zu versuchen, und bei dieser Gelegenheit hatte er schon Masuroffs Version der gestrigen Ereignisse zu hören bekommen.

„Mein lieber Mirko, wir sind doch Männer von Welt, wir kennen die Frauen und alle ihre Schwächen und Launen, ihre Koketterien und – *oh, mon Dieu,* wenn ich dir einige meiner Erlebnisse erzählen wollte –: aber so etwas ist mir noch niemals passiert. Alles ist vorbereitet, wie es sich gehört, guter Champagner, gedämpftes Licht, Schallplatten – Musik, die einen Eskimo-Iglu schmelzen könnte. Stimmung, verstehst du! Schließlich habe ich von Madame die Vorstellung einer *grande amoureuse.* Ich bin völlig entflammt, aber ich überstürze nichts, ich verführe sie Schritt für Schritt. Und weißt du, was sie mir antut? Mir – mir, Wassilij Akimowitsch Masuroff . . .“

„Ja? Sag doch. Was ist passiert?“ hatte Bagoryan gefragt und atemlose Spannung gespielt.

„Sie hat mich beleidigt, tödlich beleidigt! Sie hat mich fortgestoßen und Tränen gelacht. Kannst du dir vorstellen, was für einen Schock mir das gegeben hat? Ich sage dir, die Frau ist verderbt. Wie kann ich nach diesem Affront mit ihr tanzen?“

„Wahrscheinlich hat sie gefühlt, daß du ein zu starker Mann für sie bist. Soviel ich weiß, hat sie keine einzige Liebesaffäre gehabt, seit sie mit diesem verschlafenen Professor verheiratet ist. Ich brauche dir nicht zu sagen, daß eine treue Gattin viel schwerer zu verführen ist als eine Jungfrau“, hatte Bagoryan die verwundete Eitelkeit des Tänzers umschmeichelt.

Jetzt stückelte er die beiden Versionen zusammen, legte den Arm um Katjas Schulter und ging mit ihr an der dunklen Fußrampe auf und ab.

Katja lachte nervös. „Es war zu komisch, besonders wenn man bedenkt . . .“

„Was bedenkt?“

„Daß ich mit Masuroff zu Bett gehen mußte, um zu lernen, wie ausschließlich, wie völlig ich an Ted gebunden bin. Ich bin davongelaufen. Und jetzt habe ich eine Todesangst davor, was er mir antun wird . . .“

„Was kann er dir denn antun? Sei nicht so töricht, Schatz“, sagte Bagoryan, obwohl er genau wußte, wie sehr ein feindseliger Partner seine Ballerina schikanieren und sogar körperlich verletzen konnte. Aber gewöhnlich reagieren Tänzer ihre Wut im Tanz ab, dachte er.

„Ich fürchte mich vor Masuroff, und jetzt fürchte ich mich mehr denn je vor der Dekoration. Die Kombination von beiden lähmt mich", sagte sie so still, daß Bagoryan ein unbehagliches Gefühl überkam. „Wenn du jemals von einer solchen Höhe fallen gelassen worden wärest und alles das mitgemacht hättest, was ich mitgemacht habe ... dann würdest du es nicht so dumm finden, daß ich mich fürchte."

Die Bühne begann zu erwachen. Von oben kamen Rufe: „Achtung! Stehenbleiben!" Schwere Sandsäcke sausten wie Schmiedehämmer nieder, Scheinwerfer wurden zischend lebendig, Brücken und Plattformen stiegen auf, Kabel schlängelten sich wie Vipern um die Knöchel. Bagoryan leitete Katja durch alle die Hindernisse, hinter eine Hängewand. Da war die Rampe, sie schien noch höher in der halbdunklen Schattenwelt der Hinterbühne, gefahrenumwitterter denn je. Jetzt zitterte Katja nicht nur, es schüttelte sie. „Nimm dich zusammen", befahl Bagoryan streng. „Ich lasse es nicht zu, daß du mir mein Ballett versaust. Du weißt, ich dulde keine hysterischen Faxen. Komm, wir wollen uns das Ding mal ansehen."

Er nahm sie die Rampe hinauf und auf der anderen Seite in die Kulissen hinunter. Beim Probieren des *pas de deux* hatte sie diesen ganzen Weg so oft tanzend zurückgelegt, daß Bagoryan sicher war, sie hätte ihre Zwangsvorstellungen überwunden. Jetzt aber, zwei Stunden bevor der Vorhang sich hob, war sie davon befallen, ärger denn je. Mirko nahm sie bei der Hand, um sie hinter die Rampe zu führen, und ließ sie das feste Gerüst prüfen, wie etwa ein Hindernisreiter sein Pferd vor dem Rennen auf der Bahn herumführt und ihm jedes Hindernis, jeden Sprung, jede Hecke zeigt.

„Es ist an der Zeit, daß du dich von deinen Gespenstern losmachst. *Es gibt keine Geister,* hörst du mich? Schluß damit. Dieses idiotische Phantom, dieser verdammte Grischa Kuprin hat dich lang genug geplagt."

„Verzeih, Mirko. Es sind die Nerven. Ich bin ein bißchen durcheinander ..."

„Geschieht dir recht. Was fällt dir ein, dich mit einem abgetakelten Gigolo wie diesem Masuroff einzulassen?"

„Weil ... siehst du ... ich habe meinen Weg verloren. Weißt du, ich ... ich lasse mich scheiden, und ich bin sehr unglücklich darüber. Dir kommt das wahrscheinlich sehr dumm vor, Mirko, aber ich bin eben eine Anfängerin in diesen Dingen, und ..."

„O nein. Es kommt mir gar nicht dumm vor. Eine Scheidung ist eine trübe, schmerzliche Angelegenheit, ganz gleich, ob's die erste oder die sechste ist", sagte er. „Aber vergiß nicht, daß du immer am besten tanzt, wenn du unglücklich bist. Servus, Süße." Er gab ihren zarten Mädchenschultern einen freundlichen Druck und verließ sie an der Tür ihrer Garderobe.

KATJA war intensiv damit beschäftigt, ihr Gesicht zu schminken, als eine Stimme von draußen meldete, daß es eine halbe Stunde vor Vorstellungsbeginn war. „Sag, Louisa", fragte sie, „hast du mein Maskottchen in meinem Ausschnitt angesteckt?"

„Natürlich. Habe ich das jemals vergessen?"

„Schön. Nimm es heraus."

„Aber Kätzchen . . ."

„Tu, was ich dir sage, und schau mich nicht an, als ob eine Premiere ein Leichenbegängnis wäre", sagte Katja ungeduldig, sie hielt zwei Zentimeter lange, schwarze falsche Wimpern zwischen den Fingern.

„Gut, gut. Wie Madame wünscht", brummte Louisa. Sie öffnete die Sicherheitsnadel im Ausschnitt von Alouettes Meisterwerk aus Goldlamé und braunem Samt und legte den kindischen Ring vor Katja auf den Toilettentisch. Katja sah auf den Ring hinunter, den Grischa ihr für ihre erste Rolle im „Rosenkavalier" gegeben hatte und von dem sie sich seither niemals getrennt hatte. „Tu ihn in meine Handtasche – ja? Meine Finger sind klebrig", sagte sie.

Wimpern ankleben ist eine heikle Sache. Katja beugte sich vor, dicht zum Spiegel. Die Wimpern saßen sogleich tadellos, wie sie es wollte. Ihre Hände hatten aufgehört zu zittern.

DER goldene Vorhang schließt sich. Es ist vorüber. Sie haben es wieder einmal geschafft. Der Applaus klingt wie ein Sturm großer Hagelkörner, gedämpft für ein paar Sekunden, bis der Vorhang wieder aufgeht. So klingt ein großer Erfolg.

„Zu! Vorhang zu!" schreit der schwitzende Inspizient dem lachenden Mann am Hebel zu. „Und raus! Raus! Milenkaja und Masuroff . . . das ist für euch!" Auf und zu geht der Vorhang, dämpft das Beifallsgetöse und läßt es wieder anschwellen, ein Rhythmus wie von riesigen Brandungswogen.

Hinter der Bühne ein rasendes Chaos, in das Bagoryan etwas Ordnung zu bringen sucht. Es war nicht genug Zeit gewesen, um die Applauskiste richtig zu proben. Olivia springt in den Kulissen herum wie ein vergifteter Affe, überrennt Bagoryan, nimmt das Kommando an sich, verteilt das Personal mit strategischer Berechnung, um den Applaus, der das gar nicht nötig hat, bis zum letzten Tropfen auszupressen.

„Milenkaja! Bravo, Milenkaja!" brüllen sie in den vordersten Reihen. Masuroff führt sie heraus, tritt in den Hintergrund, wartet dort in der vorgeschriebenen anbetenden Pose, sie wirft dem Publikum Küsse, das Publikum wirft ihr Blumen zu. Schon säumen die offiziellen Blumenspenden die Fußrampe.

„Vorhang runter ... jetzt auf ... sie rufen auch nach Masuroff ..." Diesmal zieht Katja ihren Partner Masuroff heraus, der so tut, als wehrte er sich. Zusammen verbeugen sie sich; ihre Hände sind naß zum Auswinden und zittern, und beide sind noch außer Atem. Masuroff, als folgte er einem unwiderstehlichen Drang, küßt Katjas Hand, sie hebt ein Veilchensträußchen vom Boden und reicht es ihm, mit einer tiefen *révérence.* Jubelndes Crescendo von Applaus, Vorhang.

Es hatte eine angsterfüllte Sekunde gegeben, grade vor dem Höhepunkt des *pas de deux,* hoch oben auf der Rampe, als alles vor Katjas Augen zu einer weiten weißen Leere wurde und sie die Musik nicht länger hören konnte in dem Dröhnen ihrer Ohren, der zersprengenden, erstickenden Überanstrengung von Lunge, Herz und Adern. „Warte ... halte mich ... hilf mir ...", hatte sie verzweifelt gekeucht. Aber unter Masuroffs festem Griff, seinem beruhigenden Flüstern: „Es geht gut, *chérie,* ich bin bei dir", hatte sie sich schnell wiedergefunden.

„Vorhang – auf, schnell ... raus, Milenkaja, wo ist Joyce ... sie rufen Joyce ...", schrie Miß Beauchamp, völlig außer Rand und Band. Katja ergriff Joyce Lymans zitternde Hand und brachte sie auf die Bühne. Joyce hatte brillant getanzt, sie hatte ihren Applaus gleich nach ihrem Solo geerntet und war mit dem Bienenschwarm abgezogen, aber sie war so dringend gerufen worden, daß Lazar das Orchester in eine Wiederholung kommandiert hatte.

Katja und Joyce sahen wie Schwestern aus, die eine nur ein wenig älter und von einer blendenden geistreichen Schönheit, die andere knusprig und frisch, überrascht wie ein Kind vor seinem Geburtstagstisch.

„Du hast's geschafft, du warst großartig", flüsterte Katja ihr zu. Das Lächeln, die Verbeugungen und die Küsse gehörten zum Theater, sie waren ein Teil der Vorstellung, aber dies war spontan und ehrlich. Sie legte ihren Arm um Joyces Schulter, drückte sie an sich. Dann lief sie ab, überließ Joyce den ganzen Applaus.

Miß Rowland hatte aufgehört, die Vorhänge zu zählen ... sechzehn, siebzehn ... sensationelle achtzehn ..., und nach der herzerfreuenden kleinen Szene der beiden begannen ein paar Leute, das Theater zu verlassen. Nicht viele, aber Miß Beauchamp geriet außer sich. Jetzt, nachdem die Solisten ihren Anteil eingeheimst hatten, hieß es, das Publikum aufhalten, bis alle anderen ihr Teil abbekamen. Katja nahm die drei Jungen vom *pas de quatre* auf die Bühne, Masuroff brachte die vier Solobienen heraus, dann kam Katja mit Lazar und Bagoryan ... und Bagoryan lief in die Kulisse und rollte Daniels auf die Bühne wie ein mächtiges Versatzstück.

Der berühmte Maler sah unfreundlich drein in der Absicht, einen nüchternen Eindruck zu machen; er war im Frack, wie er es bei Diaghileff gelernt hatte, aber seine weiße Binde war aufgegangen, denn er hatte hart hinter der Bühne gearbeitet, und plötzlich fühlte er einen betrunkenen Drang, eine Rede zu halten. Worauf Katja mit großer Geistesgegenwart sich an den Riesen schmiegte – es ließ sie lieblich und zart erscheinen, und das wußte sie auch. Sie transportierte ihn ab und zog Olivia vor den Vorhang, schick und überaus einfach in einem schwarzen Abendmantel von Dior.

Und so ging es bis zu der großen Apotheose, als der Vorhang völlig zurückgezogen wurde und die ganze Truppe auf der Bühne aufgereiht stand. Miß Beauchamp wandte sich ihren Tänzern zu und applaudierte, und die Mädchen dankten Miß Beauchamp mit tiefem Rokoko-Knicks, die Burschen mit ausladender Kavaliersverbeugung. Der Vorhang schloß sich zum letztenmal.

Die Truppe jedoch stand noch immer in Reih und Glied, auf das Zeichen zum Abgehen wartend. Olivias wohldiszipliniertes Manhattan-Ballett, ihre Schöpfung, ihr Lebenswerk, ihre eigene kleine Demokratie, ihre Welt, ihr Mikrokosmos, beständig um sich selbst rotierend.

Sie liebte sie alle, jedes einzelne Mitglied ihrer Truppe, von den fiebrigen Anfängern und Schülern, die nur dazu dienten, eine zu dünne Reihe aufzufüllen, bis hinauf zu den Solisten und den Stars ganz oben. Sie hätte sie auch geliebt, wenn es kein Erfolg gewesen wäre. Sie hatten so schwer gearbeitet, sie waren so ehrgeizig und geduldig, so gehorsam – und so schlecht bezahlt.

„Kinder", sagte sie mit bewegter Stimme. „Wir haben's wieder einmal geschafft. Ihr habt es wieder einmal geschafft, und ich danke euch dafür. Vielleicht irre ich mich. Aber ich habe das Gefühl, daß dieses Ballett und dieser Abend in die Geschichte des Balletts eingehen werden. Also – hebt das heutige Programm gut auf, es wird vielleicht einmal einen Liebhaberwert haben."

Lachen und Applaus, beendet von Miß Beauchamps erhobener Hand: „Moment – ihr habt auf dem Schwarzen Brett gelesen, daß morgen um zehn Uhr die Begräbnisfeier für unsere große Xenia Gabrilowa stattfindet. Natürlich wird das Manhattan-Ballett würdig vertreten sein, und ich sandte in eurem Namen ein Blumenarrangement, eine Decke, ganz aus Gardenien mit einem großen Strauß von weißem Flieder in einer Ecke. Selbstverständlich sind diejenigen, die dem Gottesdienst beiwohnen wollen, willkommen. Aber morgen ist Samstag, und ich möchte am Abend kein müdes Ensemble für die zweite Aufführung der ‚Bienen' sehen. Deshalb – alle, die sich vor der Gemütsbewegung eines Begräbnisses fürchten, sind entschuldigt. Ich möchte sogar sagen, alle, die in der Nachmittagsvorstellung tanzen, sollten besser zu Hause bleiben. Es ist spät, und ich will euch nicht länger auf euren müden Beinen halten. Ihr wart großartig, und ich bin überzeugt, ihr werdet morgen ebenso gut, wenn nicht noch besser sein als heute. Gute Nacht, meine lieben, lieben Kinder."

„Abbau?" rief eine rauhe Stimme von oben. „Ja, abbauen!" antwortete der Inspizient, und unter den verlöschenden Lampen fiel die Dekoration auseinander wie das Zusammenlegspiel eines ungeduldigen Kindes, während die Mitglieder der Truppe sich singend, lachend, rufend, pfeifend in ihre jeweiligen Garderoben begaben.

Katjas Bein schmerzte, und sie dachte, ob Bagoryan, der an ihrer Seite von der Bühne wanderte, wohl bemerkte, daß sie mehr Gewicht auf den einen Fuß legte als auf den andern.

„Kann ich dich ins Bistro führen? Alle werden dort sein und auf die Morgenausgabe warten", sagte Bagoryan an der Tür zu ihrer Garderobe.

„Danke, nein, Mirko. In dieser ganzen Woche hatte ich, alles zusammengerechnet, nicht die acht Stunden Schlaf, die andere Leute jede Nacht kriegen. Ich möchte nur schlafen und schlafen und schlafen, bis es Zeit für die morgige Vorstellung ist."

„Du hast getanzt wie nie zuvor, Katinka. Eine ganz neue Frau. Ich habe nicht die Hälfte von dir gekannt – niemand hat dich gekannt. Du hast den Gipfel erreicht. Von hier an ..."

Sie hob sich auf die Zehenspitzen und küßte ihn. „Gute Nacht", sagte sie lächelnd, „du historische Figur in der Ballettgeschichte."

„HOFFENTLICH war es nicht gar zu anstrengend", sagte Elkan. Er schaltete die Scheinwerfer aus und stellte die silbernen Papptafeln weg, deren Widerschein auf den Gesichtern der Tänzer er meist benutzte, um die Illusion von Rampenlicht zu erzeugen.

„Ist schon gut", sagte Katja lustlos. „Aber weshalb, um Himmels willen, hatte es nicht Zeit bis morgen?"

Es war lang nach Mitternacht, und sie waren seit dem Schluß der zweiten Vorstellung an der Arbeit gewesen. Aufnahmen aller Arten, Charakterstudien, repräsentative Bilder, künstlerische Bilder auf der Bühne, in den Kulissen, in ihrer Garderobe. Kostüme wechseln, Posen, Gesichtsausdruck immerfort wechseln. Sehr ermüdend. Sie blinzelte mit ihren schmerzenden Augen und rieb sich ein wenig Wärme in ihre Wangen.

„Die Reklame für unsere Tournee, weißt du ..."

Katja erinnerte sich der bösen Stunden, die sie erst vor einer Woche damit verbracht hatte, sich wegen ihrer Fotografien zu kränken. („Miß Beauchamp will, daß wir die bezaubernden Bilder benutzen, die Elkan vor drei Jahren von Ihnen gemacht hat, Miß Katja – Sie werden niemals bessere bekommen." Mit anderen Worten: Miß Katja, Sie sind alt geworden.) Nun, heute singen sie ein ganz anderes Lied, und warum? Weil das Publikum Bravo schreit? Ich bin heute nicht jünger als vor einer Woche. Oh, rutscht mir alle den Buckel herunter ... „Ich habe noch nicht für die Tournee unterzeichnet."

„Aber, das ist doch nur eine Formalität, Katja – oder?" fragte Elkan, nach einem schnellen abwägenden Blick auf sie.

„Kannst du das Ding da hinten aufknöpfen? Ich hätte wirklich Louisa nicht heimschicken sollen", sagte sie, eine Antwort vermeidend. Er gehorchte. Katja schlüpfte in ein altes dunkelblaues Kleid, das sie ihre Uniform nannte und das sie meist trug, wenn sie zur Arbeit ging.

„Jetzt siehst du aus wie ein Waisenkind. Ein trügerischer Eindruck."

„Ich *bin* ein Waisenkind. Gib mir eine Zigarette, Lieber, sei so gut." Katja stand vor dem Hochzeitskostüm der Bienenkönigin, betrachtete es zerstreut, ließ ihre Finger über die hauchzarten Flügel gleiten.

„Macht's dir was aus, wenn ich eine Aufnahme mache, so wie du wirklich bist?" sagte Elkan. Er hatte ihr Gesicht bereits festgehalten, das halbe Lächeln, die verschleierte Melancholie, das fragende Staunen in ihren Augen.

Katja wandte sich rasch zu ihm. „Aber wie bin ich *wirklich?* Kannst du mir das sagen?"

„Du bist . . . vor allem bist du heimatlos."

„Ich bin eine amerikanische Staatsbürgerin, bitte sehr", sagte sie, leicht persiflierend.

„Ich weiß, ich weiß. Wir alle sind ja amerikanische Staatsbürger geworden, du und ich und Mirko, sogar Daniels. Aber wir sagen niemals ‚Wir Amerikaner', immer nur ‚Ihr Amerikaner'. Was ich meine, ist – heimatlos – auch in der Zeit."

„Wie bitte?"

„Du glaubst doch nicht wirklich, daß du in unserer Zeit zu Hause bist? Du glaubst absolut an die unechte Barockwelt des Balletts. Und du hast eine Berufung, eine Aufgabe – was für altmodische Worte. Du bist außerstande, das kleinste Stäubchen deiner Überzeugung für Geld aufzugeben – und das in einer Zeit, da jede Rotznase vor allem anderen Sicherheit verlangt, und der Mann, der sich aufs Verkaufen versteht, der Held des Tages ist. Und du bist die personifizierte Beständigkeit in einer Zeit, in der nichts, aber auch gar nichts, beständig ist."

„Ich kann dir noch ein paar Dinge aufzählen, die wir Tänzer haben müssen und die nicht gerade zeitgemäß sind. Disziplin zum Beispiel. Respekt vor der Autorität unserer Lehrer. Höflichkeit, gute Manieren. Warum nennst du uns fremd und falsch am Ort? Könnte es nicht sein, daß die Zeit selbst sich verirrt hat und daß dies die bleibenden Dinge sind?"

Elkan zuckte die Achseln. Zum drittenmal tauchte der Nachtwächter an der Tür auf und rasselte vorwurfsvoll mit den Schlüsseln. „Ja, Bill, wir gehen schon. Sie können jetzt absperren."

Die Nacht war warm unter einer Wolkendecke. Hinter dem Theater war es verhältnismäßig still, während vorne der Broadway laut und grell mit seinem Gedränge von blassen, ruhelosen Großstadtmenschen vorbeiströmte. Katja fürchtete sich, in ihr abscheuliches Zimmer mit dem einsamen Bett zurückzukehren, allein mit ihren Gedanken zu bleiben.

„Wir wollen zu Fuß gehen, ja, Elkan? Ein bißchen frische Luft, oder bist du zu müde?"

„Wenn du nicht zu müde bist –", sagte er, und trotz seiner kurzen Beine versuchte er, mit ihr Schritt zu halten.

„Manchmal", sagte Katja, „manchmal beneide ich die Mädels, die gerade gut genug tanzen, um sich über Wasser zu halten. Die müssen sich nicht damit abquälen, ihr Niveau zu halten. Wenn man erst einmal eine erstklassige Tänzerin ist, dann sitzt man in der Falle."

„Jedermanns Leben ist eine Falle."

„Deins auch? Sitzt du in einer Falle?"

„Aber gewiß. Wenn du dich erinnerst – ich habe ein Mädchen geheiratet, die war so arm, daß sie ihre Sachen verpfänden mußte, um sich Ballettschuhe zu kaufen; ich konnte sie von meinem kleinen Gehalt erhalten; das ist nichts Großartiges, aber ich war stolz darauf. Dann kamen die Lathamschen Millionen über mich, und jetzt bin ich Miß Beauchamps Gatte. Ich spiele mit meinen Kameras herum und rede nur, wenn ich gefragt werde."

„Unsinn, Elkan. Olivia braucht dich. Ohne dich würde sie einschrumpfen und herunterfallen wie ein durchlöcherter Luftballon."

Stop! sagte die Verkehrsampel an der Straßenecke. Elkan nahm Katjas Ellbogen, während er ihre Worte überlegte. *Walk*, sagte die Ampel, und sie kreuzten die Sechste Avenue.

„Ja, vielleicht braucht sie mich gelegentlich", sagte Elkan nachdenklich. „Siehst du, Katja, das ist die alte Krankheit. Was wir am dringendsten brauchen, ist, gebraucht zu werden. Wir alle wollen uns verschenken, aber es ist keine Nachfrage da."

„Du gibst mir das Gefühl, furchtbar unnütz zu sein – und ich bin grad in der Laune, dir recht zu geben", sagte Katja. Ein lässiger Wind hatte sich erhoben, und ein paar erste Regentropfen fielen aufs Pflaster.

„Komm schnell, Katja, laß uns irgendwo einen trockenen Unterstand finden und einen Bissen essen. Linsensuppe bei Schwerdtfeger?

Du mußt wirklich etwas essen. Da ich nun einmal versprochen habe, nach dir zu sehen ...“

„Nach mir zu sehen? Wem versprochen?“

Plötzlich war aus dem Wind ein Sturm geworden, aus dem Regen ein Wolkenbruch. Elkan ergriff Katjas Arm, rannte mit ihr um die Ecke und in das warme, dampfende Asyl von Schwerdtfegers Gaststube. „Tut mir leid, wenn du nasse Füße bekommen hast“, sagte er, nachdem er sie sicher an einem Tisch untergebracht hatte. „Es war dein Mann, der mich beauftragt hat, nach dir zu sehen. Zigarette –?“

„Mein – mein Mann? Du meinst – Ted? Dr. Marshall? Wann ... wieso ... warum?“

„Gestern. Bei der Premiere. Ich bin während der Pause in ihn hineingerannt. Er schien einigermaßen besorgt, daß du dich überarbeitest. Er fragte mich, ob ich bemerkte, daß du dein Gewicht nicht ganz gleichmäßig verteiltest.“

Katja schnappte nach Atem, schob die heiße Suppe fort. „Du meinst – er war in meiner Premiere? Aber warum ... wenn ... sag mir: war er allein? Aber warum hat er nicht selber mit mir gesprochen?“

„Das mußt du mir erklären, meine Liebe. Ich bin bloß der mehr oder weniger unfreiwillige Zeuge. Wie gewöhnlich.“

Katja starrte Elkan an, aber sie sah ihn kaum. Ihr Herz klopfte so laut, daß es sie erschreckte.

„Unsere Ehe ist in die Brüche gegangen. Dr. Marshall hat mich um eine Scheidung gebeten.“

„Verdammt noch einmal! Wegen dieses kleinen Flirts mit Masuroff? Er muß ja verrückt sein.“

„O nein, die Sache liegt umgekehrt. Er will ein Mädchen heiraten, das halb so alt ist wie er. Oder eigentlich: halb so alt wie ich.“

„O mein Gott! Und bist du dumm genug, ihm die Scheidung zu geben?“

„Was sonst bleibt mir übrig? Wir gehören nicht zu den Leuten, die aus der Ehe ein Gefängnis machen.“ Katja bemühte sich um ein überlegenes Lächeln, als nähme sie die Sache leicht. Dann beugte sie sich über ihren Teller, um ihr Gesicht zu verbergen, und begann die Linsensuppe in sich hineinzulöffeln. Elkan seufzte. Er kannte sie seit fünfundzwanzig Jahren, er hatte sie sehr gern, und er war auch ein wenig erregt über die seltene Gelegenheit, die sich ihm heute nacht bot: mit ihr zu sprechen, ihr vielleicht auch zu helfen?

„Katja – solltest du mich fragen, was du tun könntest –, nun, du könntest zum Beispiel kämpfen. Deinen dummen Stolz hinunterschlucken – dir deinen Mann zurückholen. Wenn du fühlst, daß er es wert ist."

„Kämpfen? Wie? Um einen Mann kämpfen ist nicht dasselbe wie um eine Rolle kämpfen."

„Du könntest zum Beispiel...", begann Elkan – und es war ihm klar, daß er im Begriff war, einen bodenlosen Verrat an Olivia zu begehen –, „du könntest das Tanzen aufgeben und dich auf deinen Mann konzentrieren. Zum mindesten für einige Zeit. Du hast noch nicht für die Tournee unterzeichnet –"

„Das Tanzen aufgeben? Aber, Elkan, ich habe es ja schon versucht, und es ist nicht gegangen. Es scheint unmöglich. Und doch..."

Katja löffelte mechanisch ihre Suppe aus und blieb allein am Tisch sitzen, als Elkan aufgestanden war, um sich nach einem Taxi umzusehen.

Sie fragte sich, warum zwischen gestern abend und heute in ihr selbst ein so ungeheurer Wandel stattgefunden hatte. Das Ballett stand plötzlich da, kahl und kalt und eigentlich ganz unwichtig. Der Tanz, natürlich, das war etwas anderes. Der Tanz war etwas Ewiges.

Aber nochmals auf eine Tournee zu gehen, dazu hatte Katja keine Lust, und zwar nicht, weil sie jetzt müde und weil es spät war. Mit klaren Augen sah sie zurück auf die Langeweile ihrer vielen Reisen, mit Flugzeug, Eisenbahn, Autobus, Schiff, die Schwierigkeiten mit Zollbeamten und unverständlichen Sprachen, die ewig-gleichen langweiligen Reporterfragen, die vertauschten Gepäckstücke, das Wettrennen zum Hotel, zum Theater, die falsche Beleuchtung, die Aufführungen, die schlampiger und schlampiger, die Dekorationen und die Kostüme, die schäbiger und schäbiger werden und alle Mitglieder nervöser und nervöser. Und dann die großen Streitigkeiten und die kleinen Tragödien, und sechs Monate alte Ehen, die auseinandergehen wegen neuer Liebesaffären. Jesus, Maria und Josef, ist das alles, was ich vom Leben weiß und will?

Aber warum gerade jetzt, da ich die Schlacht gewonnen habe und auf dem Höhepunkt des Erfolges bin – warum ist es mir gerade jetzt wertlos geworden? fragte sich Katja.

„Das Taxi wartet", sagte Elkan, er glitzerte von Regentropfen wie eine kleine Eule, die der Sturm erwischt hat.

Katja lächelte ihm mit aufleuchtenden Augen zu. „Du hast recht, Elkan, die heiße Suppe hat mir gutgetan. Jetzt geht's mir wieder gut. Irgendwie befreit. Weißt du", sagte sie, während er ihr in den Mantel half, „weißt du, Ballett selbst ist ein Gefängnis, und wohin können wir Tänzer entfliehen? Meine Flucht war: mein Haus, mein Garten, mein Mann, mein Kind; sogar meine Küche, ob du's glaubst oder nicht. Ich glaubte das alles zu hassen, aber, du lieber Gott! Wie habe ich mich geirrt! Wenn ich mich nicht in meine eigene kleine wirkliche Welt flüchten kann, dann kannst du das ganze Ballett haben und den Mond dazu!"

„Schon recht, schon recht", sagte Elkan.

In der Dunkelheit des Taxis, das nach Zigaretten roch, lächelte ihm Katja zu. „Hast du heute früh das Erdbeben bemerkt? Es war mein kleiner Enkel Guy. Meine Schwägerin hatte ihn auf meinem Bett deponiert, um acht in der Früh. Sie hat keine rechte Vorstellung vom Stundenplan einer Ballerina. Sie liebt das Kind, aber sie weiß nichts mit ihm anzufangen." Katja lachte leise, als sie sich erinnerte, wie zornig sie gewesen war, um diese unmögliche Stunde geweckt zu werden, und an die überflutende Freude gleich darauf, als sie das Kind auf ihrem Bett entdeckte. Lachend, schreiend, federnd, hatte es seine Ärmchen um ihren Hals geschlungen und sie beinah erstickt. „Hier lebst du?" fragte er, sich im Latham-Schlafzimmer umsehend, das ihm vielleicht als eine genügend phantastische Umgebung für eine Fee erschien.

Am Nachmittag hatte sie ihn mit Louisa in die Matinee geschickt, um vor der Vorstellung ein wenig ruhen zu können; man hatte das Nußknackerballett gegeben, das er schon einmal gesehen hatte. Und da war ihm etwas geschehen, etwas so Entscheidendes, daß sein Leben nie wieder ganz so sein würde wie zuvor.

Es war bloß, daß nicht Katja, sondern Iris McGuire die kleine Fee tanzte. Aber es war eine plötzliche Entzauberung, ein ernüchterndes Erlebnis, eigentlich dasselbe, was Katja erlebte, nur im kleinen. Es hatte den Jungen seines Geheimnisses und sie alles Geheimnisvollen beraubt. „Wie ich klein war, war ich so dumm", hatte Guy ihr berichtet, „ich dachte, es gibt wirklich Feen. Ich habe geglaubt, du bist eine Fee – denke dir, so dumm war ich!"

„Aber du weißt doch, daß ich deine Großmutter bin – ist das so schlimm?"

„Nein. Ich mag dich gern als Großmutter haben. Bloß ... was sie im Theater tun, ist alles bloß ein Schwindel. Preston hat's ja immer gesagt!"

„Nun, Kasperl, ich würde es keinen Schwindel nennen. Man nennt das eine Illusion. Und es ist hübsch, nicht? Es hat dir Freude gemacht – nicht wahr?" erklärte Katja; noch einmal versuchte sie, Wirklichkeit und Wahrheit unter einen Hut zu bringen.

„Eine Illusion ...", hatte Guy gesagt, das große neue Wort für sein Vokabularium prüfend. „Also gut, ich will's Preston erzählen. Bloß – ich werde ihn nicht mehr sehen, wenn ich bei dir bleibe. Versprich mir, daß ich bei dir bleiben kann? Bitte ... oh, bitte, Minou –"

„Wir wollen sehen. Aber du solltest zu Hause sein. Du mußt dich doch um meinen Garten kümmern. Und denk doch, wie bang es Topper nach dir sein wird. Und Ted auch ...", fügte sie unsicher hinzu.

„Ich kann mit Doktor Marshall gar nicht mehr auskommen. Er ist zu schwer zu behandeln, seit Madame fort ist ...", erklärte Guy. Katja konnte McKenna hören.

Während des ganzen Tages, durch den dünnen Schleier ihres Nachmittagsschlafes und später, während sie mechanisch ihre Übungen tat, ja, selbst während der Vorstellung, war sie mit der Frage beschäftigt, was nun mit Guy geschehen sollte. Jetzt, während der kurzen Fahrt die Fünfte Avenue hinauf, war das nagende Problem wieder da. „Wir sind beide auf den Hintern gefallen heute, mein kleiner Junge und ich", sagte sie. „Wir sind beide ziemlich hart auf einem Haufen unumstößlicher Realitäten gelandet."

Das Taxi hielt vor dem Tor. Elkan stieg mit Katja aus, schob sie schnell unter die bedachte Zufahrt und sperrte für sie auf.

„Sorg dich nicht, Kleine. Morgen kannst du alles mit Olivia besprechen, die weiß immer Rat. Wir beide sind untüchtig. Und danke, daß du dich mit mir ausgesprochen hast", sagte er noch und huschte zurück zum Taxi, um zwei Häuserblocks weiterzufahren, zu dem unerwünschten Luxus, den die Millionen seiner Frau bezahlten.

Louisa hatte auf der Chaiselongue ein Bett für Guy improvisiert. Er war tief im Schlaf vergraben wie in eine Höhle, wo nichts ihn erwecken konnte. Katja zog ihre Schuhe aus und stand eine Weile über das Kind gebeugt, dann begann sie auf leisen Sohlen im Zimmer auf und ab zu gehen.

Eine Weile lang stand sie am Fenster, sah hinaus auf die Lampen vom Central Park und dachte an Ted. Zweimal nahm sie das Telefon auf und legte es wieder hin, ehe das Amt sich gemeldet hatte. Sie zog sich aus und legte sich aufs Bett.

Sie war vielen Schwierigkeiten begegnet und hatte sie alle tapfer durchgefochten und bezwungen, aber keine war so hart zu überkommen gewesen wie diese: der eigene Stolz. Weshalb aber war Ted zur Premiere gekommen? Bloß als ihr ehemaliger Arzt? Oder immer noch an sie gebunden, so wie sie an ihn gebunden war?

„Es ist lächerlich, es ist einfach absurd", flüsterte sie, ging zum Telefon und verlangte ein Ferngespräch mit ihrem Haus in Princeton.

Als es dort läutete, stürmten alle möglichen Ängste auf sie ein. Die kleine Reiseuhr zeigte zwanzig nach drei. Wenn Ted nicht zu Hause war, sondern Gott weiß wo mit Gracie? Schlimmer – wenn er wütend über den unzeitgemäßen Anruf war und nicht mit ihr sprechen wollte? Und das Schlimmste: wenn nicht Ted, sondern Gracie antworten sollte? Beinah legte sie den Hörer wieder hin.

Dann: „Hier Doktor Marshall."

Katjas Mund war plötzlich ganz trocken. Sie versuchte zu schlukken, zu sprechen, es ging nicht.

„Hier Doktor Marshall. Wer dort? Bist du's, Kate?"

„Woher weißt du . . . ich meine . . . habe ich dich geweckt?"

„Wer sonst sollte mich um diese Zeit von New York anrufen? Ist was los? Bist du in Ordnung? Und der Junge?"

„Alles unter Kontrolle, danke. Bist du . . . habe ich dich gestört? Bist du – allein?"

„Gewiß. Ich habe an meinem Bericht gearbeitet, bemerkte gar nicht, wie spät es geworden ist. Kann ich etwas für dich tun?"

Katja suchte verzweifelt nach einem Grund für einen Anruf um drei Uhr zwanzig morgens. „Es ist bloß . . . ich wollte dich erinnern . . . die Versicherung für den Wagen muß erneuert werden. Und es ist höchste Zeit, daß Preston die Rosenstöcke auspackt –"

„Danke, daß du mich erinnerst. Sonst noch was?"

„Wie geht's Topper?"

„Ich mußte ihn zum Tierarzt schicken . . . irgendwas mit seinem Ohr, hat eine Klette hineingekriegt; in ein oder zwei Tagen wird es wieder gut sein."

Eine Pause. Das Telefon wartete, an beiden Enden wurde tief geatmet.

Katja wagte den Sprung über den Abgrund. („Wie machen Sie diese fabelhaften Sprünge, die aussehen, als könnten Sie fliegen?" hatte jemand Nijinsky gefragt. „Ganz einfach. Ich springe und bleibe eine Weile oben in der Luft", hatte er geantwortet.) Und nun, zu springen, oben zu bleiben, nicht in den dunklen Abgrund zu stürzen; ganz einfach. „Ted . . .", sagte Katja, und ihre Stimme war mit einemmal klein und verloren, „Ted – ich brauche dich . . ."

„Sag's noch einmal, Kate. Du . . . was?"

„Ich brauche dich. Ich habe das nicht so gewußt. Ich kann nicht ohne dich sein. Ich brauche dich so unbeschreiblich . . ."

Plötzlich gab es dort draußen allerlei Geräusche; etwas fiel zu Boden, Papier wurde raschelnd zusammengeschoben, ein Stuhl wurde mit Scharren weggerückt, hastige, verworrene, ungeschickte Geräusche. Katja hielt den Atem an, verbiß ein Lachen, als sie sich Ted vorstellte in einem seiner Gefechte mit Dingen und seiner eigenen Konfusion.

„Wo bist du? Im Latham-Mausoleum? Schön – ich komme."

„Wann? Morgen bin ich frei. Und Guy ist bei mir."

„Nicht morgen. Jetzt gleich. Wird nicht länger dauern als eine Stunde. Oder bist du zu müde, um auf mich zu warten?"

„Ich war niemals in meinem Leben weniger müde", sagte Katja.

Aber Doktor Marshall hatte bereits abgehängt und war auf dem Weg in die Garage.

Vicki Baum

Vicki Baum, 1888 geborene Tochter einer Wiener Beamtenfamilie, ließ sich sechs Jahre lang am Konservatorium ihrer Heimatstadt zur Harfenistin ausbilden und ging dann nach Berlin, wo sie zunächst als Redakteurin arbeitete, bevor sie sich der Schriftstellerei zuwandte. Den Stoff ihrer unterhaltenden, spannenden Gesellschaftsromane fand sie vor allem in ihrer unmittelbaren Umgebung – den Künstlerkreisen des Berlins der 20er Jahre. Sie schrieb auch Bühnenstücke und Drehbücher. Zahlreiche ihrer Romane dienten als Vorlage für Filme, die Riesenerfolge wurden, so auch einer der berühmtesten: *Menschen im Hotel.* Aus Anlaß seiner Verfilmung (mit Greta Garbo) ging sie 1931 nach Hollywood, wo sie blieb – in der Nazizeit waren ihre Bücher verboten – und eine neue Heimat fand. Sie unternahm von dort ausgedehnte Reisen nach Asien, Mexiko und Europa. 1960 starb sie in Hollywood.

Vicki Baum ist als Erfolgsautorin bis heute unvergessen. Ihre Romane sind von elegantem Stil, voll genauer Milieustudien und Menschenkenntnis und – was vielleicht ihren nachhaltigen Erfolg ausmacht – durchzogen von Menschlichkeit.

Illustrationen von Ben Wohlberg

Ein Pony für zwei

EINE KURZFASSUNG DES BUCHES VON

James Aldridge

Ins Deutsche übertragen von
Bettina Berger und Heinz von Sauter
Deutsche Buchausgabe:
»Ein Pony für zwei« (A Sporting Proposition),
Paul Zsolnay Verlag, Wien
© 1973 by James Aldridge

Das ganze australische Landstädtchen St. Helen spaltet sich in zwei feindliche Lager, als der Sohn armer schottischer Einwanderer und eine reiche Farmerstochter ein listiges Waliser Pony jeder für sich beanspruchen; und alle schwelenden Feindseligkeiten brechen durch die täuschende ländliche Ruhe, sobald die aufgebrachten Kinder aneinandergeraten. Kein Wunder bei dem Eifer, mit dem Junge und Mädchen um die Zuneigung des halbwilden Pferdes streiten.

Heute leben die meisten von uns in größeren Städten, und das Landleben von früher scheint verklärt. Aldridge zeigt, wie es war: ohne große Aufregungen, aber mit viel täglichen Mühen; scheinbar ungebunden, aber mit denselben menschlichen Schwierigkeiten wie überall, und mit Vorurteilen und gesellschaftlichen Schranken, die genauso schwer zu übersteigen sind wie heutzutage.

DIE Geschichte von Scott Pirie und seinem Pony, die sich in jenem Sommer in den dreißiger Jahren dieses Jahrhunderts zutrug, ist gar nicht leicht zu erzählen, denn es ging dabei um mehr als die Erlebnisse eines Jungen mit seinem Pferd. Sie ist gewissermaßen ein Stück Chronik unserer Stadt St. Helen im australischen Bundesstaat Victoria. Als ich mich daranmachte, sie niederzuschreiben, war ich immer wieder versucht, allerlei andere Ereignisse einzubeziehen, die während dieser Zeit unsere Stadt in Aufregung versetzt hatten: Wie ein Privatflugzeug unter unserer Brücke hindurchfliegen wollte und dabei abstürzte, wie sich ein Buschfeuer gefährlich nahe an die Weizenfelder heranfraß, denen die Stadt ihren Reichtum verdankt, oder von den vier Männern und ihren Unfällen, einmal beim Eisenbahnrangieren, einmal bei einem Schaftrieb quer durch die Stadt.

Aber schließlich hatten alle diese Begebenheiten nichts mit Scott Pirie zu tun, der zusammen mit seinem Pony Taff in jenem Sommer die Stadt in zwei Lager, seine Verteidiger und seine Gegner, spaltete. Zieht man in Betracht, daß Scotty damals erst dreizehn Jahre alt war, ist das eine ganz hübsche Leistung. Ich hatte so etwas schon immer kommen sehen, denn Scotty konnte starrköpfig sein, auch gerissen und stiftete immer wieder Unruhe. Aber für die meisten Bewohner unserer Stadt im australischen Busch war er nichts weiter als einer der wilden Siedlerbengel, die stets irgend etwas ausgefressen hatten.

Alles, was sich an dramatischen Vorfällen bei uns ereignete, hing mit unseren Lebensbedingungen zusammen: Auf der einen Seite begann der Busch, auf der anderen dehnten sich hunderttausend Morgen Weizenfelder, und mittendurch lief als Grenze zu Neusüdwales ein breiter aufregender Fluß, der im Winter tief und reißend war, im Sommer jedoch fast zu einem Rinnsal austrocknete. Eigentlich hatten wir zwei Flüsse. Unmittelbar oberhalb der Stadt mündete ein kleinerer in den großen und bildete mit ihm eine Insel, auf der wir Jungen von Zeit zu Zeit ein Leben wie die Wilden führten. Beide Flüsse spielten bei den Ereignissen dieses Sommers eine Rolle, ebenso wie die ausgedehnte, reiche Schaf- und Rinderfarm Riverside gleich jenseits des Flusses in Neusüdwales, deren Eigentümer Ellison Eyre bei der späteren Auseinandersetzung Scottys Hauptgegner wurde.

Unsere kleine Stadt hatte zwar gute Schulen, ein Kino, eine Zeitung, sechs Kneipen, eine Rennbahn, einen Golfplatz und eine Hauptstraße, die von Peppercornbäumen beschattet war, aber wir mußten uns mit so vielerlei Problemen herumschlagen und suchten auf so verschiedene Weise unseren Vorteil zu wahren, daß es nie zu einer langweiligen Eintracht kam. Wir waren reich und arm, kultiviert und ungebildet, knauserig und großzügig, nett und widerlich, dem Landleben oder der Stadt verschrieben.

Sicher war das der Grund, warum wir uns wegen Scotty so gründlich entzweiten.

Scott Pirie galt in St. Helen als Buschjunge, weil er mit seinen schottischen Eltern acht Kilometer außerhalb der Stadt auf einer Farm mit salzverkrustetem Boden lebte. Wenn ich an Scotty denke, sehe ich ihn immer geduckt auf dem bloßen Rücken seines Waliser Ponys Taff kauernd wie ein Phantom durch Seitenstraßen flitzen. In die Stadt herein ritt er zwar gewöhnlich keck über die Hauptstraße, verließ sie aber stets auf Schleichpfaden, als hätte er ein schlechtes Gewissen. Und kaum daß man den Jungen und das Pony entdeckt hatte, waren sie plötzlich zwischen den Eukalyptusbäumen wieder verschwunden, als wären sie nie dagewesen. Ich kannte keinen, der das so verstand wie Scotty.

Noch etwas anderes fällt mir gerade ein. Kurz vor der Stadt führte die Eisenbahnlinie Benbow – St. Helen direkt auf eine weite trockene Flußbiegung zu, der sie dann folgte. An dieser Stelle ritt Scotty oft auf seinem Pony mit dem Personenzug um die Wette, wenn dieser vor der scharfen Kurve seine Geschwindigkeit verminderte. Der Boden war holprig, aber Scotty und Taff waren wie zu einem Körper verschmolzen, und die Löcher und Karnickelbaue bedeuteten für das galoppierende Pony keine wirkliche Gefahr. Die bestand vielmehr in dem hohen Stacheldrahtzaun zwischen Bahnkörper und Flußufer.

Meist fegte Scotty gerade noch über die Schienen, bevor der Zug den Zaun erreichte, und jedesmal schwitzten der Lokführer John Crimean und sein Heizer Andy Anderson wie Bratwürste, weil die Lok Scotty nur um Haaresbreite verfehlte. Aber einmal fuhr der

Zug nicht dreißig Stundenkilometer wie sonst, sondern vierzig, und bei diesem Tempo konnte Scotty ihn unmöglich überholen.

John beugte sich aus dem Führerstand heraus und schrie wütend: „Du schaffst es nicht, Scotty, ich fahr zu schnell."

Das Pony galoppierte bereits in gewaltigen Sprüngen dahin. Scotty lockerte nur ein wenig die Ellbogen, und das genügte als Signal für Taff. Nun raste er in gestreckter Karriere mit fliegender Mähne neben dem Zug her, aber dennoch war klar, daß Scotty es nicht schaffen konnte.

„Gib Gegendampf!" schrie Andy John zu.

„Zu spät, da ist schon die Kurve."

Der A 3 bog in sie ein. „Der rennt in den Zaun."

„Nein, in den Fluß."

Aber da grub Taff plötzlich seine Hufe in die trockene, festgebackene Erde und stand. Scotty flog über den Kopf des Ponys und landete mit einem lauten Aufklatschen im Fluß.

John und Andy beugten sich aus dem Führerstand, bis sie Scotty wieder hochkommen sahen. Er schwamm aufs Ufer zu, dann verloren sie ihn aus den Augen. Die Geschichte war ihnen so in die Glieder gefahren, daß sie dem Bahnhofsvorsteher von St. Helen Meldung machten, der alles an die Polizei weiterleitete. Sergeant Joe Collins begab sich in die Schule, und Scotty wurde zum Direktor befohlen. Nach einer Strafpredigt und einem Verweis erhielt er mit dem Lederriemen vier Schläge auf die Hand.

Wir wußten alle, daß der Riemen weh tat, seelisch wie körperlich, aber Scotty hatte sich durch Strafen noch nie einschüchtern lassen. Es war nicht seine Art, irgendeine Reaktion zu zeigen, und noch weniger, darüber zu sprechen. Er schimpfte diesmal nur erbittert auf Taff: „Er ist einfach nicht ins Wasser zu bringen. Letzten Winter war er in der Koppel auf einem Erdhaufen vom Hochwasser eingeschlossen, und wir konnten ihn nicht herunterkriegen. Vor nichts hat er Angst, außer vor Wasser und Leguanen. Taff ist nicht ums Verrecken dazu zu bewegen, in den Fluß zu gehen. Lieber wirft er mich ab. Sonst", fügte Scotty mit verlegenem Achselzucken hinzu, „macht er aber alles mit."

Wie Scotty selbst.

Das Wettrennen mit dem Zug war für Scotty typisch. Nie konnte er es lassen, ohne viel Worte und oft waghalsig seine Kräfte mit

weit überlegenen Gegnern zu messen. Nicht daß er pausenlos die
ganze Stadt herausforderte, aber auf einen bestimmten Kreis legte
er es sehr oft an, und das hatte offenbar etwas mit seiner Armut
und der Einsamkeit auf der trostlosen Farm der Piries zu tun.

Angus Pirie und seine Frau (ihren Vornamen haben wir nie heraus-
gebracht) waren in den frühen zwanziger Jahren direkt aus irgendwelchen düsteren Glasgower Slums nach St. Helen gekommen. Eine
von diesen Organisationen, die armen britischen Auswanderern halfen, die britische Armut mit australischer Armut zu vertauschen, hatte
die Piries per Schiff nach Australien verfrachtet. Sie nannte sich „Der
große Nachbar hilft dem kleinen Nachbarn". Landwirtschaft war das
einzige, was Australien diesen Leuten zu bieten hatte, so wurden
die „kleinen Nachbarn" aus den britischen Elendsvierteln häufig von
„großen Nachbarn" auf australischem Farmland angesiedelt, obgleich
sie nie im Leben auf einer Farm gewesen waren, und der karge
Boden oft nicht einmal eine Katze hätte ernähren können.

Angus und Mrs. Pirie hatten ein Stück Land in einer Senke
erhalten, das man dieser „Nachbarschaftshilfe" gerade für solche
armen ahnungslosen Auswanderer verkauft hatte. Der Boden war im
Sommer steinhart und verwandelte sich im Winter in Schlamm, Salz-
lachen und Sumpf. Da Angus weder von Ackerbau noch von Kühen
oder Pferden das geringste verstand, war es, als hätte man ein Kind
ans Steuer eines komplizierten Flugzeugs gesetzt.

Doch dieser kleine hungrige Schotte *lernte* fliegen, und er und
seine dünnarmige, blaßäugige, scheue kleine Frau überlebten – wie,
das wußte niemand.

Im Verlauf der Jahre wurde Angus immer härter, verbitterter und
magerer. Auch wurde er noch schweigsamer und abweisender, je
länger er gegen Schlamm, Salz und das Wetter kämpfen mußte, um
von seinen vier Kühen ein bißchen Milch und von seinen Feldern
genügend Luzerne zu erhalten.

Meine Mutter hat mir erzählt, daß man in der Stadt erst nach
Monaten von Scottys Existenz erfuhr, als nämlich Angus von der
Polizei angeklagt wurde, die Geburt seines Kindes nicht innerhalb
von acht Wochen gemeldet zu haben. Mein Vater, der gebürtiger
Engländer und in dieser engstirnigen australischen Stadt Rechtsan-
walt war, erreichte einen Freispruch für Angus, indem er geltend
machte, daß in abgelegenen Gegenden die Frist verlängert werden

könne, wenn es mildernde Umstände gebe. Die Farm für einen Tag zu verlassen, um die Geburt seines Sohnes anzuzeigen, wäre besonders in dieser Jahreszeit für Mr. Pirie unmöglich gewesen, da er auf dem Land, das ihm irgendein Australier angedreht habe, von früh um vier bis abends um zehn arbeite. Wenn der Richter das nicht als mildernden Umstand zu betrachten geneigt sei, sagte mein Vater, werde er die Frage, wieso man denn einen so erbärmlichen Boden an Mr. Pirie verkauft habe, in allen Einzelheiten aufrollen. Der Richter, selbst ein Grundstücksspekulant, stellte das Verfahren schleunigst ein.

Scotty bekam St. Helen erst zu Gesicht, als er etwa vier Jahre alt war. Eines Tages im Sommer erschien Mr. Pirie mit Frau und Sohn der Stadt. Sie waren die ganzen acht Kilometer zu Fuß gegangen: fast zwei von der Farm bis zur Straße und über sechs auf der Straße selbst. Niemand hatte eine Ahnung, warum sie an diesem Tag alle zusammen in die Stadt gekommen waren, vielleicht feierten sie irgend etwas. Pirie selbst sah man öfters beim Getreide- und Futterhändler oder in der Molkerei, aber Mrs. Pirie ließ sich selten blicken. An diesem Samstag war Markt für die ganze Gegend, und die Stadt wimmelte von Lastern, Pferdewagen und Autos der Farmer. Stadt- und Landjugend drängte sich durch die überfüllte Hauptstraße, wo bis neun Uhr abends alles geöffnet blieb. Als Angus Pirie Frau und Sohn allein ließ, um seinen Geschäften nachzugehen, schlenderten die beiden von einem Ende der Hauptstraße bis zum andern und guckten in jedes Schaufenster. Dann setzten sie sich auf eine Bank unter den Peppercornbäumen und warteten.

Worauf? Daß jemand sie begrüßte? Daß Leute sich mit ihnen unterhielten? Mrs. Pirie kannte niemanden in St. Helen. Außer einigen chinesischen Gemüsebauern hatte sie keine unmittelbaren Nachbarn. So saß sie einfach still da, mit ihren dünnen Armen, den hellen schottischen Städteraugen, eine schmächtige Gestalt, und blickte starr vor sich hin, als träume sie von der düsteren heimatlichen Gasse, die für immer im Nebel von Bucht und Tal, im Rauch und Ruß versunken war.

Anders Scotty. Er schien weder seinem dunkeläugigen mageren Vater zu gleichen noch seiner Mutter mit ihrem verblühten, arglosen, in sich gekehrten Gesicht. Bei Scotty sträubte sich zwischen ziemlich spitzen, rosa Ohren ein rotblonder Haarschopf, und seine hellen

blauen Augen blickten herausfordernd und musterten stumm und
rastlos jeden Vorübergehenden, wie um ihn abzuschätzen.

Meine Mutter, die die Piries damals sah, beschrieb mir Scotty
später als einen kräftigen kleinen braungebrannten Jungen ohne
Schuhe und Strümpfe, mit einer kurzen schwarzen Samthose, die
offenbar aus einem abgelegten Kleid gemacht war, das irgend jemand
Mrs. Pirie geschenkt hatte. Ich sah diese Samthose drei Jahre später:
als sie, verlängert und geflickt, aber immer noch tragbar war. Doch
da bekam schon jeder, der Scotty deshalb hänselte, seine Fäuste zu
spüren.

„Man sah es dem kleinen Kerl förmlich an", fügte meine Mutter
hinzu, „daß er auf seine Mutter aufpaßte. Niemand hätte sich neben
sie setzen oder ihr zu nahe kommen dürfen. Sein trotziges Gesichtchen und seine Fäuste gaben deutlich zu verstehen: *Hände weg!"*

Daraus sprach wohl nur die Sympathie einer Mutter für die andere,
aber Scotty ging später wirklich auf jeden los, der ihn beleidigte,
seinen Vater verlachte oder sich über seine stille, geduldige Mutter
lustig machte. Und da manche St. Helener glaubten, sie könnten sich
mit seinem Vater ihren Spaß erlauben, hatte Scotty allerhand Kämpfe
auszufechten. Ab und zu kam Pirie an Samstagen in die Stadt, ging
ins Hotel „Zum Weißen Schwan", legte vier Shilling auf die Theke
und verlangte Bier. Wenn er hinterher betrunken heimwankte, liefen
die Gassenjungen der Stadt die vollen acht Kilometer hinter ihm her,
hänselten ihn und äfften sein unverständliches schnarrendes Schottisch
nach. Auch versuchten sie ihm die Schuhbänder aufzuziehen, während
er weiterstolperte und von dem Spott, den man mit ihm trieb, gar
nichts merkte.

Als Scotty alt genug war, zu verstehen, was sich da abspielte,
ging er in ohnmächtiger Wut neben seinem Vater her und schlug
wild auf die Burschen los, wenn sie zu nahe kamen, obwohl sie
doppelt so groß waren wie er. Einmal hatten zwei von ihnen, die
Brüder Douthby – die selber ein wenig betrunken waren –, irgendwo
einen alten Damenstrohhut gefunden und ahmten Pirie und seine
Frau nach, wie man sie gelegentlich in der Stadt sah. Scotty warf mit
Steinen und Pferdeäpfeln nach ihnen und stürzte sich schließlich auf
sie mit seinen sieben Jahren und barfüßig, wie er war. Glücklicherweise waren die beiden keine schlechten Kerle, nur wie alle Australier auf Schabernack versessen, egal, wer das Opfer war. Sie wehrten

Scotty ab, verulkten ihn in ihrem Dusel und ließen von da an seinen Vater in Frieden. Aber ich glaube, Scotty ging nie an ihnen vorbei, ohne sie durch einen Blitz aus seinen blauen Augen daran zu erinnern, daß er nicht vergessen hatte.

Mein Vater mißbilligte es, daß Angus Pirie sich gelegentlich betrank. Meine Mutter fragte, was ein Mann denn anderes tun könne, um hin und wieder sein Unglück zu vergessen, aber für meinen Vater war Trunkenheit ein moralisches Versagen, das auf die ganze Stadt zurückfiel. Und woher hatte Angus das Geld? Die Piries mußten die meiste Zeit ohne Geld auskommen. Sie waren zwar „freie Australier", aber an ihre Gläubiger wie an Lehnsherren gebunden. Die Herren waren in diesem Fall zwei Kaufleute, die ihnen Kredit einräumten: Dorman Walker, der Getreide- und Futterhändler, und Flannigan, der Besitzer des Lebensmittelgeschäfts. Die Piries kauften nie etwas zum Anziehen und benützten Petroleumlampen, aber sie waren so verschuldet, daß Mrs. Pirie den ganzen Monat auf ihrem Küchenbord nicht auch nur einen Penny hatte. Sie buk selbst Brot aus dem Mehl, das die Piries auf Kredit kauften, und das bißchen Butter, das sie aßen, machte Mrs. Pirie aus dem wöchentlich für den Hausgebrauch zurückbehaltenen halben bis ganzen Liter Milch.

Das nächste Mal erschien Scotty erst wieder in der Stadt, als ihn sein Vater eines Morgens um acht am Schultor absetzte. Dem erst siebenjährigen Jungen blieb es überlassen, sich beim Rektor zu melden und zu sagen, wer er war. Die Schule begann erst um neun, und so hockte sich Scotty an den Torpfosten und wartete, bis es nach seiner Schätzung fast neun Uhr war. Dann ging er hinein.

Von da an kam er jeden Tag mit Bibi Dancy zur Schule, der auf einer noch abgelegeneren Farm wohnte und drei Monate älter war als Scotty. Gemeinsam legten sie den Schulweg auf einer alten Stute zurück, von deren breitem Rücken dann vier nackte Beine herunterbaumelten. Die Jungen waren beide noch so klein, daß sie auf den Schulzaun klettern mußten, um die Stute zu besteigen, die nicht einmal mehr einen Trab zuwege brachte. So brauchten sie für hin und zurück jeweils über eine Stunde, und das täglich.

Diese Umstände erscheinen uns heute ziemlich hart, aber damals war daran nichts Besonderes. In St. Helen gab es beträchtliche Armut, obwohl die Stadt das Zentrum einer der reichsten Gegenden der Welt war, was Schafe, Weizen und Zitrusfrüchte anging. Niemand hielt es für eine wirkliche Härte, daß Scotty später mit acht Jahren, bevor er um Viertel vor acht zur Schule aufbrach, schon eine Stunde auf der Farm gearbeitet hatte. Mit einer ausgewachsenen Axt hatte er Holz für den Küchenherd gehackt, außerdem den Kuhstall ausgemistet, die Milchkannen gewaschen und die Wassertröge gefüllt. Dieselbe Arbeit wartete dann wieder auf ihn, wenn er um Viertel nach fünf heimkam. Sein Mittagessen, ein hartes Ei, zwei dicke Scheiben hausgebackenes Brot und manchmal eine Tomate oder Gurke, gab ihm seine Mutter in einem Stoffbeutel mit, den sie aus einem alten Zuckersack genäht hatte.

In der Schule geriet Scotty in die gleichen Schwulitäten wie wir alle. Einmal, mit neun Jahren, ertrank er beinahe, als er im winterlich reißenden Fluß schwimmen wollte, bevor das Hochwasser zurückgegangen war. Mit zehn wurde er von einem Leguan gebissen und wäre fast daran gestorben. Da er sich viel im Busch herumtrieb, brachte er Kragenechsen mit – angsteinflößende, aber harmlose Scheusale – und steckte sie den Lehrern in die Pulte. Schuhe trug er nie (wie die meisten von uns), und vom Stolpern, oder weil er dauernd gegen etwas trat, hatte er immer aufgeschlagene Zehen. Und ständig wurde er wegen seiner geflickten Samthose und den Hemden gehänselt, die ihm seine Mutter aus abgelegten Sachen anderer Leute machte. Einmal erschien er in einem Kittel (wir trugen damals alle Kittel) aus einem ganz ausgefallenen chinesischen Stoff, den offenbar die chinesischen Gärtnersleute seiner Mutter geschenkt hatten. Diesen Kittel trug Scotty nur einmal.

Eines Tages scheute Bibis alte Stute dann vor einem Leguan, wollte über einen Graben springen, stürzte, drückte Bibi unter sich tot und brach sich beide Vorderbeine. Die Stute mußte erschossen werden, und von da an ging Scotty den acht Kilometer langen Schulweg zu Fuß, was für sein Alter offensichtlich zuviel war. Er fehlte immer häufiger in der Schule, so daß der Rektor schließlich den staatlichen Inspektor verständigte. Der wandte sich an die Polizei.

Abermals wurde Angus vor Gericht zitiert, diesmal weil er seinen Sohn nicht zur Schule geschickt hatte. Abermals bekam mein Vater ihn frei, indem er drohte, die Regierung gerichtlich zu belangen, weil sie es unterlassen habe, für Scottys Schulausbildung zu Hause zu sorgen, was für Kinder, die keine Schule erreichen konnten, im Bundesstaat Victoria Gesetz war. Angus entging einer Strafe, aber das

brachte Scotty nicht in die Schule, und so trat mein Vater an die
„Nachbarschaftshilfe" heran und sagte denen, sie müßten etwas für
Scotty tun.

Er hatte diese Leute wegen der Pirie-Farm schon so in die Enge
getrieben, daß sie einen neuen Zusammenstoß mit ihm vermeiden
wollten. Die „Nachbarschaftshilfe" wandte sich an Ellison Eyre, den
Besitzer der Schaf- und Rinderfarm Riverside. Ellison war groß im
Züchten von Pferden und Ponys, und Riverside war berühmt für
zwei Arten von Reitpferden, die edleren Vollblüter, die Eyre für sich
und seine Familie nahm, und die zähen Pferde, die er als kleine
Herde im offenen Busch längs des Flusses wild laufen ließ und die
für seine Viehtreiber und Hirten bestimmt waren. Ein in Freiheit
aufgewachsenes Pferd konnte, wenn es einmal zugeritten war, zu den
schwierigen Arbeiten verwendet werden, die man auf einer Viehfarm
von ihm erwartete.

Ellison besaß auch eine Herde wilder Waliser Ponys. Durch Ein-
kreuzung von Vollblütern und Arabern waren sie zu schönen, mutigen
Tieren geworden, wohlgebaut, zäh, mit hübschen Köpfen, bodenlan-
gen Schweifen und dichten goldblonden Mähnen. Als reine Falben
glichen sie einander so vollkommen, daß man keins vom andern
unterscheiden konnte. Auch hatten sie beachtliche Charaktereigen-
schaften, waren ungebärdig und eigensinnig, aber intelligent, munter
und zu allem zu gebrauchen, zum gepflegten Ausreiten oder wenn es
über Stock und Stein ging oder auch einfach als Zugpferd. In St.
Helen gab es etwa ein Dutzend zugerittene Ponys aus Eyres Hand,
und jedes Jahr verschwanden ein oder zwei, gestohlen von irgendwem, der nachts mit einer Schafherde oder einem Viehtransporter
durch die Stadt gekommen war.

Ellison Eyre bot eines dieser Waliser Ponys der „Nachbarschaftshilfe" für Scotty an. Man brachte es unzugeritten zu Angus, aber geschenkt wollte der es nicht. Er war immer noch erbittert über die
„Nachbarschaftshilfe" und sagte in seinem harten schottischen Dialekt,
er werde seinen Sohn lieber hundert Meilen zur Schule laufen lassen
als ein Geschenk annehmen. Also überredete ihn mein Vater, das
Pony für drei Pfund zu kaufen – für Angus ein Haufen Geld und
dazu eine weitere Schuld, die ihn noch fester an den Getreide- und
Futterhändler Dorman Walker band; denn von ihm mußte Angus
das Geld borgen.

So bekam Scotty sein Pony Taff. Nachdem ihn das boshafte kleine Biest etliche Monate lang immer wieder abgeworfen hatte, ließ es sich endlich widerstrebend zur Schule reiten. Am ersten Tag zertrümmerte es dort den kleinen Schuppen, riß aus und mußte von zwanzig begeistert johlenden Schuljungen eingefangen werden. Taff biß zwei von ihnen und schlug aus, aber Scotty erwischte den Zügel und sprang auf, besser gesagt, er umklammerte den Hals, während das Pony fortgaloppierte, und schaffte es irgendwie, auf den Rücken zu kommen, wo er sich einfach so lange behauptete, bis dem Pony die Puste ausging.

So machte er sich wochenlang Tag für Tag auf den Heimweg – im Galopp, an den sich widerborstig windenden Leib des Tieres geklammert.

2

BALD konnte man sich Scotty ohne Taff nicht mehr vorstellen. Beide schienen vollkommen voneinander in Anspruch genommen, doch war es keine friedliche Beziehung. Scotty zwang das Pony in unmögliche Situationen und forderte dabei furchtlosen und augenblicklichen Gehorsam. Zum Ausgleich wartete Taff nie, bis Scotty ordentlich aufgesessen war, und biß oder rannte fort, wenn es ihm in den Sinn kam. Aber beide entwickelten ein fast instinktives Geschick dafür, dem andern aus der Klemme zu helfen.

Unser Stadtfriseur Jock Linnear nannte Scotty einmal einen „Heckenreiter". Einer seiner Kunden, der Holzhändler Jacklin, hatte sich beklagt, daß ihn der Junge mit seinem Pony beinahe niedergeritten hätte, auf dem Fußweg neben seinem eigenen Holzlager: „Der ist da vielleicht über den Weg galoppiert – fast mitten durch mich durch. Und dann hat er sich umgedreht und mir zugerufen, er käme zu spät in die Schule. Wirklich, ich sollte mich bei seinem Alten beschweren."

„Und sein Alter hätte eine so saftige Antwort parat, daß Sie sie nicht einmal verstehen würden", sagte der Friseur.

Darüber beklagte man sich überhaupt am meisten, daß Scotty nie die Straße benützte. „Er reitet einfach durch Hinterhöfe und Durchgänge", sagte der Eismann Stone. „Und er taucht aus Winkeln auf, von denen nicht einmal ich etwas wußte. Neulich erschien er plötzlich hinter der Druckerei des *Guardian*. Dann ritt er quer über den Hinterhof der Feuerwehrwache und kam auf dem Bauplatz neben dem Traktorhändler Rolls heraus!" Später stellte sich der Friseur Linnear bei dem Streit, der die Stadt spaltete, auf Scottys Seite, und der Holzhändler Jacklin ergriff Eyres Partei.

Im allgemeinen waren Scottys Streiche das, was man von Farmerjungen erwartete, die allgemein als ziemlich ungebärdig galten. Aber eines Tages wurde Scotty erwischt, wie er auf der Hinterseite des *Guardian* in dem Kasten stöberte, in den nach dem Druck der Zeitung die gebrauchten bleiernen Druckzeilen geworfen wurden. Die Druckzeilen konnten eingeschmolzen und wieder verwendet werden, aber für Scotty waren sie Abfall und als Senkblei beim Fischen zu gebrauchen.

„Das ist Diebstahl", fuhr der Drucker Phillips auf Scotty los und hielt ihn fest, während der Junge sich an Taff klammerte.

„Das hab ich nicht gewußt", sagte Scotty frech.

„Und ob du das gewußt hast!" Phillips' Griff lockerte sich ein wenig, und wie der Blitz sprang Scotty auf sein Pony, das auch schon angaloppierte. Sie waren durch die Ausfahrt und über den Baptistenfriedhof verschwunden, bevor Phillips sich auch nur umgedreht hatte, um wieder hineinzugehen.

„So ein kleiner Teufel", sagte Phillips zu meinem Vater, der alles beobachtet hatte. Mein Vater erwiderte Phillips, er habe den Jungen doch offenbar entwischen lassen wollen; und bei der Spaltung war Phillips später auf Scottys Seite.

Aber ohne alle Sentimentalität: Scotty war weder nur gut noch nur schlecht, aber er war niemals gemein, und ich habe nie gehört, er hätte betrogen oder gestohlen, auch wenn er nichts dabei fand, etwas zu „organisieren", was gerade herumlag. Und obwohl er manche in der Stadt mochte und andere nicht, glaube ich kaum, daß er dabei irgendwelchen Grundsätzen folgte – außer daß er meines Wissens nie Stellung gegen irgend jemanden nahm, der so arm war wie seine eigene Familie. Uns mochte oder besser gesagt duldete er, und eines Samstags kam er auf Taffs bloßem Rücken zu uns geritten, als wir gerade beim Frühstück saßen, und rief an der Hintertür:

„Mrs. Quayle, da schickt Ihnen mein Vater ...", und er gebrauchte den landesüblichen Ausdruck für Naturdünger.

Einen solchen Ausdruck duldete mein Vater gewöhnlich nicht. Er zögerte mit einem Löffel voll Ei auf dem Weg zum Mund, aber mein zehnjähriger Bruder Tom lachte sich schief, und auch meine Mutter kämpfte mit dem Lachen, weil es so naiv herausgekommen war. Sie ging zur Hintertür und fragte Scotty, was das denn kosten solle.

„Nichts." Scotty erklärte, sein Vater habe ihm gesagt, er dürfe nichts dafür nehmen. So bezahlte Angus meinen Vater für die Hilfe vor Gericht. „Wo soll das Zeug hin?" fragte Scotty.

Meine Mutter sagte: „Da unter den Pfirsichbaum."

Scotty steuerte Taff zwischen meines Vaters liebevoll gepflegten Gemüsebeeten hindurch und schüttete, ohne abzusteigen, den Mist aus den Säcken auf einen Haufen, dann ließ er Taff auf den Hinterbeinen kehrtmachen und schlängelte sich aus dem Gemüsegarten heraus wie eine Katze zwischen Rosenbüschen, während wir alle mit angehaltenem Atem aufpaßten, ob Taff nicht irgendwo falsch hintrat.

„Verteilen Sie ihn abends", riet Scotty vertraulich meiner Mutter, „dann stinkt's nicht so."

„Willst du dich nicht waschen?" fragte meine Mutter.

„Nicht nötig, Mrs. Quayle. Ich komme auf dem Heimweg am Fluß vorbei ..." Und er war fort, bevor meine Mutter ihm einen Pfirsich oder ein Marmeladenbrötchen anbieten konnte.

Es GAB in der Stadt eine ganze Straße, die Scotty verabscheute; wie zu erwarten die wohlhabendste. Alle Häuser in der Wilson Street lagen breit und behäbig hinter hohen Zäunen oder Hecken verborgen. Große Gärten mit dichtem Rasen, Palmen, Orangenbäumen und Blumenbeeten umgaben sie. Fast jedes hatte einen knurrenden, zähnefletschenden Hund, der bellend und nach einem schnappend am Zaun entlanglief, wenn man vorbeiging.

Einen nach dem andern ließ Scotty im Lauf der Zeit alle diese Hunde frei, meist indem er sie bis zur Weißglut reizte, dann das Tor öffnete und auf Taff die Straße hinunter flüchtete, den Hund hinter sich. Scotty war überhaupt geneigt, jedes Tier zu befreien, das eingesperrt war, selbst wenn es in der Freiheit gefährdeter war als hinter eisernen Gitterstäben. So ließ Scotty eines Tages auch ein zahmes Känguruh heraus und versuchte es aus der Stadt zu treiben. Aber wie aus dem Nichts tauchten von überall Hunde auf und schnappten nach ihm, so daß Scotty es in seinen Käfig zurückscheuchen mußte.

Als aber Scotty einmal ein Vogelhaus mit etwa hundert unserer einheimischen Wellensittiche öffnete, flogen sie schnatternd und krei-
schend in die Freiheit und in den Busch. Das war jedoch ein Akt
persönlicher Rache von Scotty, denn das Haus gehörte den Alexanders, und Clara Alexander hatte sich einmal in der Klasse die Nase
zugehalten und gesagt: „Du riechst, Scott Pirie!"

Es stimmte allerdings, daß Scotty meist nach Kühen und Pferden
roch; das war ein ländlicher Geruch, wie man ihn bei einem Farmerjungen erwartete, doch die Mädchen kicherten. Immerhin hatte Scotty
unter ihnen auch Verteidigerinnen. Eine davon, Doris Dowling, die
Tochter des Arztes, die ein Wildfang war und wie Scotty immer in
Schwierigkeiten geriet, sagte zu Clara, sie stinke selber schrecklich.

„Und dein Alter macht seine Würste aus verreckten Katzen und
Hunden", fügte Scotty hinzu.

Claras Vater war Fleischer, und Scotty wiederholte nur eine Be-
schuldigung, die sich alle Wursterzeuger der Welt gefallen lassen
müssen. Als das auf Clara keinen Eindruck zu machen schien, ließ
Scotty die Wellensittiche der Alexanders frei. Bei der Spaltung der
Stadt wegen Scotty schloß sich Mr. Alexander natürlich der Partei
Ellison Eyres an, wie fast die ganze Wilson Street.

Dann bahnte sich eine Krisis an, die nicht nur Scotty betraf, sondern wesentlich größere Kreise zog. Eines Morgens kam Dorman
Walker zu meinem Vater und sagte, er wolle bei Angus Pirie die
unbezahlten Waren und Geräte gerichtlich pfänden lassen. Obwohl
Walker sein Klient war, weigerte sich mein Vater, durch einen solchen Antrag auf Pfändung die Piries in Konkurs zu treiben. Er sagte,
Walker solle noch einmal versuchen, Angus zu überreden, daß er ihn
mit irgend etwas wenigstens zum Teil bezahle. So ging also Walker
zu Angus Pirie. Als einziges hätte Angus wohl das Pony Taff entbehren können, das ein so hübsches kleines Tier und deshalb inzwischen
etwa zwanzig Pfund wert war. Damals erfuhr Scotty nichts von einer
Absicht Walkers, Taff für die Schulden in Zahlung zu nehmen, so
daß also, falls sein Vater dem wirklich zugestimmt hätte – was wir
alle bezweifelten –, nur Walker allein davon wußte.

Natürlich liegt es nahe, den mageren habgierigen und skrupellosen
Walker zu beschuldigen, er sauge die Farmer von St. Helen aus, aber
da die Banken ihnen kein Geld gaben, ermöglichte es ihnen der von
Walker gegebene Kredit – zu fünf Prozent Zinsen – zu überleben.

Und es gab offenbar eine Grenze, über die hinaus auch Walker die Farmer nicht mehr unterstützen konnte. Wir wußten nur, daß sich Angus dann später, zumindest ursprünglich, geweigert hatte, Taff herauszugeben, denn man hatte gehört, wie die beiden Männer in Walkers Büro laut darüber gestritten hatten.

Dann war Taff plötzlich verschwunden, und das änderte alles.

Sein Verschwinden gab Rätsel auf. Im Spätwinter, als der Fluß noch hoch und reißend und der Boden noch aufgeweicht war, schien Taff, eigenwillig und immer hungrig wie Scotty selbst, eines Nachts aus der mangelhaften Umzäunung ausgebrochen und, vermutlich auf der Suche nach etwas Freßbarem, gegen den Fluß zu gelaufen zu sein. Futter für Taff war im Winter schwer zu beschaffen, denn die Piries konnten es sich nicht leisten, Häcksel zu kaufen, und den ganzen Winter hindurch hatten Scottys Freunde ihm geholfen, Stellen mit langem Gras zu suchen, es zu schneiden, zu trocknen und heimzutragen. Wir brachten sogar häufig Heubündel in die Schule mit. Aber sobald das Futter knapp wurde, brach Taff aus und suchte sich selbst etwas.

Als Scotty an diesem Morgen hinausschaute, rief er seiner Mutter zu: „Taff hat den Zaun niedergerissen und ist zum Fluß hinuntergelaufen", und schon rannte er davon in der Überzeugung, er werde Taff auf einem der trockenen Grasflecken finden. Aber Taff war nirgends zu sehen, und Scotty begann sich Sorgen zu machen. Er suchte jeden Fußbreit der Farm und des Flußufers ab, um sich zu vergewissern, daß sich Taff nicht bei einem Sturz ein Bein gebrochen hatte, aber nirgends war etwas von ihm zu entdecken. Die chinesischen Gemüsegärtner veranstalteten in ihrer bedächtig-aufgeregten Art eine eigene Suchaktion – ohne Erfolg. So blieb der Fluß und die Möglichkeit, daß Taff hineingefallen und ertrunken war.

Scotty ging stromauf und stromab und untersuchte das Ufer, ob er irgendwo eine eingebrochene Stelle fand, obwohl er sich kaum vorstellen konnte, daß Taff bei seiner panischen Angst vor dem Wasser so nahe herangegangen wäre. Diese Wasserscheu schloß auch die Möglichkeit aus, daß das Pony einfach in den Fluß gesprungen und stromab geschwommen war, wie es Eyres wilde Pferde manchmal taten. Als einzige Erklärung blieb nur noch Diebstahl übrig. Die Piries hatten keinen Hund, so konnte irgend jemand Taff unbemerkt fortgeführt haben.

Nachdem Scotty zwei Tage lang in der Schule gefehlt hatte, weil er den ganzen Busch ringsum absuchte, erschien er wieder, ohne Taff. Alle unsere Vermutungen wies Scotty mit den gleichen verächtlichen Worten zurück: „Du kennst Taff nicht."

„Er würde nie mit irgendwem andern mitgehen", sagte Doris Dowling, die immer treu zu Taff und Scotty hielt.

Fest stand, daß sich niemand außer Scotty je Taff hatte nähern können. Männer und Jungen mochte er grundsätzlich nicht, höchstens Mädchen ließ er gelegentlich an sich heran, wenn Scotty ihm gut zuredete. Wir schlossen daraus, daß derjenige, der Taff gestohlen hatte, sowohl die Pirie-Farm wie Taff kannte und einen Grund hatte, ihn zu entführen. Alles deutete auf Dorman Walker, den niemand von uns leiden konnte. Er hatte oft einen seiner Traktoren auf eine Farm geschickt, um unbezahltes Gerät oder Pferdegeschirr wieder abzuholen. Vielleicht hatte er es mit Taff genauso gemacht, nur heimlich und ohne Pfändungsurteil, da er wußte, daß mein Vater genau aufpaßte, was mit den Piries geschah.

Anfänglich schien Scotty sicher, daß Taff wieder auftauchen werde, und je mehr wir das bezweifelten, um so ärgerlicher wurde er. Aber unsere Anteilnahme ließ ihn schließlich selbst glauben, daß Taff wirklich gestohlen worden war und nicht mehr nach Hause fand.

Ich werde nie Scottys Anblick vergessen, wie er zu Fuß in die Schule kam und zu Fuß wieder heimging. Zweibeinig, ohne seinen vierbeinigen Untersatz, wirkte er irgendwie unvollständig. Und wenn man seinen stampfenden und wiegenden Gang sah, hätte man meinen können, Taff sei immer noch, sozusagen als Geist, unter ihm. Er war nicht mehr unser Scotty, sondern eher ein Fremder, der von irgendwoher zu Besuch kam. Nichts an ihm schien uns noch beständig, und offenbar hatte er selbst von sich diesen Eindruck.

3

DIE Eyres hatten sich ursprünglich als einfache Siedler auf den weiten offenen Grasflächen jenseits des Flusses niedergelassen, aber in den achtzig Jahren, die ihnen Riverside nun schon gehörte, waren sie wohlhabend und einflußreich geworden. Sie waren sozusagen die Aristokratie der Stadt und fühlten sich über ihre ganze Umgebung

erhaben, zumindest über alles, was aus St. Helen kam beziehungs-
weise dem Bundesstaat Victoria, da sie nur den Gesetzen von Neusüdwales unterstanden. Die schöne alte Farm Riverside wurde jetzt
von Ellison Eyre geführt. Er war als Kind von einer Gouvernante
unterrichtet worden, dann hatte man ihn in ein englisches Internat
und schließlich nach Oxford geschickt. Er heiratete dann die Tochter
eines Woll- und Kornhändlers, und das Paar hatte eine Tochter
namens Josephine, die etwa gleich alt war wie Scotty.

Josie lebte ebenso abseits von der Stadt wie Scotty. Sie hatte eine
Erzieherin, und man bekam sie nur zu Gesicht, wenn ihr Vater
irgend etwas in St. Helen zu erledigen hatte. Und das war für die
Frauen immer ein Anlaß zum Tuscheln: „Haben Sie die kleine Eyre
mit ihrem Vater gesehen?“

Die Bemerkungen über das Mädchen waren schmeichelhaft oder
auch nicht, je nachdem, wer sie machte. Josie war entweder ein
eigensinniges oder ein reizendes Kind, unbeherrscht oder selbstbe-
wußt, eingebildet oder intelligent und charaktervoll. Ich selbst habe
sie aus dieser Zeit als ernsthaftes kleines Mädchen in Erinnerung,
das immer Reithosen trug, energisch sprach und auftrat, so als wisse
sie genau, was sie wolle, und erwarte, daß es geschehe – ganz das
Ebenbild ihres Vaters.

Als Josie etwa zwölf war, erkrankte sie an Kinderlähmung. Wir
hörten alle Einzelheiten durch Blue Waters, einen der Stallknechte
von Riverside, der jeden Samstag ins Hotel „Zum Weißen Schwan“
kam, um ein Bier zu trinken, ferner von Dr. Dowling und den Damen vom Fernsprechamt, die alle Gespräche der Eyres mithörten.
Einmal kam die Nachricht, daß Josie wahrscheinlich sterben werde,
und wochenlang ging eine Welle von Sorge und Anteilnahme für
die Eyres durch die Stadt. Spezialärzte kamen mit dem Flugzeug,
und schließlich trafen noch zwei Pflegerinnen ein.

Wie alle Mütter in der Stadt, nahm unsere nicht nur Anteil an
dem Mädchen, sondern befürchtete auch, meine Schwester, mein
Bruder und ich könnten ebenfalls Kinderlähmung bekommen. Aber
mein Vater sagte ganz richtig: „Josie lebt praktisch eine Million
Kilometer entfernt. Die Eyres haben nahezu keinen physischen
Kontakt mit St. Helen. Es ist gewiß schrecklich für sie, aber so leicht
gibt Josie nicht klein bei. Sie wird kämpfen.“

Josie kämpfte und überlebte. Erst nach etwa sechs Monaten hörten wir, in welcher Verfassung sie überlebt hatte. Oberhalb der Taille war sie ohne Schaden davongekommen, aber ein Bein war von der Hüfte an gelähmt, das andere konnte sie wenigstens bis zum Knie bewegen.

Danach kam Josie öfter in die Stadt, aufrecht im Wagen ihres Vaters sitzend, immer noch die gleiche selbstbewußte kleine Dame. Sie ließ niemanden ihre nutzlosen Beine sehen. Damals kam gerade Schwester Kennys Massage- und Bewegungstherapie auf, und in Riverside war nun ständig eine Pflegerin, die sich um Josies Beine bemühte.

Eines Samstags sah ich sie im Kombiwagen der Eyres auf ihren Vater warten und sagte: „Na, wie geht's, Josie?"

„Danke gut, Kit", antwortete sie in entschiedenem Ton und schnitt damit weitere Fragen ab. Sie war immer noch ein sehr selbstsicheres Mädchen.

Hätte Josie ihre Beine gebrauchen können, wäre sie mit dreizehn Jahren schon in eine exklusive Schule geschickt worden. Da das jetzt nicht mehr möglich war, blieb sie zu Hause, ein diszipliniertes junges Mädchen im Rollstuhl, mehr oder weniger allein auf einer riesigen Schaf- und Rinderfarm. Sie hatte außer gelegentlichem Besuch aus der Hauptstadt keinen regelmäßigen Kontakt mit Gleichaltrigen, nur ein paar Mädchen aus der Umgebung wurden nun ermuntert, sie zu besuchen: Töchter anderer Grundbesitzer oder unseres Parlamentsabgeordneten. Manchmal ging auch meine Schwester Jeannie hin. Sie sagte, Josie, die mehr oder minder auf dem Pferderücken groß geworden war, leide sehr unter ihrer Unbeweglichkeit. Also beschloß Ellison, irgend etwas zu unternehmen, daß sich Josie auch im Freien allein fortbewegen konnte. Er flog in die Hauptstadt, und einen Monat später kam am Bahnhof ein ungewöhnlicher kleiner Buggy an.

Der Stallknecht Blue Waters erklärte uns seine seltsame Bauweise, als er ihn mit dem Laster abholen kam. Der gelbe zweirädrige Wagen war breit mit einem sehr tiefen Schwerpunkt, so daß er nicht leicht umstürzen konnte, und hatte kräftige, aber kleine Räder. Die glänzenden langen Deichseln luden weit aus und näherten sich einander erst ganz am Ende. Auch das erschwerte ein Umwerfen. Der Wagen hatte zwei schöne gepolsterte Schalensitze, die einen festen Halt gaben, und zwei zurückklappbare Armstützen, um das Ein-

und Aussteigen zu erleichtern. Auch hatte er eine sehr bequeme Falttreppe mit Geländer, an dem sich Josie hinein- und herausziehen konnte. Nun fehlte zum Wagen nur noch ein Pony.

Ellison Eyre sandte seine Stallknechte aus, um vier der wilden Waliser Ponys einzufangen, damit Josie eines davon für ihren Buggy auswählen konnte. Diese frei laufenden Ponys einzufangen ist nicht leicht. Wir in St. Helen waren alle der Überzeugung, daß ein wildes Pferd, das sich fangen läßt, sich fangen lassen will; manche sterben lieber, als daß sie sich einfangen lassen. Fast immer halten sich die wilden Ponys dicht beieinander. Manchmal verliert sich die ganze Herde tief im Busch, und die berittenen Treiber können sie nur mit großer Mühe wieder in offenes Land zurückbringen. Einmal, als die Herde in einen Teil des Busches geriet, in den ihr die Stallknechte nicht folgen konnten, mußte Ellison Elwyn Jones bitten, sie mit seinem knatternden kleinen Sopwith-Flugzeug herauszuscheuchen.

Die Stallknechte hatten große Mühe, vier Ponys für Josie von der Herde abzuschneiden; die Tiere schienen in diesem Jahr alle besonders wild und gerissen. Außerdem war Frühsommer, die Zeit, in der sie in bester Form und am eigenwilligsten sind. Aber Blue Waters und zwei weitere Stallknechte schafften es schließlich, vier von ihnen abzusondern und in eine Koppel zu treiben. Josie wurde ins Freie gerollt, um sie sich anzusehen. Da es Eyre-Ponys waren, ähnelten sich die vier von Blue ausgewählten derart in Farbe und Höhe, daß Josie Blue zurief, er solle sie in Bewegung halten: „Schneller, schneller! Jag sie!"

Blue, obwohl nur einsfünfundfünfzig groß und mit krummen Beinen, die um ein Faß herumgereicht hätten, hetzte sie zu Fuß hin und her. Als sie auseinanderliefen, rief Josie, Blue solle dem einen folgen und es von den übrigen fernhalten, aber das wilde Pony schaffte es immer wieder, zu den andern drei zurückzukehren. Schließlich wandte es sich dem Verfolger zu und wich vor ihm mit gesenktem Kopf und drohender Haltung zurück – ein Pony, das sich der Gefahr stellt.

„Halt es auf, Blue", rief Josie. „Laß es nicht entwischen!"

Das war die übliche Methode der Eyres, das lebhafteste, intelligenteste unter den wilden Pferden herauszufinden. Aber diesmal wandte Ellison ein: „Was du brauchst, Josie, ist ein Pferd für den Wagen, kein Reitpferd."

„Nein! Ich will kein anderes. Ich will dieses da", beharrte Josie.

„Du wirst Ärger mit ihm haben", warnte sie ihr Vater.

„Das ist mir gleich. Ich will es haben."

Jemand hat mal gesagt, wer sich ein Pferd aussucht, wählt meist ein Abbild seines eigenen Charakters. „Also gut, mein Liebling", sagte Ellison, und das Pony wurde mit einem Klecks Wagenschmiere gekennzeichnet.

Nachdem man Josie wieder ins Haus gerollt hatte, begann Ellison Eyre das Pony zu reizen, um zu sehen, was für ein Temperament es hatte: hitzig und boshaft oder nur eigenwillig und furchtlos. Das Pony zeigte sich dabei Ellison gegenüber sowohl ängstlich wie auch furchtlos. Die meiste Zeit wich es trabend oder galoppierend scheu aus, ohne den Blick von dem Mann mit der langen Peitsche abzuwenden. Schließlich trieb Ellison das Pony in eine Ecke. Es stampfte und tänzelte nervös, senkte den Kopf und behielt Ellisons Füße und Hände im Auge.

„Nehmen Sie sich vor seinen Zähnen in acht", rief Blue. „Es ist ein Beißer."

„Das sind sie alle", sagte Ellison. Er trat näher, und als er die Hand nach der Schulter des Ponys ausstreckte, stieß es ihn mit einer plötzlichen Kopfbewegung um und brach aus. Blue lachte.

„Na, jedenfalls ist es munter und klug", sagte Ellison, während er sich aufrappelte. „Und es schlägt nicht aus. Pflock es an, dann werden wir es uns ansehen."

Das Pony wurde in einen Laufgang getrieben, angehalftert, mit weichen Baumwollstricken angehobbelt und von den Stallknechten festgehalten, während Ellison seine Beine, Flanken und Brust befühlte und sorgfältig, aber vorsichtig, das schäumende, bedrohliche Maul untersuchte.

„Ziemlich weiches Maul", stellte Ellison fest. Das war nur von Vorteil, denn vor Josies Wagen würde das Pony dann leicht am Zügel gehen. „Gut", sagte Ellison. „Es wird seinen Dienst tun. Sie hat sich eins ausgesucht wie sie selber, ein wenig ungestüm, aber klug. Macht es sauber."

Der Grund, warum man ein Pony, das aus dem Busch kommt, zuerst säubert, ist der, daß sich schmutzige Pferde auch schmutzig fühlen. Für ein wildes Pferd, das seine Gewohnheiten ändern soll, beginnt das neue Leben am besten mit dem neuen Gefühl der

Sauberkeit. Man striegelt und säubert es, damit es weiß, daß etwas Außerordentliches und Erfreuliches geschehen ist. Danach kann die eigentliche Zähmung beginnen.

Josie hätte gerne das Pony selbst an die Deichsel gewöhnt, aber das war nicht möglich. Bo (eine Verballhornung von Beau, wie Josie es taufte) hatte für Deichseln nicht das geringste übrig. Jeden Morgen, wenn der Himmel sich golden färbte und die Krähen krächzten, stand Josie auf und begab sich durch die taunassen Felder zum Sattelplatz, begleitet von ihrem Kelpiehund Max, der dazu abgerichtet war, sich den Ponys Zentimeter um Zentimeter zu nähern, wie ein guter Hirtenhund, so daß sie sich langsam an ein Haustier gewöhnten. Josie bestand auch darauf, sich selbst auf den Sattelplatz zu rollen, damit Bo sie ungehemmt beschnuppern konnte. Aber als Blue schließlich zwei biegsame Weidenstangen an Bos Stoffgurt befestigte, hielt Ellison Josie fern, solange Bo wild umherrannte, um sich von ihnen zu befreien.

Bei einem solchen Befreiungsversuch verfing sich Bo einmal an einem gebrochenen Pfahl der Umzäunung. Josie rollte zu ihm hin, streichelte seine Backen und kraulte seine Nase, bis Blue nervös wurde. „Trau ihm nicht zu sehr, Josie", warnte er. Kaum hatte er das gesagt, schnappte Bo wie ein Hund nach ihr. Josie zog ihre Hand gerade noch rechtzeitig zurück.

„Das reicht", sagte Blue, aber Josie blieb hartnäckig, und während sie Bo studierte, studierte Bo sie. Das nächstemal schnappte er nach der andern Hand, aber es war nur wie das freundschaftliche Zwicken einer Katze und fast liebevoll.

„Das war kein Biß", beharrte Josie später, als Blue es Ellison berichtete. „Es war wirklich keiner!"

Als Bo schließlich lernen sollte, das Maul für die Gebißstange zu öffnen, war Josie in ihrem Rollstuhl einfach zu tief unten, um es ihm beizubringen. Ihr kamen vor Verzweiflung die Tränen, aber sie versuchte es immer wieder. Schließlich sträubte sich Bo nicht länger und begann seinen Kopf zu senken, so daß sie ihn aufzäumen konnte. Der letzte Schritt war, Bo an einen Wagen normaler Größe zu gewöhnen.

Beim Einfahren eines Pferdes kommt irgendwann der entscheidende Augenblick, wo es den Widerstand aufgibt und sich an das zu gewöhnen beginnt, was man von ihm erwartet.

Eines Tages fand Blue, bei Bo wäre nun dieser geheimnisvolle Umschwung eingetreten, und erklärte Eyre, das Pony sei für Josie bereit.

Josie rollte ihren Stuhl zu dem großen Wagen, und Blue hob sie neben ihren Vater hinein. Sie übernahm ganz selbstverständlich von ihm die Zügel, und Bo trabte gehorsam los. Alles ging gut, bis sie in einer Straßenkurve dem Chrysler begegneten, in dem Josies Mutter Pat von einem Besuch heimkehrte. Beim Anblick des Autos scheute Bo. Josie versuchte ihn zu halten, aber er ging durch, und der Wagen verfehlte den Chrysler um Haaresbreite. Ellison packte aufspringend die Zügel und zog sie scharf an. Bo bäumte sich und stand mit einem Ruck still.

Ellison erklärte Josie, daß Bo die Breite des Wagens, den er ziehe, noch nicht abschätzen könne. „Du mußt wissen, wo du mit dem Wagen durchkommst, weil er es noch nicht beurteilen kann."

„Ich weiß, ich weiß", sagte Josie, die darauf brannte weiterzufahren. „Er war nur verdutzt, weiter nichts."

„Josie, er hat einen kleinen Teufel im Leib, und er wird dir Streiche spielen, wenn er kann, einfach aus Spaß. Laß ihm das nie durchgehen."

„Schon gut, schon gut", sagte Josie.

Schließlich wurde Bo zwischen die Deichseln des eigens für Josie angefertigten Buggys gespannt, und sie durfte allein ausfahren. Der kleine Wagen war um so vieles leichter als der, den Bo bisher gezogen hatte, daß das Pony auf dem Feldweg einen eifrigen kurzen Trab einschlug. Ellison war begeistert, und Josie schwamm in Wonne.

„Sie wird sich nicht eher zufriedengeben, bis sie mit dem Buggy von der Straße herunter und querfeldein fährt", sagte Pat zu ihrem Mann. „Schau dir das an!" Josie war mit dem Wagen in voller Fahrt durch das Tor geprescht. „Offenbar versucht sie, mit dem Buggy mehr zu reiten, als zu fahren."

Von da an konnten wir Josie auf der andern Flußseite herumfahren oder wild über die Weiden von Riverside holpern sehen. Der gelbe Buggy, Josie und Bo wurden ebenso eins, wie Scotty und Taff es gewesen waren, und ebenso waghalsig. Josie lenkte den Buggy durch Buschland und über umgebrochene Felder. Wenn die Treiber und Stallknechte hinter Schafen her waren oder Pferde einfingen, folgte ihnen Josie. Farmer erzählten, sie hätten den kleinen gelben Buggy an den unmöglichsten Stellen auftauchen und wieder verschwinden sehen. Nun hatte auch Bo die letzte Phase der Anpassung hinter sich, es machte ihm selbst Spaß.

Aber nie sahen wir den gelben Buggy in der Stadt. Josie erschien dort immer nur auf dem Vordersitz von einem der Wagen oder Transporter der Eyres, aufrecht, die Zöpfe ordentlich über die Schultern hängend, die Augen aufmerksam und herausfordernd, die Beine unter einer Decke verborgen, obwohl man sich erzählte, daß die Massage eine leichte Besserung bewirkte.

4

EINES Tages verschwand Scotty einfach, so wie Taff verschwunden war. Angus Pirie ging schließlich zur Polizei und meldete, daß Scotty seit vier Tagen nicht nach Hause gekommen sei.

„Die arme Frau", sagte meine Mutter, die sich in Mrs. Piries Todesängste hineinversetzen konnte. „Sicher hält sie die halbe Zeit von der Veranda ihres kahlen gottverlassenen Hauses nach ihm Ausschau."

Als erstes dachten wir an den Fluß – Scotty konnte sich beim Schwimmen in einem treibenden Wurzelstock verfangen haben. Oder vielleicht war er von einer Schlange gebissen worden und lag irgendwo tot im Busch. Aber mein Bruder Tom sagte: „Scotty bestimmt nicht. Er ist fort, um Taff zu suchen."

„Taff ist aber seit Monaten verschwunden", wandte meine Mutter ein.

„Doch, bestimmt", beharrte Tom.

Und so war es wirklich. Scotty hatte sich in die nächste kleine Stadt auf den Weg gemacht, nach Tasco, und war dort in den Weingärten gesehen worden. Es gab vier oder fünf Waliser Ponys in Tasco, die er sich anschauen wollte. Eines Nachts erwischte ihn ein Obstfarmer in dem Wellblechschuppen, wo Trauben getrocknet wurden. Er hatte halb getrocknete Rosinen gegessen und von dem Phosphatpulver, das man zur Beschleunigung des Schrumpfens verwendete, fürchterliche Leibschmerzen bekommen. Der Farmer brachte ihn in unsere Stadt zurück, und nachdem er bei der Polizei ein elender

Nichtsnutz geheißen und sein Hinterteil mit einem Stock bearbeitet worden war, schickte man ihn nach Hause.

Zwei Wochen später verschwand er wieder, diesmal flußaufwärts, weil ihm jemand gesagt hatte, ein wandernder Fallensteller wäre auf einem Waliser Pony gesehen worden. Davon gab es immer einen oder den andern; sie lebten einsiedlerisch im Busch und kamen nur in die Stadt, um Bündel von Kaninchenfellen zu verkaufen, das Stück für einen Shilling. Aber Scotty konnte keinen Fallensteller mit einem Pony finden.

Jeden Abend hatte es Scotty auf seinem Heimweg eilig, durch die Stadt zu kommen, aber es sah immer aus, als haste er anderswohin. Eines Dienstags verschwand er wieder. Am Freitag kam Mrs. Pirie in die Stadt und fragte meine Mutter, ob ich und Tom losziehen und Scotty in jenem Teil des Busches suchen könnten, der zum Besitz der Eyres gehörte. Als Tom und ich aus der Schule kamen, fanden wir die beiden in unserem Wohnzimmer sitzen und Tee trinken. Mrs. Pirie trug ein schwarzes Kleid, schwarze Strümpfe und Schuhe, die – vermutlich von Scotty – mit Stücken von alten Autoreifen besohlt waren, dazu einen verblichenen Strohhut mit einer schmalen welligen Krempe und zwei Kirschen darauf. Der Blick ihrer Augen unter den Kirschen war der eines Menschen, der nicht nur einsam, sondern auch die meiste Zeit mit seinen Gedanken in weiter Ferne ist.

Als meine Mutter uns erzählte, was Mrs. Pirie von uns wollte, machte Tom sogleich allerlei Pläne, wie wir über den Fluß schwimmen würden. Aber als mein Vater hereinkam und davon hörte, sagte er: „Es wäre einfacher, Eyre zu bitten, daß seine Stallknechte sich ein wenig umsehen."

Er rief Eyre an und teilte ihm mit, daß der kleine Pirie vermißt werde, möglicherweise sei er in dem Buschstreifen, der von Riverside aus stromaufwärts lag.

„Ich werde Blue Waters morgen früh hinschicken", erwiderte Ellison. Mein Vater hängte ein und fragte Mrs. Pirie, ob ihr das so recht sei. Mrs. Pirie nickte, aber sie blickte auf das unpersönliche Telefon, als hätte es sie aller Hoffnung beraubt. Dann stand sie auf, und wir brachten sie zum Tor. „Machen Sie sich keine Sorgen, Mrs. Pirie", sagte Tom. „Scotty ist nur unterwegs, um Taff zu suchen."

„Wo ißt er, und wo schläft er?" fragte sie, als könnten wir das wissen.

Diesmal wurde Scotty in Lyah gesehen. Dort war ein großer Pferdemarkt, und Scotty trieb sich bei den Koppeln herum. In der Meinung, er wäre einer der einheimischen Jungen, gab ihm ein Mann namens Jorrocks, der mit Ziegenwagen herumreiste, zwei Shilling je Lauf beim Ziegenbockrennen. In Sulkys sitzend, vor die Ziegenböcke gespannt waren, traten ein halbes Dutzend Burschen zu dem Rennen an. Es ging nicht darum, welcher Ziegenbock, sondern welcher der Burschen siegte. Die Fahrer trieben ihre Böcke an, indem sie sie am Schwanz zogen und sie mit bewährten Ziegentreiberrufen anfeuerten. Wer das Rennen gewann, bekam fünf Shilling – was nicht schlecht war.

Scotty siegte, und die ganzen vier Tage, so lange dauerte die Veranstaltung, blieb er bei den Ziegenwagen. Er gewann zwei weitere Rennen, weil er, wie er uns erzählte, die Böcke erst dann am Schwanz zog, wenn sie nur noch fünfzig Meter vor dem Ziel waren.

Schließlich kam er mit einem reisenden Händler heim, und ein paar Tage später erschien er wieder in der Schule.

Aber er war nicht mehr der alte Scotty. Mein Vater sagte eines Abends beim Essen: „Der junge Pirie wird ein Strolch, wenn er so weitermacht, dann ist jede Liebesmüh verloren", fügte er ärgerlich hinzu. Und er hielt Tom und mir eine Moralpredigt, daß innere Auflehnung und zeitweiliges Herumstreunen aus der gleichen Quelle kommen. „Reine Zügellosigkeit", fügte er zwischen zwei Löffeln Yorkshirepudding hinzu. Er haßte Zügellosigkeit.

Aber damals beneideten wir Jungen Scotty um seine Abenteuer, obgleich wir den Anblick von Mrs. Pirie schwer vergessen konnten, wie sie mit ihren reifenbesohlten Schuhen so allein auf der ins Nichts führenden Straße davonging. Scotty setzte sich schließlich nicht einfach in den Busch ab, weil es ihm Spaß machte, sondern er suchte immer noch nach dem kleinen Taff; er war kein typischer Streuner, jedenfalls noch nicht.

Er verschwand abermals, und diesmal ging er achtzig Kilometer nach Mundoo in Neusüdwales, wo jedes Jahr ein Pferde- und Ponymarkt stattfand. Inzwischen hatten sich seine Eltern mit seinem gelegentlichen Verschwinden abgefunden. Aber wir wußten, daß Scotty bei jeder Heimkehr von seinem Vater Prügel bezog. Scotty bekam auch in der Schule Schwierigkeiten. In seiner ernsten Art war er aufgeweckt, sogar klug; doch konnte er der Schule zu dieser Zeit nichts abgewinnen. Der Rektor schrie ihn einmal ärgerlich an: „Wie willst du denn je eine Stellung bei der Post oder der Eisenbahn bekommen, wenn du so weitermachst? Sag mir das, Pirie."

Scotty konnte es ihm auch nicht sagen.

Der Rektor tat sein möglichstes, aber die meisten Lehrer gaben es einfach auf. Jeder Versuch, Scotty zu retten, schien hoffnungslos.

Es muß der Fünfzig-Kilometer-Marsch auf dem Heimweg von Mundoo gewesen sein – dreißig Kilometer nahm ihn ein Farmer mit –, der Scotty irgendwie zur Besinnung brachte. Er kam schließlich zu der Überzeugung, daß sein kleiner Taff für immer verschwunden war. Es blieb nur die Frage, was nun?

WÄHREND dieser ganzen Zeit machte Scotty nie Dorman Walker für Taffs Verschwinden verantwortlich, wie es die meisten von uns taten. Oder wenigstens hatte er bisher keine Rachepläne geschmiedet. Aber er hielt sich jetzt mehr in der Stadt auf, streifte durch die vertrauten Seitengäßchen und Durchschlupfe und ließ alles, was zufällig herumlag, „mitgehen". Schließlich verlockte ihn doch die Idee, Dorman Walker etwas anzutun, und er kroch öfters durch ein hochgelegenes Fenster in dessen Lagerschuppen. Diese lange, dunkle, kühle Halle voller Landmaschinen, Traktoren, Kunstdüngersäcken und Fässern hatte für uns etwas Faszinierendes.

Um seinen schwelenden Ärger und seine ohnmächtige Wut auszulassen, lief Scotty, der nicht zum mutwilligen Zerstören neigte, über den aufgeschütteten Häcksel oder kletterte auf den Strohrechen, Mähmaschinen und Traktoren herum.

Eines Abends ließ dann Scotty im Lagerschuppen einen der Traktoren an. Als Walker in seinem Büro das Rattern hörte, fuhr ihm der Schreck dermaßen in die Glieder, daß er nicht einmal hinausging, um nachzusehen, was da los war. Aber der Lärm erschreckte auch Scotty, und er flüchtete. Als Dorman Walker das nächstemal Scotty in der Nähe seines Lagers sah, versuchte er ihn zu erwischen. Aber Scotty, der jetzt selten durch die Stadt kam, ohne daß jemand hinter ihm her war, rannte davon und war so plötzlich verschwunden, wie nur er es konnte.

Scotty hatte jedoch immer noch seine Freunde in der Stadt, und manchmal, wenn er verfolgt wurde, hörte er ermunternde Rufe: „Lauf, Scotty! Laß dich nicht erwischen!" Dann drehte sich Scotty verwundert um und rief: „Hallo, Mrs. Soundso", und schwang sich über den nächsten Zaun.

Es zeigte sich immer deutlicher, daß in der Stadt niemand mehr mit Scotty fertigwurde. Da stieß er eines Tages zufällig auf Josie und ihr Pony – und das änderte alles.

Jedes Jahr fand in St. Helen eine große Landwirtschaftsschau statt. Das weitläufige Ausstellungsgelände war mit einer hohen Bretterwand eingezäunt und umfaßte eine große Rennbahn, eine Tribüne und ein Dutzend Hallen für die üblichen Ausstellungen von Korn, Wolle, Butter, Obst, Gemüse sowie hausgemachten Marmeladen und Bäckereien. Auf der Bahn wurden Rinder- und Schafleistungsschauen abgehalten, in erster Linie aber Pferdevorführungen – Jagdspringen, Trabrennen, Schulreiten und vor allem jene aufregenden gemischten Rennen, in denen Traber und Paßgänger ihre Kraft und Schnelligkeit messen. Dabei dürfen alle Pferde nur traben, aber die Traber ziehen ein Sulky mit einem Fahrer, während die Paßgänger geritten werden.

Die meisten Traber und Paßgänger bei den St. Helener Rennen gehörten auswärtigen Berufsjockeys – wettergegerbten erfahrenen Männern, die mit ihren verkratzten Sulkys und gerissenen alten Pferden im Land umherreisten und bei allen lokalen Rennen starteten. Dieses Jahr hatte Ellison Eyre zwei seiner Vollblutpaßgänger für das Rennen angemeldet, und später sollte zwischen den einzelnen Traberläufen seine Tochter Josie mit Bo und ihrem gelben Buggy am Korso für Ponys mit Wagen teilnehmen.

Das beste Pferd aus drei Läufen war der Gewinner des Trabrennens. Unter der Tribüne sitzend, von den Rennbahnordnern ungesehen, jedoch nahe den donnernden Hufen, beobachteten Scotty, mein Bruder Tom und ich den ersten Traberlauf. Ellison Eyre in seinem maßgeschneiderten Jockeyfrack, handgefertigten Stiefeln und Käppi ritt auf seinem glänzend gestriegelten Vollblut Flick in die Bahn ein, und aus Bewunderung und reinem Lokalpatriotismus hofften wir, daß er gewinnen werde.

Ein Traber setzt jedes Bein einzeln und trommelt mit den Hufen einen kraftvollen gleichmäßigen Rhythmus. Das Rennen begann, und als die Pferde vorbeigerast kamen, Beine und Rücken schweißtriefend, sprangen wir auf. Die Bewerber jagten Rad an Rad, Pferd neben Pferd dahin, und bei der letzten Runde, als Ellison um eine halbe

Kopflänge führte, schrien wir uns heiser. Aber in einem kurzen heftigen Endspurt schoben sich zwei Sulkys vor ihn und machten mit Zentimeterabstand den ersten und zweiten Preis. Es hätte den reichen Grundbesitzer überrascht, zu hören, daß wir drei ärmlich gekleideten barfüßigen Anhänger ihn wirklich bedauerten, als er bestürzt über seine Niederlage aus der Bahn trabte.

Wir verließen die Rennbahn und gingen zum Sattelplatz, wo sich die Bewerber für den Korso fertigmachten. Außerhalb des Platzes hockend sahen wir zu, wie zwei Frauen, Miß Elsie und Miß Gwen Stern, die auf ihrer Farm Milchwirtschaft betrieben, gerade ein lebhaftes schwarzes Pony anzuschirren versuchten. Es war ihr verwöhntes Lieblingspony, und wir lachten alle, als sie es schoben und ihm gut zuredeten, während es immer wieder auskniff. Dann sahen wir Josie Eyre in ihrem Buggy mit dem wunderhübschen kleinen Bo davor, den man gebürstet hatte, bis sein Fell golden schimmerte. Wir waren so begeistert von dem Gespann, daß wir ihr den ersten Preis wünschten.

Plötzlich sprang Scotty auf. „Das ist Taff", sagte er und zeigte auf Bo.

Er kletterte durch die Umzäunung und rannte auf Josies Gespann zu, packte Bos Zaumzeug und zauste dem Pony den Schopf, der ihm zwischen die Augen hing, wie er es bei Taff immer getan hatte.

„Taff", sagte er.

Es heißt, daß Tiere mehr auf den Ton als auf ein bestimmtes Wort reagieren; also war es vielleicht Scottys Tonfall, jedenfalls legte Bo eindeutig ein Ohr an und schüttelte spielerisch den Kopf, wie um loszukommen. Wir hatten das bei Taff oft gesehen. Aber wir wußten auch, daß sich wohl jedes Pony so verhalten hätte.

„Nimm deine Pfoten weg!" schrie Josie Scotty an.

„Du hast mein Pony", sagte Scotty und hielt Bo weiter fest.

Josie klatschte mit den Zügeln, um Bo anzutreiben. Mittlerweile waren auch Tom und ich in den Ring geklettert und versuchten, Scotty am Arm wegzuzerren. „Das ist Josie Eyres Pony, Scotty", sagte ich ängstlich.

Aber Scotty, der Kopf und Nacken des Ponys befühlt hatte, schüttelte uns ab und hielt das Zaumzeug gepackt, als hinge sein Leben davon ab. Das Pony, von zwei Paar Händen bedrängt, ließ ein scharfes Wiehern hören.

„Stopp ihn, stopp ihn!" kreischte Josie zu ihrem Vater hinüber, als Scotty anfing, die Halfterriemen zu lösen.

Ellison Eyre war kurz weggegangen. Jetzt eilte er auf Scotty zu, hob ihn einfach hoch und riß ihn zurück, während Scotty wild um sich schlug, um sich zu befreien. Bo begann die Aufregung ringsum zu spüren und nervös rückwärts zu gehen.

„Hol doch jemand Josie runter!" rief Ellison. „Holt sie runter."

Blue Waters, der gerade Ellisons zweiten Traber brachte, ließ die Zügel fahren und sprang auf den Buggy. Er hob die protestierende Josie vom Sitz und reichte sie den Damen Stern hinunter, gerade als es Ellison gelang, Scottys Griff vom Zaumzeug zu lösen. Bo warf in höchster Erregung den Kopf hoch und ging durch.

Aber Ellison hielt mit festem Griff den um sich schlagenden Scotty gepackt, der immer wieder schrie, es wäre sein Pony Taff. Schließlich konnte Ellison Scotty bändigen und sagte zu Tom und mir, wir sollten den Polizisten Peters holen. Aber obwohl Scotty sich so verrückt aufführte, waren weder Tom noch ich bereit, zu Ellisons Hilfe einen Polizisten zu holen. „Lassen Sie ihn los", sagte Tom mutig.

Als dann ein paar von den Rennbahnordnern erschienen, wußten Tom und ich, daß es besser war, sich zu verdrücken. Ein Schnalzen von Blues langer Buggypeitsche machte uns Beine, und wir ließen auf dem Schauplatz einen brüllenden Scotty als Gefangenen auf der einen Seite, eine wütende Josie hilflos auf der andern Seite und Bo – oder Taff – irgendwo dazwischen.

Jeder, der den Zwischenfall auf dem Sattelplatz gesehen hatte, wußte, daß Scotty sofort wieder zu dem Pony laufen würde, wenn er freikam. So fuhr man den wütend heulenden Jungen, vom Polizisten Peters festgehalten, im Kombiwagen der Eyres aus dem Ausstellungsgelände und nach Hause. Tom und ich beobachteten aus sicherer Entfernung, wie Josie, hochrot vor Ärger, darauf beharrte, bei dem Korso mitzufahren. Doch Bo, der nun nervös vor allem und jedem scheute, gehorchte nicht. Josie erhielt einen Trostpreis, aber sie war wütend und enttäuscht.

Am Ende dieses Tages hatte es sich in der ganzen Stadt herumgesprochen, daß Bo nach Scottys Überzeugung eigentlich sein kleiner Taff sei. War es wirklich möglich, daß Bo und Taff dasselbe Pony waren? Viele, darunter Tom und ich, diskutierten darüber. „Es ist Taff", behauptete Tom so sicher, wie nur ein Zehnjähriger sein kann.

„Woran hätte denn selbst Scotty das merken sollen?" wandte ich ein.

„Er wußte es einfach", erwiderte Tom mit der Schärfe und der Überzeugtheit, die bald in St. Helen an der Tagesordnung war, als sich die Auseinandersetzung zuspitzte. Am nächsten Tag, einem Samstag, standen Tom und ich um sechs Uhr auf und waren bald darauf mit einem geborgten Fahrrad zu Scotty unterwegs. Wir fanden ihn kochend vor Wut und Groll beim Ausschöpfen von Schlamm aus den kleinen Dränagekanälen, mit denen Angus Pirie versucht hatte, sein Land vom Salz zu befreien.

„Woher weißt du, daß Bo Taff ist?" fragte ich ihn.

„Woher ich das weiß?" wiederholte Scotty gekränkt. „Ich weiß doch auch, wer du bist. Ich brauche ihn bloß anzuschauen, dann sehe ich, daß es Taff ist."

Ich sagte, Blue habe doch überall erzählt, wie sie Josies Pony aus der wilden Herde herausgefangen hätten, aber Scotty blieb dabei: „Wie sie ihn gekriegt haben, weiß ich nicht, aber es ist Taff."

„Selbst wenn Bo dein Taff ist, wird Josie Eyre ihn nie hergeben", erklärte ich.

„Na ...", sagte Scotty drohend, „wenn sie ihn nicht ...", den Rest behielt er für sich.

Der Zwischenfall hatte auch bei den Eyres erheblichen Staub aufgewirbelt. Ark Arkright, dessen Vater das Hotel „Zum Weißen Schwan" gehörte, erzählte uns von einem Disput, den er an der Theke aufgeschnappt hatte. Blue Waters, dessen Ärmel von übergelaufenem Bierschaum trieften, regte sich darüber auf, daß Eyre ihn gereizt befragt hatte, wie und wo er das Pony aus der wilden Herde gefangen hätte. „Wozu fragt er mich denn?" sagte Blue. „Er weiß doch, daß Bo ein Pony aus der Herde war."

Doubty Andrews, einer der eingefleischten Skeptiker der Stadt, erwiderte: „Kann schon sein, aber es ist zwei Monate her, seit der junge Pirie sein Pony verloren hat. Kann auch sein, daß Taff zur Herde zurückgelaufen und wieder verwildert ist. Halb wild war er sowieso, wie ihn der kleine Teufel geritten hat."

Blue sagte rechthaberisch: „Aber Bo ließ einen doch gar nicht an sich ran, als ich ihn aus dem Busch holte."

Ich glaube, damals begann die Spaltung der Stadt. Pferde spielten in St. Helen immer noch eine Rolle, wahrscheinlich gerade, weil sie

allmählich als Arbeitspferde aus unserem Leben verschwanden, oder
weil sie die einstige, nun verlorene Verbindung mit dem Busch dar-
stellten. In Wirklichkeit verstanden – wie die meisten Australier –
neunzig Prozent unserer Stadtbewohner nichts vom Busch oder von
Pferden, obgleich sie beides in Reichweite hatten. Immer noch hielt
sich der Mythos, der australische Volkscharakter sei irgendwie aus
einer Mischung von Stallknecht, Viehtreiber und herumziehendem
Gelegenheitsarbeiter hervorgegangen. Da nun aber die echten Busch-
typen nie mehr als ein paar Prozent der Gesamtbevölkerung ausgemacht haben und die Mehrzahl der Australier Städter und Klein-
städter sind, ist vieles an dem sogenannten australischen Charakter
mehr oder weniger Pose. Eigentlich hätte er das gar nicht nötig.

Ein Streit darüber, wem ein Pferd gehört, war ideal für eine richtige lautstarke Auseinandersetzung an der langen Theke im „Weißen
Schwan", die um acht Uhr abends so naß war wie der Rand eines
Schwimmbeckens. Und man wiederholte die gleichen Argumente
immer wieder, bis sie in Beleidigungen ausarteten und man Scotty
und Taff vergaß.

Am Montagabend erzählte mein Vater zu Hause, daß Dorman
Walker in seinem Büro erschienen sei, um ihn nach der Rechtslage
in bezug auf die Eigentümerschaft an dem Pony in einer Situation
wie dieser zu fragen.

„Ich habe ihm erklärt, hier gebe es überhaupt keine Rechtslage",
sagte mein Vater. „Aber Josie habe nun einmal das Pony, und unter
diesen Umständen mache der Besitz einer Sache sicherlich neun Zehntel des Gesetzes aus."

„Aber es ist Scottys Pony", sagte Tom.

„Das glaubst du nur, weil du auf seiner Seite bist", sagte meine
Schwester Jeannie. „Ich bin auf Josies Seite und sage, daß es ihres
ist." So war auch unsere Familie gespalten.

5

Scottys unglückseliges Zusammentreffen mit Josie und Bo hatte während der letzten langen Sommertage stattgefunden.

Der Fluß war damals auf seinem niedrigsten Stand. Wir Jungen
trieben uns bei der großen Hufeisenschleife herum und mochten uns,

so lang es ging, nicht von unseren Spielen trennen, tiefer und tiefer in das helle Wasser zu tauchen, von den Klippen über die Strom-schnellen hinunterzuspringen oder einfach auf dem Bauch im fünf Zentimeter hohen Wasser an den schlammigen Ufern der Inseln entlangzurutschen.

Nachts lag ich in meinem Bett auf der Veranda und hörte zehn Millionen Frösche in den Sümpfen der Pentalinsel – nicht einfach quaken, vielmehr war es wie ein ungeheures fernes nächtliches Orgeln, das für mich die ganze Leere und Weite ringsum noch fühlbarer machte.

Bei Tag liebte ich diese Weite, aber bei Nacht ängstigte sie mich schrecklich. Ich fragte mich, wie es Scotty zumute sein mochte, wenn er die Nächte allein auf der Insel inmitten dieses Froschkonzertes verbrachte. Er war wieder verschwunden, aber eines Nachmittags, als ich in der Nähe der Insel fischte, erschien plötzlich aus dem Busch ein barfüßiger sonnverbrannter Scotty, sein blondes Haar lang und verwildert, und fragte, wann die Schule beginne.

„Nächsten Dienstag", erklärte ich ihm. „Wo hast du denn gesteckt? Deine Mutter ist außer sich."

„Wie viele Tage sind noch bis Dienstag?" wollte er wissen, ohne auf meine Frage einzugehen.

„Von heute vier Tage", sagte ich.

Er schaute auf die zwei Barsche und den kleinen Murrayfisch, die ich gefangen hatte. „Hier gibt's jetzt keine Fische," begann er, „warum versuchst du es nicht ..." Er verstummte. Scotty kannte den Fluß besser als irgendeiner von uns und war meist großzügig mit seinen Informationen, aber diesmal hatte er etwas anderes im Sinn.

„Na und", fragte ich, „wo soll ich es denn versuchen?"

„Ach, es ist ganz egal, Kit", sagte er mit einem Achselzucken.

Über Taff oder Bo schwieg er sich aus, und ich meinte schon, Scotty hätte sich mit der Niederlage abgefunden; aber seine funkeln-den blauen Augen hätten mich eines Besseren belehren sollen.

„Bist du am Dienstag in der Schule?" fragte ich ihn.

„Das kommt drauf an", erwiderte Scotty geheimnisvoll und stützte sich auf seinen Stock, den er für den Fall, daß er auf Schlangen stieß, bei sich trug.

„Dein Vater weiß sicher, was ich auf der Ausstellung getan habe",

fuhr er fort. „Was sagt er über das Pony?" Für Scotty war mein
Vater gewissermaßen ein Orakel in Rechtsfragen.

„Er sagt, daß in einem solchen Fall der Besitz neun Zehntel des
Gesetzes ist", belehrte ich ihn. „Josie hat das Pony, und du hast es
nicht, und das ist das Entscheidende."

Wir blickten über den Fluß zu Ellison Eyres wilder Ponyherde
hinüber, die sich unter einigen großen schattigen Eukalyptusbäumen
zusammengedrängt hatte. „Du glaubst mir nicht, daß das Pony wirklich Taff war?" bedrängte mich Scotty plötzlich.

„Ich glaube es nur", sagte ich, „wenn ich weiß, daß Taff über den
Fluß geschwommen und wieder zur Eyre-Herde gestoßen ist, denn
ohne Zweifel haben sie Bo als wildes Pony eingefangen. Es gibt keine
andere Möglichkeit, wenn es dasselbe Pony sein soll."

Scotty zuckte die Achseln und erwiderte nichts, und ich fragte mich
damals, ob er wohl den Fluß auf und ab gewandert war, um eine
Stelle zu finden, an der Taff ihn überqueren konnte, ohne sich die
Hufe naß zu machen. Aber als ich ihn danach fragte, schüttelte er nur
den Kopf, sagte, wir sehen uns noch, und verschwand im Busch längs
des Flußufers.

Am nächsten Dienstag tauchte Scotty folgsam in der Schule auf,
mit einem Hemd, das wir vorher noch nie gesehen hatten, und das
aussah, wie aus einer Damenbluse geschneidert. Seine Mutter hatte
ihm das Haar ringsum gerade abgeschnitten, er trug Socken und, wie
seine Mutter, Schuhe mit dicken Gummisohlen, die aus alten Autoreifen geschnitten waren. Den ganzen Tag benahm er sich wie der
alte Scotty. Aber als die Schule aus war, ging er einfach brav mit Tom
und mir durch die Stadt, ohne seine üblichen Streiche.

„Er muß krank sein", sagte Tom, als wir hinter ihm herblickten,
wie er auf der Straße heimwärts trottete.

Auch ich wunderte mich. Scottys Betragen schien etwas zu bedeuten, aber was?

Beim Abendessen löste sich das Rätsel. Mein Vater teilte uns mit,
daß Samstag nacht Josie Eyres Pony Bo verschwunden war.

„Das war Scotty!" rief Tom und hüpfte vor Aufregung auf seinem
Stuhl. „Er hat sich sein Pony zurückgeholt!"

Jeannie sagte zu Tom, er solle still sein, und da sie die einzige
in der Familie war, der mein Vater in einem solchen Fall Auskunft
gab, bat sie: „Erzähl uns doch mehr davon."

Vater berichtete, Josie habe ihr Pony am Sonntagmorgen vermißt. Ellison und seine Stallknechte hätten den ganzen Tag und noch am Montag nach ihm gesucht, es aber nirgends auf der Farm finden können. Darum habe Ellison heute morgen dem Sergeanten Joe Collins die Sache gemeldet.

„Werden sie Scotty beschuldigen, daß er das Pony gestohlen hat?" fragte ich.

„Wenn sie es auf der Pirie-Farm finden, werden sie es vermutlich zurückholen."

„Aber kann Sergeant Collins überhaupt die Pirie-Farm durchsuchen und zu Scotty sagen: ‚Das ist Josie Eyres Pony', und es wieder zu ihr zurückbringen?" wollte Tom wissen.

„Das wird er wenigstens versuchen", erklärte Vater.

„Dann werden sie Scotty als Pferdedieb anklagen", sagte ich und fragte mich dabei im stillen, ob ich nicht ungewollt Scotty ermutigt hatte, das Pony zu entführen, als ich ihm die juristische Auffassung über Besitzrechte weitergab. Pferdediebstahl gilt noch immer als besonders verwerfliches Verbrechen.

„Wie können sie ihn einen Dieb nennen, wenn er sein eigenes Pony geholt hat?" protestierte Tom.

Überrascht von der Heftigkeit unserer Gefühle, legte Vater Messer und Gabel hin und sagte nachdenklich: „Niemand wird den kleinen Pirie um sein Pony betrügen – wenn es sein Pony ist. Dafür kann auf dem Rechtsweg unschwer gesorgt werden." Dann schwieg er, und wir wußten, daß er nicht weiter darüber sprechen würde.

Aber wo war das Pony? Sergeant Joe Collins und Ellison Eyre fuhren auf die Pirie-Farm hinaus, gingen, ohne Angus oder Mrs. Pirie zu fragen, überall herum und untersuchten alles, offenbar in der Erwartung, Bo (oder Taff) in der Koppel oder im Schuppen zu finden. Aber es war nichts von ihm zu sehen, und auf der armseligen Farm konnte das Pony auch sonst nirgends verborgen sein. Angus war, als sie ankamen, auf dem Feld und arbeitete an einem Entwässerungsgraben, aber er hatte den Wagen gesehen, steckte seinen Spaten in den harten Boden und kam, um den beiden Männern entgegenzutreten – dem Geld mit dem Gesetz neben sich. Scotty, der drinnen im Haus zuhören konnte, berichtete uns später das Gespräch.

„Was wollt ihr Schleimschwätzer hier?" knurrte Angus wie ein Hund, der seine baufällige Hütte verteidigt.

„Das Pony meiner Tochter", antwortete Ellison. „Ihr Sohn hat auf der Landwirtschaftsausstellung vor zwei Wochen versucht, es an sich zu bringen."

„Na und, er hat Ihr Pony nicht hergebracht", sagte Angus.

„Aber Sie wissen, wo es ist", beharrte Collins.

Angus hatte sie nur in seiner verhutzelten schottischen Art angestarrt, ohne sich auf eine Antwort einzulassen.

„Sie sind ein Narr, Angus", sagte Collins zu ihm. „Wenn ich herausfinde, daß Sie das Pony verstecken, sind Sie und auch der Bursche dran."

„Laßt den Jungen in Frieden", fuhr ihn Angus an. „Verschwindet von meinem Land. Und der krumme Teufel soll euch holen!"

Joe Collins sagte drohend: „Wir kommen wieder, Angus."

Als das Wochenende herankam, diskutierte man schon in der ganzen Stadt darüber, ob Scotty sich Josies Pony geholt hatte oder nicht. Aber eine Frage blieb offen: Wenn Scotty das Pony wirklich hatte, wo verbarg er es dann? Sergeant Collins hatte vergeblich versucht, eine Spur des Tieres in dem Gebiet rings um die Farm zu finden, aber es gab Hunderte von Stellen im Busch entlang den beiden Flüssen, wo Scotty es versteckt haben konnte – und Eyres Leute hatten mit polizeilicher Unterstützung bereits begonnen, sie alle abzusuchen.

In der Schule stritten wir mehr darüber, *wie* Scotty sich das Pony geschnappt hatte, denn keiner von uns zweifelte daran, daß er es gewesen war. In der Nacht, in der das Pony verschwand, hatte nämlich ein Hund, der einem von Ellisons Viehtreibern gehörte, jemanden am Flußufer von Riverside angebellt. Der Viehtreiber Skeeter Bindles hatte auf eine Gestalt von etwa einsfünfundfünfzig – Scottys Größe – Jagd gemacht, aber der Betreffende war ins Wasser gesprungen und entwischt. Skeeter hatte es Eyre nicht sogleich gemeldet, weil die Viehtreiber von Riverside oft am Flußufer auf Tramps stießen, die flüchteten, wenn sie nichts Gutes im Sinn hatten, oder einfach stehenblieben und ein Gespräch anfingen, wenn sie nur ein Nachtquartier wollten.

„Na ja, aber wo ist Scotty über den Fluß gegangen?" fragte Peter Pullen, der Sohn des Autohändlers. „Und wie ist er in Bos Koppel gekommen, nur hundert Meter vom Haus entfernt, mit den Hunden überall?"

Wir kamen endlich zu dem Schluß, daß Scotty den Fluß stromauf-wärts überquert und sich dem Eyreschen Haus von hinten genähert haben mußte. Er hatte dann wohl eines der Gebrauchspferde auf einer weiter vom Haus entfernten Koppel eingefangen, sich mit Stallmist eingerieben, um die Hunde irrezuführen – das fanden wir sehr wichtig –, und war neben dem Pferd her zum Zaun gegangen, durch den er unentdeckt in Bos angrenzende Koppel schlüpfen konnte. Wie er Bo fortgebracht hatte, darüber waren wir geteilter Meinung, aber die meisten von uns nahmen an, er hätte Taffs altes Halfter Bo übergestreift, an einer abgelegenen Stelle von Bos Koppel eine Stange der Einzäunung entfernt, das Pony bestiegen und es in die angren-zende Koppel springen lassen. Dann hätte er den Zaun wieder ge-schlossen, Bo an das andere Ende der zweiten Koppel geritten, dort das gleiche getan wie bei der ersten und wäre dann auf dem Weg verschwunden, den er gekommen war.

Aber wenn er Bo dazu gebracht hatte, den Fluß zu überqueren, dann war Bo nicht Taff. Hatte Scotty eine Stelle gefunden, wo das Pony ans andere Ufer kam, ohne sich die Hufe naß zu machen? Ich erinnerte mich, wie Scotty plötzlich davon abkam, mir zu sagen, wo ich fischen solle, und beschloß, nach einer trockenen Furt Ausschau zu halten, aber heimlich, um Scotty nicht zu gefährden.

Doch dann nahm sich mein Vater der Sache an.

Sergeant Collins hatte eines Tages Scotty aus der Schule geholt, ihn auf das Polizeirevier gebracht, ihn drei Stunden lang verhört und ihn dann des Diebstahls und des Versteckthaltens eines Ponys be-schuldigt. Weil Scotty Sergeant Collins ans Schienbein getreten und fortzulaufen versucht hatte, als der Polizist ihn aus der Schule holte, wurde er außerdem wegen Widerstandes gegen einen Beamten bei der Ausübung seines Dienstes angeklagt. Schließlich hatte man ihn nach Hause gebracht und Angus Pirie von den Anklagen gegen seinen Sohn in Kenntnis gesetzt, und da niemand sonst in der Stadt einen so hoffnungslosen Fall übernommen hätte, wandte sich Angus an meinen Vater.

HÄTTE Sergeant Collins von Anfang an gewußt, wie ernst mein Vater Scottys Verteidigung nehmen würde, hätte er sich vielleicht anders verhalten. Für meinen das Recht liebenden Vater waren die Gesetze und ihre unparteiische Anwendung das einzige, was im Leben

wirklich Bestand hatte, und wenn die Polizei das Gesetz einseitig an-
wandte oder falsch auslegte, war er so aufgebracht, als hätte er jemanden beim Stehlen ertappt.

Im Falle Scottys, erklärte uns Vater eines Abends beim Essen,
habe Sergeant Collins gegen zwei Grundregeln der polizeilichen Ver-
antwortlichkeit verstoßen.

„Unter dem Druck von Ellison Eyre versucht er, ohne wirklich
alle ihm zur Verfügung stehenden Möglichkeiten zum Auffinden des
Ponys auszuschöpfen, die Piries so weit einzuschüchtern, daß sie das
Tier beibringen."

Gegen jeden, außer gegen einen Fanatiker aus Prinzip wie meinen
Vater, hätte Ellison Eyre seinen Prozeß leicht gewonnen. Aber sobald sich mein Vater in einen Fall verbiß, kämpfte er wie ein Tiger.

„Ellison Eyre will bloß alle herumkommandieren", sagte Tom und
gab damit der eingefleischten australischen Feindseligkeit gegenüber
unserer Landaristokratie Ausdruck.

Aber für meinen in England geborenen Vater lag in Scottys Fall
das eigentliche Problem darin, daß man einen Neueinwanderer einem
Alteingesessenen gegenüber benachteiligte, und er war entschlossen,
dafür zu sorgen, daß Scott Pirie vor dem Gesetz Ellison Eyre gleich-
gestellt wurde.

Zuerst versuchte er Eyres Anwalt J. C. Strapp dazu zu bringen,
alle Anklagen gegen Scotty zurückzuziehen: Das Gesetz werde gegen
einen Minderjährigen, ob schuldig oder nicht, zu leichtfertig ange-
wendet.

„Dem wird er nicht zustimmen, weil du Scotty verteidigst", sagte
Jeannie. Sie und Strapps Tochter Ellen gingen in die einzige private
Mädchenschule von St. Helen, und die beiden Mädchen stritten erbittert über alles, was ihre gegnerischen Väter betraf. Jeannie glaubte,
daß Scotty Josies Pony gestohlen habe und es zurückgeben müsse.

Wie die ganze Stadt, so hatte auch ich Mitleid mit Josie. Blue
Waters hatte erzählt, wie unglücklich Josies Leben ohne Bo war, da
sie nicht nur das Pony vermißte, sondern auch die Bewegungsfreiheit,
die es ihr verschafft hatte. Und sie weigerte sich, auch nur in Erwä-
gung zu ziehen, ihren geliebten Bo durch ein anderes Pony zu ersetzen. „Du mußt ihn finden", bedrängte sie ihren Vater, und so
blieb Ellison natürlich nichts anderes übrig, als zu versuchen, Bo
wieder herbeizuschaffen. Aber im Herzen neigte ich mehr zu Scotty,

der offensichtlich bei der ganzen Sache letztlich das Opfer sein würde – wenn er nicht erfahrene rechtliche Hilfe erhielt.

„Wann wird die Sache zur Verhandlung kommen?" fragte meine Mutter.

„Nächste Woche."

„Und wie lange wird es dauern?"

„Das kann ich wirklich nicht sagen, Hannah", erwiderte mein Vater ein wenig gereizt, da er wußte, woran sie dachte. Die Piries konnten ihn nicht bezahlen, und er würde auch nichts verlangen.

Mutter zuckte resigniert die Achseln und holte die Nachspeise, einen ungesüßten Reispudding, denn Zucker und Geld waren ihr zugleich ausgegangen. Aber daran waren wir mittlerweile gewöhnt. Vaters Festhalten an Grundsätzen bedeutete gewöhnlich einen finanziellen Verlust, und deshalb waren wir arm.

AM SONNTAG vor der Verhandlung gegen Scotty fuhr Ellison Eyre auf die Pirie-Farm hinaus und sagte Angus und Scotty, er habe mit ihnen zu sprechen.

„Sagen Sie, was Sie wollen, und verschwinden Sie von meinem Land", knurrte Angus. Mein Vater hatte den Piries eingeschärft, mit niemandem, besonders nicht mit einem von der Gegenseite, über den Fall zu reden.

„Möchten Sie nicht auf die Straße herauskommen?" versuchte ihn Ellison zu überreden. „Meine Tochter Josie wartet draußen im Wagen."

Angus, auf der Veranda seines armseligen Hauses mit Scotty und Mrs. Pirie hinter sich, zögerte. Eyres Höflichkeit verwirrte ihn für einen Augenblick.

„Wozu?" fragte er argwöhnisch.

„Meine Tochter würde gern mit Ihrem Sohn sprechen", sagte Ellison. Dann wandte er sich an Mrs. Pirie: „Bitte überreden Sie die beiden doch mitzukommen."

Hatte er vergessen, wer für die Anklage gegen den Jungen, der ihm auf dieser elenden Farm gegenüberstand, verantwortlich war? Scotty jedenfalls hatte es nicht vergessen. „Geh nicht, Dad, das ist ein Trick", sagte er.

Angus hieß ihn schweigen. „Was kann Ihre Tochter sagen, was Sie nicht sagen können?" fragte er Ellison.

Der schluckte seinen Ärger hinunter und erwiderte: „Sie möchte nur erklären, was ihr das Pony bedeutet."

„Von wessen Pony reden Sie?" fauchte Angus wütend.

Ellison riß die Geduld: „Um Himmels willen, Pirie, seien Sie doch vernünftig!"

Scotty machte Anstalten, sich zu verdrücken, und Ellison wurde sich seines Fehlers bewußt. „Nur einen Augenblick, mein Junge", sagte er hastig. „Wo Josie nicht herkommen kann, dachte ich, du würdest zu ihr herauskommen."

„Mit Ihnen gehe ich nirgends hin", erwiderte Scotty.

„Na schön", lenkte Ellison ein, „dann werde ich es dir selbst sagen. Du kannst jedes Pony aus der wilden Herde haben, das du willst, wenn du das zurückgibst, das du aus unsrer Koppel geholt hast. Und", fügte er an Angus gewandt hinzu, „ich zahle noch zwanzig Pfund drauf und veranlasse, daß die Anklage gegen Ihren Sohn zurückgezogen wird."

„Ich hab Ihr Pony nicht!" schrie Scotty.

„Aber du weißt, wo es ist", sagte Ellison scharf. „Schließlich finden wir es doch, und dann bekommst du gar nichts."

„Mein Sohn ist kein Dieb", protestierte Mrs. Pirie.

Und dann sagte Angus mit dem letzten kümmerlichen Rest von Stolz, der ihm geblieben war, dem Großgrundbesitzer seine Meinung: „Es hat keinen Zweck, daß Sie mit Ihrem Geld und Ihrer Tochter herkommen, Mr. Ayrrre. Zwanzig Pfund können mich nicht überzeugen, daß mein Sohn ein Lump ist. Was er hat, gehört ihm auch." Damit gingen er und Mrs. Pirie ins Haus zurück.

Einen Augenblick lang starrten Ellison und Scotty einander feindselig an, und beide erkannten, daß der andere entschlossen war, die Sache bis zum bitteren Ende durchzufechten.

6

AM MONTAG berichtete Angus meinem Vater von Eyres Besuch, und ebenso Ellison selbst. Ellison drängte meinen Vater, er solle die Piries zur Annahme des Angebots bewegen. Aber Vater lehnte das ab. „Das Angebot setzt die Schuld des Jungen voraus und sieht für ihr Eingeständnis eine Belohnung vor", belehrte er uns später. Auch

Strapp habe sich geweigert, die Anklage gegen Scotty zurückzuziehen, und so würde die Sache vor Gericht ausgetragen werden. „Strapp begründet das damit", sagte Vater, „daß ihm die Ablehnung eines so großzügigen Angebots durch die Piries keine andere Wahl lasse, als auf der Anklage zu beharren."

Die Suche nach dem Pony ging weiter, aber am Mittwoch, dem Gerichtstag, war Bo noch immer nicht gefunden. Ich selbst hatte keinen trockenen Übergang über den Fluß entdeckt, jedoch, was ich aber niemandem sagte, Hufspuren auf der andern Seite des Flusses und ein behelfsmäßiges Gehege mit frischem Pferdemist tief im Busch auf unserer Seite.

Das Bezirksgericht, das unterste im Instanzenzug, erledigte die Fälle im Schnellverfahren. Strapp hatte angekündigt, daß er drei Zeugen aufzurufen beabsichtige; mein Vater hatte hingegen beschlossen, ganz auf Zeugen zu verzichten. Er wollte die Anklage mit ihren eigenen Argumenten zu Fall bringen.

Am Morgen vor der Verhandlung kam Scotty zu uns, gerade als wir zur Schule gehen wollten, und Vater nahm ihn mit in sein Büro. Er hatte kein Geschick, mit Kindern umzugehen, oder jedenfalls nicht, mit ihnen unbefangen zu reden, und bisher hatte er mit Scotty noch kein Wort über das Pony gewechselt. Aber auf diesem Gang ins Büro holte er mehr aus ihm heraus als wir alle zusammen, einschließlich Scottys Vater. Vermutlich hatte Vater mit seiner unbeugsamen Rechtschaffenheit den Jungen entweder für sich gewonnen oder eingeschüchtert.

Obgleich das ungewöhnlich war, erschien Scotty nicht zu seiner eigenen Verhandlung. Mein Vater hatte ihn in die Schule geschickt und ihm aufgetragen, dem Gericht fernzubleiben, außer der Konstabler Pete Peters käme ihn holen. Ich schwänzte die Schule und saß hinten im Gerichtssaal, weil ich die Verhandlung unbedingt miterleben wollte. Der Saal war voll, eine Seltenheit für St. Helen. Zu meinem Erstaunen war auch Miß Hildebrand da, die schüchterne junge Lehrerin aus der Hauptstadt, die wir recht gern mochten und „Vögelchen" nannten.

Bezirksrichter Cross und die Polizei stellten in scharfem Ton die Frage, warum Scottys Verteidiger den Jungen nicht mitgebracht habe. Sei er etwa durchgebrannt?

Mein Vater erwiderte ebenso scharf: „Ich beantrage, daß der Junge

nicht anwesend zu sein braucht, während die Anklage versucht, ihn
als charakterlich minderwertig hinzustellen."

Bezirksrichter Cross erteilte Vater einen Verweis, und ich stellte
fest, daß der Verweis ziemlich ostentativ gerade in dem Augenblick
ausgesprochen wurde, als Ellison Eyre den Saal betrat. Mr. Cross,
ein ehemaliger Anwalt und im Besitz von Hypotheken auf viele Far-
men der Umgebung, versuchte immer, sich bei den „anderen Grund-
besitzern" anzubiedern. Die Beisitzer, Jimpson und Jardine, waren
unbedeutend. Sie wurden von niemandem beachtet, auch nicht von
meinem Vater.

Vater nahm den Verweis ruhig zur Kenntnis. „Es gibt Präzedenz-
fälle, Euer Ehren, daß jugendliche Angeklagte abwesend waren, während die Anklage gegen sie vorgebracht wurde." Und anhand seiner
Rechtsbücher und Notizen führte er ein halbes Dutzend Beispiele aus
der australischen Rechtssprechung an, bis zurück in koloniale Zeiten,
wo dem Sohn eines Gouverneurs und anderen Söhnen angesehener
Bürger die Schrecken der Anklageerhebung erspart wurden. „Wenn
die Anschuldigungen gegen den Jungen bewiesen sind", schloß er,
„werde ich ihn gerne holen lassen."

„Ihr Antrag ist zu Protokoll genommen", sagte Mr. Cross gereizt.
„Mr. Strapp, wünschen Sie die Anwesenheit des Jungen?"

Strapp war ein sehr dicker Mann, der immer wundervoll reine
weiße Hemden trug und manchmal eine Fliege umgebunden hatte.
Er blickte seinen undurchschaubaren Gegner prüfend an, dann sagte
er ein wenig zu gleichgültig: „Oh, ich denke, in diesem Fall können
wir unserem wilden jungen Gesetzesbrecher gestatten, zunächst noch
fernzubleiben."

Vater schlug protestierend auf den Tisch. „Euer Ehren, ich erhebe
energisch Einspruch gegen diese Verleumdung meines Klienten durch
den Gegenanwalt. Der Junge hat einen guten Charakter, und das
Gericht sollte das nicht vergessen."

„Schon gut", sagte Strapp. „Ich ziehe meine Bemerkung zurück,
und nun lassen Sie uns um Himmels willen anfangen."

„Sie haben das Wort, Mr. Strapp", sagte der Richter forsch mit
nervös erhobener Stimme, als wolle er immer noch Ellison Eyre beeindrucken, sei aber unsicher, ob es ihm noch gelingen würde.

Strapp trug die Anklage vor. Er schilderte, wie man Bo eingefangen und geschult hatte und wie das Pony bald Josies Liebling

geworden war. Es habe dann auf dem Ausstellungsgelände Ärger mit Scotty gegeben, und schließlich sei in der Nacht, in der Bo verschwand, eine jungenhafte Gestalt auf dem Besitz der Eyres gesehen worden und ins Wasser geflüchtet. Die Beschreibung des Eindringlings passe auf Scotty, und daß er der Polizei Widerstand geleistet und zu entkommen versucht habe, sei so gut wie ein Eingeständnis seiner Schuld. Was aber noch wesentlicher sei, ein Zeuge habe in den frühen Morgenstunden nach Bos Verschwinden Scotty auf einem Pony am Flußufer entlangreiten sehen.

Vater hörte gelassen zu, als Strapp dann auf Josie Eyres Kummer und Behinderung zu sprechen kam und um Rückgabe des Ponys ersuchte. Schließlich rief Strapp seinen ersten Zeugen, den Sergeanten Joe Collins, auf. Der schilderte seine Nachforschungen nach dem verschwundenen Pony. Er hatte das gleiche Gehege wie ich entdeckt und darin Abdrücke von nackten Jungenfüßen und einem unbeschlagenen Pony gefunden.

Als Collins fertig war, wollte er zuversichtlich den Zeugenstand verlassen, aber Vater hielt ihn mit einer Handbewegung zurück. Nach kurzem Schweigen fragte er: „Haben Sie nicht zuerst an die Pirie-Farm gedacht, als man Ihnen das Verschwinden von Miß Eyres Pony gemeldet hatte?"

„Natürlich."

„Sie gingen also direkt zu Mr. Pirie und seinem Sohn und fragten, was sie mit dem Pony gemacht hätten. Wenn das Pony dort gewesen wäre, was hätten Sie dann mit ihm getan?" Vater saß hoch aufgerichtet hinter dem zerschrammten tintenfleckigen Verteidigertisch.

„Ich hätte es natürlich zu Miß Eyre zurückgebracht."

„Gingen Sie zu den Piries hinaus in Erfüllung Ihrer Dienstpflicht, oder weil Mr. Ellison Eyre Sie dazu veranlaßt hatte?"

Strapp erhob Einspruch, und der Richter belehrte meinen Vater, daß die Frage ordnungswidrig sei. Ich sah meinen Vater ärgerlich erröten. „Wenn Sergeant Collins zu antworten wünscht, daß er nur seine Pflicht als Polizist getan habe, so lassen Sie ihn das doch sagen."

„Das war Dienstpflicht", sagte Collins.

„Vor wenigen Monaten, Sergeant Collins, wurde das Pony der Piries als vermißt gemeldet. Hat Ihr Pflichtgefühl Sie veranlaßt, nach Riverside zu eilen und Mr. Eyre zu fragen, was er mit dem Pony gemacht habe?"

Sergeant Collins beging den Fehler, sich anmerken zu lassen, wie unbehaglich er sich bei der ganzen Sache fühlte. „Natürlich nicht", sagte er.

„Gibt es einen besonderen Unterschied zwischen Mr. Eyre und dem jungen Pirie, der Ihr widersprüchliches Verhalten erklären kann, Sergeant?" Aber Vater ließ ihm keine Zeit zur Antwort. „Woher hätten Sie gewußt, daß das fragliche Pony Josie Eyre gehörte und nicht Scott Pirie?" fuhr er fort, erhob sich und ging auf den Zeugenstand zu. „Haben Sie das Pony der Eyres je gesehen?" Collins gab zu, daß er es nicht gesehen hatte. „Aber wenn Sie auf der Pirie-Farm ein Pony vorgefunden hätten, würden Sie es Miß Eyre übergeben haben?"

„Unter den vorliegenden Umständen war die Annahme berechtigt, daß es sich um das ihre handelte", brachte Collins zustande.

Vaters Gesicht rötete sich vor Zorn. „Wie kommen Sie dazu, zu entscheiden, was berechtigt ist? Wollten Sie sich anmaßen, über die Rechtslage zu entscheiden?"

Ich merkte, daß sich die Sache ganz nach Vaters Wunsch entwickelte, weil weder Mr. Strapp noch Sergeant Collins wirklich an das glaubten, was sie vertraten. Keiner von beiden war in Wirklichkeit so dumm oder schwach, wie sie jetzt schienen, und ich bedauerte beide, daß sie sich von Mr. Eyre in eine Lage hatten drängen lassen, die ihnen peinlich war. Vater nutzte das voll aus, aber Strapp kannte die Gesetze ebenso wie mein Vater und raffte sich zu dem Einspruch auf, daß das Gericht nicht über die Pflichten von Sergeant Collins zu befinden habe. Und Cross ermahnte Vater, solche „Anspielungen" zu unterlassen. Aber Vater hatte noch eine weitere Frage: „Was haben Sie unternommen, Sergeant, um Scott Piries Pony zu finden?"

„Ich konnte nicht viel anderes tun, als die Sache zu Protokoll zu nehmen und die Polizei in Lyah und Mundoo zu ersuchen, nach ihm Ausschau zu halten."

„Sie haben Mr. Eyre nicht gebeten nachzusehen, ob es vielleicht zu seiner wilden Herde zurückgelaufen sei?"

„Nein."

Vater machte eine bedauernde Handbewegung, zuckte die Achseln und sagte: „Schade."

Als nächster Zeuge wurde Eyres Stallknecht Skeeter Bindles aufgerufen. Er sagte aus, sein Hund habe auf dem Gelände der Farm in der Nacht, bevor Bo verschwand, nach einem Jungen gebellt. Der kleine Teufel sei sogleich in den Fluß gesprungen und wie ein Fisch ans andere Ufer geschwommen, aber er, Skeeter, kenne Scott Pirie vom Sehen und sei sicher, daß er es gewesen wäre.

Vater, der dem Stallknecht mit übertriebener Aufmerksamkeit zugehört hatte, fragte: „Welche Farbe hat Scottys Haar, Mr. Bindles?"

„Hellbraun, glaub ich. Oder ein wenig rötlich."

„Ich könnte Ihnen ein halbes Dutzend Jungen mit rötlichem Haar in St. Helen nennen, die wie Fische schwimmen und sich wie kleine Teufel benehmen", sagte Vater. „Hatte der Junge Hosenträger an?"

Skeeter zog die Brauen hoch. „Vielleicht. Darauf habe ich nicht geachtet."

„Worauf haben Sie dann geachtet, um unmißverständlich die von Ihnen beschriebene Gestalt als Scott Pirie zu erkennen?"

„Auf nichts Spezielles", erwiderte Skeeter patzig, „aber er war es bestimmt."

Vater fuhr fort, Skeeters Aussage zu zerpflücken, und entließ ihn schließlich.

Der letzte Zeuge war der staatliche Wasserwirtschaftsinspektor Alan Smith, eine bekannte und geachtete Autorität in Bewässerungsfragen. Er war ein großer hagerer nüchterner Mann mit Schnurrbart und eisengrauem Haar, der seit zwanzig Jahren regelmäßig einmal im Monat nach St. Helen kam.

Er kenne Scott Pirie gut, sagte er, und habe ihn das letztemal um fünf Uhr früh nach der Nacht, in der Bo gestohlen wurde, auf einem Pony am Ufer des großen Flusses entlangreiten sehen. Er habe ihm einen Gruß zugerufen, aber der Junge hätte daraufhin seine Fersen in die Flanken des Tieres gebohrt und wäre in den Busch geflüchtet.

„Hatten Sie irgendwelche Zweifel, ob der fragliche Junge wirklich Scott Pirie war?" fragte Strapp.

„Keinerlei", erwiderte Alan Smith.

Vater begann nun das Kreuzverhör: „Was taten Sie an diesem Tag am Flußufer, Mr. Smith?"

„Ich habe es auf Erosion hin untersucht."

„Sie haben Ihr Leben lang Wasserläufe studiert und sind Experte auf diesem Gebiet. Sind Sie auch Fachmann für Jungen und Ponys?"

„Schwerlich", erwiderte Smith.

„Wie konnten Sie dann, als Nichtfachmann in bezug auf Jungen, um fünf Uhr früh aus beträchtlicher Entfernung sagen, daß der Junge, den Sie sahen, ‚flüchtete‘?"

„Es schien unverkennbar", antwortete Smith.

„Aha", sagte Vater, „es *schien* unverkennbar. Haben Sie das Pony genau gesehen?" Das hatte er. „War die Mähne beschnitten? Der Schwanz gestutzt?"

Smith zögerte. „Ich glaube nicht."

„Über die Identität des Jungen haben Sie keinen Zweifel?"

„Nein."

„Und was das Pony betrifft", fuhr ihn Vater mit plötzlicher Heftigkeit an, „war es das bei Mr. Eyre gestohlene?"

Mr. Smith kniff die Augen halb zu. „Es war ein Waliser, wie die von Mr. Eyre, aber ich weiß nicht, ob es das gestohlene war oder nicht."

„Sie sind ein rechtschaffener Mann, Mr. Smith. Könnten Sie nach Ihrer eigenen Meinung, wenn Sie das Pony tatsächlich genauer angesehen hätten, vor diesem Gericht beschwören, daß es das bei Mr. Eyre gestohlene war?"

„Nein, Mr. Quayle", erwiderte er, „das könnte ich nicht."

Vater gab durch eine Handbewegung zu verstehen, daß er das Kreuzverhör beendet habe, und damit war die Anklage mit ihrem Latein am Ende. Aber der Bezirksrichter hatte nicht die Absicht, jetzt schon Scotty zu entlasten.

„Halten Sie es nun für gerechtfertigt, Ihrem Klienten zu gestatten, daß er vor Gericht erscheint?" fragte er Vater sarkastisch.

„Warum nicht?" erwiderte Vater leichthin.

So wurde Konstabler Peters abgesandt, Scotty zu holen, und Cross erteilte Mr. Strapp das Wort für das Schlußplädoyer.

Strapp sagte: „Wir stützen uns ausschließlich auf das Beweismaterial, Euer Ehren, nicht auf geistreiche Argumente oder ein raffiniertes Kreuzverhör. Wir klagen nicht gern einen Jungen an, aber ich glaube bewiesen zu haben, daß er das Pony an sich gebracht hat, und wie unangenehm es für ihn auch sein mag, der Gerechtigkeit muß Genüge geschehen." Das war gut gesagt, denn je weniger, um so besser für Strapps Position. Ich hatte den Eindruck, daß mein Vater keineswegs der Sieger war.

„Nun, Mr. Quayle?" fragte der Richter säuerlich. „Haben Sie noch etwas Erbauliches zum Abschluß zu bemerken?"

Vaters Argumente durften nicht hinter denen von Strapp zurückstehen, sonst würde er den Prozeß verlieren. „Mein gelehrter Kollege, Mr. Strapp, hat sich kurz gesagt auf ‚Recht und Gesetz' berufen", begann er. „Aber das Gesetz wurde in diesem Fall von Anfang an mit Füßen getreten. Zwei Ponys werden vermißt – das eines Einwandererjungen und das eines reichen Mannes. Zuerst verliert der Junge sein Pony, aber die Polizei tut nur ihre routinemäßige Pflicht. Als daher der Junge glaubt, sein Pony sei im Besitz von Miß Eyre, versucht er es sich gewaltsam wieder zu nehmen. Sein Bemühen stößt natürlich auf Widerstand, und die Polizei eskortiert ihn mit Recht nach Hause. Später verschwindet das Pony von Miß Eyre. Aber diesmal beschuldigt die Polizei auf Veranlassung von Mr. Eyre in offensichtlich ungleicher Anwendung der Gesetze den Jungen des Diebstahls. Die Polizei handelt nicht nur überstürzt, um Eyres Pony wieder herbeizuschaffen, sondern auch, laut Sergeant Collins' eigener Aussage, nach einem vorgefaßten Urteil. Er, nicht dieses Gericht, hätte entschieden, daß irgendein auf der Pirie-Farm vorhandenes Pony Mr. Eyre gehöre.

Das richtige Vorgehen für die Polizei wäre jedoch gewesen, herauszufinden, ob der Junge tatsächlich ein Pony hatte, sich zu vergewissern, daß es tatsächlich das Pony von Mr. Eyre war, und erst dann die Sache vor Gericht zu bringen. Statt dessen hat sie versucht, von dem Jungen durch Einschüchterung die Herausgabe des Ponys zu erzwingen, von dem sie nicht beweisen konnte, daß es nicht sein eigenes war.

Der Angelpunkt ist hier das Pony. Es gibt da ein Pony, aber zwei Personen, die es für sich beanspruchen", sagte Vater langsam.

Strapp sprang auf. „Hält die Verteidigung vorsätzlich Beweismaterial zurück?"

„Ich habe nie bestritten, daß wir ein Pony haben", erwiderte Vater, „vielmehr nur, daß mein Klient es gestohlen hätte. Aber ist es Bo, der Ellison Eyre gehört, oder Taff, der Scott Pirie gehört? Diese Frage hätte dem Gericht zur Entscheidung vorgelegt werden müssen, bei Gleichheit beider Kontrahenten vor dem Gesetz."

„Ich erhebe in schärfster Form Einspruch." Die Worte kamen überstürzt aus Strapps Mund. „Mr. Eyre hat die Notlage seiner Tochter vor Augen …"

Vater fiel ihm heftig ins Wort. „Nicht Miß Eyre ist eines Verbrechens angeklagt, sondern es ist ein barfüßiger dreizehnjähriger Junge, den Sie anklagen. Ist das keine Notlage? Ich werde das Pony erst beibringen", fügte er hinzu, Eyre direkt anblickend, „wenn Mr. Eyre die Strafanzeige gegen Scott Pirie ohne Vorbehalte zurückzieht und einer neuen Prozeßführung zustimmt, um die wirkliche Frage zu klären: Ob das im Besitz meines Klienten befindliche Pony Bo oder Taff ist."

Ellison Eyre gab Strapp durch einen Wink zu verstehen, daß er einverstanden sei, und mit einem Seufzer über seine Niederlage stand der Anwalt auf und stimmte widerwillig Vaters Vorschlag zu, unter der Bedingung, daß er das Pony beibrachte.

Es gab Gelächter und Klatschen im Saal, und sogar Miß Hildebrand, unser Vögelchen, lächelte glücklich. Aber Vater war noch nicht am Ende. Er sagte, er werde das Pony nur zur Verwahrung in der Polizeikoppel ausliefern, wenn sich Sergeant Collins dafür verbürge, daß keine der beiden Seiten unerlaubten Zugang zu dem Tier erhalte. Collins versprach, sich an Vaters Anweisungen zu halten, und der Richter sagte verdrossen: „Ziehen Sie die Anklage zurück, Mr. Strapp?"

„Ja, Euer Ehren, wir ziehen sie zurück."

So wurde der Fall abgesetzt, und gerade in diesem Augenblick erschien Konstabler Peters mit Scotty. „Eins zu null für dich, Scotty!" rief ihm Peterson, der Nachtwächter vom Holzlagerplatz, über den Saal hinweg zu, und in dem nun folgenden tollen Durcheinander stürzten vier Leute auf den verwirrten Jungen zu und klopften ihm auf die Schulter, während sich andere um Ellison Eyre drängten, was dieser als peinlich und lästig empfand. Hier trat die Spaltung unserer Stadt zum erstenmal öffentlich zutage.

Der Saal leerte sich, als der nächste Fall aufgerufen wurde. In der Hoffnung, daß mein Vater mich nicht gesehen hatte, schlüpfte ich zur Tür hinaus und begann zu laufen.

„He, Kit Quayle", rief Miß Hildebrand auf der Straße hinter mir her. „Was machst denn du hier?"

Ich hatte keine Entschuldigung, aber vielleicht konnte ich sie davon abbringen, mich beim Rektor zu melden, so wartete ich, bis sie mir nachkam. „Dein Vater ist ein geschickter Mann", sagte sie im Weitergehen, und ihre zierlichen kleinen Schritte klangen wie ein Echo auf ihre Worte. „Ich bewundere, wie er Scott Pirie verteidigt hat."

„Ich wußte, daß er Scotty freibekommen wird", sagte ich stolz, obwohl ich bis zu den letzten Minuten der Verhandlung keineswegs davon überzeugt gewesen war.

„Wenn sie ihn zu Gefängnis verurteilt hätten", fuhr sie fort, „hätte ich mich verpflichtet gefühlt, vor versammeltem Gericht aufzustehen und zu protestieren. Ich bin ganz sicher, daß es sein Pony ist."

7

UNSER Vögelchen meldete mich nicht, und unter ihren kleinen Fittichen gelangte ich sogar in einer Pause, als keiner der anderen Lehrer zugegen war, zurück in meine Klasse. Aber ihr Sinn für Redlichkeit ließ sie mir eine Strafe diktieren. Ich mußte hundertmal schreiben: „Jene, die Gerechtigkeit für alle anstreben, verdienen stets unsere Hochachtung."

Als ich in der Klasse verkündete, daß die Anklage gegen Scotty zurückgezogen sei, riefen einige Beifall, aber andere zischten, und die gegnerischen Gruppen gerieten sogleich in einen erbitterten Streit, wer das Pony bekommen werde und wie das Gericht einen solchen Fall überhaupt entscheiden könne.

Dann merkten wir, daß unser Englischlehrer Mr. Cannon uns von der Türe aus zuhörte. „Hast du dem Rektor gemeldet, daß du heute bei Gericht warst, Quayle?" fragte er.

„Nein", sagte ich, „aber Miß Hildebrand hat mich gesehen und mir eine Strafarbeit gegeben." Ich berichtete, worin sie bestand.

„Gut, und für mich kannst du fünfzigmal schreiben: Ich darf mich nicht gegen das Gesetz stellen, auch wenn es anscheinend irrt." Offenbar war er nicht auf Vaters und Scottys Seite.

Als Scotty mittags zurückkam, umringten ihn zwanzig von uns auf dem Schulhof und fragten, wo er das Pony versteckt hatte und welches geheime Zeichen er an ihm anbringen würde, damit es nicht gegen ein anderes vertauscht werden konnte.

„Ich brauch kein Zeichen anzubringen", sagte Scotty, „ich kenne Taff."

Bei Schulschluß war er auf und davon, bevor ihn jemand zurückhalten konnte; aber als Tom und ich nach Hause gingen, tauchte er in der Nähe von Dr. Taplows Haus plötzlich wie aus dem Nichts auf. Er erzählte uns, daß er zusammen mit dem Pony am nächsten Morgen Vater bei der Polizeikoppel treffen werde. Aber wie, fragte er besorgt, werde Vater beweisen, daß es tatsächlich Taff war? Er hatte ihn nicht fragen wollen. Ich versprach Scotty, es wenn möglich herauszubringen, obwohl ich nicht glaubte, daß Vater mir irgend etwas sagen würde.

Während wir sprachen, hielt ein Lieferwagen neben uns, und Issy Sion, dem die St. Helener Limonadenfabrik gehörte, rief uns zu, wir könnten ein Stück mitfahren. Eine Fahrt in einem Lieferwagen? Tom und ich brauchten keine zweite Aufforderung, aber Scotty, immer noch mißtrauisch, war bereits über einen Zaun verschwunden.

„Wo ist er hin?" fragte Mr. Sion.

„Er will mit keinem reden", erklärte Tom beim Einsteigen in den Wagen. Mr. Sion lachte. „Sagt eurem alten Herrn, er hätte heute gute Arbeit geleistet. Für gewöhnlich kann ich seine verdammte englische Moral nicht ausstehen, aber ich kenne sonst keinen, der den kleinen Pirie so herausgepaukt hätte. Ich hoffe, er gewinnt auch den Ponyprozeß für ihn."

Als er anhielt, um uns aussteigen zu lassen, zog er zwei Shilling aus der Tasche und sagte, wir sollten sie Scotty von ihm geben.

Für den Fall, daß Vater mich im Gerichtssaal gesehen hatte und mich für das Schuleschwänzen bestrafen würde, wollte ich das Ausmaß der Strafe nicht vergrößern; also hackte ich Holz, füllte seine Paraffinöllampe, säuberte den Küchenausguß und wusch die Freßnäpfe von Hund und Katze. Um sechs fand mich Vater bei seiner Heimkehr noch fest bei der häuslichen Arbeit. Als es Zeit zum Abendessen wurde, ohne daß er mir gesagt hatte, ich solle mich über die Armlehne des Sofas beugen, um vier kräftige Hiebe in Empfang zu nehmen, konnte ich mich sicher fühlen. Aber ich erriet auch, daß er wußte, wo ich am Vormittag gewesen war. Er drückte nur beide Augen zu.

Bei Tisch erklärte er kurz, was sich bei Gericht abgespielt hatte, und fügte hinzu, der Ponyprozeß, wie ihn die Stadt bereits nannte, werde wahrscheinlich in etwa zwei Wochen zur Verhandlung kommen.

„Für die Kinder eine schmerzliche Wartezeit", sagte Mutter. „Sie tun mir beide leid."

„Mir tut Josie leid", sagte Jeannie, aber sie war in einem Zwiespalt, denn sie wußte, daß Vater besonders an ihr hing.

„Wieso tut dir Josie Eyre leid?" fragte Tom entrüstet. „Die kann doch hundert Ponys haben."

„Nun ist es genug!" sagte Vater scharf. „Keiner von euch hat irgendeinen Beweis, wessen Pony es ist."

Ich sah meine Chance. „Wie willst du beweisen, daß es Taff ist?" fragte ich.

Vater sah mich an, zupfte über dem rechten Ohr etwas Unsichtbares aus seinem dichten grauen Haar und sagte: „Durch innere Logik. Es wird sich von selbst erweisen."

Mein Vater glaubte fest daran, daß Wahrheit ihrer Natur nach nicht abwägbar sei, sondern sich immer selbst offenbare, wenn sie von allen Seiten eingekreist werde. „Wahrheit will ans Licht", pflegte er zu sagen. Er glaubte, daß alles im Menschen menschlicher Gedanke war, aber entsprungen dem kosmischen Geist – Gott. So hatte alles seine innere Logik. Aber ich wußte, daß er in Prozessen durch harte Arbeit und Kenntnis der Gesetze auch seine eigenen Wahrheiten fand.

Am nächsten Morgen, eine halbe Stunde vor Schulbeginn, waren Tom und ich, die Eyres und einige Leute aus der Stadt bei der Polizeikoppel, um Scotty mit dem Pony ankommen zu sehen.

Beide sahen aus, als wären sie in einem Dornengestrüpp versteckt gewesen. Das schmutzverkrustete Pony hing über und über voll Kletten, Mähne und Schweif waren verfilzt, und es hinkte, so daß es zusammen mit seinem barfüßigen Reiter wie das Leiden in Person daherkam.

„Das ist Bo!" hörte ich Josie vom Pferdetransporter der Eyres her rufen. Hoch aufgerichtet mit ihren Zöpfen und ordentlich wie immer, wirkte sie sehr selbstsicher. Sie hatte darauf bestanden herzukommen. Genauer gesagt hatte sie, wie Blue später berichtete, geweint und ihren Rollstuhl an die Wand geknallt, als es hieß, sie könne nicht mitfahren.

„Du wirst dich nur aufregen", hatte ihre Mutter zu ihr gesagt.

„Aber ich bin doch schon aufgeregt", hatte Josie mit unwiderlegbarer Logik geantwortet.

Scotty beachtete Josie gar nicht, als er durch das offene Gatter in die Koppel ritt. Es waren noch zwei Pferde da, aber die Koppel war unterteilt, so daß das Pony ein Gehege für sich allein hatte. Scotty glitt mit einer natürlichen, fließenden Bewegung vom Rücken des Tieres und streifte dabei gleichzeitig den Halfter ab.

Als Sergeant Collins das Gatter schloß, sprang Ellison Eyre von seinem Transporter und machte Anstalten, zum Pony hineinzugehen. Aber Vater, der in der Koppel stand, hob die Hand und hielt ihn zurück. „Warten Sie bitte, bis Mr. Crisp ihn sich angeschaut hat."

„Crispie", nun ein alter arthritischer Mann, war Viehtreiber und ein bekannter Pferdekenner gewesen und hatte durch langen Umgang mit den Tieren, mit denen er arbeitete, den gleichen traurigen und fragenden Ausdruck angenommen wie sie. Er war verantwortlich dafür, daß das in der Verladestation zusammengetriebene Vieh nicht herumstreunte, wo es nicht sollte.

Als er sich dem Pony näherte, legte es die Ohren zurück und warf den Kopf hoch. Scotty, der es an der Mähne halten wollte, verlor fast den Stand. Das war eine Gewohnheit Taffs. Andererseits ließ sich das Pony von Crispie halten, als er freundlich sagte: „Brr, Kerlchen, sei brav." Und das sah gar nicht nach dem kleinen Taff aus, der für Fremde nie stillhielt.

Crispie hob das verletzte Bein des Ponys, beguckte sich den Huf und sagte zu Vater: „Ein Riß, der bis ins Fleisch geht, aber mit ein wenig Salbe ist es bald wieder in Ordnung." Dann öffnete er das Maul des Ponys und untersuchte sorgfältig die Zähne. Das Pony wehrte sich immer noch nicht, und das sah nicht nach Taff aus. Aber die meisten Tiere dulden die Hände von Kennern.

Als der alte Mann fertig war, erklärte Vater dem ärgerlichen Ellison, daß Mr. Crisp sein Gutachter sei. „Er versichert, daß er von jetzt an dieses Pony überall erkennen wird, was natürlich für uns beide eine Gewähr ist, daß kein Außenstehender sich an ihm zu schaffen macht."

„Dann ist es mir jetzt also gestattet, zu dem Tier zu gehen?" fragte Ellison sarkastisch.

„Natürlich", erwiderte Vater, „laß es laufen, Scott."

Sobald es frei war, warf das Pony den Kopf hoch und trottete davon. „Geht von hinten heran", rief Josie ihrem Vater und Blue zu, der ihm gefolgt war.

Das Pony wartete auf die beiden und duldete die Annäherung. Als sie nahe genug waren, tätschelten sie es am Hals, und Blue zog ihm einen Seilhalfter über den Kopf. Da stürzte sich Scotty plötzlich auf die beiden Männer. „Sie führen es fort", keuchte er. „Lassen Sie es los!"

Sergeant Collins fing den tretenden, sich wehrenden Jungen ab. „Hör auf damit", schrie er.

Vater wies Scotty scharf zurecht, dann rief er mir zu: „Kit, sag ihm, daß es in Ordnung ist."

„Alles in Ordnung, Scotty", versicherte ich ihm. „Sie führen es nicht fort. Vater läßt das nicht zu."

Aber ich konnte ihm sehr gut nachfühlen, daß er die Situation mißverstanden hatte, denn Ellison Eyre in seiner teuren Kleidung, mit Blue neben sich und dem im Hintergrund wartenden Transporter, sah aus wie ein Neulandsiedler im Begriff, sich alles Erreichbare anzueignen.

„Wenn Sie nichts dagegen haben", sagte Ellison, ohne auf Vaters Entschuldigung für Scotty einzugehen, „ich möchte bloß das Pony zu meiner Tochter führen."

„Natürlich", sagte Vater und hieß mich das Gatter öffnen.

Ellison und Blue führten das Pony zum Wagen, in dem Josie saß. Sie war zu stolz, um in der Öffentlichkeit zu weinen, aber obwohl sie sich sehr zusammennahm, kollerten ihr doch zwei dicke Tränen über die Wangen, als sie die Hände auf den Kopf des Ponys legte.

Mit aufgerissenen Augen, und zum erstenmal der schmerzlichen Rivalität zwischen ihnen bewußt, starrte Scotty auf das tiefbewegte Mädchen, dem inzwischen wohl auch schon aufgegangen war, daß sie beide den gleichen Kummer hatten.

Mrs. Stout, eine fanatische Anhängerin einer der kleineren christlichen Sekten, die viel für die Armen der Stadt tat und Unklarheiten verabscheute, rief Ellison zu: „Laden Sie das Pony in den Wagen, und nehmen Sie es mit heim."

„Und nehmen Sie auch gleich die verdammte Mrs. Stout mit", fügte jemand hinzu. Es war Mrs. Maddy, die sich wie ein Mann kleidete und auch so sprach. Da lachten alle, und der Druck, der sich auf uns alle gelegt hatte, wich. Selbst das Pony schien das zu spüren. Es stieß Josie mit dem Maul an, wie Ponys es eben tun.

„Bringen Sie es jetzt zurück, Blue", sagte Mrs. Eyre besorgt.

Als Blue es wieder in die Koppel führte, flossen die Tränen reichlicher über Josies Gesicht. „Eine Schande", sagte jemand.

Es war fast neun Uhr, und Vater schickte Tom und mich in die

Schule. Scotty war verschwunden, so schlossen wir uns einem Dutzend anderer Schüler an, die auch dagewesen waren. Auf die Stangen
der Koppeleinzäunung gelehnt, disputierten die Erwachsenen über
das Pony und suchten nach Merkmalen, die beweisen sollten, daß
es Taff oder daß es Bo war.

Miß James, die im Süßwarenladen arbeitete und uns manchmal
heimlich altbackenen Reispudding zusteckte, sagte, sie hätte Scott
Piries Pony x-mal gesehen und sei ganz sicher, daß es seins wäre.
Jack Diamond, der jeden Monat den Eyres das Leuchtöl brachte,
behauptete andererseits, das Pony sei das von Josie, weil es wie Bo
dicke Hinterbeine habe, wogegen die von Scottys Pony an den Fesseln schlanker würden.

Während wir gemächlich zur Schule gingen, sagte Tom entrüstet:
„Habt ihr Dorman Walker gesehen?"

Ich nickte. Er war bei der Verhandlung gegen Scotty nicht dagewesen, aber an dem war er auch nicht interessiert, sondern nur
an dem Pony.

„Er meint, er kann sich das Pony schnappen, wenn Scotty gewinnt.
Aber da kriegt er's mit uns zu tun." Tom gefiel sich wieder in der
Pose moralischer Entrüstung und plante bereits eine zweite Schlacht,
bevor die erste gewonnen war.

Über Nacht wurde das Pony in der Koppel zum Ausflugsziel für
die halbe Stadt. Es verging kein Tag, ohne daß auch ich und Tom
draußen waren, und als die Sache zur Verhandlung kam, wußten wir
von jedem in St. Helen, ob er für oder gegen Scotty war.

Scotty konnte nicht durch die Stadt gehen, ohne daß ihm jemand
etwas Ermunterndes oder Feindseliges zurief. Seltsame Dinge gescha-
hen ihm: der Kleiderhändler Wilson, pro-Scotty, gab ihm einen neuen
Anzug; Mrs. Sims, die Frau des städtischen Landmessers und anti-
Scotty, beschuldigte ihn des Orangendiebstahls; Dr. Taplow, pro-
Scotty, rief ihm eines Tages aus seinem Buick heraus ein bisher nie
gehörtes „Na, wie geht's, mein Junge?" zu. In der Schule ergriffen
wir, von sentimentalen Mitgefühlen bewegt, erbittert Partei für die
verkrüppelte Josie oder den barfüßigen Scotty.

Nach dem Tag, an dem Scotty das Pony in die Koppel gebracht
hatte, blieb er noch die ganze Nacht dort, an die Wand der Polizeistation gelehnt, und bewachte es, da er überzeugt war, Ellison werde

es mit seinem Transporter abholen kommen. Sergeant Collins entdeckte ihn um drei Uhr morgens, als er hinausging, um nachzusehen,
ob alles in Ordnung war. Er beschwerte sich telefonisch bei Vater,
der mir auftrug, ich solle Scotty um Himmels willen beruhigen; aber
nichts, was ich ihm sagte, konnte seinen Verdacht zerstreuen, daß
Collins und Eyre sich heimlich verbündet hätten, das Pony zu stehlen
oder zu vertauschen.

Tom gab Scotty recht, da er im Gegensatz zu mir nicht begriff,
daß Ellison Eyre ein Ehrenmann war. Sie sahen nur, wie arrogant
er war und wie überzeugt, daß das Gesetz ihn zu schützen habe, nicht
Scotty. „Er ist reich und kann machen, was er will“, sagte Tom.

„Das hat nichts damit zu tun“, belehrte ihn mein Vater ärgerlich.
„Eyre ist ein Gentleman, und Collins kennt seine Pflicht. Nur das
zählt, nicht ob einer reich oder arm ist.“

Vater war enttäuscht, daß Eyre die Privilegien seines Reichtums
mißbraucht hatte. Aber er befürchtete mehr, daß Scotty das Pony
zu stehlen versuchen würde, und nicht Ellison. Eines Morgens nahm
er Scotty mit in sein Büro und redete eine halbe Stunde auf ihn ein;
und dennoch ging der jeden Tag zur Koppel, um zu sehen, ob mit
dem Pony alles in Ordnung war.

Aber eines brachte die Situation vor allem mit sich: Scotty und Josie kamen einander näher, ebenso Josie selbst den Stadtbewohnern.
Josie haßte es, in ihrem Rollstuhl gesehen zu werden, und so war
es für sie sicher kein leichter Entschluß gewesen, sich am Tag nach
der Ankunft des Ponys in der Koppel vor meiner Schwester Jeannie,
die sie telefonisch gebeten hatte zu kommen, und einem Dutzend
anderer Leute von ihrem Vater aus dem Wagen in ihren Rollstuhl
heben zu lassen. Sie rollte sich zum Pony hin, das mit zuckenden
Ohren und nervösem Muskelspiel stehenblieb. Aber als sie es tät-
scheln wollte, beugte sie sich zu weit vor, der Stuhl kippte um, und
sie fiel heraus. Das Pony lief davon.

„Aber sie hat nicht aufgegeben“, erzählte uns Jeannie später.
Jeannie hatte das gleiche Temperament und die gleichen lebhaften
Augen wie Josie. „Ihr Vater hob sie auf und setzte sie wieder in
den Stuhl, und diesmal rollte sie sich von der Seite an das Pony.
Sie hatte einen Striegel und kämmte seine Mähne und sogar seine
Beine aus. Das unruhige Pony hat das manchmal geduldet und manch-
mal nicht. Aber meistens ließ es Josie tun, was sie wollte.“

Der Vorfall weitete die Diskussionen über das Pony beträchtlich aus, denn die Stadt bekam Josie zum erstenmal aus der Nähe zu Gesicht, und sie war ein eindrucksvolles kleines Mädchen, nicht nur in ihrem Umgang mit dem Pony, sondern auch in der Art, wie sie schaute und sich benahm. Jeannie sagte: „Ich hab tatsächlich vergessen, daß sie behindert ist, obwohl sie im Rollstuhl saß."

Scotty hatte wenig Anziehendes vorzuweisen, das jemanden für ihn einnehmen konnte, außer seinem unaufdringlichen Wesen, dem barfüßigen, braungebrannten Äußeren, dem eigensinnigen Mund und den mutwilligen Augen. Aber mit dem Pony hatte auch er Erfolg. Collins war froh, daß Scotty einmal am Tag kam, um die Tränke mit Wasser zu füllen, das er mit einem alten Ölkanister vom Hahn der Polizeistation holte. Der Kanister war so groß, daß Scotty ihn kaum handhaben konnte und das Wasser ihm über die Beine schwappte. Eigentlich war es auch seine Pflicht, für Futter zu sorgen, da er der Beklagte war, aber Eyre schickte großzügig Häcksel und Hafer zur Polizei, die Vater unter der Bedingung annahm, daß Scotty sie selbst dem Pony verabreichte. Später begriff ich, warum er darauf bestand.

Auch Scottys Art, das Pony zu striegeln, war eindrucksvoll. Er tat das weder liebevoll noch grob, aber so selbstverständlich in einem natürlichen körperlichen Kontakt zwischen ihm und dem Tier, daß es vermutlich jedes Pony akzeptiert hätte. Er kämmte ihm mit einem alten Striegel den Schweif aus, und obwohl das Pony ständig fortlief, folgte ihm Scotty, hielt es zurück oder drängte es in eine Ecke, damit es stillhielt, und striegelte es dabei immer weiter. Als das Tier einmal versuchte, ihn gegen die Umzäunung zu drücken, war Scotty unter seinem Bauch hindurch und auf die andere Seite geschlüpft, bevor das Pony sich's versah.

Durch die abwechselnden Bemühungen von Scotty und Josie war das Pony bald vorbildlich gepflegt. Scotty kam vor neun und nach vier Uhr in die Koppel, während Josie, die an keine Schulstunden gebunden war, um elf oder um drei Uhr nachmittags erschien. Normalerweise hielt Eyre, ebenso wie Josies Lehrerin Miß Steele – eine strenge junge Frau mit einem goldenen Haarknoten –, auf strikte Einhaltung der Unterrichtsstunden. Aber nun kam Miß Steele manchmal selbst mit und rief vom Kombi her ihrer Schülerin im Rollstuhl nervös zu: „Bleib vom Zaun weg", oder: „Sei um Himmels willen vorsichtig mit deinen Händen."

Unvermeidlich kam der Tag, an dem Josies Anwesenheit sich mit der von Scotty überschnitt. Eines Morgens war Scotty spät dran, weil er statt seines Vaters, der sich die Hand verletzt hatte, melken mußte. Er kämpfte gerade mit dem Wasserkanister, als Josie ankam, und sie und Miß Steele sahen vom Kombi aus zu, wie er das Wasser herbeischleppte und in die Tränke goß, den Kanister mit Häcksel füllte und in den Futtertrog kippte, und wie er schließlich den Mist in eine Ecke zu einem Haufen zusammenrechte.

„Ich hab mir Gesicht und Hände in der Tränke gewaschen", erzählte uns Scotty entrüstet, „und da hat die Lehrerin gemeckert, ich müßte mal gesagt kriegen, daß das unhygienisch ist."

„Warum hat sie es dir denn nicht selbst gesagt?" fragte ihn Doris Dowling.

„Weil Josie Eyre ihr verboten hat, mit mir zu reden", antwortete er.

Als Scotty seine Arbeit beendet hatte, lehnte er sich an den Zaun und sah zu, wie Josie ihren Stuhl in die Koppel rollte, um das Pony mit einer richtigen Pferdebürste zu striegeln. Dabei sprach sie andauernd mit „Bo", und Scotty schaute zu, überzeugt, daß es dem Pony unangenehm war, denn er hatte mit Taff immer sowenig Umstände gemacht wie mit sich selbst.

Sie trafen sich in der Koppel noch ein zweites Mal. Ellison Eyre hatte eines Morgens seine Tochter frühzeitig gebracht und beobachtete vom Tor aus, wie Scotty den Futtertrog mit Häcksel füllte.

„Du gibst ihm zuviel", sagte Ellison. „Es hat nicht genug Bewegung, also ist eine Portion Häcksel und eine Portion Hafer vollkommen ausreichend."

„Er mag keinen Hafer", widersprach Scotty.

„Unsinn ..."

„Er mag wirklich keinen", rief Josie vom Wagen herüber. Sie sprach nicht direkt mit Scotty, sondern nur über ihren Vater, als wäre er ein Blitzableiter zwischen ihnen. Schade, dachte ich. Schließlich war es doch sonderbar, daß beide ein Pony beanspruchten, das keinen Hafer mochte. „Sag ihm, er soll es nicht so an der Mähne ziehen", rief Josie ihrem Vater zu.

Scotty, der das Pony aus dem Weg haben wollte, während er den Futtertrog füllte, zog an der Mähne wie an einem Ankertau.

„Warum zerrst du so an ihm?" fragte Ellison scharf.

„Es tut ihm nicht weh", erwiderte Scotty entrüstet. „Und wenn ich ihn loslasse, spielt er mir Streiche."

Ich sah Ellison schmunzeln. Ich glaube, er bewunderte Scotty, der sich trotz seiner nackten Füße und seines Plüschhemdes, das wie aus einem geschenkten alten Vorhang genäht wirkte, gegen ihn behauptete.

Wir waren nun unsicher geworden, denn das Pony sprach offenbar auf beide an, auf Josie wie auf Scotty. „Tiere spüren, wenn sie im Mittelpunkt der Aufmerksamkeit stehen, und dieses Pony genießt sichtlich jeden Augenblick", erklärte uns Vater beim Abendessen, und das leuchtete uns ein. Ich sah, wie das boshafte kleine Biest eines Tages Scotty biß, aber an einem andern Tag Josie aus ihrem Rollstuhl kippte.

Ich sah, wie es Scotty durch die ganze Koppel wie ein Hund nachlief, aber dann seinen Kopf in Josies Schoß senkte und sie beschnupperte, während sie es liebkoste.

„Du niederträchtiges Mistvieh", sagte ich ihm eines Tages voll Abscheu ins Ohr, als ich auf dem Zaun saß und es in die Nähe kam, und ich schwöre, sein Ohr zuckte, und seine Augen blickten schuldbewußt wie die eines Hundes.

Inzwischen waren die Vorladungen zugestellt worden. Der Fall sollte in der nächsten Sitzung eines höheren Gerichts verhandelt werden, und zwar von Mr. Laker, einem auswärtigen Richter, der dafür bekannt war, daß er bei Verhandlungen wenig sprach und sonst noch weniger, aber ein passionierter Besucher der ländlichen Rennen und ein anerkannter Sachverständiger für Pferde war.

Am Tag vor der Verhandlung erzählte uns Vater beim Abendessen, daß Mr. Strapp vier, zum Teil fachkundige Zeugen habe. Auch Vater hatte vier Zeugen, darunter den alten Viehtreiber Crisp. Er sagte uns nicht, wie er den Prozeß führen wollte, sondern nur, daß er versuchen werde, Scotty nicht in den Zeugenstand zu rufen, und daß er, wenn Strapp den Jungen verhören wollte, verlangen werde, daß auch Ellison Eyre verhört werde.

Bis zum Beginn der Verhandlung konnte man bei einem der Friseure der Stadt Wetten acht zu vier gegen Scotty abschließen; aber in der Bar des Hotels „Zum Weißen Schwan", wo die richtigen Kerle verkehrten, stand es sieben zu fünf, daß das Gericht zu seinen Gunsten entscheiden werde. Am Samstag vor der Verhandlung setzte Blue vier Pfund auf Josie, weil, wie er jedem erzählte, Mr. Strapp

Josie selbst als Zeugin aufrufen würde. Wir wußten alle, wie sehr Josie für sich einnehmen konnte.

„Warum willst du Scotty nicht in den Zeugenstand lassen?" fragte Tom unsern Vater.

Vater blickte uns über seine Brille hinweg an und sagte: „Es ist eine alte Erfahrung, daß bei Rechtsstreitigkeiten Kinder vor Gericht Sympathien gewinnen – aber oft den Prozeß verlieren."

Der Tag der Verhandlung begann mit einem alarmierenden Anruf um 7 Uhr 30 früh. Sergeant Collins meldete Vater, daß das Pony verschwunden sei. „Irgendwer hat ein Brecheisen in das Vorhängeschloß gesteckt und den ganzen Bügel aus dem Pfosten gerissen", sagte Collins wütend.

Vater ächzte, und Collins fuhr rasch fort: „Ich will den Jungen nicht beschuldigen, aber ich bitte Sie, meine Lage zu verstehen. Ich muß zu den Piries hinausfahren und nachsehen."

„Und ich verstehe die Lage meines Klienten", sagte Vater scharf, „und werde nichts dulden, was sie präjudiziert." Er hängte ein, stand einen Augenblick still, dann wandte er sich an mich: „Borg dir ein Fahrrad, und fahr zur Pirie-Farm hinaus, *rasch*. Stelle fest, ob der Junge da ist und ob er irgendwas mit dem Verschwinden des Ponys auf der Polizeikoppel zu tun hat."

Ich rannte über die Straße, um mir Barney Phillips altes Fahrrad auszuleihen. Es war fast einen Meter zwanzig hoch und verteufelt schwer zu fahren, aber er sagte, ich könne es haben, also schwang ich mich drauf und strampelte in dem leeren Raum zwischen Lenkstange und Sattel los. Ich war kaum zwei Kilometer gefahren, als mich Sergeant Collins in dem Chevrolet der Polizei einholte, hielt und mir anbot mitzufahren.

„Nein, danke", sagte ich. Er tat mir fast leid in dieser elenden Klemme, in der er war. „Ich komme schon allein hin."

„Wie du meinst, Kit", brummte der Sergeant, bevor er weiterfuhr. „Dein alter Herr wird mich wegen der Sache vor Gericht in der Luft zerreißen, aber was bleibt mir anderes übrig."

Lange bevor ich die Piries erreichte, kam der Sergeant mit Scotty neben sich zurück. Ich winkte ihnen, aber Collins rief mir nur etwas zu und fuhr vorbei. Ich wendete, folgte den beiden und kam erst lange nach ihnen heim. Keuchend und schwitzend lief ich ins Haus und erzählte Vater, was geschehen war. Er dachte einen Augenblick nach, dann hieß er mich zur Polizei laufen und Scotty holen. Er würde telefonieren, und ich solle Scotty unbedingt mitbringen.

Ich stieg wieder auf das Rad, und auf und ab hüpfend wie ein Boot auf sturmbewegter See strampelte ich zur Polizeistation. Dort standen eine Reihe von Wagen und Motorrädern, ein Haufen schwatzender und diskutierender Leute, und in der Koppel fraß das Pony friedlich aus seinem Futtertrog. Scotty goß gerade Wasser in die Tränke. Ich fragte ihn, was los war.

„Irgendwer hat es unten auf der Wiese beim Kraftwerk grasend entdeckt."

„Aber wer hat es herausgelassen?"

„Weiß doch ich nicht", sagte Scotty ratlos und angewidert von den ganzen Verwicklungen und von den Gaffern, die da herumstanden und sich ereiferten.

Offenbar hatten irgendwelche Lausejungen die Stadt in Aufregung versetzen wollen. Oder jemand, der Scotty nicht mochte, hatte es getan, oder jemand, der Josie Eyre nicht mochte. Ich nahm Scotty mit nach Hause, und Vater hieß ihn heimgehen, seine besten Sachen anziehen und mit seinem Vater um zehn Uhr im Gerichtssaal sein.

Ich war vom Rektor persönlich für den Tag beurlaubt worden, damit ich in der Schule über die Verhandlung berichten könne. „Ich hoffe", sagte er, „daß dadurch einige von den rastloseren Elementen abgehalten werden, die Schule zu schwänzen und zum Gericht zu laufen." Er war ziemlich sauer, aber ich meinte, in seiner Idee einen Pro-Scotty-Einfluß zu erkennen.

8

VON Anfang an war klar, daß jeder Anspruch, den die eine Seite vorbrachte und durch Zeugen bewies, auch von der andern Seite vorgebracht und durch Gegenzeugen bewiesen werden konnte. Das war, wie es sich herausstellte, Vaters Taktik: eine einwandfreie Entscheidung unmöglich zu machen.

Mr. Strapp wollte gleich am Anfang nachdrücklich beweisen, daß das Pony in der Polizeikoppel Bo war, aber jedesmal, wenn er zum entscheidenden Punkt seiner Beweisführung kam – daß Scotty Bo gestohlen habe –, erhob Vater Einspruch. Es sei keine Verhandlung gegen Scotty wegen Diebstahls. Schließlich verzichtete Strapp auf dieses Argument.

Als ersten rief er Blue in den Zeugenstand, der erklären sollte, wie das umstrittene Pony aus der wilden Herde gefangen worden war. „Einspruch", sagte Vater rasch. „Es gibt noch keinen Beweis, daß das bewußte Pony das gleiche ist wie das, von dem Mr. Strapp spricht. Der Herr Kollege und die Zeugen mögen also von ‚einem' Pony sprechen und nicht von ‚dem' Pony."

Der schweigsame Richter Laker in seiner schweigsamen Weisheit nickte nur, und von da an mußte sich die ganze Beweisführung Strapps auf „ein" Pony beziehen. Blue durfte schildern, wie „ein" Pony ausgesucht und abgerichtet worden war. Wie dann die junge Josie es unter beträchtlichen Schwierigkeiten und mit wirklichem Mut eingefahren hatte und wie es ihr bald die eigenen Beine ersetzt hatte.

Ich saß auf der einen Seite des Gerichtssaals hinter Vater, neben Scotty und Mr. Pirie, der eine Köperjacke anhatte wie ein Busschaffner. Auf der andern Seite waren Ellison Eyre, Josie und Mrs. Eyre, die mit ihrem Hut, in dessen feinen Schleier ein Schmetterling eingearbeitet war, toll aussah. Ellison hatte Josie hereingetragen, aber sie wollte keine Gefühlsduseleien. Sobald er sie hingesetzt hatte, rückte sie mit den Händen ihre Beine zurecht und verbat sich hoch aufgerichtet mit einem Blick jegliche Bemitleidung. Als Strapp auf ihr Leiden zu sprechen kam, schwenkte sie ungeduldig ihre Zöpfe und sah einen Augenblick scharf zu Scotty herüber. Dieser saß auf seinen Händen und starrte verlegen gerade vor sich hin. Sein Haar stand ihm hoffnungslos nach allen Seiten. Aber dann begegnete ich Josies Blick, und sie merkte, daß sie auch beobachtet wurde. Sie errötete und sah ärgerlich weg.

„Nun, Mr. Blue ...", begann Strapp, und als alle zu lachen anfingen, hielt er verdutzt inne.

„Ich bin Mr. Waters", stellte Blue gedehnt klar.

„Natürlich, entschuldigen Sie", sagte Strapp.

Abermals Gelächter. Für die meisten Leute unseres Landstädtchens war die Verhandlung so etwas wie ein gutes Pferderennen, und darauf waren sie immer versessen. Aber auch Entrüstung und Sympathien schwangen mit. Ich bemerkte unser Vögelchen Miß Hildebrand in einer der letzten Reihen, offenbar abermals entschlossen, dafür zu sorgen, daß Scotty Gerechtigkeit zuteil wurde.

Als Blue fertig war, fragte ihn Vater, ob er je das von Mr. Pirie vor dreizehn Monaten gekaufte Pony Taff gesehen habe.

Das hatte er, er hatte es sogar gefangen und überbracht.

„Wie hoch war es genau?" fragte Vater.

„Ungefähr dreizehneinhalb Handbreit", sagte Blue. „Ich habe es nie richtig gemessen."

„Haben Sie oder jemand anderes in Riverside die Unterscheidungsmerkmale des Ponys, das Sie zu den Piries brachten, registriert?"

„Nein, ich glaube nicht."

„So besitzen Sie also keine genauen Informationen über Mr. Piries Pony und könnten nicht exakt nachweisen, daß das Pony in der Koppel *nicht* dieses Pony ist. Haben Sie je Mr. Eyres Pony gemessen oder seine Merkmale registriert?"

„Dazu bestand kein Anlaß."

„Demnach könnten Sie ebensowenig nachweisen – nämlich mit den Methoden, die bei Vollblutpferden in bezug auf Messung, Höhe und Unterscheidungsmerkmale oder Färbung zur Identifikation üblich sind, daß das Pony in der Polizeikoppel Mr. Eyres Pony ist. Denn um das vor Gericht zu beweisen, müßten Sie, Mr. Waters, derlei Register beibringen. Ihr Wort allein genügt nicht, weil ich genauso glaubwürdige Zeugen aufrufen kann, die aussagen, daß das Pony eben Taff ist."

„Da sind die aber verdammt im Irrtum", sagte Blue.

Doch mein Vater war mit ihm fertig. Ich konnte Strapp ansehen, daß er nicht wußte, was er von Vaters Vorgehen halten sollte, ebensowenig Eyre. Wäre es nicht besser gewesen, die Behauptungen des Gegenanwalts zu entkräften und Scottys Ansprüche zu beweisen? Sogar der Richter setzte einen Kneifer auf die Nase und blickte angelegentlich zu Vater herüber, als wolle er dadurch seine Absichten ergründen.

Die einzigen wirklichen Argumente, die Strapp vorbringen konnte, daß das Pony Bo und nicht Taff war, bestanden in den unbeschlagenen Hufen des Tieres, seiner Zuneigung zu Josie, die von den Stadtbewohnern beobachtet worden war, zwei hornigen Flecken an den Hinterbeinen sowie seiner Färbung. Strapp hatte zwei Zeugen für diese Angaben – Blue und den Stallknecht Skeeter Bindles, durch deren Hände beide Ponys gegangen waren. Aber obwohl sie gewisse Unterschiede zwischen den Ponys machten, mußten beide zugeben, keinen schriftlichen Beweis zu haben, daß das fragliche Pony das eine oder das andere war.

Strapps letzte Zeugin war Josie selbst. Als sie aufgerufen wurde, fragte der Richter sie, ob sie auf einem Stuhl vor dem Richtertisch sitzen wolle.

„Nein, ich will da sitzen", sagte Josie und deutete auf den Zeugenstand. Und als Ellison sie dorthin getragen und irgendwie darin verstaut hatte, machte sie abermals jene eindrucksvolle, ungeduldige kleine Geste, mit der sie sich allgemein verbat, daß man ihre Behinderung beachtete.

„Nun, Josie", begann Strapp, als den gesetzlichen Vorschriften Genüge getan war, „laß mich dich eines fragen: Glaubst du, daß das Pony in der Polizeikoppel dein Pony Bo ist?"

„Ja", sagte Josie energisch.

„Woher weißt du das?"

Josie biß sich auf die Lippen. „Na, ich weiß doch, daß mein Vater mein Vater ist und meine Mutter meine Mutter. Und so weiß ich, daß Bo Bo ist. Ich kann Ihnen nicht sagen, wieso."

Den Zuschauern gefiel diese Antwort, und auch Vater zog anerkennend die Brauen hoch. „Was für Eigenschaften hat dein Bo?"

„Er ist eigensinnig, gescheit, und manchmal ist er unartig. Er läßt sich von keinem gern viel anfassen, außer von mir."

„Und was tut das Pony in der Polizeikoppel, das Bo auch getan hat?"

„Na, es wirft den Kopf hoch, so" – sie warf den Kopf hoch –, „wenn man ihm zu nahe kommt. Es läßt sich von mir unterm Maul striegeln, und das mögen viele von unseren Ponys nicht. Es senkt den Kopf und stößt mich gegen die Brust, wenn ich es kitzle, und beugt den Hals, damit ich es striegeln kann."

Richter Laker schien begeistert, als hätte er endlich etwas Wesentliches gehört. Strapp fuhr fort: „Als du das Pony in der Koppel mit dem Namen Bo riefst, kam es da zu dir?"

„Ja, sofort."

„Neigen Waliser Ponys – die Eyre-Zucht – zum Ausschlagen oder Beißen?"

„Untereinander schlagen sie aus, aber selten gegen Menschen. Sie beißen aber oft."

„Hat das Pony in der Koppel jemals versucht, dich zu beißen, wenn du seinen Kopf gehalten oder es gekitzelt oder gestriegelt hast?"

„Bo hat mich nie wirklich gebissen, niemals. Aber *ihn* hat er gebissen." Josie deutete auf Scotty, und die beiden schauten einander einen düsteren, umwölkten Augenblick lang über den Gerichtssaal hinweg an. Dann schluckte Josie, und Scotty, der sich ohnehin schon bei diesem Gerichtsverfahren höchst unbehaglich fühlte, errötete unter der allgemeinen Aufmerksamkeit bis zu den Ohren. Er starrte mit großen Augen auf Josie und, als wären sie Zwillinge, kniff nun auch er die Lippen zusammen, genau wie Josie es getan hatte.

„Einspruch", sagte Vater leise, ohne aufzustehen, und Strapp verzichtete darauf, diesen Punkt weiter zu verfolgen.

„Eine letzte Frage, Josie. Du liebst dein Pony. Was würdest du tun, wenn du es für immer verloren hättest?"

„Ich würde sterben!" sagte Josie heftig.

Der Richter lächelte bei diesem jugendlichen Überschwang, aber viele Frauen in dem kleinen Gerichtssaal hätten beinahe geklatscht. Vater runzelte die Stirn und erhob Einspruch dagegen, daß Kindern Fragen gestellt wurden, die zu derartig emotionell gefärbten Antworten führten. Der Richter nickte beipflichtend, und Strapp überließ Vater die Zeugin. Josie saß wie eine Königin da, als Vater aufstand und sagte: „Miß Eyre . . ."

Josie gefiel das. Sie richtete sich noch gerader auf, warf ihre Zöpfe nach hinten und wurde zu einer „kleinen Miß".

„Ist das Pony in der Koppel jedesmal gekommen, wenn Sie es gerufen haben?" fuhr Vater fort.

Josie zögerte. „Nein, nicht immer."

„Manchmal haben Sie es also gerufen, und es ist nicht gekommen."

„Ja, aber nur weil es unartig ist."

„Noch eine Frage, und dann können Sie sich wieder zu Vater und Mutter setzen."

„Es macht mir nichts aus, hier zu sein", sagte Josie. Noch eine gute Antwort. Alle lachten, und der Richter nickte schweigend Beifall. Aber Vater war diese Antwort nicht recht.

„Sie finden vielleicht nichts dabei, Miß Eyre, weil Sie ein intelligentes Mädchen sind. Aber ich finde es nicht richtig, und so sollten es auch andere hier empfinden. Hat Ihr Pony irgendwann bei Ihnen zu Hause jemanden gebissen?"

„Nein", sagte Josie. „Es hat nur manchmal geknabbert."

„So ist also Ihr Pony kein Beißer, wohingegen das in der Koppel einer zu sein scheint."

Jetzt ging Josie erst auf, was ihre Antwort bedeutet hatte, und sie fügte rasch hinzu: „Das ist nur, weil es zu Hause alle mochte, aber ihn nicht." Wieder schnellte ihr Finger in Richtung Scotty.

„Das wird uns später beschäftigen, Josie", sagte Vater fast wie zu sich selbst und setzte sich.

Josie wurde auf ihren Platz zurückgetragen, und das beredte Schweigen im Gerichtssaal spiegelte die Sympathien wider, die sie gewonnen hatte.

Jetzt war es an Vater, seine Darstellung des Falles vorzubringen. Zunächst sagte er, die Waliser Ponys von Mr. Eyre seien bekannt dafür, daß sie einander in Farbe und Höhe vollkommen glichen und einen eigenwilligen und manchmal unberechenbaren Charakter zeigten. Man könne also ohne genaue Registereintragungen nicht mit Sicherheit sagen, ob irgendein zweijähriges Pony Bo oder Taff oder ein anderes sei.

„Ich möchte dies vorausschicken", sagte Vater abschließend, „da ich mir bewußt bin, daß meine Beweise weder besser noch schlechter sind als die von der Gegenseite vorgebrachten."

Wieder wußte keiner, auch der Richter nicht, was er damit bezweckte. „Offen gestanden", meinte Richter Laker, „verstehe ich nicht recht, worauf Sie hinauswollen, Mr. Quayle."

„Das wird in Kürze klarwerden, Euer Ehren", sagte Vater. Dann rief er seinen eigenen Gutachter, Mr. Crisp, als Zeugen auf, um nachzuweisen, daß das Pony in der Koppel nach Alter und Merkmalen tatsächlich Taff sein konnte.

Mr. Crisp sagte aus, er erinnere sich gut an Taff. Scotty hätte ihm das Pony einmal wegen einer Hufverletzung zur unentgeltlichen Behandlung gebracht, und er mit seiner Pferdeerfahrung sei überzeugt, daß das Pony Taff wäre.

Dann befragte Strapp Mr. Crisp, mit der Absicht nachzuweisen, daß er unmöglich seiner Sache absolut sicher sein könne. Aber je mehr Zweifel Strapp geltend machte, um so klarer wurde ihm, daß er Vater irgendwie in die Hände arbeitete.

Die nächste Zeugin war Mrs. Maddy, die sich wie ein Mann kleidete und den ganzen Tag rauchend auf ihrer Veranda saß. Sie sagte aus, sie wisse alles über Pferde, denn ihr Vater sei Zureiter gewesen.

Sie habe das Pony sorgfältig untersucht und sei überzeugt, daß es Taff sei.

Strapp stellte ihr widerstrebend verschiedene Fragen. Dann rief Vater einen von Piries Nachbarn und den Milchfahrer der Molkerei auf. Schließlich bat er Angus selbst in den Zeugenstand, und dieser schilderte verbittert den Kauf des Ponys, und wie Scotty es dann zugeritten habe, bis der Junge und das Pony eins waren.

Strapp war in Verlegenheit. Er wußte nicht, worauf Vater hinauswollte, und so lag in seinen Fragen kein System. Vater erklärte uns später: „Auch wenn man nicht ergründen kann, was der andere im Sinn hat, muß man immer beharrlich sein eigenes Konzept weiterverfolgen. Das hätte Strapp tun müssen."

Schließlich rief Vater zu jedermanns Überraschung Scotty in den Zeugenstand. Während Strapp Mr. Pirie befragte, hatte Vater rasch mit dem Jungen gesprochen, und so wußte Scotty, was von ihm erwartet wurde. Er stand auf und marschierte zum Zeugenstand wie ein Soldat, der durch ein Minenfeld geht. Sein erschrecktes Gesicht spiegelte eine sonderbare Mischung aus Furcht und Feindseligkeit, aus Verwirrung und grimmiger Entschlossenheit wider.

„Nun also, junger Master Pirie", sagte Vater, „ist das Pony in der Koppel dein Taff?"

„Ja", sagte Scotty mit gesenktem Kopf.

„Mein Sohn, vergiß all das", Vater wischte mit einer Handbewegung den Gerichtssaal hinweg, „und sprich mit mir so wie mit deinen Freunden in der Schule. Ist das Pony in der Koppel gekommen, wenn du es gerufen hast?"

Scotty hob den Kopf: „Ja", sagte er.

„Jedesmal?"

„Nein, nicht jedesmal."

„Hat dich dieses Pony je gebissen, wie Miß Eyre sagte?"

Scotty entspannte sich allmählich, aber er hielt seine Augen weiterhin starr auf Vater gerichtet, als wage er nicht, anderswohin zu schauen. „Zwei- oder dreimal."

„Hat dich dein Pony Taff je gebissen?"

„Ja, aber das waren keine wirklichen Bisse. Taff lauert immer darauf, mich zu erwischen, wenn ich nicht aufpasse. Dann wirft er schnell den Kopf rum und zwickt mich ins Bein. Und dann lacht er, wie es eben Pferde tun, wenn sie einem einen Streich gespielt haben.

Aber ich nehm's ihm nicht übel. Ich hab ihm auch immer Streiche gespielt."

„Was tust du, wenn er dir Streiche spielt?"

„Ich verhau ihn", sagte Scotty.

„Mit einem Stock?"

„O nein. Mit der Hand."

„Halt einmal deine Hand hoch, so daß wir sie alle sehen können."
Scotty hielt seine feste kleine Hand hoch.

„Kein Grund zur Beunruhigung", murmelte Vater, dann seufzte er und sagte, als müsse er endlich zu diesem Punkt kommen: „Wenn du dein Pony Taff auf die eine oder andere Weise verlieren würdest, möchtest du dann ein anderes haben?"

„Nein, ich will nur Taff", sagte Scotty finster.

„Mr. Eyre hat dir großzügig angeboten, dir jedes beliebige Pony aus seiner Herde zu geben, das du dir wünschst. Warum willst du nur Taff?"

„Weil es mein Pony ist", sagte Scotty entrüstet.

Vater setzte sich, und Mr. Strapp begann Scotty zu befragen. Wir warteten alle auf die Frage, die unweigerlich kommen mußte: „Wie bist du zu dem Pony gekommen, das jetzt in der Polizeikoppel ist?"

„Ich habe es gekauft", erwiderte Scotty.

„Hast du es nicht kürzlich auf eine andere Weise bekommen?"

„Einspruch", sagte Vater, „der Herr Kollege verlangt von dem Jungen, daß er sich selbst beschuldigen soll."

„Sie dürfen keine Fragen stellen, deren Beantwortung den Zeugen belasten würde, Mr. Strapp", sagte der Richter, „das wissen Sie doch."

Strapp zuckte ärgerlich die Achseln. Da er Scotty nicht geradewegs fragen durfte, ob er das Pony gestohlen habe, war es sinnlos, ihn überhaupt etwas zu fragen. Scotty wurde gestattet, den Zeugenstand wieder zu verlassen.

Es sah aus, als wäre die Verhandlung abgeschlossen, und obwohl mein Vater Beweis gegen Beweis gesetzt hatte, erwartete ich eigentlich, daß die Entscheidung zugunsten von Strapp fallen würde. Schließlich hatte Scotty sein Pony vor Monaten eingebüßt; dann hatte er plötzlich, wie er zugab, wieder ein Pony, nur kurze Zeit, nachdem das von Josie gestohlen worden war. Das war das wirkliche Beweismaterial.

Aber Vater hatte noch nicht geendet. In einem Schlußplädoyer sagte er, es bestehe für keine der beiden Parteien die geringste Aussicht, dem Gericht einwandfrei nachzuweisen, daß das Pony in der Koppel Bo oder Taff sei. Wie immer die Entscheidung, gestützt auf das Beweismaterial, falle, sie würde garantiert ungerecht, ja in Wirklichkeit unmöglich sein.

„Welche Entscheidung erwarten Sie dann also vom Gericht, Mr. Quayle?" fragte der Richter.

„Keine", sagte Vater. „Haben Sie noch einen Augenblick Geduld, Euer Ehren", fuhr er rasch fort. „St. Helen ist Pferdeland, und man könnte sagen, hierzulande lebt noch die alte australische Pferdekultur fort. Dies ist ein ländlicher Gerichtshof, und Streitfragen über Pferde, Rinder und Schafe sind seine wesentlichsten Obliegenheiten. So meine ich, wir müßten diesen Streitfall auf unsere eigene Weise und entsprechend unsern hiesigen besondern Umständen in Angriff nehmen." Vater ließ diesen Satz auf die Zuhörer wirken.

„Wie stellen Sie sich das vor?" fragte der Richter, als wolle er Vater aufmerksam machen, daß der Vorschlag gut sein müsse.

„Zunächst folgendes, Euer Ehren. Es ist eine altehrwürdige Aufgabe der ganzen britischen Justiz, daß nicht nur Recht gesprochen, sondern auch tatsächlich für Gerechtigkeit gesorgt wird. Da es offensichtlich unmöglich ist, zwischen den beiden Parteien fair zu entscheiden, meine ich, daß wir nach natürlichen Rechtshilfen Ausschau halten müssen."

„Und worauf zielen Sie ab?" fragte Richter Laker.

„Natürliche Rechtshilfen", sagte Vater, „sind der rote Faden, der sich durch unser ganzes Gewohnheitsrecht zieht. Ich schlage vor, daß wir uns natürlicher Rechtshilfen bedienen. Da nicht einmal ein Salomo gerecht entscheiden könnte, wessen Pony es ist, schlage ich vor, daß dieses Gericht eine Situation schafft, in der das Pony selbst entscheiden kann."

Im Gerichtssaal erhob sich Gelächter, und alle redeten durcheinander. Strapp war aufgesprungen, der Richter pochte mit dem Bleistift an die Wand hinter sich, und der Gerichtsdiener mahnte zur Ordnung.

Die war endlich wiederhergestellt, und der Richter forderte Vater auf, die Bedingungen zu umreißen, unter denen nach seinen Vorstellungen ein Pony seine Wahl treffen könne.

Vater sprach nun, als ziehe er den Richter ins Vertrauen. „Das Gericht möge eine freie Fläche wählen und dort ein Stück mit Seilen abgrenzen, in dem das Pony warten, und einen schmalen Durchgang, durch den es auf einen offenen Platz gelangen kann. Dort würden unsere beiden jungen Protagonisten einander gegenüber Aufstellung nehmen. Sie sollen beide das Pony rufen, und das Pony mag entscheiden, zu wem es gehen will."

In den Augen des Richters leuchtete, als er auf Vater hinunterblickte, Spielerleidenschaft auf. „Die Idee ist verlockend, Mr. Quayle, aber werden Mr. Strapp und seine Klienten zustimmen? Wird Ihr Klient zustimmen?"

„Ich glaube, ich kann meinen jungen Freund dazu überreden", sagte Vater. Dann blickte er Josie an. „Und ich bin überzeugt, auch Miß Eyre, die alle Beteiligten mit ihrer Intelligenz und Haltung beeindruckt hat, wird uns beipflichten, daß dies ein fairer Weg wäre, eine Entscheidung herbeizuführen."

Mr. Strapp erhob sich. „Ich muß mich mit meinen Klienten besprechen."

Eyre hatte Vaters Vorschlag seiner Frau und Josie erklärt, und nun nickte Josie heftig und sagte: „Ja, ja", als Strapp zu ihnen ging, um sie zu fragen.

Das Gemurmel im Gerichtssaal schwoll an wie der Lärm eines einfahrenden Zuges. Scotty bekam schmale Lippen und sagte: „Wenn sie es macht, mach ich es auch."

„Euer Ehren." Der Lärm verebbte, als Strapp sich ans Gericht wandte. „Obgleich das kein erprobtes Verfahren ist, stimmen meine Klienten dem Vorschlag zu, vorausgesetzt, daß er vom Gericht ordnungsgemäß vorbereitet und tatsächlich als gültige Gerichtssitzung anerkannt wird."

„Stimmt Ihr Klient zu, Mr. Quayle?" fragte der Richter.

„Ohne Zögern", erwiderte Vater, „und ich meine, daß Mr. Strapps Bedingungen vernünftig sind."

Der Richter hielt die Hand vor den Mund, als wolle er keinesfalls zeigen, wie sehr ihm die Sache gefiel. „Mir scheint das ein fairer und sportlicher Vorschlag zu sein", sagte er.

Jetzt wurde mir klar, daß mein Vater kaltblütig mit der australischen nahezu naturtriebhaften Begeisterung für sportliche Lösungen gerechnet hatte. Als ich im Saal herumblickte, sah ich die Spiellust

in aller Augen aufleuchten, und das galt auch für Josie selbst, ihre
Eltern, Scotty, unser Vögelchen Miß Hildebrand, Mr. Strapp und
mich selbst. Aber nicht für Vater. Er hatte das nur geplant, weil es
sich aus innerer Logik ergab.

„Unter diesen Umständen", sagte der Richter, „will ich die Verhandlung jetzt vertagen und bitte Mr. Quayle, Mr. Strapp, Sergeant
Collins und den Gerichtsdiener, Mr. Cuff, mit mir zu kommen, um
die Sache nebenan zu besprechen. Wir müssen einen Verhandlungsort
wählen und einige grundsätzliche Regeln aufstellen. Dann werde ich
das Gericht an eine geeignete Stelle einberufen, wo wir den Beistand
der natürlichen Rechtshilfen erlangen können, die Mr. Quayle so
richtig als ‚roten Faden unseres Rechts' bezeichnet hat."

9

HATTE sich Vater je überlegt, fragte ich mich, ob Scotty tatsächlich
den Fluß durchschwommen und Josie Eyres Pony geholt hatte?
Vaters Rechtschaffenheit war untadelig, aber wenn Rechtsanwälte
einen Fall bearbeiten, vermeiden sie es, sich gewisse Fragen zu stellen. Auf der Straße blickte Vater nie direkt vor sich hin, sondern
immer in unbestimmte Fernen. Und ich glaube, dieser kleine ausge-
sparte tote Winkel unmittelbar vor ihm war seine moralische Ab-
sicherung. Aber abgesehen vom Selbstschutz machte es Vater einfach
Spaß, die Australier bei ihrem eigenen Spiel zu überspielen. In der
Stadt herrschte eine so leidenschaftliche Parteinahme wie unter den
Zuschauern in einer römischen Arena, wenn Gladiatoren auf Leben
und Tod kämpften.

Richter Laker, Mr. Strapp und Vater wählten das Ausstellungsgelände der Stadt für die große Entscheidung. Da es von einer hohen
Bretterwand umgeben war, ließen sich die Zuschauermengen leichter
beherrschen. Das Gericht würde dort in einer Woche zusammen-
treten, und inzwischen sollten weder Josie noch Scotty dem Pony
nahe kommen. Auf der Rennbahn sollte ein kleiner viereckiger Platz
eingezäunt werden, wo das Pony wartete, bis man es durch einen
schmalen Durchgang auf ein großes Viereck herausließ, auf dem in
der einen Ecke Josie, in der andern Scotty postiert waren. Die Entscheidung des Ponys sollte nur dann als getroffen gelten, wenn es

einem der beiden, ohne daß dieser sich von der Stelle bewegte, so nahe kam, daß er es berühren konnte; und die Entscheidung des Richters sollte endgültig sein. „Aber was ist, wenn das Pony zu keinem von beiden hingeht?" fragte Tom.

„Sie rühren sich nicht vom Fleck, bis es zu einem hingeht", sagte Vater.

„Wenn Josie verliert", protestierte Jeannie, „wird sie nie darüber hinwegkommen. Für Scotty wäre das nicht so schlimm, er ist ein Junge."

„Es wäre für beide schlimm", sagte Vater. „Das ist das Bedauerliche daran."

„Ist es nötig, das Ganze so öffentlich zu machen?" fragte Mutter.

„Gerechtigkeit sollte immer so öffentlich wie möglich gesucht werden, Hannah", sagte Vater, „sonst spricht sie nicht mit der lauten Stimme des öffentlichen Gewissens."

Die laute Stimme von St. Helens öffentlichem Gewissen ließ sich bereits vernehmen. In der Schule wurde so leidenschaftlich über den Ausgang gewettet, daß der Direktor es vollkommen verbieten mußte, doch die Schule war nur ein Spiegelbild der Stadt, und wir wetteten weiterhin alles, was wir hatten – Geld, Taschenmesser, Murmeln, Steinschleudern, Angelruten. Ein Mädchen namens Sandy Williams versuchte mit Scotty selbst zu wetten, daß er nicht gewinnen werde, und Scotty heulte vor Wut, stürzte sich auf sie und riß sie an den Zöpfen, bis sie hilfeschreiend davonlief. Es war einer der wenigen Anlässe, bei denen ich Scotty in Tränen sah.

Ich verdrängte die Grausamkeit und menschliche Tragik der Angelegenheit und wettete die beiden oberen Teile der Angelrute meines Vaters gegen eine neue Haspel, obwohl das eine ohne das andere unbrauchbar war.

Am Samstag – die Entscheidung sollte am Mittwoch fallen – sah ich Josie in der Stadt. Sie saß im Kombiwagen ihres Vaters vor dem Haus von Strapps Partner, Elwyn Jones, der im Weltkrieg ein berühmter Kampfflieger gewesen war. Er flog immer noch mit seiner alten Sopwith über die Stadt. Josie rief mich zu sich herüber, und als ich näher kam, klagten mich ihre funkelnden Augen an.

„Die ganze Stadt wettet", sagte sie. „Auf wen hast du gesetzt?" Ich weigerte mich, es ihr zu sagen, und sie fragte: „Warum hassen mich alle in deiner Schule?"

„Wieso?" erwiderte ich erstaunt. „Niemand haßt dich, im Gegenteil, die meisten bewundern dich."

„Doris Dowling haßt mich!" beharrte sie.

„Doris mag Scotty gern, das ist alles", sagte ich.

„Was sagt er selbst?"

„Scotty? Er will überhaupt nicht darüber reden."

„Ich auch nicht", stieß sie heftig hervor. Was Scotty veranlaßt hatte, über Sandy Williams herzufallen, bewegte auch Josie. „Warum glaubt keiner von euch, daß es mein Pony ist?"

Ich erklärte ihr, daß eine Menge von uns das glaubten.

„Hauptsächlich die Mädchen und Jungen aus der Stadt", sagte sie verächtlich. „Die Farmerjungen sind alle auf seiner Seite und du auch, obwohl du ein Stadtjunge bist."

Ich konnte ihr meine vielfältigen Gründe, warum ich Scottys Partei ergriffen hatte, nicht erklären; denn innerlich wußte ich bereits, daß mir der Verlierer sehr leid tun werde. „Du kannst dir Ponys aussuchen, soviel du willst", sagte ich schließlich.

„Aber es *ist* doch mein Pony", entrüstete sie sich. „Wenn ich in eurer Schule wäre ..." Sie vollendete den Satz nicht. Josie wußte alles über unsere Schulstreitigkeiten und hätte so gern mittendrin gesteckt. „Wenn er das Pony kriegt, werde ich nie mehr in die Stadt kommen und mit keinem von euch mehr reden", drohte sie fast weinend.

Da ging ich, denn ich hatte nie und nirgends das Verlangen, jemanden weinen zu sehen, aus welchem Grunde auch immer. Am wenigsten Josie Eyre, die kein weinerlicher Typ war.

Ich kannte nun die Gefühle, in denen sowohl Josie wie Scotty befangen waren, und vermochte mich des Gedankens nicht zu erwehren, daß beide, trotz allem, insgeheim wußten, wie dem andern zumute war. Scotty schien abzuwarten, wie sein Leben weiter verlaufen würde, so als hätte er das gar nicht mehr in der Hand. Er war immer ein Kämpfer gewesen, aber nun wußte er nicht, gegen wen oder was er kämpfen sollte.

Aber mir war klar, daß er sich, wenn er das Pony verlor, in eine unbesonnene innere Rebellion hineinsteigern würde, die ihn auf einen falschen, verderblichen Weg bringen konnte.

„Kit", Scotty war hinter einem Gartenzaun aufgetaucht und kaute an einer Herbstorange, die er „organisiert" hatte, „frag doch deinen

Vater, ob ich morgen meinen Halfter mitbringen kann?" Morgen, das war der Tag der Entscheidung.

„Mach ich", sagte ich, denn ich wußte, er war zu stolz, Vater nach etwas zu fragen, das er von mir erfahren konnte. Ich war einer seinesgleichen. „Ich hab gehört, du hast gestern mit diesem Mädchen gesprochen", fuhr er fort.

„Du meinst mit Josie Eyre? Ja, ich hab mit ihr gesprochen."

Wir gingen am Haus der Pickerings vorbei, wo er früher den Hund hinter dem Zaun gereizt hätte. Aber auch dieses Hunde-Ärgern schien der Vergangenheit anzugehören. Nur die alte Gewohnheit, irgendwo aufzutauchen und wieder zu verschwinden, war geblieben, und das tat er jetzt schon rein automatisch.

„Was hat sie über mich gesagt?" fragte er.

„Nichts", erwiderte ich. „Sie wollte wissen, was du gesagt hast, aber ich hab ihr erklärt, du willst nicht drüber reden."

„Sie meint wohl, sie wird gewinnen?" fragte er.

„Sie ist nicht so sicher, Scotty."

„Alle diese Leute bei Gericht sind auf ihrer Seite."

„Das ist doch Quatsch", sagte ich. „Eine ganze Menge sind auf deiner Seite."

Scotty zuckte die Achseln. „Jedenfalls, ich werde nicht verlieren, Kit. Es ist mein Pony, und wenn ich pfeife oder mit den Fingern schnalze, so, oder den Halfter hochhalte" (er hob die Hände und schüttelte sie), „kommt er. Sie kann spektakeln, wie sie will, und ihn Bo rufen, aber das wird ihr nichts nützen."

„Glaub ich auch", sagte ich.

„Sicher sitzt sie morgen wieder in diesem Stuhl, aber das ist mir gleich", sagte Scotty finster. „Ich bring meinen Halfter mit, und wenn ich ihn nicht benützen darf, halte ich die Hände trotzdem hoch und schüttle sie, so, als hätte ich ihn."

Weder er noch Josie konnten wissen, was das Pony tun würde, aber im Gegensatz zu Josie drohte Scotty nicht damit, für immer der Stadt fernzubleiben oder zu verstummen, wenn er verlieren sollte. Er schien nur sich selbst zu bedrohen.

Es WAR ein klarer Frühherbsttag. Der Rektor hatte sich klugerweise
damit abgefunden, daß die ganze Schule leidenschaftlich an der Sache
Anteil nahm, und hatte deshalb vierundzwanzig Schülern, darunter
Tom und mir, erlaubt, zum Ausstellungsgelände zu gehen und das
„natürliche Recht" am Werk zu sehen. Damit wir ohne zu große
Entstellung davon berichten konnten, waren etwa gleich viele Anhänger von Scotty wie von Josie dabei. In Zweierreihen wurden wir
von Miß Hildebrand und Mr. Cannon, der auch unser Fußballstar
war, hingeführt. Auch sie waren Gegner in der Auseinandersetzung,
die die Lehrer genauso spaltete wie die Kinder und die ganze Stadt.

Als wir zu den breiten, alten, von Eukalyptus- und Peppercornbäumen beschatteten Holztoren des Ausstellungsgeländes kamen,
warteten zu unserer Überraschung dort schon an die fünfzig Leute auf
Einlaß. Die Tore waren nur zur Hälfte geöffnet und von Mr. Bell,
dem Fahrradhändler, der dafür eingesetzt war, bewacht. Mr. Cannon
sprach mit ihm, und dann durften wir vor den andern hineinmar-
schieren. Mr. Cannon war schon vorher dort gewesen und hatte für
uns an der Umzäunung der Rennbahn einen Platz mit Seilen abgeteilt.
Wir drängten uns alle so nah wie möglich an die Stangen.

Bald füllte sich die kleine Tribüne. Rings um die Rennbahn standen wartende und diskutierende St. Helener. Sergeant Collins in
prächtiger Polizeiuniform ließ seinen Vollblutrappen über die Bahn
tänzeln und sorgte für Ordnung.

Die Fläche war durch Seile unterteilt: Auf einem kleinen Quadrat
wanderte das Pony verdrossen umher. Von dort führte ein schmaler,
zwanzig Meter langer Gang, der durch ein eingehängtes Gatter versperrt war, zu einem größeren rechteckigen Feld mit einem Stuhl an
der einen Schmalseite, während die andere für Josie frei gelassen war.
In die Mitte der vorderen Längsseite, außerhalb der Seile, hatte man
einen Tisch mit einem halben Dutzend Stühlen gestellt und neben
dem Tisch das erhöhte Podest aufgebaut, das sonst bei Trabrennen
an der Ziellinie stand. Auf ihm sollten vermutlich später der Richter,
mein Vater und Mr. Strapp Platz nehmen.

Scotty saß auf seinem Stuhl, er war bereits seit neun Uhr morgens da. Es fehlte nicht mehr viel bis zehn Uhr, dem anberaumten Zeitpunkt, aber von Josie Eyre war noch nichts zu sehen. Das Pony wurde infolge der Spannung und Erregung ringsum immer unruhiger.

Scottys Halfter hing über der Stuhllehne, denn Vater hatte gesagt, er werde mit dem Richter und Mr. Strapp deswegen an Ort und Stelle sprechen.

„Scotty hat einen geheimen Trick", erklärte ich meinen Freunden im Vertrauen, „ihr werdet sehen."

In diesem Augenblick kam Josie. Sie saß auf dem Vordersitz des Kombiwagens neben Vater und Mutter, und im angehängten Pferdetransporter stand ihr Rollstuhl. Blue hob ihn heraus und stellte ihn neben den Wagen. Josie wollte sich nicht helfen lassen und schaffte es mit einem erstaunlichen Balanceakt, sich hineinzusetzen.

„Gut gemacht, Josie", rief jemand.

Es gab Beifall und Gegenrufe, aber während Josie nicht darauf achtete, blickte Scotty, auf seinen Händen sitzend, ringsum auf die vielen Leute und empfand diese Situation wohl noch als weitere Belastung zu all den andern, die ihm unverständlich waren und die sein Leben erschwerten. Blue hielt die Seile hoch, und Josie rollte sich selbst in das eingezäunte Feld und zu ihrem Platz.

Das Pony warf den Kopf hoch und kanterte nervös in seinem kleinen Bereich herum. Einmal schoß es auf die Umzäunung zu, als wolle es darüber springen, schwenkte aber im letzten Augenblick ab und verfing sich beinahe in den Seilen.

Richter Laker, mein Vater, Mr. Strapp und Eyre berieten irgend etwas. Dann ging der Gerichtsdiener Cuff zu Scotty hinüber, sagte etwas, ließ sich von ihm den Halfter aushändigen und legte ihn knapp außerhalb der Seile auf den Boden. Scottys Anhänger brachen in bestürzte Rufe aus.

„Unfair!" schrie jemand. „Das ist ja, als hätten sie ihm die Arme abgeschnitten!"

Sergeant Collins auf seinem Vollblüter rief ärgerlich: „Ruhe! Das hier ist eine Gerichtsverhandlung."

Schließlich stieg der Richter auf das Podest, der massige Mr. Strapp und die sehr korrekte Erscheinung meines Vaters folgten. Auch Mr. Cuff stieg hinauf und rief mit erhobener Stimme, die Verhandlung sei eröffnet. Dann wandte er sich an die Zuschauer und brüllte: „Während der Verhandlung hat absolute Ruhe zu herrschen. Wenn irgend jemand dazwischenruft oder stört, wird der Richter den Platz räumen lassen und die Sache unter ruhigeren Umständen entscheiden."

„Bravo, Cuff", rief jemand. Aber so viele Leute zischten, er solle still sein, daß es wohl keine wirkliche Störung geben würde.

Konstabler Peters stand am Gatter, das den schmalen Gang versperrte. Der Richter trat an die Brüstung des Podestes, ein Taschentuch in der erhobenen Hand. Ein erwartungsvolles Schweigen breitete sich aus. Josie hielt die Armlehnen umklammert und beugte sich angespannt in ihrem Stuhl vor. Scotty hatte die Finger vor dem Mund, um gleich zu pfeifen.

„Alles bereit?" Die Stimme des Richters schwebte kaum vernehmlich über das Feld.

Vermutlich bejahten alle, denn der Richter senkte die Hand, und Konstabler Peters öffnete das Gatter. Das Pony zögerte einen Augenblick, schaute nach der Öffnung und brach dann aus. Es galoppierte durch den schmalen, mit Seilen eingegrenzten Gang. Nun hörten wir Scotty wie wahnsinnig pfeifen und Josie verzweifelt rufen: „Bo, Bo, komm sofort her!"

„Taff", sagte Scotty, „mach schon!" Und dabei schnalzte er wie gewohnt. Er saß ebenfalls, offenbar hatte man ihm gesagt, daß es unfair gewesen wäre aufzustehen.

Das Pony kam auf das rechteckige Feld herausgeschossen, galoppierte ein paar Meter, warf den Kopf hoch, stoppte und blickte um sich. Die beiden beachtete es nicht.

„Bo! Bo!" Josie klatschte in die Hände. „Du bist so unartig. Wirst du jetzt kommen!"

„Taff!" schrie Scotty und hob die Hände hoch, als halte er den Halfter. „Acht Uhr, Taff, acht Uhr." Um diese Zeit machten sie sich sonst auf den Weg zur Schule.

Das Pony schaute zu Josie hinüber und begann auf sie zuzugehen. Sie rief noch lauter: „Komm, Bo, so komm doch!"

Scotty pfiff wie verrückt.

„Ich kann das nicht mit ansehen", sagte Doris Dowling. Sie senkte den Kopf und starrte auf den Boden. Mir ging es ähnlich, aber es war mir unmöglich, mich der Spannung zu entziehen.

Das Pony wandte sich Scotty zu. „Nein, nein!" schrie Josie, „hierher!" Das Pony blieb wieder stehen und blickte zum Richterpodest hinüber. Ich hatte den Eindruck, daß es sich nicht nur der allgemeinen Aufmerksamkeit bewußt war, sondern sich auch dumm stellte, um sie länger auszukosten.

Schließlich wandte es sich um und trottete mißmutig davon. Einen Augenblick lang warteten Scotty und Josie, was es tun werde. Wieder blieb es stehen und drehte sich nach ihnen um, und Doris Dowling hob den Kopf, als die beiden erneut zu rufen begannen. Diesmal schwang Angst in Josies Stimme mit: „Bo! Bo! ... Bitte komm doch, oder ich werde es dir nie verzeihen, niemals!"

Scotty bemühte sich, sitzen zu bleiben, aber er hüpfte andauernd auf seinem Stuhl auf und ab. Dabei rief er: „Acht Uhr, Taff. Zeit zum Aufbruch." Dann schrie er so laut und verzweifelt: „Taff!", daß jemand lachte – das einzige Mal, daß man etwas von den Zuschauern hörte.

Das Pony nahm jetzt von keinem der beiden Notiz und wanderte auf dem Feld herum, als wolle es mit der ganzen Sache nichts mehr zu tun haben. Dabei kam es Josie bis auf zwei Meter nahe, und sie rief hysterisch: „Bo! Du bist so unartig. Komm doch, wenn man dich ruft!" Das Pony blieb nur stehen und beäugte sie. Dann trottete es weiter, während sie verzweifelt hinter ihm her rief und mit den Händen wie wahnsinnig auf die Armlehnen schlug.

Scotty schnalzte nun wieder und klopfte an seinen Stuhl. Er war schon heiser und klang müde. Plötzlich gab er es auf. Das Pony sah aus fünf Meter Entfernung zu ihm hinüber, und Scotty starrte es mutlos und vorwurfsvoll an, als wünsche er es zur Hölle.

„Bo ...", rief Josie noch ein letztes Mal, und das Pony hob den Kopf. Dann schüttelte es ihn, trottete geradewegs auf Scotty los und schubste ihn vom Stuhl.

Als Scotty sich aufrappelte und seine Arme um den Hals des Ponys schlang, warf es den Kopf hoch, hob Scotty glattweg in die Luft und ließ ihn zu Boden plumpsen. Es war das alte rauhe uns so vertraute Spiel, das dem Jungen und seinem Pony immer Spaß gemacht hatte.

Die Zuschauer brachen in laute Rufe und Pfiffe aus. Der Richter bewegte die Lippen und zeigte auf Scotty, aber ich hörte nichts außer dem Lärmen der Menge. Doris Dowling schrie: „Ich hab's ja gewußt!", und Miß Hildebrand errötete und lächelte verzückt.

Aber Scotty konnte das unruhige und erregte Pony nicht halten, es schüttelte ihn ab und trottete entschlossen davon. Und dann ging es in der ihm eigenen schamlosen Weise direkt auf Josie zu, die mit unglücklichem Gesicht zugesehen hatte, und begann sie zu beschnuppern.

Alle ringsum verstummten, als Josie das Pony, das sie mit dem Maul anstieß und an ihrem Ärmel knabberte, auf ihre Art mit Zärtlichkeiten überhäufte, und ich wußte, daß sie sagte: „Du bist so gemein, warum bist du zu *ihm* gegangen?"

„Das ist Bo", rief jemand.

Natürlich war es Bo. Es war Taff und Bo zugleich. Es gab Streit und später sogar Handgreiflichkeiten, aber ohne Zweifel hatte Scotty gesiegt. Das Pony war zuerst zu ihm gegangen, und der Richter hatte bereits zu seinen Gunsten entschieden.

Die Zuschauer strömten nun aufs Feld und zum Pony hin. Aber Scotty schnappte sich den Halfter vom Boden, rannte quer über den Platz, streifte dem Pony, als es sich mit einem Ruck von Josie freimachte, den Halfter über den Kopf, war wie gewohnt blitzartig aufgesessen und hatte schon durch den schmalen Gang den kleinen quadratischen Platz erreicht. Dort zog er an den Seilen, bis er einen Pfosten ausgerissen hatte, sprang über das nun tief hängende Seil und flüchtete über das Ausstellungsgelände, bevor jemand ihm befehlen konnte zurückzukommen. Wie gebannt hatten ihm alle zugesehen, auch Josie. Sie hatte sich sogar auf ihren gelähmten Beinen aufgerichtet und war, ehe ihr Vater sie erreichen konnte, umgekippt. An die hundert Menschen stürzten zu ihr hin, aber Ellison war als erster bei ihr und hob sie auf.

„Setz mich hin", schrie sie zornig, und er setzte sie rasch in ihren Rollstuhl, bevor die ersten unbekannten Anhänger zur Stelle waren.

„Arme Josie", sagte Doris Dowling unglücklich. Mehr gab es da nicht zu sagen. Und weil nun Scotty mit dem Pony durch das Haupttor davongaloppiert und auf dem Weg nach Hause war, hob man Josie in den Kombiwagen, verlud den Rollstuhl in den Transporter, und der ganze Eyresche Hofstaat fuhr ab. Ich stand nahe genug, um Josie zu sagen: „Mach dir nicht zuviel draus. Es tut uns allen leid."

Aber Josie starrte mit weißem Gesicht und zusammengekniffenen Lippen gerade vor sich hin. Man konnte ihre Selbstbeherrschung nur bewundern. Sie war nicht gewillt, irgend etwas zu sehen oder zu hören, als sie davonfuhren.

„Los, es ist vorbei", sagte Mr. Cannon zu uns, „stellt euch auf."

Ich glaube, meinem Vater ist nie zum Bewußtsein gekommen, daß die Gerechtigkeit an diesem Tag von den Launen eines Pferdes abhing. Er verweigerte jede weitere Stellungnahme zu diesem Fall und verbot uns, noch einmal davon zu reden. Für ihn gab es darüber nichts mehr zu sagen. Aber als Tom und ich am Samstag nach der Entscheidung zu Scottys Farm gingen, versuchten wir, die noch offenen Fragen des Falles zu klären.

„Taff muß über einen Leguan erschrocken, in den Fluß gefallen, hinübergeschwommen und zur wilden Herde zurückgekehrt sein", sagte ich.

Tom sträubte sich, das zu glauben. „Die beiden sind nicht das gleiche Pony", widersprach er, „sonst wäre Bo nicht wild gewesen, als sie ihn gefangen haben."

„Es dauert nicht lange, bis ein Tier wieder verwildert", warf ich ein, „und halb wild war Taff bei Scotty sowieso geblieben."

„Aber Taff war an Menschen gewöhnt", sagte Tom. „Warum hatten sie dann, wenn er also auch Bo war, solche Schwierigkeiten, ihn abzurichten?"

„Niemand hat da versucht, auf ihm zu reiten", erklärte ich. „Man wollte ihn vor einen Wagen spannen, und Taff war nie in seinem Leben zwischen Deichseln gegangen."

„Und was ist mit seinen Hufen – weder Nägel noch Hufeisen?" beharrte Tom.

Ich setzte ihm auseinander, daß Scotty seinen Taff nie beschlagen habe und auch Josie ihren Bo nicht, da sie auf weichem Grund fuhr, wo unbeschlagene Hufe besser waren.

„Wenn es sich um ein und dasselbe Pony handelt", stellte Tom schließlich fest, „dann heißt es doch, daß Scotty tatsächlich den Fluß durchschwommen und es zurückgeholt hat."

„Na klar", sagte ich. „Deshalb will Vater auch nicht mehr darüber sprechen. Solche Dinge wollen Rechtsanwälte einfach nicht zur Kenntnis nehmen."

Wir waren Kinder aus einer streng rechtlich denkenden Familie, aber während Tom Recht und Gerechtigkeit für etwas Absolutes hielt und als solches respektierte, konnte ich das nicht, denn meine beginnende humanistische Erziehung schärfte meinen Blick für die verschlungenen Wege des Schicksals und die Vielschichtigkeit des Menschen. Ich glaubte nicht mehr an etwas so Absolutes wie eine

Gerechtigkeit um ihrer selbst willen. Sie war, wie alles andere auch, etwas Menschliches, nicht etwas Absolutes.

„Ich weiß nicht recht", sagte Tom, der sich seinen Glauben unversehrt bewahren wollte. Noch vor einer Woche war er von dem Gedanken begeistert gewesen, daß Scotty durch den Fluß geschwommen sein mußte, um sich das Pony zu holen, aber jetzt, als er sah, wie sehr es Josie schmerzte, wollte er nicht mehr, daß es dasselbe Pony sei. Genau das hatte auch den Leuten auf der Rennbahn zu schaffen gemacht.

Als wir zur Farm kamen, fanden wir Scotty und Mr. Pirie beim Bau eines festen Geheges für Taff aus rostigem Draht und alten Eisenbahnschwellen. „Hallo, Mr. Pirie", sagte Tom, „können wir irgendwas helfen?"

„Äh", sagte Angus, „ihr Jungen grabt die Löcher und setzt die Pfosten rein, während ich was Nützlicheres tu. Den Draht zieh ich später rum." Dann stieß er die Brechstange in die harte Erde, nahm einen großen Sack Kunstdünger, wuchtete ihn auf seinen mageren Rücken und wankte unter seiner Last über den ausgedörrten Boden davon.

Währenddessen beobachtete uns Scotty. Waren wir etwa herausgekommen, um ihn vor einer drohenden Gefahr zu warnen? Taff hingegen, in seiner alten Koppel, starrte über unsere Köpfe hinweg, wie es Pferde manchmal in so aufreizender Weise tun.

„Was ist los?" fragte er mißtrauisch. „Wollen sie mir Taff wieder wegnehmen? Seid ihr deshalb gekommen?"

„Er gehört dir", erwiderte ich, „das steht jetzt endgültig fest."

„Solang sie es nicht wieder versuchen...", sagte Scotty hitzig.

Mrs. Pirie kam heraus und rief uns zu: „Hallo, Tom, Kit, wollt ihr Limonade?"

Die freundlichen chinesischen Gemüsegärtner mußten ihr einen Beutel Zitronen geschickt haben.

„Vielen Dank, Mrs. Pirie", antwortete ich rasch. Ich wußte, sie wollte sich damit meinem Vater gegenüber dankbar erweisen.

Wir plagten uns sehr mit dem Ausheben der Löcher für die Pfosten. Da erschien Mrs. Pirie mit zwei Gläsern Limonade für Tom und mich und einer Tasse für Scotty. Sie hatte sogar je einen Teelöffel ihres kostbaren Zuckers für unsere Gläser geopfert, und es schmeckte uns an diesem warmen Herbsttag großartig. „Wenn ihr dann heimgeht, gebe ich euch noch ein paar Pfannkuchen für eure Mutter mit", fügte sie hinzu.

Mrs. Pirie war immer schon klein gewesen, aber jedesmal, wenn ich sie sah, schien sie noch ein wenig mehr geschrumpft zu sein. Offenbar wurde ich größer, aber an diesem Tag wirkte sie besonders winzig in ihrem karierten Kleid, das wohl aus einem Tischtuch geschneidert war und in dem sie geradezu hübsch aussah, beinahe wie ein sprödes schottisches Mädchen, aber ein in unserm dürren Ödland alt und welk gewordenes. Sie sah uns eine Weile bei unserer Arbeit zu, zweifellos glücklich, Scotty in Gesellschaft seiner Freunde zu sehen. Ich konnte mir denken, was sie jedesmal für Ängste ausgestanden haben mußte, wenn er verschwand oder jenseits des Flusses „in den Busch ging".

Wir gruben immer noch in der harten salzigen Erde, als wir einen Lastwagen kommen hörten. Wir blickten von unserer Arbeit auf und sahen einen Pferdetransporter auf dem schlechten Feldweg über die Radspuren und Schlaglöcher daherholpern.

„Da sind sie schon!" schrie Scotty.

Es war wirklich Ellison Eyre, aber neben ihm auf dem Vordersitz saß noch jemand, und eine dritte Gestalt wurde auf der offenen Ladefläche des Wagens arg hin und her geschleudert.

Scotty schaute sich suchend nach seinem Vater um, aber der war nirgends zu sehen. Da packte er den Halfter, hatte ihn Taff blitzschnell übergestreift und wäre auf und davon gewesen, hätten Tom und ich ihn nicht daran gehindert.

„Sie nehmen dir Taff nicht weg, Scotty", sagte ich und hielt ihn fest.

„Doch", stieß er hervor und versuchte, uns abzuschütteln.

Tom ließ ihn los, aber ich nicht. Wenn Scotty jetzt weglief, würde er sich nie mehr einer Schwierigkeit stellen, sondern wie ein Vogel vor jeder Bedrohung Reißaus nehmen, ob es nun eine Autorität, ein Gesetz, eine Vorschrift oder irgendeine Anforderung war. Ich sagte, ohne sein Hemd loszulassen: „Scotty, du mußt das jetzt durchstehen, du kannst dich nicht jedesmal aus dem Staub machen, sobald sie in deine Nähe kommen. Wenn du dich ihnen diesmal nicht stellst, bist du für immer unten durch."

Ich glaube, Scotty sah selber ein: Wenn er noch einmal vor Reichtum und Autorität davonlief, würde er nie mehr wirklich die Kraft haben, für sich selber einzustehen. „In Ordnung", sagte er verbissen, „aber halt mich nicht fest." Er machte sich von mir frei. „Und nimm die Stange dahinten fort, Tom, für alle Fälle."

Tom hob am Ende der Koppel eine Stange herunter, damit Scotty, wenn nötig, rasch fliehen konnte. Wir standen wie drei Musketiere da und ließen den Transporter näher kommen. Erst als er schon fast vor uns stand, erkannten wir Josie auf dem Vordersitz neben ihrem Vater. Blue stand hinten auf der Ladefläche und winkte uns zu. Gerade da rumpelte der Wagen durch eine tiefe Rinne, und ich konnte Josie ansehen, daß diese Fahrt für sie eine Qual war.

„Hallo, Tom, Kit", sagte Ellison. Es fiel ihm immer noch schwer, über den Standesunterschied hinwegzusehen, und so fügte er für Scotty ein „Hallo, mein Junge", hinzu.

„Hallo, Mr. Eyre", gab Scotty mutig zurück, und am liebsten hätte ich ihm für diesen Beweis von Selbstvertrauen anerkennend auf die Schulter geklopft.

„Meine Tochter möchte mit dir sprechen", sagte Ellison steif. „Kann ich sie dort auf die Veranda bringen? Nach dieser Rüttelei muß sie für eine Weile aus dem Transporter heraus."

„In Ordnung", erwiderte Scotty, zwar feindlich, aber doch mit Würde.

Josie starrte Scotty an, und er hielt dem Blick stand, während Taff, dessen Zügel er in der Hand hielt, an seinem Rücken knabberte.

„Ich möchte nicht auf die Veranda", sagte Josie, „setz mich lieber dorthin." Sie deutete auf unsere gestapelten Pfosten. Ellison hob sie aus dem Transporter, trug sie zu dem Stapel und ging rasch wieder fort, als wolle er nicht im Weg sein.

Josie hatte Scotty und das Pony nicht aus den Augen gelassen, und Taff fühlte das offensichtlich, denn als sie sich zurechtgesetzt hatte, machte er beflissen und schamlos einige Schritte auf sie zu. Scotty hielt ihn anfangs zurück, aber als er merkte, daß Taff durchaus zu Josie hinwollte, ging er mit dem Pony zu ihr, behielt aber den Zügel in der Hand.

Die zwei standen sich jetzt Auge in Auge gegenüber, und Josie, die sich von uns allen am besten in der Hand hatte — wir waren aufgeregt oder verlegen —, sagte mit ihrer klaren besonnenen Sprechweise: „Es tut mir leid, daß wir unabsichtlich dein Pony eingefangen haben. Wir hatten keine Ahnung, daß es deins war." Sie zögerte, als Taff sie mit dem Maul stupste, dann drückte sie gelassen ihre Stirn gegen seine Nüstern. „Das ist alles", schloß sie.

Scotty kam noch nicht ganz mit. „Du hast's wohl nicht gewußt", sagte er.

„Und es war wirklich wild, als es mit den andern hereinkam", fuhr Josie fort. „Und es tut mir leid. Das ist alles."

Scotty wurde rot. „Es war nicht deine Schuld", brachte er endlich heraus, „es war seine . . ." Dabei stieß er Taff mit dem Finger in die Rippen.

„Nein", widersprach Josie mit der ganzen Selbstsicherheit ihrer heilen Welt, die sie wie eine feste Muschel umschloß. „Es passierte einfach, das ist alles." Das Pony knabberte an ihrem Ärmel, und ohne ein Wort zu sagen, reichte ihr Scotty den Zügel. Da brauchte Josie ihre ganze bewundernswerte Beherrschung, um nicht die Fassung zu verlieren. Im Grunde mußte Josie über den Standpunkt, alles haben zu können, hinauswachsen, so wie Scotty darüber hinausgewachsen war, sich als Habenichts zu fühlen. Und es gelang ihr bemerkenswert gut.

„Du weißt", sagte sie rasch, „er ist wirklich Bo. Warum kommst du nicht manchmal samstags oder sonntags mit ihm nach Riverside geritten? Es ist ja nicht weit."

Scotty war jetzt vor Verwirrung gänzlich durcheinander, wahrscheinlich auch vor Bewunderung, denn wie sie erkannte er nun, daß es ihnen beiden gleich ergangen war. Was dem einen weh getan hatte, mußte auch dem andern weh getan haben. Und sein schwer errungener Sieg hatte Scotty die Augen dafür geöffnet, wie schmerzlich Josie die Niederlage gewesen war. „Ich wollte dir nicht dein Pony wegnehmen", sagte er, „aber als ich es sah, wußte ich gleich, daß es Taff war."

„Das macht mir jetzt nichts mehr aus", sagte Josie, entschlossen, sich nicht mehr zu ärgern, „aber könntest du nicht manchmal rüberkommen und ihn mit mir um die Koppel reiten?"

Scotty blickte sich hilfesuchend um und wußte nicht, was er sagen sollte. Schließlich wandte er sich an Ellison: „Wenn es Ihnen recht ist, komme ich, wenn ich kann."

„Natürlich", erwiderte Ellison.

„Kommst du nächsten Samstag?" drängte Josie.

Scotty bohrte seine nackten Zehen in die Erde und sagte mit seiner alten Dickköpfigkeit: „Nein, aber vielleicht den Samstag drauf."

Josie begriff, daß er mindestens ebenso dickköpfig sein konnte wie sie, und widersprach nicht. Da kam Mrs. Pirie mit einem Krug Limonade und einigen Gläsern aus dem Haus.

„Eine kleine Erfrischung", sagte sie. „Wollen Sie nicht hereinkommen?"

Mit der ihm eigenen ernsten Förmlichkeit erwiderte Ellison: „Sehr freundlich von Ihnen, Mrs. Pirie, aber es ist angenehm hier draußen in der Morgensonne."

Er nahm ein Glas. Josie nahm ebenfalls eines und dankte Mrs. Pirie in vollendeter Riversideform. Auch Blue erhielt eines. Wir drei sahen zu, wie sie ihre Gläser höflich und pflichtschuldig in kleinen Schlucken austranken. Mrs. Pirie stand regungslos da. Ihr Blick war leer, weder für noch gegen sie, und ich glaube, Ellison und Josie begannen beide erst jetzt zu ahnen, was es hieß, auf diesem Stück unfruchtbaren Bodens zu leben. Mrs. Pirie und ihr Kleid sprachen eine beredte Sprache.

„Vielen Dank, Mrs. Pirie", sagte Ellison und gab ihr das leere Glas zurück.

Dann wandte er sich an Scotty: „Ich habe dir einige Sack Häcksel mitgebracht. Blue wird sie für dich ausladen."

Scottys blaue Augen blitzten zornig auf, und Josie erkannte den Fehler: „Wir hatten sie zufällig hintendrauf", fügte sie rasch hinzu.

Scotty wäre stolz genug gewesen abzulehnen, aber er tat Eyre den Gefallen, den Häcksel anzunehmen, um ihn nicht zu kränken. Die Kluft zwischen ihnen bestand natürlich immer noch, aber Scotty war offensichtlich nicht mehr gesonnen, davor zu kapitulieren.

„Wir sollten jetzt gehen, Josie", sagte Ellison. „Wo ist dein Vater?" fragte er Scotty.

Der zeigte zu einem Feld neben dem Weg, über das die kleine dunkle Gestalt von Angus Pirie schwerfällig zum Haus zurückstapfte, um zu sehen, was da vorging.

„Ich werde beim Vorbeifahren mit ihm reden", sagte Ellison. Er ging zu Taff, zauste ihn zwischen den Ohren und stieß grimmig hervor: „Du kleiner Mistkerl!"

Taff warf den Kopf hoch. Und als Josie Taffs Zügel an Scotty zurückgab, biß das Pony, dieser Meister der Ironie, Scotty unsanft ins Hinterteil. Josie lachte entzückt und schalt Taff unartig, als ihr Vater sie zum Transporter zurücktrug. Scotty folgte ihnen und blieb einen

Augenblick bei ihr stehen, während Taff an seinem Rücken knabberte. „Hast du jetzt ein anderes?" fragte er sie verlegen.

Josie nickte nur, als wären Worte über dieses Thema gefährlich. Ellison Eyre ließ den Wagen an und rief Mrs. Pirie noch einen Abschiedsgruß zu. Josie preßte die Lippen zusammen und hielt sich an der Seitenwand fest, auf eine schmerzhafte Rückfahrt gefaßt. Wir sahen ihr nach, wie sie auf dem Feldweg davonfuhren, und zuckten bei jedem Ruck und Stoß zusammen. Unterwegs machte Ellison Eyre bei Angus Pirie für fünf Minuten halt und sprach mit ihm. Was mochte er ihm wohl sagen? Was bot er ihm an? Was akzeptierte Angus davon? Es war nicht mehr so wichtig. Als der Transporter die Asphaltstraße erreichte, hörten wir, wie er beschleunigte, und danach gab es für uns alle nur noch die Zukunft.

Auch die hatte ihre Probleme, ihre Ironie, schmutzige Tricks und unvorhersehbare Schicksalswendungen. Und der einzige, der mit Recht darüber lachen konnte, war Taff-Bo, der mit dem Unverstand, der Schläue und Verantwortungslosigkeit, dem Übermut und der Querköpfigkeit eines Pferdes offensichtlich für eine sportliche Austragung immer zu haben war, wenn sich ihm die Gelegenheit bot.

James Aldridge

James Aldridges Eltern kamen aus England, aber er wuchs in einer Kleinstadt am Murray-Fluß in Australien auf. Seine Kindheit war typisch: leben in der Natur, fischen, jungenhafte Forscherfahrten. *Ein Pony für zwei* enthält noch Erinnerungen an diese glückliche Zeit.

In den späten dreißiger Jahren verließ Aldridge als sehr junger Mann Australien und wurde Reporter in London. Mit dem Beginn des Zweiten Weltkrieges erhielt er eine Korrespondentenstelle bei einer amerikanischen Zeitungsgruppe, die einige bekannte Autoren zu ihren Mitarbeitern zählte. Seine Frau Dina, eine Ägypterin, lernte er 1940 in Kairo kennen. Aldridge berichtete noch über die Kampfhandlungen in Griechenland und zog dann nach New York, wo er seinen ersten Roman schrieb.

Er kehrte aber wieder nach Europa zurück und erlebte den Krieg in Rußland von der Belagerung Leningrads bis zur Schlacht um Stalingrad als Korrespondent. Seit Kriegsende leben die Aldridges in London, wo auch ihre beiden Söhne aufwuchsen, aber sie reisen viel, und man kann ihnen genausogut in Ägypten, der Schweiz, in der Sowjetunion oder in Frankreich begegnen.

James Aldridge hat fast zwanzig Bücher geschrieben, Romane und Fachliteratur. Die Anerkennung, die er dabei weltweit gefunden hat, drückt sich z. B. darin aus, daß er mit seiner ganzen Familie offiziell zu einer faszinierenden Reise nach China eingeladen wurde.

Die ungekürzten Ausgaben
von „Der Adler ist gelandet",
„Die goldenen Schuhe" und
„Ein Pony für zwei" sind
im Buchhandel erhältlich.